*Alice Ekert-Rotholz* wurde als Tochter eines britischen Vaters und einer deutschen Mutter in Hamburg geboren. 1939 übersiedelte sie mit ihrem Mann nach Thailand und lebte bis 1952 im Fernen Osten. Nach Hamburg zurückgekehrt, schrieb sie für Presse und Funk. 1954 veröffentlichte sie ihren ersten Roman, ›Reis aus Silberschalen‹, und begründete damit ihren Weltruhm als Schriftstellerin. Alice Ekert-Rotholz ist Mitglied des Internationalen PEN-Clubs und lebt in London.

*Fünf Uhr Nachmittag* – das ist die Blaue Stunde zwischen Tag und Abend, in der der Mensch allein ist mit den Problemen seiner Existenz.
Deutschland und Venezuela, tropische Hafenstädte mit herrlichen Villen, Luxushotels und Elendshütten, die Redaktion der Berliner Illustrierten ›Komet‹ sind die Schauplätze dieses Romans, der in die karibische Welt führt und den Leser mit einer Fülle faszinierender Gestalten bekannt macht. Menschen, die unter dem Zeichen eines gemeinsamen Schicksals miteinander verkettet sind, gegen das sie sich, jeder auf eigene Weise, auflehnen.
Das gilt für Carlos Sanchez, den einflußreichen Großindustriellen, der ein düsteres Geheimnis zu hüten hat, wie für Carla Moll, eine junge Berliner Journalistin, die diesem Geheimnis nachspürt und dabei ihrem einstigen Liebhaber Sanchez wieder begegnet. Es gilt für den Guerilla-Kämpfer Camilo de Padilla und für Oskar Ribbeck, den erfolgreichen Chefredakteur des ›Komet‹, der Carla Moll das Bewußtsein ihres eigentlichen Talents vermittelt und als ihr zweiter Mann entscheidend in ihr Schicksal eingreift; und es gilt vor allem für den Mann im Hintergrund, dessen Schatten auf Carla Molls und Sanchez' Leben fällt: für Bonhoff, den Fremden am Orinoco-Fluß …

*Lieferbare Titel von Alice Ekert-Rotholz im Fischer Taschenbuch Verlag:* ›Die letzte Kaiserin‹. Roman (Bd. 11895), ›Wo Tränen verboten sind‹. Roman (Bd. 11896), ›Füchse in Kamakura. Japanisches Panorama‹. (Bd. 11897), ›Die Pilger und die Reisenden‹. Roman (Bd. 11899 – September 1994).

Alice Ekert-Rotholz

# Fünf Uhr Nachmittag

Roman

Fischer Taschenbuch Verlag

Veröffentlicht im Fischer Taschenbuch Verlag GmbH,
Frankfurt am Main, Juli 1994

Lizenzausgabe mit freundlicher Genehmigung
des Hoffmann und Campe Verlags, Hamburg

Druck und Bindung: Clausen & Bosse, Leck
ISBN 3-596-11898-0

*Gedruckt auf chlor- und säurefreiem Papier*

Für meinen Sohn

*Der Glückliche wirft die Uhr in den Fluß.*

Lateinamerikanisches Sprichwort

# Die Hauptpersonen

| | |
|---|---|
| Carlos Domingo Sanchez, Venezuela | Unternehmer und Einzelgänger |
| Pilar Alvarez, seine Schwägerin, Venezuela | Hüterin des Hauses |
| Rosa Martinez, seine Sekretärin | Ein ehrgeiziger Pechvogel |
| Carl Friedrich Bonnhoff, Venezuela | Der Fremde am Fluß |
| Camilo de Padilla, Venezuela | Ein frommer Guerilla |
| Anna Carlovac, seine Frau | Ein Opfer der Umstände |
| Elliot Cooper, Chicago | Ein Zugvogel der Industrie |
| Naomi Cooper, seine Frau | Ein Geschöpf im Niemandsland |
| Christine Ullmann, Oberschwester, Berlin | Vision und Wirklichkeit |
| Carla Moll, Journalistin, Berlin | Ein Mädchen auf der Suche |
| Dr. Oskar Ribbeck, Chefredakteur, Berlin | Ein Mann unserer Zeit |
| Edith Hannemann, Chefsekretärin, Berlin | Die wandelnde Vernunft |
| Dr. Ellen Driscoll, Ärztin, London | Ein nüchterner Engel |
| Ulrich Bendix, Ingenieur, Berlin | Ein Duzfreund der Wahrheit |

ERSTES BUCH

# Die Berge schweigen

ERSTES KAPITEL

# Hüterin des Hauses

*Jedes Haus ist eine verschlossene Welt.*
Spanisches Sprichwort

## I

PILAR ALVAREZ WAR GERADE AUS DEM BÜRO NACH HAUS GEKOMMEN, als das Telefon Sturm läutete. Sie runzelte die Stirn. Sie hatte den ganzen Tag in der Firma *Alvarez & Sanchez*, Caracas, Sekretäre und Computer eingeschüchtert, Ingenieure für die industriellen Planungen im Orinoco-Gebiet »verhört« und wollte sich nun in ihrer düsteren Art einen gemütlichen Abend machen. Einen Augenblick saß Pilar regungslos da und ließ das Telefon lärmen. Das konnte nur ihre Stiefschwester Teresa in Mérida sein. Teresa war unmöglich. Sie rief nur an, wenn sie etwas wollte, und sie wollte immer etwas ... Ihre Stimme wurde dann sanft und einschmeichelnd, aber Pilar fand sie klebrig wie Sirup auf steinhartem Brot. Pilar nahm den Hörer und fragte mürrisch, was Teresa wieder wolle. Aber es war nicht Teresa, sondern Juana Alvarez aus Mérida, rund fünfhundert Kilometer von Caracas entfernt: »Bist du am Apparat, Pilar?«
»Wer sonst? Das Haus ist leer wie immer.«
»Wo ist Teresas Mann?«
»Carlos ist nicht in Caracas.«
Juana Alvarez wollte etwas sagen, aber Antonia, ihre Zwillingsschwester, hatte ihr den Hörer aus der Hand genommen. Zu Pilars Verdruß führten ihre Tanten alle Telefongespräche gemeinsam. Antonias Stimme klang noch weinerlicher als sonst, aber sie kam über die Begrüßung nicht hinaus.
»Gib mir sofort den Hörer zurück, Antonia! *Ich* werde es Pilar sagen.«

»Ist es so wichtig?« fragte Pilar verdrossen. »Ich bin todmüde vom Büro. Aber wie könntet Ihr das verstehen? Ihr arbeitet ja nicht.«
»Deine Müdigkeit ist unnatürlich, Pilar. So alt bist du doch noch nicht. Sieh uns beide an. Du solltest Antonias Pillen nehmen. Seitdem ist sie so munter, daß man es kaum aushalten kann.«
»Ich schleppe mich mühsam herum«, rief Antonia Alvarez dazwischen. »Die Pillen helfen nur den Apothekern.«
»Rufst du an, um mir das mitzuteilen?«
»Sei doch nicht wieder so unfreundlich«, sagte Juana Alvarez. »Höre, Pilar! Du bist eine gute Person, aber etwas netter könntest du zu deinen alten Tanten sein.«
»Wann kommt Teresa endlich nach Caracas zurück? Carlos wundert sich schon, wie lange sie bei euch hockt.«
Einen Augenblick herrschte Schweigen. Dann riet Juana Alvarez ihrer Schwester, sich hinzulegen. »Ich bestehe darauf, Antonia«, sagte sie sehr hörbar. »Weine nicht schon wieder. Tränen ändern auch nichts mehr. Entschuldige, Pilar. Antonia steht noch unter Schock. Es ist ... nun ... es ist hier etwas passiert.«
»Ist Teresa mit einem Mannsbild davongerannt? Wundern sollte es mich nicht.«
»Ich muß mit Carlos sprechen, Pilar. Teresa sagte, er würde in diesen Tagen in Caracas sein.«
»Er hat immer noch geschäftliche Besprechungen in Ciudad Bolívar. Aber wo er jetzt übers Wochenende ist, weiß ich nicht.«
»Ich kenne keinen zweiten Ehemann, der so unauffindbar ist«, sagte Juana Alvarez. »Um Himmels willen, laß mich reden, Antonia. Du überläßt mir sonst doch auch alles Unangenehme.«
»Darf ich endlich erfahren, was Teresa angestellt hat?« fragte Pilar scharf. »Ist sie wieder zu feige, um mich selbst anzurufen?«
»Ich will nichts Schlechtes über Teresa hören.«
»Wie du willst. Aber dann kannst du ihr von mir bestellen, daß ich ihre stinkenden Kastanien nicht mehr aus dem Feuer holen werde. Ich leihe ihr kein Geld mehr. Sie gibt es mir doch nicht wieder. Ist das klar? Teresa soll sofort nach Caracas zurückkommen. Dann kann sie sehen, wie sie mit Carlos fertig wird.«
»Sie kann nicht nach Hause kommen.«
»Spielt sie zur Abwechslung krank? Das darfst du nicht ernst nehmen, Tante Juana. Teresa simuliert, wann immer es ihr paßt. Sie ist eine Komödiantin.«

»Sie ist tot«, sagte Juana Alvarez.
»Was?«
»Sie nahm aus Versehen zuviel Schlaftabletten. Leider war sie immer recht nachlässig. Sie starb vor drei Stunden. Um fünf Uhr Nachmittag.«
Fünf Uhr ... fünf Uhr Nachmittag ... fünf ... Sie riß sich zusammen. Sie war müder, als sie jemals gewesen war – abgesehen von dem Tag, an dem Carlos Sanchez sich vor fünfzehn Jahren mit Teresa verlobt hatte. Ich habe einen zu niedrigen Blutdruck, dachte sie. In diesem Augenblick mußte er abgesunken sein wie ein Schiff auf hoher See. Juana Alvarez fragte gereizt, ob Pilar noch zuhöre oder eingeschlafen sei. Wollte sie nicht wissen, wie Teresa gestorben sei? Natürlich wollte Pilar es hören. Welche Frage!
»Ich muß hier alles ausbaden«, erklärte Juana Alvarez nicht ohne Befriedigung. »Du weißt ja, daß Antonia sofort die Nerven verliert.«
»Das ist immer das Bequemste.«
»Hast du kein Herz, Pilar? Dr. Borges ist sehr um Antonia besorgt. Und ich habe wieder meine Herzbeschwerden, die ihm auch nicht gefällen.«
»Dann solltest du nicht soviel sprechen.«
»*Bitte*, sag mir nicht, was ich zu tun habe. Ohne mich bricht hier das Haus zusammen. Allerdings, als ich Teresa sterbend in ihrem Zimmer fand, wäre ich auch fast zusammengebrochen. Glücklicherweise war unser Arzt gerade bei Antonia. Und er holte Pater Alcázar ... Glaub mir, *ich* bin die nächste, die dran glauben wird. Und was soll dann aus Antonia werden? Kannst du mir das sagen? Wo sie allen Leuten auf die Nerven fällt?«
»Du mußt dich beruhigen, Tante Juana.«
»Was hätte euer Vater zu dieser Tragödie gesagt? Und so unnötig, nicht wahr? Teresa war Juans ganzer Stolz. Leider verwöhnte er sie sinnlos. Aber dein Vater ließ sich nichts sagen. Genau wie du.«
»Ich muß jetzt Schluß machen. Morgen bin ich in Mérida.«
»Danke, mein Kind. Ich sage immer, du bist kein Sonnenstrahl, aber man kann sich auf dich verlassen. Das ist mehr, als man von gewissen anderen Leuten sagen kann.«
»Geht das wieder auf Carlos?«
»Ich sprach nur ganz allgemein, liebe Pilar. Du springst eben jedem an die Kehle, der nur das Geringste an Carlos auszusetzen hat.«
»Gute Nacht!«

»Bitte noch einen Augenblick. Wie ist das mit dem Begräbnis? Soll – soll die Leiche nach Caracas überführt werden? Wie soll man Carlos finden? Schließlich handelt es sich um seine Frau.«

»Alles wird sich regeln.«

»Du hast gut reden, Pilar. Unsere Köchin hat gekündigt. Sie bleibt nicht in einem Haus, wo jemand gerade gestorben ist.«

»Das kann ihr aber überall passieren.«

»Rede *du* mit Clara! Wer soll kochen? Ich kann mich nicht so anstrengen.«

»Es gibt Restaurants.«

»Das kommt uns zu teuer. Die Familie ist zu groß für die alte Kaffeeplantage. Und wir sind nur Seitenlinie.«

»Ich werde jetzt mit Ciudad Bolívar telefonieren. Vielleicht weiß Salvador Paz, wo Carlos ist.

»Ein wahres Glück, daß du noch da bist, Pilar! Erschreckend, wenn jemand so plötzlich . . . Gestern abend aß die arme Teresa beinahe allein einen großen Fisch auf. Sie konnte sich beim Essen einfach nicht beherrschen. Der HERR sei ihrer Seele gnädig.«

»Gute Nacht!«

»Warte, Pilar! So oft nehme ich deine kostbare Zeit nicht in Anspruch. Gerade bei uns mußte das passieren! Die Leute reden immer bei plötzlichen Todesfällen.«

»Ich höre mir nie an, was sie reden.«

»Unsere geliebte Teresa hört es zum Glück auch nicht mehr.«

»Was soll das heißen?«

»Nichts von Bedeutung«, sagte Juana Alvarez etwas verlegen. »Über die Toten soll man nur Gutes sagen, nicht wahr?«

»Warum?«

»Warum, warum? Eine Frage des Taktes, meine Liebe. Ich betraure Teresas Tod aus tiefster Seele, aber deshalb war ich nicht blind oder taub oder schwachsinnig. Hier in Mérida wurde zuviel über Teresa getuschelt. Und das ist milde ausgedrückt, Pilar. Leider, leider benahm sie sich in letzter Zeit recht auffällig.«

»So?«

»Tu nicht so, als hättest du Teresa nicht gekannt. Du warst heilfroh, daß ich sie dir so oft abnahm. Ich tat es gern, obgleich Antonia oft weinte. Sie ist es nicht gewohnt, wegen jeder Kleinigkeit angeschrien zu werden.«

»Wer ist es gewohnt?«

Juana Alvarez hüstelte. Dann sagte sie schnell: »Sonst war an Teresa nichts auszusetzen. Ein süßes Geschöpf! Abgesehen von ihrer krankhaften Vergnügungssucht und ihren Kauforgien. Dabei hatte sie alles auf der Welt in doppelter Ausführung.«
»Müssen wir das auch noch jetzt besprechen?«
»Teresa wird uns in jeder Weise fehlen. Sie bezahlte regelmäßig einen beträchtlichen Beitrag zum Haushalt, obwohl sie wochenlang nicht bei uns wohnte.«
»Das höre ich zum ersten Mal.«
»Man hört alles eines Tages zum ersten Mal, nicht wahr? Teresa war eben zu jung, um verlassen in Caracas zu sitzen.«
»Wenn sie zu Haus war, hatte sie fast jeden Abend Besuch.«
»Trotzdem war sie verlassen. Sie brauchte ihren Mann, Pilar. Wie jede junge Frau. Sie war ja erst einunddreißig Jahre.«
»Sie wurde vor einigen Monaten fünfunddreißig.«
»Tatsächlich? An ihren guten Tagen sah sie lächerlich jung aus. Leider wurden diese Tage immer seltener ... Höre, Pilar! Da ist noch etwas *sehr* Unangenehmes. Ich muß es dir sagen. Ich hoffe nur, Carlos erfährt es nicht.«
»Was ist es?«
»Du weißt ja, daß Teresa immer Heimlichkeiten hatte. So überflüssig, nicht wahr? Also, wenn sie im letzten Jahr wochenlang in den Anden verschwand, bat sie mich, ihre Briefe von Mérida aus an Carlos weiterzuleiten. Er sollte nicht wissen, daß sie allein herumreiste.«
»Dazu hast du dich hergegeben, Tante Juana? Das wundert mich.«
»Ich kann mich nur wundern, daß du dich wunderst. Carlos hätte Teresa halbtot geprügelt, wenn er gewußt hätte, daß sie Wochen und Wochen – Schwamm drüber! Er hat Kräfte wie ein Stier. Wo er zuschlägt ... Teresa hat mir einiges erzählt. Sie zitterte vor ihm.«
»Er war zu gut zu ihr. Das war das ganze Malheur.«
»Teresa zitterte trotzdem. Sie war Carlos in keiner Weise gewachsen.«
»Das mag sein.«
»Er folgte natürlich seinen eigenen Gesetzen«, sagte Juana Alvarez scharf. »Nie hätte er eingesehen, daß eine vernachlässigte Frau auf Abwege geraten muß. Dieses Recht nimmt er ausschließlich für sich in Anspruch.«
Pilar hörte Geräusche, obwohl das Haus totenstill war. Die alten treuen Hausangestellten samt der Köchin, dem Gärtnerpaar und dem

Chauffeur, waren in ihren Quartieren, die nur durch einen gedeckten Gang mit der Villa Acacia verbunden waren. Die alte Lucia, die Pilar und Carlos Sanchez persönlich bediente, hockte lautlos wie ein Geist neben dem Speisesaal hinter der Terrasse und wartete, bis Pilar essen würde. Woher sollte sie wissen, daß ihrer Señorita der Appetit vergangen war? Lucia hatte das Kind Teresa in ihren Armen gewiegt.
Pilar hob lauschend den Kopf: Ob die Leere bereits ihre Stimme erhob? Oder fuhr der Abendwind durch die Palmen und den großen Akazienbaum, unter dem Sanchez so oft Zwiesprache mit sich selbst hielt, wenn Teresa ihm nicht gerade eine Szene machte? Einmal war Sanchez nach einem Streit mit seiner Frau regungslos unter dem Blätterdach stehengeblieben. So hatte Pilar ihn gefunden. Er hatte gemurmelt: »Dieser Baum ist mein Zeuge«, und sich schroff von ihr abgewandt. Sie wußte nicht, was er meinte, und fragte nicht.
Pilars Hand krampfte sich um den Telefonhörer. Sie hatte keine Lust zum Kopfsprung in die Vergangenheit. Sie fragte Tante Juana nach Einzelheiten über Teresas Ausflüge in die Anden. Sie hatte plötzlich das Gefühl, als sprächen sie über jemand, den sie beide nicht gekannt hatten. Sie unterhielten sich über eine Fremde, die durch einen absurden Zufall lose mit ihnen verbunden gewesen war. Auf keinen Fall sprachen sie über jene träge und heftige Person, die ihnen so wenig von der anderen Teresa Sanchez gezeigt hatte, obgleich diese träge und heftige Person in der Villa Acacia tatsächlich manchmal die Hände gerungen hatte. Aber Pilar hatte sich abgewandt. Der Anblick dieser weichen fleischigen Hände mit spitzen Fingern und einem kurzen Daumen, genußsüchtig und gierig und schwach, war nur schwer zu ertragen.
Der Abendwind blies Unruhe und Bedrohung durch die großen, offenen Fenster. Pilar hatte einen Aschengeschmack im Mund. Waren die Toten nur scheintot? Trieben sie weiter ihr Unwesen, und niemand konnte ihnen entfliehen?
»Teresa brachte uns alle in eine schiefe Situation«, sagte Juana Alvarez schrill. »Sie hatte etwas vorstehende Augen. Das ist ein Zeichen für Drüsenstörungen. Möglich, daß sie sich deswegen auf ihrer letzten Reise vor aller Augen mit einem *Yanqui** kompromittierte. Im Hotel Prado Rio.«
»Wer hat dir das gesagt?«

* Yankee

»Ich hätte es nicht erwähnen sollen. Nicht in diesem Augenblick. Aber ich muß einfach mit jemand reden! Und Antonia – Gott schütze sie – hört ja prinzipiell nicht zu. Sie gibt sich große Mühe, aber sie kann es eben nicht. Höre, Pilar, ich mache mir schwere Vorwürfe wegen Teresa.«

Jetzt wollte Pilar das Gespräch nicht abbrechen. Sie mußte alles über ihre Stiefschwester erfahren, bevor Carlos es von anderer Seite erfuhr. Sie bat ihre Tante ungewöhnlich sanft, ihr alles anzuvertrauen.

»Es ist schrecklich, Pilar. Man sagt jemand die Wahrheit, weil es sein muß, und danach fällt er tot um. Ich machte Teresa an ihrem letzten Abend Vorwürfe über ihr Benehmen mit dem Amerikaner im Prado Rio. Ich wollte ihr den Appetit nicht verderben und sagte es deswegen nach dem Essen . . . Und was tat sie? Sie bekam einen ihrer berühmten Wutanfälle und warf mir einen Kuchenteller vor die Füße. Ein Erbstück von Urgroßmutter Alvarez. Unersetzlich! Man kann schließlich mit einfachen Tellern um sich werfen, nicht wahr? Natürlich bat ich Teresa daraufhin, mein Zimmer zu verlassen. Sie lachte schrill wie in einem billigen Film – wo sie das Gelächter nur herhatte? –, knallte die Tür zu und ohrfeigte unser Stubenmädchen im Treppenhaus. Wenn Manuela eine Ohrfeige verdient, bekommt sie sie von mir. Sie hatte Teresa nichts getan und konnte nur durch ein Geldgeschenk beschwichtigt werden. Hätte ich gewußt, daß unsere geliebte Teresa in ihrer Wut zu viele Tabletten schlucken würde . . . Aber wer weiß schon, was man sagen soll und was nicht?«

»Das beste ist immer, man schweigt.«

»Ich konnte nicht länger schweigen. Das Ansehen unserer Familie stand auf dem Spiel. Ich weiß, ich weiß, liebe Pilar. In Europa und in den USA lacht man darüber, weil dort das Familienleben keine Rolle mehr spielt. Glücklicherweise ist das hier bei uns nicht der Fall. Wir glauben immer noch an die Todsünde, und wenn unsere Männer auch schon die Sünde belächeln – den Sinn für Dekorum belächeln sie *nicht*. Es ging einfach so nicht weiter, Pilar. Das ganze Hotel soll über Teresa und den Yanqui geredet haben. Übrigens ist diese Luxusbude an der Sierra Nevada sündhaft teuer. Was man auch gegen Carlos einwenden mag, er verbringt seine Ferien in dem alten Fischerhaus seines Großvaters auf Margarita und fängt sich seine eigenen Fische . . .«

»Wer hat dir so viel über Teresa erzählt? Was war geschehen?«

»Meinst du, Teresa hätte uns einmal ins Pradio Rio eingeladen?«

»Dazu hatte sie kein Geld. Ich mußte ihr dauernd etwas borgen.«

»Kein Geld? Teresa lud beständig ihre Freundin Consuelo Márquez in den Luxusstall ein. Consuelo sollte natürlich der Deckmantel sein, falls Carlos . . . Die Márquez sind eine bekannte Familie, aber Consuelo hat keinen roten Heller. Das weiß jeder hier in Mérida. Ich verstehe zwar nicht, wie man Consuelo auch nur drei Tage hintereinander ertragen kann – ihre Mutter kann es offenbar nicht, denn sie ist beständig krank –, aber das war Teresas Sache. Ich weiß nicht, ob sie dem Yanqui nach Chicago nachlaufen wollte, aber sie war hier in den letzten Wochen ganz verrückt und schrieb endlose Briefe an den Burschen. Manuela lief nur noch zwischen Haus und Briefkasten hin und her. Teresa – die nie an irgend jemand schrieb! Außer Pflichtbriefe an Carlos . . .«

Pilar schwieg. Was für Enthüllungen! Und wie sollte das alles enden? Was würde geschehen, wenn Carlos von diesem Skandal erfuhr? Nur eins glaubte Pilar nicht: Teresa hätte sich nicht von ihrem Mann getrennt. Sie hatte ihn stets als ihr Eigentum betrachtet. Und welcher Mann konnte ihr nur im entferntesten das an äußerem Luxus bieten, was dieser Cäsar der Industrie ihr bot? Teresas weiche, gierige Hände . . . Pilar dachte an Carlos – an seinen Stolz, an seine Probleme, an seine Hilfsbereitschaft, wo immer Hilfe nötig war, und ihre Hände wurden kalt. Etwas krampfte sich in ihr zusammen. Wenn nun Teresa den Namen ihres Mannes dem Gelächter preisgegeben hatte? Oder war sie einem Erpresser in die Arme gelaufen, der wußte, daß Sanchez ein enorm reicher Mann war? Oder hatte Teresa aus irgendeinem Grund nicht mehr ein und aus gewußt und die Überdosis Schlaftabletten absichtlich geschluckt? Wer wußte etwas über diese Fremde in den Anden? – Pilar fragte nach dem Namen des *Yanqui.*

»Ich habe ihn in der Aufregung vergessen. Ich konnte Manuela die Briefe nicht aus der Hand nehmen und lese ohne Brille nicht allzu deutlich. Und was liegt an dem Namen? Jetzt, wo Teresa . . .«

»Es mag eine Menge daran liegen«, sagte Pilar langsam. »Kannst du dich nicht erinnern? Jemand sprach mit dir darüber.«

»Richtig, Señora de Villegas. Sie wohnte damals im Prado Rio und sah alles mit an. Allerdings ist sie sehr kurzsichtig. Vielleicht kam der Yanqui gegen Morgen aus einem anderen Zimmer, oder es war nicht Teresas Yanqui. Er hieß nicht Brown oder Smith. Ich kann sie fragen.«

»Bitte, tu es nicht«, sagte Pilar schnell. »Wir müssen die Sache totschweigen.«

»Ja, das ist wohl das beste. Meinst du, der Yanqui hätte ein einziges Mal auf Teresas Briefe geantwortet? Sie lauerte auf jede Post ... Nichts zu machen. Der Señor hüllte sich in Stillschweigen. Wie alle Männer, wenn Frauen schwierig werden. Teresa war natürlich ungezügelt. Ihre Drüsen! Ach, das sagte ich schon. Mein Kopf dreht sich ... Aber Teresa war wirklich bildschön, obwohl sie immer dicker wurde.«

»Auf das Äußere kommt es nicht an.«

»Da bist du sehr im Irrtum, meine liebe Pilar. Männern kommt es auf nichts anderes an. Weswegen war Carlos vor zwei Jahren ganz vernarrt in dieses Fräulein aus Berlin? Wegen ihrer blonden Haare. Unser Freund Ruiz erzählte mir, daß Carlos die junge Person in Caracas einquartieren wollte, nachdem er sich mit ihr auf Margarita amüsiert hatte. Aber irgend etwas habe nicht geklappt, sagte Francesco. Das Fräulein segelte nach Berlin zurück. Kein Wunder, daß die arme Teresa Wutanfälle bekam! Sie wußte alles.«

»Sie wußte nichts«, sagte Pilar laut. »Ist das jetzt alles?«

»Ich hatte immer etwas gegen Carlos Sanchez, und du weißt es, Pilar. Antonia auch ... Er ist undurchsichtig. Und er geht über Leichen. Entschuldige, ich möchte jetzt nicht ...«

»Ich muß Schluß machen, und du mußt dich beruhigen. Also bis morgen! Ich bezahle natürlich das Gespräch.«

»Danke sehr, meine Liebe. Endlich wird Carlos merken, was er an unserer Teresa hatte.«

Das wollen wir nicht hoffen, dachte Pilar Alvarez.

## II

Sie setzte sich auf die Veranda mit dem Blick auf die Wälder und dachte über die Teresa der Villa Acacia nach. Der Haushalt zu dritt war ein unbehagliches Idyll gewesen. Eine der beiden Frauen war das dritte Rad am Wagen. Pilar hatte Teresa dafür gehalten, und Teresa hatte Pilar deutlich gezeigt, wie unerwünscht ihre Gegenwart ihr war. Aber Pilar hatte das Haus von ihrem Vater geerbt – genau wie die Partnerschaft der Firma *Alvarez & Sanchez* –, und sie war die letzte, die sich freiwillig ihrer Rechte entäußerte. Sie war eine ausgezeichnete Partnerin für Carlos Sanchez, und er sagte es ihr in regelmäßigen Abständen, um sie noch perfekter zu machen. Leider war sie nicht lie-

benswürdig, und Sanchez mußte im Betrieb für zwei lächeln. Dabei war er auch nicht der Liebenswürdigsten einer und erholte sich zu Haus durch permanentes Schweigen, was Teresa als persönliche Kränkung aufgefaßt hatte.
»Sagt endlich etwas«, schrie sie Pilar und Sanchez an. Das Schweigen machte ihr Angst, und sie war in den letzten Jahren immer häufiger nach Mérida geflohen. Also doch das dritte Rad? In Mérida konstruierte Teresa sich einen kleinen Kosmos, der sich um sie allein drehte, und mehr wollte sie nicht. Die grandiose Natur der Anden ließ sie kalt. Die Seen und Flüsse dienten ihr höchstens als Spiegel. Mérida produzierte den besten Kaffee von Venezuela, damit Teresa unzählige Tassen davon trinken konnte. Der Arzt hatte ihr zuviel Flüssigkeit verboten. Trinken schwemmte sie auf. Was lag daran? Sanchez hatte ihr das Glücklichsein verboten: das reduzierte sie zu einer zänkischen Null.
Pilar seufzte. Nun war Teresa tot. Sie hatte ihr jahrelang nichts Gutes gewünscht. Nicht gerade den Tod, aber etwas, was sie von der Villa Acacia fernhielt. Und genau das schien der *Yanqui* in den Anden gewesen zu sein. Es sah Teresa ähnlich, sich und ihren Mann in der Öffentlichkeit zu blamieren. Aber – hatte sie es wirklich getan? Das einzig Greifbare in dieser Angelegenheit waren ihre Briefe an den Unbekannten und sein Schweigen. War Teresa dazu verurteilt gewesen, einen Ruf, nein, einen Schrei ohne Echo in die Bergwelt zu senden?
Pilar rührte sich nicht. Sie versuchte angestrengt, Teresa in die Villa Acacia zurückzurufen. Umsonst. Die Unbekannte in den Anden schob sich in den Vordergrund. Nur die glühenden, leicht vorstehenden Augen unter den schweren gewölbten Lidern erinnerten an die zänkische Null. Die fremde Teresa hatte für Pilar nur ein Lächeln, das ihr Geheimnis nicht preisgab. Das Lächeln machte sie älter und viel gewitzter als die andere Teresa. Pilar versuchte, das Phantom zu ignorieren – aber es stand neben ihr und lächelte weiter, während sie die Telefonverbindung nach Cuidad Bolívar anmeldete. Ihre Knie zitterten. Sie war bei vollem Bewußtsein und klarem Geist in einem Dämmerzustand, in dem man zwar seine Umgebung erkennt, sie aber nur wie durch einen Schleier wahrnimmt. Der Akazienbaum stand immer noch im Garten, die geisterhafte Teresa beim Telefon in der Halle. Das Bild von Emilio Domingo Sanchez hing dort immer noch an der hohen weißen Wand. Er blickte grimmig auf die Verächter der Freiheit herab

– aber auch durch den Schleier. Nur konnte der dem steinernen Antlitz von Carlos' Großvater nichts anhaben. Pilar sah durch die Wände hindurch in ihr Zimmer: die Kerzen vor dem Hausaltar ihrer toten Mutter waren lange nicht mehr angezündet worden. Der aufgehende Mond warf verschwommene Reflexe auf die geschnitzten polierten Möbel und den Marmorboden der Halle. Irgendwo schrie eine Frau oder ein Nachtvogel. Vielleicht sogar ein alter Mann in einem versteckten Haus am Orinoco-Fluß. Wie kam Pilar darauf? Auch der Schrei war gedämpft und kam von weit her aus dem Grenzland des Bewußtseins – wie alles in dieser Stunde: Teresas Schatten, das Echo von Juanas harter Stimme, der Kaffeeduft von Mérida . . .

Salvador Paz, ein Jugendfreund von Carlos, meldete sich verschlafen, und Pilar gab ihm die traurige Nachricht portionsweise zu schlucken. Salvador wollte alles in kleinen Portionen: Glück, Unglück und Nachrichten. *Was* sagte Pilar da?

»Das ist unfaßbar. Warum sagtest du mir nicht, daß Teresa krank war? Auch Carlos hat keine Ahnung. Wir sind völlig unvorbereitet.«

»Sie war nicht krank, Salvador.«

»Man stirbt doch nicht, wenn man gesund ist«, sagte Señor Paz ungehalten.

»Teresa nahm eine Überdosis Schlaftabletten. Das ist alles.«

»Sehr unvorsichtig von ihr. Teresa war eben ein sorgloses, bezauberndes Kind. Ein bißchen unkonzentriert . . . Ich fürchte, sie verwechselte die Pillen mit Bonbons.«

»Möglich ist alles«, sagte Pilar.

»Bitte laß mich wissen, wann die Beerdigung ist. Ich komme natürlich nach Caracas. Glücklicherweise will Carlos erst morgen früh abreisen. Er wollte wieder nach seinem Haus am Orinoco sehen. Ich werde sofort versuchen, ihn anzurufen. Er ist auf einer Party bei Amerikanern. Wo starb Teresa?«

»In Mérida. Bei unseren Tanten Alvarez.«

»War die kleine Teresa nicht rührend? Wer kümmert sich heute noch um zwei alte Tanten? Carlos nennt Juana die Furie und Antonia das alte Schaf.« Paz hüstelte und sagte verlegen: »Du kennst ja seine Scherze.«

»Ich kenne sie.«

»Carlos wird trostlos sein«, bemerkte Señor Paz mit passender Grabesstimme. »Er betete Teresa an. Schrecklich, wie schnell man sterben kann! Meistens hat man kurz vorher noch tausend Pläne. Sinnlos, überhaupt Pläne zu machen, findest du nicht?«

»Ich weiß nicht, Salvador. Planen muß man schließlich irgend etwas. Man weiß doch nicht, wie lange man lebt.«

»Immer zu kurz, meine Gute. Vielleicht hängt man gegen jede Vernunft an diesem Leben, aber man tut es eben. Wirst du sehr einsam ohne Teresa sein? Sie hing doch so an dir. Als Kind lief sie dir überall nach.«

»Natürlich. Ich war zehn Jahre älter.«

»In letzter Zeit fühle ich mich auch nicht sehr wohl, Pilar. Und die Nachricht macht mich fertig. Eine schlaflose Nacht ist mir sicher. Und wenn's bei einer Nacht bleibt, werde ich von Glück sagen können. Teresas Tod muß uns allen eine Warnung sein.«

»Inwiefern?«

»Ich meine, was unsern Tablettenverbrauch angeht. Man kann nicht vorsichtig genug sein. Leider bin ich chronischer Nichtschläfer und wälze nachts die Übel der Welt in meinem Kopf herum. Du, ich bin tatsächlich schwindlig vor Schreck.«

»Es tut mir leid, daß ich dich so spät abends stören mußte. Aber . . .«

»Wo denkst du hin, Pilar? Carlos ist einer meiner ältesten Freunde. Ich war als Junge mit ihm bei seinem Großvater auf Margarita. Ich glaube, berühmte alte Männer sind mehr was für Erwachsene . . . Ja, ich weiß nicht, wie ich es Carlos beibringen soll. Aber das nützt nun alles nichts.«

»Eben.«

»Ein Glück, daß du eine robuste Gesundheit hast, Pilar. Ich weiß, du wirst für alles sorgen und Carlos unerwünschte Besucher fernhalten. Leider fallen ihm die meisten Leute auf die Nerven. Meine Frau sagt den ganzen Tag Einladungen für ihn ab. Aber ausgerechnet heute abend nahm er eine an.«

»Das ist immer so, Salvador. Teresa starb erst um fünf Uhr Nachmittag. Und ich hörte es natürlich nicht sofort.«

»Bitte, Pilar. Du kannst nichts dafür. Ich kann ja auch nichts dafür, daß mir Schreckschüsse nach dem Abendessen schlecht bekommen. Komisch, morgens kann ich allerhand vertragen. Sagtest du etwas?«

»Nein.«

»Wenn Teresa zu Haus war, gab sie die besten Partys von Caracas«, sagte Salvador Paz düster. »Erinnerst du dich noch an ihr großes Gar-

tenfest vor zwei Jahren? Als dieses Fräulein aus Berlin plötzlich angetanzt kam.«
»Ja, ich erinnere mich.«
»Soviel ich weiß, hatte niemand diese junge Dame eingeladen. Teresa benahm sich bewundernswert. Sie war strahlend liebenswürdig zu dem Fräulein. Übrigens . . .«, Señor Paz hüstelte wieder. »Höre, Pilar. Ich werde allein nach Caracas fliegen. Der Arzt hat meiner Frau Beerdigungen verboten. Maria wird zu Haus für die Seele unserer teuren Verstorbenen beten.«
»Natürlich, Salvador. Grüße Maria schön von mir.«
»Danke, meine Liebe. Werde es ihr morgen früh ausrichten. Nochmals: sei vorsichtig mit Tabletten, hörst du?«
»Ich brauche keine. Gute Nacht.«
Pilar hielt immer noch den Hörer in der Hand, obwohl das Gespräch längst beendet war. Sie fühlte etwas wie die Vorahnung einer Drohung, die alles oder nichts bedeuten konnte. Salvador Paz hatte sie einmal »Hüterin des Hauses« genannt. Wenn sie es bisher nicht gewesen war oder nicht sein konnte, jetzt mußte sie dieses Haus tatsächlich schützen.

## III

Ein Wagen fuhr durch das große Tor und hielt mit einem Ruck vor der Terrasse, auf der Teresa ihre Gäste empfangen hatte. Ein Mädchen stieg langsam die Stufen hinauf. Es war Rosa Martinez, die Privatsekretärin von Carlos. Pilar konnte sie nicht leiden, seitdem Rosa sich als »rechte Hand« des Chefs bezeichnet hatte. Sie behandelte Señorita Martinez kalt und unwirsch, obwohl deren einziges Verbrechen darin bestand, die beste Sekretärin zu sein, die Carlos je gehabt hatte. Er hatte ihre Vorgängerin, Elene, entlassen, weil sie sich in ihn verliebt hatte, alles vergaß und fehlerhaft tippte. Dafür zahlte er kein Gehalt.
»Was wollen Sie so spät?« fragte Pilar. »Woher kommen Sie?« Sie bat das Mädchen nicht ins Haus, sondern sprach von der Terrasse ins Dunkel.
»Ich komme aus Mérida. Señor Sanchez schickte mich dorthin.«
»*Nach Mérida*? Was sollten Sie da?«
»Der Chef gab mir private Aufträge«, sagte die »rechte Hand« nicht ohne versteckten Hohn. »Ich habe Ihnen etwas Wichtiges mitzutei-

len, Señorita. Und ich glaube, es ist in Ihrem Interesse, daß Sie mich anhören. Darf ich nähertreten?«

Pilar hörte ein Sausen oder Rauschen in ihren Ohren. Seit wann gab Carlos der Sekretärin private Aufträge? Und gerade in Mérida? Was wußte er?

Vielleicht machte Rosa Martinez sich nur wichtig? Es war doch nicht möglich, daß Carlos diese Person ins Zentrum rückte und die Hüterin des Hauses an die Peripherie schob. Sie, Pilar, kannte Carlos doch besser als jeder andere. War das wirklich der Fall? Hatte sie sich nicht jahrelang eingebildet, sie wüßte alles über Teresa? Jede Münze hat zwei Seiten, und jeder Mensch betrachtet die Seite, die ihm am besten zusagt. Vielleicht hatte sie ihren Schwager nur um fünf Uhr nachmittags gekannt? Wenn sie zusammen nach der Arbeit Kaffee tranken. Wenn die Nacht ihn ihr noch nicht geraubt hatte.

Die Sekretärin machte es sich in dem großen Korbsessel des Chefs bequem, der für seine langen Beine gebaut war. Rosas Beine baumelten ziellos in der Luft, aber es schien sie nicht zu stören. Sie rauchte die Zigaretten des Hauses und summte vor sich hin, um zu zeigen, wie wohl sie sich bereits in der Villa Acacia fühlte, die sie heute zum ersten Mal betreten hatte.

Sie hatte einen weiten Weg aus den Hügel-Slums um Caracas zurücklegen müssen, bis sie vertrauliche Gespräche mit Pilar Alvarez führen konnte. Küchenmädchen in einer Tortillabude, Stubenmädchen in einem Hafenbordell in La Guaira, Prügelmädchen eines Zuhälters, Barfräulein im *Palmenwald* derselben Hafenstadt, wo Carlos Sanchez sie entdeckt und zur Sekretärin hatte ausbilden lassen. Ihre Intelligenz war ihm aufgefallen, und ihre Vergangenheit garantierte ihm ewige Dankbarkeit. Sie hatte die Handelskurse mit Auszeichnung absolviert und verbarg ihr unsicheres und verprügeltes Selbst sorgfältig vor allen Blicken und möglichst auch vor sich selbst. Ihre Blitzkarrieren hatten immer nur einige Wochen oder Monate gedauert, aber bei Sanchez war sie nun zwei Jahre, und sie ging für ihn durchs Feuer und nach Mérida. Wohin sonst noch? Pilar hatte gedacht, er hätte sie nach Ciudad Bolívar mitgenommen, da sie eine Vertreterin im Caracas-Büro hatte. Rosa hatte die junge Dame persönlich eingearbeitet – das heißt, sie hatte sie im Zustand weitgehender Unwissenheit zurückgelassen.

Rosa Martinez hatte die Intelligenz von ihrem portugiesischen Vater geerbt. Das einzige Merkmal ihrer Herkunft von einer Mulattin waren ihre aufgeworfenen Lippen, aber ihre Zähigkeit und ihre Leidenschaft für Geld und Besitz waren nicht ererbt. Auch ihre Todesangst, eines Tages in »die Hütten« auf den Hügeln zurückgetreten zu werden, wurde nicht von dem Rest ihrer Familie geteilt. Sie fühlten sich dort wohl – vor allem Mamacita. In den Hütten gab es Maiskuchen, Schmutz, Prügel, Gespräche im Chor, Lethargie und behagliche Sorglosigkeit. Mit alledem hatte die Sekretärin Schluß gemacht.

Sie starrte Pilar an, während sie ihr einen Brief reichte, den sie zu einem enormen Preis verkaufen wollte. Sie wollte nicht etwa Macht über diese schreckliche Schwägerin des Chefs gewinnen, sie wollte auch nicht ihr Prestige als »rechte Hand« erhöhen. Sie wollte einfach, was sie immer wollte: einen großen Haufen Bolivares.

Pilar las den Brief, während sie der Überbringerin gastfreundlich den Rücken zuwandte. Der Brief war von Teresa an einen Mann gerichtet, dessen Vorname Elliot war. Diesen Brief hatte die Unbekannte aus den Anden geschrieben. Natürlich nicht auf Teresas Briefpapier mit der eingravierten Adresse »Villa Acacia«, und er war »Teresa Alvarez« unterschrieben. Wenigstens war der Name Sanchez nicht erwähnt. Ja, Teresa mußte schlauer gewesen sein, als Pilar angenommen hatte. Schlauer und zügelloser.

Pilar las den Brief zum zweiten Mal, erstarrte vor Teresas Schamlosigkeit, oder was es sonst gewesen war, während Rosa Martinez sich mäuschenstill verhielt. Schließlich drehte Pilar sich um. Sie hatte ihre schwarze Mantilla enger um die Schultern gezogen, aber ihr Gesicht war unbewegt. Nur ein Muskel zuckte an ihrem Mundwinkel. Die Andeutungen, die Juana Alvarez am Telefon gemacht hatte, waren nichts gegen diesen Ausbruch der Haßliebe. Die Sekretärin registrierte die unterdrückte Qual in dem strengen spanischen Gesicht und steigerte im Geist den Kaufpreis.

»Was wollten Sie in Mérida?« fragte Pilar schroff.

Señorita Martinez blickte erstaunt und unschuldig auf. Private Aufträge waren privat. Sie erwiderte, daß sie sich in Mérida nach den berühmten Rundziegeln der Anden umsehen sollte. Und dann einige Besuche. Pilar preßte die Lippen zusammen. Wußte Rosa, daß Teresa tot war? Und wie war sie in den Besitz dieses Briefs gekommen? Sie würde es nicht erfahren.

»Die Stadt Mérida ist entzückend«, bemerkte Rosa träumerisch. Sie bewegte ein Stück Kaugummi im Mund hin und her. »Ich sah mir die Universität an, Señorita. Dort hätte ich vielleicht studiert, wenn mein

Vater mehr Glück in diesem Land gehabt hätte. Er war ein langsamer Europäer – nicht geeignet für das Rattenrennen in Caracas.«
Pilar schwieg.
»Ich war erst zwölf Jahre, als mein Vater starb«, murmelte Rosa vorwurfsvoll. »Es war sehr rücksichtslos von ihm.« Señorita Martinez wurde nie müde, die Geschichte ihrer Familie, vielmehr die ihres Vaters, jedem zu erzählen, den sie zu fassen bekam. »Ich habe meinen brillanten Verstand von meinem Vater«, schloß sie unwillig. »Aber die Armen sitzen nicht in Hörsälen, sondern in Mausefallen.«
»Woher haben Sie diesen Brief?« fragte Pilar drohend. Sie hatte genug von dem Geschwätz. Rosa Martinez wich unwillkürlich vor der Hüterin des Hauses zurück. Ohne Übergang wurde sie das ängstliche und verprügelte Kind aus den Hütten. Sie duckte sich vor Schlägen, wie ihre Mutter sich vor ihrem Vater geduckt hatte. Señor Martinez hatte eine gute Handschrift geschrieben. Rosas Stirn bedeckte sich mit Schweißperlen, und ihr gutes Leinenkleid klebte an ihrem Körper. Aber sie murmelte, daß der Brief dem Chef wenig Freude machen würde. Sie sprach so langsam, als stockte ihr Gedankenstrom. Señorita Alvarez erschien ihr wie eine Gestalt aus einem finsteren Traum, die dämonische Herrin der Tiere, die statt des Tigerfells eine spanische Mantilla trug. Rosas Mutter hatte ihre Kinder in Mondnächten mit afrikanischen Zaubermythen erschreckt. Es war das einzige magische Erbteil, das die Sklaven-Vorfahren von Señorita Martinez in die karibische Welt mitgeschleppt hatten. Pilars Stimme schreckte Rosa aus ihren Grübeleien.
»Dieser Brief ist eine Fälschung. Sie können gehen.«
Die Sekretärin starrte Pilar sprachlos an. Ihre blitzenden schwarzen Augen trübten sich. Tiefe Falten zeigten sich unter dem Hollywood-Make-up. Ihr geschmeidiger Körper mit der üppigen Brust paßte plötzlich nicht mehr zu dem Gesicht mit dem bitteren Mund und den hohlen Wangen. Dieses Gesicht trug den Stempel früher Hungerjahre und würde nie angenehm und wohlgerundet sein. Rosa Martinez wurde in diesem Augenblick wieder die »arme Verwandte« dieses schamlos reichen Landes. Die Tochter eines entwurzelten Sardinenfischers und einer vergnügten, schlampigen Mulattin.
Pilar sah die Veränderung, und einen Augenblick tat das Mädchen ihr leid. Aber dann sah sie den heimlichen Triumph in den schlauen Augen – den Triumph der Enterbten über die Unangreifbaren, die heutzutage überall in der Welt angegriffen und von ihren Podesten

heruntergezerrt werden. Rosa fühlte, daß Pilar unter allen Umständen diesen Brief haben wollte und nur mit der Arroganz der Alvarez bluffte. Andernfalls hätte sie die Erpresserin hinauswerfen lassen. Warum sonst stand Señorita Alvarez wie angewurzelt auf der Terrasse? Ein stachliger, vergoldeter Kaktus. »Kaktus«, flüsterte Rosa sich selbst zu, um sich Mut zu machen. Sie fühlte sich verdammt unbehaglich. Beinahe schutzlos, trotz des Briefes. Machte das die Verachtung im Gesicht der Señorita, oder war es die kühle Pracht dieses Hauses? Rosa fühlte sich isoliert, und das war ihr unheimlich. Sie hatte einmal Schwärme von Fischen im Meer gesehen, eine Gruppe oder Truppe gleichartiger Lebewesen. Keiner war besser oder reicher als der nächste Fisch, und alle waren geborgen, weil sie gemeinsam schwammen. So geborgen fühlte sich auch Mamacita unter den Hüttenbewohnern. Auch sie schwammen gemeinsam und resolut durch Meere von Elend, Schmutz und Gestank. Aber die Gruppe gab sich Signale, wenn Gefahr von der Polizei drohte oder wenn Freuden winkten.

Rosa schauerte zusammen. War sie einen rauhen Weg gegangen, nur um von einer riesigen leeren Terrasse heruntergestoßen zu werden? Vielleicht träumte sie? Sie fror in ihrem kalten Schweiß. Sie schloß die Augen, öffnete sie aber sofort wieder. Sie hatte ein Gefahrensignal von der Gruppe empfangen. Wenn sie sich auch weltenweit von den Hütten entfernt hatte, sie war auch einmal ein Fisch im Schwarm gewesen, und das Meer ist überall. Ihr Bruder hatte wieder gestohlen, und sie brauchte Schweigegeld, damit der große Raubfisch ihn nicht der Polizei auslieferte. Ihre Mutter würde in diesem Augenblick in ihre Hände spucken und den Speichel dem Mond darbieten oder morgen früh dem ersten Sonnenstrahl. Mehr konnte Mamacita nicht zur Rettung des ältesten Sohnes tun, den Rest überließ sie, wie stets, ihrer großen Tochter mit dem »weißen Verstand«. Rosa haßte ihren Bruder, weil er nicht arbeiten wollte und weil er brutal und ohne Liebe war. Aber helfen mußte sie ihm. Auch er hatte sie einmal von einem Zuhälter befreit. Sie war siebzehn gewesen und hatte von Heirat geträumt.

Señorita Alvarez hielt den kostbaren Brief immer noch in der Hand und fragte immer noch nicht nach dem Preis. Rosa wurde dadurch noch unsicherer. Es war schon schwierig genug, von der Welt der Preise und Tatsachen des Nachts in Schreckträume zu stürzen. Aber die Gedanken dieser Señorita zu lesen war noch viel schwieriger. Der

Brief war echt, und er war von Teresa Sanchez, die sich auf Reisen Alvarez nannte, vor einigen Tagen in Mérida geschrieben worden. Rosa hatte ihn durch Zufall ergattert, wie eben manchmal der Zufall der Wohltäter der Armen ist. Aber wie konnte eine Dame so an einen fremden Mann schreiben? Diese Teresa hatte alles, was eine Frau sich auf dieser Welt wünschen kann: Schmuck, ein prachtvolles Haus in einem schönen Park, einen Mann wie Señor Sanchez, der sogar ihr, Rosa, ein Gefühl der Sicherheit gab, und – das Wichtigste – diese Señora konnte essen, soviel sie wollte. Nie war sie in verwaschenen Baumwollfetzen durch enge, stinkende Gassen gegangen. Nie hatte sie zerlöcherte Sandalen getragen oder war von Ungeziefer zerfressen worden. Hatte sie etwa mit vielen Personen in einer verfallenen Hütte gehaust? War sie beinah erstickt, wenn die Sonne Flammenbögen über das Wellblechdach warf? Und nun hielt sie, Rosa Martinez, die das alles durchgemacht hatte, den Frieden und die Ehre dieses Hauses in ihrer Hand. Jetzt endlich würde Pilar Alvarez merken, daß die Kleider triefen, wenn es durchs Dach regnet.
»Der Brief ist echt«, sagte sie beschwörend.
»Wieviel?« Pilar ließ sich nicht anmerken, was für einen lähmenden Schock ihr Teresas Brief versetzt hatte; aber sie hatte nicht die Geistesgegenwart, den Brief einfach zu zerreißen.
Rosa starrte die Señorita mit offenem Mund an. Dann nannte sie eine große Summe und ärgerte sich, daß ihre Stimme zitterte. Ihre Gedanken rasten fieberhaft in ihrem ermüdeten Hirn herum wie Ratten in einem glühenden Käfig. Machte sie in diesem Augenblick die Dummheit ihres Lebens? Wenn nun Pilar Alvarez dem Chef von diesem Besuch erzählte, nachdem sie den Brief zerrissen hatte? Rosa würde als unverschämte Lügnerin vor ihm dastehen. Niemals würde Sanchez ihr glauben, daß sie einen echten Brief seiner Frau in Händen gehalten hatte. Sie hörte bereits die schwarzgekleidete Señorita sagen, es sei eine plumpe Fälschung gewesen. Wer würde ihr, Rosa, glauben? Der Chef würde sie sofort entlassen und in die Hütten zurückschikken. Ohne Empfehlungsschreiben würde sie keine Stellung in Caracas bekommen, trotz ihrer Tüchtigkeit und ihres Fleißes. Eine Lügnerin, eine Erpresserin, eine Ratte mit dunklem Blut und weißem Verstand. Das sparsame Lob ihres Chefs und der Früchtekorb mit der Atlasschleife zu ihrem Geburtstag war alles, wofür Rosa seit zwei Jahren lebte. Die Atlasschleife lag in Seidenpapier in ihrem Koffer in dem möblierten sauberen Zimmer, das der Chef bezahlte. Das kleine Auto

bezahlte er auch. Plötzlich hungerte Rosa nach unerreichbaren Gütern – nach Reinheit, nach Geborgenheit, nach einem eigenen kleinen Haus mit einem Patio und einem lustigen Papagei, den sie abends sorgsam mit einem Tuch über dem Käfig zur Ruhe bringen würde. Aber wenn sie ihre Hände nach diesen Gegenständen des Glücks ausstreckte, wichen sie vor ihr zurück. Ja, im Patio würden Töpfe mit Palmen und Blumen stehen, und der Papagei würde sie lieben. Und sie würde eine respektable, eine seßhafte Person sein – die Hüterin ihres Luftschlosses.

»Wieviel?«

Rosa schrak zusammen. Die Señorita betrachtete sie so sonderbar. Sie hatte doch den Preis genannt! Sie brachte keinen Ton hervor, denn sie blickte sekundenlang in die Hütten. Sie sah ihre schlampige, vergnügte Mutter. Als Kind hatte sie sie immer mit geschwollenem Bauch gesehen – eine noch junge und trotzdem alte Frau. Und neben ihr stand der Vater mit dem dunklen, zerfransten Schnurrbart, dem ausgehöhlten, vergrämten Pechvogelgesicht. Rosa sah die schwarzen Zahnlücken, den überflüssigen Zahnstocher. Sie sah wieder die verzweifelte Ehrlichkeit in seinen dunklen »Europa-Augen«. Er hatte nicht mehr erlebt, daß sein Sohn Enrico mit fünfzehn Jahren ein Fahrrad stahl. Rosa war zwölf gewesen. Und Enrico, der nach seinem ehrenhaften Großvater in Portugal hieß, lachte laut und reparierte das Rad mit angeborenem Geschick. Gut, daß der Vater ihn nicht mehr prügeln konnte! Mamacita und Rosa hatten Angst vor ihm. Einmal hatte er Säcke über eine tiefe Grube hinter der Hütte gelegt. Rosa war hineingefallen und hatte ein Bein gebrochen. Wenn sie müde war, hinkte sie leicht. Enrico war so wild und quälte gern.

»Wenn er alles gehabt hätte, würde er nicht stehlen«, sagte sie laut.

»Von wem reden Sie, Rosa?«

»Von niemand.«

»Sind Sie verrückt oder betrunken?«

Rosa rieb sich die feuchte Stirn mit dem Zeigefinger; wie stets, wenn sie sich unsicher fühlte. Sie seufzte resigniert. Wenn sie endlich einmal Steine gegen den Himmel warf, fielen sie ihr auf den Kopf. Die Señorita bemerkte finster, daß sie das Geld holen wolle. Aber Rosa hielt sie an der Spitzenmantilla fest. »Ich will kein Geld«, schrie sie. »Der Brief ist eine Fälschung.«

»Das habe ich mir gedacht«, sagte Pilar, obwohl sie es keineswegs gedacht hatte. »Bitte, zerreißen Sie nicht mein Tuch. Setzen Sie sich

endlich!« Pilar reichte ihr ein Glas Limonade und fragte nachlässig, warum Rosa plötzlich kein Geld wolle.
»Ich will es eben nicht.« Rosa riß ihr mit einer wilden Bewegung Teresas Brief aus der Hand, zerriß ihn und warf die Papierfetzen in den Garten. Die Señorita bemerkte, daß der Garten kein Papierkorb sei. Rosa rührte sich nicht. Der Abendwind trug die Überreste des Briefes davon. Der Regen würde den Rest tun.
»Erpresser müssen gute Nerven haben«, sagte Pilar ganz freundlich. »Sie haben sie nicht. Lassen Sie die Finger von solchen Geschäften.«
Rosas Instinkt sagte ihr, daß Señorita Alvarez keinen Augenblick an eine Fälschung geglaubt hatte. Nie hätte sie dafür Geld herausgerückt! Und – wer könnte sich einen solchen Brief ausdenken? Da hätte selbst sie sich geschämt. Sie sagte heiser: »Señor Sanchez darf nichts erfahren. Schwören Sie es!«
»Ich schwöre nur vor Gericht. Aber es gibt nichts zu erzählen. Übrigens – was wollten Sie wirklich in Mérida?«
»Rundziegel für das neue Haus des Chefs und private Aufträge. Er hat viele Geheimnisse. Er plante . . .«
»Reden Sie endlich!«
»Ich habe es vergessen. Gute Nacht, Señorita.« In diesem Augenblick schien die Besiegte stärker zu sein als die Unangreifbare auf der leeren Terrasse. Rosa Martinez lachte ohne ersichtlichen Grund, dann preßte sie die Lippen zusammen, damit ihnen keine weitere Mitteilung entschlüpfen konnte. Sie nickte den Palmen zu, und ihr Gesicht glich im Mondlicht einer primitiven Maske aus Wolle oder Stroh, grau, zerknittert – ein Überbleibsel aus einem Karneval des Untergangs. Würde Señorita Alvarez schweigen? Rosa schlich zu ihrem kleinen Wagen.
Pilar blickte ihr nach und dachte an eine Schnecke, die sich unvermutet aus ihrem Haus wagt und blitzschnell wieder dorthin zurückkriecht. Rosa stellte keine Gefahr für dieses Haus dar, aber sie besaß ein gefährliches Wissen. Wenigstens war der Brief mit Teresas heftiger, riesiger Schrift im Nachtwind verweht. Doch die Tote selbst näherte sich in rasender Eile dem Bereich der Lebenden und würde ihr Blut schlürfen. Tat sie es bereits? Pilar fühlte sich ausgeleert. Sie verstand Rosas Andeutungen nicht. »Der Señor hat viele Geheimnisse.« Aber doch nicht vor ihr, Pilar, die seit Jahrzehnten seine Vertraute war. Was hatte Rosa Martinez »in privatem Auftrag« in Mérida gewollt, und wie war sie zu Teresas Brief gekommen? Pilar sah sich auf

der Terrasse um, als ob jemand ihre Gedanken belauschte. Ihr war, als hätte sie ihre Orientierung in der vertrauten Umwelt verloren. Sie sah doppelt: den Mond, den Krug mit Fruchtsaft, sie sah Carlos mit einem Januskopf. War sie optischen Täuschungen ausgeliefert? Unsinn! Carlos hatte nur einen Kopf, wenn auch vielleicht ein Doppel-Ich ... Wie eigentlich die Mehrzahl der Menschen. ›Nur ich bin immer dieselbe‹, dachte sie grimmig. Carlos mußte sie ziemlich eintönig finden. Aber er hing trotzdem an ihr und betrachtete sie als ruhenden Pol seiner Existenz. Das hatte er ihr einmal klipp und klar gesagt. Sie würde versuchen, ihm weiter seine Ruhe zu sichern. Sein Leben war unruhig genug. Nicht nur sein Leben – die ganze Welt war unruhig und verwirrt. Es gab keine Sicherheit, schon gar nicht für Carlos Sanchez. Und da versuchte sie verbissen, die Villa Acacia vor Eindringlingen und Gespenstern zu schützen. Wie sollte ihr das gelingen? War die Hüterin eines Hauses, waren Treue und Verläßlichkeit in dieser Zeit vielleicht schon atavistische Scherzartikel geworden?

Pilar starrte in den großen Garten, der Sanchez und sie von der Fahrstraße isolierte. Aber vielleicht führten die Gartenwege bereits ins Dickicht, vielleicht würde das Telefon nächstens selbsttätige Verbindungen herstellen ... Pilars Gedanken liefen gehetzt im Kreis. Wie viele Briefe hatte Teresa an jenen unbekannten *Yanqui* geschrieben, und wer hatte sie – außer Rosa Martinez – gelesen? Wer würde weitere Briefe verkaufen wollen? Ihr oder Sanchez oder einem seiner Feinde? Sie unterdrückte ein Stöhnen. Jemand stand jetzt neben ihr auf der leeren Terrasse. Teresa? O nein! Es war die Fremde aus den Anden. Sie stand ungreifbar im Mondlicht und lächelte über die Hüterin des Hauses ...

›Es war zuviel heute‹, dachte Pilar. ›Ich werde eine von Teresas Schlaftabletten nehmen.‹

Das Telefon rief sie ins Haus zurück. Es war Carlos Sanchez aus Ciudad Bolívar.

ZWEITES KAPITEL

# Memento mori

*Wer meine Gedanken kauft,*
*kauft keinen Honigtopf*
*nach jedermanns Geschmack.*
Chukude Osadebay

»Wo sind meine Herztropfen, Antonia?«
»Hast du sie in Mérida vergessen?«
»Ich bin doch nicht du.« Juana Alvarez blickte sich in dem blauen Zimmer der Villa Acacia suchend um. »Da sind sie ja! Man muß nur die Augen aufmachen.«
»Mach sie auf! Nimm gleich die Tropfen, hörst du. Du bist ganz blaß.«
»Sieh dich an! Nein, laß es lieber! – Ich dachte bei der Beerdigung, du kriegst wieder deine Nerven.«
»Ich gebe nicht gern ein Schauspiel vor anderen Leuten«, sagte Antonia Alvarez würdevoll.
»Na ja. Das hebst du dir für zu Hause auf. Findest du die Stimmung hier im Haus auch so bedrückend?«
»Was hast du erwartet? Schließlich haben wir Teresa begraben, und Pilar ist doch immer so unfreundlich. Aber natürlich nichts gegen Carlos. Man kann Angst vor ihm bekommen.«
»Unsinn! Er macht immer ein finsteres Gesicht, wenn Familie zu Besuch kommt.«
»Aber dies ist doch kein gewöhnlicher Besuch, Juana.«
»Zu Gartenfesten lädt Carlos uns allerdings nicht ein. Ist dir eigentlich aufgefallen, daß . . . pst! – Ist da jemand an der Tür?« fragte sie laut. Juana Alvarez lebte in dem Wahn, daß jeder ihre Gespräche belauschte.
Die alte Lucia meldete den Damen, daß sie auf der Terrasse erwartet

würden. Der Empfang der Trauergäste war bereits im Gang. Stimmengewirr drang herauf.
»Es scheinen schon eine Menge Leute da zu sein.« Juana runzelte die Stirn. »Ruh dich lieber hier oben aus, Antonia.«
»Ich möchte auch etwas Abwechslung haben.«
»Dies ist ein Trauerhaus, falls du es vergessen haben solltest.«
»Ich habe die ganze Nacht geweint«, sagte Antonia Alvarez beleidigt. »Ach, Juana, wir beiden haben auch nur noch eine Gnadenfrist.«
»Daran hat Teresas Tod nichts geändert. Bring doch nicht immer alles durcheinander, Antonia. Deine Brosche sitzt wieder schief. Komm endlich, wenn du dich durchaus überanstrengen willst. Wer hat's dann auszubaden? Ich.«
»Ganz Caracas scheint unten zu sein. Wußtest du, daß Teresa so beliebt war?«
»Nein. Die Leute kommen doch wegen Carlos. Ein Industriemagnat kann eben so unsympathisch sein, wie er will, die Leute kommen trotzdem. Ich möchte nicht wissen, was Carlos für Steuern zahlt.«
»Vielleicht macht er deswegen so ein düsteres Gesicht.«
»Rede keinen Unsinn, Antonia. Soll er lachen und singen? Ich finde ihn erstaunlich gefaßt. Beinahe vergnügt, wenn man die Umstände bedenkt. Andererseits sah er Teresa in den letzten zwei Jahren ziemlich selten.«
»Deswegen war sie aber doch seine Frau. Und er hat sie aus Liebe geheiratet.«
»Das ist ja nun glücklich auch fünfzehn Jahre her. Du bist schrecklich sentimental. Unsere Großtante Alberta sagte immer: ›Die Liebe eines Ehemannes ist wie Wasser in einem zerlöcherten Korb.‹ Sie mußte es wissen, denn ihr Mann war niemals zu Hause. Wie lange willst du dich noch frisieren, Antonia?«

Carlos Sanchez stand ruhig und mit undurchdringlicher Miene auf der großen Terrasse und begrüßte die Trauergäste. Er hörte höflich zu, schien aber trotzdem in einen Dialog mit sich selbst vertieft zu sein. ›Er ist ein Obelisk‹, dachte sein Freund Salvador Paz. ›Mit Gedanken wie Hieroglyphen.‹ Paz war Bildhauer, und er dachte in Stein, Bronze und Blech. Er belieferte die Industrie. Sanchez hatte einige seiner sehr modernen Plastiken in den Empfangshallen seiner Büros in Caracas und Puerto Cabello aufgestellt. Auch im Garten der Villa Acacia tummelten sich diese Todfeinde der Gartenzwerge.

Pilar stand neben Sanchez auf der Terrasse und fürchtete, er würde jeden Augenblick in die umliegenden Wälder verschwinden. Sie fühlte, daß er sich langweilte, denn er blickte rastlos umher. Diese Furcht, daß er eines Tages einfach verschwinden könnte, war immer in ihr. Sanchez besaß das Talent, seine Spuren zu verwischen.
Er war in großer Eile aus Ciudad Bolívar nach Caracas zurückgekommen und hatte noch mit niemand vertraulich geredet. Hatte er sich das so eingerichtet? Pilar betrachtete sein unbewegtes Gesicht. Sie mußte noch heute abend mit ihm sprechen. Zum ersten Mal erschreckte sie dieser Gedanke. Teresas Tod hatte die Atmosphäre in der Villa Acacia bereits verändert. Sanchez war plötzlich so unnahbar, als ob sie Fremde wären. Hatte sie jemals mit diesem Mann über Teresas Kopf hinweg vertrauliche Gespräche geführt? Wollte er jetzt nur noch ihr Geschäftspartner sein? Es schien ihr, als stünde Teresas Schatten zwischen ihnen. Und wirklich beugte er sich zu ihr herunter und flüsterte: »Wir werden Teresa nicht loswerden. Rede es dir gar nicht erst ein.«
Pilar wich zurück. Sanchez las Gedanken wie ein indianischer Zeichendeuter.
»Teresa ist tot«, sagte sie schroff.
»Niemand ist tot, bis er es selber zugibt. Wußtest du das nicht?« Er warf ihr einen undefinierbaren Blick zu und begrüßte dann Señor und Señora de Villegas, die mit Pilars Tanten aus Mérida gekommen waren. Sie waren die ältesten Freunde der Familie Alvarez. Die Señora war muskulös, tugendhaft und kurzsichtig und kniff die Augen zusammen, weil sie Sanchez genau sehen wollte. Juana Alvarez hatte ihr nicht erzählt, wie auffallend gut er aussah. Der *Yanqui* im Hotel Prado Rio, der aus Teresas Zimmer an ihr vorbeihuschte, war nicht so imposant gewesen. Aber vielleicht hatte Señora de Villegas damals ihre Augen nicht zusammengekniffen. Auf jeden Fall war Teresa Sanchez tot, und alle ihre Freunde nahmen es ihr übel.
Ramón de Villegas kannte Sanchez geschäftlich und vom Fischen und hielt große Stücke auf ihn. Die Wertschätzung war gegenseitig. Villegas war Direktor einer bedeutenden Bank und ein harter, zäher Arbeiter wie seine bäuerlichen Vorfahren in den Anden. Er war klein, stämmig und gefürchtet, ein Meister in der Kunst, Freunde zu verlieren und Einfluß zu gewinnen. Niemand hatte ihn je lachen sehen. Jetzt stand er unbeteiligt neben seiner Frau und ihrer Freundin Juana Alvarez und lauschte mißbilligend ihrem Gespräch. »Für Klatsch ist

hier nicht der richtige Ort. Dies ist ein Trauerhaus«, sagte er zu seiner Frau. »Sanchez ist ganz am Ende. Kein Wunder! Teresa war bildhübsch.«
»Woher kanntest du sie?« fragte Señora de Villegas drohend.
»Ich traf sie irgendwo. Es ist gleichgültig. Sie war eine echte Frau, sanft und geduldig.«
Juana Alvarez war sprachlos.
»Teresa war leider sehr dick geworden«, sagte Señora de Villegas. »Zuletzt im Prado Rio fand ich sie aufgeschwemmt. Warum trittst du mir auf den Fuß, Ramón?«
Señor de Villegas wandte sich einem Bankmann aus Caracas zu. Wer interessierte sich für das Körpergewicht einer Leiche? Teresa Sanchez war reizend gewesen. Er liebte weiche rundliche Formen. Seine Frau bestand aus Muskeln und Frigidität. Während er sich mit seinem Kollegen unterhielt, dachte er ohne Selbstmitleid, wie wenig Freuden es in seinem Leben gab. Sein einziger Genuß war das Fischen in den Kristallseen der Anden. Manchmal schmiedete er, mitten in der Nacht, während seine Frau neben ihm schnarchte, desperate Fluchtpläne in Richtung Sierra Nevada, die er dann morgens bei dem berühmten Mérida-Kaffee und seinen Zeitungen belächelte. Er umarmte immer nur die Luft . . . Im geheimen beneidete er Sanchez um seine Erfahrungen mit Teresa.
Sanchez wunderte sich wieder einmal, wie viele Leute ihm die Hände drücken wollten. Die Parade der Wohlstandsgesellschaft von Venezuela schien kein Ende zu nehmen. Die meisten waren gekommen, um Mitgefühl zu empfangen, nicht um es zu geben. Sie waren durch Teresas Tod vom Hauch der Verwesung berührt worden, und ihr einziger Trost bestand darin, sich in der Villa Acacia davon zu überzeugen, daß die meisten von ihnen noch lebten. Der Tod machte keinen Unterschied zwischen Jugend und Alter; auch das tröstete viele Leute in mittleren Jahren. Sie betrachteten mit Stolz die steinalte, scharfzüngige Señora Gonzales in ihrem Rollstuhl. Solange sie aushielt, hatte man noch Chancen.
Während Sanchez immer neue Besucher begrüßte, hörte er mit halbem Ohr auf die Gespräche seiner Gäste.
»Ist es nicht entsetzlich mit Teresa? Sie gab die besten Partys von Caracas. Sanchez muß gebrochen sein.«
»Armer Mann«, murmelte die Gesprächspartnerin mit einem winzigen Schoßhund im Arm. »Ich konnte meinen kleinen Liebling nir-

gends lassen«, erklärte sie dem Herrn an ihrer Seite. »Wollen Sie ihn bitte einen Augenblick halten? Aber zart anfassen. Er ist so sensitiv. Ich muß Carlos und Pilar begrüßen. Verstehen Sie, wie eine so gesunde Frau wie Teresa plötzlich sterben kann? Ob das mit rechten Dingen zugegangen ist? Sei schön artig, Schatz! Mama ist gleich wieder bei dir.«

»Wissen Sie, Angel, ich bin immer mißtrauisch, wenn einer so plötzlich stirbt. Aber die kleine Sanchez hatte doch alles, was man sich auf der Welt wünschen kann.«

»Zum Beispiel: einen recht schwierigen Mann.«

»Machen Sie keine Witze, Angel. Mit Sanchez läßt sich leben. Ich kenne ihn ganz genau vom Fischen. Wie waren gestern die Zementpreise? Hatte keine Zeit nachzusehen. Diese Beerdigung brachte meine ganzen Arrangements durcheinander. Mochten Sie eigentlich Teresa Sanchez?«

»Ach ja. Sie war ganz nett.«

»Offen gestanden: mein Fall war sie nicht. Pilar gefällt mir besser.«

»Sie haben einen komischen Geschmack. Die Pilar ist eine wandelnde Säule der Rechtschaffenheit. Bei der möchte man sich immer entschuldigen, daß man ein Mann ist.«

»Verzeihen Sie, ich wollte wirklich nicht lachen. Es ist ja eine Tragödie, so jung zu sterben. Vielleicht nahm sie wirklich zuviel Schlaftabletten. Sie hatte 'ne Menge Stroh in ihrem hübschen kleinen Kopf.«

»Das kann man von Sanchez nicht behaupten. Ich will ihm übrigens nächstens einen Posten Zement anbieten. Er baut immer noch oder schon wieder am Orinoco.«

»Ein reicher Witwer ist immer noch besser dran als ein armer. Und Arbeit ist die beste Medizin gegen den Tod. Was meinen Sie?«

»Bei mir sind's die Pferderennen. Dabei lernte ich übrigens die gute Teresa kennen. Sie war damals allein dort.«

»Sie war auch jetzt im Hotel Prado Rio allein, hab ich mir sagen lassen.«

»Psssst! Da kommt wieder eine Alvarez angetanzt. Man soll über die Toten nur Gutes reden, lieber Freund. Gräßlich, wie schnell man ...«

Die beiden Freunde gingen in den Garten hinunter, und Sanchez blickte ihnen nach.

Die alte und sehr einflußreiche Señora Gonzales im Rollstuhl drückte Sanchez beide Hände.
»Mein lieber Carlos. Was soll man dazu sagen? Vorsichtig, Manuela«, schrie sie ihre Großnichte an. »Mein Rollstuhl ist kein Rennwagen.«
Sanchez bückte sich zu der alten Dame hinunter. »Man kann dazu nichts sagen, meine Liebe. Ich danke Ihnen sehr für Ihren Besuch. Wie geht es Ihnen?«
»Ich kann leider nicht sterben.«
»Das dürfen Sie nicht! Wir alle würden Sie schmerzlich vermissen. Entschuldigen Sie mich bitte. Ich schicke Ihnen Pilar.«
»Schläfst du eigentlich, Manuela? Fahr mich zum Wagen.«
»Entschuldige, ich mußte immerfort Señor Sanchez ansehen. Ein wunderbarer Mann! Und er tut mir so leid.«
»Unsinn! Carlos kann viel ertragen. Wie sein Großvater Sanchez. Er sieht ihm übrigens jeden Tag ähnlicher.«
»War das der berühmte Freiheitskämpfer aus Margarita?«
»Ich freue mich, daß du unsere Geschichte kennst. Ich werde dich doch nicht enterben.«
Sanchez hätte der kleinen Manuela beinahe zugelächelt. Sie war recht hübsch, aber zu grün. Im nächsten Augenblick hatte er sie vergessen. Ein merkwürdiges Geräusch aus dem Garten ließ ihn aufhorchen. Ein hoher zitternder hysterischer Ton. Teresas Lachen! Vielleicht lachte sie im Gebüsch über ihn? Auf jeden Fall hatte sie so gelacht, als er vor zwei Jahren dem wildfremden Fräulein aus Berlin Gastfreundschaft angeboten hatte. Es war spät am Abend gewesen, und Carla Moll hatte kein Hotel in Caracas gehabt. Am nächsten Tag hatte Teresa das Fräulein vergessen. Oder hatte sie nur so getan? Sanchez zog die Augenbrauen zusammen. Das Lachen war verstummt. Vielleicht hatte überhaupt niemand gelacht. Sanchez kämpfte zwischen Ärger und Übelkeit – wie immer, wenn er an die Journalistin Moll zurückdachte. Wie konnte er nur auf sie hereinfallen? Er war doch kein Anfänger. Er würde ihr nie vergeben, was sie ihm angetan hatte. Der Teufel sollte sie holen.
Aber der Teufel hatte Señor Sanchez diesen kleinen Gefallen nicht getan. Fräulein Moll war wieder in Venezuela auf Studienreisen, und die Zeitungen berichteten, sie befinde sich am Orinoco. Der Teufel hatte statt dessen Teresa geholt. Carla Moll! Erst war sie ein Wunschbild gewesen, und nun war sie eine Abstraktion. Wenigstens hatte Sanchez sich dahin entschieden. Er schüttelte gern das tote Gewicht

vergangener Erfahrung von sich ab. Wie könnte ein Mann sonst weiterleben? Sanchez brauchte Stille, Klarheit und immer wieder die Befreiung von sich und der Vergangenheit. Frauen schienen das alles nicht zu brauchen. Sie wühlten wie Maulwürfe im Erdreich ihrer Erinnerungen herum und liebten ihre verrosteten Ketten mit masochistischem Starrsinn. Wenigstens waren Teresa und ihre Freundinnen so gewesen. Pilar hatte keine Erfahrung mit Männern.
*Memento mori!*
»Teresas Herz soll versagt haben.«
»An etwas stirbt man eben, Fernanda. Ich bilde mir in letzter Zeit ein, ich hätte Herzerweiterung.«
»Ich werde Pedro jetzt dazu zwingen, daß er endlich sein Testament macht. Er hat längst die Managerkrankheit. Ich möchte wissen, weshalb er sich sträubt, sein Testament ... Davon stirbt man doch nicht.«
»Aber manche Männer kommen dabei auf trübe Gedanken. Bis auf Carlos Sanchez.«
»Was soll das heißen?«
»Ich meine, der ist unverwüstlich. Mein Mann sagt, er geht über Leichen. Geschäftlich natürlich. Sanchez sieht fabelhaft aus, findest du nicht?«
»Ich mag keine Männer in Denkmalsgröße. Da muß man sich den Hals ausrecken. Und er hält zuviel Distanz. Ich glaube, sogar die Palmen haben Angst vor ihm.«
»Ob er um Teresa trauert?«
»Ansehen kann man es ihm nicht. Aber warum nicht? Meinst du, ich kann Pilar nach Teresas Rezept für Fruchtpunsch fragen? Armes Ding! Das ist nun alles, was von ihr zurückbleibt. Ein Rezept für Punsch.«
»Man muß sich freuen, wenn Freunde und Verwandte sich eine Woche nach der Beerdigung überhaupt noch an einen erinnern.«
»Das Leben geht eben auch ohne uns weiter. Ich möchte wissen, wie lange mein Mann sich noch mit Señor Castillo über Leichtmetalle unterhalten wird. Wir wollten noch ins Kino.«
Bankleute. Ölleute. Minister. Die Handelskammermitglieder. Unternehmer. Künstler. Angestellte – mit Ausnahme von Rosa Martinez, die Halsentzündung hatte. Señor Obón (Aluminium) unterhielt sich mit einem nordamerikanischen Gast über industrielle Methoden. Mr. Myers fand die Industriellen in Lateinamerika teils patriarchalisch,

teils exzentrisch und in jedem Fall mißtrauisch gegen *Yanquis* mit anderen Methoden und Scherzen. Mr. Myers produzierte falsche viktorianische Möbel in Montgomery in Alabama und hatte nichts gegen die Neger seiner Stadt, solange sie keine Manager werden wollten. *Black Power?* Alles Geschwätz von arbeitsscheuen Rebellen. In diesem Augenblick trat ein bekannter Negersänger auf Señor Sanchez zu und drückte ihm die Hand. Sanchez zog ihn beiseite zu einem Privatgespräch. Mr. Myers zog seine grauweißen Augenbrauen in die Höhe. Mit ihm hatte Sanchez bis jetzt noch nicht gesprochen.

»Finden Sie uns sehr langsam, Mr. Myers?«

»Etwas langsamer als in den Staaten, Señor! Ein Freund von mir, Berater für modernes Management, absolviert gerade Venezuela. Gehört in den Staaten zu einer bedeutenden Firma.«

»Ich würde ihn auch gern konsultieren. Habe eine Papierfabrik in Caracas. Wie heißt er?«

»Cooper. E. J. Coopers von *Smith & Stone*, Chicago. Der Mann sieht aus, als ob er nicht bis drei zählen könnte, und steckt dabei Direktoren und Banken in den Sack.«

»Wo kann ich ihn erreichen, Mr. Myers?«

»Er machte Ferien in den Anden. Schickte mir einen Gruß aus dem Hotel Prado Rio. Leidenschaftlicher Fischer in der Freizeit. Wenn ich nicht sehr irre, traf er dort auch die unglückliche kleine Frau.«

»Wen meinen Sie?«

»Mrs. Sanchez! – Ein schreckliches Unglück, nicht wahr?«

»Ja – natürlich«, sagte Señor Obón (Aluminium und neuerdings Partner einer Papierfabrik). »Darf ich fragen, in welcher Linie Sie tätig sind, Mr. Myers?«

»Kunstmöbel. Ich bin privat in Caracas. Meine Tochter heiratete hier. Limonadenfabrik. Sehr nettes Unternehmen. Tja – Sanchez ist sehr fortschrittlich, hab ich gehört. Er war oft in den Staaten. Großartiger Mann. Nur etwas zu ernst für meinen Geschmack.«

»Schließlich ist seine Frau gerade gestorben, Mr. Myers!«

»Die Villa Acacia ist wirklich grandios!«

»Altspanischer Kolonialstil, Sir. Nur rücksichtslos modernisiert.«

»Einige unserer Möbel – ein viktorianisches Schreibpult, sieht echter aus als das Original in England – könnten noch gut in der Ecke des gelben Salons stehen. Aber natürlich kann ich heute Señor Sanchez keine Möbel anbieten. Und morgen fliege ich nach Haus. Pech!«

*Memento mori!*

Sanchez hatte genug. Er vermißte Robert und Luise Jordan, seine besten Freunde, die ihren Sohn in den Staaten besuchten. Dr. Jordan war der einzige, der Einblick in Sanchez' Privatleben hatte. Vielmehr kannte er sein Gedankenleben. Pilar und Teresas Mutter, Doña Isabella Alvarez, wußten nur, was ihn bedrohte. Sanchez besaß einen Hang zum Schweigen und fuhr auf die Insel Margarita, um zu meditieren und zu fischen. Er liebte die Einsamkeit nach hektischen Geschäften, und die Leere, Teresas Todfeindin, hatte für ihn ein Element von Poesie.

»Du mußt dich ablenken, Carlos«, sagte Salvador Paz. »Es *ist* ein Unglück mit Teresa, aber . . .«

»Ich dachte nicht an Teresa.«

»Du darfst die Welt nicht aufgeben, *amigo*«, sagte Paz beschwörend. Natürlich dachte Carlos die ganze Zeit an Teresa. Woher sah er sonst so düster aus?

Sanchez blickte seinen Freund erstaunt an. Er die Welt aufgeben? Hatte Salvador zuviel von Teresas Fruchtpunsch getrunken? »Ich gebe nur langsam die Illusionen über die Welt auf«, sagte er milde. »Mach dir keine Sorgen um mich, Salvador. Je eher wir unsere Illusionen aufgeben, desto besser.« Sanchez klopfte dem alten treuen Freund auf die Schulter.

»Wann kommst du wieder zu uns nach Ciudad Bolívar?«

»Sehr bald, Salvador. Die neuen Bauten, die Ingenieure . . .«

»Arbeit ist eben die beste Medizin, Carlos.«

»Meinst du?« Sanchez zuckte die Achseln. Er haßte all diese wohlgemeinten Phrasen. Wenn Salvador wüßte . . . Wie konnte der Bildhauer wissen? Er war glücklich mit seiner Frau, und Arbeit war die beste Medizin. Vielleicht hatte er sogar recht . . . Aber jeder hatte nur in seinem eigenen Fall recht, und diese Tatsache entfremdete Menschen tiefer als alles andere. Eine glückliche Ehe war genauso eine Gewohnheit wie eine unglückliche, dachte Sanchez und zündete sich eine Zigarette an. Was Teresas Ehe mit ihm ruiniert hatte, waren ihre gegensätzlichen Neigungen gewesen. Teresas Vorstellung von Glück war seine Vorstellung von Unglück. So einfach und so verwickelt war das alles gewesen. Und nun war er frei. Oder war diese Freiheit auch nur eine Illusion?

Pilar nickte allmählich wie ein Automat zu allen Reden und Fragen.

»Wo ist Consuelo Márquez, Pilar? Ich sehe nur ihre Eltern.«

»Sie ist gar nicht hier.«

»Ist das nicht merkwürdig? Sie war doch Teresas beste Freundin.«

»Vielleicht ist es merkwürdig. Ich weiß es nicht.«

»Arme Pilar! Du wirst sehr allein ohne Teresa sein. Bitte besuche uns doch gelegentlich. Du bist uns immer willkommen.«

Pilar nickte. Sie würde sich hüten, Teresas Freundinnen zu besuchen. Sie hatten nichts miteinander gemein. Nicht einmal Teresa. Warum sprach Carlos kein Wort mit ihr? Unsicherheit sprang sie aus der Dämmerung an, oder von den glühenden Büschen und Blumenbeeten, die Teresa geliebt hatte. Nun gut – dann war sie eben jetzt ganz allein. Bei diesem Gedanken empfand Pilar verzweifelte Befriedigung. Sie hatte Carlos nie besessen, und was hatte sich daran geändert? Sie streckte weiter die Arme nach Früchten aus, die vor ihrem Griff zurückwichen. Sanchez wurde von Minute zu Minute unerreichbarer. Es war die Nacht Teresas.

Ein schönes junges Mädchen hinkte auf Pilar zu. Ein deformierter Engel, der sofort wieder im Gedränge verschwand. Pilar dachte unwillkürlich an Rosa Martinez, die auch manchmal hinkte. Wenigstens war Teresas Brief an jenen *Yanqui* im Hotel Prado Rio vernichtet. Sie beschützte Sanchez ja immer gegen seinen Willen . . .

Sie ging auf Antonia Alvarez zu, die aussah, als würde sie jeden Augenblick ihr Jammerkonzert anstimmen. »Willst du eine Limonade, Tante Antonia?«

»Danke, nein, Pilar. Nur du kümmerst dich um mich. Wenn auch erst nach einer Stunde. Weißt du, was das Schlimmste bei einem Todesfall ist?«

»Ich denke: der Tod.«

»O nein! Die paar Wochen vor dem Tod, wenn man alles zum letztenmal tut und es nicht weiß.«

»Möchtest du nicht doch eine Erfrischung haben?«

»Ich meine: man macht seinen letzten Spaziergang und denkt, man wird noch viele Male in Mérida die alten Häuser sehen. Teresa aß ihren letzten Fisch und wollte ihn am nächsten Freitag wieder essen. Man hört zum letztenmal sein Lieblingslied im Radio. Ich ärgere mich zum letztenmal über Juana und ahne nicht, daß . . .« Sie schluchzte.

›Da haben wir es‹, dachte Pilar. Sie sagte langsam und eindringlich, als spräche sie zu einem Kind: »Das ist doch ganz nett, wenn du dich nicht mehr ärgern mußt.«

Antonia riß die großen, leeren Augen auf: »Ich will mich über Juana

ärgern. Es – es gehört dazu. Ich hab was in der Kehle stecken, Pilar. Wie Kaugummi. Was mach ich, wenn Juana womöglich noch vor mir . . .«
»Hier kommt Salvador Paz, Tante Antonia!«
»Das letzte Mal sah ich ihn bei der Beerdigung deiner lieben Mutter. Nein, seinen Vater. Ich war noch ziemlich jung damals. Auf jeden Fall bekomme ich eure Freunde nur bei traurigen Anlässen zu sehen. Ich möchte doch lieber nach oben gehen. Ich kriege meine Nerven . . . Bitte entschuldige mich bei Carlos. Er sieht so hart aus. Nicht ein bißchen gebrochen.«
In diesem Augenblick begrüßte Sanchez einen hohen Achtziger, den seine Enkelin vorsichtig zu ihm führte. Sanchez nahm den alten Mann behutsam beim Arm und machte es ihm in einem Sessel bequem. »Mein lieber, guter Vicente! Ich wollte Sie in den nächsten Tagen besuchen. Sie gehen doch nicht mehr aus. Wie sind Sie überhaupt hergekommen, *amigo*?«
»Mit dem Autobus, Señor Carlos. Ich bin erst siebenundachtzig! Und Carmen hier paßt gut auf. Alle halfen. Man kennt mich ja.« Er hüstelte und flüsterte: »Ich kann es nicht fassen. Die kleine Teresa! Sie saß auf dem Schoß von Señor Alvarez – noch lange bevor Sie zu uns in die Firma kamen.«
»Ich weiß«, sagte Sanchez mit einer Sanftheit, die niemand ihm zugetraut hätte. Er beugte sich liebevoll zu dem Greis hinunter. Jorge Vicente hatte der Firma Alvarez über fünfzig Jahre gedient und hatte Carlos Sanchez dort eingearbeitet. Mit Sachkenntnis, Würde und dem inneren Respekt des Südamerikaners vor einer ungewöhnlichen Persönlichkeit.
»Erinnern Sie sich noch an Señora Gonzales, mein Guter?«
»Natürlich, Señor Carlos! Wollen Sie mich bitte zu ihr bringen. Nimm meinen linken Arm, Carmen. Der verstorbene Señor Gonzales gab uns große Kredite. Ohne ihn ist die *Banco Industrial* nie mehr dieselbe gewesen. – *Buenos días, Señora! Cómo está Usted?*«
»Mir geht es nicht so gut, wie es sollte, und nicht so schlecht, wie es sein könnte.« Señora Gonzales lächelte Jorge Vicente buchstäblich an. »Sie sind mit dem Autobus hierher gekommen? Unverantwortlich! Hole den Chauffeur, Manuela. Ich bringe Sie natürlich nach Haus, mein Alter.«
»Das kann ich nicht zugeben, Señora. Sie machen einen Umweg um ganz Caracas.«

»Mein Wagen macht den Umweg. Wir fahren gleich. Ich habe mich nun zum drittenmal verabschiedet. Da sind Sie ja, Miguel. Vorsicht mit Señor Vicente. *Adiós, Carlos! Adiós, Pilar!* Besucht mich bald! Ich werde für euch beten. Ihr tut es ja nicht.«

Plötzlich stand Sanchez allein mit Juana Alvarez im leeren Empfangszimmer. Im Garten wurden die Ampeln entzündet. Salvador Paz telefonierte mit seiner Frau Maria. Er brauchte wenig Menschen. Maria und Carlos Sanchez genügten ihm. Da war noch seine Tochter, aber sie lebte ihr eigenes Leben mit ihren Freunden und Feinden.
Salvador kam aus einer alten Caracas-Familie, und Carlos war sein Schul- und Studienfreund. Emilio Domingo Sanchez, Carlos' Großvater, war das Leitbild seiner Jugend gewesen. Salvador Paz lebte heute in Ciudad Bolívar, weil seine Frau aus dieser Stadt stammte und ein Künstler überall leben kann. Er hatte sie auf einer Fahrt an den Orinoco in Puerto Ayacucho kennengelernt. Der Orinoco hatte ihn ebenfalls festgehalten. Der große alte Fluß, der Freund der Piaroa-Indianer, der Vater der Wassergeister und Legenden.
Nun hatte auch Sanchez sich am Orinoco ein Haus gebaut. Es sollte versteckt zwischen Palmen und Büschen liegen. Salvador Paz hatte das Haus bis jetzt nicht gesehen, da Sanchez offenbar dort allein sein wollte. Es kam ihm beinah mysteriös vor, aber er respektierte Sanchez' Wunsch nach einer monologischen Existenz am Orinoco. Carlos lebte nach seinem eigenen Gesetz. Er würde auch anders altern als andere. Der einzige Gleichmacher, den er einmal würde anerkennen müssen, war der Tod. Paz wußte nicht, warum er manchmal eine unbestimmte Angst um Sanchez hatte. Vielleicht weil dieser nicht wußte, was Furcht ist. Die Ängstlichen meiden die Gefahren . . .
Während Paz mit seiner Frau telefonierte, stand Juana Alvarez schweigend mit Sanchez im Empfangszimmer. Sie fühlte sich unbehaglich mit ihm, obwohl er betont liebenswürdig war. Sie studierte verstohlen sein kühnes Gesicht und fand darin nicht einmal Andeutungen von Bewegung. Vielleicht trauerte er doch um Teresa, wenn ihm niemand dabei zusah? Machte er sich Vorwürfe, daß er sie vernachlässigt hatte? Fühlte er sich nun doch einsam ohne sie? Wahrscheinlich vermißte er sie, wie man etwa eine Kaffeekanne vermißt, die immer auf der Anrichte steht und eines Tages verschwindet. ›Eines Tages geht man nicht mehr in sein Haus zurück – das macht den Tod zu einem Ärgernis. Nur der Hausschlüssel und ein paar Kleider und

Briefe bleiben zurück‹, dachte Juana. Und die nächsten Freunde und Verwandten natürlich. Aber man selbst liegt am Fuß des großen Berges, mit einem Stein als Kopfkissen, zwischen Staub und Vergessenwerden . . . Sie fröstelte. Sanchez stand neben ihr – schweigend und weit weg. Juana suchte nach Worten, wobei er ihr in keiner Weise half. Über die Terrasse wehte der Abendwind. Der Tod vergaß oder übersah niemanden – er tat nur manchmal so.
»Ich bin erschüttert, Carlos. Ein tragischer Verlust für uns alle«, sagte Juana zögernd. Es klang, als ob irgend jemand es gesagt hätte – nur sie nicht. Sie entschuldigte hastig Antonias Abwesenheit. »Sie muß ruhen. Sie werden ja selbst wissen, lieber Carlos, was die Nerven einem antun.«
»Ich habe keine.«
Nach diesem Beitrag verfiel Sanchez wieder in sein kaltes Schweigen. Wie oft hatte Teresa wohl hilflos vor diesem Schweigen kapituliert? Juana wußte nicht, daß Sanchez nicht besonders unfreundlich zu ihr sein wollte. Er hatte nur keine Lust mehr, besonders freundlich zu irgend jemand zu sein. Die falsche Teilnahme seiner Gäste, ihr erstaunlicher Appetit und Durst, ihr gedämpftes, verlegenes Geschwätz – wie lächerlich war diese Parade der Trauer! Niemand hatte eine Ahnung von Teresa oder ihm. Die Wahrheit dieser Ehe lag unter Schichten von Täuschung und Selbsttäuschung. Warum sie jetzt ausgraben? Und Teresa hatte ihren Teil Wahrheit mit ins Grab genommen. Denn die Wahrheit war teilbar wie ein Stück Käse und verschimmelte ebenfalls nach einer gewissen Zeit.
Ein Cadillac hupte vor dem Eingangstor. Der arrogante Lärm der Hupe irritierte Sanchez noch mehr. Die Technik wurde immer perfekter und der Mensch immer unvollkommener. »Wir verdummen immer mehr«, sagte Sanchez laut. »Ich meine: wir fühlen nichts mehr tief genug, um aus unseren Erfahrungen zu lernen.«
»Niemand kann Teresa schmerzlicher betrauern als meine Schwester und ich«, sagte Juana Alvarez steif. »Wenn Sie gefühllos sind, dann dürfen Sie nicht von sich auf andere schließen.«
›Furien . . .‹, dachte Sanchez amüsiert. Er erwiderte, daß er wahrscheinlich vor Schmerz nicht wisse, was er rede. »Wenn ich Ihnen raten darf, Juana: hören Sie nicht zu.«
»Ich bezweifle, daß dies die passende Gelegenheit für ironische Kommentare ist. Bitte, widersprechen Sie nicht, Carlos. Sie waren immer ein Zyniker. Ich bedaure, es Ihnen gerade heute sagen zu müssen.«

»Ich bedaure es auch. Ich empfehle Vorsicht. Ein Wort gibt das andere. Aber ich bin für Frieden . . . Was kann ich tun, um Ihr Wohlwollen zu erringen?«
»Antonia und ich zeigten den besten Willen, einen Kontakt zwischen uns zu schaffen. Das Bild von Emilio Domingo Sanchez hängt in meinem Wohnzimmer. Aber Sie besuchten uns nie. Und dabei sind wir schließlich Teresas nächste Verwandte.«
»Es ist alles meine Schuld. Ich bitte um Vergebung. Aber Sie dürfen nicht annehmen, daß ich keinen Familiensinn habe. Schließlich bin ich Venezolaner.« Er lächelte sie an, und sie gab sich Mühe, nicht zurückzulächeln. Sie hatte nie verstanden, was die Frauen an ihm fanden, und warum sie sich soviel von ihm gefallen ließen. Aber wenn er lächelte wie jetzt . . .
»Bitte, besuchen Sie uns in Mérida, falls Ihre Zeit es doch einmal erlauben sollte«, sagte sie versöhnt. »Sie werden uns stets willkommen sein.«
»Ich danke Ihnen, Juana. Übrigens wollte ich mich sowieso bei Ihnen bedanken.«
»Wofür?«
»Für die viele Mühe, die Teresa Ihnen machte.«
»Keine Ursache. Ich tat es gern.«
»Davon bin ich überzeugt. Trotzdem hätten Sie sich viel Mühe sparen können.«
»Wo denken Sie hin? Wir liebten die arme . . .«
»Darf ich ausreden? Danke sehr. Es handelt sich um Teresas Briefe an mich.«
»Teresas . . . Briefe an . . . an Sie?«
»Ja, natürlich! Teresa hatte den begreiflichen Wunsch, mich über ihr Wohlergehen zu unterrichten. Und was sie mir mitzuteilen vergaß, das stand zwischen den Zeilen. Meine Frau war leicht zu entziffern. Sie lebte für den Augenblick. Wie ein Kind – oder ein Trapezkünstler.«
Juana unterdrückte ein Zittern. Jetzt klopfte ihr Herz wirklich so heftig, wie sie es manchmal behauptete. Sanchez sprach leise und beinahe einschmeichelnd – wie ein geschickter Untersuchungsrichter, der sein Opfer ratenweise vernichtet.
»Trapezkünstler«, sagte sie zu laut. »Wirklich, Carlos. Teresa war viel zu dick für . . .«
Sie stockte, weil Sanchez sie unerbittlich musterte.

»Sie dürfen es nicht so wörtlich nehmen, meine Liebe. Ich meinte, Teresa sah den Abgrund unter der Luftschaukel nicht. Wenn ich nicht auf sie aufpassen konnte, machte sie Dummheiten.«
»Sie hätten eben auf sie aufpassen müssen. Es war Ihre Pflicht!«
»Die Welt wäre ein methodisches Paradies, wenn wir alle unsere Pflicht täten, was meinen Sie? Ein eintöniger Garten Eden. Die kleinen Sünden machen eben den meisten mehr Spaß als Pflichtübungen. Nicht etwa, daß ich mich amüsierte, wenn Teresa sich Abwechslung suchte. Ich arbeitete, damit sie sich amüsieren konnte.«
»Es klingt rührend – das muß ich sagen.«
»Es ist rührend. Sagen Sie bitte: warum schickten Sie Teresas Briefe an mich aus Mérida ab? Sie war doch im Hotel Prado Rio. Wozu dieser Umweg?«
»Ich weiß nicht, wovon Sie reden, Carlos!«
»Sie meinen, ich sollte deutlicher werden?«
»Ich meine, dies ist ein sinnloses Gespräch. Ich möchte mich jetzt zur Ruhe begeben.«
»Nur noch einen Augenblick, Juana. Ich habe noch eine bescheidene Frage. Was in aller Welt sollte ich dagegen haben, daß meine Frau gelegentlich im Hotel Prado Rio wohnte? Es ist ein erstklassiges Haus in herrlicher Umgebung.«
»Ich war nie dort.«
»Teresa hätte Sie gern einmal mitnehmen können. Schade! Warum das Geheimnis mir gegenüber? Meinten Sie, ich gönnte meiner Frau diese Ausflüge nicht?«
»Ich meine gar nichts. Alle Welt weiß, daß Sie ein musterhafter Ehemann waren.«
»Ich tat mein Bestes«, sagte Sanchez bescheiden. »Aber vielleicht war es für Teresa nicht gut genug.«
»Das kann ich nicht beurteilen.«
»Kommen wir zur Sache. Vielleicht überrascht es Sie, aber ich lasse ungern einen Narren aus mir machen. Und soviel ich weiß, ist das bis jetzt noch keinem gelungen. Wie konnten Sie annehmen, es würde Teresa und Ihnen gelingen?«
»Ihre Frau bat mich um die Beförderung ihrer Briefe. Mehr habe ich nicht dazu zu sagen. Denn Sie wissen selbst am besten, wie Teresa sich benahm, wenn man ihr etwas abschlug. Sie *tobte.*«
»Was Sie nicht sagen. Soweit ich mich erinnere, fügte sie sich ziemlich schnell ins Unvermeidliche.«

»Nicht bei uns in Mérida. Glauben Sie mir, Carlos. Ich beförderte Teresas Briefe an Sie mit innerem Widerstreben.«
»Warum unterstützten Sie dann meine Frau in lächerlichen und einfältigen Manövern? Ich bitte um eine Erklärung.«
»Und ich bitte um einen anderen Ton. Wenn Ihnen die Toten schon nicht heilig sind, dann sollten Sie wenigstens Achtung vor meinen weißen Haaren haben.«
»Wenn ich sie nicht hätte, dann würde ich mich bedeutend drastischer ausdrücken, meine Liebe. Rauchen Sie? Nein? Vielleicht ein Glas von Teresas Fruchtpunsch? Auch nicht?«
»Sie brauchen sich nicht weiter zu bemühen.«
»Ganz wie Sie wünschen. Ich sagte nur in Ihrem Interesse, daß Sie sich unnütze Mühe und Kosten machten. Die vielen Fotos, die Teresa in jedem Brief mitschickte. Die Post muß reich geworden sein.«
Juana Alvarez verzog das Gesicht, als ob sie niesen wollte und nicht konnte. Sie suchte mühsam und vergeblich nach einer Rechtfertigung. Wie stand sie vor diesem Fuchs da? »Bitte, Carlos, lassen Sie sich erklären ...«
»Das ist ganz überflüssig, liebe Juana. Wenn es unsere arme Teresa glücklich machte, Sie mit der Beförderung ihrer Briefe zu beschäftigen – bitte sehr!«
Juana Alvarez betrachtete ihre Hände. Sie waren früher schön gewesen. Jetzt standen die Knöchel wie bläulichrote Hügel heraus – Gicht! ›Ich bin zu alt für solche Debatten‹, dachte sie erschöpft. ›Mit dem da wird niemand fertig. Arme Teresa ...‹ Sie hatte tatsächlich die Briefe ungern befördert. Aber jetzt packte sie trotz ihrer Gewissensbisse ein nahezu gerechter Zorn. Sanchez hatte im Handumdrehen einen Narren aus ihr gemacht. »Ich habe jetzt genug«, sagte sie schroff. »Warum sagten Sie Ihrer Frau nicht gründlich Ihre Meinung, wo Sie doch über alles im Bilde waren?«
»Über alles? Jetzt weiß ich nicht, wovon Sie reden.«
»Ich werde mich hüten, mich weiter mit Ihnen einzulassen. Aber ich bin glücklich für Teresa, daß sie jetzt vor Ihnen Ruhe hat. Wer Sie näher kennenlernt, mein lieber Carlos, der kann verstehen, daß die Arme im Prado Rio Trost ...« Juana Alvarez hüstelte entsetzt. Sie hatte vor den Blicken dieses Großinquisitors offenbar ihren Rest Verstand eingebüßt.
»Bitte, sprechen Sie weiter, Juana. Ich erfahre jede Sekunde etwas Neues. Es ist recht interessant. Also unsere liebe Teresa suchte Trost

bei einem anderen Mann? Soviel Initiative hätte ich ihr nicht zugetraut. Wer war der Glückliche?«
Juana Alvarez wollte den Raum verlassen, aber Sanchez hielt sie am Arm fest. »Lassen Sie mich augenblicklich los«, keuchte sie.
»Aber, aber! Warum erregen Sie sich? Das ist schlecht für Ihren Blutdruck. Sie wissen ja – das Adrenalin!« Er führte sie zu einem Sessel. »Sie müssen sich beruhigen, Juana! Und ich muß zu meinen Gästen zurück. Trinken Sie dies. Es wird Sie erfrischen.« Er reichte ihr ein Glas mit Ananassaft. »Sehen Sie, jetzt wird Ihnen besser. Und nun darf ich noch eine kleine Frage stellen, nicht wahr? Wie kamen Sie nur auf den Gedanken, daß ich zu den Ehemännern gehöre, die als letzte erfahren, was die halbe Stadt weiß?«
Juana war gänzlich verstört. ›So fängt Irrsinn an‹, dachte sie. Sie sah sich in dem Brokatsessel sitzen: eine große weißhaarige Frau in jungfräulichem Schwarz, mit geschwollenen Knöcheln und roten Flecken im Gesicht. Und sie betrachtete diese Frau mit Widerwillen – das war das schlimmste. Bald würde sie stottern oder nervös weinen wie Antonia. Das wäre das Ende – vor diesem Mann Schwäche zu zeigen! Sie, die die Schwachen mit einem Mitleid betrachtete, das einen Kern Verachtung barg.
»Ist Ihnen schlecht, Juana? Soll ich Pilar rufen?«
»Unsinn. Ich habe vorhin zuviel *Pabellon Criollo* * gegessen.«
»Die schwarzen Bohnen«, meinte Sanchez nachdenklich. »Ja – sie liegen einem schwer im Magen.«
›Du liegst mir im Magen‹, dachte Juana Alvarez. ›Sadist!‹
»Wir müssen uns wirklich näher kennenlernen«, sagte Sanchez sinnend. »Ich danke Ihnen nochmals für Ihre Einladung nach Mérida. Wir können uns dort in aller Ruhe weiter über Teresa unterhalten.«
Juana Alvarez schwieg.
»Teresa wird im Geist mit uns sein, hoffe ich. Sie wird mir sicher noch mancherlei verraten . . .«
»Sind Sie ganz richtig im Kopf, Carlos?«
Sanchez lachte. Juana Alvarez war gar nicht so übel. Er hatte eine gewisse Schwäche für Furien. Sie wehrten sich wenigstens. »Also dann auf Wiedersehen in Mérida«, sagte er munter. »Dort war ja Teresas Hauptquartier in den letzten zwei Jahren.«
»Die Toten schweigen.«

* Hackfleisch mit Tropengemüse und schwarzen Bohnen auf Reis

»Die Toten reden, liebe Juana. Und was noch lästiger ist: sie zwingen uns, ihnen zuzuhören. Sie nehmen keine Rücksicht darauf, daß wir im Leben noch mehr Ruhe brauchen als im Grab.«

›Er hat Teresa dazu getrieben‹, dachte Juana Alvarez. Aber sie wußte nicht, ob er sie zum Ehebruch oder in den Tod getrieben hatte. Sie war zu erschöpft, um nachzudenken. Sie sagte sich zur eigenen Beruhigung, daß Sanchez einfach ein gekränkter und empörter Ehemann sei. Aber sie glaubte das selbst nicht. Dazu war sie zu intelligent. Sanchez hatte keinerlei Empörung gezeigt.

Juana ging in ihr Schlafzimmer und betrachtete ihre friedlich schnarchende Zwillingsschwester, der sie wieder einmal alles erspart hatte. Wer kannte Sanchez? Sie sah ihn im Geist mit dem treuen Jorge Vicente, mit Señora Gonzales. Er war gut und liebevoll mit diesen alten Leuten gewesen, und er hatte keine Komödie gespielt. Wen er liebte, der hatte es gut bei ihm. Aber wen er haßte . . . Hatte er Teresa gehaßt, weil sie seinen Stolz verletzt hatte? Oder war sie ihm nur einfach unerträglich geworden? Juana Alvarez wußte es nicht und wollte es nicht wissen.

Aber ihr Instinkt sagte ihr in dieser Nacht, daß Teresa die tödliche Dosis Schlafpillen nicht aus Versehen genommen hatte. Sie hatte gewußt, was sie tat. Sie mußte keinen Ausweg mehr gesehen haben. Aber warum die arme Teresa diese Todsünde auf sich geladen hatte, das würde ihr Geheimnis bleiben.

Juana Alvarez hoffte, daß Sanchez nicht hinter dieses Geheimnis gekommen war. Sie ging ins Badezimmer und nahm eine Schlaftablette, was sie sonst nie tat.

Antonia erschien in der Tür. »Was machst du da, Juana?«

»Ich trinke Eiswasser. Sonst noch Fragen?«

»Nein, nein. Bitte ärgere dich nicht. Sonst kann ich nicht schlafen.«

»Ich bin nicht ärgerlich, meine Kleine.«

»War Carlos böse, daß ich ihm nicht kondolierte? War er nett mit dir?«

»Sehr nett.«

»Meinst du, daß er sehr unglücklich ist und es nicht zeigt?«

»Er wird wohl in diesen Tagen nicht gerade glücklich sein.«

»Armer Carlos. Wenn er nur ein bißchen freundlicher wäre, hätte ich gern mit ihm gesprochen. Ist es nicht schrecklich mit Teresa?«

»Du kannst mich das nun nicht ununterbrochen fragen, Antonia.«

»Aber es ist doch jammervoll. Sie war so jung. Ich muß schon wieder weinen. Weißt du, ich finde es unheimlich, wenn jemand wie Teresa so plötzlich stirbt. Der jeden Grund zum Weiterleben hat. Was meinst du?«

»Ja – es ist unheimlich«, sagte Juana Alvarez langsam.

# Die Poesie der Leere

*Selig, wer sich vor der Welt ohne Haß verschließt.*
Goethe

OBWOHL TERESA IN IHREN LETZTEN LEBENSJAHREN NOCH EINE JUNGE Frau gewesen war, hatte Sanchez genau gewußt, in welcher Weise sie altern würde. Er bemerkte zu gewissen Zeiten und in gewissen Situationen einen unsichtbaren *rigor mortis,* versteifte Emotionen, den einsetzenden Abbau der inneren Substanz. Teresas hektische Geschwätzigkeit bei geselligen Anlässen hatte alle getäuscht – nur ihn nicht. In einer langjährigen Ehe fallen die Masken.

Sanchez lebte seit einigen Wochen wieder auf der Insel Margarita im Haus seines Großvaters. Das ruhige Leben war gut für ihn, aber zur Ruhe kam er deswegen doch nicht. Er dachte oft und intensiv an Teresa, die er in den letzten Jahren kaum beachtet hatte. Nun wußte er nicht, warum das Gras über ihrem Grabhügel nicht wachsen wollte. Am Tag dachte er kaum an sie. Er fischte, sonnte sich auf seiner Lagune und unterhielt sich manchmal mit seinen alten Freunden, den Perlenfischern. Er lächelte nachsichtig darüber, daß er für diese alten Männer immer noch »der junge Herr Carlos« war, doch im geheimen freute es ihn. Das war tagsüber. Aber wenn die Sonne ins Meer stürzte und die schroffen Felsen in den Nachthimmel wuchsen, dann erschien auch Teresa und klagte ihn an. Wegen seiner Härte, seiner Gleichgültigkeit, seiner Untreue und wegen seiner Unlust, sie zu trösten. Frauen brauchen Trost. Er wirkt schneller und nachhaltiger als Schlafpillen.

Wann immer Teresa die Schwelle seines Bewußtseins überschritt, zerstörte sie die Stille der Insel. Allmählich litt er unter einem quälenden Zwang, sie ständig zu erwarten: er wußte, sie würde kommen, wann sie wollte. Daher mußte er diesen Schatten zurückstoßen oder sich selbst, und es würde natürlich am Ende Teresa sein; denn wer konnte in der Selbstverneinung arbeiten und schlafen? Er mußte früher oder später das Staubnest der Vergangenheit zerstören. Warum fiel ihm das so schwer? Teresa war stets machtlos gegen ihn gewesen: nackt und unbewaffnet, während er Verkleidungen und Waffen besaß. Er hatte sie in einer harten Schule erworben, in der härtesten Schule der Welt: in seinem Elternhaus. Denn wenn er auch mit der Muttermilch die extravaganten Träume Venezuelas eingesogen hatte, so hatte er längst gelernt, »Erde zu essen« und den sauren Wein der Wirklichkeit zu trinken. Deswegen verstörten ihn Teresas Besuche. Sie riefen das Fieber der Erinnerung in ihm hervor. Es hatte ihn zum ersten Mal als Achtzehnjährigen gepackt – nach seinem Besuch in Berlin. Dabei schrumpften seine Schuldgefühle gegen Teresa immer mehr zusammen, denn ihr eigenes Konto war schwer belastet. Doch darauf schien es nicht anzukommen. Wer war er, daß er sich zum Richter über seine Frau erhob? Wer immer er auch war – Nacht für Nacht erschien ihm dieses verärgerte und entfremdete Phantom.

›*Laß mich in Ruhe die Ruhe genießen, Teresa!* Zerre mich nicht immer wieder in die Unruhe deines Todes hinein. Und den leeren Kinderwagen brauchst du das nächste Mal nicht wieder mitzubringen. Aus purer Nachlässigkeit verlorst du meinen Sohn vor seiner Geburt – wie du alles verloren hast: deine Jugend, deinen Mann, dein Leben.

›Du wolltest nie auf Margarita leben. Der Schatten meines Großvaters war dir zu gewaltig und sein Haus zu primitiv. Du brauchtest Durchschnittsmaße, Nachtlokale und Neonlicht. Ich vergab dir deinen Geschmack, weil du schön und jung warst. Ich nannte dich: *Primavera**. Wie konnte ich ahnen, daß man sich an Schönheit so gewöhnt wie ans Gegenteil? Das ist das große und verdiente Glück häßlicher Frauen. In der Ehe kommt es auf anderes an als auf ein glattes Gesicht. Die wenigen Männer, die das zur rechten Zeit erkennen, sind weiße Raben.

›Arme Teresa! Du wolltest mit unbeugsamem Eigensinn achtzehn bleiben. Die Eitelkeit zerfraß dich, wie Motten schöne Kleider zerfressen. Altwerden ist eine Unentrinnbarkeit, und eine melancholische dazu. Aber sie tötet nicht. Auch das Älterwerden, das noch schwieriger ist, wenn wir uns noch jung fühlen, ist eine Tatsache, die wir in

* Frühling

unser armseliges Lebensbudget einkalkulieren müssen. Aber für dich waren Tatsachen nur Hindernisse oder Ärgernisse. Bevor du zu viele Schlaftabletten nahmst, wolltest du immer noch Schmetterling spielen. Arme Teresa! Du warst längst ein Schmetterling mit Übergewicht geworden, aber du ignoriertest auch diese Tatsache. Weißt du, daß deine Freundin Consuelo Márquez hinter deinem Rücken über dich lachte? Natürlich wußtest du es nicht. Du interessiertest dich nur für dich selbst, und daher kanntest du die Menschen nicht.

›Wie viele Leiden hättest du dir erspart, wenn du dich einmal gesehen hättest, wie du wirklich warst. Aber das kann wohl niemand. Wir sehen uns in Luxusausgabe. Wir fangen schon sehr früh damit an. Aber wenn wir die Welt der Erwachsenen betreten und in ihr leben müssen, dann sind wir gezwungen, uns zu sehen, wie wir wirklich sind. Das hast du nie gelernt, Teresa. Du bliebst ein Kind. Es war dein und mein Unglück.

›Als wir heirateten, warst du siebzehn. Ich war bezaubert. Ich war fünfzehn Jahre älter als du, aber meine Erfahrungen hatten mich fünfzig Jahre älter gemacht, vor allem mein Jahr in Berlin. Ich betrat diese Stadt im Jahr 1938 als ein naiver, begeisterter Achtzehnjähriger und verließ sie als ein Mann. Das war vor deiner Zeit, Teresa!

›Wußtest du eigentlich, daß ich ursprünglich Pilar heiraten wollte? Da tauchtest du in Caracas auf, und ich sah nur noch dich. Deine feurigen, aber noch unschuldigen Blicke schmeichelten mir. Mit zweiunddreißig ist ein Mann eben empfänglich dafür. Und ich ahnte nicht, daß du vor allem deiner Stiefschwester Pilar den Mann wegnehmen wolltest. Später erkannte ich, daß du keiner Frau einen Mann gönntest. Pilar hätte besser zu mir gepaßt. Damals hatte sie das Zeug zu einer Lebensgefährtin. Sie war fünfundzwanzig Jahre und hätte mir den Sohn geschenkt, den ich mir wünschte.

›Schweig, Teresa! Du bist auf dem Weg ins Fegefeuer. Ich dachte, dein Redefluß wäre jetzt versiegt wie der Blutstrom in deinen Adern und die Begierde in deinem Schoß. Du wolltest Männern immer nur gefallen, sie sogar erregen, aber einen einzigen Mann – deinen Mann – zu befriedigen, das war dir zu mühsam. Ich weiß, was ich sage, Teresa! Ich war nicht nur fünfzehn Jahre mit dir verheiratet; sondern ich kenne auch Frauen. Nicht nur aus Erfahrung, sondern aus Instinkt. Allerdings brauchte ich keinen besonderen Spürsinn, um bald nach der Hochzeit deine sexuelle Faulheit zu erkennen. Du hattest mich ja!

›Du wolltest Liebe? Die bekommt man nur, wenn man sie gibt.

›Als du dreißig Jahre alt wurdest, weintest du. Ich tröstete dich nicht. Ich versuchte mich zu trösten, weil du deine ehelichen Pflichten als Störungen betrachtetest. Aber von da an verfolgtest du mich mit deiner hysterischen Eifersucht. Nicht etwa weil du mich plötzlich liebtest oder mit mir schlafen wolltest. Du tobtest, weil keine andere Frau mich lieben oder haben sollte. Ich war doch dein Besitz, obwohl wir schon längere Zeit getrennte Schlafzimmer hatten – auf deinen Wunsch! Morgens warst du immer schlechter Laune, mit verschwollenen Augen und einem barbarischen Appetit. Niemand konnte es dir recht machen, weil du es dir selbst nicht mehr recht machen konntest. Ich las beim Frühstück die Zeitung; wie jeder resignierte Ehemann. Pilar sah die Post durch, und niemand sprach ein Wort. Dann fuhren Pilar und ich ins Büro.

›Du warst nur guter Laune, wenn du wieder eine Party in Caracas geben konntest. Dann machtest du dich schön und strahltest. Pilar und ich erkannten dich manchmal kaum wieder. Einmal, als du zuviel von deinem Fruchtpunsch getrunken hattest, kamst du nachts in mein Zimmer. Du trugst einen Schlafrock, den ich nicht leiden konnte. Er hatte die Farbe von geronnenem Blut. Dein Gesicht glänzte von Hautöl oder von Schweiß, und du rochst nach kalter Zigarettenasche. Du rauchtest bereits ohne Maß, und es benebelte dein bißchen Verstand. Ich stellte mich schlafend. Eine Woche später nahm ich das Fräulein aus Berlin nach Margarita mit. Carla Moll duftete nach Jugend und Frische, und denken konnte sie auch. Einige Wochen war ich ein glücklicher und dankbarer Mann. Leider endete das Idyll in einer schalen Pfütze. *Memoria, ciega abeja de amargura!* *

›Du fürchtetest die Dunkelheit, Teresa. Wo du warst, da mußte Licht brennen. Und du brauchtest Stimmen. Nachts lief in deinem Zimmer der Plattenspieler, und du hocktest geistesabwesend unter den brennenden Ampeln. Du hattest große Angst, allein und im Dunkel zu verlöschen. Arme Teresa! Das Sterben ist ein einsames und lautloses Geschäft, und keine elektrische Lichtflut erhellt den Weg in die Dunkelheit. Wir verlassen diese Welt so allein, wie wir sie betreten haben. Viel schlimmer ist allerdings, daß viele Menschen noch lange vor dem Auslöschen scheintot sind. »Man ist schon ein Gerippe, bevor man es

* Erinnerung – eine blinde und bittere Biene. Juan Ramón Jiménez.

weiß«, schrieb ein Dominikaner im siebzehnten Jahrhundert. Emilio Domingo Sanchez zitierte diesen Ausspruch, wenn er verschlafene, kraftlose, mutlose Männer sah. Er erklärte mir, man müsse seine Kräfte nützen, damit das Fleisch nicht von Körper und Geist abfalle. Du ließest deine Kräfte verfaulen, Teresa! Wie ein Maulwurf wühltest du dich ins Erdreich der Sinnlosigkeit. Vielleicht hätte ich dich retten können. Aber ich haßte dich schon zu tief in jenen letzten Jahren. Mein Haß war kein glühender Ableger der Liebe, sondern Ermüdung und Mordlust. Ich hätte dich erwürgen können, wenn du deine Freunde und Verwandten sinnlos verletztest. Wie alle dickfelligen Leute hieltest du dich für besonders sensitiv. Auch wenn du wie ein Fischweib keiftest. Ich blieb ruhig bei deinen Szenen, aber ich lebte praktisch von einem Platzregen zum andern. Auch daran gewöhnt man sich.

›Endlich verstummst du, Teresa! Verschwinde, zänkischer Schatten! Wann wirst du wiederkommen in deinem Schlafrock aus geronnenem Blut? Morgen? In zwei Wochen, übers Jahr? Vergeblich wende ich mich ab. Dein Sarg auf Rädern – nein, der leere Kinderwagen fährt hinter mir her. Und du lachst – hoch, schrill, hysterisch, und bist wieder grauenhaft lebendig. Du gönnst mir meine Ruhe nicht. Wie eine Diebin brichst du in meine Nacht ein. *Basta ya!* * Friß dein Konfekt. Stopf dich im Schattenreich mit Süßigkeiten. Dann schweigst du endlich.

›Stille. Mehr will ich nicht. Sie ist ein unverdienter Segen. Vom Ufer der Stille sieht das Meer am schönsten aus. Die Fischer sagen: »Wem das Ufer gehört, dem gehören die Fische.« Ich hörte das oft als Junge. Emilio Domingo Sanchez lächelte dann und schwieg. Er wollte neue Ufer und neue Fische. Aber auch er holte sich Kraft in der Einsamkeit.

›Ich bin glücklich in dieser leeren Welt, in dem leeren Haus. Ich stoße das Vergangene von mir, damit ich die Leere nach eigenem Belieben füllen kann. Je älter wir werden, desto mehr Stille brauchen wir. Denn mit wachsender Reife muß man sein Ich neu entdecken und definieren. Deshalb verkriechen sich meine Schuldgefühle in meine Träume, Teresa. Natürlich habe ich Schuld an deinem Verfall – aber die Lahmheit deiner Gefühle und deine falschen Entscheidungen gehen auf dein eigenes Konto. Deine Kontaktschwäche führte dich immer weiter

* Jetzt ist es genug!

von der Realität weg. Wirkliches Verständnis hattest du nur für Tiere, Pflanzen und Steine. Deine Blumen und dein Kolibri werden dich sanft betrauern! Deine Verwandten und Freunde tun nur so.

›Bald werden die Perlenfischer aufs Meer fahren. Bald wird der neue Tag Gäste, Unruhe und Marktgeschäfte nach Margarita bringen. Die Fische werden erschrecken und in die tiefe See stürzen, um den Dolchen der Sonne zu entgehen. Im Tageslicht werden die Toten tun, als ob sie nicht bis drei zählen könnten, und die Lebenden werden tun, als ob sie lebten. Wir werden lächerlich geschäftig sein, die Drogen des Ehrgeizes schlucken, uns tödlich ernst nehmen und uns gegenseitig ausnutzen, abnutzen, beschmeicheln, belügen und betrügen. Und die kleinen Fische imitieren die großen und kommen dabei um. So wie du mich belogen und betrogen hast und dabei umgekommen bist, Teresa. Jeder neue Tag machte dir Mut. Die große Furcht und die kleinen Ängste griffen dich nur nachts an. Der Mond machte dich wahnsinnig. Du verstecktest dich hinter Vorhängen und Fensterläden und hieltest in Rauchwolken deine sinnlosen Nachtwachen. Du überlegtest, welcher Mann dein Selbstgefühl erhöhen und deine Person erniedrigen könnte. Ich las dir deine Gedanken am Morgen von der bewölkten Stirn ab. Du hast *dich* betrogen, nicht mich. Und den *Yanqui* in den Anden dazu. Du brachtest Mr. Cooper die Schrecken der Leere, nicht ihre Poesie. Und du gabst ihm nur, was ich seit Jahren verschmähte.

›Ich glaube keinen Augenblick, daß du die Überdosis Schlaftabletten aus Versehen genommen hast. Versuch nicht, mir jetzt einzureden, daß mein Brief aus Ciudad Bolívar an deinem Tod schuld war. Natürlich erfuhr ich, daß du wochenlang im Prado Rio lebtest, statt dich um deine Tanten zu kümmern. Ein Bekannter erzählte es mir ganz harmlos, wie das immer so ist. Natürlich ließ ich dich daraufhin beobachten. Durch wen? Das ist meine Sache. Ich gab diesen widerwärtigen Auftrag nicht aus Eifersucht – du lieber Himmel! –, sondern weil ich meinen Ruf zu wahren habe. Und außerdem ungern belächelt werde. Aber ich ersuchte dich sehr höflich, umgehend nach Caracas zurückzukommen, da ich mit dir zu reden hätte. Ich drohte nicht – es fiel mir nicht im Traum ein. War ich ein Liebhaber? Oder ein kompletter Narr? Ich schrieb allerdings nicht: »Komme zurück – alles vergeben!« Ich kann Schlimmes höchstens vergessen, nicht vergeben. Aber ich schrieb bei Gott einen maßvollen Brief. Ich wollte dich keineswegs in Angstzustände versetzen, denn das hätte *ich* auszubaden gehabt. Also weswegen tatest du es, Teresa? Du schweigst? Du entfliehst ins Unbekannte? Du lächelst in dein Leichentuch hinein? Ich werde die Wahrheit erfahren, und ich weiß auch von wem. In Mérida. Ich liebe die Wahrheit um ihrer selbst willen, Teresa. Nicht wegen ihrer Danaergeschenke.

›Auf der Insel ist wieder Stille. Ich atme sie ein wie jemand, der im Gebet lebt. Ich will weder alte Leiden noch neue Freuden in mir aufspeichern. Ich hüte mich vor allem, was mir Kraft rauben will – wie das Gewesene. Das Mondlicht besänftigt meinen Groll, Teresa. Ich bin im Zustand der Unverletzlichkeit . . .

›Bald werden die Perlenfischer aufs Meer fahren.

# Sanchez in Mérida

*Ich löse Rätsel auf meine Art.*
*Ich bin ein Fremder hier. – Doch auf meinen Befehl*
*springen die toten Steine in die Höhe.*
Nicanor Parra, Poemas y Antipoemas

I

Nach ihrem Besuch in der Villa Acacia fürchtete Juana Alvarez, Sanchez werde in Mérida so lange bei ihr Kaffee trinken, bis die Toten zu reden anfingen. Ihre Furcht war unbegründet. Sanchez tat nie, was man von ihm erwartete. Juana erfuhr aus der Zeitung, daß er in einem ruhigen Hotel im Kolonialstil in der Stadt Mérida wohnte. Die Firma Alvarez & Sanchez wollte dieses Hotel modernisieren, ohne den historischen altspanischen Charakter zu zerstören. Warum sollte Sanchez nicht ein Hotel in den Anden erwerben, wenn Teresas Gegenwart ihn in dieser Gegend nicht mehr irritieren konnte? Auf jeden Fall verhandelte er unter den Ziegeldächern dieser ehrwürdigen Universitätsstadt, die seine Sekretärin Rosa Martinez kürzlich begutachtet hatte. In seinem Auftrag natürlich.

Die Hochschule von Mérida war die älteste Lehr- und Kulturstätte des Landes, und Rosa hätte dort eine Menge Wissenswertes lernen können, wenn ihr Vater es geschickter in diesem verwirrenden Kontinent angefangen hätte. Er hatte mit seinen Freunden getrunken und gegessen, statt sie auf ihre Zahlungsfähigkeit hin auszusuchen. Und Rosa kannte keine einflußreichen Leute dort, während Sanchez alle kannte, die kennenswert waren. Er bewegte sich in dieser traditionsgebundenen Gesellschaft, als seien Ketzerei und Abweichungen Fremdworte in seinem Lexikon. Aber er überlegte die ganze Zeit, wie er ausgetretene Pfade für die moderne Konsumgesellschaft nutzbar

machen könnte. Er suchte nach einer Synthese zwischen Stahlstruktur und ausgebrannter Erde.
Juana wartete vergeblich auf seinen Anruf. Waren sie alle mit Teresa für ihn gestorben? Er hatte wahrhaftig ihr Interesse nicht verdient, und Juana wußte selbst nicht, warum sie soviel an ihn denken mußte. Vielleicht erfuhr er hier Dinge über Teresa, die seinen Stolz, seinen Sinn für *decoro* verletzten. Wie konnte man ihn davor bewahren? Eine lächerliche Idee! Sanchez konnte sich selbst beschützen . . . Aber Pilar hatte ähnlich gedacht, als Rosa Martinez ihr Teresas Liebesbrief an einen wildfremden *Yanqui* verkaufen wollte.
Juana Alvarez erlebte zum ersten Mal in ihrem langen, ruhigen Leben eine befremdende Polarität der Gefühle. Bisher hatte sie Menschen entweder gern oder sogar lieb, oder sie lehnte sie entschieden ab. So ordentlich war es im Haushalt ihrer Gefühle zugegangen. Aber bei Sanchez schwankte sie zwischen Abneigung und Zuneigung. In einer einzigen Unterredung hatte er sie in Verwirrung und Unruhe gestürzt, während er die ganze Zeit sein Prestige zielbewußt wahrte. Er hatte sie psychisch gelähmt – sie, die sonst immer Herrin der Situation war. Auch wenn es sich um schwierigere Fälle als die arme Teresa oder die törichte Antonia gehandelt hatte. Und dennoch! Juana hatte im Grunde Verständnis für Sanchez und seine Situation, auch wenn er es nie erfahren würde. Wie sollte er es erfahren, wenn er sie nicht einmal anrief? ›Ich bin zu alt‹, dachte Juana ärgerlich. ›Alte Frauen interessieren ihn nicht.‹ Nie vorher hatte sie in dieser Weise von sich gedacht. Eine Furie? Meinetwegen! Man rechnete mit Furien. Natürlich hatte Teresa ihr gesagt, daß Carlos sie so bezeichnete. Teresa war nicht sehr diskret. Daher wußte Juana bedeutend besser über Sanchez' Geheimnisse Bescheid, als er ahnte.
Das Telefon schrillte, und Juana sprang auf. Endlich! Aber es war nur die Frau ihres Hausarztes. Dr. Borges würde erst morgen nach Antonia sehen können, denn er erwartete Besuch. Unvorbereitet. Sehr peinlich. »Es macht nichts«, sagte Juana mürrisch. Es war wirklich gleichgültig. Antonia hatte auf jeden Fall ihre Nervenzustände. Juana hatte nicht herausgefunden, warum ihre Schwester ständig beruhigt und entspannt werden mußte. Jeder nahm Rücksicht auf sie. Wenn Antonia »ihre Nerven« erfunden hatte, um sich alle Schwierigkeiten vom Leib zu halten, dann war sie bedeutend klüger, als Juana stets angenommen hatte. Wer kannte wen?
Wieder klingelte das Telefon. Das mußte Sanchez sein. »Geh raus«,

sagte Juana zu ihrer Schwester. »Das ist Carlos.« Antonia starrte sie mit offenem Mund an. Warum sollte sie nicht hören, was dieser schreckliche Mensch zu sagen hatte und was Juana antworten würde? Antonia blieb auf der Veranda und spitzte die Ohren. Zu dumm! Juana sagte nur »ja« oder »nein«. Und schließlich: »Gute Reise!«

»Was sagte Carlos? Kommt er nicht?«

»Es war Señora de Villegas. Sie verreist.« Juana hatte den Hörer auf die Gabel geknallt.

»Warum ruft Carlos uns nicht an?« fragte Antonia. »Es wäre doch eine Abwechslung. Es ist ohne Teresa so still im Haus.«

»Das hast du dir doch immer gewünscht«, sagte Juana scharf. »Dir kann man es schwer recht machen.«

Sie gab ihren Posten am Telefon nach einem weiteren Tag auf. Sanchez blieb unhörbar und unsichtbar. »Um so besser«, sagte sie schließlich zu Antonia. »Er wird es noch bereuen.« Antonia wollte wissen, warum Sanchez es bereuen würde, erhielt aber keine Antwort.

Juana zuckte die Achseln. Sie hatte Sanchez nie leiden können und erinnerte sich zum Glück im rechten Moment daran. Und er wurde ihr plötzlich wieder fremd. Je mehr sie über ihn nachdachte, desto unverständlicher wurde er ihr. Aber seine Stimme blieb ihr im Ohr: arrogant, unnachgiebig, eisgekühlt. So mußte er mehr als einmal zu der armen Teresa gesprochen haben. Nach ihrer Unterredung in der Villa Acacia hatte Juana Alvarez zum ersten Mal voll erfaßt, warum Teresa vor ihrem Mann gezittert hatte. Kurz vor ihrem Tod in Mérida hatte die Arme den Blick und die Bewegungen einer in die Ecke getriebenen Ratte gehabt. Aber Juana hatte die Symptome des Verfalls nicht beachtet, weil Teresa sich mit unvermindertem Appetit auf ihre Mahlzeiten stürzte. Jemand, dem das Essen schmeckte, befand sich nach Juanas Ansicht im Zustand der Seelenruhe. Diese Theorie widersprach zwar der Erfahrung, daß eine Henkersmahlzeit im allgemeinen mit Lust bestellt und verzehrt wird, aber Juana stellte ihre eigenen Theorien nie in Frage. Trauerte sie um Teresa? Manchmal schon. Meistens nicht. Du lieber Himmel, wie schwierig war diese Nichte in den letzten zwei Jahren geworden. Wie oft hatte Antonia geweint. »Teresa dachte nur an sich«, sagte Juana laut. Sie vergaß, daß die meisten Leute das tun. Nur die Heiligen benehmen sich zufriedenstellend.

War es nicht sonderbar, daß Sanchez viel mehr Freunde besaß, als

Teresa trotz ihres Charmes gehabt hatte? Juana hatte sich an jenem endlosen Nachmittag in der Villa Acacia davon überzeugt. Teresa hatte außer Consuelo Márquez keine Freundin gehabt. Und war Consuelo aufrichtig gewesen? Vielleicht hatte sie zu viele Vorteile von ihrer Freundschaft mit Teresa gehabt, um eine wahre Freundin zu sein? Oder ein unbedachtes Wort von Teresa hatte Consuelo tief gekränkt. Teresa war so rücksichtslos in ihren Worten gewesen. Juana war mit Consuelos Eltern seit Jahren befreundet. Sie hatten nie etwas Nettes über Teresa gesagt, obwohl diese ihre Tochter in Luxushotels eingeladen hatte. »Wer Geld hat, ist ein Drache«, sagt man in den Anden.

Als Juana tief in Gedanken von einem Besuch bei einer kranken Cousine nach Haus kam, wurde ihr gemeldet, daß Señor Sanchez aus Caracas angerufen habe. Er habe zu seinem Bedauern keine Zeit mehr zu einem Besuch und sei heute nicht mehr im Hotel zu erreichen. Morgen werde er in aller Frühe Mérida verlassen.

Juana zuckte wieder die Achseln. Heute besuchte er noch alle möglichen Leute – nur nicht seine Verwandten! Sie blickte auf die Uhr. Es war fünf Uhr Nachmittag.

Antonia erschien aufgeregt auf der Veranda. »Ein Wagen, Juana! Hoffentlich ist Carlos guter Laune.«

Juana antwortete nicht. Zu ihrem Erstaunen stieg Consuelo Márquez aus dem Wagen. Ihre Augen blinkten hinter den Brillengläsern.

»Was will die hier?« fragte Antonia. »Sie besucht uns sonst doch niemals.«

»Dann macht sie eben heute nachmittag den Anfang. *Bueno*!« Juana klingelte nach Kaffee. In einer Sekunde der Hellsicht wurde ihr klar, daß Sanchez in dieser Stunde Professor Márquez besuchte, um Consuelo auszufragen. So machte er es doch! Er begann das Verhör so liebenswürdig, daß man die Absicht nicht merkte und die Vorsicht vergaß . . . Und Juana wußte auch, daß Consuelo Márquez Teresas Tanten aus einem einzigen Grund plötzlich besuchte:

Sie floh vor Sanchez.

## II

In Mérida dachte Sanchez milder über Teresa. Im Schweigen der Berge lauschte er auf das, was der Wind ihm zutrug. Hier hatte Teresa gelebt. Hier hatte sie ihrem Gefängnis entfliehen wollen. Hier wollte sie den Kolibri und die Sterne jagen. Hier war sie gestorben: ausgeleert, der Nacht ausgeliefert. Schuld ohne Sühne, Lust ohne Freude, Leben ohne Ziel. Nichts würde den Bergen eine Antwort entlocken. Sie waren ohne Mitleid. Groß, fremd und steinern betrachteten sie die Menschen der Anden aus erhabener Ferne, und der Schnee auf ihren Gipfeln löste sich nie in einen Tränenstrom auf.

Hier war Teresa gestorben.

Nur in der Nacht erlaubte Sanchez sich solche Gedanken. Morgens wurde er dynamisch und schwierig und verschloß seine Neigung zur Introspektion im Schreibtisch seines Hotelzimmers. Er hatte ein ausgedehntes Programm für Mérida. Zuerst suchte er Teresas Notar auf, der die Angelegenheiten der Familie Alvarez seit Generationen betreute. Señor Parra hustete ständig und unterbrach seine Klienten ebenso hartnäckig. Aber bei Sanchez hatte er wenig Glück mit dem Unterbrechen. Dieser Señor sprach ungerührt weiter. Das einzige, das diese beiden Gesprächspartner verband, war Abneigung nach dem ersten Satz.

Trotz Husten und Unterbrechungen gelangte Sanchez verhältnismäßig rasch an sein Ziel. Natürlich blieb er besonders höflich und anscheinend geduldig, weil er wußte, wie man in seinem Land Zeit spart. Er hatte auf den ersten Blick erfaßt, daß der alte Notar Umwege und Verzögerungen liebte und ihm alles mitteilen wollte, was er über die Familie Alvarez wußte. Da er mehr als jeder andere darüber wußte, hätte Sanchez seinen Aufenthalt in Mérida nutzlos verlängern müssen. Nichts lag ihm ferner.

Er war gekommen, um Teresas Anteil an der Kaffeeplantage der Familie Alvarez auf Juana und Antonia zu überschreiben. Señor Parra fand das zwar nobel, aber enthielt sich jeder Anerkennung. Er bereitete ungewohnt schweigsam die Papiere zur Unterschrift vor und verriet auch nicht, was er über Juana und Antonia Alvarez dachte. Auch das war eine ganze Menge.

Die Alvarez in den Anden stammten von Kaffeepflanzern ab. Auch Juana und Antonia lebten von Plantagen-Einkünften. Sie waren in ihrem Fall bescheiden, da die Zwillingsschwestern einer Seitenlinie entstammten. Sanchez fand, daß sie Teresas viel größeren Anteil gut gebrauchen könnten. Und was die Furie und das alte Schaf brauchten, das mußten sie eben bekommen.

Kaffee war im vorigen Jahrhundert ein wichtiger Wirtschaftsfaktor geworden, und die Alvarez' hatten bis zum Ersten Weltkrieg reiche

Erträge buchen können. Sie lebten in einer Atmosphäre der Sicherheit, die spätere Generationen nicht mehr kennenlernten. Im Zeitalter jener Sicherheit hatte nur Brasilien Venezuela als Kaffee-Exporteur übertroffen. Juan Alvarez, Pilars und Teresas Vater, war schon zur Zeit von Sanchez' Heirat ein vermögender Mann. Er war der Zeit vorangestürmt. Er lebte in Caracas und hatte die Weltfirma, die später *Alvarez & Sanchez* hieß, mit dem »Kaffeegeld« aus den Anden gegründet. Er hatte das Anwachsen der Petroleumindustrie sorgfältig beobachtet und hatte sich in den schwarzen Goldstrom von Venezuela gestürzt, als andere den Boom noch nicht ahnten. Hart, schlau und zäh wie seine bäuerlichen Vorfahren, trank Juan Alvarez seinen Kaffee zum Vergnügen, als Produktion und Export dramatisch absanken. Später erklärte er Sanchez, daß Kapitäne der Wirtschaft tollkühn planen und vorsichtig handeln müßten. Sie müßten aufmerksam anhören, was andere sagten, aber selber wenig reden. Und sie müßten natürlich die richtige Frau heiraten – eine Frau mit Verstand und Kapital. Pilars Mutter hatte diesen Forderungen entsprochen. Teresas Mutter war eine Abschweifung vom Ideal der Nützlichkeit gewesen – zu jener Zeit konnte Juan Alvarez sich das erlauben. Nicht etwa, daß Doña Isabella keinen Verstand besaß, aber sie war eine Abenteurerin, und ihre Gaben waren Intuition und Phantasie, und das hatte Juan Alvarez, den gefaßten Witwer, der sich um die halbwüchsige Pilar nicht kümmern konnte oder wollte, unvernünftig entzückt. Er bezahlte, wiederum recht gefaßt, den Preis für seinen Ausflug ins Irrationale, und es hatte schlechtere Ehen und schlechtere Stiefmütter gegeben. Teresas kindliche Grazie und ihr sorgloses Geplapper hatten aus dem ernsten, harten Juan Alvarez einen vernarrten Vater gemacht. Er tat Pilar gegenüber seine Pflicht als Vater, aber er liebte Teresa, den Frühling in seinem Herbst. Er wiegte sie in seinen Armen. Er, der sonst nie lachte und nur aus Geschäftsgründen scherzte, lachte und scherzte mit ihr. Pilar erkannte ihren Vater nicht wieder, wenn sie ihn mit dem Kind sah. Brauchte sie denn keine Liebe? War sie zu gehorsam und fleißig?

Juan Alvarez hatte Carlos Domingo Sanchez mit gewissen Vorbehalten als Schwiegersohn akzeptiert. Er fand ihn zu alt für Teresa. Pilar hätte besser zu ihm gepaßt. Teresas Vater dachte noch im Sinne von Dynastien. Aber da er diesem »Kind« nichts abschlagen konnte, fügte er sich ins Unvermeidliche ... Später wurden er und Sanchez Freunde, nicht nur Partner. Sie verstanden und vertrauten einander.

Schließlich hatte Sanchez einen berühmten Mann zum Großvater. Da mußte man über seinen Vater hinwegsehen! Juan Alvarez hatte längst herausgefunden, daß man nur verhältnismäßig zufrieden leben konnte, wenn man über Unangenehmes hinwegsah ... Sanchez sprach einmal über seinen Vater und dann nicht wieder. Juan Alvarez behielt alles für sich. Vertrauen gegen Vertrauen! Niemand war für seinen Vater verantwortlich. Auf jeden Fall hatte Sanchez als Ehrenmann gehandelt und seinem künftigen Schwiegervater seine Familienkonflikte enthüllt. Basta!

Juan Alvarez war immer auf der Seite der Gewinner gewesen, und welch ein Gewinn dieser Schwiegersohn war, das zeigte die Ausdehnung und wachsende Bedeutung der Firma. Sanchez bewunderte seinen Schwiegervater und lebte sich so in dessen Interessen ein, daß auch er die erregende Geologie seines Landes studierte und neue Tätigkeitsfelder für die Industrie im Ciudad Bolívar am Orinoco plante. Jetzt, Jahre nach dem Tod seines Schwiegervaters, nahmen diese Pläne erst richtig Gestalt an.

Die modernisierte Kaffeeplantage der Alvarez-Familie in den westlichen Anden, die heute zum Teil von Saisonarbeitern aus Kolumbien bewirtschaftet wurde, war in den Augen der städtischen Nachkommen ein legendärer Platz in den Bergen, wo langweilige Kaffeestauden sich in amüsante Wertpapiere und Barschecks verwandelten. Teresa Sanchez hatte ihren Anteil stets verbraucht.

Pilar sparte. Sie hatte keinen Ehemann, der das Geld für sie verdiente. Kein *Andino* * konnte frugaler leben. Ein Kleid sah aus wie das andere: eine schwarze oder kaffeebraune Hülle für einen dünnen, enttäuschten Körper. Und ihr Gesicht: dunkel-brütend, von Blitz und Donner umzuckt.

Ein Cousin von Juan Alvarez, Cristóbal Alvarez, hatte übrigens auch seinen Anteil an der Plantage in den Anden verkauft und pflanzte Zuckerrohr in einem besonnten Tal der karibischen Küste. Vielmehr besorgten die Nachkommen der importierten Negersklaven und die *Pardos* die Pflanzerei. Die Pardos waren Mischlinge und stammten väterlicherseits von europäischen Einwanderern ab, die meisten waren auf keinen grünen Zweig gekommen. Aber Zuckerpflanzer Alvarez war ein reicher Mann geworden. Juana nannte ihn den »Verräter«, und dieser Spitzname klebte wie Zuckersaft an der dürren Person von

* Bewohner der Anden

Christóbal Alvarez. Natürlich sangen seine Arbeiter Ende der sechziger Jahre nicht mehr fröhlich-ergeben wie die historischen Zuckersklaven, sondern sie studierten ihre sozialistischen Mitteilungsblätter und lauschten den Predigten ihrer radikalen Führer.
Christóbal Alvarez lauschte ebenfalls seinem Radio. Vorsicht und Umsicht lagen ihm im Blut. Er machte sich keine Sorgen um sein Wohlergehen. Wer Kaffee trank, der brauchte seinen Zucker. Und wer trank bitteren Kaffee in Venezuela? Weder Männer noch Frauen achteten auf die schlanke Linie oder hielten sich an die Diätvorschriften der *Yanquis*. Im übrigen war Christóbal Alvarez eine der letzten Vaterfiguren im Zeitalter der sozialen Rebellion. Er sorgte persönlich für seine Arbeiter, kannte sie und ihre Familien beim Namen, unterhielt sich mit seinen Vorarbeitern über Glanz und Elend der Arbeiterorganisationen und brachte es fertig, daß seine Leute nicht auf Befehl streikten.
Seine Fiestas waren in der Gegend berühmt. Er gab sie für seine Arbeiter, nicht für Freunde, die er nicht hatte, oder für Verwandte, die er nicht bei sich sehen wollte. Der einzige aus seiner Familie, der ihm gefiel, war Carlos Sanchez, und der war kein Alvarez. Sanchez besuchte den alten Pflanzer gelegentlich auf der Plantage. Sie unterhielten sich friedlich und tranken Rumpunsch dazu. Christóbal war von Teresas Tod schockiert gewesen. Keine Alvarez hatte sich je so früh aus dem Staub gemacht!
Der Trauerempfang in der Villa Acacia hatte ihm gut gefallen. Teresas Rumpunsch konnte sich sehen lassen. Außerdem hatte Christóbal bei dieser Gelegenheit viele Verwandte getroffen, die er lange nicht gesehen hatte und erst wieder beim nächsten Trauerfall sehen würde. Wie alle Einsiedler, war er von Zeit zu Zeit gesellig. »Besuch mich nach der Ernte, Carlos«, hatte Christóbal beim Abschied gebrummt. Er war davongefahren: ein brüsker, weißhaariger und ungebeugter Hagestolz, der auf Sanchez' jährlichen Besuch lauerte, es aber niemals zugegeben hätte.

Im Augenblick war Sanchez in Mérida und wollte Rätsel lösen. Als er im Empfangszimmer von Professor Márquez auf Consuelo wartete, fragte er sich, ob er nicht lieber schlafende Hunde ruhen lassen sollte. Seine geschäftlichen Besprechungen waren erledigt, und nun konnte er seinem Vergnügen nachgehen. Bei diesem Gedanken preßte er die Lippen zusammen. Consuelo Márquez kannte Teresas Geheimnisse.

Er würde ihr einige sanft entreißen. Dazu war er gekommen. Was für ein Mensch war dieser *Cooper*? Teresa mußte in den letzten Monaten ihres Lebens im Prado-Rio-Hotel seine Gesellschaft ununterbrochen genossen haben, und Consuelo hatte ihr dabei zugesehen.
Es war schwül in dem großen Zimmer mit den Steinwänden, die einen feuchten Geruch ausströmten. In der Mitte des Raumes stand ein kahler, polierter Tisch, umgeben von vier steifen, geschnitzten Stühlen. Bücherregale an allen Wänden. Sanchez studierte die Titel: *Kolonialgeschichte Venezuelas. Das Leben der Heiligen. Lateinamerika – eine historische Perspektive.* Biographien. Memoiren. Noch mehr Biographien: Columbus, Simón Bolívar, Emilio Domingo Sanchez. Vicente Gomez. Dann wieder Geschichtsbände. *Das spanische Festland. Wo lag das alte Dorado? Venezuela: Realität oder Illusion? Die Kirche in Lateinamerika.* Professor Márquez war Historiker.
Sanchez sah sich verstohlen um und griff dann nach dem Buch über seinen Großvater. *Der Freiheitskämpfer von Margarita* lautete der Untertitel. Sein Herz klopfte wie das Herz eines Jünglings. Wie immer, wenn man seinen Großvater ehrte. Emilio Domingo Sanchez gab diesem rastlosen Mann ein Gefühl von Ruhe, Heimat, Identität. Selbst der Schatten dieses seltenen Mannes bereicherte Geist und Seele und verwandelte dieses steife spanische Zimmer in Mérida in einen Wohnraum. Professor Márquez war leise eingetreten. Sanchez stellte hastig das Buch in das Regal zurück.
»Mein lieber Carlos. Welche Freude, Sie endlich wieder in Mérida zu begrüßen!« Der Professor schien tatsächlich erfreut zu sein. »Sie müssen meine Frau entschuldigen, lieber Freund. Sie hat sich hingelegt. Sie ist nicht wohl. Leider.«
»Ich möchte nicht stören, Herr Professor. Ich wollte nur Consuelo einen Augenblick sprechen.«
»Ich weiß, ich weiß. Consuelo wurde soeben zu einer kranken Freundin gerufen. Aber ich werde sofort telefonieren.«
»Das ist nicht nötig. Ich werde Ihnen ein Schmuckstück meiner verstorbenen Frau für Ihre Tochter geben.«
»Ihr Besuch ist uns eine Ehre, lieber Carlos. Meine Tochter wird sofort zurückkommen«, sagte der Gelehrte drohend. »Leider ist sie nicht immer so rücksichtsvoll, wie sie sein sollte.«
»Sie ist jung.«
»Nicht so jung, lieber Freund. Consuelo lebt nicht mehr im Zustand gesellschaftlicher Unschuld. Sie wurde vor kurzem dreiunddreißig.«

Er hüstelte. »Ich mache immer wieder die Erfahrung, daß unsere Untugenden sich mit zunehmenden Jahren selten ins Gegenteil verwandeln.«
Sanchez lachte. Der Gelehrte blieb ernst. »Ich meine: nur die Heiligen der Kirche verwandeln sich, weil sie unauffällig und unverdrossen an ihrer Perfektion arbeiten.« Wieder räusperte er sich. »Meine Tochter ist leider die letzte, bei der man eine Metamorphose dieser Art erwarten dürfte. Ich werde sofort telefonieren, *amigo.*«
Der Professor verbeugte sich zeremoniell und wies auf einen Sessel in der Fensternische. Dann verschwand er in seinem Arbeitszimmer. Sanchez zündete sich eine Zigarette an und schlug die Beine übereinander. Er hatte Zeit. Seinen letzten Besuch wollte er in zwei Stunden nach dem Abendessen im Hotel machen. Die harte Befehlsstimme des Professors drang gedämpft ins Empfangszimmer herüber. Sanchez schob sein Kinn vor. Es gab ihm einen grimmigen Ausdruck. Consuelo wußte, warum sie ihren Vater nicht zur Trauerparade in die Villa Acacia begleitet hatte.
»Meine Tochter kommt, so schnell es geht«, sagte der Professor. »Es tut ihr sehr leid, und sie bittet vielmals um Entschuldigung.«
Sanchez lächelte höflich. Natürlich tat es Consuelo keine Spur leid. Die Entschuldigung hatte ihr Vater aus dem Stegreif gedichtet. Aber sie würde kommen, und das war die Hauptsache. Márquez sagte nicht, mit wem er telefoniert hatte, und Sanchez fragte nicht. Auf jeden Fall würde sie auf väterlichen Befehl in etwa zehn Minuten erscheinen. Welch eine Komödie! Bei diesem Gedanken verdunkelte sich Sanchez' Gesicht . . .
»Darf ich Ihnen etwas anbieten, Carlos?«
»Nein, vielen Dank. Ich habe bei Teresas Notar gegessen. Man ist erschreckend gastfreundlich in dieser Stadt.«
Der Professor lächelte zum ersten Mal: »Ein wenig Wein? Ah, das ist besser!«
Sie tranken langsam und friedlich, aber plötzlich sagte Márquez abrupt: »Teresas Tanten sind ziemlich unglücklich. Neulich weinte Antonia bei uns in ihre Suppe. Die beiden müssen Ihre Frau wirklich geliebt haben.«
»Ja, natürlich. Und man nimmt wohl im Alter alles schwerer.«
»Hängt das nicht von der Veranlagung ab? Meine Tochter beispielsweise ist durch nichts zu erschüttern. Übrigens, was Altersbeschwerden betrifft, da können Sie nicht mitreden, lieber Freund.«

»Dieses Kompliment kann ich Ihnen zurückgeben, Herr Professor. Sie haben sich seit Jahren nicht verändert.«
»Ich bin ein *andino*. Anscheinend unverwüstlich. Zäh wie altes Leder. Unsere Politiker sind der Beweis.«
Sanchez nickte. Bernado Márquez stammte aus dem Staat Táchira im äußersten Westen der Anden. Zahlreiche Präsidenten von Venezuela aus dieser harten, abweisenden Gegend waren im Triumph in Caracas eingezogen: Cipriano Castro, der erste Machthaber in beinahe zwei Generationen von *andinos*. Später Juan Vicente Goméz, der »Tyrann aus den Anden«. Diese *caudillos* des zwanzigsten Jahrhunderts hatten die heftige Opposition der Liberalen und Studenten erregt, hatten aber jeden Widerstand mit brutaler Polizeigewalt und schweren Freiheitsstrafen unterdrückt. Auch Bernado Márquez hatte als Student in leidenschaftlicher Opposition gegen Goméz und seine teilweise analphabetischen Anhänger gestanden und seinen Durst nach Freiheit mit einer langen Haft bezahlt. Aber er war gestärkt in die Freiheit zurückgekehrt.
Sanchez blätterte in den Memoiren, die Márquez vor einigen Jahren veröffentlicht hatte. Er war so vertieft, daß er Consuelo beinahe vergessen hatte.
»Es gibt nichts Neues unter der Sonne«, bemerkte er nachdenklich. »Studenten-Revolten waren damals so beliebt wie heute.«
»Goméz war ein echter Diktator«, sagte Márquez. »Er hielt sich für die Nation. Ein Größenwahn, den spätere Diktatoren übernahmen. Er erinnert mich in vielen Zügen an Adolf Hitler. Er haßte die Intellektuellen genau wie der ›Führer‹ der Deutschen. Auch Goméz war unverheiratet. Aber er war zäher als der Mann aus Österreich. Und er redete weniger. Viel weniger.«
»Und er verstand eine Menge von Geschäften«, sagte Sanchez trokken. »Natürlich hatte Goméz unverschämtes Glück mit dem Ölboom. Aber er kontrollierte die fabulösen Gewinne mit Schlauheit und Umsicht.«
»Ein *andino*, mein lieber Carlos. Ja, Goméz war zäh. Darum schaffte er es. Sehen Sie, ich wollte als Junge studieren. Ganz Táchiro war erstaunt. Der junge Bernado, der Sohn eines Farmers! Ja, Landleute sind konservativ. Aber niemand in Táchiro zweifelte daran, daß ich es schließlich schaffen würde. Und als ich wirklich die Universität von Mérida bezog, da hätten Sie die Leute zu Hause sehen sollen. Sie kamen mit Ochsenkarren, mit Autos, zu Fuß und zu Pferde bei meinen

Eltern an und brachten Geschenke: Früchte, Gemüse und alles, was Feld und Wald hergaben. Ja ... Ah, und hier ist Consuelo! Darf ich mich jetzt zurückziehen, *amigo*? Ich muß noch einen Vortrag vorbereiten.«

»Du arbeitest zuviel, Papa.«

Sanchez war aufgesprungen und verbeugte sich vor Teresas bester Freundin. Sie war sehr groß und mager, und ihre glatten schwarzen Haare fielen von ihrem Mittelscheitel wie auf alten Madonnenbildern auf die Schultern. Aber ihr ironisches Lächeln und die Eulenaugen, die alles ergründen wollten und einen ruhelosen Intellekt verrieten, waren von heute. Aus welchem Grund hatte Consuelo Márquez die Rolle der bescheidenen Gesellschafterin von Teresa gespielt? Sie war unabhängig und raffiniert: eine Tochter der Anden.

»Gehen wir in mein Studio«, sagte sie kurz angebunden. Das Studio war eine geräumige Dachkammer des schönen alten, leicht verwahrlosten Kolonialhauses mit dem typischen Ziegeldach. Consuelo stand wie ein einsamer Baum in der Öde dieses Raumes und wies auf ihre merkwürdigen Zeichnungen hin. Wenn etwas noch befremdlicher wirkte als Consuelo, dann waren es ihre Skizzen. Da wirbelten Objekte und Symbole wie Kleider in einer Waschmaschine herum. Mythische Randfiguren und Geister spielten mit den Verkaufsartikeln der Realität.

»Merkwürdig«, sagte Sanchez.

»Ein Mädchen muß Humor haben«, sagte Consuelo Márquez. »Ich bin Reklamezeichnerin.«

»Mit Erfolg?«

»Nein.«

»Warum versuchen Sie dann nicht etwas anderes?«

»Warum sollte ich? Es ist doch vollkommen gleichgültig, was man macht.«

»Finden Sie?«

»Natürlich. Warum sollte ich Ihnen etwas vormachen?«

»Das kann *ich* Ihnen beim besten Willen nicht sagen.«

»Was können Sie mir denn sagen?«

»Ich halte mich an Tatsachen, Consuelo. Und *eine* Tatsache ist, daß Sie für kommerzielle Kunst zuviel Phantasie haben. Eine Limonadenfirma kauft keinen Dämon in der Cola-Flasche. Warum malen Sie nicht Ihre eigenen Bilder?«

»Das ist mir zu indiskret.«

Sanchez betrachtete die absurden Entwürfe. Hatte er sich in der Adresse geirrt? Was in aller Welt konnte Consuelo mit seiner Frau verbunden haben? Sie machte nicht den Eindruck einer vergnügungssüchtigen Abenteurerin. Sie paßte besser in ihr Studio als in ein Luxushotel. Verhungern tat sie auch nicht im Elternhaus. Und zur Zuschauerin war Consuelo Márquez nicht geboren. Sie war zwei- oder dreimal mit seiner Frau im Prado Rio gewesen. Und sie war eine Schlüsselfigur in Teresas Tragödie. Abgesehen von Cooper natürlich. Nur, daß man keinen Augenblick von Mr. Cooper aus Chicago absehen konnte. Sanchez studierte verstohlen das kluge, häßliche Gesicht des Mädchens. Etwas war von innen her verrenkt, verzerrt. Und der Zug um den Mund! Consuelo sah ihn nicht an. Sie wischte jeden Ausdruck aus ihrem Gesicht, als säuberte sie eine Schiefertafel. Einen Augenblick wirkte sie wie eine Ertrunkene.
Sanchez hatte sich unaufgefordert auf einen harten Sessel gesetzt und streckte die langen Beine von sich. Dann fragte er, wann dieses Haus gebaut worden sei.
»Kamen Sie hierher, um mich das zu fragen?«
»Mein Interesse an Bauten ist nun einmal unbezwinglich.«
»Wollen Sie in Mérida bauen?«
»Wie kommen Sie auf diese Idee?«
»Teresa erzählte mir auf unseren kleinen Vergnügungsreisen, daß Sie an Baufieber litten. Sie hätten kürzlich ein neues Haus am Orinoco gebaut. Aber niemand hätte es bis jetzt besichtigen dürfen.«
»Das Küchenhaus und der Tanzsaal sind noch nicht fertig.« Sanchez kniff die Augen zusammen. »Verriet meine Frau Ihnen noch mehr Scherze aus meinem Leben?«
»Dies und das. Es war sehr instruktiv. Falls Sie sich noch erinnern: Diskretion war nicht Teresas starke Seite.«
Sanchez fragte, ob Consuelo rauchen möchte, und gab ihr Feuer. Er sah ein boshaftes Licht in ihren Eulen-Augen hinter den dicken Gläsern. *Was* wußte sie, falls sie etwas wußte? Teresa hatte seines Wissens nie darüber gesprochen, wen er in seinem entlegenen Haus am Orinoco einquartiert hatte. Das war Familiengeheimnis. Oder etwa nicht? ›Es ist nicht möglich. Das kann Teresa mir nicht angetan haben‹, dachte Sanchez und zwang sich zur Ruhe. Sie hatten jahrelang im Zustand der Entfremdung gelebt, und Teresa hatte trotzdem geschwiegen. Aber da war Consuelo Márquez in Puerto Cabello gewesen, und seine Frau hatte tatsächlich die ganze Zeit bei ihren Tanten

in Mérida gewohnt. Er beobachtete Consuelo von der Seite. Allein die Erwähnung von Teresas Namen hatte ihre Bitterkeit sichtlich verstärkt. Ihr Gesicht war leicht verzerrt: eine Grimasse des Hasses. Aber in der nächsten Minute zeigte sie wieder ihr glattes, ironisches Lächeln. Sie saß in ihrem eigenen Schlangennest: kalt und mit glitzernden Augen auf Katastrophen in ihrer leeren Welt lauernd. Sanchez fühlte die Leere, die Vergeblichkeit, die Nutzlosigkeit ihrer geheimen Bemühung um ein bißchen Glück. Auch die Skizzen an den Wänden, grelle Protokolle der Unlust, waren so nutzlos wie zerlöcherte Pfannen. Was wußte Consuelo Márquez?

Er gab ihr ein schweres goldenes Armband aus Cacique-Münzen, die die Köpfe der Indianerhäuptlinge zeigten, die im sechzehnten Jahrhundert gegen die spanischen Conquistadores gekämpft hatten. Es war ein kostbares Sammlerstück und Teresas Besitz. Consuelo bedankte sich mit abgewandtem Blick. Beide schwiegen, weil es nichts zu diesem Vermächtnis zu sagen gab.

Das Telefon rief Consuelo nach unten. Sanchez' Blick fiel auf eine offene Schreibtischschublade: Briefe und Rechnungen. Obenauf lag ein Brief aus Venezuela. Sanchez konnte nur die Unterschrift *Cooper* lesen. Er wandte sich blitzschnell den Skizzen zu, als er Consuelos Schritt hörte. Sie zeigten eine existenzfeindliche Welt, ein von glühendem Ressentiment erfülltes Grenzland der Seele. Ein rosiges, aber deformiertes Kind mit Spitzenkleid und Gasmaske. War es eine Reklame für eine Wäschefirma oder für den nächsten Krieg? Ein eleganter Caballero mit einem Kopf aus Ton, der halb von einem Tuch bedeckt war, als solle die Tonmaske für Aschermittwoch feucht gehalten werden. Drei Frauen mit Fischköpfen auf einer Hotelterrasse – sie trugen Pariser Modellkleider mit Blutflecken, aber die Fischköpfe waren einheimisches Produkt. Consuelo erklärte, die drei Frauen seien recht hübsch. Letzthin hätte sie eine Menge Leute mit Tierköpfen gemalt. Und da war eine üppige junge Person, die entfernt an Teresa erinnerte. Sie pflückte Blumen für eine bekannte Blumenfirma, hatte aber Schlangen statt Seidenbändern um die Sträuße gewickelt.

»Ich bin eine Reporterin der ungeahnten Zwischenfälle«, erklärte Consuelo.

»Möchten Sie mit einem Fischkopf herumlaufen?«

»Ich laufe mit einem herum. Ist es Ihnen nicht aufgefallen? Und wie finden Sie Teresa mit den Schlangenbändern? Sehen Sie ihr ahnungsloses Gesicht. Teresa witterte nie eine Gefahr.«

»Vielleicht lebte sie zu beschützt.«
»Vielleicht lebte sie zu gedankenlos. Sie verstand nichts von nichts«, sagte die beste Freundin hart. »Zum Glücklichsein war sie auch zu einfältig.«
»Dazu braucht man keine Intelligenz. Nur zum Glücklichbleiben.«
»Sie erfüllen mich mit Hochachtung, Señor.«
Ein Zettel wurde durch die Tür geschoben. Consuelo hob ihn auf und las ihn gelangweilt. »Eine Botschaft meiner Mutter. Sie spricht nicht mit mir.«
»Warum nicht?«
»Ich habe nicht die leiseste Ahnung. Mama schickt mir seit Jahren Botschaften: Wasch Dir Dein Haar! Besorge mir Fische und Hustenbonbons! Male nicht! Und so weiter.« Sie blinzelte ironisch zu Sanchez empor. »Eine glückliche Familie, nicht wahr? Mama befiehlt mir, besonders nett zu Ihnen zu sein. Falls ich es vergessen haben sollte.«
Sanchez lächelte zum ersten Mal.
»Ich warte . . .«
»Sie sind viel amüsanter, als ich nach Teresas Schilderung annahm. Ich weiß nicht, warum sie solche Angst vor Ihnen hatte.«
»Ich auch nicht. Wie Sie sehen, bin ich ein harmloser Zeitgenosse.«
»Das kann ich nicht beurteilen. Ich kenne Sie kaum.«
»Da steht Ihnen ein Vergnügen bevor«, sagte Sanchez. »Sagen Sie, wann trafen wir uns zum ersten Mal?«
»Ich glaube, bei Ihrem Gartenfest vor zwei Jahren. Ich lebte lange in Puerto Cabello.«
»Trieb die Sehnsucht Sie nach Mérida zurück?«
»Mama schickte wieder eine Botschaft. Sie brauche das Geld, das ich verbrauchte, für sich. Mein Vater gibt den Rest für Bücher aus. Wissen Sie vielleicht eine Stellung für mich?«
»Was haben Sie im Auge?« Sanchez verbarg sein Erstaunen. Hatte dieses Mädchen von Teresa gelebt?
»Ich kann fotografieren. Oder Sekretärin. Das kann jeder.«
»Meinen Sie? – Gut, ich werde darüber nachdenken.«
»Das würde mich wundern, Señor.«
»Glauben Sie, ich denke nie nach?«
»Nicht über mich. Sie haben kein Interesse daran, mir zu helfen.«
Sanchez lachte. »Wenn man nur denen hilft, die einen interessieren, dann hilft man kaum jemandem.«

»Sie sind sehr liebenswürdig, Carlos!«

Er betrachtete Consuelo mit äußerster Konzentration. Sie atmete schnell. Tiefe Furchen zeigten sich auf ihrer Stirn. Was hatte Teresa getan, um von ihr verraten zu werden?

»Warum taten Sie es?« fragte er plötzlich.

Consuelo feuchtete ihre trocknen Lippen mit der Zunge an. »Ich weiß nicht, wovon Sie reden.«

»Ich glaube doch.«

Consuelo schwieg. Ihre Gesichtsfarbe war grauweiß und fleckig geworden – wie angeschmutztes Zeitungspapier.

»Warum schrieben Sie mir einen unfreundlichen Brief über meine Frau?«

Sie schwieg weiter.

»Schließlich waren Sie Teresas beste Freundin, nicht wahr?«

»Sie machte sich lächerlich«, sagte Consuelo nach einer Pause. »Sie hatte den Verstand eines Grashüpfers.«

»Wer Sie zur Freundin hat, der braucht sich nicht nach Feinden umzusehen«, sagte Sanchez trocken. »Was hatten Sie gegen Teresa?«

Consuelo schwieg.

»Was hatten Sie gegen sie?«

»Ist das ein Verhör, Señor? Mit mir können Sie nicht wie mit Teresa umspringen. Sie hat Sie noch idealisiert.«

»*Más o menos.*«*

Consuelo verwandelte sich langsam in eine Furie: »Wenn Teresa Sie auch mit Recht verabscheute, sie traute Ihnen blindlings. Wie konnte sie nur?«

»Vielleicht hatte meine Frau Gründe, mir in wichtigen Angelegenheiten ihr Vertrauen zu schenken . . . Aber – daß sie *Ihnen* traute, das ist mir unbegreiflich.«

Consuelo schwieg.

»Wie konnten Sie mir, den Sie kaum kennen, Mitteilungen über meine Frau machen, die völlig erlogen sind?«

»Erlogen?« Consuelo begann zu zittern, und Sanchez wiederholte: »*Erlogen!*«, um sie um den Rest ihrer Fassung zu bringen und vielleicht etwas zu erfahren, was er nur durch sie erfahren konnte. Er war nicht so ruhig, wie er wirkte. Hoffte er gegen jede Hoffnung, daß Teresas Beziehung zu Cooper harmlos gewesen und nur durch Klatsch

* Mehr oder weniger.

aufgebauscht worden war? Consuelos Brief an ihn war ein einziges Dokument der Bosheit gewesen. Gewiß, er hatte seine Frau danach beobachten lassen, aber was wissen Beobachter von dem, was zwischen zwei Menschen vorgeht? Sie bleiben an der Peripherie des Ereignisses. Consuelo dagegen war mittendrin gewesen. Er sagte sehr ruhig: »*Sie* machten sich mit Ihrem Brief lächerlich, Consuelo. Meine Frau konnte Kaffee trinken, mit wem sie wollte.«
»*Aber nicht mit Cooper*«, schrie Consuelo. »Er gehörte mir. *Mir*, hören Sie, Señor? Ich kannte ihn von Puerto Cabello. Wir wollten heiraten. Da staunen Sie wohl?«
Sanchez staunte tatsächlich. Consuelo Márquez blickte einen Moment in ihre Privathölle im Hotel Prado Rio. Teresa hatte sich dem einzigen Mann, der sich ernsthaft für sie, Consuelo, interessiert hatte, an den Hals geworfen. Elliot Cooper hatte keine Schuld. Er war auch nur ein Mann . . . Consuelo wischte sich den kalten Schweiß mit einem Mallappen von der Stirn. Sanchez blickte von ihr zu den Skizzen und wieder zurück. Diese Affäre war ungereimt wie ein Hitzschlag in Grönland. Wer hatte wen betrogen? In der offenen Schublade lag Coopers Brief.
»Ich schrieb Ihnen die Wahrheit«, sagte das Mädchen heiser. »Ihre Frau vergaß jede Vorsicht und Rücksicht. Sie gönnte niemandem einen Mann – das müssen Sie doch wissen! Ich schrieb Ihnen, damit Sie Teresa fortholten. Das wäre für uns alle das beste gewesen.«
Jetzt schwieg Sanchez. Das Feuer der Liebe war und blieb ein tragikomisches Element. Niemand wußte, ob es seinen Herd erwärmen oder sein Haus niederbrennen würde. Consuelo Márquez stand auf jeden Fall in einem Aschenregen. Sie sagte plötzlich: »Ich bin nicht schuld an Teresas Tod.«
»An unserem Tod sind wir selber schuld. Vielleicht auch an unserer Geburt«, sagte Sanchez düster. »Frauen fügen einander fortwährend schreckliche Dinge zu. Warum?«
»Teresa hatte Sie. Sie hatte kein Recht auf Elliot.«
»Elliot James Cooper von *Smith & Stone*? Tüchtige Leute. Verstehen viel von Industrie. Ich kenne die Firma.«
»Kennen Sie Elliot Cooper?«
»Nein. Aber eine Heirat mit ihm schlagen Sie sich besser aus dem Kopf, meine Liebe. Er *ist* verheiratet. Mit einer Berlinerin.«
Consuelo starrte Sanchez an.
»Ich erkundigte mich bei meinem Freund William Stone nach Mr.

Cooper«, sagte Sanchez gelassen. »Teresas wegen. Ehemänner kennen für gewöhnlich ihre Grenzen. Kurz und gut: Mr. Cooper hätte seine Frau genausowenig verlassen wie ich Teresa. Aber deswegen leben Ehepaare nicht im Gefängnis! Man darf sich schließlich frei bewegen. Was meinen Sie?«
Consuelo lächelte mit ungeheurer Anstrengung. Jetzt war Frost im Treibhaus. Coopers Brief starrte ihr ins Gesicht. »Es wäre nett, wenn Sie mich nicht wieder besuchen wollten«, sagte sie tonlos. »Adiós, Señor! Nochmals Dank für das Armband.«
»Danken Sie Teresa. Adiós.«

## III

Auf dem Weg zu Teresas Arzt dache Sanchez immer noch an Consuelo Márquez. Sie war sichtlich erschrocken über die Nachricht, daß Cooper verheiratet war. Sanchez hatte sie ohne Mitgefühl beobachtet. Er hatte nur gedacht: ›Sie schläft zuwenig. Sie ist auch von Ermüdung vergiftet.‹ Vielleicht würde sie eine Zeitlang in Stücke zerfallen, die der nächste Mann auflesen mußte? Fast alle Leute mußten sich mit Stückwerk begnügen. Menschliche Beziehungen lebten entweder vom schönen Irrtum oder von der Fähigkeit, Zerbrochenes zu kitten und aus Resten eine genießbare Mahlzeit herzustellen. Es schien Sanchez, als gehöre diese Fähigkeit zu den aussterbenden Künsten, weil sie Geduld voraussetzte. Wieder sah er Consuelo in ihrem Studio. Sie hatte das Unglück, daß die Leidenschaft sie entstellte. Aber vielleicht lag die wahre Anmut einer Frau überhaupt im Maßhalten.
Hatte Teresa ihrer besten Freundin Einzelheiten über das Haus am Orinoco verraten? Sanchez schob diese Frage von sich fort. Im Augenblick war Consuelo mit ihrer Enttäuschung beschäftigt. Niemand konnte in die Zukunft sehen. Wer es versuchte, ruinierte seine Nerven. Sanchez konnte sich schlechte Nerven nicht leisten. Wenn er an etwas glaubte, war es die Erhaltung seiner Kraft.
Ob Consuelo jenen *Yanqui* geliebt hatte? Oder hatte sie es sich eingeredet, weil sie durchaus etwas erleben wollte oder weil sie ihr Elternhaus floh? Sie war über dreißig: eine überalterte Haustochter. In Lateinamerika heiratete man jung. Die Ehe war ein Statussymbol neben allem, was sie sonst darstellt und bietet. Zweifellos war Cooper

eine unglückliche Begegnung für Consuelo gewesen. Was war er für ein Mann? Ein Nutznießer weiblicher Unzufriedenheit? Spieler, Blaubart, Opfer? Ein Ehemann mit Nachholbedarf? War er ein wildgewordener Puritaner auf Reisen? Oder ein Mann im Kampf mit sich selbst? Ein geborstener Baumstamm mit verdorrenden Säften? Er würde es nicht erfahren. Die Berge schwiegen. Und selbst wenn Consuelo sein Bild für ihn beschworen hätte, wäre es ein Zerrbild gewesen, denn Schmerz und Wut hatten ihren Blick getrübt. Und was hatte Teresa auf ihrem Weg zum Tod mit Cooper erlebt? Auch das würde er, Sanchez, nie erfahren. *Sie* hatte zu den Frauen gehört, die die Leidenschaft verschönt. Selbst wenn ein flüchtiges Feuer oder nur ein Trugbild des Feuers sie entflammt hatte. Nur hatte Leidenschaft nichts mit Glück zu tun. Wer wußte es besser als Sanchez?

Dr. Julio Borges, der Familienarzt der Alvarez in Mérida, empfing Sanchez mit einer gemurmelten Beileidsformel. Welch ein Unglück! Eine junge und gesunde Frau. Ein wenig zu korpulent, nicht wahr? Der Arzt war überschlank und so steif in seinen Bewegungen, als verbringe er seine Nächte am Schreibtisch. Mit seinem langen Hals wirkte er wie eine Giraffe, die vorgab, Dr. Julio Borges zu sein.

»Woran starb meine Frau?« fragte Sanchez mit steinerner Miene.

Dr. Borges antwortete nicht sofort, sondern wühlte in seinen Krankengeschichten herum und warf die erledigten vom Schreibtisch. Dann hustete er ein kleines Bronchialkonzert und suchte weiter. »Schrecklich, schrecklich«, murmelte er. Meinte er Teresas plötzlichen Tod oder seinen plötzlichen Husten? ›Warum sind Ärzte immer kränker als ihre Patienten‹, dachte Sanchez. ›Dieser Medizinmann kann jedem Gesunden etwas anhusten.‹ Aber trotz seines Zögerns schien Borges ein vernünftiger Mann zu sein. Der Blick hinter den Brillengläsern war scharf und nicht ohne Mitgefühl.

»Ihre Frau nahm zuviel Schlaftabletten«, murmelte er endlich und fegte den Rest der Blätter vom Schreibtisch. Nur Teresas Krankengeschichte lag vor ihm. »Ich warnte Ihre Frau vor einem übermäßigen Gebrauch. Aber sie war ständig erregt, und sie brauchte Schlaf in ihrem Zustand.«

In welchem Zustand? Sanchez fühlte einen Druck um die Brust, und sein Herz begann wild zu klopfen. Er starrte Dr. Borges an. Die Lampe über dem Schreibtisch flackerte vor seinen Augen: hell, gedämpft, plötzlich strahlend, dann dunkel – wie bei einer Beleuchtungsprobe in einem Filmstudio.

Der Arzt las noch einmal Teresas Todesgeschichte durch, putzte seine Brille und blickte Sanchez dann mit aufrichtiger Teilnahme an. »Es tut mir so leid, Señor! Juliana Alvarez sagte mir einmal, Sie hätten sich seit Jahren ein Kind gewünscht. Sehr verständlich. Sehr in Ordnung.« Er blätterte wieder. »Leider hatte Ihre Frau vor Jahren eine erfolglose Schwangerschaft. Tja ...«
Sanchez sagte kein Wort.
»Leider war Ihre Frau auch sehr ängstlich. Übernervös. Sie war allerdings nicht mehr sehr jung für eine Geburt, nicht wahr? Sie ging in den vierten Monat. Sie beschwor mich, den Damen Alvarez nichts über ihren Zustand zu sagen. Natürlich respektierte ich diesen leicht hysterischen Wunsch. Ein freudiger Anlaß wird meistens gern berichtet. Aber manche Frauen in diesem Zustand ...« Er räusperte sich. »Alles recht unglückselig, Señor! Als ich zu Ihrer Frau gerufen wurde, lag sie bereits in der Agonie. Sie war nicht mehr zu retten. Tja ...« Der Arzt erhob sich und drückte Sanchez schweigend die Hand.

*Sie war nicht mehr zu retten.*
Sanchez schritt in die Nacht hinein und versuchte, den Tatbestand mit Fassung zu akzeptieren. Alles, was verworren und unverständlich gewesen war, erschien ihm nun im grellen und unbarmherzigen Licht der Wahrheit. Der Schock betäubte ihn nicht, sondern machte ihn qualvoll wach. Er erweckte zusätzliche Energie – die Energie des Schmerzes, die eine unerträgliche körperliche Spannung erzeugt. Er begann zu laufen, und seine Schritten hallten auf den leeren Straßen und Plazas. Er unterdrückte ein Stöhnen. Der Mond schien ihm ins Gesicht. Er verbreitete ungeachtet der Astronauten-Siege sein geheimnisvolles Licht. Ein junges Paar ging umschlungen an Sanchez vorüber. »Bist du müde, Liebes? Du mußt mehr ruhen. Denk an den Sohn!« Die junge Frau flüsterte: »Bald ist es soweit. Ich bin so glücklich.« Glück der Urzeit. Glück der Zukunft.
Der Duft von gebratenen Bananen drang zu ihm, und Sanchez fühlte plötzlich wütenden Hunger. Er hatte das Abendessen kaum angerührt, da er in Gedanken bei Teresas Arzt gewesen war. In einem leeren Park versprühte eine Fontäne silbrige Tropfen. Irgendwo ertönte Teresas Lachen – ihr besonderes, schrilles Lachen für einen neuen Mann. Ob Cooper es gut ertragen hatte? Sanchez stieß eine faule Melonenschale mit dem Fuß fort. Ein Haus mit geschlossenen Fen-

sterläden. Die Bewohner mußten tot oder auf Reisen sein – wie Teresa und er. Wußte Cooper, daß er Vater werden sollte? Sanchez fühlte einen inneren Stoß – wie im Flugzeug vor der Landung. Wieder dachte er an Consuelo, die diesen Mann an Teresa abgeben mußte. Ihr Geist war im Augenblick bewölkt, ihr Haar verwirrt. Ihr Gesicht in plötzlichem Haß verzerrt. Consuelo! Sie konnte Teresa nicht mehr hassen und Cooper nicht mehr lieben ... Welch ein Dilemma! Sie war schließlich mit den Vögeln, mit denen sie flog, eingefangen worden. So ging es am Ende allen. So war es Sanchez auch gegangen.
In diesem Augenblick fühlte er weder Liebe noch Haß – nur die Gleichgültigkeit, die alle Affekte betäubt. Aber er würde wieder aufwachen und von neuem der ungeheuerlichen Tatsache ins Auge sehen, daß Teresa ein Kind von einem anderen Mann erwartet hatte. War Cooper der Vater? Was wußte er, Sanchez, über die Fremde in den Anden? Was über die gesetzlosen Mächte, die ihre Seelenwelt regiert hatten? Wer kannte wen? Nur eine Tatsache stand fest: jeder Mensch brauchte jemand, dem er seine Gedanken und seine tiefsten Gefühle schenken konnte. Warum sollte Teresa eine Ausnahme von dieser Regel sein, selbst wenn ihre Gedanken und ihre Gefühle flach und flüchtig gewesen waren? Aber – vielleicht hatte nur er, Sanchez, es nicht verstanden, sie an sich zu binden? Oder es nicht gewollt?
Wie lächerlich unwissend war der *homo sapiens* in allem, was seelische Bezirke betraf. Und er schien nicht schlauer in dieser Beziehung zu werden, ob er nun Wochenendfahrten zum Mond arrangierte oder nicht. Wurde der Mensch nicht in dem Maß, in dem er wissenschaftliche und technische Großtaten vollbrachte, immer unsicherer in seinen Instinkten und moralischen Leitbildern? Sanchez fühlte sich in diesem Augenblick so unsicher wie damals als junger Student in Berlin. Seine Welt schwankte. Wieder fühlte er einen Druck um die Brust und ballte die Fäuste ... Dann atmete er tief. Der Nachtwind kühlte seine Stirn und seinen Verstand. Er mußte sich entschiedener als bisher von Teresas Schatten abwenden. Er mußte ihn in Mérida zurücklassen wie Consuelo Márquez und Cooper. Was zwischen den dreien gespielt worden war, war ihr Drama – nicht seins. So hatte er sich vor zwei Jahren von Carla Moll aus Berlin getrennt, und auch ihr Drama war nicht mehr seins. So mußte man sich ständig lösen und erlösen. Es gab keinen anderen Weg.
Sanchez betrat sein Hotelzimmer spät in der Nacht und schlief sofort ein. Morgen, wenn er Mérida in aller Frühe verlassen hatte, würde

er wieder vorsichtig, hartnäckig und unerschütterlich sein. Ein Mann für sich allein. Ein Bewohner des Festlands, von treibenden Inseln umgeben. Und das wäre er wahrcheinlich geblieben, wenn die Insulaner ringsum nicht nach altem Brauch Verbindung mit dem Festland suchten.

In Caracas erwartete ihn ein Brief der Journalistin Carla Moll aus Berlin. Poststempel: Venezuela.

FÜNFTES KAPITEL

# Unfruchtbar wie die Furien

*Dir fehlt die Würze alles Lebens – Schlaf.*
Shakespeare

## I

CONSUELO MARQUEZ WUSSTE NICHT MEHR, WANN SIE ZUM LETZTENMAL eine Nacht durchgeschlafen hatte. Zu viel lag zwischen ihr und der Goldküste der Schläfer. Statt sich zu entspannen, stellte sie nach Sanchez' Besuch in Mérida nächtliche Generalverhöre mit Cooper an und wunderte sich, daß sie sich gegen Morgen erbrach. Nicht etwa, daß sie ein Kind erwartete! Cooper hatte sie zu sehr respektiert, als daß er sich so eindeutig mit ihr vergnügt hätte. Wenigstens hatte er ihr dies wiederholt versichert. Gegen diese hohe Moral konnte ein Mädchen natürlich keine Argumente vorbringen, ohne sich zu billig oder lächerlich zu machen. Consuelo hatte sich wohl oder übel mit der Situation abgefunden, bis dann Teresa in dieses platonische Idyll hereinplatzte. Hatte Cooper von Heirat in den Wolken gesprochen, oder hatte sie, Consuelo, dieses Tabu-Thema angedeutet? Auf jeden Fall hatte Cooper nicht widersprochen und außerdem seine Ehefrau unterschlagen. Cooper widersprach niemals – das war ihm lästig, und man machte sich damit unbeliebt. Und Beliebtsein war für ihn lebensnotwendig, wobei es nicht immer darauf ankam, wer ihm Honig zu lecken gab.

Aber sein Kardinalverbrechen war und blieb, daß er Teresa für leidenschaftliche Vergnügungen geeignet gefunden hatte. Consuelo hatte sich weiterhin damit begnügen müssen, seine Seelenfreundin zu sein, und war schließlich nach Hause gefahren. Aber vorher hatte Teresa ihr ihre Unterhaltungen mit Cooper ausführlich geschildert, und danach war Consuelo dem Club der Nichtschläfer beigetreten. Eine

Büßerin ohne Sündenregister, wanderte sie nachts ruhelos auf nackten Sohlen durch das leere Treppenhaus. Oder sie machte es sich auf einem Treppenabsatz unbequem, sah gräßliche Objekte in allen Ecken und kehrte gegen Morgen in ihr Studio zurück, das nach frischer Ölfarbe und alten Leiden roch. Dann malte sie die Schreckgebilde, die sie nachts gesehen hatte, und setzte ihr Verhör mit Cooper fort. Oder sie schrieb ihm einen Drohbrief nach dem andern oder einen bedauerlichen Bettelbrief um ein Lebenszeichen. Der Brief, den Sanchez bei ihr gesehen hatte, war Monate alt. Consuelo schrieb weiter Briefe an Cooper, aber wie Penelope, die prinzipiell zerstörte, was sie gewebt oder gehäkelt hatte, vernichtete Consuelo im Morgengrauen ihre Briefe an den *Yanqui*, die sie mit dem Vermerk *Bitte nachsenden* versehen hatte. Cooper, dieser Zugvogel der Industrie, gab seine jeweilige Adresse in Venezuela nicht preis.
Schließlich, nach immer ausgedehnteren Irrfahrten durchs Treppenhaus und einem runden Dutzend zerrissener Briefe, schrieb Señorita Márquez einen Brief, den sie am nächsten Morgen nach den USA schickte. Der Brief war dieses Mal nicht an Cooper gerichtet, sondern an dessen Frau. Da Consuelo weder diese Dame kannte noch Coopers Privatadresse in den Staaten wußte, schickte sie den Brief mit der Bitte um Weiterleitung an Coopers Firma in Chicago. Ein Racheakt per Luftpost.

Mrs. Naomi Cooper, geborene Singer aus Berlin, erhielt diesen Brief mit einiger Verspätung, denn sie erholte sich von Chicago oder von Cooper nach jahrelangem Ausharren in den USA in Europa. Auf jeden Fall gelangte Consuelos Brief in ihre Hände, denn das Schweizer Sanatorium, in dem sie zur Kur weilte, war Coopers Firma bekannt. Sie las den Brief aus Mérida mehrere Male, da er ihr trotz der englischen Sprache spanisch vorkam. Cooper hatte viele Mängel, auf die sie ihn im Lauf der Jahre wiederholt aufmerksam gemacht hatte, aber Naomi hatte immer angenommen, sie könne sich auf ihn verlassen. Wem konnte Cooper *so* gefallen, daß diese unbekannte Südamerikanerin ihr einen verrückten Brief schrieb? Mrs. Cooper beantwortete den Brief nicht, da sie eine unüberwindliche Abneigung gegen unbekannte Leute hatte. Sie beantwortete nicht einmal die Briefe von Cooper, den sie immerhin genau kannte. Sie war sich darüber klar, daß Cooper dieser Person in Mérida bestimmt keinen Heiratsantrag gemacht hatte, da er sehr ungern heiratete. Aber sie würde ihm doch schreiben, sobald ihre Nerven sich besserten. Sie hatte das Sanatorium in der Nähe von Zürich gewählt, weil sie mit dem Chefarzt deutsch sprechen konnte, obwohl Schweizer Deutsch nicht berlinisch klingt.

Naomi Cooper dachte nach dem Mittagessen über Consuelos unverdaulichen Brief nach. Sie hatte Cooper jahrelang als einen Felsen betrachtet, geschaffen, sich daran anzulehnen, weil er es ihr vor der Hochzeit versichert hatte. Zum Übergang vom Erhabenen zur täglichen Praxis bedarf es nur des Trauscheins. Coopers Mutter hatte sich eine geborene Amerikanerin als Schwiegertochter vorgestellt, und niemand – außer Naomi – tadelte sie deswegen. Man paßte besser zusammen.

Naomi haßte Mitteilungen über Unbekannte. Was ging sie jene Teresa Alvarez an? Auch wenn sie tot war. Oder die Schreiberin dieses Briefes? Cooper schien sehr gesellig in Venezuela zu leben. Viel geselliger als daheim . . . Naomi überlegte, was sie gegen Coopers Hang zur Geselligkeit tun könne, und faßte prompt einen Entschluß. Das war nie das Richtige, denn sie stieß ihre Entschlüsse gern in zwölfter Stunde um und entschloß sich zum Gegenteil. Cooper behauptete, sie selbst sei ihr schlimmster Feind. Er war sein bester Freund. Narcissus in Chicago. Nur nicht so schön. Kein Narcissus ist ein idealer Ehemann. Cooper versteckte sich vor ihr in Südamerika. Vor seiner Heirat hatte er mit *Mother* in Chicago gehockt. Er hatte viele Freunde – alte und neue – und machte die Damen zu Haus nicht mit ihnen bekannt. Wo diese Freunde herkamen und wie Cooper sie wieder loswurde, das war sein Geheimnis. Er mochte keine ruhenden Pole, keine Permanenz. Andere Tapeten, andere Frauen, andere Speisen – dabei gedieh er! Nur seine Schecks kamen mit treuherziger Regelmäßigkeit in Europa an. Wer nicht lieben will, muß zahlen. Alte Sache! Mrs. Cooper versank in Grübelei.

Die Flurschwester brachte ihr noch einen Brief. Cooper erkundigte sich mit verhüllter Ungeduld, wann sie gesund nach Haus kommen würde. Er mußte immer ein Empfangskomitee vorfinden, sonst war eine Heimkehr nur eine Ankunft. Dankbarkeit sollte in den Herzen und nicht nur im Wörterbuch existieren. (Hatte seine Frau nicht Grund zu ewiger Dankbarkeit?) Naomi las den Brief ihres Mannes flüchtig und ohne Mitgefühl – scheußlich von ihr! Cooper schrieb, er müsse noch länger als vorgesehen in Venezuela schuften. Das war ein starkes Stück. Der Brief von Consuelo Márquez klang so, als ob Cooper beständig Feste feierte. Allerdings alkoholfreie Orgien. Er trank nichts Stärkeres als Limonade. Bei Partys trank er dieses Gesöff aus Weingläsern, um seine neuen Freunde nicht zu erschrecken. So war Cooper. Er streute seinen Gästen Sternenstaub in die Augen. Allein mit *Mother* und Ehefrau trank er Milch aus Milchgläsern. Naomi dagegen trank für zwei und gelegentlich für ein ganzes Regiment. Gab es nicht das kleinste Schnäpschen in diesem Saftladen?

## II

A: *Psychiatrisches Stenogramm*
von Dr. Andres Sprüngli. Sanatorium Seeblick. Schweiz.

| | |
|---|---|
| *Patientin:* | *Mrs. Naomi Cooper,* Chicago, USA. 49 Jahre. – Kinderlos |
| *Krankheitsbild:* | Periodische Trunksucht<br>Überfunktion der Schilddrüse (leichte Basedow-Erkrankung)<br>Schlaflosigkeit abwechselnd mit Alpträumen<br>Menschenscheu bis zum Verfolgungswahn<br>Halluzinatorische Wachträume. – Gedankenjagd |
| *Körperlicher Typus:* | Schlankform |
| *Temperament:* | Melancholikerin |
| *Vater:* | Dr. Lothar Singer. Journalist. – Verstorben im Jahr 1936 im Konzentrationslager Oranienburg, Deutschland |
| *Mutter:* | Margarete Singer geb. von Strelitz. Mark Brandenburg. Verstorben in Berlin im Jahr 1937 |
| *Geschwister:* | keine |

B: *Lebenslauf* (nach Angaben der Patientin)
Patientin verließ Berlin im Jahr 1938 im Alter von siebzehn Jahren. Ihr Vater war bis zu Hitlers Machtergreifung ein bekannter Journalist gewesen und wurde im Jahr 1934 wegen staatsfeindlicher Gesinnung verhaftet. Nach seiner Verhaftung zog die beinahe mittellose Frau Singer mit Naomi zuerst zu ihrem Bruder, Werner von Strelitz, auf sein Gut in der Mark Brandenburg. Aber nach offenbar erbitterten

politischen Streitigkeiten zog Frau Singer mit Naomi für kurze Zeit in die Tiergartenvilla des Bankiers Ludwig Mandelbaum, dem Schwager ihres verschollenen Mannes. Nach der Verhaftung des Bankiers starb Frau Singer an einem Herzschlag. Die Villa wurde von SS-Sturmbannführer Carl Friedrich Bonnhoff requiriert, und die verwaiste Naomi lebte bis zu ihrer Auswanderung bei Freunden ihrer Mutter in einer stillen Villa im Grunewald. Werner v. Strelitz hatte sie sofort nach der Verhaftung ihres jüdischen Onkels gebeten, wieder zu ihm und seiner Frau zu kommen. Sie lehnte ab, aber erkannte seinen guten Willen an. Sie zog sich, jung wie sie war, völlig von der Umwelt zurück und lernte kochen, wozu sie weder Neigung noch Begabung hatte. In dieser Periode vor der Auswanderung, zwischen Gräbern und einem Leben, in dem sie keinen Platz mehr fand, entwickelten sich ihre Anlage zur Melancholie und ihr Hang zum tatenlosen Grübeln. Mit Hilfe ihrer Freunde und durch ein Flüchtlingskomitee in den USA fand Naomi Singer, verhinderte Studentin der Philosophie, dort Beschäftigung und einen Schlafplatz als Hausangestellte. Im Jahr 1938 wimmelte es in Nordamerika von gelehrten Köchinnen, artistischen Tellerwäscherinnen und Kellnerinnen mit bekannten deutschen Schauspielernamen. Fräulein Singer hätte als Kellnerin mehr verdienen können, aber ihre Menschenscheu stand ihr dabei im Weg. Sie bemühte sich als ungeschulte Kinderpflegerin, da sie Kinder liebte. Vielleicht war ihr Englisch damals zu deutsch, oder ihr scheues, verdüstertes Wesen schreckte junge Mütter ab: sie fand keine Beschäftigung bei Kindern. Sie wanderte als »Mädchen für alles« von Haushalt zu Haushalt, wohnte zwischendurch bei einer deutschen Freundin, die einen Amerikaner geheiratet und ihr den Weg nach Chicago geebnet hatte, und wanderte weiter. Des Nachts studierte sie – todmüde nach der Hausarbeit – ihre alten deutschen Bücher und las Kant und Hegel, was wahrscheinlich zu ihrer Schlaflosigkeit beitrug.

Schließlich landete sie nach vielen Irrfahrten als Hausangestellte bei Mrs. John Elliot Cooper, der vermögenden Witwe eines Chicagoer Industriellen, und heiratete den einzigen Sohn des Hauses. Mr. Elliot J. Cooper, Konsultant für Management und industrieller Experte, ist selten in Chicago, da sein Beruf ihn fast ständig nach Südamerika führt.

Die Patientin gibt keinerlei Auskunft über ihre langjährige Ehe. Daher können wir hier nicht beurteilen, welche seelischen Belastungen sie zum Alkohol getrieben haben und in welchem Maße die ehelichen Beziehungen an ihrem Zustand schuld sind. Das Ehepaar lebt mit Mr. Coopers Mutter in der Familienvilla am Michigansee. Nach einem Foto zu urteilen, ist es ein pompöses Heim. Naomi Cooper nennt es entweder »Labyrinth« oder »Familiengruft«. Ein Lichtbild ihres Ehemannes hat sie nicht bei sich und gibt keine Auskunft über seinen Charakter, seine Gewohnheiten und seine Beziehung zu ihr. Zweifellos hat ihre Kinderlosigkeit zu einer Entfremdung von ihrem Ehemann, der jünger ist als sie, beigetragen. Vor einigen Jahren akzeptierte Mr. Cooper den Job als industrieller Konsultant bei der Firma Smith & Stone, Chicago, und besuchte danach verschiedene lateinamerikanische Länder. Seine Urlaube in den USA verbringt er regelmäßig mit Frau und Mutter. Er hält sich augenblicklich beruflich – nach einer Erholung im Bergland der Anden – in Ciudad Bolívar im Staat Bolívar auf und schrieb kürzlich einen Brief, der eine aufschlußreiche Bemerkung über die Ehe enthält:

»Meiner Meinung nach«, schreibt Mr. Cooper, »sind Normalmenschen und Neurotiker nur durch eine dünne Glaswand voneinander getrennt, durch die sie sich zu beiderseitigem Schaden unablässig beobachten. Ich glaube, wir Normalen haben auch Augenblicke kompletten Irrsinns und benehmen uns danach. Vielleicht unterscheidet uns nur unsere Fähigkeit, uns wieder zu fangen, von Ihren Patienten.

Natürlich ist meine Frau nicht irrsinnig. Wenn sie nicht gerade trinkt, beweist sie brillanten Verstand und kontrolliert ihre Überempfindlichkeit mit einer gewissen Strenge. Auf keinen Fall erscheint sie mir verrückter als, sagen wir, alternde Filmstars, Politiker in zu großen Schuhen, Kunstdilettanten oder manche Manager industrieller Konzerne.

Ich fürchte, meine Frau wird im Augenblick übererregt sein, wie immer am Anfang einer Entziehungskur, und ich hoffe, sie leidet nicht zu sehr in diesem Zustand zwischen Himmel und Hölle. Ich danke Ihnen, daß Sie die Entziehung langsam vornehmen. Ich kann den unbehaglichen Zustand meiner Frau schlecht nachfühlen, da ich nur Milch oder Limonade trinke.

Auf Ihre Anfrage, ob ich meiner Frau vor fünf Jahren eine legale Scheidung vorschlug, kann ich mit einem entschiedenen ›Nein‹ antworten. Es wäre mir nicht in den Sinn gekommen, eine hilflose Frau zu verlassen, obwohl sie speziell meiner Mutter das Leben gelegentlich recht schwer macht. Schließlich kann meine Mutter nichts dafür,

daß sie stets in geordneten Verhältnissen lebte und kein Opfer des Nationalsozialismus ist. Und da bin ich nun bei meiner Hauptsorge angelangt.
Seit einigen Jahren wandert meine Frau in Gedanken und Träumen in ihre Berliner Jugend zurück, obwohl sie seit Jahren in den USA lebt und früher selten von den tragischen Umständen ihrer Familie sprach. Ich dachte, sie hätte das alles längst überwunden. Mir scheint, die meisten Europäer leben viel zu sehr in der Vergangenheit, und meine Frau hat sich ganz plötzlich – nach Jahrzehnten – wieder im Berlin der dreißiger Jahre angesiedelt. Das begann vor etwa fünf Jahren, und seitdem trinkt sie. Leider ist meine Mutter ziemlich verständnislos, da sie Anti-Alkoholikerin ist. Ich bemerke das nur zur Klarstellung der Lage. Wenn Sie, sehr geehrter Herr Doktor, meine Frau von ihren Rückflügen in die Vergangenheit heilen könnten, würde sie vielleicht das Trinken aufgeben. Aber Sie werden das besser beurteilen können. Zu große Nähe und der Zustand des Mit-Leidens, wie die Ehe sie mit sich bringen, trüben den unbefangenen Blick.
Sobald sie reisefähig ist, werde ich meine Frau abholen und werde mit Vergnügen Ihre Bekanntschaft machen und die berühmte Schweiz kennenlernen.

Ihr ergebener
E. J. Cooper.«

Weitere Briefe von Mr. Cooper liegen uns nicht vor. Ich erklärte ihm in meinem Antwortbrief, daß Mrs. Coopers Rückkehr in die Vergangenheit – in der Psychoanalyse als *Regression* bekannt – ein aus dem Unbewußten stammender Abwehrmechanismus nach Schockerlebnissen sei. Unsere Bemühungen gingen also dahin, die »Versöhnung mit der Gegenwart« zu erwirken.
Was ich Mr. Cooper *nicht* mitteilte, war die Existenz von »August« und »Minna« – geradezu klassischen Objekten der Regression. Fernerhin sah ich keinen Anlaß, auf den Grund dieser Regression hinzuweisen, nämlich: schwere Frustration. In Mrs. Coopers Fall eigenes Versagen in einer Umwelt, die ihr trotz jahrelanger Bemühung und der Heirat mit einem Amerikaner fremd geblieben ist. Daher auch ihr Bestehen auf einer Heilanstalt, wo man deutsch mit ihr sprechen kann. Der Alkohol ist das von ihr gewählte Mittel, ihre Fehlleistungen in der Gegenwart zu vergessen. Vielleicht auch der Versuch, den Rausch als Glückszustand zu erfahren.

Mrs. Naomi Cooper unterzog sich auf Veranlassung ihres Mannes bereits in Chicago einer psychiatrischen Behandlung, nachdem sie sich im Rauschzustand auf einer Polizeistation des Doppelmordes bezichtigt hatte. Nur der gute Name der Familie Cooper und die weitreichenden Beziehungen von Ehemann und Schwiegermutter verhinderten einen Skandal. Alles war pure Phantasie und halluzinatorischer Wachtraum. Mrs. Cooper hatte sich über zwei Jugendfreunde ihres Mannes geärgert, war aber auch jetzt – nach etlichen Jahren – nicht dazu zu bringen, mir den Grund ihrer Mordphantasie zu enthüllen. Neulich bekam sie nachts einen Weinkrampf und »gestand« mir, sie hätte kurz vor ihrem Flug in die Schweiz ihre Schwiegermutter vergiftet. Endlich schlief sie nach Einnahme schwerer Schlafmittel wieder ein. Typischer Wunschtraum! Unsere sofortige vorsichtige Nachfrage ergab, daß Mrs. Cooper senior sich in der Villa am Michigansee bester Gesundheit erfreut. Naomi hat eingesehen, daß es sich um einen ihrer erschreckend lebhaften und täuschend realistischen Alpträume handelte. Der Grund? Ihre Schwiegermutter hatte vor Jahren, scherlich im Scherz, gemeint, Naomis Essen sei »das reinste Gift«. Patientin gibt jederzeit zu, daß ihre Kochkünste gleich Null sind. Ihre Unfähigkeit, Kränkungen zu vergessen oder zu verzeihen – gleich ob es sich um echte oder eingebildete Beleidigungen handelt –, ist neurotisch, aber auch im Charakter angelegt. Sie sagte, ihre Mutter hätte auch nicht verzeihen und vergessen können. Naomi ist aber nicht rachsüchtig im aktiven Sinn. Sie rächt sich nur im Traum. Zur Tat fehlen ihr Skrupellosigkeit und Entschlußkraft – zu *jeder* Tat! Sie gibt zu, daß sie trotz ihrer gefährdeten Lage als Tochter eines jüdischen »Marxisten« Berlin ohne die tatkräftige Hilfe ihrer Freunde nicht verlassen hätte, da sie völlig gleichgültig geworden war. Dieselbe Gleichgültigkeit legt sie jetzt in bezug auf Mann und Schwiegermutter an den Tag. Aber neulich erhielt sie einen Brief aus Venezuela, der sie aufzuregen schien. Daraufhin fragte sie mich, ob ich jemals einen so komischen Namen wie Consuelo gehört hätte. Danach Schweigen.

Mr. Elliot Cooper schreibt regelmäßig an seine Frau. Oberschwester hat entdeckt, daß Patientin seine Briefe ihren beiden »Lebensgefährten« vorliest. Sie brachte »August«, einen ausgestopften Vogel, und »Minna«, eine uralte armlose Puppe, hierher mit. Wenn sie sich unbeobachtet glaubt, spricht sie deutlich und angeregt mit ihnen. Mit uns dagegen spricht sie nur im Flüsterton. Während ihrer Schweige-

perioden bedient sie sich der Gebärdensprache. Gelegentlich redet sie den ausgestopften Vogel mit »Cooper« an und macht ihm in raschem Englisch Vorhaltungen.
Sie ist nie wieder in Berlin gewesen. Nach längerem Befragen murmelte sie, daß sie »den Bonzen Bonnhoff« nicht wiedersehen möchte. Dieser ehemalige SS-Offizier, der die Villa ihres Onkels L. Mandelbaum übernahm, kommt immer wieder in ihren Träumen und Gesprächen vor. Aber ich habe bis jetzt nicht herausgefunden, ob sie Carl Friedfrich (Fritze) Bonnhoff jemals persönlich begegnet ist. Sie erklärte nur, sie hätte in einer Zeitung gelesen, daß Bonnhoff immer noch von den deutschen Behörden gesucht werde. »Vermutlich in Venezuela« habe die Notiz gelautet. Aber Mrs. Cooper fürchtet sich vor einer Begegnung in Berlin. Wenigstens behauptete sie das bis vorgestern. Bei unserem letzten Gespräch sagte sie, sie habe Mr. Cooper aufgetragen, den Bonzen Bonnhoff in Venezuela zu suchen. Mr. Cooper habe – wie immer – ihre Bitte ignoriert, da er sich lieber mit Südamerikanerinnen herumtreibe, als »den Mörder ihres Vaters und ihres Onkels« zu suchen. Sie war kaum zu beruhigen. Selbstverständlich habe ich jenen Bonnhoff in meinem Brief an Mr. Cooper mit keinem Wort erwähnt. Ich nehme an, er ist eine ihrer zahlreichen Alptraumfiguren. Allerdings behauptet sie steif und fest, ein Mann dieses Namens habe die Tiergartenvilla ihres Onkels übernommen, aber was will das heute besagen? Sie konnte mir nicht mitteilen, in welcher Zeitung sie vor etwa zwei Jahren jene Notiz über den ehemaligen Sturmbannführer gelesen hätte. Plötzlich schloß sie die matten hellblauen Augen und flüsterte:
»Er hatte schreckliche Augen.«
»Sie haben also Bonnhoff damals in Berlin persönlich getroffen, Mrs. Cooper?«
Schweigen.

C: *Tests; Mrs. Naomi Cooper,* Chicago.
Einzeltests: (Intelligenztest, Lückentest, Spiegeltest nach Neumann-Giese: positiv. – Hohe Intelligenz.)
Gruppentests: völliges Versagen.
Basteltest nach H. Hanselmann: Tendenz zum Zerstören des hergestellten Gegenstandes aus Draht, Garnrollen und Schrauben.
Koffertest: zur Ermittlung der praktischen Intelligenz: Patientin brach beim schnellen Packen eines Koffers mit großen und klei-

nen Objekten weinend zusammen. »Koffer sind meine schwache Seite«, erklärte sie später. – Von weiteren Tests sahen wir ab. Sie ist noch zu labil.

D: *Tonbandaufnahmen* während einiger Sitzungen.
Sprecherin: Mrs. Naomi Cooper, Chicago, USA.
Wichtige Punkte:
Warum sagen Sie immer »Mrs. Cooper, Herr Doktor?« Sagen Sie doch Naomi. Ich spiele doch noch mit meiner Puppe und rede mit meinem Vogel! Ich hab' mir immer ein Kind gewünscht. Sind Sie eigentlich mit der Konditorei Sprüngli in Zürich verwandt? Aber wir wollen nicht fachsimpeln.
Mir geht's mittelprächtig, danke sehr. Wenn Sie mir einen Schnaps geben würden, Sie würden staunen, was ich Ihnen erzählen könnte, von Cooper und von Berlin! Ihre eigene Schuld, Herr Doktor, daß ich Ihnen Ihre schöne Analyse dauernd wegmause. Künstlerpech. *Kalt* ist's in Ihrem Musentempel. Dabei ist Hochsommer. Aber nicht bei mir. *Schnaps wärmt.* Kein Mitleid? Wollen Sie mich durchaus umbringen? Wie Sie sagen, mein Herr. Mir ist's sowieso schnuppe. *Was* mir egal ist? O Doktorchen! Mir ist egal, ob ich hier vegetiere oder ob Cooper mir ein Staatsbegräbnis in Chicago spendiert. Nichts könnte mir egaler sein. Bitte, entfernen Sie die Goldfische von der Couch. Drei, vier, nein, sieben Stück krabbeln in meinen Tränen rum. Haben Sie kein Aquarium für die Brüder? Ich denke, dieses Sanatorium ist für alles gerüstet. Ernstlich, Herr Doktor. Entweder die Goldfische oder ich auf Ihrer Foltercouch. Danke sehr. War das Baldrian mit Spülwasser? Also: was wollen Sie gern wissen? Seien Sie nicht so neugierig, Doktor Sprüngli. Warum fragen Sie mich alle Nase lang nach meinem Mann? Es gibt nichts über ihn zu sagen. Und wenn ich ein Vöglein wäre und auch zwei Flügel hätte, dann flög ich trotzdem nicht zu ihm. Trete in keinerlei Schmutzkonkurrenz mit Señorita Consuelo oder Teresa – letztere ist tot. Ich vergaß. Ich kann mir doch nicht alle Geburts- und Todestage von wildfremden Freundinnen meines Mannes merken. Oder? *Was*? Also da muß ich laut lachen! Ich und eifersüchtig und auf Cooper noch dazu? Dazu liegt nun wirklich kein Grund vor. Elliot Cooper liebt sich immer noch mehr als jede Dame, die ihm in den Weg läuft. Vielmehr jedes Opferlamm. Opferlämmer sind seine Spezialität. Und mich hat er sogar geheiratet. Coopers Mutter machte immer Dreckwetter für mich – so hintenrum und

süß und taktvoll ins Gesicht. Und das Gesöff in dem stinkreichen Haus! Brrr ... Egal trockene Gedecke.

Wissen Sie, daß Elliot John Cooper gar nicht so leicht eine Frau in Chicago bekommen hätte? Ich muß zugeben, daß *das* nicht an *Mother*, sondern an ihm lag. Vielleicht kannte man ihn zu genau. Kurz und gut, Mutter und Sohn waren heilfroh, daß wir heirateten, auch wenn sie so taten, als müsse ich ihnen auf den Knien danken. In gewisser Weise hatten sie nicht unrecht. Eine deutsche Emigrantin in Coopers Kreisen – komisch war's ja! Ich war schließlich eine ganze Zeit Küchendragoner und Butler gewesen und hatte allen ihren Freunden die Haustür geöffnet. Und plötzlich konnte ich den Kunden die Tür vor der Nase zuschlagen: *»Mrs. Elliot John Cooper bedauert.«* Das war das beste von der ganzen Ehe. August findet es auch. Wo ist er? *Wo* ist er? Ach so, in meinem Zimmer. Entschuldigen Sie, Herr Doktor, Nachfrage einer besoffenen Mutter. Es ist wirklich ein Glück, daß Pinguine wie August von Natur flügellahm sind. Sonst wäre das Biest längst weggeflogen. Es gefällt ihm nicht in Ihrem Sanatorium, hat er mir gestern abend gesagt. Entschuldigen Sie bitte. Sagte ich schon, daß Flüchtlinge aus Nazi-Deutschland in Coopers Kreisen ohne Begeisterung empfangen wurden? Hochmütig und ohne Verständnis war die ganze Bande. Und so *sicher*. Denen hätte ich ein Verhör bei Bonnhoff gegönnt, und eigentlich kann ich keiner Fliege was zuleide tun und wünsche meinen Feinden das Zweitbeste. *Wie* kommen Sie auf Bonnhoff, Herr Doktor?

Was meinen Sie, wie schnell ich mich erholen würde, wenn Sie mir endlich ein Glas Rotwein anböten? Mein Onkel Werner von Strelitz in der Mark hatte einen guten Tropfen im Keller. Das war tröstlich. Von Wein verstand er tatsächlich was. Nur nicht von seiner Schwester, die meine Mutter war. Übrigens war Ludwig Mandelbaums Rotspon auch nicht von schlechten Eltern. Aber Mutter sagte nach Vaters Umzug ins Lager Oranienburg, Rotwein erinnere sie an Blut. Onkel Ludwig war tief gekränkt, mit Recht. Wenn Mutter Rotwein getrunken hätte – vielleicht hätte sie Vaters Tod besser überstanden.

Wenn ich bedenke, daß Bonnhoff die Tiergartenvilla und Onkel Ludwigs Rotwein erbte – das heißt, ›erben‹ ist nicht der richtige Ausdruck, denn erst mal schmiß er meinen Onkel raus. Und dann – wo waren wir noch stehengeblieben, Herr Doktor? In meinem Kopf dreht sich alles. Hab' nie gewußt, daß man sich an Erinnerungen besaufen kann.

Bitte, fragen Sie mich nicht immer nach Bonnhoff! Keine Ahnung, wer das ist! Vielleicht ein Patient von Ihnen? Behandeln Sie auch erhöhten Blutdruck in Ihrem Laden? Onkel Ludwig hatte ihn. Kein Wunder. Erst mußte er sich über die Inflation ärgern. Und dann über die Nazis. Das hält kein Blutdruck aus. In seiner Villa war alles prima. Weit und breit kein Talmi. Echte Gemälde, echte Weine, echte Teppiche, und ein echtes Herz hatte Onkel Ludwig auch. Er benahm sich großartig zu Mutter und mir, obgleich er uns nicht besonders gern mochte. Er war dagegen gewesen, daß mein Vater meine Mutter heiratete. Onkel Ludwig war schon lange Witwer, als wir zu ihm zogen. Meine Tante muß nach dem Gemälde in seinem Schlafzimmer sehr schön gewesen sein. Ich sehe leider aus wie alle Strelitzens. Niemand dreht sich nach mir um. Übrigens, als ich Sturmbannführer Bonnhoff besuchte, da hing das Bild des Führers da, wo Onkel Ludwigs Liebermann gehangen hatte. Gut, daß mein Onkel das nicht mehr erlebt hat. Er war nach dem dritten oder dreißigsten Verhör tot umgefallen. Natürlich hatte Onkel Ludwig Geld in der Schweiz. Wozu war er Bankier? Schließlich war's ja, zum Donnerwetter, sein Geld. Nachher wurde alles übrige beschlagnahmt – Guten Abend, gute Nacht.

Schönen guten Morgen, Herr Doktor. Wie ich geschlafen habe? Können Sie sich das immer noch nicht denken? Mein Schlafkahn schaukelte wie ein Ozeanriese auf dem Wannsee. Kann aber auch der Mississippi gewesen sein. Mothers Bruder Tom lebte da. Onkel Toms Hütte war ein Haus mit zwanzig Zimmern. Raten Sie mal, von wem ich heute nacht träumte. Von Ihrem Bonnhoff! Sturmbannführer, Nibelungensohn, Himmlers Vasall. Woher sollte ich ihn kennen, Doktor Sprüngli? Ne geborene Singer? Wo denken Sie hin, mein Herr? Da fragen Sie doch lieber mal meinen Cousin, Georg von Strelitz. Der war ganz groß bei der SS – der Esel.

Die Strelitzens hatten wirklich ein nettes Gut in der Mark Brandenburg, und Großvater war famos. Aber Cousin Georg war eben die Pest. Er brüllte bei jedem Anlaß wie ein Küchenbulle in der Kaserne. Und Onkel Werner war ein Waschlappen. Da kann man nichts machen.

Sagte ich schon, wie schön Onkel Ludwigs Haus war? Das Heim der Familie Cooper in Chicago ist eine unheilige Mischung von italienischer Renaissance, Schweizer Chalet und 'n bißchen Schlachthof – wegen Lokalkolorit. Und die Bilder, die da hängen! Ich muß zu Coo-

pers Ehre sagen, daß er die Malwerke an *Mothers* Wänden auch zum Kotzen findet.
Bitte entfernen Sie den Papagei, Herr Doktor. Er hat bei einer Analyse nichts zu suchen. Entweder er redet oder ich. Außerdem wiederholt er sich dauernd, und das kann ich nicht leiden. Aber, Herr Doktor Sprüngli! Ich werde doch noch wissen, ob mir Ihr Papagei dazwischenquasselt oder nicht. Wie bitte? Ach, entschuldigen Sie vielmals. Dann habe *ich* mich eben geirrt. Dann plappere ich so schrill? Toll, daß man seine eigene Stimme nicht . . . Und was kann ein Papagei über Liebermann und Slevogt sagen? Also *ich* bin das Karnickel. Wo war ich steckengeblieben? Richtig, bei Vögeln! Übrigens ist mein Mann Fachmann, was unsere gefiederten Freunde anbelangt. Cooper schickt mir manchmal seine Fotos aus Venezuela. Was es da für Vögel gibt! Zum Fürchten! Er schickt seine Fotos per Luftpost. Was das kostet! Wenn ich bedenke, wieviel Whisky man für das dämliche Porto . . . Der Vogel, der mir am besten gefällt, ist der Blaubart-Kolibri. Verzeihung, das Ding heißt: Blau*brust*-Kolibri. Der Blaubart ist Cooper . . . Bis auf meinen August machen mir alle Vögel Angst. Woher kommt das, Herr Doktor? Tun Sie doch auch mal etwas für Ihr Geld und klären Sie mich auf. Soweit ich sehen kann, lassen Sie sich egal von mir unterhalten. Wissen Sie, daß ich als Kind regelmäßig schrie, wenn meine Eltern mich auf die Pfaueninsel schleppten? Die Pfauen hatten einen starren und gefährlichen Blick. Ich glaube, so was kann nur ein Kind sehen. Ich weinte damals bei jeder Gelegenheit. Vater sagte immer, ich hätte an der Havel gebaut. – Vielen Dank für das Taschentuch. Setzen Sie's mir bitte auf die Rechnung. Ein kleines Andenken an unsere Plauderstunden.
Als ich in Amerika hörte, daß unser Tiergarten zerbombt worden war und die letzten Bäume im ersten Nachkriegswinter verheizt wurden – da heulte ich wie 'n Schloßhund. Verrückt, nach so vielen Jahren, nicht? Heute soll's ja wieder großartig da aussehen.
Wenn ich traurig bin, ist mein Vogel August mein einziger Trost. Wenn Sie das verrückt finden, Herr Doktor, kann ich's auch nicht ändern. August wird enorm unterschätzt. Sie sollten ihn wirklich mal analysieren. Sie würden staunen, was der für ein Innenleben hat. Er stand als junger Pinguin ausgestopft auf Großvater Strelitzens Vertiko. Großvater schenkte ihn mir an meinem zehnten Geburtstag. So glücklich bin ich nie wieder gewesen! August ist Wertarbeit. Sehen Sie sich ihn in meinem Zimmer doch mal genau an. Der hat sich viel

besser gehalten als ich oder die Puppe Minna. Die ist sehr gebrechlich, seit ich ihr die Arme ausgerissen habe, damit sie nicht die Türen öffnen und davonlaufen kann. Ich sage immer zu Minna: ›Mitgehangen, mitgefangen, meine Gute!‹

Hilfe! Wer kommt da angetanzt? Nein, Herr Doktor, Sie müssen nicht um Hilfe schreien. Das macht mich nervös. Ich tue Ihnen bestimmt nichts, Doktor. *Die* Zeiten sind vorbei. Wissen Sie, August war schuld, daß ich Bonnhoff besuchte. Also, wenn *ich* geschrien habe und nicht Sie, ist es mir auch recht. Vielleicht ist es besser, ich beichte, daß ich Sturmbannführer Bonnhoff tatsächlich besucht habe. Aber nicht heute. Ich geh jetzt in mein Zimmer. August und Minna schreien nach Brot. Übrigens wäre ich dankbar, wenn die Oberschwester mir nicht immer wieder warme Milch anböte. Milch ist Coopers Ressort. Bitte bestellen Sie ihr das. Mit einem schönen Gruß von mir.

Hallo, Herr Doktor. Heute packe ich aus. Ich bin in Geberlaune. Vielleicht schlafe ich dann doch besser und träume mal was Nettes. Es war natürlich nicht sehr vorsichtig von mir, daß ich Sturmbannführer Bonnhoff in Onkel Ludwigs Villa besuchte. Und ich tat es ja auch nicht seinetwegen, sondern weil ich meinen August abholen wollte. Wir waren ja nun alle Waisen. Ich wohnte zu der Zeit bei Wilhelm und Rosemarie Schilling im Grunewald. Sie waren Freunde von Mutter, und Mutter war nun auch tot. Als ich vor Bonnhoffs Einzug meine Klamotten in der Tiergartenvilla zusammenpackte, vergaß ich den dummen August in der Eile. Er hätte sich ja auch melden können. Blödes Viech. Sogar Schillings fragten, warum er bei Bonnhoff geblieben sei. Da sehen Sie wieder, was mein August für eine bekannte Persönlichkeit in Berlin war. Ich hätte doch an Schillings schreiben sollen. Schließlich versteckten sie mich »für alle Fälle« und taten noch so, als ob es im Dritten Reich das größte Vergnügen auf der Welt wäre, Lothar Singers Tochter zu verstecken.

Also, ich ging in die Tiergartenvilla. – Hab' ich Ihnen eigentlich erzählt, daß meine Schwiegermutter auf ihrer Kredenz 'ne gräßliche Bronzegruppe stehen hat? Schwamm drüber! Egal, wovon mir schlecht wird. Es war doch mein gutes Recht, meinen August abzuholen. Finden Sie nicht auch? Vielleicht ist der olle Galgenstrick mein Fetisch, wie das in Ihrem Jargon heißt. Fetisch oder nicht, kein Vogel ist so schön wie der eigene.

Eine ältere Frau öffnete mir und fragte, was ich wünsche. Erstens durfte ich ihr nicht sagen, was ich in dem fremden Haus wollte, und meinen Namen durfte ich erst recht nicht nennen. Was hätten Sie gesagt, Herr Doktor? Während ich dastand wie die Kuh vorm Scheunentor, rief eine Männerstimme aus der Bibliothek: »Bist du's, Ludwig? Warum so spät?« Er konnte doch nicht meinen Onkel Mandelbaum meinen! – Die ältere Frau sagte durch die offene Tür, es wäre ein Fräulein da. Die Männerstimme brüllte: »Bin für Fräuleins nicht zu sprechen.« Und dann, etwas gedämpfter: »Wie heißt sie?« Und damit erschien ein Mann in der Halle, der nur Bonnhoff sein konnte. Er war in der schwarzen SS-Uniform. Er musterte mich schweigend. Vielleicht war er erstaunt, daß jemand ihn freiwillig besuchte. Ich hatte ein paarmal sein Bild in der Zeitung gesehen, aber er sah sich nicht ähnlich. Er war furchterregender als auf den Fotos. Ich sagte, ich wäre Herta von Strelitz.

Tatsächlich sah ich meiner Cousine, die zur Zeit in Schweden Massage lernte, sehr ähnlich. Massage hätte was für Bonnhoff getan – er war so dick, daß er zwei Schatten werfen konnte. Wer hat erfunden, daß dicke Leute gemütlich seien? Wenn Sturmbannführer Bonnhoff Sie angelächelt hätte, Herr Doktor Sprüngli – vielleicht hätten auch Sie Eisbeine bekommen. Er fragte, was ich bei ihm wolle. Ja – ich war mal wieder im alten Berlin zum Einkaufen und Rumbummeln, und Großvater Strelitz hatte mir Grüße an alte Bekannte aufgetragen. Er hatte Bonnhoffs Vater in der Jugend in Potsdam gekannt. Regimentskameraden. Und so weiter . . . Falls Bonnhoff sich über die Grüße aus der Eiszeit wunderte, dann zeigte er es nicht. Er bat mich in die Bibliothek und rief per Haustelefon nach Kaffee. Ich saß in Mutters Sessel und er auf Onkel Ludwigs Stammplatz. Er starrte abwechselnd mich und das Führerbild an, von dem er offenbar Inspirationen erwartete. Früher hatte der Liebermann da gehangen. Er war in einer Ecke, aber er war da. Wie die Kupferstiche aus Alt-Berlin. Und mein August auf dem Kaminsims. Er glotzte mich an und stand stramm. Einen Augenblick wußte ich nicht, auf wessen Seite er sich geschlagen hatte. Sein Schnabel war leicht angestaubt – niemand schien ihn anzurühren, Gott sei Dank! Die vertraute Umgebung tat mir nicht gut. Bonnhoff tat mir auch nicht gut. So muß es Toten gehen, die zum Nachmittagskaffee kommen. Der Raum war dunkler als früher. Die lichtgrünen Brokatstores waren durch schwere, weinrote Vorhänge ersetzt. Zu pompös und blutig . . . Während ich krampfhaft überlegte, was ich

Bonnhoff erzählen könne, ohne mich um Kopf und Kragen zu plaudern, erschienen eine Modellblondine und ein bildschöner, sonnengebräunter junger Mann in der Tür. Der Junge verkündete kurz und knapp: »Christine und ich gehen reiten.« Die Blondine fragte, ob Bonnhoff etwas brauche. Er brummte. »Ruhe.« Er machte uns nicht miteinander bekannt. Die jungen Leute verschwanden und nickten mir höflich zu. Niemand sagte: »Heil Hitler!« Es war alles ganz normal – nur daß nichts stimmte. Weiß nicht, wieso und warum . . . Die Wirtschafterin kam und fragte, ob Herr Carlos zum Abendessen käme. Irgendwie schien diese Frage den Hausherrn in Wut zu versetzen. Er lief rot an, und seine hellen starren Augen wurden noch heller und starrer. Die Frau wiederholte ihre harmlose Frage. Sie wollte eben wissen, für wieviel Personen angerichtet werden sollte. Durfte man das neuerdings im Dritten Reich auch nicht mehr fragen? Bonnhoff schrie: »Bringen Sie endlich den Kaffee, Frau Schulze! Fragen Sie mir keine Löcher in 'n Bauch!« Einen Augenblick sah er einsam und müde aus.

Beim Kaffee belebte er sich und fragte nach Großvater Strelitz und Onkel Werner, und ob wir die grandiosen Milchkühe noch hätten. Klar doch! Und der Georg Strelitz ware ein famoser Junge. Klar doch! Wofür war er SS? – »Wieso sehen Sie so käsig aus, Kleine?« fragte Bonnhoff wohlwollend. »Bei eurer guten Luft! Und Reiten. Sind Sie etwa ein Bücherwurm?« Gott bewahre! Ich ritte mit Georg um die Wette. Ich wäre augenblicklich mit der Milchwirtschaft ausgelastet. Aber ich wolle Ballett tanzen. »Eine Strelitz und Bühne?« fragte Bonnhoff mit hochgezogenen Augenbrauen. Konservativ von Geburt. »Das sagt Vater auch«, sagte ich schnell. »Ich soll erst einmal Massage lernen.« Bonnhoff sagte milde: »Aber dann wird geheiratet, junge Dame. Immer noch das beste für euch Küken.« War er verheiratet? Auf keinen Fall mit Frau Schulze. Bonnhoff sagte nicht, der Führer braucht Soldaten. Er erwähnte weder den »Bund Deutscher Mädchen« noch die NS-Frauenschaft. Der schlaue Hund spielte ›Verirrter Junker‹, weil er mit einer Strelitz sprach. Großvater sagte mal, Bonnhoffs Alter käme aus einem prima Potsdamer Stall.

Eigentlich war es recht gemütlich – wenn es nicht so unheimlich gewesen wäre. Bonnhoff durfte nur nicht lächeln. August, der Pinguin, sträubte die Federn. Immer ein Warnungszeichen bei ihm. Ich ging zu ihm und sagte: »Der ist lustig.« »Er steht Ihnen zur Verfügung, Fräulein von Strelitz. Ich kann ohne ihn leben.« Bonnhoff lachte. Ich bedankte mich überschwenglich und nahm meinen August in den Arm. »Der hat's gut«, meinte Bonnhoff.

*Ich bin nicht müde, Doktor Sprüngli! Bin ganz klar im Kopf. Muß reden. Hab' nichts vergessen. Ich – ich lebe mit jenem Nachmittag. Verrückt? Nein. Nur ein zu gutes Gedächtnis . . . Oder so was gräbt sich ein . . . so was . . . Schreckliches.*

Also da stand Bonnhoff vor mir – treuherzig wie Albrecht der Bär. Er verstand was von Kunst und erklärte mir Onkel Ludwigs Stiche. August lauschte. Er war auf meiner Seite und verbarg meinen Schatz in seinem Innern: Vaters Manuskript über einen russischen Marxisten. Wenn Bonnhoff ihn, den August, seziert hätte! Ich sagte, ich wäre verrückt nach Kunst und dem Zeug. »Aber der olle Pingiun gefällt Ihnen noch besser, mein Kind. Na ja – Sie sind jung. Sechzehn oder schon siebzehn?«

Dann sprach Bonnhoff über die Murano-Gläser. »Museumsstücke! Möchten Sie die sehen?« Ich sagte: »Schrecklich gern!« Bonnhoff sagte galant: »Die Damen voran.« Ich schlafwandelte durch eine Seitentür und den Korridor ins Speisezimmer und nahm Kurs auf die venezianischen Gläser. Onkel Ludwig hatte sie seiner Frau auf der Hochzeitsreise geschenkt. »Venedig sehen und dann sterben«, meinte Bonnhoff. Was hatte er gesagt? Ich sollte die Murano-Gläser sehen und dann . . . und dann . . . Er stand hinter mir. Mir war schwindlig. Ich wußte, ich mußte etwas Wichtiges tun, aber wußte nicht was. Wie im Traum. Die Vitrine mit den Gläsern glitzerte, weil Bonnhoff die elektrischen Kerzen angezündet hatte. Er stand jetzt neben mir, und seine Augen glitzerten auch. Alles war verändert. Auch die Luft im Speisezimmer roch nach Kanal und Tod in Venedig. »Schön, was?« murmelte Bonnhoff mit sanfter Stimme. »Die hätten nicht übel nach Sanssouci gepaßt. Was meinen Sie?« Ich würgte mir ein Wort aus der trocknen Kehle: »Wunderbar!« Jetzt wußte ich, was ich tun müßte: wegrennen – mit oder ohne August! Aber ich stand angeleimt vor der Vitrine. Die paar Schritte zur Tür und durch den Korridor waren zuviel für mich. Und der Korridor, den ich durch die offene Tür sah, wurde immer länger und länger. Er nahm kein Ende. Ich wiederholte wie ein Idiot: »Wunderbar.« Bonnhoff starrte mich an: »Ja – ein wahres Wunder«, bestätigte er noch sanfter. Ich zitterte. Ich merkte zu spät, daß dieser geheime Staatspolizist mir mit dem »Damen voran« eine Falle gestellt hatte. Wie konnte ich in einem fremden Haus meinen Weg ins Speisezimmer zu den venezianischen Gläsern finden?

Bonnhoff legte mir seine schwere Hand auf die Schulter. Gleich würde er sagen: »Sie sind die Tochter von Singer. Kommen Sie mit!« Aber er sagte: »Sie brauchen einen Schnaps, mein Kind. Sie sind käsebleich!« Er nahm mich am Arm und schleppte mich in die Bibliothek zurück. »Ihr jungen Dinger habt keinen Mumm«, brummte er. »Wollen wir mal nächstens ins Märkische Museum gehen?« »Gern«, krächzte ich. »Vergessen Sie Ihren dummen August nicht.« Er schrie nach Frau Schulze. »Wickeln Sie das Ding für die junge Dame ein.« Ich konnte es nicht fassen. Er wußte, mein Vogel hieß August! Er wußte alles ... Er hatte Onkel Ludwig im »Alex« * verhört ... Abends rief er bei Werner v. Strelitz an und fragte, wie's mir ginge. Ich weiß nicht, wie's weiterging. Ich muß schreien ... schreien ... Geben Sie mir bitte was gegen ... gegen ... Nanu, ist das ein Lachkrampf? Ja, Onkel Werner war doch kein Waschlappen. Er brachte einen falschen Paß zu Schillings – wo er den herhatte? – und verfrachtete mich in die Schweiz, wo ich bei Quäkern ... wohnte und kk ... koch ... kochte. Danach hinaus in die eklige Ferne. *Was* wollte ich sagen? Danke für den Schnaps, auch wenn er nur Appelsaft ist. Erfrischt die müde Köchin auch, wenn's nichts Trinkbares gibt. *Minna stirbt* ... Die Puppe braucht bald ein Begräbnis. Hat den Transport nicht richtig überstanden. Sie soll Marmor auf'm Grab haben – für meine Tochter ist mir nischt zu teuer. Auch wenn Sie's altmodisch finden ... Bald hab' ich ausgeträumt. Gestern tanzten Bonnhoff und ich auf der Siegessäule – die Siegesgöttin war abwesend. Kippte wohl einen Schnaps in der Kongreßhalle. Sah das Ding in einer Illustrierten in Chicago. Sehr imposant und amerikanisch mit einem Dach wie 'ne schwangere Auster, wie die Berliner sagen. Nicht mein Berlin ... Bitte entfernen Sie die mythologische *Kreatur* von Ihrem Schreibtischsessel, Herr Doktor. Ist sie Ihr neuer Sekretär? Ich mag kein Vollmondgesicht auf ein Skelett montiert. Alles Geschmackssache ... Weg da! O ... o ... Tun Sie das Ding hinter Stacheldraht, Doktor Sprüngli! Oder mich ...
Wissen Sie, was mich so krank gemacht hat – außer den Nazis? *Daß ich mich in allen Leuten täusche.* Sowohl in Menschen als auch in Unmenschen. Das gibt mir 'n Gefühl, als überquere ich ständig den Atlantik in 'ner Nußschale. Ich hielt Onkel Werner jahrelang für einen Waschlappen, und denn kommt er hastenichtgesehn mit einem

* Polizeipräsidium am Alexanderplatz

falschen Paß für mich an und besucht mich in der Schweiz und hört's Gras wachsen wie alle Strelitzens. Er erzählte Bonnhoff am Telefon, Tochter Hertha wäre ganz kaputt nach Haus gekommen, weil sie zuviel in Berlin rumrast und die Freunde des Hauses besucht. Und so weiter. Ich starrte ihn an. »Onkel Werner«, sagte ich verdattert, »woher wußtet du, daß ich zu Bonnhoff . . .« Er lachte. »Wer außer dir würde freiwillig Gestapo-Bonnhoff besuchen? Meine Tochter und du saht euch schon als Gören zum Verwechseln ähnlich, und eine war immer dämlicher als die andere.« Ich heulte auf unsern Entenbraten. Himmlisches Essen in Zürich. Onkel Werner war auch zu Hertha nach Schweden gefahren, und sie schrieb Bonnhoff eine Ansichtskarte mit Dank für den schönen Nachmittag . . . Strelitzens hatten einen General in der Familie, und Onkel Werner brummte, gelernt wäre gelernt. Er warf mir sein Taschentuch rüber und sagte behutsam: »Es war zuviel für dich.« Und dann: »Lach mal, Olle!« Da mußte ich lachen. Ich war erst siebzehn. Zum Abschied sagte er: »Mein Sohn läßt dich grüßen. Er hält die Klappe, und auf Befragen werde er Bonnhoff die Sache wie gehabt erzählen. Bis jetzt hat der Kunde nicht jefragt.« – Sehn Sie, Herr Doktor, ich täusche mich immer. Wofür ich Cooper hielt? Das ist ein zu weites Feld. Ich schrieb meinem Mann wieder, er möchte Bonnhoff, »vermutlich Venezuela«, in seiner Freizeit suchen. Meinen Sie, er tut es? Nicht mal *den* kleinen Gefallen tut er mir. Er fühlt sich als Wohltäter der Menschheit – vielmehr der Weiblichkeit –, ist aber dabei ausgesprochen ungefällig. *Ich* werde nach Venezuela fliegen. Ich soll's mir noch überlegen? Wozu? Sobald ich überlege, entschließe ich mich zum Gegenteil. Ein altes Leiden. Ich geh jetzt mit August im Park promenieren. Cooper spaziert vermutlich in diesem Augenblick mit der Dame Consuelo herum. Ich bin vielleicht 'n Sumpfhuhn, aber so verrückte Briefe wie Consuelo schreib ich nicht an Ehefrauen. Aber vielleicht ist Consuelo bei Cooper längst drunter durch – nehm ich sogar an –, und er hat sich ein anderes Unglückswurm angehustet oder angelächelt. Er kann lächeln – aber Bonnhoff konnte es noch besser. Seit ich als Teenager mit ihm Kaffee trank, bin ich meine blöde Angst vor Männern nicht mehr losgeworden. Ich wüßte nur gern, ob Bonnhoff damals Lunte roch, aber sich Familie Strelitz oder vielmehr Cousin Georg erhalten wollte, oder ob ich mir jene Schrecksekunde im Speisezimmer einbildete. Cooper sagt, ich bilde mir fast alles ein. Kann man's fassen? Vor meinem eigenen Mann hab' ich auch Angst, obwohl er jünger ist und tut, als

sei er der Erzengel Raphael und E. J. Cooper in Personalunion. Er ist aber nur ein Scherzengel. Vielleicht täusche ich mich wieder, und Cooper ist netter, als ich denke, und ich hab's nur nicht rausgefunden ... Früher sagte ich manchmal: »Du bist doch so mitfühlend, Elliot. Merkst du nicht, wie unglücklich ich bin? Wie toll ich mir was Kleines wünsche. Aber besser zwei Krabben, damit sie nicht allein aufwachsen.« Und wissen Sie, Doktor, was er antwortete? Schwamm drüber. Tut mir heute noch weh ...
Einmal sagte er: »Hör mit dem Trinken auf. Dann werde ich mich mehr um dich kümmern.« Aber ich sagte, dann söffe ich lieber. War vielleicht nicht dankbar und nett, aber er hatte Kleinholz aus mir gemacht. Als er das hörte, verschwand sein Lächeln. Er sagte, er sei für seine Engelsgeduld im In- und Ausland bekannt, aber nun lange es ihm. Ich bekam solche Angst, daß ich ihn um Verzeihung bat. Erstens, weil ich meine Glanzheirat nicht genügend schätzte. Und zweitens möchte er mir verzeihen, daß ich mir Kinder gewünscht hätte. Und dann bat ich ihn um Vergebung dafür, daß er kein Wort, das er mir sagt, meint. Verzeihung wurde nach längerer Wartezeit gewährt, und es wurden wieder die monatlichen Schecks auf mein Konto eingezahlt. Wenn ich ihn egal weg angehimmelt hätte, dann hätte er nie die Zahlungen eingestellt! Doof bleibt doof. Nicht, daß ich auf seine Dollars scharf war, aber ich hatte Schulden bei meinem Whiskyhändler. Ich lasse einen Wohltäter ungern warten. Ja – eines schönen Tages schwamm Cooper nach Südamerika ab. Ich möchte sein Gesicht seh'n, wenn ich überraschend in Venezuela aufkreuze! Können Sie mir nicht einen neuen Kopp aufschrauben, Doktor Sprüngli? Meiner ist ein Mülleimer. Alles liegt durcheinander. Stimmt auch wieder nicht! Wie gesagt: ich täusche mich hin und wieder. Ich bin der Mülleimer! Coopers Häufchen Elend. Sein abgebranntes Haus ... Der wird Augen machen, wenn ich am Orinoco ... Kommen Sie mit, Herr Doktor?«

# Coopers Dilemma

*Ein Mann ohne Frau ist ein Bettler über Nacht.*
Spanisches Sprichwort

COOPER TAT DEN BRIEF IN EINEN LUFTPOSTUMSCHLAG UND RÄUSPERTE sich, als hätte er seiner Frau eine mündliche Gardinenpredigt gehalten. Natürlich mußte jeder sich zu allem Möglichen zwingen – zum Beispiel zum Briefeschreiben.

Cooper saß allein auf der Hotelterrasse und putzte seine Brille. Er trug wegen seiner Kurzsichtigkeit sehr starke Gläser, die zum Schutz gegen die Tropensonne dunkel getönt waren. Man konnte seine Augen kaum erkennen. Sie blitzten gelegentlich auf und wetteiferten dann mit seinem Lächeln. Cooper hatte davon verschiedene Arten auf Lager: das Lächeln für geschäftliche Gesprächspartner: strahlend wie die Tropensonne. Sein flüchtiges, nettes Lächeln fürAngestellte und Briefträger. Ein leicht gedämpftes für *Mother* und das Märtyrerlächeln für seine Frau. Dazu gab es in seinem Repertoire noch das mitfühlende, aber optimistische Lächeln, das weibliche Unglücksraben ermutigte. Woher kam es, daß so viele Frauen sich an seiner Schulter ausweinen wollten? Sie mußten spüren, daß E. J. Cooper ein weltlicher Beichtvater war. Er war jetzt fünfundvierzig Jahre und Spezialist für Strandgut, Opferlämmer und Trauerweiden. Natürlich konnten die Damen nicht ewig und drei Tage an seiner Schulter ruhen und klagen. Dazu gab es in Coopers Sphäre zuviel Unglück. Er mußte rationieren. Leider erfaßten gewisse Typen diese einfache Tatsache nicht und versuchten, an ihm klebenzubleiben. Er war von solchem Egoismus erschüttert. Und was erntete er für alle seine Bemühungen? Alberne Briefe, Vorwürfe und manchmal verhüllte Drohungen.

Diese erschreckende weibliche Anhänglichkeit war aber nur eine Seite seines Dilemmas. Weltbeglücker Cooper ermüdete mitten im Beglükken und verspürte Anzeichen tödlicher Langeweile. Eigentlich selbstverständlich. Denn auch echte Tragödien und gehäuftes Mißgeschick interessieren nun einmal nur durch den Reiz der Neuheit – genau wie eingebildete Leiden und dramatisiertes Pech. Der Normalmensch hält den penetranten Geruch des Unglücks nur eine begrenzte Zeit aus; danach flüchtet er in die Rosenlaube zurück.

So erlebte auch Cooper immer wieder, daß ein rührendes Opferlamm ihm nach gewisser Zeit wie ein Rosinenkuchen ohne Rosinen vorkam. Aber selbst das Rosinen-Erlebnis, entmutigend wie es war, umfaßte nicht das ganze Ausmaß seines Dilemmas. Gerade wenn er die Früchte der Dankbarkeit ernten wollte, vergaßen seine Schützlinge nicht selten alle seine Wohltaten und Hilfeleistungen. Er hatte bei seiner eigenen Frau erlebt, daß sie ihn nach ihrer anfänglichen Begeisterung über seine Güte eines Tages kritisierte und ihm sogar Vorwürfe machte. Ihm, der alles für sie getan und nur ihretwegen ein Mädchen aus den reichsten Kreisen von Chicago nicht geheiratet hatte. Er war bereits verlobt gewesen, als Naomi seiner Braut das Essen servierte. Schwamm drüber.

Ja, alles hatte sich im Lauf der Zeit verändert. Nur Coopers Durst nach Lob und Anerkennung der Frauen war derselbe geblieben.

Wenn auch die Tatsachen dagegen sprachen, er war von Haus aus ein Puritaner und kein Don Juan. Sein sexuelles Bedürfnis war sekundär. Er suchte die Gesellschaft von Frauen, weil ihre Schmeicheleien und ihre Dankbarkeit ihn in seinen eigenen Augen erhöhten. Er wuchs mit jedem Lob. Das Bedürfnis, eher beliebt als geliebt zu sein, liegt im Charakter vieler Amerikaner; aber bei Cooper hatte sich mit den Jahren eine wahre Gier nach Weihrauch eingestellt. Er brauchte ihn wie andere Alkohol oder Rauschgift. Ohne dieses Stimulans wurde er weniger. In seiner Jugend hatte er in Schule und Elternhaus keine Rolle gespielt. Seine pragmatische Intelligenz und seine Persönlichkeit hatten sich viel später entwickelt. Wenn seine Mutter ihn heute wegen seiner beruflichen Erfolge bewunderte, lächelte er wehmütig. Ihr Lob kam mindestens fünfundzwanzig Jahre zu spät. Sie hatte zu früh zuviel von ihm erwartet. Er war weniger ihr Sohn als ein Rennpferd gewesen, das aus Nervosität kurz vorm Ziel versagte. Ja, Cooper hatte wie jeder andere seine verstaubte Leidensgeschichte.

Er blickte sich suchend auf der Terrasse des Hotels Amazonas um. Er haßte leere Terrassen. Neben seinem Glas mit Fruchtsaft lag ein Brief seiner Frau. Er betrachtete ihn ohne Lächeln. Das fehlte noch, daß

Naomi ihn hier besuchte! Er beobachtete, wie ein Regiment von Ameisen eifrig auf einem Holzpfahl herumkroch. Liebe Tierchen! Sie hatten immer etwas zu tun, während Naomi nie wußte, was sie mit *Mother* anfangen sollte. Cooper versank in Grübelei, aus der ihn der Hotel-Papagei auf spanisch weckte. Er rückte seine Brille zurecht und schrieb dann zwei seiner glatten vorsichtigen und endgültigen Briefe:

Puerto Ayacucho, Venezuela
Hotel Amazonas

Liebe Naomi!

Besten Dank für Deinen Brief vom vorigen Monat. Es wurde Zeit, daß ich von Dir hörte. Ich hätte gern gehört, daß Deine Kur erfolgreich ist, aber ich begnüge mich mit kleinen Segnungen. Nur wunderte ich mich, daß Du meine Vogelfotos, die ich per Luftpost in die Schweiz sandte, nicht erwähnst. Ich hatte ein Wort des Dankes für diese seltenen Aufnahmen erwartet. Ich hätte gern das Bild des großen Vogels, den die Indianer »Teufelsvogel« nennen, wieder zurück, da Du Dich offensichtlich nicht dafür interessierst. (Rostbraunes, weißgeflecktes Gefieder und Krummschnabel.) Ich möchte das Foto zwei Reisefreunden senden, die es zu schätzen wissen. Die Herren verfolgen zur Zeit Humboldts Spuren im Orinoco-Gebiet. Professor Locker und der Pressefotograf Hanns König aus Berlin halfen mir in netter Weise bei meiner Erforschung der einzigartigen Fauna am Orinoco. Ob Du es glaubst oder nicht: beide Herren beglückwünschten mich zu meinen Krokodil-Aufnahmen und wollten kaum glauben, daß ich nur ein Amateur bin. Leider reisten die beiden gestern weiter. Jetzt bin ich wieder allein. – Natürlich tut mir die Ruhe gut, denn meine Verhandlungen in Ciudad Bolívar strengten mich an. Die venezolanischen *Caudillos* sprechen natürlich fließend Englisch, fallen aber in ihr schnelles Spanisch zurück, sobald sie sich untereinander beraten. Ich treibe daher an meinen ruhigen Abenden meine spanischen Sprachstudien mit vermehrtem Eifer. Verstehe bereits mehr, als die Herren ahnen. Ich empfehle deshalb allen Landsleuten in Lateinamerika das ernsthafte Studium der Landessprache. Ich erwähne das, um Dir klarzumachen, daß ich andere Sorgen als die *Señoritas* habe, die Du mir andichtest.

Dein Brief klingt so verworren, als hättest Du vor dem Schreiben eine Flasche Whisky ohne Soda ausgetrunken. Wenn Dr. Sprünglis Behandlung dies Resultat hat, dann haben entweder Freud oder ich die Segnungen der Psychoanalyse mißverstanden. Bitte, verschone mich mit Deinen fixen Ideen. Meine Firma schickte mich nach Südamerika, um industrielle Entwicklungschancen zu prüfen; nicht um einen alten Nazi namens Bonnhoff zu suchen. Wahrscheinlich existiert er nur in Deiner Phantasie. Du wolltest ihn vor einigen Jahren auf der Straße in Chicago gesehen haben. Und ein anderes Mal bei einer Dampferfahrt auf dem Mississippi. Breiten wir den Mantel der Nächstenliebe über das Theater, das Du bei jener Gelegenheit vor meinen Freunden aufführtest. Aber ich habe nun genug von diesem Unsinn, Naomi.
Onkel Toms jüngster Sohn hat sich erboten, mir eine zeitraubende Reise in die Schweiz zu ersparen und Dich abzuholen, sobald Du entlassen wirst. Natürlich muß ich Richard Cooper die Flugkosten und eine Woche in Zürich bezahlen. Mein Geld wächst auch nicht auf den Bäumen, aber ich tue für Dich, was ich kann. Hoffentlich siehst Du es endlich ein und wirst mir nach der Heimkehr ein fröhliches Gesicht zeigen. Mehr verlange ich nicht von Dir. Besser gesagt: ich habe mir abgewöhnt, das zu erwarten, was andere Ehefrauen ihrem hart arbeitenden Mann geben: einen herzlichen Kuß, ein liebes Wort; kurzum, *die Anerkennung*, die er erwarten darf.
Was wäre ohne mich aus Dir geworden? Solltest Du Dir das nicht gelegentlich klarmachen, meine liebe Naomi? Aber was tust Du? Du machst mir brieflich eine Szene! Señorita Márquez aus Mérida ist eine flüchtige Bekannte. Übrigens eine glänzende Fotografin. Wir gingen – bildlich gesprochen – in den Anden auf Vogeljagd. Du mußt ihren Brief an Dich völlig mißverstanden haben und hast alles durcheinandergebracht. Ich schickte Dir einmal mit ihr und ihrer Freundin Teresa Alvarez zusammen eine Ansichtskarte aus dem Hotel Prado Rio. Oder irre ich mich da? *Ich* habe nie wieder von den beiden Damen gehört und ihnen nicht geschrieben. Wenn ich mit allen Leuten, die mir auf meinen ausgedehnten Reisen über den Weg laufen, Briefe wechseln wollte, dann könnte ich meinen Beruf aufgeben. Warum hast Du den Brief von Miß Márquez zerrissen, anstatt ihn mir zu schicken? Ich kann Dir den Grund sagen: Du hast wie immer Behauptungen aus der Luft gegriffen, um mich zu irritieren. Sei unbesorgt, meine Liebe! Ich werde weder Miß Márquez noch sonst jemand heiraten. Bevor *ich*

noch einmal zum Traualtar schreite, gibt es drei Weltuntergänge. Außerdem *bin* ich ja verheiratet, nicht wahr? Ich kann Dir beim besten Willen nicht verraten, warum Miß Márquez Dir Grüße aus Mérida schickte. Aber es war sehr liebenswürdig von ihr, wo wir uns nicht näher kannten.

Mutter wundert sich, daß Du keinen ihrer Briefe beantwortet hast. Bitte, schreibe ihr ein paar freundliche Zeilen. Ich glaube, sie hat es um Dich verdient.

Daß Du mich hier besuchen willst, ist wohl ein Scherz? Sobald mein Urlaub in Puerto Ayacucho beendet ist, reise ich weiter. Und das ungewohnte Klima würde Dir den Rest geben. Am Orinoco gibt es nur steinhartes Fleisch mit komischen Gemüsen, Staub, Indianer, Papageien, Zwergbäume in den Steppen und Moskitoschwärme. Schlage Dir bitte diesen Plan ein- für allemal aus dem Kopf. Ich kann mir Deine plötzliche Sehnsucht nach mir nur so erklären, daß Du auf die Suche nach Herrn Bonnhoff gehen willst. Mit gleicher Post schreibe ich an Dr. Sprüngli. Er wird auf Dich aufpassen, bis Richard Dich holt.

Wir werden mit Gottes Hilfe in einigen Monaten ein glückliches Wiedersehen mit Mutter in Chicago feiern. Danach muß ich weitere Länder bereisen. Die sechs bis acht Monate, die ich in Venezuela und Kolumbien verbringe, gehen schnell vorbei. Bis dahin bist Du dann wieder in Chicago gut eingelebt. Mutter wird Dir helfen.

Alles Gute und viele Grüße

Elliot

*PS*

Besten Dank für Dein Foto. Ich hätte mich noch mehr gefreut, wenn Du Dich zu diesem Zweck frisiert und ein nettes Kleid angezogen hättest. Den schlampigen Morgenrock kenne ich noch aus Chicago. Andere Frauen wollen möglichst vorteilhaft aussehen, während Du Dich bemühst, den gegenteiligen Eindruck hervorzurufen. Warum? Hast Du noch mehr abgenommen? Das macht mir Sorge. Du mußt Dich zum Essen zwingen! Wir alle müssen uns zu gewissen Dingen zwingen.

E.

Dann schrieb Cooper seinen zweiten Brief:

Liebe Miß Márquez!

Ich wollte Ihnen längst einen Gruß vom Orinoco senden, aber leider war ich beruflich sehr eingespannt. Auch erreichte mich Ihr freundlicher Brief nach Ciudad Bolívar erst nach längerer Wanderschaft. Ich halte mich immer nur kurze Zeit am selben Ort auf: ein Zugvogel der Industrie.

Wie nett, daß Sie sich meiner noch erinnern!

Es tut mir aufrichtig leid, daß Ihre Freundin Teresa Alvarez so plötzlich starb. Es muß ein Schock für Sie gewesen sein. War sie krank? Oder hatte sie etwa einen Autounfall? Sie fuhr zu schnell und konzentrierte sich nicht genug. Ich warnte sie im Prado Rio, aber sie lachte nur. Sie war so sorglos und heiter. Ich erinnere mich gern an jene Ferien in den Anden, wo wir so ein vergnügtes Trio bildeten. Arme junge Frau!

Fotografieren Sie noch so eifrig? Ich werde vom Orinoco eine reiche Ausbeute in die Staaten zurückbringen. Vor allem Vogelbilder. Die Wasservögel in diesem Gebiet sind bemerkenswerter als die Menschen. Ich kann wenig mit den Indianern anfangen, da sie freundliche Annäherungsversuche belachen oder ignorieren. Diese Menschen scheinen trotz ihrer primitiven Daseinsweise an dem modernen Übel der Kontaktschwäche zu leiden.

Das Hotel Prado Rio in den Anden ist mir in so angenehmer Erinnerung, daß ich zum Abschluß meiner Arbeitszeit in Venezuela dort einige Wochen mit meiner Frau verbringen möchte. Wie wäre es, wenn Sie dann auch wieder dorthin kämen und wir noch einmal zu dreien Ferien machten? Leider mußten Sie damals so schnell abreisen. – Ich werde Sie rechtzeitig benachrichtigen, falls etwas aus diesem Plan wird. Hoffen wir es.

Mit freundlichen Grüßen und guten Wünschen

Ihr ergebener
E. J. Cooper

›Die bin ich losgeworden‹, dachte Cooper und überflog seinen Brief mit Befriedigung. Wie konnte diese Consuelo es wagen, an seine Frau zu schreiben? Und woher hatte sie erfahren, daß er eine hatte? *Wer* hatte ihr das verraten? Er runzelte die Stirn. Ein unangenehmes Rätsel mehr. Und Teresa war tot! Sie war zuletzt lästig und sogar heftig geworden, und er war froh gewesen, als sie nach Mérida zurückfuhr.

Natürlich hatte er ihre Briefe ungeöffnet zerrissen. Sie hatte ihm zum Abschied eine Szene gemacht, die sich gern und gut mit Naomis Szenen messen konnte. Nur daß Naomi gutes Englisch sprach, während er zu seinem Glück nur ein Drittel von Teresas Tiraden verstanden hatte. Wie Arien, von denen man im Olymp des Opernhauses nur hin und wieder etwas mitbekommt. »Stürmisch die Nacht, und mein Herz schlägt wild.« Und so weiter. Wer wollte den Unsinn hören? Im Augenblick hatte Cooper von melodramatischen Südamerikanerinnen genug. Zuerst taten sie unnahbar, und später . . . Du lieber Himmel! Teresa Alvarez mit ihren Blumen hinterm Ohr hatte sein Adrenalin in die Höhe getrieben und seine Stimmung auf den Nullpunkt gesenkt. Deswegen hatte er ihre zahlreichen Briefe aus Mérida ungelesen zerrissen. Und nun war sie plötzlich gestorben. Wie schnell das manchmal ging! Wahrscheinlich war sie mit ihrem Wagen gegen eine Mauer gefahren. Große Oper wie immer! Trotzdem war es ihm etwas peinlich, daß er keinen ihrer Briefe gelesen hatte. Man verlor immer das Spiel gegen Tote. Zu merkwürdig. Als ob sie plötzlich zu Richtern der Lebenden wurden und geheime Schuldbücher im Jenseits lasen. Andererseits wurden sie mit einem Schlag unschädlich wie erloschene Vulkane. Teresa Alvarez war ein Vulkan gewesen. Kein Umgang für einen vielbeschäftigten Mann. Sie hatte ihm einmal erzählt, ihr Ehemann sei an einem Gallenleiden gestorben. Cooper wunderte sich nicht darüber. Er hatte sich nur gewundert, daß Teresa kein Bild des Verstorbenen bei sich trug. Das zogen Witwen doch immer im unpassendsten Moment aus der Tasche. Jetzt war es zu spät für Argumente, Entschuldigungen oder gar Reue. Teresas Beschimpfungen! Zischende, gurgelnde, langweilige Geräusche – wie Wasser in Heizröhren.

Cooper war im Hotel nicht ganz so einsam, wie er seiner Frau vorgespiegelt hatte. Die beiden Berliner waren in der Tat vor zehn Tagen abgereist, aber die Journalistin Moll war immer noch die Gefährtin seiner Abende. Er fand sie sehr anziehend, aber eine Spur zu selbstbewußt und aggressiv. Wo blieb sie? Cooper sah auf strikte Pünktlichkeit. Weil sie ihm als Bollwerk gegen das Chaos erschien. Er las nochmals Naomis Brief, bevor er ihn zerriß. Hatte er vielleicht ein Wort des Lobes oder Dankes übersehen? Nein! ›Sie mag mich tatsächlich nicht leiden‹, dachte er. Es gab ihm einen Stich. Frauen veränderten sich im Lauf der Zeit ganz unbegreiflich. Es hätte Cooper geradezu verwirren können, wäre er nicht für seine Fassung in kritischen

Momenten bekannt gewesen. Er erlaubte sich höchstens eine schneidende Bemerkung.
Naomi hatte sich im Lauf der Jahre als Wölfin im Schafspelz entpuppt. Cooper hatte ihren Brief soeben zerrissen, aber Bruchstücke hatten sich in seinem Gedächtnis festgesetzt:

*Ich kann zwar Worte und Sätze ins Englische übersetzen, aber was wirst Du jemals von meinen Gedanken oder Gefühlen verstehen? Du bist zu amerikanisch, um Dich mit einem Einzelfall abzugeben.*

*Hast du ›Consuelo Soundso‹ heimlich eine Schlange ins Bett gelegt? Oder warum ist diese Señorita so wütend? Natürlich willst Du Dich scheiden lassen und diese Person heiraten! Trinkt sie auch so gern Milch? Warum predigst Du mir Moral, Elliot? Warum . . . Entschuldige, ich sehe gerade weiße Mäuse auf der Alm.*

*Warum ist Chicago so viel besser als Berlin? Scherzfrage!*

*Kann Deine Mutter nicht in ein Witwenhaus ziehen? Mein Onkel Werner hatte so ein Lokal in seinem Park, und seine Mama saß da und muckste sich nicht. Werner Strelitz galt als der glücklichste Ehemann in der Mark Brandenburg.*

*Mensch! Elliot! Benimm Dich zur Abwechslung mal wie ein Mensch. Aber vielleicht haben wir beide nur das falsche Schwein geschlachtet? Entschuldige. Wollte Chicago nicht erwähnen.*

*Ich soll eine Strindberg-Ehe aus unserem Bund gemacht haben? Hast Du den Schweden jemals auf der Bühne . . . Muß an Schwedenpunsch denken und sehe schwarze Raben. Ich sage Dir: gegen eine Strindberg-Häuslichkeit stinkt's bei uns nach Flieder und Chanel Nr. 5.*

*Komme nächstens nach Venezuela. Bringe August mit. Minna ist leider gestorben. Mir ist mies und flau und grau zu Sinn. Wozu lebt man weiter und weiter und weiter? Zu dämlich. Gute Reise, wollte sagen: Gute Nacht, Mr. Cooper! – Du könntest so nett sein, wenn Du nur netter wärst!*

Wieder fühlte er einen Stich. Entweder war es eine Darmblähung durch das spanische Essen oder eine Seelenblähung durch seine deutsche Frau. Es dunkelte am »großen Fluß«, und er hielt den Gedanken an einen einsamen Abend nicht aus. Ein Mann ohne Frau war ein Bettler.

Er ging durch den großen Patio zum Schwimmbad, das hinter dem offenen Speisesaal in einem tropischen Park lag. Wer Fräulein Moll suchte, fand sie vor dem Abendessen im Pool. Sie schwamm wie ein Fisch, nur nicht so stumm. Er hätte sie gern fotografiert, aber dann hätte er wieder Fragen von *Mother* und Naomi beantworten müssen.

»Ich denke, du warst so allein in Puerto Ayacucho, oder wie das hieß?«

Wie sollte er erklären, daß er mit Carla Moll auch ziemlich allein war?

»Hallo, hallo«, rief er mit falscher Munterkeit. »Sie schwimmen wie ein Fisch, Miß Moll. Darf ich schon einen Fruchtpunsch bestellen?«

»Gute Idee, Mr. Cooper. – Vielen Dank.« Fräulein Moll verschwand in ihrem Zimmer mit Duschkammer und legte sich rosa Frohsinn aufs Gesicht. Sie kämmte ihr langes blondes Haar mit goldenem Plastikkamm und ließ Cooper warten. Nur nicht verwöhnen! Nur nicht selber warten! Das hatte sie aus der Affäre Sanchez gelernt. Es war nützliches Wissen, machte aber Fräulein Moll keinen Funken Spaß. Was sie nach Carlos Sanchez mit Männern erlebt hatte, war alles glasierter Bruch gewesen. Sanchez hatte die Welt für sie verzaubert. Wo gab es ein neues Dorado?

»Sie haben sich aber hübsch Zeit gelassen, Miß Moll! Ich bekam Sehnsucht.«

›Auch nicht wahr‹, dachte sie. Cooper mit seinem verzeihenden Lächeln amüsierte sie.

Aber im Augenblick lächelte er nicht.

»Fehlt Ihnen was, Mr. Cooper?«

»Nein, nein. Was könnte mir in Ihrer Gegenwart fehlen?«

Da Fräulein Moll es nicht wußte, sagte sie, der Fruchtpunsch sei eine Idee zu süß.

»Ich bin untröstlich, Miß Moll.«

»Soll ich Sie trösten?«

Cooper warf ihr durch seine Brillengläser einen undefinierbaren Blick zu. Wer hätte gedacht, daß der Abend sich so anlassen würde! Bis jetzt hatte Miß Moll nur Arroganz gezeigt. Er sagte, sein Name sei *Elliot*. E-l-l-i-o-t!

Sie ignorierte die Mitteilung, was Cooper heimlich verdroß. Sie schien launenhaft zu sein. Das hatte er zu Haus, danke sehr! Aber sie sah in ihrem weißen Kleid mit der Perlenkette so schön aus, daß er freundlich lächelte. Fräulein Moll musterte ihn von der Seite. Erzählte er sich selbst einen Witz? Seine vollen sinnlichen Lippen zuckten vor verhaltenem Amüsement. Nur seine von der starken Brille vergrößerten Augen machten den Spaß nicht mit. Die Journalistin Moll kannte solche Augen. Männer allein! Männer, die sich heimlich nach einer Gefährtin für die Nacht umsahen und morgens selbstbewußt auf ihrem gesattelten Tagesroß davonritten. ›Nichts für mich‹, dachte Carla Moll. Sie wollte endlich jemanden, der auch tagsüber Verwendung für sie hatte. Wie Sanchez vor zwei oder zweihundert Jahren. ›Ich brauche Treibstoff‹, dachte sie und leerte ihr Glas in einem Zug. Eine feine Falte erschien auf Coopers hoher kluger Stirn. Hatte er etwas dagegen, daß der Rum ihr schmeckte? Was wußte sie von ihm? So viel oder so wenig wie von den Bewohnern eines Termitenstaates. Wahrscheinlich war sie ihm so gleichgültig wie er ihr. Irgendwie war sie in Puerto Ayacucho verraten und verkauft. Wer kümmerte sich darum? Der Fluß rauschte gleichgültig dem Rio Negro und dem Amazonenstrom entgegen, der alles aufschluckte: Nebenflüsse, Hintergedanken, Wasserleichen. In den dunklen Wäldern versteckten sich Jaguare, Kobras und die Tapire mit ihren kurzen Rüsseln und ihrer langen Geschichte aus der Tertiärzeit. ›Warum bin ich nicht in Berlin geblieben?‹ fragte sich Carla Moll.
Weil Sanchez in Venezuela lebte.
Cooper schwieg. Sie waren beide im Hotel »Amazonas« gestrandet und machten sich schönes Wetter vor. Wie kam sie auf die Idee, daß Coopers Frohsinn auch nicht waschecht war? Vielleicht, weil jeder in irgendeiner Klemme saß. Deswegen. Cooper war viel besser als überhaupt kein Mann.
Carla Moll verdiente ihr Geld wie jeder männliche Konkurrent. Aber wenn sie, umringt von fröhlichen Paaren, in Hotels und Restaurants an einem Einzeltisch ihr Essen verzehrte, dann blühte ihr Minderwertigkeitskomplex, auch wenn sie noch so ärgerlich darüber war. Nur bei sich zu Haus war sie gern allein. In der Öffentlichkeit, im Theater, auf Ausflügen oder in Konzerten gehörte ein Mann dazu. Es war ein Gesetz. Sie hatte es nicht erfunden.
Cooper machte es richtig. Zuerst hatte er im Hotel so getan, als ob er striktes Alleinsein mit seinem Notizbuch jeder Gesellschaft vor-

zöge. Natürlich in dem Wissen, daß ein jüngerer einzelner Mann Interesse erregt, während einzelne Frauen jeder Altersklasse – Teenager ausgenommen – Mißtrauen oder Schadenfreude erregen. Da mußte doch was schiefgegangen sein, wenn eine fesche Person wie die Moll so verlassen ... Ja, Cooper schien so sehr mit der eigenen Gesellschaft zufrieden, daß Carlas Kollegen Locker und König es anfangs nicht gewagt hatten, ihn ins Gespräch zu ziehen. Alles Bluff.
Der offene Speisesaal mit den Tropenpflanzen war dreiviertel leer. Diese Pionierstadt lag schon etwas zu entfernt von den Touristen-Paradiesen Venezuelas und den Inseln im Karibischen Meer.
Hier, am Ostufer des Orinoco, gab es nur Naturforscher, Vogelfänger, Humboldts großen Schatten, Maler, Filmregisseure, Indianer, Missionare, Säulenheilige und – Cooper.
»Gräßlich schwül heute abend«, bemerkte Fräulein Moll.
»Ja, ein schwieriges Klima. Aber das soll uns nicht verstimmen, nicht wahr?«
»Woher denn? In einem solchen Neppbetrieb ist Heiterkeit Pflicht.« Carla Moll lachte angestrengt, da sie mit sich im Unfrieden lebte. Nach langem Für und Wider hatte sie ihre Erfolgsbroschüre *Caracas für Anfänger* an Sanchez geschickt und keine Bestätigung erhalten. ›Heute kommt was‹, hatte sie sich auch an diesem Morgen eingeredet. Denkste! Wußte der *Señor* nicht, daß man danke schön sagt? Oder verachtete er sie so gründlich? ›Aas‹, dachte sie in trockner Verzweiflung.
Da Cooper sie beluchste, zwang sie sich ein strahlendes Lächeln ab. Aber in diesem Augenblick trillerte der Hotelpapagei so höhnisch, daß sie leicht zusammenfuhr. Recht hatte er! Alle hatten recht.
»Was ist heute abend mit uns los?« fragte Cooper wie eine Krankenschwester. Fräulein Moll wünschte sich noch etwas Rum.
Zwei ältere, hagere Engländer setzten sich in die äußerste Ecke des Speisegartens. Sie blickten weder hin noch her, sondern steckten sofort ihre Nasen in ihre Bücher. Naturforscher Woodcock las einen Londoner Thriller, und der altjüngferliche Mr. Gilroy, ein verabschiedeter Diplomat, las mit Recht Miltons *Verlorenes Paradies*. Wenn er heute in Südamerika herumreiste, Whisky trank und Pflanzen sammelte, mußte er alles aus eigener Tasche bezahlen.
»Schwül heute abend«, sagte Mr. Woodcock. »Wann wird es endlich regnen?« Mr. Gilroy las ungestört weiter. Er reiste immer mit Mr. Woodcock, und der fragte immer, wann es regnen würde. Er war zu

schwatzhaft. Vor vier Stunden hatte er bereits von Krokodilen gesprochen.
»Werden Sie noch weiter in Venezuela herumreisen, Miß Moll?«
»Ich warte hier nur die Rückkehr meiner Kollegen ab. Dann bringen wir unsere Eindrücke rasch in Form, und ab nach Berlin.«
»Freuen Sie sich auf Berlin?«
»Sobald ich in Tempelhof lande.«
»Ich bin schon jetzt in Gedanken an daheim glücklich.« Cooper strahlte ausführlich und künstlich. »Es gibt nichts Besseres als die Familie.«
»Finden Sie?« fragte Fräulein Moll. Warum war er nicht verheiratet, wenn er so gern zu Haus rumhockte? Cooper betrachtete sie sinnend. Sie war weder ein Opferlamm noch eine Trauerweide für seine Kollektion. Aber irgend etwas stimmte nicht. Er fragte hoffnungsvoll, ob sie Kummer habe. Er witterte Morgenluft in dieser Abendstunde und bestellte endlich einen zweiten Fruchtpunsch. Dies *war* ein Nepplokal. Sie hatte ganz recht. »Aber bitte weniger Zucker«, sagte er auf spanisch. Der Kellner schloß seine indianischen Augen in unerträglichem Schmerz und ignorierte Coopers Bitte. Für ihn war jeder Gast eine Bedrohung seiner Ruhe, und er nahm Extrawünsche so wenig zur Kenntnis wie eine Kellnerin in einem mittleren Londoner Eßlokal. Fräulein Moll kippte das starke Getränk mit Windeseile herunter. ›Beinahe wie Naomi‹, dachte Cooper leicht verstimmt. Hatten alle Berlinerinnen eine Abneigung gegen Milch? – Aber schön war diese junge Person! Besonders wenn ihr glänzendes blondes Haar ihr auf die Schultern fiel. Bei Consuelo Márquez hatte das nicht halb so nett ausgesehen. Häßliche Mädchen hatten kein Recht auf romantische Haartrachten. Aber Consuelo bürstete wenigstens ihr Haar, während Naomi diese Angewohnheit seit Jahren aufgegeben hatte. Naomi! Ihr blondes Haar zeigte graue Strähnen. Auch das war ihr gleichgültig. Bald würde sie wie seine Mutter aussehen – was ihre Verblühtheit anbelangte. *Mother* arrangierte grimmig entschlossen harte eisengraue Locken zu einem Bienenkorb auf ihrem Kopf.
Sie war überhaupt eine harte Frau. Eine Säule der Gemeinschaft, und was war sie zu Haus? Es ermüdete Cooper, an seine Mutter zu denken, obwohl er sie liebte. Sie interessierte sich unermüdlich für ihn. Und wenn sie ihn in seinen Entwicklungsjahren nicht genügend ermutigt hatte, er hatte es ihr verziehen. Er verzieh ihr fast alles. Naomi konnte sich nicht genug darüber wundern, weil sie alles an *Mother* unver-

zeihlich fand. Ihre Abneigung war keine Sache des Geschmacks, sondern des Instinkts. Und ihrem Mann verzieh sie nicht, daß er trotz ererbter und erworbener Kapitalien weiter in der »Familiengruft« in Chicago lebte. Außerdem war er meist verreist, und aus der Ferne ließ sich jeder ertragen. Auf jeden Fall verstimmte er lieber seine Frau als seine Mutter, und das war ein wirkliches Dilemma. Cooper riß sich aus seinen Gedanken. »Sie sehen etwas müde aus, Miß Moll«, sagte er besorgt.

›Er meint, ich sehe alt aus‹, dachte Carla Moll. Schließlich war sie ein Teenager von genau dreißig. Echte Farben unterschieden sich eben von einem *Make-up* wie ein Nerzmantel von einem Nylon-Pelz . . . Warum konnte man sich nicht gelegentlich einen Lebenslauf ausborgen? Sie fühlte Coopers Blick. Vorsichtig und doch indiskret tastete er sich an sie heran. Suchte er mit seiner Gier nach fremdem Kummer, nach ihren Wunden? Sie hatte nie einen Mann mit einer solchen Witterung für Unglückswürmer getroffen. Kenntnisreich und nie um eine Antwort verlegen, wühlte Cooper sachte, sachte in fremdem Seelenschlamm herum. ›Komischer Mensch‹, dachte Fräulein Moll. Aber langweilen tat man sich nicht mit ihm. Ob er auch ein liebeleeres Universum bewohnte? Wenn er nicht so neugierig wäre, würde man sich glänzend mit ihm unterhalten können.

Fräulein Molls glattes kühles Gesicht verriet ihm nichts. Nur ihr etwas schrilles Lachen war ein Symptom verborgener Frustration. Natürlich brauchte sie Rat und Trost wie jedes einsame Mädchen. Cooper war schon lange bereit, ihr beides zu geben. Das würde sie verletzlicher und ihn unangreifbar machen. Zum Schluß würde sie ihm aus der Hand essen – eine faszinierende Vision!

»Worüber grübeln Sie so eifrig, Mr. Cooper?«

»Über die Wollust des Elends«, erwiderte er in einem Ton, als zerbräche er sich über Maggis Suppenwürfel den Kopf.

»Das ist mir zu hoch.«

»Oder zu niedrig, Miß Moll?«

»Ich suche vergeblich nach der sprichwörtlichen amerikanischen Naivität.«

»Ich auch . . .«, sagte Cooper milde.

Ein großer dicker Mulatte mit einer ausgebleichten europäischen Frau setzte sich an den Nebentisch, obwohl der Saal halb leer war. Er trug an seinem Mittelfinger einen Brillantring von der Größe einer Kartoffel und betrachtete ihn alle zwei Sekunden mit der Besitzfreude des

Reichen, der lange arm gewesen ist. Seine Frau legte Patiencen und kümmerte sich nicht um ihn. ›Typisch‹, dachte Cooper. ›Der arme Teufel hat doch sicher geheiratet, um nicht allein zu sein.‹ Er fragte Fräulein Moll, ob sie ihre beiden Kollegen vermisse.
»Locker und König? Kollegen sind für mich keine Männer. Die stufe ich mit meinem Hausarzt und meinem Hellseher ein.« Sie lachte wieder. »Warum starren Sie mich so an?«
Er beugte sich zu ihr hinüber. »Wollen Sie mir nicht sagen, was Sie quält, Carla?«
Sie sah ihn so verblüfft an, daß er etwas unsicher wurde. Dann sagte sie, es ginge ihr prima.
»Wir alle haben unsern geheimen Kummer. Und geteiltes Leid ist halbes Leid. Nach allen Gesetzen der Glückseligkeit und der Mathematik.«
»Ich hatte immer eine Fünf plus im Rechnen. Aber davon abgesehen bin ich prinzipiell gegen geteiltes Leid. Eine oberfaule Sache, Mr. Cooper. Man kriegt zu dem eigenen Mist noch den fremden Verdruß hinzu.«
»Wie kann man so reizend und so pessimistisch sein? Glauben Sie wirklich nicht an das Gute im Menschen?«
»Nein«, sagte Fräulein Moll schlicht. »Und schon gar nicht im Zeitgenossen. Das wäre ja sträflich, *Mister*. Wer kann sich da Illusionen machen? Nach Hitler und Stalin! Oder nehmen Sie den Mord in Dallas. Vietnam! Oder den kleinen Überfall auf die CSSR! An das Gute im Menschen konnte ich nicht mal in der Wiege glauben. Da war nämlich der Zweite Weltkrieg im Gange.« Fräulein Moll holte Luft. »Wo haben Sie die letzten dreißig Jahre verbracht? Im Treibhaus?«
»In diversen Höllen. Wie alle anderen«, sagte Cooper nicht ganz so sanft und süß. »Trotz Korea lebte ich jederzeit in der Hoffnung auf den Völkerfrieden.«
»Ich beneide Sie«, sagte Fräulein Moll trocken. »Sie gondeln also im Traumboot durchs Atomzeitalter.«
»Wo wären wir ohne unsere Träume?«
»Vielleicht träumt sich's mit Dollars besser.«
Cooper kniff die Augen zusammen. Ein Zeichen, daß er sich ärgerte. Warum hatte er sich auf Argumente eingelassen? Er lächelte jetzt nur noch für die Galerie.
»Sicher haben Sie Schweres im zerstörten Berlin durchgemacht. Armes Kind! Die Zeiten sind zu grausam für zarte junge Frauen.«

»*Ich* habe eine Pferdenatur. Die braucht man als Journalistin. Man wird dauernd in den blösinnigsten Gegenden rumgejagt.«

»Leidet Ihr Privatleben nicht darunter?«

»Das ist dem Chef schnuppe. Er bezahlt mich, damit ich beschreibe, was ich sehe, und nicht, was ich fühle. Wen würde das interessieren?«

»Mich«, sagte Cooper. »Sehr sogar! Sie können doch nicht ständig auf Humboldts Spuren wandeln. Ja, Ihr Innenleben würde mich brennend interessieren, Carla.«

»Aber *mich* nicht. Darf ich *noch* einen Rumpunsch haben?«

Der riesige Mulatte erhob sich schwerfällig, rasselte mit den Bestekken und fegte endlich mit geübtem Schwung die Karten seiner Frau zusammen. Sie stieß einen schwachen Schrei aus, und er hielt ihr mit seiner breiten Hand den verkniffenen Mund zu. Dann zog er die ausgelaugte Frau wie eine Indianerin an der Hand hinter sich her. Er hatte ihr lange abgewöhnt, an seiner Seite zu gehen.

»Süße Sitten«, bemerkte Fräulein Moll. »Wie kann sie sich das gefallen lassen?«

»Da sie anscheinend von ihrem Mann abhängt, muß sie sich alles gefallen lassen. Traurig, traurig.« Coopers Augen hinter der Schutzbrille leuchteten unheimlich animiert. Carla Moll fragte sich, ob dieser Limonaden-Heinrich etwa ein Sadist war. Er sollte heiraten. Dann würde er keine Zeit haben, fremdes Malheur herauszuschnüffeln, sondern müßte aufpassen, daß er bei der ehelichen Rutschpartie nicht zu Boden stürzte. Aber wenn er hoffte, daß sie, Moll, sich an seiner Schulter auswimmern wollte, dann hatte er sich in der Hausnummer geirrt.

»Finden Sie Venezuela verändert nach zwei Jahren, Miß Moll?«

»Ich kannte nur Caracas für Anfänger.«

»Soll *Venezuela für Fortgeschrittene* folgen?«

»Das weiß ich noch nicht. Ich sitze im Augenblick auf dem trocknen«, sagte sie mit brüsker Ehrlichkeit. »Meine Kollegen sind allein in die Wildnis gefahren, weil das zu primitiv für mich sein soll. Im Hansaviertel ist es natürlich eleganter. Haben Sie mal irgendwann von Berlin gehört?«

»Meine Frau ist Berlinerin.«

»*Sie* sind verheiratet?«

»Ja.«

»Das haben Sie bis jetzt erfolgreich verschwiegen.«
»Sie verschweigen mir ja auch, ob Sie verlobt oder geschieden sind.«
»Weder – noch«, sagte Fräulein Moll. »Schnaps und Ruhe sind die großen Göttergaben.«
»Ich kann das nicht beurteilen. Na ja, ein alter Ehemann!«
»Wollte Ihre Frau nicht mitkommen?«
»Nein. Sie ist zu zart für Venezuela. Übrigens hat meine Frau noch einen alten Onkel drüben. Baron Strelitz. Soll eine sehr bekannte Familie sein.«
Cooper verlor langsam sein Interesse an Fräulein Moll als Lustobjekt. Sie bestätigte sich und nicht ihn. Sie war nicht einmal ein Spiegel, der sein Bild zurückwarf. Eine dekorative Kratzbürste. Für seinen Geschmack lebte sie zu sehr in der Realität.
»Ich habe nie etwas von Baron Strelitz gehört«, sagte Fräulein Moll. »Zu fein für unsereinen. Mein Vater war ein idealistischer Sozialist. Er kam im Ostsektor ums Leben.«
Cooper dachte darüber nach. Naomis Vater mußte etwas Ähnliches gewesen sein, denn er war im Konzentrationslager Oranienburg umgekommen. Er sagte langsam.
»Als ich 1964 Berlin besuchte, traf ich weder diesseits noch jenseits der Mauer sozialistische Idealisten.«
»Sie waren in Berlin? – Die Überraschungen nehmen kein Ende! Was wollten Sie bei uns?«
»Ich nahm an einer Wirtschaftskonferenz teil. Bei dieser Gelegenheit sah ich mir auch Ost-Berlin an. Es war sehr lehrreich.«
»Wieso?«
»Die Berliner sind normal, obwohl die Stadt schizophren ist.«
»Würden Sie mir ein Exklusiv-Interview geben?«
»Leider nein«, erwiderte Cooper mit ekelhafter Sanftmut. »Es wäre ohne jeden Reiz für Ihre Leser.«
»Das kann ich besser beurteilen. Ich kenne die Leser des *Komet*.«
»Ich las die Zeitschrift ein paarmal drüben.«
»Und was fanden Sie ›drüben‹ noch bemerkenswert?«
»Was ich am ungeteilten Berlin bemerkenswert fand: jeder trägt dort seine Geschichte im Gesicht. Nur Sie nicht! Wie kommt das?«
»Wahrscheinlich habe ich keine.«
»Das klingt unwahrscheinlich.«
Fräulein Moll fragte, wie das Berlin von 1964 auf Coopers Frau gewirkt habe.

»Sie blieb in Chicago. Sagen Sie, Miß Moll, gibt es eigentlich immer noch alte Nazis in Berlin und Umgebung?«
»Das kann ich Ihnen beim besten Willen nicht verraten. Ich bin eine Nomadin mit Schreibmaschine, Mr. Cooper. West-Berlin wurde mir plötzlich zu eng. Man kann doch nicht ewig auf einem Dackel im Europa-Center rumreiten.«
»Natürlich nicht. Aber erregt Sie als Journalistin die politische Lage nicht? Die ist doch gerade in Berlin recht interessant.«
»Es gibt einen alten chinesischen Segensspruch: ›Mögest du nicht in interessanten Zeiten leben!‹ Gute Nacht, Mr. Cooper.«

Carla Moll spürte ein vages Unbehagen. Die Unterhaltung mit Cooper war auf ein falsches Geleis geraten. Wahrscheinlich kannte er Berlin viel besser, als er vorgab. Vielleicht hatte er nicht nur mit seinen Yankees im amerikanischen Sektor diskutiert. Was soll ich über alte Nazis wissen, fragte sie sich. Sie wußte am besten, daß sie nichts wußte. Ihre Redaktion hatte sie vor zwei Jahren nach Venezuela geschickt, um den ehemaligen Sturmbannführer Carl Friedrich Bonnhoff aus Berlin zu suchen, der sich angeblich dort versteckt hielt. Sie hatte ihn nicht gefunden.

Auch Cooper spürte ein leises Unbehagen. Unterhaltungen mit Fräulein Moll endeten abrupt und bewirkten Entfremdung statt Annäherung. Natürlich existierte die Sprache, um seine Gedanken zu verbergen; aber nicht um sie zu lähmen. Und dabei war dies Fräulein amüsant – viel amüsanter als Naomi. Dennoch kamen beide aus einem Berlin, das im Zeichen der Gefahr und extremer Provokation gestanden hatte. Fräulein Moll hatte zweifellos ihre Kindheit unter Trümmerweibern, Schwarzhändlern, alliierten Göttern und explodierten deutschen Mythen verlebt. Zehn Jahre früher war Naomis Jugend vergiftet und bedroht worden. Sie hatte unter braunen Kopfjägern, Totenmasken, Probeleichen und Angst als Volkskrankheit gelebt. Damals brauchte sie keine Psychoanalyse; jeder wußte, wo die Angst herkam und daß man sie durch Plaudern auf einer Couch nicht loswurde. Sie schreckte noch jahrelang bei jedem Klingeln zusammen und sah den mythischen Bonnhoff in allen möglichen Männern. Sie brauchten nur blond und gefährlich auszusehen. Coopers Berlin von 1964 dagegen war eine Metropole, die über ihre beständige Bedrohung vom Osten Witze machte. Aber sein Deutsch war nicht gut genug gewesen, um sie ganz zu verstehen oder zu genießen wie die Berliner in den Kabaretts des Westens. Jemand hatte Cooper damals erklärt, Berlin habe die Ironie erfunden. Auf jeden Fall lächelte man dort über andere Dinge und Situationen als in den USA oder in Südamerika. Dieser Kontinent kam Cooper zu melodramatisch vor. Da war ihm Berlin doch lieber gewesen. Es ließ die Opern im Opernhaus.

Er wollte gerade den Speisesaal verlassen, als die Frau des Mulatten hereingestürzt kam. Sie trug einen verwaschenen Morgenrock, und ihr Zopf hing ihr nach indianischer Art bis zur Taille herunter. Sie keuchte und sank an einem Tisch in den Korbstuhl. Ihre blasse Zunge hing ihr seitwärts aus dem Mund – wie bei einer kranken Hündin. Ein rasselnder Laut entrang sich ihrer Kehle. Dann stöhnte sie. Die beiden Engländer lasen ungestört weiter. Der Kellner rührte sich nicht. Er stand zwischen Cooper und der Stöhnenden wie eine Statue – ein Mischprodukt aus der Urzeit und dem Zeitalter des Tourismus. Einen Augenblick verbarg die ausgedörrte Europäerin ihren Kopf im schützenden Dunkel der Arme. Dann starrte sie Cooper aus geröteten Kaninchenaugen an und murmelte auf spanisch: »Hilfe!« Und dann: »*Help!*« Cooper trat an sie heran. ›Sie braucht ein Bürstenbad‹, dachte er. ›Sie ist total verstaubt.‹ Er betrachtete mit Abneigung ihre hängenden Brüste unter dem wildkarierten Indianerkattun. Der Stoffgürtel hing ebenfalls herunter – wie eine ermüdete Schlange. Er fragte, was er für sie tun könne. Sie blickte ihn fassungslos an. Ein wohlwollender eleganter Americano, der mit einem schönen Mädchen gesessen hatte, wollte etwas für sie tun? Sie kannte nur noch Prügel und Beschimpfungen. Ihr Mann hatte ihr mit seinem Brillantring das Gesicht zerkratzt. Sie war demütig und lächerlich und tragisch in ihrer totalen Erniedrigung. Cooper gab ihr sein Taschentuch, und sie wischte sich den Schweiß und die Blutspuren vom Gesicht. »Ich hatte auch einmal solche feinen Taschentücher«, murmelte sie. Sie sprang auf, und plötzlich blitzten ihre verwaschenen blauen Augen. »Er hat meine Karten zerrissen – der dreckige Nigger«, schrie sie. »Ich werde ihn umbringen.«

»Das lassen Sie lieber sein, Señora«, sagte Cooper in gutem Spanisch. »Sie müssen sich beruhigen. Bitte!«

Sie gab ihm das Taschentuch zurück, und er steckte es mit unterdrücktem Widerwillen in die Hosentasche. Ekelhaft: das fremde Blut, der faule Schweiß, die Tränen. Ein Netz von feinen Falten spannte sich

um ihre Augen. Sie war wohl jünger als Naomi – und der Mulatte wurzelte noch in einer magischen Tradition.
»Ich brachte die Karten in dieses Land mit«, sagte die Fremde feierlich. »Ich staubte sie jeden Abend ab. Sie blieben sauber – wie alles zu – zu Haus.« Ihr milchiges Gesicht zeigte Höhlungen und tiefe dunkle Ringe unter den Augen. »Er hat mir alles genommen. Und nun die Karten«, sagte sie mit derselben absurden Feierlichkeit. »Gute Nacht, mein Herr! Vielleicht steige ich in Ihrer Achtung, wenn Sie erfahren, daß wir daheim ähnliche Taschentücher benutzten.« Sie ging schwankend davon und drehte sich nach Cooper um. Ihre feinen Nasenflügel bebten. »Frauen haben immer unrecht in diesem verdammten Land. Aber ich bin ein Feigling, mein Herr! Sozusagen ein beschmutzter Schwan.« Sie holte mühsam Luft. »Wer in Venezuela kein Geld hat, ist schwärzer als – als Ebenholz. In Jugoslawien hatte ich sogar eine deutsche Gouvernante. Da staunen Sie wohl? Das Fräulein sang mich in den Schlaf. Dafür bezahlten meine Eltern sie. Sie erzählte mir Märchen. So weiß wie Schnee . . . so rot . . . wie Blut . . . so schwarz . . . äh! Ich bin der schwarzen Farbe müde, Herr! Das Fräulein bediente meine Mutter. Ich quälte sie manchmal. Entschuldigen Sie, *Señor Americano.* Ich habe Ihren Namen im Hotelregister aufgespürt. Ich dachte mir: ›Dies ist ein glücklicher und zartfühlender Mann. Ich muß wissen, wie er heißt und woher er kommt.‹ Mein Fräulein hätte Sie bedient, wenn ich es befohlen hätte. Ja. Befehlt nicht, auf daß euch nicht befohlen . . . Entschuldigen Sie, mein Herr! Ich schwatze – ein altes Leiden aus Osteuropa.«
»Sie brauchen Ruhe, *Señora.*« Cooper wollte gehen, aber die Fremde hielt ihn am Arm fest. Ihre Finger krallten sich fest und ließen ihn dann schnell wieder los.
»Ruhe. Wie schön das klingt. Man atmet langsam, man horcht, man ruht. Man überlistet den Lärm, den heulenden Schmerz. ›Ruhe sanft‹ steht auf Grabsteinen. ›Ruhe in Gott‹.« Sie machte mit zitternder Hand das Zeichen des Kreuzes. »Bleiben Sie, mein Herr. Bitte, bitte! Entweichen Sie nicht! Haben Sie Erbarmen! Geben Sie mir Geld zur Flucht! Ich werde Ihren Arm nicht mehr berühren. Ich weiß: Sie schätzen es nicht. Nur einen Flug nach Ciudad Bolívar, *Señor Americano*! Sie sind reich. Ich rieche das von weitem. Ein angenehmer, ein beruhigender Geruch . . . ah!«
»Ich muß jetzt gehen, *Señora.* Und Sie müssen schlafen!«
»Es gibt keinen Schlaf für die Schlaflosen, Herr! Und keine Ruhe mit

ihm. Er ist – ein nackter, wiehernder Hengst, wenn er nicht weint oder prügelt. Ein Mulatte, *Sir.* Sie haben ihn vorhin mit mir gesehen. Leugnen Sie es nicht. – Meine Karten gaben mir Ruhe. Meine treuen, sauberen Kärtchen . . . Patiencen legen ist ein vornehmer Zeitvertreib? Meine ganze Familie legte. Man verdient nichts dabei. Wie gesagt: ein vornehmer Zeitver . . .«

Ihr Ehemann erschien im Speisesaal, aber er ging nicht auf sie zu, sondern wartete groß, massig und selbstherrlich am Ende der Halle. Sie schlich gebeugt und stumm zu ihm und schenkte Cooper keinen Blick mehr. *Señor de Padilla* ergriff rauh ihre Hand und zog sie wieder hinter sich her. Sein rundes afrikanisches Gesicht war düster, aber seine vollen unbarmherzigen Lippen lächelten: er hatte sich eine neue Strafe für diese armselige weiße Hündin ausgedacht.

Cooper war verstimmt. Gewiß, Señora de Padilla war verzweifelt, aber deswegen konnte sie sich waschen und ein Taschentuch bei sich haben. Und ihr Unglück roch so penetrant, daß er kein Mitleid verspürt hatte. Benutzte sie kein Mittel gegen Achselschweiß in diesem Tropenklima?

Eine tiefe Depression überfiel Cooper, als er eine Stunde später allein auf seiner kleinen Veranda die Nachtluft einatmete. Welcher Narr hatte behauptet, richtiges Atmen vertreibe die Melancholie? Man atmete nur fremdes Unglück ein und konnte es nicht wieder ausatmen.

Er sah wieder Señora de Padilla, wie sie ihrem Gebieter mit gesenktem Kopf und schwingendem Zopf gefolgt war. Sie hatte ihn an jemanden erinnert. Mit einem Schock stellte er fest, daß Naomi manchmal auch so schäbig und redselig-verzweifelt herumlief. Auch ein beschmutzter Schwan! Nein! Seine Frau wusch sich geradezu mit Fanatismus. Sie frisierte sich nur nicht. Nie wäre sie halbnackt in einen Speisesaal gelaufen. Nie? Was wußte er? Aber jene unappetitliche Dulderin mit dem feinen erloschenen Gesicht und dem Indianerzopf hatte ihm wenigstens Respekt, nein, Bewunderung entgegengebracht. Naomi dachte nicht daran. Im Gegenteil. Cooper wollte den Gedanken nicht zu Ende denken. Sein Mißbehagen wuchs. Fräulein Molls Zimmer lag im Dunkeln. Sie wollte weder getröstet werden noch ihm Trost spenden. So eine war das! Frauen übertrieben immer nach irgendeiner Richtung. Sie gaben meistens zuviel oder zuwenig und nie das Richtige im richtigen Augenblick. Ein einsamer Mann war und blieb ein Bettler.

Aber Cooper war gar nicht allein. Naomi berührte seine Schulter. Oder war es Señora de Padilla? Nein, nein – es war Naomi! Er dachte hier zu oft an sie, und ihre Schwester im Unglück hatte ihm heute abend gerade noch gefehlt! Er zog sein beflecktes Taschentuch hervor, und wieder stieg ihm schamlos intimes Elend in die Nase. Aber davon konnte er sich distanzieren, indem er das Taschentuch fortwarf. Naomis Elend klebte weiter an ihm. Wie sie selber. Sie war eine alte Wunde in seinem gesunden Körper, die immer wieder aufbrach. Wie war das möglich? Es hatte nichts mit Pflicht oder seinem ewig lauernden Mitleid zu tun, das sich nur an unbekanntem Kummer entzündete. Er kannte Naomis Leiden und das ganze eheliche Dilemma bis zum Überdruß. Wieso kam er von ihr nicht los? Warum hatte er Carla Moll plötzlich über ehemalige Nazis ausgefragt? Weil Naomi ihm einen Floh mit diesem Bonnhoff ins Ohr gesetzt hatte. Es war ein Gespenst, ein Zeuge von vorgestern, der wahrscheinlich nur in ihrer Phantasie existierte! Er hätte sich scheiden lassen und Naomi weiter finanziell versorgen sollen. Warum blieb er bei ihr und dennoch ohne sie? Warum nahm er das Alleinsein auf sich, das er so schlecht aushalten konnte? Von anderen Frauen trenne er sich immer wieder. Teresa. Consuelo. Eine Aushilfssekretärin in Ciudad Bolívar . . . Der Zufall, das flüchtige Feuer, die Asche . . . Das zeitraubende Ritual der Verführung, wobei der Verführer auch immer Verführter wurde oder umgekehrt. Taube, Tigerin, beschmutzter Schwan oder eine Eisjungfrau wie Carla Moll. Was hatte er im Grunde mit ihnen zu schaffen? Oder mit ihren Nachfolgerinnen? O diese Raserei der Hoffnung und die Langeweile, die tödliche Ermüdung, die immer wieder folgte. Wozu das alles? Und warum mußte er immer an Naomi denken, wenn ihm ein menschliches Wrack über den Weg lief? Señora de Padilla hatte ihn in ihrer Unwissenheit einen glücklichen und zartfühlenden Mann genannt. Glücklich! Er! Es war zum Lachen. Zarfühlend? Er blieb nicht aus Zartgefühl bei Naomi. Warum dann? Er blieb, weil man den Schwachen und Hilflosen nicht wirklich entfliehen kann. Cooper erkannte es zum ersten Mal in dieser Nachtstunde. Sie rannten hinter einem her, oder man kam zu ihnen zurück. Widerwillig. Oder empört. Oder resigniert. Denn die Schwachen und Hilflosen sind aus unbekannten Gründen stärker als die Starken.

Fledermäuse schwirrten durchs Dunkel. Der Patio des Hotels, um den herum sich die Gastzimmer und Wirtschaftsräume gruppierten, lag ausgestorben im Mondlicht. Aus einem Zimmer drang ein schwacher

Schrei. Hunde heulten, und ein Huhn gackerte schläfrig in seinem Traum vom stolzen Hahn.

»Morgen fahre ich zum Fischen«, sagte Cooper laut und erschrak vor seiner Stimme. Er mußte fahren, ehe die großen Regengüsse kamen. Im Flußschlamm lauerten Krokodile und Würgschlangen auf den Regen und auf Menschen, die sich zu nahe heranwagten und nicht mehr ans Ufer zurückfanden. Man wußte nie, was am Orinoco auf einen wartete.

Auch Cooper wußte es nicht.

# Fünf Uhr Nachmittag

*Tag rennt, rennt. – Nacht kommt langsam.*
Indianisch

IST FÜNF UHR NACHMITTAG EINE SCHRECKLICHE STUNDE? JA, ES IST EINE schreckliche Stunde. Eine morsche Brücke zwischen Tag und Abend. Der Tag stirbt ab, und der Abend verbirgt sich noch irgendwo im Weltraum, um nicht mit dem Tag zusammenzufließen. Denn Sterben steckt an. Der Tag ist ein grauer venezolanischer Packesel – der Abend ein stolzer, gieriger, knallroter Hengst mit geweiteten Nüstern, die alles aufsaugen: Menschen, Getier, Bäume, Steine, Steppen, Nachtklubs, Indianerhütten, Kirchtürme, Schiffe und Kanus, verregnete Häuser und verregnete Erwartungen. Fünf Uhr Nachmittag ist das Niemandsland der Seele. Eine Stunde zwischen Aufwachen und Einschlafen. Die Stunde ist weder Fisch noch Fleisch, weder Substanz noch Schatten. Weder die Stunde der Stechfliegen im Tageslicht noch die Stunde der Moskitos, die zitternd vor Blutdurst aufs Dunkel warten.

*Fünf Uhr Nachmittag.* Limbo in Caracas, in Mérida, in Puerto Ayacucho, in der Urlandschaft am Orinoco, die der große Humboldt in einem kleinen Boot durchfuhr. Hinter dem Hafen von Sanariapo, den Cooper um fünf Uhr Nachmittag errreichte. Allein wie der erste Indio der Gegend, wie die in Tüchern verhüllte Indianerin auf ihrem Esel. Allein wie die Wälder am Horizont, wie die großen Steine, die wie Inseln aus den Wassern des Orinoco emporragen, allein wie jeder Zivilisationsmensch mit seinen wertlosen Besitztümern und Symbolen. So allein war Cooper um fünf Uhr Nachmittag.

*Um fünf Uhr Nachmittag* geschieht alles und nichts. In Caracas warteten viele tausend Männer und Frauen auf den Tod in der Abendstunde, und viele Kinder wurden geboren, getauft und zum Leben in

Pfahlhütten oder Luxusvillen verurteilt. Die Leute lebten oder starben oder erblickten das Licht des Nachmittags, weil sie nichts Besseres zu tun hatten. Am oberen Orinoco wurde ein Zwillingspärchen geboren, und die glückliche Mutter erhielt von ihrem Mann eine Tracht Prügel und eine Kanonade schneller, heiserer Beschimpfungen, weil er nun zwei Mäuler mehr zu stopfen hatte und trotzdem nicht mehr Fische fangen konnte. Die Mutter fand das in Ordnung. Sie war noch ziemlich jung, aber ihre Haut war ledrig wie die Schalen der Schildkröteneier. »Ja, ja«, murmelte sie resigniert und erwartete den nächsten Schlag. Dann kitzelte sie die Zwillinge mit einem Palmenwedel und schleppte sich zur Feuerstelle. So war das Leben.

*Um fünf Uhr Nachmittag* fuhren Manager in Caracas aus den Wolkenkratzern des Geschäftsviertels in ihre pompösen Häuser mit den großen Gärten, der elektrischen Luftkühlung und dem mechanisierten Glück. Sie waren unzufrieden mit ihren Angestellten, und Angst kroch an ihnen empor wie eine Giftschlange aus dem Urwald: Angst vor der Konkurrenz, vor billigen Importen aus Kolumbien, Peru, Chile. Angst vor neuen Regierungsmaßnahmen und vor den wechselnden Regierungschefs. Angst vor den Guerillas, die überall in Venezuela auf ihre Zeit warteten und von Kuba gelernt hatten. Angst, daß das Öl eines Tages versiegen könnte, daß die schweigenden Berge sich kein Eisenerz mehr entreißen ließen. Was sollte dann werden? Denn in Venezuela stirbt man lieber, als zu dunklen Anfängen zurückzukriechen. Das hatte Señor de Padilla seiner europäischen Frau oft genug gesagt, während sie Patiencen legte und nicht zuhörte. Denn auch Camilo de Padilla – reich an Erfahrungen als Minenarbeiter und heute Gebieter über Eisenerz und Kapitalanlagen – spürte die Angst um fünf Uhr Nachmittag, wo die alten Wunden wie Sonnen brennen. Dagegen half nur Fischen und Schlafen. Oder der Gedanke an eine junge Frau mit prallen Brüsten und glatter Haut, die keine Patiencen legte, niemals eine deutsche Gouvernante gehabt hatte, aber dafür heißes Blut mit einem Schuß Afrika – wie Señor de Padilla selbst. Wie wäre es, wenn er seine nutzlose Frau eines Nachmittags um fünf Uhr in den Orinoco würfe? Mit einem Stein um den Hals, daß sie sinken müßte . . . Wenn nur die Polizei nicht wäre. Wenn es nur keine Augenzeugen gäbe! Señor de Padilla haßte Augenzeugen so heftig wie seine weiße Frau mit der grauen Haut und dem Haar wie welkes Korn. Zum Beispiel dieser lächelnde *Yanqui* Cooper im Hotel Amazonas war ein Augenzeuge . . . Señor de Padilla wollte etwas Ähnliches von seiner Frau, was Augenzeuge Cooper von Naomi wollte: Anerkennung, Lob, ein andächtiges Ohr. Da er das von der Kartenspielerin nicht haben konnte, hatte seine Enttäuschung sich in Mordwünsche gewandelt. Manchmal fühlte er um diese gefahrvolle Stunde, daß er morden müßte oder verrückt werden würde. Das gab's bei Cooper nicht. Er empfand höchstens den Abstand zwischen Elliot Cooper und seinem idealen Ich – dies eine Wahnvorstellung aus *Mothers* Wunschkiste. Wenn einer Anlage zum Verrücktwerden hatte, dann war es Naomi. Was Cooper um diese fatale Stunde empfand, war eine halbbewußte Angst vor dem Nichts – vor einer Welt ohne Balken, Bankbücher, Konferenzen und Frauen. Die Hälfte dieser Angst hätte ihm schon gereicht, aber er war ein glänzender Rechner und wußte, daß die Hälfte von Nichts immer noch Nichts bleibt. Und natürlich brannten auch seine alten Wunden wie rasende Sonnen. Die Erinnerung daran, wie er als Schüler mit einer Hörhilfe im Ohr herumlaufen mußte, weil das Scharlachfieber sein Gehör und seine Augen angegriffen hatte. Bevor er seiner Mutter eingestand, daß er nicht richtig hören konnte, was die Lehrer sagten, war er zunächst einmal die Schande der Familie Cooper gewesen – ein Versager. Ohne Ehrgeiz und Ehrgefühl. Nachmittags um fünf war daheim Teestunde, und *Mother* hatte die Zeit der Entspannung und Erfrischung dazu benutzt, ihren behinderten Sohn nach seinen Tagesleistungen auszufragen und dann tödliche Vergleiche zu glücklicheren Schülern anzustellen. Diese Teestunden mußten sich dem erfolgreichen brillanten Fachmann für modernes Management so tief ins Bewußtsein eingegraben haben, daß Cooper nachmittags um fünf wieder zum verängstigten Schüler wurde. Wenn auch niemand auf diesen Gedanken gekommen wäre.

*Um fünf Uhr Nachmittag* sagte Carlos Sanchez zu seiner Sekretärin Rosa Martinez: »Das ist alles für heute. Viel Vergnügen für den Abend, Rosa! Adiós.«
›Er braucht mich nicht mehr‹, dachte die »Rechte Hand« jeden Nachmittag um diese Zeit. Rosa setzte sich in ihren kleinen Wagen und wollte endlich ihre fröhliche verschlampte Mutter auf den Hügeln von Caracas besuchen. Aber auf halbem Weg kehrte sie um und fuhr zu ihrem trostlos-ordentlichen, nach Leere und Insektentötern riechenden Mietzimmer. Das taten Tausende von einzelnen Sekretärinnen und Verkäuferinnen um diese fatale Stunde. Da sie nichts vom Abend

zu erwarten hatten, verfiel der Tag in Fäulnis, und die Hoffnung auf einen Gefährten der Nacht starb ab wie eine extravagante Tropenblüte auf einem Sarg. Rosa rieb sich die Stirn mit ihrem Zeigefinger, sagte in Gedanken Señorita Alvarez alles, was sie ihr nicht ins Gesicht zu sagen wagte, und hinkte zu dem einzigen Wandbild in ihrem möblierten Zimmer. Das Bild zeigte ohne surrealistische Zutaten den Heiland auf der Hochzeit zu Kana, wie ER das Wasser in Wein verwandelt. Er sah auf diesem alten, mit Stockflecken besäten Druck wie ein Portugiese aus und hatte eine gewisse Ähnlichkeit mit Rosas Vater, der das Bild nach Venezuela importiert hatte. Nur der strahlende Heiligenschein und das makellose weiße Gewand unterschieden den Gottessohn auf der »Hochzeit« von seinem ärmsten Ebenbild auf Erden: Rosas Vater.

›Wenn ich nur einen einzigen Tropfen von diesem Wein hätte‹, dachte Rosa. Vielleicht betete sie nicht genug? Vielleicht war sie zu lieblos zu ihrer Mutter? Vielleicht hatte sie zuviel Angst vor ihrem Bruder Enrico, wo doch ein Christenmensch nur Gottesfurcht verspüren sollte? Rosa machte hastig das Zeichen des Kreuzes. Aber vielleicht tat sie es zu flüchtig und noch zu sehr mit den Beleidigungen beschäftigt, die Pilar Alvarez ihr heute morgen zugefügt hatte. Die Schwägerin des Chefs beleidigte sie ständig – aber sie schien es nicht zu ahnen. Wenn Rosa ganz ehrlich mit sich war: sie verspürte mehr Furcht vor Pilar Alvarez als vor dem Teufel, der immer auf sie lauerte. In der Gestalt ihres Bruders Enrico, den sie vor einiger Zeit ins Gefängnis wandern ließ, weil sie den Liebesbrief von Teresa Sanchez in letzter Minute vernichtet hatte, statt ihn zu verkaufen. So konnte sie dem Anführer der Bande kein Schweigegeld für Enrico geben. Was würde er ihr nach seiner Entlassung antun? Rosa blickte auf ihre Armbanduhr, auf die sie stolz war. Ein Schweizer Werk. Señor Sanchez hatte die Uhr sogar zusammen mit ihr ausgesucht, da sie nichts von der Schweiz verstand. Pilar hatte die Stirn gerunzelt, als Rosa in das Auto des Chefs gestiegen war. ›Recht so‹, hatte Rosa gedacht. Sie war bereit, alle ihre Feinde zu lieben – mit Ausnahme von Pilar Alvarez.

*Um fünf Uhr Nachmittag* trank Pilar ihren Kaffee allein in der Villa Acacia, während Sanchez vom Büro aus zu Teresas Mutter nach La Guaira fuhr. Doña Isabellea Alvarez leitete dort einen Nachtclub *Der Palmenwald* und besaß ein Haus in den Bergen, wo Sanchez das Wochenende mit ihr verbringen wollte. Pilar fragte ihn nie, ob er bei diesen Wochenendfahrten den Nachtclub besuchte, und er schwieg. Aber hin und wieder mußte er im *Palmenwald* einen Abend verbringen, denn er hatte dort Rosa Martinez aufgestöbert. »Carlos ist einzig. Er holt sich seine Sekretärinnen aus einem Bordell«, hatte Juana Alvarez übers Telefon gesagt. Pilar hatte den Hörer auf die Gabel geknallt. Dafür bezahlte sie die Telefongespräche ihrer Tanten! Es war fünf Uhr Nachmittag gewesen ... O diese schreckliche Stunde! Teresa war um diese Stunde gestorben – von niemandem vermißt und von einem unbekannten *Yanqui* genarrt. *A las cinco de la tarde ...*

*Alle Uhren schlugen fünf*, als Consuelo Márquez in Mérida ein Plakat für eine Fischfirma malte, die keine Bolivares oder Dollars dafür zahlen würde, denn sie wollte Fischkonserven und nicht Cooper auf dem Plakat haben. Aber Consuelo malte Cooper. Er stand mit seinem sonnigen Lächeln und seiner Hornbrille zwischen zwei Fischen, die sich hochaufgerichtet links und rechts von ihm noch ihres Lebens freuten. Er trug einen riesigen venezolanischen Strohhut, einen grünen Schlips, kein Hemd, einen schwarzen Mantel, gestreifte Pyjama- oder Sträflingshosen und offene Sandalen an den bloßen Füßen, so daß man seine Hühneraugen zählen konnte.

Consuelos Arrangement war sozusagen ein Original-Plagiat, denn René Magritte hatte 1958 einen Herrn im schwarzen Mantel, schwarzer Melone, gebügelten dunklen Hosen und ohne sonniges Lächeln zwischen einem Riesenvogel und einem auf seinen Flossen stehenden Fisch gemalt. Aber Consuelo wußte so wenig von dem Surrealisten Magritte wie Rosa Martinez von Schweizer Uhren. Auf jeden Fall hatte Teresas beste Freundin den Mann Cooper zwischen zwei Fische plaziert – das machte im Ganzen dann drei Fische. Sie gehörte zu den Leuten, die zu gleicher Zeit Wunde und Messer sind, Opfer und Quäler, Fisch und Fleisch.

Plötzlich warf sie die Pinsel in die Ecke, weil sie den therapeutischen Effekt ihrer Arbeit anzweifelte. Dieses mit schwarzer Phantasie konzipierte Porträt war nicht Cooper. Sie hockte wie ein flügelloses Insekt auf dem Boden der Tatsachen. Wem lächelte Cooper jetzt zu?

*Um fünf Uhr Nachmittag* fischte Señor de Padilla nicht weit von Cooper entfernt im Paradies der Fischer am Orinoco. Er blinzelte zu dem *comisario* der amerikanischen Industrie hinüber und runzelte die Stirn. Es gab für seinen Geschmack zu viele Coopers in Venezuela.

Cooper hielt friedlich seine Siesta in der provisorischen Rasthütte am Ufer. Sein Begleiter hatte die Hängematte an zwei Palmen befestigt und hockte geduldig am Boden. Cooper hatte diesen Indio mit dem strengen Vogelkopf zusammen mit dem Kanu in Sanariapo gemietet. Ein Wellblechdach schützte das Boot vor der Sonne, und ein Blätterdach schützte Coopers wertvollen Kopf. ›Die *Yanquis* machen es sich bei uns bequem‹, dachte Señor de Padilla grollend. Sein Groll war nicht berechtigt, denn niemand hinderte irgend jemand, es sich in Venezuela bequem zu machen. Es war ein nationaler Zeitvertreib. Aber *Yanqui* Cooper hatte Padillas besonderen Groll aus verschiedenen Gründen erregt. Es waren gereimte und ungereimte Gründe, und Señor de Padilla hatte sie bis jetzt strikt bei sich behalten.

›Was braucht der Mensch schon zu seiner Zufriedenheit?‹ fragte Cooper sich träge. Eine geflickte Hängematte, ein Palmendach und einen Indio, der schweigt, weil er sich nichts mit dem *Gringo* * zu sagen hat. Freiwillige Schweiger gab es nicht in den USA. Dieser Indio war bewundernswert, wenn auch nicht so umgänglich, wie Cooper gewünscht hätte. Statt ihn gelegentlich zu unterhalten, kaute der Indio irgend etwas. Seine Backenmuskeln waren in ständiger Bewegung. Sein Körper dagegen war regungslos und latent geschmeidig, wie ein Jaguarleib vor dem Ansprung. Als Cooper endlich aufsprang, erhob sich der Indio im selben Moment und begleitete ihn ans Ufer zurück. Er wurde dafür bezahlt, die unwissenden *Gringos* zu beschützen – vor Raubfischen, vor der Nachmittagssonne, vor Menschen mit bösen Absichten: Dieben, Mördern, Jägern.

Cooper fotografierte das Niemandsland am Fluß. Die Distanz von den Wolken zu den Fischen, drei schwimmende Schildkröten, das Waldlabyrinth am anderen Ufer. Schade, daß man die Stille nicht knipsen konnte. Als Cooper seinen Begleiter als Sinnbild dieser Stille aufnehmen wollte, drehte dieser ihm sofort den Rücken zu. Ein Abbild wurde Unglück über ihn und den ganzen Stamm bringen. Jeder am Orinoco wußte das – bis auf diesen *Gringo*. Er sah trotz seiner »Doppelaugen« nichts. Brillen brachten auch Unglück. Deswegen hielt Zongo sich in vorsichtiger Entfernung.

Cooper knipste verstohlen Señor de Padilla: die perfekte Imitation eines Ölgötzen. Der *Señor* saß allein am Ufer und fischte mit Hingebung. Trotzdem hockte der Schatten seiner verprügelten Ehefrau

* Ausländer

hinter seinem mächtigen Rücken und erschreckte die Fische. Die Fische im Orinoco waren noch vorzeitlich orientiert: sie wußten nichts von den Wolkenkratzern, Radarschirmen und dem Fernsehbetrieb der venezolanischen Städte. – Señor de Padilla träumte im Augenblick von wilden Orchideen und von Freiheit und Würde ohne zuviel Arbeit. Diese *Yanquis* zerstörten nach und nach den Frieden der Natur und der Venezolaner. Er merkte nicht, daß Cooper ihn mehrere Male aufnahm. Vielleicht würde dieses Abbild Naomi amüsieren? Señor de Padilla trug einen mit Fischen bedruckten Pyjama, hohe Wasserstiefel und den landesüblichen Strohhut von der Größe einer Sonnenuhr. Der Kopf des Hutes hatte in der Mitte ein Loch, das der Señor mit einem Grasbüschel zugestopft hatte. Kein Zweifel, dieses Ehepaar zeigte sich der staunenden Mitwelt in eigenwilligen Verkleidungen. Aber bald würde der Abend alle Masken und Kostüme verschlucken, und die Delphine im Fluß würden ihre seltsame Blasmusik beginnen. Die Töne erinnerten Camilo de Padilla regelmäßig an die Posaunen des Jüngsten Gerichts – jene geheimnisvollen Instrumente der göttlichen Gerechtigkeit. Bis jetzt allerdings noch aus weiter, weiter Ferne! Sollten die Delphine ruhig weiter musizieren, bis jetzt hatte Padilla seine Frau nur zurechtgewiesen, aber noch nicht ertränkt. Er hatte sie im Hotel Amazonas zurückgelassen, um nicht in Versuchung zu geraten. In seiner eigenen Weise war er ein angstvoller Christ.

Er blickte düster in den weiten glühenden Himmel. Bald würden die Sonnenstrahlen über dem meergleichen Fluß wie Blutgerinnsel triefen. Sein Kopf schmerzte. Fünf Uhr Nachmittag war die gefährliche Stunde zwischen Gegenwart und Vergangenheit, die ineinanderflossen und ihm den Verstand verwirrten. Außerdem besaß Padilla das zweite Gesicht, und was er um diese Stunde erblickte, war auch nicht gut. Eine Filmvorführung des Teufels. Er sah wieder einmal die Leiche seiner Frau auf den ockergelben Fluten des Orinoco treiben. Ihr Kopf verschwand im Rachen eines Krokodils. Knochen knirschten. Nur Annas Zopf ringelte sich verloren auf den Wassern, die sich durch ihr Blut oder die untergehende Sonne röteten. Blut war immer rot, ob die Menschen weiße, schwarze oder braune Haut hatten. Padilla scheuchte die Vision wie einen Moskitoschwarm mit seinen großen Händen von sich fort. Aber nun hatte er wenigstens wieder einen saftigen Brocken zu beichten.

Ob der *Yanqui* etwa seine Gedanken lesen konnte? Was hatte Anna

diesem verdammten Ladykiller zugeflüstert? Padilla hatte es trotz einer Doppelportion Prügel und Drohungen nicht aus ihr herauslokken können. Hatte sie dem Americano etwa verraten, daß er in seiner Jugend wegen eines Totschlagversuchs im Gefängnis gesessen hatte? Camilo sah noch jetzt die grinsende Fratze jenes Aufsehers, der ihn in den Minen schikaniert hatte. Und dabei war *Black Power* längst das Losungswort der Zeit. Padilla mit seinem mächtigen Körper, den wilden schwarzen Locken und den glühenden Augen entsprach diesem Leitbild. Aber seine engstirnige, verwelkte Frau hielt immer noch ihre weiße Haut für etwas Besseres und hatte zu Anfang versucht, Camilos afrikanische Mutter wie eine Dienerin zu behandeln. Nur da hatte sie nicht mit Señora de Padilla gerechnet. Diese Dame war ein Koloß mit dem Temperament einer Tigerin. »In den Fluß mit der kleinen Matratze!« hatte sie geschrien. Danach hatte Anna sich auf ihre Manieren besonnen und zitterte seitdem vor ihrer Schwiegermutter. Padilla dachte: ›Die hat es nötig, auf uns herabzusehen.‹
Hatte er als junger Mann Zeit gehabt, lesen und schreiben zu lernen? *Mama mia!* Er hatte seinen mächtigen Rücken beugen müssen, um das Eisenerz aus dem Cerro Bolívar herauszuholen. Dort, wo der Caroni-Fluß und der Orinoco zusammenfließen, war das Erz entdeckt worden, und eine neue Industrie war entstanden. Die *United States Steel Corporation* hatte sich darauf gestürzt und schöpfte sozusagen den Rahm von dem Eisenerz ab. Wie Camilo den Cerro Bolívar noch heute haßte! Er brach Rücken und Geist eines Mannes. Camilos europäischer Vater war auch ein Opfer des Bergwerks gewesen. Ja, ja, die *Yanquis* machten zuerst das große Geschäft. Viel später erst folgte die venezolanische Regierung und heute die neue *Sanchez-Bergwerkgesellschaft*. Camilo de Padilla starrte in den Fluß. Er hatte Glück gehabt. Er war dem Berg entronnen. Er hatte endlich in der Lotterie gewonnen. Eine enorme Summe für einen armen Arbeitsesel, der mit glühendem Neid auf die Ausbeuter in ihren Cadillacs gestarrt hatte. Heute war er selbst ein Kapitalist, und das fand er in der Ordnung. Er hatte Aktien der *Orinico Mining Company* kaufen können. Das hatte ihm sein sterbender Vater geraten. »Gib das Geld nicht für flüchtige Genüsse aus, Sohn!« Vater Padilla hatte Camilo mit seinem letzten Atem die Natur von Aktien erklärt. »Papierkaninchen, die sich von selbst vermehrten. Ein Wunder des Allmächtigen! Ein Stückchen Papier, mein Sohn, das kein Futter braucht, aber trotzdem Macht und Würde verleiht. Ein Stückchen Papier!« Erst nach dieser Erklärung,

der Camilo angespannt gelauscht hatte, durften die Sterbegebete für seinen Vater beginnen. Pater Gonzales von der Mission hatte Camilo beschworen, das Vermögen, das er im Schlaf mit der Hilfe seines Schutzheiligen gewonnen hatte, gottgefällig zu verwenden. Für die Kirche, für die Mission, für die vielen Armen und die Bettler, die sich in Venezuela, Gottes »kleinem Venedig«, wie Moskitoschwärme vermehrten. Camilo hatte der Ermahnung finster gelauscht und dem Pater nach beträchtlichem Zögern eine Summe für das Seelenheil der Padillas gegeben. Einmal und nicht wieder, denn niemand gewann zweimal in der Lotterie! Er war mit *Mamacita* aus der Familienhütte in ein Steinhaus nach Puerto Ordaz übergesiedelt und hatte mit Freuden beobachtet, wie die Lastwagen das Eisenerz ohne ihn in den Hafen zum Verladen brachten. Dort in der großen Hafenstadt hatte er Anna kennengelernt.

Padilla wollte nicht weiter daran erinnert werden und betrachtete wieder den *Yanqui* Cooper. Da er grundsätzlich das Schlechteste von Unbekannten annahm – auch dies war ein Grundsatz seines seligen Vaters –, betrachtete er den Americano als einen der vielen fremden Ausbeuter, die Venezuela höchstpersönlich der heimischen Bodenschätze, Öl und Eisenerz, beraubten. Sie taten nur so, als ob sie faulenzten. In Wirklichkeit rechneten sie die ganze Zeit und arbeiteten mit ihrem verdammten Maschinengehirn. Der Arbeitseifer dieser *Yanquis* und anderer Ausländer war Señor de Padilla ein Greuel. Diese Leute hatten keine Ahnung von der Bedeutung der *Siesta*.

Padilla erhob sich und ging zu Cooper hinüber. Dieser spürte den gewaltigen Schatten im Rücken und drehte sich um. Padilla blickte düster auf ihn hinab und fragte: »Was hat meine Frau Ihnen im Hotel Amazonas gesagt?«

Cooper war erstaunt. Er blinzelte den heftigen schwarzgelockten Riesen von der Seite an und entschied, daß mit dem nicht gut Melonen essen sei. »Wollen Sie nicht Platz nehmen, Señor?« fragte er wie bei einem Empfang in Caracas.

»Was haben Sie mit meiner Frau zu schaffen? Ich überraschte Sie in intimer Unterhaltung. Erinnern Sie sich, *Mister*? Ja oder nein?«

»Ihre Frau suchte ein Taschentuch, Señor.« Cooper log nie, wenn die Wahrheit ebenso dienlich war.

Padilla riß seine glänzenden schwarzen Augen auf, in deren Pupillen sich eine wilde Welt spiegelte. »Warum wollte sie ein Taschentuch-Gespräch mit Ihnen führen, *Mister*?«

»Ich weiß es wirklich nicht, Señor! Und, offen gestanden, es interessiert mich nicht.«
Coopers Ton erweckte ein dunkles, staubgeborenes Echo in Señor de Padilla, stolzem Besitzer von Aktienpaketen, einem Bankkonto in Puerto Ordaz, einem Haus mit einem heilen Dach und einer Frau aus Europa. Lädiert, aber immerhin noch weiß – ein Gegenstand der Bewunderung von altmodischen Mulatten. Coopers Ton – höflich, aber eiskalt und unverschämt überlegen – war dem *Señor* einmal ins Ohr gedrungen und hatte ihn gejuckt. Ein Yanqui-Ingenieur vom Cerro Bolívar hatte so gesprochen. Es war ein Kunststück, den kalten Ton in die musikalische spanische Sprache hineinzuzaubern. Für Padilla war diese Sprechweise ein eisiger Guß über den nackten Rükken – erschreckend und hassenswert. Aber er hatte zu oft und zu lange seinen mächtigen Rücken beugen müssen, und so änderte er blitzschnell seine Taktik. Er würde sich ein anderes Mal an Cooper rächen. Jetzt beugte er sich zu ihm herab und flüsterte ohne eine Spur von Wut oder Angriffslust: »Manche Männer sehen schweigend zu, was ihre Frauen treiben. Ich gehöre nicht zu der Sorte. Nehmen Sie den Rat eines Freundes an, *hombre*. Meine Frau ist Ihrer nicht würdig. Alle Gründe aufzuzählen, würde zu weit führen. Nur dies: ihre Mutter starb nicht daheim in ihrem Bett, wie vornehme Leute es tun. Und meine Frau selbst – *o dulce sangre de Christo*. Sie war Prostituierte in Puerto Ordaz.«
»Oh«, sagte Cooper. Scherzte Señor de Padilla? Aber nein! Sein rundes dunkles Gesicht war ernst und dabei drollig hoffärtig. »Señora de Padilla gehört zum Strandgut in Venezuela«, sagte er verächtlich. »Die politische Flut in Osteuropa schwemmte sie mit vielen anderen an diese glücklichen Ufer. Diese Person hatte nichts als ihre paar Lumpenkleider und ihre Spielkarten. Die Bordelle in Puerto Ordaz mögen bescheidenen Ansprüchen genügen, Herr. Aber sie sind keineswegs erstklassig. *Madre de Dios!* Ich vermute, Sie sind aus den Staaten Besseres gewöhnt. Meiden Sie die Gesellschaft von Señora de Padilla! Ich rate Ihnen gut.«
Cooper schwieg verblüfft. Señor de Padilla sprach über seine Frau wie über eine völlig Fremde, was sie wahrscheinlich für ihn auch war.
»Ich erbarmte mich dieser Person und setzte ihrem würdelosen Zeitvertreib ein Ende. Eine bescheidene christliche Tat, Señor. Wie bereits mit Kummer erwähnt: sie tat es für Geld. Trotz ihrer Spielkarten und Taschentuchsammlung.«

Er verbeugte sich vor Cooper, stieg befriedigt in sein Kanu und paddelte davon. Cooper sah ihm nach. Er hatte sich am Orinoco das Wundern abgewöhnt. Trotzdem erstaunte ihn der plötzliche Freimut dieses korpulenten Wüterichs. Alles war so ungereimt wie ein bärtiges Baby oder eine hinkende Ballettänzerin. Wer war Padilla? Cooper beschloß in diesem Augenblick, seinen Freund Gilbert Preston von der *United States Steel Railway* in Puerto Ordaz um Auskunft über Camilo Padilla zu bitten. Die Bahn verband Cerro Bolívar mit dem Hafen, und Preston kannte die Linie und die Leute seit vielen Jahren. Er war einer der *Norteamericanos*, die sich in Venezuela mit Weib und Kindern festgesetzt hatten. Cooper wußte nicht recht, warum er sich solche Mühe um Padilla machte, aber sein Instinkt riet es ihm. Er erinnerte sich plötzlich, den Namen *Camilo de Padilla* in einer Zeitung in Ciudad Bolívar gelesen zu haben, aber der Zusammenhang war seinem Gedächtnis entglitten. Geschäfte? Aktien? Verdienstmedaille? Totschlag? Cooper grübelte. Er wußte nur eins: der Zeitungsartikel hatte sich nicht mit bescheidenen christlichen Taten beschäftigt.

Cooper war plötzlich sehr schläfrig und fühlte, daß er wach sein sollte. Aber er war ausgeleert, erschöpft durch die Erfahrung mit Padilla, weil sie unverständlich und störend gewesen war. Padilla war wie eine jener Abgottschlangen, die sich um die Äste großer Urwaldbäume winden und alle möglichen Lebewesen töten und verschlingen. Natürlich konnte Padilla ihn, einen ausgewachsenen Mann mit den Instinkten westlicher Vorsicht, nicht verschlingen. Aber Cooper hatte sich selten so unbehaglich gefühlt wie in Gegenwart dieses Riesen, der so plötzlich von heller Wut auf falsche Freundlichkeit umschaltete. Was um Himmels willen hatte er über Padilla gelesen? Er war so erschöpft, daß seine immer rege Aufmerksamkeit wie ein Stein in den Fluß sank. Vielleicht gab es zu viele kleine, unverständliche Welten in der Welt Lateinamerikas zwischen undurchdringlichen Wäldern und den Riesenflüssen? Padilla und seine bezopfte Ehefrau. Der Indio Zongo und sein unsichtbarer Stamm, seine Tabus, seine abergläubischen Bräuche, die er in seiner Hüttenwelt am Rand der Zivilisation zurückließ. Hatte er ein Schlafmittel in seinen, Coopers, Fruchtsaft getan? Warum? Er war immer besonders freundlich zu Zongo, aber vielleicht mißfiel dem halbnackten Schweiger seine Freundlichkeit, wie Padillas Honigrede ihm selbst mißfallen hatte? Auch darüber konnte er erst nachdenken, wenn er die Müdigkeit losgeworden war.

Er ahnte dunkel, daß seine eigenen Waffen – Schlagfertigkeit, Gewandtheit, pragmatischer Verstand – in einer Welt der Urwälder und Ströme machtlose Spielzeuge der Zivilisation waren und ihn nicht vor Gefahren bewahren konnten. Gefahren? *Wie* irrational konnte ein Fachmann des industriellen Fortschritts in diesem Winkel am Orinoco werden? Cooper beobachtete halb betäubt von der drükkenden Schwüle einen zarten, weißen Flußreiher, der ihn flüchtig an Naomi erinnerte. Dann schloß er die Augen und sank ins Gras. Er war am Rande des Bewußtseins. Am Rande einer großen Dunkelheit um fünf Uhr Nachmittag . . . Zuviel Natur und Stille? Zuviel neue Tiere, Symbole, Bedrohungen?

Plötzlich packte jemand seinen Arm heftig, und sein Körper wurde mit Gewalt zur Seite geschleudert. Der Schock machte ihn hellwach. Schweißperlen sammelten sich auf seiner Oberlippe, sein Herz klopfte, und er fühlte, daß er schreien wollte und nicht konnte. Es war ein Alpdruck, oder er spielte in einem Film mit. Er wollte fluchen und den Indio verprügeln, denn es war Zongo, der ihn mit ungeahnter Kraft von dem Platz gezerrt hatte, an dem Cooper soeben noch schlafen oder fischen wollte. Aber dort, im Ufergras, hatte sich ein langer, spitzer Pfeil in die Erde gebohrt. Er mußte für ihn bestimmt gewesen sein und hätte ihn durchbohrt, wenn Zongo nicht die Gefahr erkannt und blitzschnell gehandelt hätte. Cooper atmete gequält, und seine Augen füllten sich langsam mit Tränen oder Blut. Seine Brille war neben seine Kamera geflogen. Natürlich rührte Zongo sich nicht. Er war bereit, dem einfältigen Gringo das Leben zu retten – dafür bezahlte ihn das Hotel –, aber Coopers Doppelaugen berührte er nicht.

»Was war das?« fragte Cooper auf spanisch. Zongo verstand soviel Touristen-Spanisch, daß er den Job ergattert hatte. Aber auf dumme Fragen antwortete er nicht. Der Pfeil im Gras sprach von tausend Toden – viel wahrer und spitzer als die Zunge eines Mannes. Der Gringo griff in seiner unbegreiflichen Neugierde nach dem Pfeil, und wieder riß Zongo seine Hand zurück. »Vielleicht Gift. Vielleicht kein Gift«, erklärte er dem Großen Fluß. Jetzt war der Gringo schneeweiß und zitterte wie ein Huhn, das den Pfeil bereits im Hals stecken hat. Er blickte halb betäubt umher, aber alles schwamm vor seinen Augen, und er setzte sich stumm ins Gras. Lief nicht jemand in der Ferne davon? War der Pfeil vom Fluß aus einem Kanu auf ihn zugeflogen oder vom Gipfel einer Riesenpalme? *Wer* hatte ihn geschleudert? Zufall? Oder böse Absicht? Wer konnte ihn, Cooper, so hassen, daß er ihn nachmittags um fünf umbringen wollte? Dieser Gedanke war ihm unerträglich, denn die Illusion seiner allgemeinen Beliebtheit wurzelte tief. ›Ich habe Fieber‹, dachte er verschwommen. Oder er war noch verrückter als Naomi, die den Mann Bonnhoff in dieser Gegend vermutete. Oder vielmehr seinen Schatten.

Cooper betrachtete die Einbildungskraft als die Wurzel aller Verirrungen. Sie verwandelte Tatbestände in Scheinwelten von schrecklicher und erschütternder Schönheit oder in eine Wüste ohne die Früchte des Lebens. Naomi lebte in dieser Wüste – in einem verschollenen Berlin, zwischen Marionetten, die »Bonnhoff« tanzen ließ, wie es ihm paßte. Das hatte ihr Überschuß an Phantasie bewirkt. Aber Coopers Feind existierte, und der Pfeil im Ufergras war wirklich. Er rang um Fassung, trank seinen Fruchtsaft und fühlte sich besser. Vielleicht war der Pfeil für Zongo bestimmt gewesen, oder für einen Vogel, für einen karibischen Raubfisch? Er, Cooper, war beliebter als alle anderen Burschen seiner Bekanntschaft. Auch Fräulein Moll suchte jeden abend seine Gesellschaft, ob sie es zugab oder nicht. Er wollte so schnell wie möglich nach Puerto Ayacucho zurück. Im Hotel Amazonas gab es zwar das Ehepaar Padilla, aber man warf nicht mit vergifteten Pfeilen nach den Gästen.

Cooper starrte in den Himmel, der sich gleichmütig über Mensch, Tier und Fluß wölbte. Zongo rührte sich nicht und wartete die Befehle des Gringos ab. Cooper wollte ihm anerkennend die Schulter klopfen, aber Zongo wich instinktiv vor seiner Berührung zurück. Also nicht. Er würde ihm zum Abschied die ersehnte Taschenlampe schenken . . . Und Glasperlen für ein Mädchen. Sicher hatte Zongo ein Mädchen. Alle hatten eins, bis auf Cooper. Woran lag das? War sein Leben zu einseitig? War Naomi zu kompliziert? Klebten die Lehren seiner Mutter zu fest an ihm? Lachte, sang, tanzte er zuwenig? Hatte er verlernt, wie man Frauen glücklich macht? Naomi war am Anfang glücklich mit ihm gewesen. Dann war alles zerbrochen: Liebe, Vertrauen, der zeitlose Zustand der Zufriedenheit. Die letzte Frau, die an ihm gehangen hatte, war Teresa Alvarez gewesen. Aber da war er lieber allein. Alle Tage und alle Nächte!

Cooper putzte seine Brille und sah die Welt am Fluß wieder mit präziser Schärfe. Soeben tauchten ein alter Mann und ein junger Indianer von irgendwoher auf und ließen sich weit von Cooper zum Fischen nieder. Der Alte war unverkennbar ein weißer Mann. Cooper sah genau sein großes rotes Gesicht, die starren, hellblauen Augen, wirres

weißes Haar unter einem uralten Panamahut und einen mächtigen, schlaffen Bauch. Der Indianer warf sein Netz mit klassischer Anmut in den Fluß, aber der alte Mann, der eine Angel in der zittrigen Hand hielt, summte nur versunken vor sich hin. Der Fluß war in Bewegung geraten. Grünes Licht lag über dem ockergelben Wasser, und die Fische glänzten wie Glas. Sie tauchten auf und versanken wie flinke Träume. Nur die gefangenen Fische zappelten schwach in den Netzen und wechselten die Farbe – wie alle Gefangenen.
»*El viejo*«, flüsterte Zongo. *El capitán!*«* Zongo brachte öfters die Gringos in dieses Paradies der Fischer und schien den Alten zu kennen. Er wurde auch *alienado*** genannt. Cooper fragte, aus welchem Land der Alte nach Venezuela gekommen sei, doch das wußte Zongo nicht. Der Alte sang jetzt, aber man konnte aus der Entfernung die Worte nicht verstehen. Sonst hätte er verstanden: »Das war in – Schöneberg – im Monat – Mai . . .«
Cooper bestieg sein Kanu, ohne sich noch einmal nach dem Fremden umzusehen. Er hatte eine Entdeckung gemacht, aber er wußte es nicht. Durch Zufall war ihm ein Mann greifbar nahe gewesen, den die deutschen Behörden seit gut drei Jahrzehnten in Südamerika suchten: *Carl Friedrich* (Fritze) *Bonnhoff*, ehemaliger Sturmbannführer von Himmlers Gnaden, geboren in Potsdam, zuletzt wohnhaft in der Tiergartenvilla eines Bankiers im braunen Berlin. Ja, da saß Bonnhoff, der *aliendo*, am Orinoco und sang sich eins! Er war kein Produkt von Naomi Coopers Phantasie. Er war so wirklich wie Coopers Brille und der Pfeil im Gras. Bonnhoff war jetzt so alt, daß er nach Schöneberg (im Monat Mai) zurückwanderte und das Horst-Wessel-Lied vergessen hatte. Gewiß, die Zeit packt alles in einen grauen Sack: alte Zeitungen, alte Kriege, alte Lieder und den ganzen Gefühlsmüll der Vergangenheit. Aber Gefühle waren zäh wie Schweinsleder, alte Lieder waren aufdringlich; und auch vergessene Schlagzeilen sprangen manchmal aus dem Sack und konnten jemand nach dreißig Jahren totschlagen – wo immer er sich versteckte. Aber der schlimmste Feind eines Flüchtlings ist und bleibt der Zufall. Er ist zwar flüchtig wie Gas, aber voll verborgener Ironie. So hatte die Journalistin Moll den alten Bonnhoff vor zwei Jahren in Venezuela gesucht, ohne ihn zu entdekken. Cooper hatte *el viejo* um fünf Uhr Nachmittag entdeckt, ohne

* Der Alte. Der Kapitän.

** Fremder, Entfremdeter, Verrückter.

ihn zu suchen. Er hatte ihn im nächsten Augenblick vergessen. Viel später erinnerte er sich an ihn. Und später ist meistens zu spät.

*Um fünf Uhr Nachmittag* erhielt die Journalistin Carla Moll im Hotel Amazonas endlich einen Brief von Carlos Sanchez aus Caracas. Sie öffnete ihn so hastig, daß sie den Umschlag zerriß. Sie las den Brief zweimal, weil sie in der Erregung ihr Spanisch brockenweise zusammensuchen mußte. Dann sagte sie laut: »Das ist doch nicht wahr!«

ZWEITES BUCH

# Alle Engel sind fortgewandert

# Carla Molls Exil

*Der Berg bedarf des Berges nicht.*
*Aber der Mensch braucht den Menschen.*
Spanisch

I

WENN ICH ABENDS NICHTS BESSERES ZU TUN HABE, BETRACHTE ICH MICH im Spiegel. Nicht etwa, um meine Schönheit zu bewundern, sondern um Carla Moll kennenzulernen. Bekanntlich lügen Spiegel nicht; keinesfalls so oft und dumm wie der Mensch. Da der Spiegel die Wahrheit spricht, macht er sich reichlich unbeliebt; warum spiegelt er seinen Kunden nicht vor, was sie sehen wollen? Gewisse Leute verhängen oder zertrümmern ihre Spiegel, um sich durch diese kindliche List die langsame Zerstörung ihrer Fassade zu verheimlichen. Misch dich nicht schon wieder in fremde Angelegenheiten, Moll! Bekommt dir immer schlecht.

Bis jetzt schminke ich mich vor der Selbstbespiegelung noch gewissenhaft ab. Ich trete forsch aus dem Dunkel meiner Traumfabrik ins Licht der Wahrheit. Ja, da sehe ich allerhand . . . In tollkühner Stimmung versuchte ich neulich, mich mit den Augen der anderen zu sehen. Zum Beispiel: wie Mutter mich sieht. Oder Chefredakteur Wendt. Die Kollegen Locker und Hanns König. Ale können großartig ohne mich leben. Warum? Ich war weder wegen Diebstahl im Kittchen noch habe ich ansteckende Krankheiten. Trotzdem verbringe ich meistens meine Tage in prächtiger Isolierung. Und dabei bin ich genau so kontakthungrig wie alle anderen. Die menschliche Gesellschaft hat eine merkwürdige Anziehungskraft, obwohl sie aus ziemlich unerfreulichen Typen besteht. Gleichgültig, eitel, rachsüchtig, egozentrisch und was weiß ich. Und trotzdem wünscht man sich Bande mit

der Bande. Aber die Besseren wollen mich nicht, und die Schlechteren will ich nicht. Mutter sagt, ich hätte mich in den letzten zwei Jahren zur sauren Gurke entwickelt. Sie hat's nötig. Vielleicht war ich mit Sanchez auf der Insel Margarita zuckriger als mit Mutter? Jedenfalls bin ich augenblicklich die entbehrlichste Person zweier Kontinente. Seitdem Locker und König getrennt auf Humboldts Spuren wandeln, haben sie mich anscheinend total vergessen. Ich werde es überleben, aber es ärgert mich.
Ich bin, wenn mich nicht alles täuscht, ein Sklave meiner Erinnerungen. Da ist Sanchez anders. Er ist Herr über seine Erinnerungen. Wenn sie ihm nicht passen, schiebt er sie ab. Wie mich.
Ob man im Hotel Amazonas schneller vergessen wird als im Berlin-Hilton? Nicht anzunehmen. Hier wie dort lungern Papageien, kopflose Hühner und bunte Hunde herum. Was die Kollegen wohl jetzt am Orinoco treiben? Wenn Locker mir wenigstens seine Notizen zur Bearbeitung schicken würde! Dann hätte ich was zu tun. Was dieser Gelehrte zusammenschreibt, kann man bei aller Ehrfurcht vor den Tatsachen den Lesern nicht zumuten. Sein Stil ist trocken wie venezolanisches Steppengras.
Weiß der Himmel, warum ich hier nicht schreiben kann. Wendt wird rasen. Wozu zahlt er mir soviel Geld.
Ob Locker indessen von Termiten zerfressen wurde? Oder knabbern diese Viecher nur Holz an? Da fällt mir ein: Locker wollte mich mal heiraten. Ich war damals neunzehn und in Berlin. Aber kurz vorm Kopfsprung in die Ehe überlegte er sich's noch einmal und erklärte meiner Freundin Lotte in der Universität, ich fragte den Leuten Löcher in den Bauch. Eine bessere Vorbereitung für den Beruf der Journalistin gibt es nicht, aber damals studierte ich noch Philosophie. Lotte teilte mir Lockers Liebeserklärung umgehend mit, was ihre Pflicht als meine beste Freundin war. Trotzdem nahm ich es ihr übel. So ist der Mensch! Wir wollen offenbar doch nicht, daß unsere Freunde unser Bestes im Auge haben. Lotte fürchtete damals, ich hätte einen Vaterkomplex, und Professor Locker sollte mir meinen Papa ersetzen. So was konnte sich nur 'ne Studentin der Psychologie ausdenken. Komischerweise bleibt mein Vater mir unersetzlicch. Jedenfalls bewahrte Lotte mich vorm Heiraten. Dabei wollte ich damals gerade das. Hauptsächlich, um ohne Szenen von Mutter loszukommen. Das fiel Lotte nicht auf. Wahrscheinlich hatte sie das Kolleg über Motivierungen verschlafen. Heute gratuliere ich mir, daß es mit

Locker nichts wurde. Man weiß nie, woran man mit ihm ist. Er denkt sich sein Teil im Flüsterton. Nie würde er einer Frau die Wahrheit ins Gesicht sagen. Willy Locker meckert lieber so lange leise und höflich vor sich hin, bis man alles durch seine Kuriere erfährt.
Da kann man nichts machen. Über Umgangsmethoden läßt sich so wenig streiten wie über Steuern oder persönliche Niederlagen. Zum Schluß nimmt man alles als unabänderlich hin.
Lotte ist längst verheiratet. Klar. Unsere Psychologin wäscht jetzt Kurt Sommers Socken, oder sie bessert seine Hemden aus. Sie sagt, niemand zerreiße soviel Textilien wie Kurt, und niemand habe so eine neurotische Abneigung gegen alte Sachen. Mir soll's recht sein! Lotte ist übrigens nicht mehr so mitteilsam wie früher. Vielleicht weil Kurt so gern redet. Trotzdem sagt sie mir immer noch mit der alten Ehrlichkeit ins Gesicht, was sie im Augenblick von mir denkt. Und das ist jedesmal was anderes. – Sanchez sagte mir auch immer ins Gesicht, was er von mir dachte, und das war auch jedesmal was anderes. Und als er mich vor zwei Jahren aus seinem Haus auf der Insel Margarita hinauswarf, da sagte er mir ebenfalls haargenau, warum und wieso. Er sah aus wie ein in Wut geratenes Denkmal. Der kalte Schweiß bricht mir aus, wenn ich daran denke. Und in schlaflosen Nächten höre ich wieder seine Stimme: »Bestellen Sie Ihrem Berliner Auftraggeber, daß Carl Friedrich Bonnhoff vor Jahren in geistiger Umnachtung unter falschem Namen in Venezuela gestorben ist.« Dabei starrte Sanchez mich an wie der Sohn der Medusa, falls die einen hatte. »Sie haben sich in mein Haus eingeschlichen, Fräulein Moll! Sie wollten meinen ehrlichen Namen der Sensationspresse preisgeben. Wenn Sie sich mir oder meiner Familie noch einmal nähern sollten, werde ich Sie als lästige Ausländerin ausweisen lassen. Ist das klar?«
Noch klarer ging's beim besten Willen nicht. Nur Sanchez kann man nichts klarmachen. Er ist unversöhnlich. Er notiert Sünden auf Marmorplatten. Ziemlich kostspielige Sache, aber er kann sich's leisten. Und ich Idiot schickte ihm vom Orinoco mein Minibuch *Caracas für Anfänger*, spanische Ausgabe.
Warum bin ich nicht mit Cooper zum Fischen gefahren? Er wollte alles zahlen, auch den Rum, den er verabscheut. Er lud mich allerdings im letzten Augenblick ein, hatte wohl noch mit sich gekämpft. Vielleicht hätte ich in Sanariapo noch was entdeckt, worüber ich schreiben könnte. Wenn Wendt wüßte, wie ich meine Chancen vernachlässige!

Das muß am Klima liegen. Als ich Cooper absagte, muß ich gedacht haben, meine eigene Gesellschaft genüge mir. Da lächelt sogar die Person im Spiegel. Ich sehe sie mir sehr objektiv an, aber erblicke trotzdem nur einen lädierten Engel. Außenstehende sehen Fräulein Moll als muntere Bestie. Soll'n sie! Nur nicht bemitleidet werden! Cooper meint, meine Anbeter ständen in Berlin Schlange, und ich tue nichts, um ihn von dieser Meinung abzubringen. Wahrscheinlich kennen mich die Leute zu flüchtig, um den Engel zu entdecken. Nur Sanchez war gerade im Begriff ... Aber da platzte die Bombe. Ich kenne mich nicht sehr genau, obwohl ich nun dreißig Jahre in nächster Nähe mit mir lebe. Selbst vorm Spiegel entschlüpfe ich mir immer wieder wie ein Fisch. Fische sind eben schlüpfrig. Will man sie fangen, schießen sie hohnlachend in den Orinoco. Nur der Schwanz wippt noch eine Sekunde über Wasser.
Es muß einen Grund haben, daß alle Leute mich vergessen, sobald ich außer Sehweite bin. Offenbar mache ich nur auf die Netzhaut Eindruck. Nicht mal Cooper läßt etwas von sich hören. Dabei lauerte er jeden Abend auf mich und bezahlte regelmäßig, wenn auch ungern, meinen Alkohol. Er ist nicht der Schlechteste. Menschenfreundlich. Sanchez könnte von ihm lernen. Tut er aber nicht. Ich finde es nett, daß Cooper bis auf sein Scheckbuch alles mit einem teilen möchte: seine Eindrücke, seine Gedanken, seinen Geschmack und, wenn möglich, sein Bett. Vielleicht sogar seinen geheimen Kummer, wenn er sicher wäre, daß ich ihn nicht auslachen würde. Und dabei finde ich es durchaus nicht zum Lachen, daß seine Frau ihm nie schreibt, wo er doch ständig auf Post von ihr lauert. Aber wenn wirklich mal ein Brief von ihr kommt, ist er verstimmt.
Ich sage zu der Person im Spiegel: Du hast's weit gebracht, Moll. Herzlichen Glückwunsch! Sanchez läßt dir durch seine Tippeuse für die Zustellung deines Minibuches danken und wünscht angenehme Wochen in Venezuela. Unterzeichnet von Rosa Martinez, Privatsekretärin. Ein wahres Wunder, daß er das Buch nicht einfach zurückgeschickt hat. Lohnte wohl nicht die Mühe. Ob er mit der Martinez schläft?
Warum habe ich so viel Pech? Ich sehe doch ganz gut aus. Gibt sogar Mutter zu. Ich hab' naturblondes Haar und 'ne tadellose Figur. Ich sollte an Lottes Hüften denken und jubeln. Statt dessen examiniere ich mich brutal im Spiegel und benutze in masochistischem Übermut eine grelle Taschenlampe. Nichts zu machen: die Person im Spiegel

ist brummig, blaß und unsympathisch. Um mich zu ärgern, sieht sie in diesem Augenblick wie fünfunddreißig Jahre und fünf Sekunden aus. Was sollen die dunklen Schatten unter den Augen? Wenn wir uns nicht sehr irren, haben wir doch kürzlich keine tolle Nacht mit Sanchez verbracht. Da lachen sogar die Haifische!

Lach ruhig mit, Moll. Immer noch das Schlaueste, was du tun kannst. Nimm endlich Vernunft an, Mädchen. Sei dankbar für das, was du hast. Du hast eine eiserne Gesundheit; hast also noch mindestens vierzig bezaubernde Jahre vor dir, ehe du ins Gras beißt. Beruflich bist du drei Treppen raufgefallen. *Caracas für Anfänger* war gar nicht so eine Schnapsidee, wie man dachte. Nach meiner Abreise von der Insel Margarita hatte ich in Caracas viel Zeit zum Rumschnüffeln. Ich lebte im Exil. Und in der Verbannung sieht man offenbar zehnmal so scharf und so viel wie sonst. Man ist jemand ohne Gesicht und ohne Hausschlüssel. Man hat ein Zimmer im Hotel Irgendwo, und alle Engel sind fortgewandert. Man steht vollkommen abseits, während die anderen zusammen essen, trinken, lachen oder sich küssen. Man steht hinter einer Wand und bohrt beständig kleine Löcher, um das fremde Land und seine Leute zu beobachten. Es sind kleine Teilansichten, aber viele Teile bilden zum Schluß ein Mosaik. Ich kann mit meinen Bohrversuchen zufrieden sein. Oder? Ich hab' einen Pelzmantel, mehrere goldene Armbänder, eine Kette aus Margaritaperlen und Geld auf der Bank, was mir bis jetzt noch niemand beschlagnahmen wollte.

Trotz Mutters Wimmern habe ich meine eigene Wohnung und werde dort bleiben. Nach langem Widerstreben hat sie sich angewöhnt, nur nach telefonischer Voranmeldung bei mir aufzukreuzen. Ich weiß, wie ungern sie allein ist, aber ich kann ihr nicht helfen. Ich hab' es versucht. Aber wenn ich bei ihr bin, nörgelt sie an mir rum. Oder sie wundert sich, daß niemand in der Redaktion mich heiraten will. Daß ich niemand heiraten will, kommt Mutter nicht in den Sinn. Ich tu für sie, was ich kann. Es ist sicherlich nicht genug, aber Mutter gehört zu den Leuten, denen man es nicht recht machen kann. Sagte Vater auch. In ihrer Gegenwart ist man immer müde. Ich kenne niemanden, der es so versteht, allen Leuten ein schlechtes Gewissen einzuimpfen. Sie erweckt in mir sogar Schuldgefühle. Und in jede Pfütze tritt sie rein. Und dann »ihr« Rheuma, »ihr« Schnupfen. Ich bin an allem schuld. Vorher war's Vater. Aber seit ich für mich lebe, geht's etwas besser. Auch wenn sie weiter daran arbeitet, daß ich vor schlechtem

Gewissen triefe – es schmeckt ihr bei mir, und ihre Geldsorgen hab' ich ihr abgenommen. Sie ist zu beneiden. Sie jammert sich zurecht.
Viele beneiden mich in Berlin. Ich kann tun und lassen, was ich will, und kann mich gut anziehen. Das kann Lotte seit ihrer Heirat nicht mehr. Ihr Kurt braucht zuviel Geld für sich, und für Lotte scheint's nicht zu reichen. Sie lädt mich regelmäßig zum Essen ein, und zum Trinken ist immer was Nettes da. Dafür sorgt Kurt. Beim Anblick meines uralten Minirocks macht er übrigens Stielaugen. Was willst du noch mehr, Moll? Die Person im Spiegel zuckt die Achseln. Der kann ich's auch nicht recht machen. Während ich meine Segnungen zählte, hat sie mit unsichtbarem Kugelschreiber meine Linien von der Nase zu den Mundwinkeln nachgezogen. Gemeinheit! Jetzt muß ich zur Notbremse greifen. Denke also an alle, denen es schlechter geht als mir. Die Zahl geht in die Millionen, und die menschliche Denkkraft hat ihre Grenzen. Natürlich darf man nie an alle denken, denen es besser geht. Dann ist's aus mit der Dankbarkeit. Sie ist eine beliebte Tugend; macht aber, wie die meisten Tugenden, wenig Spaß. Du bist einzig, Moll! Spaß willst du auch noch haben! Verzichte darauf, und du kannst alles ertragen. Sag ich mir immer, wenn ich meine Situation ziemlich unerträglich finde. Man lebt auch nach den peinlichsten Episoden mehr oder weniger weiter. Meistens weniger.

Nach Sanchez war ich von Zwergen umgeben. Mit meinem unfreiwilligen Abschied von der Insel Margarita brach für mich etwas an, was ich im Rückblick »die Zeit der Verachtung« nenne. Sanchez verachtete mich, weil er mich trotz meiner Liebesbeweise weiter für eine gemeine Spionin hielt; und ich verachtete Chefredakteur Wendt, weil er mir aufgetragen hatte, Herrn Carl Friedrich Bonnhoff in Venezuela zu suchen. Möglichst in Caracas. Möglichst in der Villa Acacia in Altamira. Möglichst in Sanchez' Privaträumen. Auf ein Gerücht hin! Es gab nichts Unmöglicheres. Wendt hätte es wissen müssen und mich nicht mit diesem Auftrag losschicken dürfen. Wo er mir immer vorhält, daß ich nicht »taktfest« sei. Daß ich vom Wege abschweife. Daß ich Ziele aus den Augen verliere. Tat ich prompt auf der Insel Margarita. Verlor den alten Bonnhoff, den ich nie erblickt hatte, komplett aus den Augen und verliebte mich dafür in Sanchez.
Was ich an Mutter nicht leiden kann: sie trinkt ihre Tasse Kaffee immer nur halb aus und fragte mich dann, ob ich das Wasser richtig ko-

chen lasse. Sonst könne doch ihr Kaffee nicht so kalt sein. Vor meiner Reise an den Orinoco platzte mir der Kragen, und ich sagte, bei mir gäbe es nur kalten Kaffee. Mutter stand auf und verließ mein gastliches Studio. Ich entschuldigte mich am nächsten Tag mit Teerosen und einem Billett für die Philharmonie. Man hat's weder leicht noch billig. Genug gespiegelt für heute abend.

## II

*Frau Katharina Moll (West-Berlin) an Carla Moll (Puerto Ayacucho)*

Liebe Carla!
Warum hast Du meine drei ausführlichen Briefe noch nicht beantwortet? Kannst Du keine zehn Minuten für Deine Mutter erübrigen? Ich sitze, wie immer, mutterseelenallein in der leeren Wohnung und warte auf ein Lebenszeichen von Dir. Außerdem bitte ich Dich nun energisch, die Fragen in meinen vier Briefen zu beantworten. Ich weiß: Du willst nicht, daß ich mich um Dich kümmere, aber ich kenne meine Pflicht. Und wer würde sich um Dich kümmern, wenn nicht ich? Kannst Du mir das sagen? Ich scheine die einzige Person auf der Welt zu sein, die sich um Dich Sorgen macht – ganz gleich, wie Du Dich gegen mich benimmst. Ich beklage mich nicht – ich stelle Tatsachen fest. Es ist einfach unerhört, daß Du nicht mal eine Ansichtskarte aus dem Ort mit dem unaussprechlichen Namen schickst. Finden Schneiders auch. Dr. Schneider gab mir ein neues Mittel gegen mein Rheuma. Bis jetzt hat's nichts genützt.
Alle fragen mich, was Du aus Venezuela berichtest, und ich stehe dumm da. Deswegen spiele ich jetzt selten Bridge, obwohl es mich von düsteren Gedanken ablenkt. Aber ich weiß nicht, was ich sagen soll. Kann unmöglich allen Bekannten erzählen, daß Du nie schreibst. Ich wasche meine schmutzige Wäsche nicht beim Bridge. Zu Haus in Potsdam brachte Dein Großvater Tante Minchen und mir Manieren bei. Haltung in allen Lebenslagen. Ich hätte Deinen Großvater sehen mögen, wenn Minchen und ich keine Karte geschrieben hätten, wenn wir mit Mama nach Bad Tölz fuhren. Dein Großvater blieb lieber bei den Pferden und seinen Jagdhunden. – Schicke mir wenigstens einige Fotos zum Herumzeigen!

Vorgestern wurde ich so unruhig, daß ich trotz Deines Verbots bei der Redaktion des *Komet* anrief. Sprach mit einer Frau Hannemann. Privatsekretärin von Dr. Wendt. Er ließ sich nicht sprechen, obwohl Du so bekannt und berühmt bist. Na, Frau Hannemann war besonders nett und sagte, die Post käme nicht so regelmäßig aus Übersee. Sie warteten auch auf Nachricht von Dir. Sie entschuldigte sich dann sehr höflich, daß sie nicht weiter mit mir sprechen könne. Die viele Arbeit und so weiter. Sie lispelte und schien erkältet zu sein. Aber besonders liebenswürdig. Von der kannst Du was lernen! Wie alt ist sie? Schon in Deinem Alter?
Gestern ging ich in Deine Wohnung, um nachzusehen, ob Deine Frau Frosch ordentlich aufräumt. Mein Eindruck ist seit Wochen, daß sie zuviel Kaffee trinkt und zu wenig Staub wischt. Sie war ziemlich brummig. Wie kannst Du das aushalten? Aber mich geht's nichts an. Soll ich Dir eine nettere Frau suchen? Sowie ich was höre, lasse ich es Deine Freundin Lotte wissen. Sie sagte mir zu meinem Erstaunen, Du wärst mit Frau Frosch sehr zufrieden. Aber was verstehst Du vom Haushalt? Wie gesagt: mich geht's nichts mehr an. Vielleicht hat Frau von Hahn was Passendes für Dich. Sie verschaffte Friedrichs eine gute Kraft. Zweimal die Woche. Und wäscht auch Kleinigkeiten. Aber das interessiert Dich nicht. Frau Friedrich hat es aufgegeben, eine Ansichtskarte von Dir zu erwarten. Dabei sammelt ihr kleiner Enkel Marken. Du denkst an nichts, Carla! Wenn Du nur etwas kinderlieb wärst, würdest Du dem Kleinen . . . Oder würdest selbst Kinder haben. Ich sehne mich nach was Kleinem. Bist Du Dir eigentlich darüber klar, daß Du die einzige aus dem ganzen Universitätskreis von damals bist, die noch ohne Mann dasitzt? Selbst Lotte Schneider entschloß sich vor fünf Jahren. Kurt Sommer ist zwar nicht mein Geschmack und gibt zuviel für sich selbst aus – sagt Frau Schneider, die es als seine Schwiegermutter ja wissen muß –, aber er ist ein tüchtiger Anwalt. Hauptsache, daß er Lotte gefällt. – Warum bist Du so abweisend? Es traut sich niemand mehr an Dich ran, sagte Frau von Hahn neulich. Ich hatte immer auf den ältesten Sohn für Dich gehofft. Er hat vor drei Wochen eine unmögliche Person geheiratet. Frau von Hahn ist außer sich. Ihr Mann ganz das Gegenteil. Ich sagte zu ihr: »Hauptsache, die junge Person gefällt Ihrem Sohn!«
Kannst Du nicht nochmals mit Professor Locker anfangen? Jetzt ist die Gelegenheit da, wo Ihr allein an diesem Fluß hockt! Herr König hat sicher mit seinen Fotos zu tun und wird Euch nicht stören. Mir

gefällt Willy Locker ausgezeichnet. Er hat eine große Position in Berlin und ist seriös. Falls er eine Freundin haben sollte, muß er sie aufgeben, sobald es mit Dir klappt. Dafür werde *ich* sorgen. – Ich weiß nicht, warum Du Dich nie in jemand verliebst, Carla. Ich bin zwar auch nicht für das süße Getue, aber damals, als ich mich für Papa entschied, wollte mich eine ganze Horde heiraten. Schwamm drüber! Es ist ein Unsinn, daß Du diese teure Wohnung im Hansaviertel weiter halten willst! In meiner Wohnung ist Platz genug, und der Wasserhahn im Badezimmer tropft nicht mehr. Soweit ich mich entsinne, zogst Du deswegen aus. Es war der Hahn für heißes Wasser. – Ich verspreche Dir, Dich nicht zu stören, falls Du wieder zu mir ziehst! Solltest Du Locker heiraten: er hat eine großartige, antik eingerichtete Wohnung. Er schickte mir per Luftpost eine Ansichtskarte aus Venezuela. Das ist mehr, als ich von meiner eigenen Tochter sagen kann. Die Palmen auf dem Farbfoto sahen staubig aus. Kann das stimmen? Gestern bin ich mit Schneiders ausgegangen. Ich kann auch nicht ewig zu Haus sitzen. Weiß nicht, was ich mit der vielen Zeit anfangen soll. Da kriege ich meine Migräne. Es war Sonne. Wir waren im Tiergarten. Später tranken wir noch irgendwo ein Bier. Jeder zahlte seins. Das war zwar mein ausdrücklicher Wunsch, aber es hätte Dr. Schneider nichts geschadet, mich ausnahmsweise zum Bier und belegten Broten einzuladen.

Gestern fand ich beim Aufräumen der untersten Schreibtischschublade (linkes Fach) alte Fotos aus Potsdam. Auch von Minchen, die in der Familie die Generalin hieß. Nicht, weil Fritz später General wurde, sondern weil sie so rumkommandierte. Falls Du es vergessen hast: Tante Minchen wurde im Krieg von einer Bombe getroffen, weil sie auf die Straße ging, um Milch oder so etwas für Dich zu holen. Das war 1942. Damals warst Du trotz der Kriegszeiten ein rundes, rosiges Baby, und alle im Luftschutzkeller bewunderten Dich. Ich bekam Tränen in die Augen, als ich gestern Tante Minchens Bild abstaubte. Weiß nicht, warum sich der Staub immer in dieser Schublade ansammelt. Tante Minchen war herrschsüchtig, aber für die Familie war ihr nichts zuviel. Ich zitterte immer, wenn sie laut und ungeniert auf die Nazis schimpfte. Wir waren schutzlose Frauen. Dein Vater in Rußland. Und der General schon tot. – Neulich hörte ich im strengsten Vertrauen, daß Siegbert von Hahn – der Jüngste! – der NPD (Nationaldemokratische Partei Deutschlands) beigetreten sei. Dr. Schneider sagt, das seien Nazis unter einem neuen Firmenschild. Ich weiß es nicht. Ich soll nicht über die Sache reden. Sagte es nur meinen Bridge-Damen. Hahns sind nicht erfreut über Siegberts Zicken. Schließlich wurde sein Großvater 1937 von der Gestapo verhaftet. Nach einigen Wochen freigelassen, aber er hatte in der Haft acht Pfund abgenommen. Er war zwar zu korpulent gewesen, aber auf die Weise abzunehmen, paßte ihm nicht. Bei Hahns spricht man immer noch über die alten Zeiten. Sie können die Sache nicht vergessen. Kann ich verstehen. Der alte Herr von Hahn – damals natürlich in den besten Jahren – wurde von einem gewissen Sturmbannführer Bonnhoff verhört. Aus guter Potsdamer Familie, sagt Frau von Hahn. Dieser Bonnhoff soll sich seinerzeit vorm Zusammenbruch nach Venezuela oder Argentinien abgesetzt haben. Herr von Hahn las das irgendwo, und der Name fiel ihm auf. Ich schreibe es nur, weil Du grade in Venezuela bist. Aber was *ich* Dir erzähle, interessiert Dich nicht. Du denkst nur an Dich. Genau wie Dein Vater.

Ich habe Dein blaues Kostüm zur chemischen Reinigung gebracht. Für alle Fälle. Frau Frosch hat zwei von Deinen guten Kaffeetassen zertöppert und sich nicht bei mir entschuldigt. Nächste Woche werde ich wieder bei Dir nach dem Rechten sehen. Obwohl es mich anstrengt. Jeder Schritt tut mir weh. Dr. Schneider ist zu gleichgültig. Auch mit meiner Migräne. Frische Luft kann ich mir selbst verschreiben. Wenn wir nicht so ewig mit Schneiders befreundet wären – und Du noch dazu mit Lotte –, ginge ich am liebsten zu einem jüngeren Arzt. Aber das kann ich Dr. Schneider nicht antun. Warum ist er so reizbar? Ich bin auch nicht jünger und die Nachsicht in Person. Das muß man allerdings bei Dir sein! Du glaubst nicht, wie ungeduldig Dr. Schneider in letzter Zeit ist! Als ob man zum Vergnügen klagt! Jeder Schritt – ach so, das schrieb ich schon. Am Ku-Damm sah ich sehr feine Mäntel, aber sündhaft teuer. Ich bekam die Adresse einer Hausschneiderin. Gibt es ja kaum mehr. Sie ist Ostflüchtling. Bescheidene Preise. Aber ich fürchte, sie wird ihre Preise steigern, wenn sie erst eine Zeitlang im Westen ist. Das ist immer so. Frau Frosch war auch bescheiden und dankbar nach der Flucht aus der Ostzone. Machst Du viel Ausflüge drüben? Gestern war ich im Zoo. Meine vier Wände fielen mir auf den Kopf. Das wird sich ändern, wenn Du wieder bei mir wohnst! Auch wenn Du damals ausgingst, hatte ich so eine gewisse Ruhe in mir. Ich wußte, Du kommst zurück. Und ich konnte Dir immer eine feine kalte Platte zurechtmachen, weil Du doch Nachthunger hast wie alle Nervenbündel. Morgens war immer alles aufgefuttert. Ich werde

nicht reden, wenn Du müde bist. Nichts fragen. Ich weiß, das kannst Du nicht leiden! Du brauchst mich nicht ins Theater mitzunehmen, wenn Du mit Freunden verabredet bist! Es war nicht richtig von mir, daß ich es erwartete. Lotte nimmt allerdings Frau Schneider fast immer mit, ob Kurt will oder nicht.
Nur im Zoo bin ich immer noch gern allein. Am letzten Sonnabend im Monat sind ermäßigte Eintrittspreise, und das muß man ausnutzen. Als der Zoo im Krieg zerstört wurde, warst Du ein Baby. So viele Tiere tot! Zu schrecklich. Was konnten sie für den gräßlichen Krieg? Heute ist der Zoo wieder so schön, daß ich immer ganz glücklich bin. Ich ging wieder zuerst zu Vaters Vögeln – er konnte stundenlang dort sein. Dann zu meinen Flußpferden und zum Schluß zu den Affen. Sie sind süß. So klug! Es zog beim Affenhaus. Ich nahm zu Haus eine Tablette gegen Grippe. Wer soll Deine Wohnung beaufsichtigen, wenn ich krank werde? Möchte nicht wissen, was Frau Frosch da treiben würde, wenn sie nicht jeden Augenblick meinen Besuch fürchten müßte. Die kommt mir nicht über die Schwelle, wenn Du wieder zu mir ziehst! Wir werden schon jemanden finden, und billiger und sauberer. Im Augenblick mach ich das allein, so gut es mit meinem Rheuma geht. Die letzte Frau lief mir auch wieder weg. Keine Ahnung warum. Gibt's nette Tiere in Venezuela? Andere als hier? *Bitte* beantworte meine Fragen! Du weißt doch, was Tiere für mich bedeuten. Besonders Pferde und Jagdhunde. Ißt Du genug? Du mußt wirklich aufpassen, daß Du nicht dünner wirst. Das macht alt. Herzliche Grüße, auch an Professor Locker, und alles Gute weiter! Schreib sofort!

Mutter

*Wilhelm Locker (Professor der Völkerkunde, Freie Universität Berlin) an Carla Moll (Hotel Amazonas, Puerto Ayacucho)*

San Carlos de Rio Negro (Venezuela) 1970

Liebe Carla!
Du hast lange nichts von uns gehört, aber Hanns König und ich befuhren einsame Wasserwege. Wochenlang sahen wir nur Indianerhütten, Geisterstädte und einige Urwald-Missionen.
San Carlos de Rio Negro ist nun eine dörfliche Stadt am Rande der Zivilisation. Ein Militärfort, Motorboote, Ranchos, Läden und einige Haziendas im leeren Land. Ich hoffe, es geht Dir gut. Hanns und mir

geht es leidlich. Im Augenblick sind wir ziemlich abgekämpft, und ich bin etwas menschenscheu. Bei mir immer die Reaktion auf Urwalderlebnisse. Man ist so lange Zeit nur Auge, Zielscheibe der Insekten, Sammler von Gräsern und Gestein und zweibeiniges Notizbuch. Ich nehme an, Du bearbeitest bereits Deine eigenen Eindrücke vom Amazonas-Distrikt. Leider fehlt mir Dein Schwung, um unsere Erlebnisse so interessant zu schildern. Zum Beispiel: die im Steppengras versunkenen Städte Esmeralda oder Capibara. Einöden ohne Menschen und Häuser. Ob die von Termiten zerfressenen Reste von Holzbauten wirklich die alte Siedlung Esmeralda bildeten, wer kann das heute beweisen? Humboldt fand noch eine Mission in dieser Gegend vor und aß dort Ananas. Sicher könntest Du eine lebendige Schilderung von alledem geben. Ich gehe nur mit praktischer Vernunft und wissenschaftlicher Vorsicht an den Orinoco heran. Ohne Königs großartige Fotos könnte man einpacken! Die Guaica-Indianer nennen seine Kamera »Glasauge«. Ich war ja mehrere Male bei diesem Stamm, der übrigens aus Pflanzensäften das Curare-Gift herstellt. Mit viel Geheimniskrämerei.
Am Rio Ocamo genossen wir dankbar die Gastfreundschaft einiger Missionare aus aller Welt. Diese Priester bilden unverdrossen das Bindeglied zwischen Indianerstämmen und unserer Kultur. Du hättest diese Padres kennenlernen sollen! Aber die Strapazen der Flußfahrten und Wanderungen im Grasland wären für Dich zu anstrengend gewesen. Hanns König ist von seinen Afrikareisen Hitze und Strapazen gewohnt. Die Farbfotos, die er hier in jeder möglichen Beleuchtung aufnahm, werden für Europa eine Sensation sein. Da können auch meine trockenen Kommentare nichts verderben.
Und damit bin ich beim Zweck meines Briefes angelangt.
In San Carlos fanden wir ausführliche Post von Dr. Wendt vor. Nachdem er Königs erste Bilder vom Orinoco sah, hat er sich für eine Bildserie entschieden. Er wird Dir selber von der Änderung seines ursprünglichen Planes für den *Komet* berichten. Nur so viel: Wendt traf inzwischen ein Abkommen mit einem bekannten Verlag, der Bildserien aus aller Welt in großer Aufmachung herausbringt. Dem Geschmack unserer Zeit entsprechend: »Alles fürs Auge«. Der Text dazu soll strikt dokumentarisch sein. Mir tut es leid, daß Du dadurch an diesem Unternehmen nicht mehr mitarbeiten kannst. Wendts Entschluß überraschte uns genauso, wie er Dich überraschen wird. Aber er wird sicher für Dich etwas anderes finden.

Noch eine Neuigkeit: König und ich werden nach Brasilien weiterreisen, was vom Rio Negro ein Katzensprung ist. Dort werden wir nach derselben Methode zusammenarbeiten; der Bildband wird beide Länder umfassen. Ist das nicht interessant? Wir kommen deswegen nicht mehr nach Puerto Ayacucho zurück und werden Dich nicht mehr sehen können. Schade!
Aber Du weißt ja als erfahrene Journalistin, daß Pläne sich beständig ändern. Die brasilianische Wildnis wäre genauso anstrengend für Dich wie unsere Expedition in Venezuela. Unsere einzige Gesellschaft hier waren Tapire, Wasserschweine, Krokodile und Schwärme von Moskitos. Die Indianer wären Dir ein Buch mit sieben Siegeln geblieben. Du bist eben ein Stadtmensch, und warum nicht? Du hast keine wirkliche Beziehung zur Natur und schon gar nicht zur grünen Wildnis dieses Kontinents. Das war auch ein Grund, warum ich Wendt noch in Berlin riet, Dich nicht mit uns auf die Expedition zu schicken. Auch er hat keine Ahnung, was Forschungsreisen mit sich bringen. Du weißt, ich habe immer Dein Bestes im Auge!
Zum Schluß noch etwas Privates: nach meiner Rückkehr nach Berlin werde ich heiraten. Ich bin seit Jahren mit Lisbeth Wendt eng verbunden. Sie ist Wendts Kusine; ich traf sie zuerst in seinem Hause. Eine ausgezeichnete Ärztin, klug und warmherzig. Vor unserer Expedition an den Orinoco schlug ich Lisbeth vor, mich endlich zu heiraten. Zum Glück war sie gar nicht so erstaunt, wie ich fürchtete. Sie fürchtet sich vor nichts – nicht einmal vor einem alten Junggesellen von achtundvierzig Jahren mit irritierenden Gewohnheiten. Sie lacht mich manchmal spontan aus. Du glaubst nicht, wie gut das für mich ist! Aber wenn's ernst wird, zeigt Lisbeth eine bei jungen Frauen seltene Stabilität des Gefühls. Womit ich dieses Glück verdient habe, ist mir unklar. Aber wer verdient schon sein Glück oder Unglück? – Übrigens wurde mir auf dieser langen Flußfahrt klar, daß ich kein völlig hoffnungsloser Einspänner bin. Lisbeth fehlt mir an allen Ecken und Enden. Hoffentlich werdet Ihr beide euch anfreunden! Sie freut sich, Dich kennenzulernen. Natürlich mußte sie *Caracas für Anfänger* lesen. Sie bewundert Deinen klaren und amüsanten Stil und Dein scharfes Auge. In ihrer engsten Familie ist sie die einzige, die außer dem Telefonbuch gelegentlich ein Buch liest. Ihre Brüder sind Tatsachenmenschen. Berliner Temperamente: trocken-herzlich und herzlich trocken. Auch Lisbeth sieht die Dinge, wie sie sind, und nicht, wie sie sein sollten – sehr erfrischend für mich alten Moralisten! Ich hoffe,

Du wirst zu unserer Hochzeit auch wieder in Berlin sein. Deine liebe Mutter und Du müssen unbedingt mit uns feiern!
Herzliche Grüße, auch von König,

Dein Willy

*Dr. Herbert Wendt (Chefredakteur des Komet,* West-Berlin) an Carla Moll (Hotel Amazonas, Puerto Ayacucho)

Berlin, 1970

Liebe Carla Moll!
Seit Wochen sehe, höre und lese ich nichts von Ihnen. Was ist wieder los? Sind Sie krank (ausgeschlossen!), schlechter Stimmung oder abgereist? Haben Sie sich in ein Krokodil verliebt? Ihre Ansichtskarte von Ciudad Bolívars Aluminiumdächern und noch eine von Puerto Ayacucho waren willkommen, sind aber kein Ersatz für Notizen und Manuskripte. Wo bleibt das Material, das Sie aus Puerto Ayacucho senden wollten? Ist Ihnen entgangen, daß Humboldt auch dort landete?
Was treiben Sie eigentlich im Hotel Amazonas? Reden Sie mit den Papageien? Sie warten doch nicht etwa auf Lockers Notizen? Oder auf seine Rückkehr ins Hotel Amazonas? Können Sie ohne ihn nicht mehr leben? Wer sind Sie? Das Käthchen von Heilbronn?
Seitdem Sie, Locker und König in Puerto Ayacucho landeten, ist eine Menge Wasser den Orinoco herauf und hinunter geflossen. Sie brauchen auf Lockers Material nicht mehr zu warten, denn wir bringen statt eines journalistischen Berichts eine Bildserie. Dazu genügen Lockers knappe, sachkundige Kommentare.
Ihre eigenen Berichte über Ciudad Bolívar, Puerto Ayacucho und Sanariapo, wo die Zivilisation aufhören soll, werden natürlich bei uns erscheinen. König hat auch von diesen Plätzen herrliche Aufnahmen gemacht. Nach Ihrer Rückkehr könnten Sie Radioberichte geben. Da Locker und König vom Rio Negro ins benachbarte Brasilien weiterreisen, müssen Sie allein nach Caracas zurückfahren. Und zwar so bald wie möglich. Ich kann mir nicht denken, daß Sie den Rest Ihrer Tage im *Swimming-pool* des Hotels Amazonas verbringen wollen. Das können wir billiger im Wannsee haben.
Falls Sie nicht zu meinem Unglück in eine Ihrer leeren Perioden geraten sind, müßten Sie jetzt doch eine ganze Menge Material haben. Sie machen mir Sorgen, Carla Moll! Sie sind nicht ganz taktfest. Als

Vater vons Janze möchte ich klipp und klar wissen: »*Wo sind Sie jetzt? Was tun Sie heute?*« Vielleicht wissen Sie noch, daß unsere große Reportage über ehemalige Nazis unter diesem Titel läuft und Sie vor zwei Jahren, wie stets auf Redaktionskosten, den Berliner Sturmbannführer Carl Friedrich Bonnhoff in Venezuela suchen sollten. Ich bin noch immer der Ansicht, daß Sie zu flüchtig suchten. Immerhin kam *Caracas für Anfänger* dabei heraus. Wie lange wollen Sie sich noch auf diesen Lorbeeren ausruhen?

Da mir Bedenken kommen, ob Ihre Erfahrungen im Amazonasgebiet für Ihre neue Serie ausreichen, schlage ich Ihnen Reportagen über südamerikanische Hafenstädte vor. Städte sind das Richtige für Sie! Sie sehen, ich habe wie immer Ihr Bestes im Auge. Ich denke an La Guaira und Puerto Cabello in Venezuela, und Berranquilla und Cartagena in Kolumbien. Von dort nach Panama-City und dann mit dem Flugzeug nach Berlin. Damit wären Sie wieder in Ihrem eigenen Element und kein falscher Rousseau am Orinoco. Ich las noch einmal *Caracas für Anfänger* und finde es immer besser. Deswegen meine ich: der neue Auftrag ist genau das, was Sie und ich brauchen.

Heute ist den ganzen Tag Sonntag. Meine Frau ist mit den beiden Jungens im Kino, und ich arbeite an meinem Buch: *Berliner Fin de Siècle*. Na ja, bleibe im Lande und wehre Dich redlich!

Locker wird meine Cousine Lisbeth heiraten. Als Student wollte ich das auch, besann mich aber eines noch Besseren und sicherte mir Trudchen. Sie kann kochen. Habe heute Mittag wieder so viel von ihrer berühmten Ente gefuttert, daß ich Magendrücken und düstere Ideen habe. Wer wird in Zukunft überhaupt noch lesen? Vielleicht eine magere Elite, die immer magerer wird. Ich wünschte, ich könnte das von mir behaupten.

Bitte, schicken Sie doch meinen beiden Sprößlingen pro Nase eine Ansichtskarte vom Orinoco, bevor ich Sie von dort vertrieben habe. Werner sammelt Briefmarken, und Hänschen will eine Karte haben, weil Werner eine kriegt.

Ich hoffe, wir alle werden zu Lockers Hochzeit wieder zusammen sein. Ist Ihnen aufgefallen, daß der gute Willy beim Lachen wie ein Pferd wiehert? Hauptsache, Lisbeth hört's gern. Locker sagte mir einmal mit strenger Miene, er versuche Wissen und nicht Glück zu verbreiten. Habe diesen Grundsatz, dem, glaube ich, auch Humboldt huldigte, nicht an Lisbeth weitergegeben. So bin ich! Viel zu gut – vor allem zu Ihnen!

Falls Sie in Kolumbien Smaragde kaufen wollen (und wie ich Sie kenne, wollen Sie!), mache ich Sie darauf aufmerksam, daß das nicht auf Reisespesen geht. Sie sind mir lieb und teuer, Carla Moll! Aber Sie gehören zu den Leuten, die immer teurer werden, je lieber sie einem werden.
Je länger dieser Sonntagsbrief wird, desto unklarer wird mir, warum ich nicht selbst nach Venezuela flog und Sie in Berlin ließ? Als ob ich nicht weiß, was rauskommt, wenn man nicht alles selber macht!
Die ganze Redaktion läßt grüßen. Besonders Frau Hannemann. Meine Frau schließt sich mit guten Wünschen für Sie an. Und da wir beim Wünschen sind, wünsche ich Ihnen gute Besserung!

Ihr
Wendt

*Elliot Cooper (Sanariapo-Harbour) an Carla Moll (Hotel Amazonas, Puerto Ayacucho)*

Liebe Miß Moll!
Ich hoffe, Sie erhielten meine Fotogrüße von Sanariapo. Die Bilder sollen Ihnen Freude machen und Ihnen zeigen, was Sie versäumten! Ich glaube, es hätte Ihnen hier gefallen: die Stille, das Leben der Vögel und Flußbewohner, der gewaltige Strom, die Rufe der Indianer. Aber auf die Dauer könnte ich es in diesem Naturparadies nicht aushalten. Zu einsam. Wenn ich mich recht erinnere, langweilte sich Eva auch im Garten Eden. Und sie hatte nicht das mürrische Schweigen der Indianer zu ertragen.
Das Fischen macht mir viel Freude. Allerdings flog ein Pfeil in meine Richtung, aber mein Indianer-Boy aus Sanariapo, der mich ins »Paradies der Fischer« begleitete, riß mich rechtzeitig beiseite. Ich lobte ihn daraufhin und sagte dreimal: *»Bien hecho!«** Aber entweder versteht er nicht soviel Spanisch, oder er mag es nicht, wenn ein Gringo ihn lobt. Er wurde immer unfreundlicher, je freundlicher ich wurde. Wenn ich bedenke, daß auch Ihnen so etwas passieren könnte, ist es vielleicht genauso gut, daß Sie im Hotel Amazonas blieben. Der Pfeil war vergiftet. Soviel deutete mir mein Lebensretter an. Andere Länder – andere Sitten!
Die letzten Tage hatte ich hier nette Gesellschaft. Ich traf beim Fischen

* Recht so!

einen jungen Landsmann von Ihnen, einen Herrn Bendix aus Berlin! Was sagen Sie dazu? Er war sehr beeindruckt davon, daß ich Sie kenne. Er kennt nur Ihren Bestseller über Caracas und verehrt Sie aus der Ferne. Aber er wird Sie ja kennenlernen, da er mit mir ins Hotel Amazonas zurückfährt. Er ist Ingenieur und arbeitet bei einer großen amerikanischen Firma (United Steel) am Cerro Bolívar. Ein offenherziger junger Mann. Ich erfuhr allerhand über industrielle Probleme zwischen dem Cerro und Puerto Ordaz. Wie Sie sich erinnern, bin ich ein Zugvogel der Industrie ... Das bringt mich leider zu dem Thema meiner Abreise von Puerto Ayacucho. Ich muß nach Puerto Cabello. Ich fürchte, Sie werden sich allein im Hotel Amazonas wie im Exil fühlen. Oder bin ich zu anmaßend? Aber unsere Abende im Amazonas werde ich nicht so schnell vergessen.

Glücklicherweise werde ich meine Frau in absehbarer Zeit aus der Schweiz abholen können; es geht ihr viel besser. Ich bin sicher, Sie freuen sich mit mir darüber. Zum Abschied von Puerto Ayacucho werde ich eine Party geben. Sie sollen mein Ehrengast sein! Es kommt auch ein Freund von mir aus Puerto Ordaz und ein bedeutender Industrieller aus Caracas. So klein ist die Welt am Orinoco! Ich fürchte, das Fischen und die Regenwälder werden mir in Chicago fehlen. Aber das Familienleben, das ich durch meinen Beruf so selten genießen kann, wird mich entschädigen. Meine Mutter ist schon ungeduldig. Mir wird das alles wie eine Heimkehr in die Menschenwelt vorkommen – schon Puerto Ayacucho mit dem Swimming-pool und Meerjungfrau Moll. Es ist erschreckend, wenn man viele Tage mit niemandem spricht. Beim Fischen sah ich außer Herrn Bendix, der erst vor wenigen Tagen auftauchte, keinen Mann aus der westlichen Welt. Das heißt, einmal sah ich aus der Entfernung einen alten weißen Mann, den die Eingeborenen *el capitán* oder einfach »den Alten« nennen. Eine seltsame Erscheinung. Ein großes rotes Gesicht. Starre hellblaue Augen. Wirres weißes Haar unter einem uralten Sombrero. Der Alte summte vor sich hin und hielt eine Angel in der zittrigen Hand. Mein Indianer wußte nicht, aus welchem Land der Fremde in diese verlassene Gegend gekommen war. Komisch, ich hatte ihn ganz vergessen, und nun erinnere ich mich wieder. Wahrscheinlich, weil einem hier jeder Gringo auffällt.

Anfang nächster Woche bin ich wieder im Hotel Amazonas. Ich hoffe, Sie hatten eine nette Zeit! Sind neue Gäste angekommen? Übrigens: seien Sie vorsichtig mit dem Ehepaar Padilla! Der Señor war auch

einen Nachmittag hier zum Fischen und erzählte mir krauses Zeug über seine Frau. Eine Information, die so absurd wie unerbeten war. Ich war im Amazonas freundlich zu der armen Person, weil sie mir leid tat mit ihrem Indianerzopf und ihrem Ehemann. Aber vielleicht war mein Mitleid, wie so häufig, verschwendet. Ich fürchte, die Padillas sind nicht das, was sie zu sein vorgeben. Keine Beweise – aber ich bin in der Industrie für meinen Riecher bekannt. Ich traue den beiden nicht, und Sie sollten es auch nicht tun. Der Rat eines Freundes! Haben Sie mittlerweile von Ihren Berliner Kollegen gehört? Vielleicht sind der Professor und Mr. König schon wieder im Amazonas gelandet? Das wäre reizend. Mr. König äußerte sich vor seiner Expedition besonders freundlich über meine Aufnahmen. Er hielt mich armen Amateur tatsächlich für einen Experten.
Auf Wiedersehen und freundliche Grüße.

Ihr ergebener
Elliot Cooper

Fräulein Moll las Coopers Brief in schlechter Stimmung. Ich bin wirklich die entbehrlichste Person auf der Welt, dachte sie. Die Tür wurde leise geöffnet, und plötzlich stand jemand, der auf unhörbaren Sohlen ins Zimmer geschlichen war, neben ihr. Wie lange stand Señora de Padilla schon da und las Coopers Brief mit?
»Es ist Zeit für unser Kaffeestündchen, Fräulein Mull.«
»Mein Name ist Moll.«
»Störe ich, Fräulein Mull?«
Carla warf Coopers Brief auf ihren Nachttisch. »Ich komme gleich«, sagte sie nicht allzu freundlich und ignorierte den flehenden Blick der Señora.
»Glückliche Dame! Sie bekommen Briefe! Die Männer reißen sich um Sie.« Señora de Padilla überreichte Fräulein Moll den Briefumschlag mit Coopers Namen auf der Rückseite. Carla hatte ihn auf den Strohteppich geworfen. Sie warf immer die Umschläge auf den Boden – es brachte ihre Mutter zur Raserei. Sie warf der Señora einen nachdenklichen Blick zu. Schnüffelnase! Oder hatte die Padilla nur einen Akt der Höflichkeit vollzogen? Coopers große anspruchsvolle Schrift war nicht zu übersehen. Es war auch einerlei. Alles war einerlei.
»Ich bin so glücklich, daß ich mit Ihnen plaudern darf, Fräulein Mull.«
Carla schloß die Tür hinter der Señora. Auf dem Nachttisch lag Coo-

pers Brief. Er hatte sie nicht gelangweilt. Im Gegenteil. Sie mußte unbedingt noch den Ausflug nach Sanariapo machen. Cooper hatte ihr bereits die nötigen Stichworte für Wendt geliefert. Stille. Vögel. Pfeile. Indianer. Der große Strom. *El capitán.* Große Fische. Kleine Fische. Sie hatte immer gedacht, daß Cooper noch lange nicht der Schlechteste sei.

Die Señora wartete. Natürlich, jeder ließ auf sich warten, wenn es sich nur um sie, Anna Padilla, handelte. Einen Augenblick verzerrte sich ihr graues, zerknittertes Gesicht; dann winkte sie Fräulein Moll zu. Eine gräßliche, arrogante, vom Glück verfolgte Person! Aber jemand anders war nicht da.

»Da bin ich«, sagte Fräulein Moll. »Warum starren Sie mich so an?«

»Ich bewundere Sie. Sie sind schön, jung und – und . . .«

»Und?«

»Ich habe es vergessen. Bitte tausendmal um Vergebung. Mein Gedächtnis – es hat gelitten. Kein Wunder! Ich vergesse oft, wer ich bin. Wo ich bin . . .«

»Sie sind in Puerto Ayacucho. Haben Sie schon Kaffee bestellt, oder haben Sie das auch vergessen?«

»Ich warte den ganzen Tag auf diese Stunde. Ich denke beständig an Sie. Sie sind meine einzige Freundin auf dieser entsetzlichen Welt.«

»Nehmen Sie einen Schuß Rum in den Kaffee, Frau Padilla?«

»Ich bitte darum. Rum macht gesprächig. Man knüpft ein herzliches Band. Man vertraut sich Geheimnisse an.« Señora de Padilla starrte Fräulein Moll wieder an. »Ich möchte Sie warnen«, flüsterte sie. »Ich legte gestern nachmittag Ihre Karten. Der *Yanqui* will Ihnen nicht wohl. Ich meine: Mr. Cooper.«

»Ein oder zwei Stück Zucker?«

»Man knüpft ein herzliches Band«, wiederholte die Señora düster. »Wie würde ich es wagen, mit einer so reichen glücklichen Dame Intimitäten auszutauschen, wenn wir nicht beide hier im Exil säßen?«

»Ich verstehe nicht recht.«

»Sie hörten mich, Señorita. Zwei Europäerinnen im Exil. Fern dem heimatlichen Ufer, umringt von unsichtbaren Feinden mit tausend Augen und Ohren. Selbst die Fische im Orinoco wollen uns nicht wohl. Wir müssen uns klein und unscheinbar machen, damit sie uns nicht fangen.« Die Señora duckte sich so tief in ihrem formlosen Kattunkleid, daß nur noch ihr Kopf mit dem mutlosen Zopf über die

Tischplatte lugte. Sie schien sich wie eine Raupe im Kokon in ihren Kattun einzuspinnen.
»Wollen Sie unter dem Tisch Kaffee trinken, Frau Padilla?«
Die Señora schoß in die Höhe, blickte sich mißtrauisch um, entdeckte aber nur die beiden alten Engländer auf der Veranda. »Was die im Schilde führen, weiß man auch nicht«, flüsterte sie und goß sich Rum in den Kaffee. »Engländer, Fräulein Mull! Kaltherzige Teetrinker mit viel Vorsicht und wenig Rücksicht. Noch heute so arrogant wie vor dem Fall ihres Imperiums. Man muß sie hassen und bewundern. Schmeckt Ihnen der Rum?«
»Nicht übel.«
»Er gießt Feuer ins träge Blut. Die Gedanken jagen einander. Wie Rennpferde. Mein Papa ging immer zu den Rennen. Aber er verlor jedesmal Kopf, Knopf und Kragen. Ich stamme aus einer vornehmen Familie von Verlierern!« Die Señora hüstelte. »Vertrauen gegen Vertrauen, Fräulein Mull! Lieben Sie *Yanqui* Cooper? Ja oder nein? Schlagen Sie meine Warnungen nicht in alle vier Winde! Mr. Cooper hat viele Gesichter. Er lächelt Sie an, er schreibt Ihnen Liebesbriefe, aber er wird Sie nicht heiraten. Die Karten lügen nicht.«
»Haben Sie Fieber, Frau Padilla?«
»*Que horror!*« schrie die Señora. »Sie verhöhnen mich, Fräulein! Sie schlagen meine gutgemeinten Warnungen in den Wind! Eines Tages werden Sie sich bei mir ausweinen.«
»Nicht anzunehmen, Frau Padilla. Aber wenn ich Ihnen im Vertrauen auch etwas sagen darf: hüten Sie Ihre Zunge, wenn Sie Rum mit Kaffee trinken!«
»Ich bin von Feinden umringt. Selbst die Fische im Orinoco . . .« Die Señora beugte sich zu Fräulein Moll hinüber. »Ich vergebe Ihnen Ihre jugendliche Impertinenz, Fräulein Schmoll! Sie sind nervös, verloren, verlaufen. Ich sehe schärfer, als Sie ahnen. Im Exil steht man auf einem Bein – wie der Regenvogel.«
Carla Moll stand auf. »Ich geh schwimmen. Adiós!«
Auch Señora de Padilla erhob sich und verbeugte sich formell. Einer der zahmen Papageien setzte sich auf ihre Schulter, als sie langsam durch den Patio schlich. Nachdem Carla im Schwimmbad verschwunden war, ging Anna de Padilla auf und ab, plauderte mit dem Papagei, betrat Carlas unverschlossenes Zimmer und las in Ruhe Coopers Brief. »Soso«, erklärte sie dem Papagei. »Ein Pfeil, der sein Ziel verfehlt. Ein Ehepaar, dem man nicht trauen soll! Ein Zugvogel der Indu-

strie! Wie lange wird er noch flattern?« Sie lachte, und der Papagei lachte mit. Ein verheirateter Zugvogel! Deswegen hatte Fräulein Mull so mißgelaunt geblickt! Der Teufel sollte die ganze Bande holen! Es würde ihm leicht glücken, denn von diesem Platz waren alle Engel fortgewandert. »Zeit, daß etwas geschieht«, murmelte die Señora.

Als Carla Moll sich zum Abendessen umzog, fühlte sie ein Unbehagen. Das Plauderstündchen mit der Señora lag ihr im Magen. Coopers Brief lag friedlich auf dem Nachttisch. Aber er war anders zusammengefaltet. Oder bildete sie sich das ein? Das konnte die Padilla nicht gewagt haben – oder doch? Carla schüttelte den Kopf über sich selbst. Das Alleinsein bekam ihr tatsächlich nicht. Wendt hatte recht. Höchste Zeit, daß sie hier wegkam. Städte. Betrieb. Leute, die dieselbe Sprache sprachen. Wie lange hatte sie kein deutsches Wort mehr gehört? Als ob Locker und König seit Jahren den Orinoco befuhren! Sie dachte plötzlich an Berlin. Auch wenn sie den Ku-Damm allein rauf- und runterging, waren um sie herum doch Leute, die über ähnliche Sachen lachten oder schimpften und sich auf berlinisch verständigten. Eine schweigende Gemeinschaft, mit der man aber jeden Moment ungezwungen ins Gespräch kommen konnte. Man fühlte eine gewisse Wärme in der Luft, auch wenn's schneite und hagelte. Komisch!

Fräulein Moll schloß Coopers Brief in ihren Handkoffer ein. Es war gleichgültig, ob Frau Padilla ihn gelesen hatte oder nicht. Bald würden sie alle abreisen. Nur noch Coopers Gastmahl, nur noch eine Fahrt nach Sanariapo, nur noch die geographische Trennung von Sanchez. Dann hatte sie es geschafft. *Was* hatte sie dann geschafft? Sie zuckte die Achseln. Venezuela war eine harte Nuß. Ihr Leben auch.

»Nur nicht weich werden, Moll«, ermahnte sie die Person im Spiegel. »Man reißt sich um dich! Du bist Ehrengast bei Coopers Gastmahl. Was willst du mehr?«

# Coopers Gastmahl

*Hüte dich vor versöhnten Feinden und aufgewärmtem Suppenfleisch.*
Spanisches Sprichwort

## I

COOPERS GASTMAHL STAND UNTER EINEM TRÜBEN STERN. ER WAR ZWAR der letzte, der merkte, daß er seine Gäste an einen Tisch, aber nicht unter einen Hut gebracht hatte. Eigentlich hätte es nett sein müssen, da die Gesellschaft aus sehr verschiedenen Milieus kam: Chicago, Caracas, Rio de Janeiro und Berlin. Cooper war ein Anhänger der Schmelztiegel-Theorie, solange Weiß und Weiß sich miteinander verschmolzen. Einen Mulatten wie Señor de Padilla hätte Cooper auch dann nicht eingeladen, wenn dieser rabiate Herr den Charakter eines Lammes und die Manieren eines Bostoner Bankdirektors gehabt hätte. Trotz seiner beträchtlichen Erfahrungen in Südamerika hatte Cooper noch nicht erfaßt, daß das Prestige eines Mannes in diesem Teil der Welt weitgehend von seinem Reichtum und dem Gebrauch abhängt, den er davon macht. Ein Millionär in einem Auto vom vorigen Jahr ist hier so absurd wie etwa ein bärtiges Baby oder eine hinkende Ballerina. Kurz und gut: ein reicher Mann ist stets ein *blanco*. Deswegen konnte Padilla nicht begreifen, warum *Yanqui* Cooper ihn nicht eingeladen hatte. Auf eine Einladung für seine Ehefrau hatte Padilla nicht spekuliert. Anna hatte kein Abendkleid, kein Bankkonto und keinen Busen. Für diese Mängel konnte ihre historische Taschentuchsammlung aus Jugoslawien nicht entschädigen.

Weiß der Himmel, wie es kam, aber Coopers Gäste schienen keinen Gefallen aneinander zu finden. Entweder kannten sie sich doch nicht gut genug, oder einige von ihnen kannten sich zu gut, was ebenfalls kollektiven Frohsinn verhindert. Wer kennt schon seine Gäste? Wer kennt überhaupt wen? Was wußte Cooper von Fräulein Moll? Oder von seinem langjährigen Freund Gilbert Preston? Oder von Gilberts brasilianischer Frau? Herrn Bendix aus Berlin hatte Cooper kürzlich beim Fischen kennengelernt, und sein Gast aus Caracas war ihm unbekannt. Preston hatte ihn eingeladen, um Cooper Gelegenheit zu geben, mit einem der einflußreichsten venezolanischen Industriellen ins Gespräch zu kommen.

Der Abend hatte eigentlich recht vielversprechend angefangen. Die Gäste lächelten sich vorschriftsmäßig an, gaben unbekümmert verstaubte Anekdoten und Witze zum besten und unterhielten sich über Venezuela, die USA, Vietnam, Wirtschaftswunder- und katastrophen, den brasilianischen Karneval, Obstdiät, Fischfang am Orinoco, die Guerillas in Venezuela und Kolumbien, Fußball, Indianer, Mondreisen und Berliner Pfannkuchen versus *tostadas* *. Das war alles, wie es sein sollte, aber hinter den Phrasen schien ein verborgener Sinn zu lauern und hinter einem milden Lächeln ein kritischer Vorbehalt. Undankbar und egozentrisch, wie sie waren, hatten Coopers Gäste ihre Vorurteile, Ärgernisse und geheimen Konflikte mitgebracht. Dazu eine verhohlene Abneigung, den Nachbarn in Geduld anzuhören. Je weiter der Abend vorschritt, desto gespannter wurde die Atmosphäre; und Cooper, Weltbeglücker und Optimist aus Prinzip, spürte wie einst als Schuljunge einen Druck in der Magengrube. Sein Abschiedsfest in Puerto Ayacucho war das Zerrbild seines Lieblingstraums: Cooper – der unbestrittene Meister der Situation, Sinnbild des persönlichen Erfolgs, Mittelpunkt der internationalen Elite. Du lieber Himmel! In den nächsten Tagen würde er das Hotel Amazonas für immer verlassen, und das stimmte ihn melancholisch. Nur der Gedanke, daß er seine Gäste ebenfalls nicht wiedersehen würde, heiterte ihn auf. Aber selbst diese Annahme sollte sich als trügerisch erweisen. Im Augenblick sehnte er nur das Ende seines Gastmahls herbei.

Merkwürdig! Niemand dankte ihm aufrichtig für den kostspieligen Abend. Und Fräulein Moll bedankte sich überhaupt nicht. Niemand, und das kränkte ihn tatsächlich, hatte ein Wiedersehen in Puerto Cabello vorgeschlagen. Steinerne Gleichgültigkeit, wohin Cooper durch seine scharfe Brille auch blickte. Als alles endlich vorbei war,

* Pikant gefüllte Maissemmeln

saß er auf seiner Veranda wie ein enttäuschter Spaßmacher, der mit sich allein im Dunkeln scherzt. Armer Cooper! Er hatte diesen Abend wie eine geübte Gastgeberin vorbereitet. Das hatte er in seiner Ehe gelernt, denn Naomi verschanzte sich, wenn Besuch drohte, hinter ihren Kopfschmerzen. Ihr war es gleich, ob Coopers wichtige Gäste Delikates, Hausmannskost oder gar nichts bekamen. Seine Mutter sorgte für alles, während Naomi hinter verschlossenen Türen anregende Getränke zu sich nahm, um das Dinner zu überleben. Auch im Amazonas hatte Cooper für alles sorgen müssen: Blumen für die Tafel, Gitarrenmusik, widerwärtigenAlkohol in Hülle und Fülle, die besten Flußfische und einen lateinischen Mond. Später kam noch der Anblick von Fräulein Moll in einem großzügig ausgeschnittenen Abendkleid hinzu – einer Kombination von Wollust und Unschuld, die eine Stange Geld gekostet haben mußte, aber vielleicht nicht mehr, als Cooper für die Abendkleider seiner Frau ausgab. Nur wirkten Naomis Kleider trübselig, abgetragen und ungebügelt. Die alte Mrs. Cooper trug gern schwarzen Samt und dämpfte ihn regelmäßig mit selbstgerechter Miene über kochendem Wasser auf, was Naomi in Erstaunen versetzte. Wozu die Mühe? Über die Garderobe seiner Gäste im Hotel Amazonas konnte Cooper nicht klagen. Der Fremde aus Caracas war das Muster eines *Caballero*, und Gilbert Prestons Brasilianerin leuchtete wie eine Tropenblume vorm Verwelken, war aber für Coopers Geschmack eine Spur zu aufgedonnert.

Warum hörte man kein vergnügtes Gelächter? Vielmehr: warum verstummte es im Lauf des Abends? Welches Insekt zernagte das Gewebe der Heiterkeit? Es gab so viele Insekten in dieser Gegend, daß Cooper es nicht herausfand. Wie konnten seine Gäste es wagen, in ihrer eigenen Finsternis zu verharren, wenn er sie ohne Unterschied strahlend anlächelte? Waren alle sozialen Spielregeln abgeschafft worden, während Cooper am Orinoco fischte? Oder gab es heute diese Regeln für den gesellschaftlichen Verkehr nicht mehr? Bildete er sich nur ein, unter Freunden zu sein? Dieser Gedanke erschreckte ihn. Er hatte sich das schon einmal gefragt, als ein unbekannter Feind im »Paradies der Fischer« einen vergifteten Pfeil nach ihm schleuderte. Bei seinem Gastmahl flogen zwar keine Pfeile herum, aber Cooper stand vor Rätseln, und er haßte Rätsel, weil seine Frau ihm beständig welche aufgab. Und nun fing auch Carla Moll damit an. Sie verwandelte sich während des Gastmahls so auffallend, daß Cooper sie kaum wiedererkannte.

Keine Frage, das frühere Fräulein Moll hatte ihm besser gefallen. Sie war offen, guter Laune und oft witzig gewesen. Sie schien nicht zu wissen, daß sie als Ehrengast zu Heiterkeit verpflichtet war. Cooper selbst war oft genug Ehrengast der Industrie und lächelte sich bei solchen Anlässen die Seele aus dem Leib – obgleich seine Frau ihm monatelang nicht schrieb. Oder gerade deswegen. Übrigens ging es Naomi nicht ganz so glänzend, wie er Miß Moll aus Sanariapo berichtet hatte. Er hatte aus Gründen der Selbstachtung dieses erfreuliche Familienbild entworfen, denn eine gesunde und liebende Ehefrau gehört zum Image des Erfolgsmenschen. Da die Wirklichkeit immer hinter den Wunschbildern herhinkt, hatte Cooper ihr etwas auf die Beine geholfen. Der leitende Arzt des Schweizer Sanatoriums hatte von Naomi Coopers Rückfall in ihre alten trüben Gewohnheiten berichten müssen. Wie überall auf der Welt, hatte sie sich heimlich Alkohol verschafft. Die Behandlung würde von vorn beginnen müssen. Cooper hatte *nicht* gelächelt, als er den Brief kurz vor Beginn seines Gastmahls zum zweiten Mal las. Auch die enormen Rechnungen für den ganzen Hokuspokus würden von vorn beginnen. Aber daraus würde nichts werden – *no, Sir!* Cousin Richard Cooper mußte Naomi so bald wie möglich aus der Schweiz abholen. Ihr blühte nur noch die Strafversetzung nach Chicago – mit abwesendem Ehemann, aufgedämpftem Samt und aufgedämpftem Schmorbraten. Die alte Mrs. Cooper, der für Gäste nichts zu teuer war, sparte für Naomi und sich wie eine Feldmaus, wenn Elliot »bei der Industrie« zu Gast war. Naomi hatte es nun zu weit getrieben.

Was ihm von Naomi blühte, wußte er an seinem Abschiedsabend in Puerto Ayacucho noch nicht. War er ein Prophet? Was immer er war, er kämpfte verbissen gegen seine Depression. Aber Depressionen hinterlassen bösartige Narben: sie sind zwar unsichtbar, aber sie verheilen langsamer als Fleischwunden.

Cooper gab sich einen Ruck und setzte ein synthetisches Lächeln auf. Sein entzündetes Hühnerauge begann zu pochen und zu brennen wie ein verwundetes Herz in einer romantischen Oper.

Er hatte drei Monate nach der Hochzeit Naomi in die Oper *Carmen* mitgenommen, und sie war strahlend und dankbar gewesen. Das hatte sogar bis in die Nacht vorgehalten. Sie war nicht schweigsam und abwehrend gewesen. Sie hatte ihn nicht gefragt, warum er sie geheiratet habe, wo er mit seiner Stellung und seinem Geld und seiner Familie eine Amerikanerin mit ähnlichen Pluspunkten haben konnte. Aber

Naomi hatte ihm gefallen. Auch wenn sie es ihm später nicht glaubte oder nicht glauben wollte. Sie glaubte später nur noch an den Tröster Alkohol.
Manchmal entstehen spontane Kontakte zwischen Fremden: intensiv, bezaubernd und kurzlebig. Sie entstehen aber nur, wenn Menschen sich für andere Menschen interessieren. Die einzige, die sich glühend für andere interessierte, war Anna de Padilla, und die hatte Cooper nicht eingeladen. Sie saß in ihrem verwaschenen Kattunkleid in einem dunklen Winkel des Gartens und lugte mit dem stumpfen, feierlichen Blick einer Kuh zu Coopers lustigen, maßgeschneiderten Goldvögeln hinüber. Wie großartig mußte es sein, sich in einem teuren Kleid und Lockenfrisur höflich und heiter mit fremden Leuten zu unterhalten und sich einige Stunden in deren Wohlwollen zu sonnen! In ihrer Jugend in Jugoslawien hatte Anna hauptsächlich sowjetische und deutsche Besatzungstruppen, serbische Partisanen und Spione aus allen Lagern kennengelernt; vielmehr war sie diesen Brüdern aus dem Weg gegangen, da sie prinzipiell das Schlechteste von jedem annahmen. Anna hatte das schnell begriffen, denn damals war sie wach gewesen. Das Leben mit Padilla hatte ihre rasche Auffassungsgabe abgestumpft. Was ihr aber noch davon geblieben war, nützte den Padillas mehr als intellektuelle Brillanz. Anna hatte aus ihrer sturmbewegten Heimat die Witterung für Gefahr und Gefährdung behalten, auch wenn die Gefahr noch unsichtbar in den Regenwäldern von Venezuela lauerte und von Padilla dröhnend belacht wurde.
Er war sorglos. Er übte erst Vorsicht, wenn es zu spät war. Er plante Wirkungen und ignorierte Ursachen. Er geriet beständig in Gefahr. Vielleicht morgen, vielleicht im nächsten Jahr, vielleicht heute abend. Wo war er? Anna spähte verstohlen zu dem jungen Herrn Bendix hinüber. Sie bezeichnete ihn als ihren Gönner, obwohl er ihr Sohn sein konnte. Er war freundlich. Er war kein *Yanqui*. Er war so höflich, daß er »Guten Morgen« sagte. Er hatte sich heute nachmittag im Schwimmbad mit ihr unterhalten. Das heißt: sie hatte geredet, und Herr Bendix hatte ziemlich lange zugehört. Sie hatte ihn abgefangen, als er nach dem Schwimmen in sein Zimmer gehen wollte:
»Entschuldigen Sie die Störung, Señor! Ich bin Señora de Padilla. Ich werde Ihnen meinen Mann vorstellen, sobald ich ihn finde. *Por favor*, bleiben Sie! Ich muß Ihnen gestehen, daß ich Ihren werten Namen im Hotelregister aufspürte. Ich dachte mir: dies ist ein glücklicher und zartfühlender Mann. Kein *Yanqui*. Kein kapitalistischer Ausbeuter

oder Terrorist oder Polizeichef. Ich sagte mir, *dieser* Señor ist kein Spion. Habe ich recht?«

»Entschuldigen Sie, Señora! Ich muß mich jetzt umziehen.«

»Ich weiß, Señor! Sie besitzen sicherlich eine reichhaltige Garderobe. Alles nach Maß? *Bueno.* Ich trug daheim auch Maßkleider. Meine Mama wäre in Ohnmacht gesunken, hätte sie mich hier so gesehn, in Baumwolle.

Sie hätte sofort ihrem Maßschneider telefoniert oder meine deutsche Gouvernante geschickt. Diese Person ließ sich 1941 in Belgrad von den deutschen Truppen besetzen – ich meine Fräulein Steinmeister, die uns alles zu verdanken ... Oh, oh! Ich bitte um Verzeihung, Señor! Sie sind Deutscher, nicht wahr?«

»Jawohl.«

»Sie waren damals ein unschuldiger Säugling, mein Herr. Was wissen Sie Glückspilz vom Balkan? Schließlich zogen Ihre Deutschen 1944 wieder ab. Ich hatte in meiner Jugend ein gutes Gedächtnis und würde meine Memoiren schreiben, wenn ich ... Alles weg, Señor! Ich las im Hotelregister, aus welcher Stadt Sie kommen. Ich habe es vergessen. Ist das nicht tragisch?«

»Bitte, beruhigen Sie sich, Señora. Ich komme aus Berlin. Aber das kann Sie doch unmöglich interessieren.«

»Es interessiert mich brennend. Und wissen Sie warum? Mir sagt ein Vögelchen, daß Sie mich zu Ihrem Gastmahl eingeladen hätten, falls Sie eins ... Mr. Cooper hat mich übergangen. Ich wünsche Ihnen viel Vergnügen für heute abend.«

»Danke sehr. Ich muß nun wirklich ...«

»*Por favor,* Señor. Ich sonne mich in Ihrem Wohlwollen. Ich wußte früher in der Geographie Bescheid. Ich wußte, Berlin liegt an einem Flüßchen. Total vergessen, an welchem. Mein armes Gedächtnis. Es hat Löcher wie jener Käse aus der sorglosen Schweiz. Kennen Sie die Schweiz, Señor? Ein Musterland, aber ohne Mitleid für Osteuropäer. Wir sind vielleicht nicht Schweizer Geschmack, aber ... Trotzdem bewundere ich den Emmentaler. Viel bekömmlicher als serbische Volkstänze, nicht wahr? Darf ich fragen: wie konnten Sie das glänzende Berlin – den westlichen Teil, meine ich –, wie konnten Sie jenes Asyl für Kulturhungrige für dieses gottverdammte Venezuela verlassen? Wie konnten Sie, Herr Benfix?«

»Bendix.«

»Ich las Ihren Namen, Herr Benfix. Ich spreche wählerisches Deutsch, wenn ich Gelegenheit habe. Wollen Sie deutsch mit mir sprechen?«

»Ein anderes Mal, Señora.«

»*Por favor*. Wie werden Sie mit der Bevölkerung hier fertig?«

»Recht gut.« Herr Bendix war aufgestanden.

»In Venezuela lebt ein Völkermischmasch, von dem selbst der Balkan sich nichts träumen läßt. Wir haben nur Serben, Slowenen, Kroaten, Mazedonier, Ungarn, Rumänen, Albaner und natürlich Deutsche. Die Deutschen sind einfach überall, stimmt's, Herr Benwitz? Ihre Landsleute sind höchst erfreulich in Friedenszeiten. Natürlich sind einige erfreulicher als andere. Fräulein Mull zum Beispiel. Der Takt verbietet mir jede weitere Äußerung über Señorita Mull. Sie müssen unbedingt Señor de Padilla kennenlernen, sobald er sich anfindet. Er ist ein Mischgemüse aus Portugal und Afrika. Gar keinen Takt und auch nicht blütenweiß. Er entführte mich mit Gewalt aus einem schönen Fremdenheim in Puerto Ordaz, wo ich – ein politischer Flüchtling – Familienanschluß genoß. Lassen Sie sich nicht von Padilla einreden, daß es ein Bordell war. Er leidet an Wahnideen. Kein Fünkchen Takt! Er erzählt wildfremden Leuten die unmöglichsten Sachen aus seinem Privatleben. Wie gesagt: Sobald er sich anfindet, müssen Sie ihn . . .«

»Ich muß nun . . .«

»Wer hält Sie auf? Ich werde jetzt eine dritte Siesta halten. Sie erzählen so interessant, Herr Benwitz. Aber ich ermüde so leicht. Darf ich nur noch fragen, ob Sie Karten spielen? Vielleicht führen Sie ein Päckchen mit sich, und wir könnten . . .«

Herr Bendix war entflohen. Allerdings mit einer Verbeugung, die Anna tief beeindruckt hatte. Wie unvorstellbar höflich! Padilla nannte sie *Vaca** oder »leerer Beutel« wegen ihrer Kinderlosigkeit. Aber Herr Bendix verbeugte sich ohne Ironie vor ihr. Sie hatte ihn noch vor Cooper warnen wollen. Dieser *Yanqui* war ein *blanco*, der einen schwarzen Schatten warf. Er hatte die Padillas bei Fräulein Mull angeschwärzt . . . Er behandelte die Padillas mit unverschämtem Hochmut. Nicht einmal zu seinem verdammten Gastmahl hatte er sie eingeladen. Mit etwas gutem Willen hätte sich noch ein Plätzchen an der festlichen Tafel gefunden. Daß Cooper keine Mulatten einlud, fand Anna in Ordnung. Aber sie wäre eine Zierde der Gesellschaft ge-

* Kuh

wesen, wenn Fräulein Moll ihr ein Abendkleid geliehen hätte. Anna hätte mit Sicherheitsnadeln ein Modellkleid daraus gezaubert und ihren Bauch eingezogen. Ihren graublonden Zopf hatte sie bereits zitronengelb gefärbt, als Gerüchte über Coopers Gastmahl im Hotel Amazonas herumschwirrten. Natürlich hätte Fräulein Moll sie frisieren müssen. Und warum nicht? Sie war ihre beste Freundin und konnte auch etwas tun. Anna hatte längst vergessen, wie man sich als Europäerin frisiert. Für Padilla und seine Mutter genügte der Zopf. Sie hatte noch den ganzen Nachmittag auf Coopers Einladung gewartet. Schließlich konnte sie eine ganze Gesellschaft unterhalten, und die langweiligen Leute hätten gestaunt. Mit dieser Annahme hatte sie recht. Coopers Gäste hätten allerdings gestaunt, wenn sie von dem vornehmen Fremdenheim in Puerto Ordaz erzählt hätte.

Cooper würde schon seine Strafe bekommen. Nicht jeder Pfeil verfehlt sein Ziel, und der Tod hält sich nicht an Besuchstage. Er konnte Cooper jede Minute eins auf den Kopf geben. Die Bauern daheim sagten: »Heute Mensch, morgen schwarze Erde.« Anna hatte es oft genug gehört. Aber leider galt das nicht nur für *Yanquis*. Anna bekreuzigte sich und bestellte sich Ananas für ihr einsames Gastmahl auf ihrer Veranda. *Wo blieb Padilla?* Hatte er seine ständige Drohung wahrgemacht und sie verlassen? Bei diesem Gedanken ergriff sie Panik, und die Luft ging ihr aus. Was um Himmels willen sollte sie ohne ihn anfangen? Sie war in einem Land, das ihr ewig fremd geblieben war, und das Bordell in Puerto Ordaz war ihre einzige Heimat! Aber dorthin konnte sie nicht zurück. Dort mußte man jung und hübsch sein.

Padilla erschien endlich in schwarzer Laune, stieß den Korb mit den Früchten um und warf sich aufs Bett. Sie wagte nicht, ihn zu fragen, wo er gewesen war. Er kam und ging, wie es ihm paßte. Anna sammelte die Früchte vom Boden und schlich dann in den Garten, um Coopers Gastmahl aus der Entfernung zu genießen. Wieder witterte sie eine unbestimmte Gefahr, wieder fühlte sie sich in den Strudel des Mißgeschicks gerissen. Es war nur ein vages Gefühl und deswegen um so bedrohlicher. Anna glaubte an Vorzeichen wie ein Indianer. Wenn zum Beispiel ein alter Mann unvermutet vor ihr auftauchte, war Gefahr im Anzug. Der alte Mann war einem jugoslawischen Kindermärchen entsprungen und hatte sie bis nach Venezuela verfolgt. Er war ihr schon mehrere Male begegnet: bei ihrer Flucht aus der Heimat wollte er sie am Rockzipfel festhalten. In Puerto Ordaz stand er neben

Padillas furchtbarer Mutter. Jesus Maria, da war er wieder! Er schritt auf Coopers Tisch zu.
Nun war Gilbert Preston aus Washington trotz seiner weißen Haare durchaus kein alter Mann, aber er erschreckte Anna aus einem bestimmten Grund. Er wußte zuviel über Padilla, und das war kein Kindermärchen. Preston lebte seit Jahrzehnten in Südamerika, und was er über die Leute vom Cerro Bolivar und Puerto Ordaz nicht wußte, das brauchte man nicht zu wissen. Wo er auftauchte, war Padilla in Gefahr. Anna ging langsam im Halbdunkel zu ihrem Zimmer. Coopers Gäste wurden von bunten Lampions beschienen und bildeten im Dunkel der amazonischen Wälder ein Segment einer goldgerahmten Welt.
Padilla schnarchte und stöhnte im Traum, als Anna ihn wachrüttelte: »Du mußt weg. Preston ist da. Er wird dich verhaften lassen. Ich nehme an: nach dem Essen.«
»Halt's Maul«, schrie Padilla mit gewohnter Liebenswürdigkeit, aber sein großes dunkles Gesicht hatte sich verfärbt. Seine Augäpfel hüpften wie Bälle hin und her. Der riesige Mulatte bebte wie ein Vulkan vorm Ausbruch. Er schritt auf Anna zu und hob die schwere Hand wie eine Keule.
»Schlag mich tot«, schrie sie. »Dann hast du keinen mehr. Wer wird dir helfen, *bandolero**? Deine Mutter kann nicht lesen.«
Padilla hatte seine Fehler, aber auf *Mamacita* ließ er nichts kommen. Schon gar nicht von dieser verbrauchten Kuh. Aber wenn sie das Schwatzen mit den *Gringos* ließ und sich nicht wegen Europa aufplusterte, konnte sie für ihn denken. Sie besaß noch einen Rest von weißem Verstand.
»Sie kann nicht lesen«, wiederholte Anna boshaft. Aus der Entfernung konnte die gewalttätige Negerin mit den Keulenarmen, dem winzigen Blumenhütchen und dem starken, verachtungsvollen Mund ihr nichts tun. *Mamacitas* Augen hinter der schweren Hornbrille blickten messerscharf und unmutig auf die *Gringos*. Anna bemerkte triumphierend: »Sie kann ihren Namen nicht schreiben. Sie malt statt dessen drei Kreuze!«
»Ich sagte: Halt's Maul. Pack meinen Koffer! Vergiß mein Gebetbüchlein nicht. Sonst dreh ich dir den Hals um!« Padilla las am Sonntag die Messe nach, wenn Umstände ihn am Kirchgang verhinderten.

* Wegelagerer

Wie vor Jahren in der Schule, schob er den dicken Zeigefinger von Wort zu Wort. Manchmal bebte er vor Erregung und Furcht. Er senkte zerknirscht den Kopf, wenn er einem Priester lauschte. Jede Anspielung auf Sünde und Fegefeuer war auf ihn gemünzt. Aber insgeheim grollte er dem Heiland, daß Er ihn in eine viel zu schwierige Welt gesetzt hatte, wo er beständig zwischen christlichem Bemühen und Haßgefühlen gegen Anna und die ›*Yanqui*-Ausbeuter‹ hin- und hergezerrt wurde. Manchmal stützte er mit den schweren Händen seinen schmerzenden Kopf, als ob er abfallen könnte.

Er zog dunkle Hosen und ein dunkles Hemd an und pustete sorgfältig den Staub von dem uralten Sombrero, den er beim Fischen in Sanariapo getragen hatte. Er wirkte wie der ›Große Bandit‹ aus einer alten Oper; aber seine Bühne war die Wirklichkeit.

»Wohin gehst du?« fragte Anna. Er warf ihr ein Päckchen mit Geldscheinen zu und sagte barsch: »Du gehst in mein Haus nach Puerto Ordaz. Meine Mutter wird dir alles Weitere mitteilen.«

»Was?« Sie starrte ihn an. Ihre Augenlider juckten, und sie rieb sie mit dem knochigen Zeigefinger. Er hatte einen Knoten, der wachsen und immer heftiger schmerzen würde – wie alle ihre unkleidsamen Leiden. »Was planst du, Padilla?« Sie würgte an den Worten, als ob sie Steine schluckte. »Was – was soll sie mir mitteilen?«

»Alles und jedes.« Padilla schwenkte seinen Sombrero, ergriff den Koffer und verschwand in die Nacht. Sie starrte ihm mit offenem Mund nach. Es war kein hübscher Anblick, denn ihr fehlten mehrere Zähne. Dieses Mal hatte Padilla keinen seiner grausamen Scherze gemacht; dieses Mal hatte er sie verlassen. Sie hatten eine »karibische« Ehe geführt – ohne Papiere, ohne legalen Schutz, wie es in diesem Teil der Welt nicht unüblich ist. Padilla hätte sie wahrscheinlich geheiratet, wenn sie ihm Söhne geschenkt hätte, aber vielleicht auch nicht. Überall in der karibischen Welt laufen Negerinnen und Mulattinnen und Europäerinnen mit vaterlosen Kindern herum. Trotz der kirchlichen Ermahnungen, die Padilla in seinem Meßbuch getreulich nachbuchstabierte.

Annas Lippe schwoll langsam an – wie ihre Einsamkeit. Zimmer und Veranda waren leer. Padilla nahm so viel Platz ein. Ihr graute vor *Mamacita*. Das war das Ende. Heute Mensch – morgen schwarze Erde. Sie hob eine Ananas auf, die hinter das Bett gerollt war, und schälte sie mit einem rostigen Messer, das Padilla in der Eile vergessen hatte. Oder hatte er es absichtlich zurückgelassen? Der Fruchtsaft lief an ihrem Kleid herunter, und sie wischte ihn nicht ab. Alles war klebrig – wie sie selbst. Cooper hatte recht gehabt, daß er sie nicht zu seinem Gastmahl eingeladen hatte. Gitarrenklänge drangen zu ihr herüber. Sie hockte zusammengesunken auf der Veranda, aß die Ananas und zählte die Geldscheine, die Padilla ihr zugeworfen hatte. Die Welt war eine Treppe. Man stieg hinauf oder hinunter. Sie stand auf, schüttelte sich wie ein Hund nach einem Regenguß und schloß Padillas Geld in ihren schäbigen Koffer ein. Die Hotelgäste wurden zwar gebeten, größere Summen bei der Hotelleitung zu deponieren, aber Anna traute niemandem. In ihrem Koffer waren verblichene, halbzerfallene Familienbilder aus Dubrovnik; auch Fräulein Steinmeister, die deutsche Gouvernante, lächelte ironisch aus einem verlorenen Paradies zu ihr herüber. Aber hatte Fräulein Steinmeister vielleicht zu früh triumphiert, und Padilla würde zu ihr zurückkommen und sie heiraten? Sie versank in Träumerei, aber dieses Mal wußte sie, daß sie träumte, während Coopers Gastmahl drüben im Licht seinen Verlauf nahm.

Der Unbekannte aus Caracas war noch nicht erschienen. Cooper haßte Warten. Seine Laune war wie Gras: frisch und grün am Morgen, grau und welk am Abend, wenn die Erwartungen sanken. Hatte der Fremde die Einladung vergessen? Wollte er nicht kommen? Cooper riß sich zusammen, denn in diesem Augenblick schritt ein großer, eleganter Señor auf seinen Tisch zu. Cooper sah dunkle, feurige Augen, ein kühles Lächeln und ein stolzes spanisches Profil. Ein unbehaglicher Bursche, der dynamische Energie, Strenge und Mißtrauen ausstrahlte. Preston hätte ihn nicht einladen sollen.

»Señor Sanchez aus Caracas«, sagte Gilbert Preston. »Warum so spät, Carlos?«

Carla Moll blickte Sanchez sekundenlang an und betrachtete dann die Palmen. Sie dachte: Das ist doch nicht wahr!

## II

Sanchez dachte: *Sie hat sich verändert. Selbstbewußter. Etwas härter. Sie leuchtet nicht mehr. Das ist eben so. Aus Mädchen werden Frauen, und aus Frauen werden Journalistinnen.*

Carla Moll dachte: *Sieh mich endlich an! Und wenn du nur siehst, was du verloren hast.*

Sanchez dachte: *Sie hat keinen Mann. Komisch, immer wenn ich sie*

*treffe, hat sie keinen. Sie darf nicht dünner werden. Was geht's mich an? Ob sie immer noch herumschnüffelt? Mich kann sie nicht mehr belügen.*
Carla Moll dachte: *Er sieht mich an. Zum Fürchten. Na, ich hab' keine Angst mehr.* Die *Zeiten sind vorbei. Ich muß schnell lächeln. Dumm, daß ich die Margarita-Perlen trage.*
Sanchez dachte: *Meine Margarita-Perlen! Sie hätte sie ins Meer werfen müssen, nachdem . . . Schamlos! Meine Insel! Ein poetischer Augenblick. Vorbei.*

Coopers Gäste sprachen über Brasilien. »Wir haben alle Hautfarben im Lande, und jede ist uns recht«, sagte Señora Preston. »Meine Vorfahren hielten noch Sklaven auf den Zuckerplantagen. Alle waren zufrieden.«
»Besonders der Herr der *Casa Grande*«, bemerkte der Jurist Preston trocken. »Neben anderen Rechten und Privilegien hatte er das *Jus primae noctis.* Das waren noch Zeiten!«
Alle lachten. Ulrich Bendix machte große Augen. Das mußte er seinen Brüdern und Schwestern nach Berlin schreiben. Herr Bendix war ein Familienfanatiker und schrieb beständig an seine fünf Geschwister. Außer ihm, der das Abenteuer suchte, war kein Bendix aus Berlin herausgekommen – wenigstens nicht in normalen Zeiten.
Cristina Preston konnte ununterbrochen reden. Sie erzählte Herrn Bendix, der neben ihr saß, daß eine ihrer Freundinnen eine *srana* war: schwarze Haut und rotes Haar.
»Wie schrecklich!«
Cristina sah ihn erstaunt an. Was war daran schrecklich? Einen Augenblick senkte sie den Kopf mit der kunstvollen Frisur. Welch ein Dummkopf war dieser junge Mann aus Europa! Die unbestimmte Trauer, die *saudade* Brasiliens und Portugals, senkte sich auf sie herab. Die Menschen verstanden sich nicht. Sie waren ihr alle fremd – bis auf Sanchez, den alten Freund ihres Mannes. Sie mochte Cooper nicht, aber wußte nicht warum. Nur weil er ein *Yanqui* war und nie die fröhliche »Farbenblindheit« Brasiliens verstehen würde? Sie lachte ohne Übergang laut auf. Dann erzählte sie dem jungen Herrn Bendix alles über ihre Familie, die *Casa Grande* der Vergangenheit, ihre Freundinnen und Freunde, ihre Lieblingsspeisen. – Sie sprach so schnell, daß Bendix nur Bruchteile verstand, aber er fand alles interessant – auch das Uninteressante.

Er blickte scheu zu Señor Sanchez hinüber. Warum war er stumm und hatte die Augenbrauen zusammengezogen? Es gab ihm etwas Finstres. Es erinnerte Herrn Bendix an sein verfehltes Interview in Sanchez' Büro in Caracas – dort hatte das Bild eines strengen Venezolaners an der Wand gehangen. Bendix hatte längst erfahren, daß das Bild Emilio Domingo Sanchez darstellte, den Freiheitskämpfer von der Insel Margarita. Sanchez' Großvater. Ganz spanische *dignidad**. Auch das Mißtrauen war da und jener stumme Widerwille, Informationen zu erteilen, die über das allernotwendigste Maß hinausgingen. Oder blickte Señor Sanchez so düster, weil seine Frau kürzlich gestorben war? Der junge Herr Bendix hatte es in der Zeitung gelesen, hatte aber nicht gewagt, eine Karte zu senden. Der Señor hätte sich seiner bestimmt nicht erinnert.

Carla Moll dachte: *Die Insel ... Er nannte mich Carlita. Alles Quatsch. Er sieht wieder mal besser aus als alle anderen Männer. Nur um mich zu ärgern. Gott, ist mir übel!*

Sanchez dachte: *Ich muß allein leben. Und wenn sie noch zehnmal schöner wäre ... Ein paarmal log sie die Wahrheit. Im Bett. Weiß steht ihr wunderbar. Warum sitzt sie immer noch hier am Orinoco?*

*Carla Moll dachte: Warum starrt Cooper mich so an? Macht mich ganz kribbelig. Glänzt meine Nase? Das hätte noch gefehlt! Worüber reden die Leute am Tisch? Dazu noch in spanisch! Wenn Carlos nicht bald was sagt, schreie ich.*

Sanchez dachte: *Warum sagt sie nichts? Sie redet doch meist wie ein Buch. Will sie mit mir schlafen? Natürlich. Eventuell ... Will ich? Nein. Oder doch? Wozu? Warum lacht sie plötzlich? Und so schrill, beinah wie Teresa. Ich kann sie ganz leicht brechen. Will ich das?*

Carla Moll dachte: *Ich kann ihn wieder kriegen, wenn ich will. Will ich?*

Sanchez dachte: *Warum trägt sie diese hochgetürmte Frisur? Albern. Ihre langen blonden Haare – das war sie. War sie das? Sie schmolz ganz schnell damals, zu schnell. Ich suche einen unwandelbaren Engel ...* un angel invariable ...

Carla Moll dachte: *Er kann mir nichts mehr tun. Ich hab ihn mir längst ausgeredet.*

Sanchez dachte: *Dieses Geschwätz hier am Tisch! Cristina Preston*

* Würde

*ist eine Redemaschine. Wie er das aushalten kann! Cooper spricht ganz gut Spanisch. Hab ihn mir anders vorgestellt. Teresa war nicht richtig für ihn. Carla glaubt, sie haßt mich. Frauen sind lächerlich.*
Carla Moll dachte: *Bald schwimme ich ab. Dann seh ich ihn nicht mehr. Gut so.*
Coopers Gäste sprachen über den Karneval. »Wir lernten uns beim Karneval in Rio kennen«, sagte Cristina Preston. »Du konntest nicht tanzen, Gilberto!«
»Das kann ich heute noch nicht«, sagte Preston vergnügt.
»Heute ist es einerlei. Deine Söhne tanzen.«

Sanchez dachte: *Das Fräulein wird wieder fortfliegen. Bueno! Seevogel . . .*
Carla Moll dachte: *Mir ist kalt. Er hätte mir eine Mantilla schenken können. Wieviel kostet der Meter Spitze? Bin ich verrückt? Carlos!* Carlos! *Er ignoriert mich.*
Sanchez dachte: Basta ya! *Cooper machte meiner Frau ein Kind, und sie starb. Wenigstens nannte sie sich Alvarez. Ich bin hier unter Unwissenden. Habe nichts gegen Cooper. Auch nicht viel für ihn. Intelligent. Vielleicht nicht ganz so klug, wie er denkt. Es wird kühl. Carla wird sich erkälten in dem Kleid. Unbescheiden ausgeschnitten!* Basta ya.

»Miß Moll ist eine bekannte Journalistin«, erklärte Cooper. »Haben Sie *Caracas für Anfänger* gelesen, Señor Sanchez?«
»Ich habe das Vergnügen noch vor mir. Sagen Sie, Señorita, trafen wir uns nicht einmal in Caracas?«
»Vielleicht vor hundert Jahren.«
»Dafür haben Sie sich gut gehalten.«
»Besten Dank, Señor!«
»Sie kennen sich?« fragte Cooper erstaunt.
»Das ist zuviel gesagt«, sagte Fräulein Moll. »Señor Sanchez ist der Freund eines Freundes eines Freundes von mir.«
Sanchez lächelte: »Das ist mir zu kompliziert, Señorita. Wir sind hier einfache Menschen. Was wollten Sie damit sagen?«
»Wie wär's, wenn Sie darüber nachdächten, Señor?«
»Das wäre entzückend. Leider fehlt mir die Zeit. Was treiben Sie hier allein am Orinoco?«
»Ich sehe mich um.«

»Hier ist nichts zu sehen. Bleiben Sie noch lange hier?« Er starrte sie an.
»Ich weiß es noch nicht. Es kommt darauf an.«
Sanchez zog die Augenbrauen zusammen und wandte sich brüsk Cooper zu. »Ich danke Ihnen für Ihre freundliche Einladung. Ich habe viel über Sie gehört, Mr. Cooper.«
»Hoffentlich nicht allzu Schlechtes, Señor?«
»Dann hätte ich geschwiegen. Mein Freund William Cornerstone in Chicago äußerte sich sehr anerkennend über Ihre Arbeit in Venezuela.«
»Er sitzt im Olymp der Firma.«
»Eine ausgezeichnete Firma, Mr. Cooper. – Dieser Fisch ist köstlich. Auf der Insel Margarita fange ich mir meine eigenen Fische.«
»Wie interessant«, sagte Fräulein Moll.
»Für Sie wäre es langweilig, Señorita. Man braucht Geduld zum Fischen. Man muß lange auf Resultate warten.«
»Dann fange ich die ganze Zeit hier Fische.«
»Bedauerlich«, sagte Sanchez kalt.
Unbehagliche Stille. Das Ehepaar Preston und Herr Bendix aßen stumm ihren Fisch. Cooper blickte von Sanchez zu Miß Moll. Die beiden unterhielten sich wie Feinde. Sie nahmen keine Notiz von den anderen Gästen. Cooper war empört und lächelte deswegen noch strahlender als sonst.
Sanchez fragte Cooper nach seinen Eindrücken von Venezuela. Cooper sagte vorsichtig: »Ich bin noch nicht sehr lange hier, Señor. Möchte kein voreiliges Urteil abgeben. Sie müssen wissen, ich bin ein Zugvogel der Industrie.«
Daraufhin fragte Sanchez nach Coopers Eindrücken aus der Vogelperspektive.
»Hier ist alles sehr anders als in den Staaten. Vor allem das Arbeitstempo.«
»Wir fangen vielleicht zu gern Fische, Mr. Cooper.«
»Komm, komm, Carlos!« Preston lachte dröhnend. »Höre, *amigo*. Unser Freund Cooper tut sein Bestes in einem schwierigen Sektor. Ihr sagt ihm ja nicht, was Ihr wirklich denkt.«
»Du irrst, Gilberto. Ich sage viel zu oft, was ich denke. Deswegen bin ich so unbeliebt.«
»Fischen Sie auch nach Komplimenten, Señor?« fragte Fräulein Moll.

Sanchez lächelte. »Wenn Sie mir durchaus eins machen möchten, Señorita?«
»Leider fällt mir keins ein.«
»Ich dachte, einer Journalistin fällt immer etwas ein.«
»Warum machen *Sie* mir kein Kompliment, Señor?«
»Leider fällt mir auch keins ein.«
»Darf ich fragen, wie es Ihrer Frau geht? Ist sie nicht mitgekommen?«
»Meine Frau ist tot.«
Carla Moll hatte ein Tabu verletzt. Über Teresa Sanchez wurde nie gesprochen. Nicht einmal Pilar erwähnte sie jetzt. Bis auf Cooper, der nichts über Sanchez' Privatleben wußte, machten alle betretene Gesichter.
»Das tut mir leid, Señor«, murmelte Cooper, bekam aber keine Antwort. Cooper fragte sich: Warum mag er mich nicht? Ich hab ihm doch nichts getan.
Dann gab Sanchez sich einen Ruck und fragte Cooper, ob er als Wirtschaftsberater große Schwierigkeiten in diesem Land habe.
Cooper räusperte sich ausführlich. Das tat er immer, wenn er vorsichtig sein mußte. Sanchez kam ihm wie ein Großinquisitor vor. »Venezuela ist ein immens reiches Land«, sagte er schließlich. »Aber – wenn ich offen sein darf . . .«
»Ich bitte darum.«
»Die Betriebe erscheinen mir für unsere Zeit reichlich patriarchalisch. Oder irre ich mich?«
»Durchaus nicht. In Lateinamerika ist der Paternalismus eine bewährte Betriebsstrategie. Unsere Völker wachsen sehr langsam in heutige Industriestrukturen hinein. Wir haben noch viele Analphabeten. Die Gegensätze zu den USA sind in der Tat enorm.«
»Wir haben wieder andere Schwierigkeiten«, sagte Cooper höflich.
»Meinen Sie das Problem der Farbigen? Das fällt hierzulande weg.«
»Es ist eines unserer Probleme. Vielleicht ist das Leben in den Staaten zu mechanisiert. Dagegen scheint mir, daß es in Ihren Ländern zu individualistisch ist. Wenn ich das sagen darf: hier gibt es zu viele Exzentriker.«
Sanchez lachte. »Das kann schon sein.«
»Das ist so«, sagte Preston.
»Ich habe nur Exzentriker hier getroffen«, bemerkte Fräulein Moll.
»Trotzdem halte ich die Gegensätze zwischen unseren Kontinenten

für überbrückbar«, sagte Cooper diplomatisch. »Es wird viel zuviel davon hergemacht. Der Mensch ist überall derselbe.«
»Unleugbar«, sagte Sanchez. »Auch ich wünsche aufrichtig, daß wir uns menschlich und wirtschaftlich besser verstehen lernen. Aber ich fürchte, wir sind grundverschieden. Wir haben die spanische Vorliebe für Stierkämpfe, und die USA haben Tierschutzvereine.«
Preston lachte, und Cooper stimmte etwas säuerlich ein. Carla und die Brasilianerin waren ausgeschaltet. Fräulein Moll haßte Gespräche unter Männern, während Cristina Preston daran gewöhnt war. Sie begann von ihren sieben Kindern zu erzählen. Wenn Carla reine Männergespräche haßte, dann verabscheute sie Gespräche über Kinder. Sie fühlte sich in den Hintergrund geschoben. Sanchez hatte es so gewollt. Sie würgte an ihrem Steak herum. Sie sah ihn an und dachte: Biest!
Preston aß mit großer Konzentration. Er hatte einen hohen Blutdruck, und Diskussionen regten ihn nicht an, sondern auf. Er blickte verstohlen in den dunkelnden Garten und hoffte Padilla zu entdecken. Er hatte dessen Namen im Hotelregister gelesen. War der Vogel ausgeflogen?
Je tiefer Carla Molls Laune sank, desto aufgeräumter wurde Sanchez. Er wandte sich liebenswürdig lächelnd dem jungen Herrn Bendix zu, der ihm hingerissen lauschte. Das war ein Mann!
»Ich würde mich morgen früh gern mit Ihnen unterhalten, Señor Bendix. Sie haben sicher viele Erfahrungen bei der *United States Steel* gesammelt.«
»Haufenweise, Señor Sanchez. Aber leider muß ich nach Berlin zurück. Mein Vertrag ist abgelaufen.«
»Ich könnte Ihnen vielleicht einen Posten anbieten.«
»Ist das Ihr Ernst, Señor?« Der junge Herr Bendix war puterrot geworden.
»Tüchtige Ingenieure können wir immer brauchen, junger Mann. Sagen Sie, haben wir uns nicht einmal in Caracas unterhalten?«
»Jawohl, Señor. Aber es klappte damals nicht.«
Wie jung er ist, wie ehrlich, dachte Sanchez. Nein, der hatte nie etwas mit Carla Molls Suche nach Bonnhoff zu tun gehabt. »Wir haben unser Hauptquartier in *Ciudad Guayana*«, sagte er. »Die Regierung besitzt die Orinoco-Stahlanlage.«
»Dort arbeitet auch ›USA-Stahl‹«, sagte Cooper schnell.
»Ich kenne die Manager«, sagte Sanchez. »Enorm tüchtige Leute. Ja,

unser Land ist riesig und teilweise unerschlossen. Selbst für die Firma Alvarez & Sanchez ist noch Platz am Orinoco. Sie sehen, Mr. Cooper, bei uns sind Privatunternehmungen noch an der Tagesordnung.«

*Alvarez und Sanchez?* dachte Cooper. Seine Teresa, die ganz plötzlich in Mérida starb, hatte Alvarez geheißen. War sie vielleicht mit Sanchez verwandt gewesen, oder war Alvarez ein häufiger Name in Venezuela? Wahrscheinlich. Er blickte zu Fräulein Moll hinüber. »Sie essen nichts, Miß Moll! Schmeckt es Ihnen nicht?«

»Der Rum schmeckt großartig, Mr. Cooper.«

»Zum Wohl, Señorita!« Sanchez betrachtete sie mit dem Blick des Ästheten. Eine Komposition in Gold und Weiß. Aber ihre triste Wachsamkeit ließ ihn kalt.

Mir ist egal, wovon mir schlecht wird, dachte Fräulein Moll.

»Der Rum ist zu stark für Sie. Nehmen Sie lieber Soda mit Whisky, Señorita!«

»Aber Rum schmeckt mir. Besonders mit Früchten.«

»Darauf kommt es nicht an«, sagte Sanchez streng. »Man wird Sie in Ihr Zimmer tragen müssen, wenn Sie so weitermachen, meine Liebe!«

»Ich kann viel vertragen, Señor!«

»Ich habe nicht den Eindruck. Aber wie Sie wollen!«

Cooper starrte die beiden an. Miß Moll veränderte sich erschreckend. Sie war im Augenblick eine Mischung zwischen einer Furie und einer Kameliendame von 1970. *La Traviata* – Naomis Lieblingsoper. Nichts für ihn! Miß Moll war auch nichts für ihn. Nie etwas gewesen. Aber an ihm hatte das nicht gelegen. Sie zeigte jetzt etwas, was er an Frauen nicht leiden konnte. Eine Art mit Männern, eine andere Art mit Neutren und keine Art mit Frauen! Cristina Preston existierte nicht für Miß Moll. Höchst ungehörig, dachte Cooper.

Dabei war es schwierig, Señora Preston zu übersehen, und noch schwieriger, sie zu überhören. Im Moment erzählte sie Herrn Bendix den Inhalt aller Filme, die sie jetzt in Rio gesehen hatte. Je trauriger der Film, desto leidenschaftlicher erregte sich die Señora im Rückblick. Wirkliche Tragödien ließen sie kalt. Sie verbrauchte ihr Gefühl im Leben mit Schemen. Wie jeder Firmenanwalt hatte Preston wenig Zeit für seine Familie, obwohl Frau und Kinder ihm sehr wichtig waren und er jede einzelne seiner sieben Rangen schmerzlich vermißte. Hoffentlich paßte Cristinas Tante gut auf die Kinder auf.

Preston genoß Coopers Mahl. Er aß langsam, mit epischer Freude. Er aß immer, als ob die jeweilige Mahlzeit die letzte gute Mahlzeit seines Lebens wäre. Er wirkte mit seinem massigen Schädel, mit den kurzgeschorenen Haaren wie eine große, schwere Bulldogge, die wehmütig am letzten Knochen nagt. Er trug nicht das geringste zur Unterhaltung bei. Mit seinen Freunden Sanchez und Cooper führte er Unterhaltungen zu zweit. Cristina hatte er längst alles gesagt, was er ihr sagen wollte. Miß Moll gefiel ihm nicht besonders, obwohl er ein schönes Mädchen lieber als ein häßliches betrachtete. Und der junge Herr Bendix war zu grün für Gilbert Preston. Netter Junge, aber definitiv zu grün. Preston stand auf, um seiner Frau die Mantilla um die üppigen Schultern zu legen. Er tat es so sorgsam und liebevoll, daß es Carla einen Stich gab. Sie konnte sich im Nachtwind Lungenentzündung holen – wen kümmerte es? Manche Frauen hatten unverschämtes Glück . . .

Carla fühlte sich unbehaglich wie ein Fisch in der Wüste. Ich glaube, ich bin auf dem besten Weg in die Gummizelle, dachte sie. Sie fühlte sich exponiert, Sanchez' kühlem Blick preisgegeben und trotzdem unsichtbar. Exponiert und doch unsichtbar fühlte sie sich schon die ganze Zeit am Orinoco. Ob Sanchez nun dasaß oder nicht, seine Anwesenheit war nur eine Unterbrechung seiner permanenten Abwesenheit. Er tat ihr nicht gut. Er suggerierte ihr mit lächelnder Grausamkeit, daß sie nicht so jung war wie damals auf der Insel. Sie konnte ihn nicht mehr entzünden. Sie sah plötzlich ihre Zukunft mit den Augen ihrer Mutter: sie war nun dreißig, und es gab keine Sicherheit, keine Gewißheit, keinen Glanz. Nur Arbeit, Kollegen, leere Sonntage. Bald würde sie die Liebe als eine Kinderkrankheit betrachten.

»Lassen Sie sich ein Tuch bringen. Sie frieren, Señorita. Sie sind blaß«, sagte Sanchez. Er sah ihr einen Moment in die Augen. Dann winkte er einem Kellner. Carla beschrieb ihm, wo ihr weißes Wollcape sei. Nach einer langen Suche brachte er ein rotes Tuch. Er konnte das andere nicht finden. Sie ist immer noch so unordentlich, dachte Sanchez. Gewisse Eigenschaften bleiben. Ihre Unordnung hatte ihm damals Spaß gemacht. Das rote Tuch war Blut auf Schnee. Irgend etwas blitzte in seinen Augen auf. Dann wandte er sich wieder an Cooper. Er sagte, kleine Erfolge bedeuteten viel in Venezuela; in den Staaten würden große Erfolge schnell vergessen. »Woran liegt das?«

»Wir besitzen den Erfolg nicht«, sagte Preston unerwartet. »Wir sind von ihm besessen. Und Ihr kommt auch allmählich dahin, Carlos.«

»Ich hoffe nicht, Gilberto. Zufriedenheit ist wichtiger.«
»Wo kauft man das?« fragte Carla Moll.
»Wir haben zuviel Freud gelesen«, sagte Gilbert Preston. »Ich fürchte, wir sind eine Nation von Denkern geworden. Es gefällt mir nicht. Ich halte es mit Aristoteles: der Gedanke soll der Vorbereitung zur Tat dienen.«
»Dann bin ich ein Busenfreund von Aristoteles«, sagte Sanchez. »Nur denken wir nicht – oder noch nicht – so pragmatisch wie in den USA. Selbst in unserer wachsenden Industriegesellschaft neigen wir eher zur Mythenbildung als zum Glauben an Elektronen. Sehr lästig!«
Einen Augenblick war Sanchez in einem privaten Universum, und Cooper blickte ihn erstaunt an. Das war ein hintergründiger Bursche. Machte er sich lustig? Über die USA? Über Cooper? Über die Frauen? Warum in aller Welt hatte Preston ihn eingeladen?
Sanchez dachte nicht daran, mit Cooper ein profitables Gespräch zu führen oder eine andere Gelegenheit für ein Gespräch vorzuschlagen. Er äußerte seine doppelbödigen Ansichten mit großer Höflichkeit; aber Cooper fühlte in jeder Äußerung abschätzende Kritik, Mangel an Sympathie, Mißtrauen. Und *was* trieb er mit Miß Moll?

Sanchez dachte: *Ihre Blicke sind eine Schlinge um meinen Hals. Ich muß sie abwerfen. Cooper hat keine Ahnung, daß Teresa . . . Warum ließ ich sie im Prado Rio beobachten? Sie und diesen Burschen? Er kann nichts dafür . . . zuviel Feigheit, Lüge, Täuschung . . . Cooper war ein Opfer. Teresa – lauter Anti-Werte. Tot. Verschüttet. Carla friert. Keine Harmonie an diesem Tisch. Preston schmeckt's. Famoser Mann . . . Sie blickt mich wieder an. Sie sitzt im Niemandsland . . . Komisch, immer wenn ich sie treffe, sitzt sie . . . Will sie Ansprüche auf mich erheben? Sie – auf mich!* Imposible.
Carla Moll dachte: *Er merkte, daß mir kalt ist. Nur er. Er ließ ein Tuch bringen . . . Na und? Deswegen rede ich mir doch nichts ein. Er war nie für die deutliche Tour, und ich weiß nie, wann's geklingelt hat. So was sagte er mal auf der Insel. Prestons Brasilianerin hat ein unbewegliches Gesicht, obwohl sie ununterbrochen quasselt. Was findet er an ihr? Sieben Kinder – schrecklich! Hätte gern ein Kind von Carlos gehabt – damals. Heute? Nein. Wendts Gesicht möchte ich sehen, wenn ich mit dem Säugling von Carlos . . . bin nicht taktfest, sagt Wendt . . . Angenommen, ich fall Carlos jetzt um den Hals! Gut, daß ich Handschellen und gesunden Menschenverstand habe. Sehr gut.*

*Ein Fall von ungehöriger Hörigkeit. Kein übler Ausdruck. Merk ihn mir zur weiteren Verwendung. Für meine Memoiren. Möchte wissen, wer die lesen würde . . . oder gar kaufen . . . Carlos? Nein . . .*

»Wie finden Sie den Orinoco, Miß Moll?« fragte Preston.
»Nicht so aufregend wie einen Stierkampf, aber besser als Bridge.«
»Was haben Sie gegen Bridge?« fragte Cristina Preston gereizt. »Es ist ein Spiel, bei dem man nachdenken muß.«
»*Das* hab ich dagegen, Señora.« Carla zerdrückte ihre Zigarette heftig im Aschbecher und griff nach einer neuen. Sanchez fragte, was ihr die arme Zigarette getan hätte, und erhielt keine Antwort. Ihr war schwindlig. Sie mußte Flöhe im Gehirn haben. Der Geruch von verfaulten Tropenfrüchten stieg vom Rumpunsch auf – süßlich, obszön, tödlicher als die sieben Todsünden. Um sie herum sprachen Preston, Cooper und Sanchez über das technokratische Zeitalter, Bodenschätze, Chemie. Von Chemie verstand sie auch was. Wie Illusionen zu Essig werden. Wie Energie sich in Haferbrei verwandelt und Liebe in Kräutertee. Alles Wunder der Chemie! Oder? Ich bin jetzt so blau, daß ein blaues Wunder geschehen muß. Hörst du, Carlos? Was soll mir Stahl, Petroleum, Zement? Und dir? Du bist ein Top-Manager. Wir wissen es alle. Macht's dir was aus, daß deine gräßliche Frau . . . Bist du ein trauernder Witwer, Carlos?
»Ja, ich bin Vorsitzender der Handelskammer. In Caracas«, sagte Sanchez. »Es gibt auch einen Club der Industriellen, Mr. Cooper. Wenn Sie eine Einführung dort wünschen – jederzeit. Ich kann leider nicht sagen, wann ich in Caracas bin.«
Einmal sagte er auf der Insel: *basta ya,* dachte Carla. Als ich versuchte, ihm eine Szene zu machen, weil er allein fischen . . . Grimmig sah er aus. Wie jetzt. *J'ai tout perdu: délire, jouissance, transports brûlants* . . . Warum französisch? Spanisch ist das Gebot des Landes. Ermüdend, eine Frau zu sein! Ist doch alles für die Männer gemacht in dieser Welt. Wir sind Sexualproviant. Ich noch nicht mal das . . . Er denkt nicht dran. Alle Jahre einmal kommt der Weihnachtsmann. Klar! Er kann doch nicht Ostern und Pfingsten auch noch . . . Carlos erhebt sich zu seiner Denkmalsgröße . . . Ein Profil hat der Kerl, ein Profil wie . . . wie der ›christliche Caballero‹ . . . ich glaub: *El Greco.* Was kauf ich mir dafür? – Carlos, bleib! Geh nicht weg! Er hat genug – *basta ya* . . .
Sanchez kam zu Carla Moll herüber und hob ihr Tuch auf. Sie hatte

nicht bemerkt, daß es ihr von den Schultern geglitten war. Alles drehte sich um sie: Cooper, die Prestons, Bendix, die Schale mit Früchten. Der Boden hatte sich aufgetan, in den Wolken umarmte sich ein nacktes Paar, der Orinoco überschwemmte Coopers Gastmahl, das ereignislose Ufer sank in den Fluß, ein schwarzer Schatten schob sich vor den Mond, es war nicht der Mond, es war ein gigantischer Bohrturm, der den Erdschatten durchbrach und auf Coopers Gäste losstürzte . . . Und das war nicht das Hotel Amazonas, sondern eine Urwaldlandschaft. Messerscharfe Kakteen, Raubtiere, Bäume mit grauenhaft langen, tückischen Wurzeln. Nachtvögel krochen aus Felshöhlen, Teufelsvögel mit Krummschnäbeln. Und Schlangen und hungrige Krokodile und das ganze, wilde, urzeitliche Getier vom Orinoco schwamm und kroch und flog heran – näher, immer näher . . . Sie sah es alles im Schlamm und Schaum ihrer Trunkenheit. Und dazwischen den christlichen Caballero ohne Spitzenkrause, ohne Spitzbart, ohne Siegelring auf dem Mittelfinger – aber die tiefen, strengen Augen und den Zug von leichtem Ekel um den Mund . . .

»Ihnen ist nicht wohl, Señorita. Sie haben zu schnell getrunken«, murmelte Sanchez. Er hatte eine ärgerliche Falte zwischen den Augenbrauen. Er hatte Fräulein Moll gewarnt. Sie vertrug den schweren Rum nicht. Sie war nicht taktfest.

Sie blickte trübe zu ihm auf – Denkmal, Mörder! Sie hätte ihn gern beschimpft. Aber sie war zu müde und betrunken. Scheußlich, daß er sie in diesem Zustand . . . Er sollte an diesem Abend sehen, was er verloren hatte. Vorbei! Sie war fertig. Hinter den Palmen des Patio verbarg sich der Tod. Irgendwann mußte man hopsgehen. Warum nicht jetzt? So jung kam sie nicht mehr mit ihm zusammen! Er sollte merken, was er ver . . . lo . . . ren . . .

»Kommen Sie, Señorita! Ich werde Sie zu Ihrem Zimmer bringen.«

»Ich muß Ihnen erklären . . . erklä – ren –«

»Nicht nötig. Ich bin im Bilde. *Bitte*! Kommen Sie! So . . . Können Sie stehen? Bueno! Langsam. *Si, si.*«

Sie schluckte krampfhaft.

»*Qué hay*?* Tränen nützen nichts. Was ist Ihnen?«

»Mir ist schl . . . schlecht. Sehr – schlecht.«

»Ja.«

»Ich kann nicht gehen, Carlos!«

* Was gibt's?

»Doch, doch! – Langsam! *Das* ist besser. Wo ist Ihr Zimmer?«
»Da hinten. Ich muß einen Augenblick . . . Entschuldige, Carlos!«
»Setzen Sie sich hierher. *Por favor*! Ich hole jemand . . .«
»Nein, nein! Ich kann – gehen. Muß mich an dir festhalten. Entschuldige! Ich muß – mich – fest – festhalten . . . Geht . . . nicht anders. Ich hab mein Spanisch vergessen. Weiß nur noch: *policía* und . . . *un médico* . . .«
»Sie brauchen keinen Arzt. So, da wären wir. Sie brauchen nur . . .«
»Ich brauch nur dich! Nichst – sonst.«
»Sie brauchen Ruhe, Señorita. Gute Nacht.«
»Bleib! Bleiben Sie – por favor!«
»Helfen Sie der Señorita«, sagte Sanchez zu einem Stubenmädchen, das er aus dem Patio herangewinkt hatte. Er gab dem Mädchen einen Geldschein.
»Danke vielmals, Señor! Was hat die Señorita?«
»Sie ist übermüdet.« Er trat zu Carla heran, die auf einem Korbstuhl unbeweglich der Unterhaltung lauschte. »Adiós«, murmelte er. Sie blickte nicht auf und antwortete nicht. Das gibt's doch nicht, dachte sie betäubt. Sie ahnte nicht, was es alles gibt.

Eine Stunde später klopfte es an ihre Tür. Sie fuhr aus ihrem Aspirinschlaf auf. Ihr Herz klopfte. Oder war es ihr Wecker? Sie war zu schwach, um aufzustehen. Jemand öffnete leise die Tür. Sie lag mit geschlossenen Augen. Er war gekommen. Natürlich war er gekommen. Er wußte, er war der einzige Mann für sie. Sie zählte seine Schritte. Dann öffnete sie die Augen.
»Ich wollte fragen, ob Sie etwas brauchen«, sagte Señora de Padilla. »Sie erreichten vorhin Ihr Zimmer nur mit der Hilfe eines Gastes. Ein vornehmer Herr! Höflich sind sie – das muß ich ihnen lassen. War es ein schönes Gastmahl, Fräulein Moll? Warum sagen Sie nichts? Warum starren Sie mich so an? *Ich* bin's, Fräulein Schmoll. Ihre Freundin! Was kann ich für Sie tun?«
»Nichts.«
»Ist Ihnen das Essen nicht bekommen? *Wer* war der Señor? Ein Filmstar? Wer war er?«
»Ich habe seinen Namen nicht verstanden. Gehen Sie bitte, Señora.«
»Ich weiß, wann ich überflüssig bin«, erwiderte Señora de Padilla allen Ernstes. »Ich biete meine Hilfe an. Ich leide Ihre Leiden. Ein eng geknüpftes Band zerreißt. Ich hoffte, Sie würden mir ein Krümchen

vom Gastmahl aufbewahren – *una torta de banana*, falls es die gab; oder ein Häppchen Reispudding. Eine Kleinigkeit. Ich erwartete nicht ein komplettes Mahl, Fräulein Mull! Es hätte mich beglückt. Der Teufel soll Sie holen. Wünsche süße Träume! Aber eine letzte Warnung, Fräulein Troll. Träumen Sie nicht von Brautschleiern – es ist vergebens. Verzeihen Sie die Störung. Gab es Venusmuscheln? Sie schmecken am besten mit einem Huhn und einigen Garnelen. Mit oder ohne Knoblauch ... *bien, bien, chica**. *Ich* bin nich zudringlich. Gute Nacht! Die Muscheln brauchen zwanzig Minuten im Ofen, bis sie sich öffnen. Nicht mehr, nicht weniger ... *Bitte*, werfen Sie nicht mit Gegenständen nach mir. Was für Manieren.«

Als Carla Moll am nächsten Tag in den Patio ging, war Sanchez längst über alle Berge.

»Es tut uns allen so leid, daß Ihnen schlecht wurde«, sagte der junge Herr Bendix arglos. »Sind Sie heute ganz in Ordnung?«

»So ziemlich. Es ging mir schon mal besser.«

»Ist es das Klima?«

»Es ist immer das Klima. Hat's Ihnen gefallen gestern abend?«

»Wunderbar! Der arme Mr. Cooper hat ein entzündetes Hühnerauge. Ich gab ihm meine Salbe. Noch aus Berlin. Wirkt garantiert. Wissen Sie, was mir leid tat, Fräulein Moll? Daß Mr. Cooper die arme Señora Padilla nicht eingeladen hatte. Vielleicht paßte sie nicht ganz dahin, aber sie hätte doch keinen gestört.«

»Meinen Sie?«

»Die Arme saß versteckt im Garten. Ich werde nachher mit ihr Karten spielen. Ihr Mann ist verreist. *Jemand* muß sich doch um sie kümmern, nicht?«

»Sind Sie eigentlich Missionar, Herr Bendix? Ich dachte, Sie seien Ingenieur. Wenn Sie mit Frau Padilla Karten spielen, werden Sie sie in diesem Leben nicht mehr los.«

»Das glaub ich nicht. Man muß eben freundlich und bestimmt sein.«

»Die Botschaft hör ich wohl, allein mir fehlt ... Ich kann Ihnen gar nicht sagen, Herr Bendix, was mir alles fehlt.«

»Ich finde, Sie sind eine beneidenswerte moderne Frau. Toll erfolgreich im Beruf, bildhüsch und schließlich noch nicht alt, wenn ich das sagen darf.«

* Schon gut, Mädchen

Ulrich Bendix hustete etwas verlegen; das mit dem Alter hätte er verschlucken sollen. Aber Fräulein Moll schien nichts dabei zu finden. Oder hatte sie nicht zugehört? Bendix fürchtete oft, daß man ihm nicht zuhörte. Und was hatte er schließlich schon zu sagen? Jeder schien besser über Venezuela Bescheid zu wissen als er. Er fragte eilig, wie Señora Preston auf Fräulein Moll gewirkt hätte. »Fabelhaft, wie?«

»Hinreißend.« Fräulein Moll unterdrückte ein Gähnen.

»Señora Preston ist eine richtige altmodische Mutter. Das gefällt mir«, bemerkte Herr Bendix. »Heute wollen so viele Frauen keine Kinder, oder höchstens eins, und das zweite ist schon ein unglücklicher Zufall. Sie hat sieben. Famos, nicht? Kinder sind einfach nötig in der Ehe.«

»Ich habe keine Ahnung, Herr Bendix.«

»Das liegt doch auf der Hand, Fräulein Moll. Natürlich gibt's überall Mädels, die Kinder wollen; aber die meisten sind so ruhelos, oder der Beruf erlaubt's nicht, oder was weiß ich? Ich glaube, in Südamerika geht man auf Nummer Sicher. Ich würde gern eine Venezolanerin heiraten.«

»Schon was in Aussicht?«

»Leider nicht. Ich hocke in den Minen rum, und abends bin ich müde. Aber das Schlimme ist, ich schließe mich schwer an. Und dann – ich muß Vertrauen zu meinem Mädel haben. Große Hauptsache bei mir! Sex allein kotzt mich an.«

»Wen nicht?« fragte Fräulein Moll.

»Sie braucht keine Schönheit zu sein.« Ulrich Bendix hatte an vielen einsamen Abenden ein festes Programm für die Zukunft entworfen. »Wenn sie zu hübsch ist, wollen die Kollegen was mit ihr anfangen. Oder sie mit den Kollegen. Schließlich bin ich auch nichts Besonderes. Señor Sanchez zum Beispiel, dem werfen die Frauen sich an den Hals, nehm ich an. Sieht grandios aus, nicht?«

»Spanisch. Die sehen alle so aus.«

»Er ist eben mein erster spanischer Typ. Ritterlich, was? Wie er Ihnen sofort zur Hilfe kam. Wir andern merkten gar nichts. Der ist große Klasse, Fräulein Moll. Eine Spur zu streng und undurchsichtig vielleicht. Aber Sonderklasse! Vielleicht gibt er mir eine Stellung. Wäre das prima?«

»Großartig.«

»Señor Sanchez ist mein Vorbild«, sagte der junge Herr Bendix ernsthaft. »Klingt albern, ich weiß. Aber so habe ich mir immer einen Mann vorgestellt.«

»Freundlich, aber bestimmt«, sagte Fräulein Moll.

»Zu Haus komm ich nicht in die Kreise wie hier. Ich seh immer nur Berliner. Nett, aber man kennt sie eben. Gestern abend war es toll international, nicht? Soviel Nationen an einem Tisch! Und die zwei Engländer in der Ecke und Señora Padilla im Gebüsch. – Aber natürlich: Berlin bleibt Berlin. Ich meine nur, ich hab noch nie einen so interessanten Abend erlebt.«

»Ich auch nicht«, sagte Fräulein Moll.

# Protokolle der Unlust

*Dinge zerbrechen und bleiben zerbrochen.*
W. S. Merwin

Carlos Sanchez:

Ich hätte nie mit Carla Moll schlafen sollen. Wir passen zusammen wie Feuer und Spreewasser. Aber in ihr ist jene Mischung von Herausforderung, Ironie und plötzlicher Unterwerfung, der kein Mann widerstehen kann. Wenigstens konnte ich es nicht vor zwei Jahren. Seitdem hat sich vieles um mich und in mir geändert. Auch Teresas Tod kam noch dazu. Er erinnert mich heute kaum noch an Teresa, sondern nur daran, daß wir alle gehen müssen. Vielleicht messen wir aus diesem Grund dem Leben übertriebenen Wert bei. Darum ist es wichtig, eine Kur für unsere Leidenschaften zu finden. Sie fesseln uns an die Existenz und reduzieren uns zu Sklaven.
Carla Moll ist zu jung, um das zu verstehen. Sie ist unzufrieden und unglücklich, und ich bin daran schuld. Zum großen Teil wenigstens. Ich kann aber nichts dafür, daß sie etwas haben will, was ich ihr nicht mehr geben kann oder will. Sie kann doch nicht zwei Jahre auf mich gewartet haben. Wer ist sie? Penelope? Wenn ja, dann webt sie Intrigen. Was tut sie hier am Orinoco? Hier ist nichts zu sehen, und der Fluß hat eine Farbe wie schmutzige Oliven. Natürlich weiß sie nicht, daß ich ein Haus hinter Sanariapo habe. Nur Pilar und meine Freunde Salvador Paz und Robert Jordan kennen dieses Haus und seine Bewohner. Wer dort eintritt, muß die Hoffnung draußen lassen. Als ich Pilar das sagte, wollte sie für mich beten, obwohl sie jahrelang aus der Übung ist. Gute Pilar! Warum sieht sie sich nicht endlich nach einem Mann um? Das Leben im Büro und mit mir in Caracas kann ihr nicht genügen. Ihr Leben ist ein stummes und nicht gerade unter-

haltendes Drama. Nicht einmal ihr Haß auf Teresa brachte Farbe und Bewegung hinein. Pilar spielt hinter einem geschlossenen Vorhang. Aber sie ist mit ihren Leiden beschäftigt, und Carla spürt nur Leere. Ich witterte das gestern abend, als ich an Coopers Tisch herantrat. Sie war blaß und unlustig und mit ihren Gedanken ganz woanders. Aber dann belebte sie sich, und ihre Blicke waren eine Einladung, die sie nicht aussprechen wollte. Sie nahm sich sehr zusammen, was ihr nicht leichtfällt. Einmal sah sie aus wie ein Kind, das seinen Lieblingstraum träumt. Bei jeder anderen jungen Frau hätte es mich gerührt. Auf der Insel hätte es mich bezaubert. Natürlich dachten wir beide an die Zeit auf der Insel und was uns dort vereint und plötzlich getrennt hatte. Ich habe es Pilar zu verdanken, daß ich nicht weiter auf Margarita im Narrenparadies lebte. Ich war in Carlas blonde Haare vernarrt, weil sie mich an Christine, mein erstes Mädchen in Berlin, erinnerten. Ich war damals achtzehn Jahre, studierte an der Technischen Hochschule und lebte in Bonnhoffs Tiergartenvilla mit ihm und Christine. Es war das Gespensterjahr 1938, und Sturmbannführer Bonnhoff war das wohlgenährteste Gespenst, das mir je über den Weg gelaufen ist. Und dann, nach zweiunddreißig Jahren, stürmt Carla Moll in mein Haus in Caracas: intelligenter und hinterhältiger als Christine, aber genau so blond und aus Berlin. Ich entführte sie auf die Insel, und sie ließ es zu, weil sie einen Mann brauchte. Vorbei! Man darf nicht zurückblicken. Trotzdem werde ich immer wissen, daß ich mich auf der Insel mit Carla Moll wie ein Narr benahm. Ich spiegelte diesem »Fräulein« ein karibisches Paradies vor, eine von Eros regierte Welt ohne Pflichten, ohne Schmerzen, ohne die harten Wahrheiten der Realität. Eigentlich log ich noch gründlicher als sie. Sie war unverwöhnt und wahrscheinlich wirklich verliebt. Auf jeden Fall vergaß sie zeitweilig ihre Berliner Auftraggeber und ihre absurde Suche nach Bonnhoff und ließ sich auf der ersten besten Wolke nieder. Trotzdem belauerte sie mich tagsüber. Aber nicht, um meine Beziehung zu Bonnhoff zu ergründen und Informationen über seinen Verbleib zu erhalten, sondern um Macht über mich zu gewinnen und mich wirksamer an sich zu fesseln. Ich war mit meinen achtundvierzig Jahren erfahren genug, um die Symptome einer sexuellen Machtergreifung zu erkennen. Sie hätte es nicht geschafft. Sie wäre meine Beute geworden. Sie war es vom ersten Tage unserer Bekanntschaft, und – zu ihrem Unglück – ist sie es immer noch. Sie muß mich geträumt haben, bevor sie mich sah. Sie hat viel gesunden Menschenverstand und Mutterwitz und

Lebenstüchtigkeit; aber im Haushalt ihrer Seele herrscht so viel Unordnung wie in ihrem Schlafzimmer auf Margarita. In Caracas habe ich keines ihrer Schlafzimmer betreten.

Unsere Nächte auf der Insel hatten manchmal einen Anflug von Magie. Als sehr junger Mann spürt man das nicht. Da ist man zu neugierig auf den Körper. Nach vierzig läßt man sich überraschen. Die Nacht verwandelte Carla in *Carlita* – eine Nymphe ohne festen Wohnort oder Familie. Vorbei. Vielleicht können Frauen sich mit dem Alleinsein nicht abfinden. Teresa konnte es nicht. Pilar kann es schlecht, obwohl sie es nicht zeigt. Auch Consuelo Márquez denkt wahrscheinlich jetzt darüber nach, wie sie Cooper in ihr Chaos zurückholen kann. Ich sehe immer noch seinen Brief in ihrem Studio in Mérida – ein Gruß aus dem Orkus. Und Carla verlor gestern abend zum Schluß die Fassung, weil ich sie bewahrte. Das brachte sie zur Raserei. Ich wunderte mich nicht darüber; man kann sie leicht verführen. Besonders wenn sie sich in Carlita verwandelt, eine Person, die nur sehr entfernt mit der Journalistin Moll verwandt ist. Ihr geistiges Rüstzeug nützt ihr nichts in Augenblicken der Leidenschaft.

Auf der Insel lockte ich diese Augenblicke herbei wie der Angler den Fisch. Aber ihr Ausbruch gestern nacht erweckte nur Widerwillen in mir. Sie weiß immer noch nicht, wann der Karneval zu Ende ist. *Ich* rechne prinzipiell mit Aschermittwoch; er hat seine eigene poetische Wahrheit. Trotz allem malte ich mir einen Augenblick die große Versöhnung im Bett aus, als ich Carla Moll so unvermutet als Coopers Ehrengast wiedertraf. Und warum nicht? Jeder Mann hat automatisch Bettgedanken beim Anblick einer Frau, die er umarmte und dann aus den Augen verlor. Außerdem bot sich »mein Fräulein« gestern abend freimütig an. Ihre Ironie konnte ihre unterirdische Erregung nicht verbergen. Coopers Gäste merkten nichts; aber ich kenne diese Dame länger und intimer. Sie wollte wieder mit mir schlafen, und nach uns die Sintflut! Dagegen war nichts einzuwenden. Ich hasse Prüderie, weil sie ein Abfallprodukt der Erotik ist.

Carla ging resolut an die Arbeit. Sie wandte sich ostentativ Preston zu, um mir ihr reines Profil ins Gedächtnis zurückzurufen. Ihr Lächeln war gleichzeitig Zusage und Absage. Sie ließ ihr Abendkleid noch etwas weiter von den Schultern gleiten. Dieser Exhibitionismus war mir neu an ihr. Carlita hatte sich abends wie eine Klosterschülerin verhüllt. Wahrscheinlich nur, damit ich sie ausziehen mußte. Aber es entzückte mich. Coopers Ehrengast dagegen hätte am liebsten alles ausgezogen, trank zuviel und lachte zu schrill. Eine leuchtende Haarsträhne löste sich aus Carlas Frisur, und sie strich sie langsam zurück. Ich liebte diese Bewegung, und sie wußte es, und weil sie es so genau wußte, blieb ich unbeeindruckt. Ihr Kleid rutschte noch tiefer, und Cooper putzte seine Brille. Diese Tricks waren mir zu primitiv und paßten eigentlich auch nicht zu ihr. Ich war erstaunt. Isolierte Reize reizen mich nicht. Ich will entweder alles oder gar nichts. Sie wurde immer mehr zu einem eigensinnigen Kind, das nur den Kuchen haben will, den es nicht haben kann. Schon bei Fisch und Reis entschied ich mich gegen das Mitspielen. Frauen sind immer zum Spielen bereit. Aber mir verdirbt es den Geschmack an der Angelegenheit. Wenn ich eine Frau begehre, mache ich offen oder versteckt Jagd auf sie. Und wenn ich sie nicht will, sind *ihre* Jagdversuche vergebens. Wahrscheinlich erlebt man nur mit sich selbst zuverlässige Romanzen. Trotzdem wäre es vielleicht zu einem kurzen Spiel gekommen, wenn meine Erfahrungen mit ihr mich nicht immer stärker gewarnt hätten. Was treibt sie wirklich ohne ihre Kollegen hier am Orinoco? Weiß sie von meinem Haus bei Sanariapo – und weiß sie, wer darin lebt? War sie als Coopers Ehrengast im »Paradies der Fischer«? Cooper erwähnte sein Abenteuer mit dem vergifteten Pfeil, und sie verzog keine Miene. Ich fragte nichts. Sie sagte mir nicht, wie lange sie noch im Hotel Amazonas bleiben würde. Auch nicht, wohin sie später gehen würde. Ich dachte an die spanischen Schwerter der Legende, die der Schlange den Tod bringen. Preston sagte leise: »Wach auf, Carlos!« Dann sprachen wir über Eisenerz, das technokratische Zeitalter und die neuen Formen der Massenhysterie. Sicherlich hätte Carla Moll gerne mitdiskutiert, wenn sie noch dazu fähig gewesen wäre. So saß sie da wie eine Pallas Athene, die einmal bessere Tage gesehen hat.

Als sie mich vor zwei Jahren in unserem Familienhaus in Caracas überfiel, war sie trotz ihrer Dreistigkeit auffallend blaß, eine nordische Zimmerpflanze zwischen wilden Orchideen – meine Frau die wildeste von allen. In Gedanken stellte ich das Fräulein aus Berlin vor brennende Büsche, und die Flammen warfen einen roten Schein auf ihr weißes kühles Gesicht. Dann kam Pilar, und sie wurde wieder blaß. Plötzlich schrie Bonnhoff hinten im Gärtnerhaus, und ich erklärte, es sei ein Nachtvogel. Bei Coopers Gastmahl warf Carlas Tuch wieder einen roten Schein auf ihr Gesicht. Aber niemand schrie, mit Ausnahme von Cristina Preston, die unter Schwerhörigen aufgewachsen sein muß. Cooper spricht leise und so vorsichtig, als ob man aus seinen Reden Versprechungen heraushören könnte, die er in keinem Fall halten will. Er wirkt am Orinoco so verloren wie mein Fräulein. Beide sind Stadtmenschen und glauben sentimental an die Güte von Mutter Natur und an die Grausamkeit der Menschen. Aber in Venezuela ist die Natur mindestens so grausam wie der Mensch, und das scheint Cooper doch zu mißfallen. Carla Moll mißfiel ihm auf jeden Fall, denn sie beachtete ihn nicht genug. Er dürstet nach Anerkennung, das war mir nach seinen ersten Worten klar. Natürlich tat er, als ob er Carla Molls Unaufmerksamkeit ihm gegenüber nicht merke. Cooper ist kein Dummkopf. Aber was fand Consuelo Márquez an diesem konventionellen Mann, der so gern Eindruck machen möchte? Sie hielt ihn vielleicht für einen möglichen Ehemann. Preston sagte mir, Cooper sei mit einer Berlinerin verheiratet, die man nie zu Gesicht bekomme.

Je länger ich darüber nachdenke, desto klarer wird mir, warum ich Carla nicht verzeihen kann, wozu ich vielleicht trotz allem bereit gewesen wäre, wenn sie sich gestern abend nicht betrunken hätte. Damit zerschlug sie das Bild, das ich immer noch von ihr hatte: eine junge Frau, die bei aller Leidenschaft im Kern ihres Wesens zurückhaltend ist. Nie hatte sie mich angebettelt wie gestern nacht. Nie hatte sie mir ihre Tränen oder ihre Ängste gezeigt. Reine Tränen können mich rühren, aber kein mit Alkohol vermischter Platzregen. Carla erinnerte mich an Teresa in ihren trübsten Augenblicken: ohne Würde, ohne Schönheit, in der Zwangsjacke sexueller Begierde. Je erregter sie wurde, desto kälter wurde ich. Aber ich sah deutlich ihre Verzweiflung und verspürte unpersönliche Trauer. In ihren hellen klugen Augen war plötzlich die atavistische Furcht, endgültig vom Mann verlassen zu werden. Ich verstand das. Selbst in den besten Stunden der Liebe sind wir immer auf der Flucht vor dem Zuviel.

Liebe! Mit keinem Wort wird soviel Mißbrauch getrieben. Es wird behauptet, daß Mitleid Liebe hervorruft. Ich finde, daß nichts die Beziehung zu einer Frau so schnell und sicher ruiniert. Ich will eine Partnerin, kein Häufchen Unglück. Ich hatte Mitleid mit Teresa, und es nagte an meiner Kraft. Zum Schluß verabscheute ich sie. Seitdem bin ich auf der Hut. Carla war gestern nacht zum ersten Mal ein Bündel Elend. Sie zerfloß vor meinen Augen wie Wolken oder Wellen. Aus ihrer Kehle drang ein knarrendes Geräusch und zerrte an meinen Nerven. Ihr verklebtes Haar hing ihr in die Stirn, als sie auf dem

Korbsessel vor ihrem Zimmer hockte. Ich hätte sie in die Arme nehmen und trösten müssen, aber ich stand unbewegt vor ihr. Schweißperlen sammelten sich auf ihren Brüsten, die jung und unschuldig geblieben sind. *Maldito!* Ein Geruch von Essig, Zwiebeln und Chili, der Moderduft feuchter Büsche, kalte Zigarettenasche und allgemeine Verwüstung vergifteten die Nachtluft. Eine verwüstete Frau mit einem lächerlichen zitronengelben Zopf und einem Papagei auf der Schulter starrte zu uns herüber. Ihr loses Kleid war mit Sicherheitsnadeln geschlossen, und ihr faltiger Hals deprimierte den Mond. Sie war ein Modell für Goya in einer seiner grausamen Stimmungen, wenn Häßlichkeit und Verfall ihn animierten. Carlas herrliches Haar leuchtete im Mondlicht. Sie kämpfte mit Schluckauf. Das macht jeden Leidenden lächerlich. Ich sagte: »*Adiós.*« Sie blickte zu mir auf und sagte kein Wort. Sie begriff, daß ich nur gekommen war, um wieder zu gehen. Ihre Augen glänzten im Dunkeln sinnlos wie Leuchtziffern auf einer zerbrochenen Uhr. Ich blickte weg. Ich erinnerte mich im rechten Augenblick daran, was Frauen einem antun können, wenn man es ihnen erlaubt.

Als ich heute morgen das Hotel verließ, warf ich noch einen Blick auf die Fenster von Carlas Zimmer mit den heruntergelassenen Jalousien. Hatte sie ihren Rausch ausgeschlafen? Was würde ich sehen, wenn ich die Tür öffnete? Dieselbe Unordnung, die mich auf der Insel so erheiterte? Wie oft hatte ich ihre Strandkleider vom Boden aufgelesen, ihren feuchten Bikini zum Trocknen in die Sonne gelegt, ihren großen Hut auf den Schrank geworfen und ihre Schuhe aus allen Ecken zusammengesucht. Das hatte ich nie vorher für eine Frau getan. Selbst Teresa, die doch träge und ungefällig war, sorgte für meine Ordnung. Wenn Carla mich aufräumen sah, murmelte sie schläfrig: »Laß doch, Carlos. Das kann ich tun.« Und ich sagte jedesmal: »Du tust es aber nicht.« Dieser Dialog gehörte dazu wie das zerwühlte Bett und ihre langen blonden Haare auf dem Kopfkissen.

Ich ging weiter. Die verkommene Person von gestern nacht starrte mich mit verzehrender Neugierde aus wäßrigen blauen Augen an. Ihr Zopf war heute früh grau. Sie hatte nackte platte Füße wie Melonenscheiben, und ihr Morgenrock war wieder mit Sicherheitsnadeln geschlossen. Ich tat, als sähe ich sie nicht, denn sie wollte mit mir reden, und ich hätte sie wahrscheinlich erwürgt . . . Ich haßte Carla, Coopers Gastmahl und mich dazu. Gegen Cooper selbst habe ich wenig einzu-

wenden. Er erfreut sich weiterhin meiner wohlwollenden Gleichgültigkeit. Er erregt sogar ironisches Mitleid in mir. Da pfuscht dieser intelligente und höfliche Mann beständig in meinem Privatleben herum und ahnt nicht, daß jene *Teresa Alvarez* meine Frau und Carla Moll einmal Carlita gewesen ist. Es ist sehr komisch. Aber falls Ahnungslosigkeit die achte Todsünde sein sollte, dann sieht es für Cooper ungünstig aus.
Vielleicht erstarre und versteinere ich allmählich, wenn ich mich weiter vor der Liebe verschließe. Als der Engel Luzifer der Liebe keine Chance mehr gab, wurde er ein Teufel. Auch ich armer Teufel habe mich von Gefühlen entfernt. Ich schenke nichts mehr, und mir wird auch nichts geschenkt. Ich beklage mich nicht. Ich bin freier, als ich es mit der besten Frau sein könnte. Trotzdem fehlt mir etwas. Ich bin kein sanfter Mann, deshalb brauche ich Sanftheit.
Ich suche einen nüchternen Engel.

*Elliot Cooper (Venezuela) an Naomi Cooper (Schweiz)*

Liebe Naomi!
Lange genug habe ich auf Nachricht von Dir gewartet. Ich hätte in der Zwischenzeit sterben können – was beinahe der Fall war –, und es hätte wenig Eindruck auf Dich gemacht. Nun hast Du Dich endlich zu einer Antwort bequemt, und beinahe wünsche ich, Du hättest nicht geschrieben. Hättest Du geschwiegen, wäre ich ein Philosoph geblieben, statt Deinem Arzt einen sehr ärgerlichen Brief zu schreiben. Ich hoffe, Dr. Sprüngli wird mir vergeben – das gehört zu seinem Beruf. Ich möchte nicht wissen, was Patienten ihm in der Hitze des Gefechts alles an den Kopf werfen. Du scheinst auch mich für einen (unbezahlten) Psychiater zu halten, denn jede dritte Zeile Deines Briefes enthält Beleidigungen. Wenn ich schon keinen Dank für alles erwarte, was ich für Dich tat und tue, so bitte ich mir doch einen *etwas* höflicheren Ton aus. Dein Doktor schrieb mir, daß Du immer mehr in Deinem Schneckenhaus wohnst und dort trinkst! Wie und wo Du Dir das Zeug verschaffst, schreibt er nicht, da er es offenbar nicht weiß. Er weiß nur, daß Trinker und Rauschgiftsüchtige überaus raffiniert werden, wenn es sich um ihr Manna handelt. Das weiß auch ich aus bitterer Erfahrung. Ganz zu schweigen von Mutter, Cousine Maudie und Richard Cooper. – Wenn schon nichts anderes, dann hast Du meiner Familie ein unvergeßliches Schauspiel gegeben.

Ich habe Deinem Seelenarzt postwendend mitgeteilt, daß ich eine Weiterbehandlung (also das Ganze noch einmal!) ablehne. Ich weiß keine Kur für Deinen Zustand, aber psychoanalytische Plauderstunden zu Phantasiepreisen kommen nicht mehr in Frage. Mutter war damals gegen den Versuch in der Schweiz. Leider hat sie wieder einmal recht behalten. Auch ich hätte mir das sagen sollen, nachdem Deine Besuche bei den ›Anonymen Alkoholikern‹ in Chicago mit einem verdoppelten Verbrauch an Whisky und Gin endeten. Ich weiß recht gut, daß viele Leute bei den ›A. A.‹ geheilt werden und durch offene Aussprachen unter allgemeiner Teilnahme ihre Gewohnheiten ändern. Du gehörst aber nicht zu diesen Leuten.

Falls Dr. Sprüngli Dir meine Ansichten zu schonend beibringen sollte, wiederhole ich, daß ich einer Reise nach Berlin *nicht* zustimme. Wie längst verabredet, wird Richard Cooper mit Dir nach Chicago zurückfliegen, ob Du weiße Mäuse siehst oder nicht. Mir ist nicht klar, warum Dein Arzt sich von einem Deutschlandbesuch einen therapeutischen Erfolg verspricht. In Berlin wirst Du in jedem dritten Passanten Deinen imaginären Sturmbannführer Bonnhoff sehen, während das in Chicago nur in Abständen geschah. Selbst angenommen, daß dieser Mann im Vorkriegs-Berlin existierte, so ist er heute entweder tot oder alt und machtlos. Du lieber Himmel! Die Welt ist voll von Greisen, die ihre Taten hinter sich haben und Haferbrei essen. Sie interessieren keinen Menschen und erregen im Zeitgenossen weder Bewunderung noch Abscheu; nicht einmal kollektive Unlust. Wichtig ist nur, was jetzt geschieht. Als ich neulich bei Sanariapo fischte, hockte auch irgendein alter Trottel mit seinem Indianer am Ufer. Meinst Du, ich hielt ihn für Bonnhoff im Ruhestand? Allerdings war ich nicht vom Whisky benebelt und habe glücklicherweise keine Phantasie. Was steckt hinter Deiner Flucht in eine tote Vergangenheit? Sag es mir endlich. Und möglichst ohne psychologische Verzierungen. Dieser Jargon widert mich langsam an. Warum bist Du nicht wie andere Frauen: nett, höflich, zufrieden? Meinst Du, nur Dir sind unangenehme Dinge passiert? In diesem politischen Zeitalter verlieren alle möglichen Leute an allen möglichen Orten ihre Ersparnisse, ihre Familien und den Respekt ihrer Umwelt und sind glücklich und dankbar, wenn sie in die USA flüchten können. Im übrigen: jeder hat bestimmte Erinnerungen, die ihn quälen. Auch ich, ob Du es glaubst oder nicht. Aber ich schiebe sie von mir fort – wie jeder vernünftige Mensch.

Wer kann unter ewigem Druck leben? Auch Du kannst es nicht. Du zerstörst Dich immer mehr. Und wozu das ganze Trara? Wir alle haben sozusagen mehrere Biographien, und normalerweise entsprechen sie unseren Lebensjahren. Du bist nicht mehr das junge Ding, das damals in Berlin Schweres erlebte. Sieh in den Spiegel. Er wird Dir dasselbe sagen wie ich. Ich tat alles, um eine Amerikanerin aus Dir zu machen, und Du hast nur Gutes von meiner Familie erfahren. Nun, wir haben es aufgegeben. Langsam werde ich eine komische Figur: ein verheirateter Junggeselle! Ich fürchte, ich werde es eines Tages satt haben. Deine Gleichgültigkeit ist einfach unglaublich! Der vergiftete Pfeil hätte mich beinah das Leben gekostet. Über mein entzündetes Hühnerauge schwieg ich, obwohl man in diesem Klima immer mit Blutvergiftung rechnen muß. Ein junger Freund gab mir eine Salbe. Wenn ich demnächst nach Puerto Cabello gehe, wird wohl alles in Ordnung sein. Ich meine mein Hühnerauge, nicht meine Ehe.
Noch eins: Mutter kann Dir nicht geschrieben haben, daß ich mich mit Scheidungsplänen befasse. Du liest in Deinem Zustand alle Briefe nur halb und mißverstehst noch die Hälfte. Mutter ist die letzte, die sich in meine Angelegenheiten einmischt. Ich vermute, Cousine Maudie hat Stunk gemacht – wie üblich in aller Stille. Ihre Ansichten über Eheleute sind reine Theorie. Um da mitreden zu können, muß man verheiratet sein. Maud Cooper hat nicht einmal das geschafft. Sie fällt lieber Mutter zur Last. Was Du an ihr findest, ist mir rätselhaft. Sie war sogar ein stattliches Mädchen, aber jetzt sieht sie aus wie ein vollgestopfter Wäschesack. Und ihre Kleider riechen selbst im Sommer nach Mottenkugeln. Ich bin erstaunt, daß Maudie Dir so oft schreibt, wie Mutter mir mitteilte. Mir hat sie die ganzen Monate nicht geschrieben. Ich werde es überleben.
In Puerto Cabello geht zum Glück die Arbeit wieder los. Leider habe ich die letzten Tage im Hotel Amazonas zuviel Zeit zum Nachdenken. Ich gab neulich ein Abschiedsessen für meine vielen Freunde hier. Es war ein großer Erfolg. Auch ein bedeutender Industrieller aus Caracas nahm teil und gab mir wertvolle Empfehlungen. Mein alter Freund Preston mit Frau, die Du nicht leiden kannst, machten von Rio aus Station im Amazonas. Sie haben jetzt fünf oder sieben Kinder. Es stimmte mich wehmütig. Mein Ehrengast war eine Berliner Journalistin, die ich schon in früheren Briefen erwähnte. Sie ist ein bißchen verliebt in mich, aber ich Esel winkte ab – wie immer. Auf jeden Fall ist Miß Moll elegant, amüsant und äußerst mäßig, was ihren Ver-

brauch an Alkohl anbetrifft. Ihre Broschüre über Caracas hat riesigen Erfolg.

Warum tust Du nicht auch irgend etwas Nützliches? Zum Beispiel: Innendekoration. Dann könntest Du Mutters Wohnzimmer neu einrichten! Es würde Dir Spaß machen, und wir würden eine Menge Geld sparen. Du hast Geschmack, wenn Du willst. Du könntest auch arme und alte Leute mit Mutter besuchen. Nur *tu* irgend etwas und finde in die Wirklichkeit zurück. Deine Gleichgültigkeit und moralische Schlamperei sind ziemlich schrecklich, Naomi. Was Du Dir über meinen Freund Roger Brown einredest, ist völliger Unsinn. Gewiß, er ist mein Anwalt. Aber er ist außerdem ein Freund meiner Familie. Wenn Mutter ihn zum Essen einlädt, ist das wohl ihre Angelegenheit, nicht wahr? Hat Maudie Dir etwa eingeredet, daß ich Rogers jüngste Schwester heiraten möchte? Oder wie kommst Du auf diese Idee? Maudie ist wohl verrückt geworden! Ist überhaupt noch einer von Euch bei Verstand? Im übrigen: im Augenblick bin ich verheiratet. Ich habe Maudie in diesem Sinne orientiert. Was solltest Du ohne mich anfangen? Aber das steht nicht zur Debatte.

Ich verbiete Dir, meiner Mutter unmögliche Briefe zu schreiben. Sie schickte mir Deinen letzten Brief hierher. Sie bekam beim Lesen einen Herzanfall. Ich bin einfach sprachlos. Es muß Mutter große Überwindung gekostet haben, mir Deinen empörenden Brief zu schicken, denn sie ist besonders diskret und hat sich längst mit Dir abgefunden. Aber schließlich ist sie meine Mutter. Vielleicht begreifst selbst Du in einem lichten Moment, daß sie nicht gerade glücklich über meine Ehe ist. Wie gesagt: sie hat sich abgefunden. Auch Roger Brown schickte mir einen Brief von Dir – als mein Freund, nicht als mein Anwalt! Ich muß schon sagen, ich habe selten einen so unhöflichen und sinnlosen Brief gelesen. Was fällt Dir ein, Roger mit Anklagen zu überhäufen? Er hat nichts getan und hat nichts gegen Dich. Soll er seine Schwester in den See werfen, damit ich sie nicht heirate? Du hast Delirium tremens, meine Liebe! Natürlich weiß Roger das so gut wie wir alle und will Deine Ungezogenheit vergessen. Deine plötzliche Schreibwut ist auch wieder etwas, was mich nicht gerade beliebter macht. Ich wünsche nicht, daß Du an meine Freunde und Verwandten schreibst, solange Du so erregt und konfus bist. Ich bat Dr. Sprüngli, in diesem Sinne auf Dich einzuwirken.

Das wäre alles für heute. Richard Cooper wird Dr. Sprüngli telegraphieren, wann er nach Zürich fliegen kann. Bitte sei nett zu ihm. Er

bringt ein Opfer, seine Zeit ist begrenzt. Glücklicherweise liebt er die Schweiz. Ich hoffe, Du kommst zur Vernunft. Dann steht einem normalen Familienleben nichts im Wege.
Auf Wiedersehen in Chicago. Besten Gruß,

Elliot

*Naomi Cooper:*

Vielleicht gibt es Leute, die an ihrer Vergangenheit gesunden. Ich werde immer kränker, je tiefer Psychiater Sprüngli in meiner Kindheit herumbohrt wie in einem kranken Zahn. Merkt er das nicht? Kurz und gut, jetzt hat er meinen Schaukelstuhl-Komplex ausgegraben, und nun ist mir schwindlig. Großvater Strelitz hatte einen alten Schaukelstuhl, und ich durfte schaukeln. Der Pinguin August sah zu. Großvater lachte, und ich schrie wie am Spieß, weil der Stuhl immer schneller schaukelte. Ich dachte, er würde nie mehr damit aufhören. Es gab mir mein erstes Gefühl von Unsicherheit. Hätte Dr. Sprüngli bloß nicht so eifrig gebohrt! Jetzt schaukle ich wieder hin und her, so wie zuerst in Chicago, als Richard Cooper und ich . . . Ich erzählte Dr. Sprüngli alles mögliche, Wahres und Ausgedachtes, aber von Richard hab ich ihm nichts erzählt. Dr. Sprüngli wird sofort die Preise steigern, wenn er Richard ans Tageslicht zerrt. Das wäre Schwerarbeit mit Überstunden bis zum Morgengrauen. Mir graut einigermaßen vor Richards Ankunft in Zürich. Mittlerweile spiel ich weiter verrückt und besoffen, und Dr. Sprüngli nimmt es auf Tonband auf. Irgend etwas muß er schließlich tun. Er ist ja nett und kennt seinen Freud und seinen Jung und deren Nachfolger von hinten und vorn, aber er ist zu gutgläubig. Und dafür ist er zu teuer. Da hat Elliot recht, so ungern ich ihm recht gebe.
Mein Seelenarzt hat noch nicht gemerkt, daß ich langsam, sehr langsam mit dem Trinken aufhöre. Ich trank, weil ich dachte, dann könnte ich hierbleiben und müßte nicht zu Mutter Cooper nach Chicago zurück. Man soll nicht denken. Richard kommt angeflogen, und damit hat sich's. Elliot hat nie was von Cousin Richard und mir geahnt. Er übertrifft an Ahnungslosigkeit alle Lebewesen meiner Bekanntschaft. Hätte nie gedacht, daß soviel Instinktlosigkeit mit beruflicher Tüchtigkeit zusammengehen kann. Einmal sagte Richard: »Elliot gehört zu den Leuten, denen gräßliche Dinge geschehen, ohne daß sie es merken. Er hält jeden Schiffbruch für eine gelungene Vergnügungs-

reise ...« Ich fragte, ob das amerikanisch ist. Richard lachte und sagte, das ist Elliot Cooper. Richard lachte immer über meine Fragen. Ob er darüber lacht, daß Mutter Cooper in diesem Moment meinen Ehemann an Roger Browns jüngste Schwester verkuppeln möchte? In allen Unehren natürlich – mit legaler Scheidung von mir und legalen Orangenblüten und Empfang im Familien-Mausoleum am Michigansee. Wie immer ahnte Elliot nichts, bis ich es ihm schrieb. Richard weiß natürlich Bescheid, denn seine Frau ist auch eine von Roger Browns Schwestern. Die Browns beliefern die besten Kreise von Chicago. Bis zum Mississippi, wo Onkel Toms Hütte (zwanzig oder mehr Zimmer) steht. Onkel Tom ist Richards Vater: Eisenbahnen und was weiß ich. In seiner Jugend verachtete Richard seinen reichen Vater, weil er reich war. So was gibt sich. Richards Frau liebt alles, was Geld ins Haus bringt – unter anderem auch Richard. Gräßliche Person. Richard ist ein Hund, aber er hätte trotzdem eine etwas nettere Frau verdient. Nicht etwa mich – ich war nie nett, und das ist ein offenes Geheimnis. Vielleicht wäre ich mit Richard anders geworden. Er war als junger Mann so – so *wirklich*. Wenn er zu mir in die Küche kam, war jemand da. Nicht wie Elliot – der ist eben aus Kunststoff.

Richard Cooper war und ist der einzige Mann, vor dem ich nie Angst hatte. Er hätte mich ausgelacht. Ich hätt wohl auch mit ihm keinen Psychiater gebraucht. Aber ich weiß es nicht. Heute bin ich mehrere Naomis: Elliots Frau, Säuferin, ein »Fall« für Seelenschnüffler und das Kind im Schaukelstuhl. Dazu kommen das junge Ding, das Bonnhoff freiwillig besuchte, und die alte Frau, die ich eines Tages sein werde. Schwierig, mit allen diesen Teilerscheinungen fertig zu werden. Dr. Sprüngli schafft es nicht. Er glaubt, ich sei *immer* Mrs. Cooper aus Chicago: eine einzige Person mit schwierigen Jugenderfahrungen und einer komischen Ehe. Er glaubt auch, daß ich immer mehr trinke, obgleich ich immer weniger ... Sonst kann ich meinen Plan nicht ausführen. Mein großer Plan kam eines Tages auf mich zugeflogen – wie ein Vogel oder ein Glückspaket. Also ich plane ... schscht! Hier gibt's in allen Ecken Zuhörer und Spione. Vor allem die Oberschwester! Sie hat weder Ödipus noch den Elektraquatsch studiert, aber sie ist so helle, daß sie aus mir rauszog, warum ich meinen Pinguin August so liebe. Er stand zu mir. Das ist mehr, als ich von allen Coopers – mit Ausnahme von Maudie – sagen kann.

Kurz bevor mein Vater nach Oranienburg abtransportiert wurde, gab er mir seine »lyrischen Äußerungen« und seine staatsfeindlichen

Notizen über den russischen Revolutionär Michail Bakunin, Wagners Jugendfreund, zur Aufbewahrung. Mutter und den anderen Strelitzens konnte er es nicht geben – das sah selbst Vater ein. Er war ein rot angehauchter Romantiker, und dafür starb er im Lager Oranienburg. Richard Cooper sagte einmal, daß man in Europa für seine Ideen stürbe und in den USA für sie lebe. Aber das war Jahre vor Vietnam. Mein Vater hielt das Sterben für Ideen für richtig, auch im Dritten Reich. Da stand ich nun mit seinen Notizen über Bakunins Panslawismus, und Vater blickte aus dem Fenster, um zu sehen, ob die Gestapo schon am Haustor war . . . Er war trotz seiner Jugend irgendwie gebeugt, wie er da stand und starrte und lauschte . . . Ich habe nie wieder einen so unbeugsamen Mann mit einem so gebeugten Rücken gesehen. Ich schluckte, und mein Pinguin hockte an jenem Nachmittag auf Vaters Schreibtisch und muckste sich nicht. August war bereit, seine Pflicht zu tun, denn schließlich gehörte er einmal Großvater Strelitz und war ein preußischer Pinguin. Er muckste sich auch nicht, als ich ihn aufschnitt und Vaters Gedichte und die Notizen über Bakunin in ihn hineinsteckte und ihn wieder zunähte. Ich kann noch heute nicht nähen, aber damals schaffte ich es vor lauter Angst. Als August dann bei Sturmbannführer Bonnhoff auf'm Kaminsims strammstand, hatte er immer noch den ollen Bakunin und die Weltrevolution von damals im Magen. Ich hätte mir eins gelacht, wenn Himmler dahintergekommen wäre und Bonnhoff als heimlichen Marxisten und Staatsverräter aufgehängt hätte. Wäre ulkig gewesen oder was Vater »poetische Gerechtigkeit« nannte. Aber ich erlebe nie was Komisches, und das finde ich so komisch . . .

Als ich nach meiner Flucht in die USA den klugen August wieder aufschnitt, waren die Papiere so vergilbt und brüchig wie Vaters Ideale von damals. Ich heulte, und August machte sich ganz klein. Er ist auch traurig, wenn ich traurig bin. Wir haben eben viel zusammen erlebt.

Mein großer Plan läßt mich nicht schlafen, aber die Oberschwester darf es nicht wissen. Sonst kommt sie mit der Spritze, und danach habe ich keinen klaren Kopf. Richard wird bald in Zürich ankommen. August, halt die Klappe!

Richard war mein erster. Wer lacht da? Wahrscheinlich war die Sache mit ihm wirklich zum Lachen. Ich war damals neunzehn und Dienstmädchen bei Mrs. Jane Warren-Cooper. Sohn Elliot war auf Erholungsreise. Es gab also längere Zeit nur Mutter Cooper, Cousine

Maudie, und übers Wochenende kam Richard oft zu Besuch, weil er eine der unzähligen Schwestern von Roger Brown heiraten wollte. Wußte ich aber nicht, und Richard sagte nichts. Wer macht schon der Köchin des Hauses Geständnisse? Selbst Maudie, die alles herausbekam, wußte nichts von Richards Heiratsplänen. Er war ein ganz Schlauer. Maudie war immer nett zu mir, hatte aber wenig Zeit für mich. Ich muß eine Amerikanerin, die Zeit hat, noch treffen. Zu jener Zeit war Maudie Chefsekretärin in einem großen Betrieb und vergeudete ihre Freizeit damit, den Chef zu verführen, weil es im Film immer klappt. Bei Maudie konnte es aber nicht klappen, denn sie sprang die Männer an wie Onkel Werners Jagdhunde, und ich glaube, das mögen sie nicht. Die meisten Männer in den USA sind so schreckhaft, weil die Frauen so energisch sind.
Richard Cooper war nicht schreckhaft. Er war groß, athletisch, hatte noch keinen Bauchansatz und ein lautes, herzhaftes Lachen. Am meisten lachte er über mich und meine Kochkünste. Maudie aß damals grundsätzlich im Restaurant, denn sie liebte gutes Essen, und man sah auch später, wo es blieb. Nach dem Tod ihrer Eltern (Flugzeugunglück, wie es sich für feine Leute gehört) war Maudie zu Elliots Mutter gezogen und hatte eine Etage des riesigen Hauses gemietet. Sie fällt also Mrs. Cooper keineswegs zur Last, wie Elliot immer behauptet, sondern zahlt für alles. Mutter Cooper nahm sie gern bei sich auf, denn sie mag Leute, die ihr recht geben. Maudie sagt zu ihren blödsinnigsten Äußerungen: »Ja, ja«, und raucht die dreißigste Zigarette. Sie ist immer noch lieber bei Mutter Cooper als für sich allein. Ist alles Geschmackssache. Aber bis zu meiner Heirat mit Elliot war Maudie mein einziger Trost. Wenn Mrs. Cooper Gäste erwartete, kam Maudie mittags aus dem Büro nach Hause und kochte heimlich für mich. Was sie macht, macht sie gut. Heute ist sie Hausmaklerin, und das macht sie auch gut. Sie hat Elliot hundertmal ein passendes Haus für uns angeboten, aber er will bei Muttern hocken. Allerdings ist er selten da.
Richard kam auch oft in die Küche und half kochen, wenn Mrs. Cooper Bridge spielte. Sehr oft gähnte er laut und ungeniert, und das nahm ich übel. Ich war von zu Haus gewöhnt, daß man in Damengesellschaft nicht gähnt. Allerdings war ich jetzt keine Dame mehr. Und Richard wußte es so gut wie ich. Aber meistens heiterte er mich mit seinem Unsinn so auf, daß ich jung wurde und Berlin stundenweise vergaß. Er arbeitete im Familienunternehmen am Mississippi, hatte

aber eine Menge Hobbys. Hauptsächlich herrenlose Mädchen, Pferderennen und Bauchreden.
Sein kleiner Popanz Charlie war aus Filz, hatte einen steifen weißen Kragen mit Fliege, einen Holzkopf mit Kulleraugen und einem drekkigen Grinsen und erzählte anrüchige Witze, die Elliot empört hätten. Ich verstand noch nicht genug Englisch für Richards und Charlies Witze, aber es war schrecklich lustig, und mit der Zeit freundeten wir uns alle an. Richard und ich, und Charlie und mein August. Richard sagte, wir wären nun ein Quartett und müßten alle Dummheiten zusammen machen und dürften uns niemals mehr trennen. Aber Mutter Cooper brauche es nicht zu wissen. Elliot war immer auf Reisen und stand nur als Foto auf ihrem Nähtisch.
Eines Tages machte Charlie mir in Richards Namen eine Liebeserklärung – meine erste! Na ja, ich war jung und einsam und verloren. Damals hätte es jeder sein können, der mir *I love you* versicherte. Richard sagte außerdem, ich sei ein sehr süßes Mädchen, was gar nicht stimmte, und Charlie wackelte dazu mit dem Kopf, und ich mußte wieder lachen. Richard stand am Herd: groß, vital, in einem roten Sporthemd, weißen Hosen und Krokodilgürtel mit schwerer goldener Schnalle. Ich war in der Küchenschürze, und mein Haar hing mir ins Gesicht. Charlie krächzte: »Du hast bildschönes Haar, Naomi. Ist es gefärbt?« Als ob ich Geld für Farbe gehabt hätte! Richard sagte: »Warum nicht? Das machen doch alle.« Und so was von Naturkind wie mich hätte er noch nicht getroffen. Sein dunkles Haar war immer etwas wild und seine Augen auch – und er hatte einen merkwürdigen Zug um den Mund: launisch, verwöhnt und etwas überdrüssig. Der Überdruß verschwand erst, wenn er seinen Willen bekam. Und den bekam er sehr oft, natürlich auch bei mir. Als es das erste Mal passierte, fiel August vom Tisch. Richard sagte: »Mein Gott, du bist ja noch Jungfrau! Das hätte ich wissen sollen. Hör auf zu weinen. Nun ist es passiert.« Wann immer Richard in mein Zimmer kam, mußte August in den Schrank wandern. Charlie wartete dann in Richards Wagen.
Elliot Cooper mußte auf einer endlosen Erholungsreise sein. Einmal fragte ich Maudie, wann er käme. Sie murmelte irgend etwas von einem Skandal, in den er hineingeraten war. Und Mutter Cooper habe ihn auf Reisen geschickt. Nach seiner Rückkehr sollte er Wirtschaftsberater werden. Sein Foto von damals zeigte einen bebrillten jungen Mann mit einem runden weichen Gesicht, gierigen Augen und einem

unaufrichtigen Lächeln. »Elliot rettet gern verlorene Mädchen«, sagte Richard. Daraufhin verlor Mrs. Cooper ihr Gesellschaftslächeln. Ich goß ihr etwas Suppe über das gute Graue, und es wurde ein reizender Abend. Nach dem Abendessen ging Richard aus, und ich heulte im Bett mit August im Arm. Sein Gefieder triefte. Maudie brachte mir heiße Milch und sagte: »Tante Jane ist eben so. Sie hat auch Sorgen mit Elliot.«

Es machte keinen Eindruck auf mich. Ich hatte Sorgen mit Richard. Aber ich fragte aus Langerweile. Maudie sagte: »Die Sache ist die! Elliot ist vor einiger Zeit . . .« Sie machte eine Pause und sagte dann: »O das kann ich dir nicht sagen, Naomi. Es ist ein Geheimnis.« Maudie war Spezialistin in dunklen Andeutungen, und wenn's endlich interessant wurde, besann sie sich auf ihre Schweigepflicht. Sie konnte mich damit zur Raserei bringen. Auch wenn sie ihre Zigarettenasche in meinem Zimmer verstreute. Und dabei ist sie die beste Seele von der Welt. Aber es sind immer die kleinen Sachen, die einen ärgern. Wenn Mrs. Cooper zum Beispiel mit ihren Zeitungen raschelte, als ob Herbststürme im Zimmer wüteten, oder mich über den *American Way of Life* belehrte – mit unendlicher Ausführlichkeit und unendlicher Herablassung . . . Nothilfe für Kleingärtner! Ich begann sie zu hassen, schon lange bevor sie meine Schwiegermutter wurde.

Richard war mein Nachmittags-Dämon. Abends ging er aus und nahm mich nicht mit. Fragte ich, wohin er ginge, sagte er: »Zu den Sängern, Heiden und Spaßmachern.« Seine einzige Ähnlichkeit mit Elliot war seine Abneigung gegen definitive Auskünfte. Trübe Stimmungen konnte er nicht ausstehen. Er fragte mich oft, ob wir auf einem Begräbnis wären. Oder er sagte, ich dürfe nicht so muffig sein, wenn ich Erfolg haben wollte. Das war das letzte, worauf ich aus war. Ich haßte bereits das Wort »Erfolg« mit derselben Heftigkeit, wie ich *Mother* verabscheute. Aber ich schwieg und sah Richard aus großen Augen an. Dann wurde er weich und wiegte mich in seinen Armen wie ein Baby. Ich war damals noch so ernst wie ein Kind. Später ist man nicht mehr so . . .

»Richard tut dir nicht gut«, brummte Maudie und bewarf meinen August mit Zigarettenasche. Wem sagte sie das? Ich las immer seltener Kant und Hegel und trank immer mehr Whisky mit Richard . . . Whisky war das einzige, was ihn gelegentlich im Haus hielt. Wenn es dunkelte, wurde er unruhig, als ob er das Beste im Leben versäumen würde, wenn er bei mir blieb . . . Zum Schluß küßte er mich flüchtig oder gähnte ungeniert und stürmte weg. Manchmal ließ er mir seinen Whisky da. So fing es an. Mir wurde dann wärmer. Ich war beinahe glücklich, falls Glück nur Freiheit von Schmerz bedeutet. Richard hatte tatsächlich etwas für mich übrig, und dazu die besten Absichten, mich aufzuheitern. Aber er sagte oft, daß gute Absichten nach einiger Zeit wie faule Fische stinken. Ich langweilte ihn. Und dann stand er vor der Verlobung mit einer passenden Dame. Kurz vorm Ende zerbrach unsere Beziehung wie ein billiger Taschenkamm.

Noch heute, nach vielen Jahren, zittere ich, wenn ich an die Szene denke, die Richard mir machte, als ich im dritten Monat war. Er veränderte sich so unheimlich, daß ich vor ihm zurückwich. Er wurde ein wildfremder, eiskalter Herr im Frack. An einem ganz alltäglichen Nachmittag in der Küche. Maudie war im Kino, und Mrs. Cooper besuchte Richards Vater am Mississippi. Das war noch die einzige Gnade bei der ganzen Geschichte . . . Ich sah Richard wieder an – nicht ernst, sondern entsetzt über die Sachen, die er mir im ersten Schreck an den Kopf warf. Ich sei eine ganz Raffinierte, die die heilige Unschuld spiele. Auf Heirat sei ich aus; aber daraus würde nichts werden. Er, Richard Cooper, sollte eine – eine . . .

»Sprich weiter, Richard. Buchstabier es für mich.«

Er stürmte fort zu seinen Sängern, Heiden und Spaßmachern. Ich ging in Mrs. Coopers Wohnzimmer. Elliots Foto stach mir in die Augen. Ich erinnerte mich an Richards Ausspruch: »Er rettet am liebsten gefallene Mädchen. Weiß der Himmel, wo er die heute noch findet!« Alle meine Ideen stammen von Richard.

Erst einmal rettete Maudie mich. Nicht nur, weil sie Geheimnisse liebte, sondern weil sie immer hilft, wo es nötig ist. Sie nahm mich zu einem Arzt und wartete im Vorzimmer. Ich kam in eine »Klinik« in einer Straße ohne Licht. Eine alte, ewig neue Sache. Nicht wert, darüber zu reden. Zum Gähnen. Richard hatte recht. Ich blieb ein paar Tage in der sogenannten Klinik, und Maudie brachte Blumen, Schokolade und August. Das werd' ich ihr nie vergessen, daß sie August Strelitz zu mir brachte. Maudie trug ausnahmsweise ein gutsitzendes seidenes Kostüm und einen neuen Hut mit Blumen, der wenig zu ihrem mageren, langen Gesicht und den scharfen Augen paßte. »Warum hast du dich so feingemacht?« fragte ich mürrisch. »Meinst du, hier findet eine Hochzeit statt?«

Maudie warf mir einen schiefen Blick zu, und ihre lange Nase wurde

noch länger. Sie sah immer wie ein wachsamer Vogel aus und war auch einer, besonders wenn sie den Kopf schief legte und den Schnabel hielt. »Ich geh noch weiter«, sagte sie verlegen. »Die Roger Browns geben 'ne Party.«
»Für Richard und Clarissa Brown?«
»Du bist wohl verrückt! Das ist noch ein Geheimnis ... Nur so! Cocktails.« Sie begann zu rauchen, und ich sagte, sie solle endlich etwas Asche auf ihr gutes Seidenes und August verteilen.
»Was wirst du tun, Naomi?«
»Ich werde versuchen, Elliot Cooper zu heiraten. Dann kann ich ... kann ... ich ...« Ich wollte sagen, dann dürfte ich ein Kind austragen. Aber ich verschluckte es. Meine Kehle war zugeschnürt. Brauchte wohl einen Schnaps.
»In vier Tagen hol ich dich nach Haus, Naomi. Dann bist du so weit.«
»Wie weit?«
»Scht!« sagte Maudie wie zu einem ungezogenen Kind. »Ich will nichts weiter hören. Elliot Cooper ist nichts für dich, hörst du?«
»Er ist der einzige in Reichweite. Sag mal, Maudie, was war das für ein Skandal? Schließlich muß ich doch wissen, warum *Mother* ihn auf eine endlose Erholungsreise schickte.«
»Du wirst es noch früh genug erfahren.« Maudie gab ihrem Blumenhut einen Schubs. »Möchtest du noch etwas, Naomi? Kann ich etwas für dich tun?«
»Du kannst mir deinen Hut zur Hochzeit leihen.«
»Wird gemacht. Schlaf ein bißchen, du albernes Ding!«
»Bleib noch, Maudie. Bitte! Magst du mich ein bißchen leiden?«
»Sonst noch Fragen?« Maudie war ziemlich rot geworden. ›Dein August gefällt mir besser. Also mach's gut, bis ich dich hole.«
»Ich – ich dank dir tausendmal für alles, Maudie. Ich – ich zahl dir alles zurück, wenn ich – erst Mrs. Elliot Cooper bin. Wetten, daß ...?«
Ich gewann die Wette und verlor das Spiel. Ahnungslos wie immer war der junge Elliot in einen üblen Skandal hineingeraten. Mordsache. Prostituierte, die feinste Kreise in Chicago belieferte. Elliots Name in ihrem beruflichen Telefonbuch. Briefe. Er wollte sie wohl »retten«. Sie war sein erster Versuch. Und irgendeiner wollte ihm den Mord anhängen. War sehr peinlich für *Mother* und alle Coopers. Sie waren im Gesellschaftsregister, und Elliot – jung, ahnungslos, verschüchtert – wurde vor Gericht verhört. Übrigens wurde der Mörder

nach einiger Zeit gefunden, und die Akten wurden geschlossen, aber Elliot Cooper galt nun als Seelenfreund der käuflichen Venus. Aus seiner Verlobung wurde nichts. Das verhinderten einige wildgewordene Puritanerinnen – Mrs. Coopers beste Freundinnen. Er heiratete mich mit Zustimmung seiner Mutter. Maudie staunte nicht wenig. Ich bekam meinen Blumenhut zur Hochzeit. Ich war Elliot dankbar. Wußte nicht, daß er Dankbarkeit nicht verträgt und soviel davon haben will, daß man ihn unter ein fahrendes Auto stoßen möchte.

Ich hab' ihn nie verstanden. Jetzt, nach vielen Jahren, versteh ich ihn noch weniger. Er will durchaus ehrbar verheiratet sein – nur nicht einen neuen Skandal! –, aber er kann es im Grunde mit Mrs. Cooper und mir nicht lange aushalten. Ich langweile ihn nicht so, wie ich Richard langweilte, aber es scheint ihm zu reichen. Richard ist und bleibt ein falscher Hund, aber er sagte so reizende Sachen. Wenn ich mich verloren fühlte, sagte er: »Du siehst aus wie ein verlassenes Baby in einem Mülleimer. So werden sie sie los in Indien, weißt du?« Richard hatte Cousin Elliot seinerzeit zu der Prostituierten gebracht, denn Elliot war mit zwanzig noch Jungfrau, und Richard hatte eben etwas gegen diesen Zustand. Einmal sagte er: »Das Leben ist blöd, wenn man nur seine Pflicht tut. Ich will Spuren hinterlassen.« Ich fragte, was er meinte. »Vergiß es«, sagte er gereizt. Dann gähnte er und ging aus. Wahrscheinlich hat er den Unsinn mit den Spuren längst aufgegeben. Passend verheiratet, Vater von vier Kindern und Millionen im Hintergrund. Unter solchen Umständen ist der Drang zu den Sternen einfach albern. Aber bei mir hat Richard Cooper Spuren hinterlassen.

Maudie schreibt mir regelmäßig. Ich hab' sie lieb, und sie hat nichts dagegen. Richard bezeichnete sein Erlebnis mit mir als negativen Zufall. Maudie sagte es mir nicht: *ein* Geheimnis, das sie konsequent wahrte. Ich las es in einem Brief, den Richard ihr nach meiner Hochzeit schrieb. Alle schreiben ihr. Vielleicht, weil sie antwortet.

Ich bin ganz ruhig. Und so nüchtern, wie es mir möglich ist. Ich denke sogar milder über Elliot. Er hatte es nicht leicht mit mir. Dr. Sprüngli nennt meine trüben Stimmungen »traumatische Verstörtheit«. Auf deutsch heißt das wohl, daß jemand wenig Spaß am Leben hat, aber das wäre zu einfach ausgedrückt. Noch einfacher: man ist unglücklich! Aber Psychiater sagen nichts klipp und klar.

Ich bat Maudie, sich um Elliot zu kümmern, wenn – wenn er nach

Chicago zurückkommt. Er wird das Alleinsein schlecht aushalten. Den Skandal noch schlechter. Armer Elliot! Er hätte keine so großartige Person wie Maudie verdient, aber was Besseres als mich. Ich lese und höre immer, man könne seinen Mann zu seinem Vorteil ändern. Man kann keinen ändern – nicht einmal sich selbst. Keine Charakterbestie entwickelt über Nacht ein Herz von Gold. Maudie fragt dauernd nach meinen Plänen. Ich habe nur meinen einen großen Plan. Der ist ein Geheimnis. Nur August kommt mit. Was sollte er ohne mich in den USA? Wo ich hingehe, da geht auch er hin.

*Gilbert Preston:*

Ich kenne Elliot Cooper seit vielen Jahren. Er ist ein Mann, an dem ich allerhand auszusetzen habe, aber das hat unsere Freundschaft nicht gestört. Ich habe auch an meiner Frau allerhand auszusetzen und liebe sie weiter. In ihrer Art sind Elliot und Cristina Narren, denn sie jagen hinter Menschen oder Dingen her, die sich ihnen entziehen. Elliots rätselhafte Frau; Cristinas Jugend . . . Man soll hinter nichts und niemandem herlaufen – sonst jagt man Schatten und behält Luft in den Händen. Aber Elliot Cooper wird das nie einsehen, denn er hat es in der Kunst der Selbsttäuschung weit gebracht. Er täuscht und enttäuscht andere und sich. Das ist bei einem Mann noch verhängnisvoller als bei Frauen. Elliot denkt im Beruf scharf und meistens korrekt. Bei meiner guten Cristina geht alles durcheinander: Liebe, Haß, Hoffnung, Enttäuschung – die ganze Musterkollektion. Ich bin daran gewöhnt, und wenn's zu stürmisch wird, bitte ich mir Ruhe aus. Wir haben alle unsere Eigenheiten, und wir fallen uns alle gelegentlich auf die Nerven. Ich bin zu ungeduldig mit Cristina – und Südamerika; und Elliots Flucht vor den bitteren Wahrheiten der Existenz macht mich nervös. Gerade weil ich ihn gern habe. Er könnte soviel mehr sein, wenn er außer Marktforschung gelegentlich Gewissensforschung betreiben würde.
Bei seinem Gastmahl verglich ich ihn mit Sanchez. Das war nicht loyal, aber es machte mir Elliots Dilemma klarer. Carlos Sanchez würde nie vor der Wahrheit davonlaufen. Im Gegenteil, er sucht sie auf und bietet ihr die Stirn. Das macht ihn stark. Vielleicht ist das Suchen und Ertragen der Wahrheit die Essenz der Männlichkeit. Wie einfach wäre es, wenn sexuelle Potenz bereits einen Mann aus einem Mann machen würde! In der Jugend genügt sie, um sich als Mann zu

fühlen. Aber später? Es ist schwer, einer zu bleiben ... Ich hoffe, ich werde es schaffen. Anders als Sanchez; aber genauso rigoros in meiner Suche nach Wahrheit. Nur sie allein steht auf zwei Beinen. Ich sehe schwarz für Elliot Coopers Privatleben. Er sollte sich von Naomi trennen, da sie sich längst von ihm getrennt hat. Ich habe Naomi Cooper nie getroffen. Ich sah sie nur am Tisch sitzen.

Heute sagte meine Frau: »Ich fürchte, du wirst alt, Gilberto. Du bist zu kritisch geworden. Niemand kann es dir recht machen.«

»Du machst es mir meistens recht, Cristina.«

»Das ist nicht wahr, Herz meines Herzens. Du hörst mir nicht mehr zu.«

»Übertreibe nicht, Cristina.«

»Ich erzähle dir, daß meine Cousine Lola unsern Onkel Miguel um seine Erbschaft betrogen hat, und du fragst ungeduldig, wo ich deine Zeitung versteckt hätte.«

»Verzeihe mir, mein Kind. Ich liebe dich, aber ich muß meine Zeitungen und Akten lesen.«

»Hast du deine Pillen genommen, Gilberto? Soll ich sie bringen? Dein Blutdruck ... Wie gefällt dir Fräulein Moll? Farblos und ohne Temperament?«

»Schwer zu sagen.«

»Leicht zu sagen. Du hast keine Augen im Kopf, *Hombre*. Dieses Mädchen war hinter Carlos her – das sah ein Blinder. Aber sie konnte ihn nicht halten. Er kam gleich an Coopers Tisch zurück. Wie gefällt dir meine Cousine Lola? Eine Erbschleicherin, aber sehr nett, nicht?«

»Sie wächst mir zum Halse heraus.«

»*Ich* auch?«

»Aber, aber. Das darfst du nicht einmal im Scherz fragen.«

»Ich scherze nicht, Gilberto. Ich werde alt. Falten am Hals. Ich werde immer dicker. Suchst du eine andere? Dann kratze ich dir die Augen aus, *Hombre*. Oh, oh – meine armen Kinder.«

»Das ist genug jetzt.«

»Ich weiß, ich weiß. Ich langweile dich. – *Bueno*. Alte Bulldogge! Komm, gib mir einen Kuß. Ich bin ganz still. Wie ein Mäuschen. Du hast bei Coopers Gastmahl kein Wort geredet. Es war ein wunderbares Fest. Du warst früher so lustig, Gilberto. Jetzt hast du an nichts mehr Spaß. *Warum*?«

Ich konnte ihr diese Frage nicht beantworten. Es hätte zu lange gedauert. Liebe, gute Cristina! Der Familiensinn in Lateinamerika ist so überentwickelt, wie die Leute auf dem Lande unterentwickelt sind. Die Ehe mit Cristina ist eine Feuerprobe von Lust und Monotonie. Aber ich will es nicht anders. Ich verschließe meine Ohren, aber niemals mein Herz vor ihr. Sie ist eine herrlich altmodische Frau. Was heißt das? Sie ist eine Frau. Sie gehört zu der Sorte, die einen Mann lebenslänglich halten kann. Sie beschimpft mich, weil sie sich leidenschaftlich auf mich konzentriert und dadurch meine Fehler genau sieht. Dann schmeichelt sie mir wieder, besonders wenn sie etwas von mir will. Und welcher Mann der harten Tatsachen ist dagegen immun? Sie macht sich immer noch so schön wie möglich für mich alten Brummbär. Es rührt mich, wenn sie mir eisern das ganze Programm wie einst beim Karneval bietet: Kerzenlicht, feurige Blicke, die Spitzenmantilla um die Schultern ... Üppig und würzig wie ein Plumpudding! Und sie schenkt mir diese fanatische Aufmerksamkeit, weil ich ihr Mann bin und der Vater ihrer Kinder, und weil wir miteinander Gesundheit und Krankheit und ein Bett teilen. Nie liebe ich sie mehr als an solchen Abenden zu zweit. Wenn ich die Tränensäcke unter ihren schönen dunklen Augen sehe, und die Hüften, und den leicht beschädigten Hals und wie sie sich sorgt, ob sie noch schön genug für mich ist – das ist so anbetungswürdig, daß es mich immer wieder mit dem Rest von Südamerika versöhnt. Dieser Rest ist: Unruhe, Gefahr, der Haß gegen alle *Yanquis*, den man auf der Haut und im Magen spürt.

Elliot Cooper und ich sind ein komischer Jahrgang. In den reichen und unbehaglichen dreißiger Jahren waren wir Schuljungen. In den blutigen Vierzigern starben unsere Väter in grimmigem Optimismus für die Demokratie. In den Fünfzigern waren wir noch jung und gläubig. Wir glaubten an den *American Way of Life*, und zwar gleich für die ganze Welt. Selbst Anfang 1960 glaubten wir noch hin und wieder an den American Way of Life – zum mindesten für den Club der Weißen ... Dann kam aber immer mehr *Vietnam* und der American *Way of Death*. Mord aus dem Hinterhalt mit genauem Ansehen der Person: zwei Brüder Kennedy und Martin Luther King! Mord im Dschungel von Asien, Mord an Bekannten und Unbekannten. Unser grauer Zivilkrieg zwischen Schwarz und Weiß. Neue Evangelien: »*Black is beautiful!*« Warum nicht? Weiß ist damit ja nicht automatisch häßlich. Beispiel: Journalistin Moll aus Berlin! Wieviel erlebt die Welt, und wie wenig erleben *wir* intensiv! Alles stürzt in Massen auf uns ein: mehr und mehr Sex, mehr und mehr Happenings, immer

längeres Männerhaar, *La dolce Vita* bis ins Bewußtlose multipliziert! Und die inneren Reserven schwinden ... Unlust auf der ganzen Linie! Auch wenn wir den Mond Ende der Sechziger beklettert haben. Und die Drogen, die Hippies, die Armut, die echten und falschen Rebellionen! Dramen, Melodramen, absurdes Theater überall! *Es ist zuviel.* Wo führt das alles hin? Niemand weiß mehr, warum ihm dies passiert und das andere Malheur an ihm vorübergeht. Wer kann einem verborgenen Schwert ausweichen?
So fragte ich Cooper, ob er nicht wisse, wer jenen Pfeil beim Fischen nach ihm schleuderte. Ob er nicht eine Ahnung habe, wer sein Feind oder seine Feinde seien. Er blickte mich erstaunt an. Er habe keine Feinde. Ich ahne etwas, behalte es aber für mich. Immer besser, man schweigt – besonders als *Yanqui* in Südamerika. Cooper ignoriert die Tatsache, daß wir hier immer mehr zu Zielscheiben der Guerillas werden. Man kann diese Tatsache aber nicht ausschalten. Man kann heute überall Mörder billig einkaufen; sie brauchen nicht einmal zu wissen, warum sie morden sollen. Der Pfeil für Cooper kam sicherlich aus Indianerhand. Und der Schleuderer wurde bezahlt. Von wem? Ich habe eine Ahnung. Und Padilla ist und bleibt der Mann, dem man nichts nachweisen kann. Ich kann ihm auch nichts nachweisen. Er hat seit Jahren den Ruf, zu Gewalttaten an *Yanquis* bereit zu sein. Vor einiger Zeit in Puerto Ordaz wurde er auch in einer Attentat-Sache erwähnt und verhört. Ohne jeden Erfolg. Aber er gehört zu der Amazonas-Gruppe der Guerillas, die jeden *Yanqui* umbringen möchten, weil wir angeblich dieses Land seiner Schätze berauben. Als ich das Hotel Amazonas betrat, verschwand Padilla in den Wäldern. Nur seine Frau mit dem zitronengelben Zopf blieb zurück. In seiner Jugend schlug Padilla einen Aufseher in den Minen halbtot. Ich kenne seine Akte und habe Freunde bei der Polizei in Puerto Ordaz. Ich will einen Besen fressen, wenn Padilla in absehbarer Zeit dorthin zurückkehrt. Ich habe nichts gegen ihn. Er tut mir beinahe leid. Er ist nur einer von Millionen von Zeitgenossen, die Opfer von Ideologien bleiben, denen sie in ihrer Jugend und finanziellen Dürftigkeit zustimmten. Heute ist Padilla Kapitalist und Grundbesitzer und hat bei den lateinamerikanischen Guerillas nichts verloren – außer etwa einen Batzen Geld für Propaganda, Waffen, für die gesetzlose Existenz in den Wäldern. Die revolutionäre Medizin muß ihm schwer im Magen liegen. Sein afrikanischer Instinkt macht ihn schlau und verschwiegen; aber dabei ist er dumpf, geistig primitiv und seinen intellektuellen Anführern

aus Bürgerhäusern oder Landbesitzer-Familien unterlegen. Padilla! Gefährlicher, an blinde Gewalt glaubender Mitläufer der Che Guevaras in Venezuela! Auch ein Zeitgenosse, für den alles *zuviel* ist! Jetzt sucht ihn die Polizei wegen Mithilfe bei der Brandstiftung an amerikanischem Eigentum in unseren Siedlungen beim Cerro Bolívar. Arbeitersiedlungen! Vielleicht war er daran beteiligt; vielleicht nicht. Ich schreibe nicht seine Biographie. Ich kenne nur die Leute zwischen dem Cerro Bolívar und Puerto Ordaz ziemlich genau. Wir sind und bleiben für Padilla und Genossen »Yanqui-Ausbeuter«. Sie ignorieren die Tatsache, daß wir gute Dollars in dieses halb entwickelte Hinterland am Orinoco bringen und es industriell entwickeln. Das würde Padillas einfache Vorstellungen verwirren. Er ist wie ein Esel, der alles aus dem Mülleimer frißt: trockne Blätter, Abfälle, Propagandabrocken, Pamphlete, Blut.
Wir haben in diesem Jahrhundert, das in drei Jahrzehnten versinken wird, mehrere Diktaturen und Rebellionen nach römischem Muster erlebt. Etwa alle zwanzig Jahre wanderten alle Engel fort, und der neue Tyrann blieb da. In Venezuela in kürzeren Zeitabständen. Aber auf jeden neuen Führer kommen Millionen Sündenböcke und Opferlämmer, und diese Rechnung macht mich unlustig. Die Opfer werden mit weitoffenem Maul geboren, damit sie – wie Padilla – alles schlukken: die neuen Programme, Halbwahrheiten, fette Lügen, Scherze, bei denen sie zittern, Drohungen, Beförderungen, Verbote . . . Welche Ironie! Padilla ist kein Opfer der jetzigen Regierung, sondern das ihrer Feinde. Die Regierung hat ihm seinen Grundbesitz und sein Bankkonto immer noch gelassen. Was werden seine Kameraden tun? Ich weiß, es gibt Idealisten und selbstlose Kämpfer in allen Gruppen und Parteien. Aber was die Guerillas in diesem Kontinent weitgehend übersehen: es ist leichter, zu rebellieren, zu schießen und zu zerstören – Institutionen, fremdes Eigentum oder fremdes Leben –, als einen einzigen Menschen am Leben zu erhalten, ihm Trost zu geben, seine langweiligen Klagen anzuhören und ihn nicht im Morast der Zeit versinken zu lassen. Ich hörte einmal, daß Carlos Sanchez einen uralten Flüchtling aus Hitlers Deutschland irgendwo versteckt und beschützt. Ich weiß nicht, was daran wahr ist, und es geht mich nichts an. Aber denken könnte ich es mir bei Carlos. Ich könnte mir auch denken, daß er seine Wohltaten nicht liebenswürdig einpackt.
Cooper erfüllt die Pflichten, die Konvention und Vernunft ihm vorschreiben. Aber ich halte ihn mit seinen kleinen Schwächen für viel

wichtiger und wertvoller für die Gemeinschaft als Padilla mit seiner Bereitschaft, für halbverstandene Ideen zu zerstören und, wenn's erwünscht ist oder glatt befohlen wird, aus dem Hinterhalt zu morden. Was ihm dabei im Wege steht, ist seine Religion. Meine Frau sah ihn manchmal bei der Messe in Puerto Ordaz – zerknirscht und in sozusagen wütendem Gebet . . . Ein lateinamerikanisches Phänomen! Ein Priester aus Bogotá wurde kürzlich mit verbundenen Augen zu den Guerillas gebracht, um die Kinder der Rebellen zu taufen und Ehen einzusegnen. Ich las es in einer Tageszeitung.
Es ist durchaus möglich, daß Padilla nicht weit vom Schuß ist und Cooper und mich beim Kaffeetrinken überfallen wird. Ich trinke nie ohne geladene Pistole den prachtvollen Kaffee von Venezuela. Vielleicht sehe ich dabei etwas grimmig aus. Und meine liebe Frau wundert sich, daß ich nicht mehr so lustig bin wie früher. Gott segne sie!
Warum benutze ich die Stunde der Siesta, um über unsere lausigen Zeiten nachzudenken? Ich brauche dringend Ruhe und jage sie selbst in alle Winde. Dabei ist die Siesta eine weise Einrichtung. Cooper hat nie gewußt, was Ruhepausen sind. Es wird Zeit, daß er hier fortkommt! Das Seelenklima am Orinoco ist gefährlich.
*Was ist das für ein Lärm?* Mitten in der geheiligten Stunde der Siesta? Cristina steht vor mir – schreiend, zitternd, mit aufgerissenen Augen. »Wach auf, Gilberto! Es ist etwas passiert.« Ich fragte mürrisch, was nun wieder los sei. Bei meiner Frau sind alle Mücken Elefanten. Es ist ihr Temperament. Sie schüttelt mich am Arm. »Komm! Komm schnell! Cooper . . .«
»Was ist mit Cooper?« Ich habe plötzlich einen Stein im Magen.
»Er stirbt«, schreit Cristina. »Man hat ihn vergiftet!«

# Die Wahrheit liegt im Fluß

*Welch ein Chaos herrscht im Menschen!*
*Er ist Ehre und Auswurf der Welt.*
Blaise Pascal

## I

»IST ES NICHT SCHRECKLICH MIT MR. COOPER?«
»Ich habe schon lauter gelacht.«
»Noch eine Zigarette, Fräulein Moll? Bitte sehr. Wer wollte so einen feinen, netten Mann vergiften? Gemeinheit, was? Gefällt Ihnen das Paradies der Fischer? Fabelhaft ruhig und friedlich, nicht?«
»Hier muß es eine Menge Schlangen geben. Aber dafür ist es eben ein Paradies. Nett von Ihnen, daß Sie mich hierher schleppten.«
»Eine große Ehre für mich, Fräulein Moll.«
»Wie Sie meinen. – Bis jetzt habe ich noch nichts zum Beschreiben entdeckt. Nur Natur . . . Ein Jammer, daß Cooper nicht *hier* die vergiftete Limonade trank! *Das* wär' eine Sache für den *Komet* gewesen. Was haben die Leute eigentlich gegen Cooper?«
»Ich fand ihn besonders nett«, sagte Herr Bendix steif. »Ich habe das Gefühl, die Kellner im Amazonas sind zu nachlässig. Oder hinterlistig. Möglich, daß der eine, ich meine den Mischling . . .«
»Warum soll der Mischling Gift mischen? Mensch, der lauert genauso aufs Trinkgeld des *Yanqui* wie ein Vollblut-Indianer oder ein Berliner!«
»Kann sein.«
»Es *ist* so, Herr Bendix! Verlassen Sie sich drauf.«
»Armer Cooper! Wer möchte auf diese Weise abkratzen?«
»Es geht selten danach, was man möchte. Das werden Sie nach und

nach rauskriegen, Herr Bendix. Die Sonne sieht wie ein glühender Fußball aus. Spielen Sie?«

»In Berlin. Nicht besonders, aber es macht mir Spaß. Ich sagte mir: ›Es gibt immer Leute, die es noch besser machen. Solange man die Mannschaft nicht blamiert‹, sagte ich mir ... Ob der Fisch heute mittag in Ordnung war? Wenn die Brüder hier die Fische ausbacken – macht doch Mühe und Arbeit, ja? –, weiß man nie, ob sie ganz frisch ... Mir wird elend, wenn ich an Mr. Cooper denke.«

»Denken Sie an was anderes. Im übrigen lebte Cooper doch wieder, als wir abfuhren.«

»Wer weiß, was ihm nächstens passiert?«

»Wissen Sie, was mir nächstens auf den Kopf fällt? Oder Ihnen?«

»Ich hab' meinen Schock weg, weg, Fräulein Moll. Ich seh jetzt ganz Venezuela in einem trüben Licht.«

»Das ist direkt ein Kunststück bei *der* Sonne.«

»Meine ganze Einstellung zu diesem Land hat sich geändert«, sagte der junge Herr Bendix düster.

»Das war auch die höchste Zeit, mein Junge. Ich staunte immer über Sie. Sie sahen das Land prinzipiell durch eine rosige Brille. Dabei ist Venezuela für uns Ausländer nur eine Sackgasse mit Palmen.«

»Das ist mir zu hoch, Fräulein Moll. Zu dumm, daß Señora Padilla das Glas mit dem Saft umwarf. Was hatte sie überhaupt am Tatort zu suchen?«

»Das weiß man nie bei Frau Padilla.«

»Wenn sie das Glas nicht umgefegt hätte, dann hätte man das Getränk analysieren können. Wäre für uns alle eine Beruhigung gewesen.«

»Finden Sie? Ich muß sagen. Na, egal! Natürlich wär's scheußlich gewesen, wenn Cooper ins Gras gebissen hätte. Schließlich war er zu seiner Erholung im Hotel Amazonas ... Aber wirklich scheußlich wär's doch nur für *ihn* gewesen. Wir andern haben viele Jahre ohne Cooper auskommen müssen. Und genau das hätten wir weiter getan.«

»Aber – Fräulein Moll!«

»Man muß den Tatsachen ins Gesicht sehen, Herr Bendix. Warum sehen Sie mich so entrüstet an?«

»Ich – ich hab' Sie nicht für so abgebrüht gehalten.«

»Leider gewinne ich nicht bei näherer Bekanntschaft. Eine Eigenheit meiner Familie. – Wollten Sie nicht jetzt Fische fangen?«

»Ich kenne eine famose Stelle. Ganz in der Nähe. War dort mit Mr. Cooper.«
»Jetzt brauchen Sie seinen Nachruf nicht mehr zu schreiben! Soviel ich weiß, ist er auf dem Weg nach Puerto Cabello.«
»Vielleicht werde ich ihn dort treffen. Das wäre nicht schlecht.«
»Nicht zu überbieten! – Ich werde jetzt meinen Mittagsschlaf halten. Lassen Sie mir Herrn Indianer Zongo da? Wegen Pfeilen ...«
»Natürlich bleibt der Indio bei Ihnen. Vor unserer ›Pfahlhütte‹. Das wär' gelacht, daß ich Sie hier mutterseelenallein ... Ich bin bald wieder da. Adiós.« Herr Bendix drehte sich noch einmal um und sagte langsam: »Ich bin komisch, Fräulein Moll. Ich will immer wissen, was *wirklich* passiert ist, wenn was passiert. Mr. Cooper zeigte typische Vergiftungserscheinungen, sagte der Arzt. Ein wahres Glück, daß gerade einer angekommen war.«
»Cooper hat nun mal Dusel ...«
»Ich komme einfach nicht drüber weg. Ich meine: was manchen Leuten zustößt! So ein netter Mann wie Cooper! Gastfreundlich auch noch.«
»Und wie!«
»Wir werden nie rauskriegen, wer das Karnickel war. Und wenn Sie sich kranklachen! Ich bin nun mal für Klarheit und Wahrheit. Aber die Wahrheit liegt im Fluß.«
»Darf ich mir diesen Ausspruch borgen?«
»Nicht auf meinem Mist gewachsen! Ich drücke mich aus wie jeder andere auch. Die Indianer am Orinoco sagen das.«
»Seit wann beherrschen Sie *den* Dialekt?«
»Señor Sanchez zitierte den Spruch bei Coopers Gastmahl. Er kennt die Gegend hier wie seine Tasche.«
»Chefredakteur Wendt wird jubeln, was ich hier aus dritter Hand entdecke. *Adiós, amigo!* Daß Sie mir keine faulen Fische fangen!«
Herr Bendix verschwand. Carla Moll blickte ihm nach. Ulli Bendix hatte Talent zum Bruder. Vielleicht sah die Welt tröstlich aus, wenn so ein junger, besorgter Dussel ... Drollig, wie besorgt Bendix aussah, wenn das verehrte Fräulein Moll zynisch wurde. Als ob sie ihm Stecknadeln zu schlucken gäbe. Oder Steine. Sie dehnte sich in der Hängematte unter dem Schutzdach. Zongo hatte außerdem ein Moskitonetz wie ein Leichentuch über sie geworfen. Das Ufergras war stachlig wie ihre Zunge und der Fluß ungastlich. Sie schlug wieder einmal die Zeit tot, damit die Zeit sie nicht erschlüge. Sie blätterte in

ihrem deutsch-spanischen Wörterbuch. »Wo sitzt der Schmerz? Brauchen Sie ein Klistier? Möchten Sie ein heißes Getränk?« Sie schloß die Augen und entwarf im Geiste verschiedene Fassungen ihres Lebenslaufes.

Erste Fassung: Carla Moll, Ehefrau.
Im Zweiten Weltkrieg Licht des Luftschutzkellers erblickt. Süßes Baby. Mit allem zufrieden. Erblüht zur Studentin der Philosophie, findet aber ein Haar in dieser Suppe und heiratet immer noch lieber den jungen Dozenten Willy Locker von der Freien Uni, Berlin. – Mutter Moll selig; versucht aber die Ehe ihrer Tochter durch Meckern umzumodeln. Lockers Ehe nach außen hin Gegenstand des Neides lediger Studentinnen; innen: Edelbruch. – Mutter Moll erreicht durch rastlose Bemühung die Scheidung von Bett und Bankkonto der Lokkers. Willy hat weiter seinen ehelichen Mittagstisch und Carla hat nichts.

Zweite Fassung: Carla Moll, Opferlamm.
Im Zweiten Weltkrieg – wie gehabt. Hungriges Baby. Verweigert standhaft Nahrung, damit Mutter Moll mehr zu futtern hat. Nach Vaters Tod – Professor Moll wanderte nach Kriegsende freiwillig in die Ostzone aus – hängt Studentin Moll ihr Studium an den nächsten besten Nagel, um Mutter den Ehemann zu ersetzen. Lebt, webt, klebt und schuftet als Tippeuse in miesen Büros mit ausschließlich ekelhaften Chefs. Verführungschancen: Null Komma null. Weder sie ihn noch er sie. Stenotypistin C. Moll trägt ihre Tugend und ihr Kreuz mit Geduld und verbringt ihre Abende in traulichem Gespräch und Kartenspiel mit Muttern. Keine Zukunft ersichtlich, da Phantasie sich sträubt.

Dritte Fassung: Carla Moll, Huri (mit ›i‹) in Caracas, Venezuela.
Statt für Wendts Geld ehemaligen geflüchteten Sturmbannführer Carl Friedrich (Fritze) Bonnhoff – vermutlich Venezuela – zu suchen, verlebt Moll mit Carlos Sanchez illegale Flitterwochen auf der Insel Margarita. Wird nach ausführlichem Idyll (mit kleinen Webfehlern) von Señor Sanchez aus dem Hause seines berühmten Großvaters geworfen – wegen heimlicher Korrespondenz mit Chefredakteur Wendt, die Pilar Alvarez in Molls Pension in Caracas aufstöbert und ihrem Schwager Sanchez persönlich auf die Insel bringt. Venezolani-

scher Familiensinn feiert düsteren Triumph. – Moll verkriecht sich im Hotel Potomac in Caracas und wartet mit üblichem Starrsinn nicht etwa auf Bonnhoff, sondern auf Sanchez. Nach langem Warten erscheint Sanchez im Hotel, wirft sich Moll zerknirscht zu Füßen. (Phantasie sträubt sich nicht!) Er schlägt ihr nach Versöhnung in horizontaler Lage gut honorierte Stellung als seine Huri (sprich ›Göttin‹) vor, und als Nebenberuf Sekretärin für Spanisch und zwei Mondsprachen. Moll spielt die *belle Dame sans merci* und geht erst mal – bis auf die Versöhnung im Bett – auf nichts ein. Absolute Herrin der Situation ... Hier sträubt sich endlich die Phantasie.

*Wo war Bendix?* Sie setzte sich zu Zongo und sah ihm beim Fischen zu. Wer hatte gesagt, der Mensch sei ein Schilfrohr, also das Schwächste in der Natur, aber dieses Schilfrohr könne denken. Shakespeare? Tucholsky? Heine? Balzac? Natürlich Pascal, von Wendt im Ärger über schwankende Reporter zitiert. Wie entfernt war das alles – die Redaktion, *Caracas für Anfänger*, Berlin ... Die Sonne stand brennend und unbeweglich am Himmel. Carla saß unter ihrem riesigen Strohhut, und Zongo weigerte sich, auf ihre Fragen in Touristen-Spanisch zu antworten. Halbnackte Menschen glitten in Kanus und überdachten Motorbooten den Fluß hinunter: langsam, nachdenklich, gleichgültig gegen alles, was nicht die schwimmende Existenz anbetraf. Am Orinoco wurde auf kleiner Flamme gekocht. Was für Sensationen hatte Carla Moll erwartet? Hier war es viel friedlicher um diese Stunde als im Hotel Amazonas, aber auch viel unbequemer. Cooper hatte immer noch mehr Glück im Paradies der Fischer gehabt als sie. Er hatte außer Fischen und Vögeln und Grünzeug wenigstens einen alten Europäer beobachtet, den Zongo den *capitán* oder »den Alten« oder auch »den Verrückten«, *alienado*, nannte. Carla hätte sich auf ihn gestürzt. Aber sie hatte eben Pech im Abonnement. Sie gähnte. In der Luft war ein Element von Stillstand; selbst die Wolken, zur Bewegung geboren, standen wie regungslose Wattebäusche über den Wäldern und Wassern. Irgendwo am Horizont stand Sanchez – in großer Distanz, ein steinerner Schatten ...

Und der Fluß, dieser alte, wilde, verschwiegene Fluß, aus dem Fäulnis, Geruch von Raubfisch und Groll gegen Eindringlinge wie Schwefeldämpfe aufstiegen. So hatte Fräulein Moll sich kaum ein Paradies vorgestellt. Locker hatte recht gehabt, daß er sie nicht auf die Expedition mitgenommen hatte. Alle hatten recht. Nun, auch dieses ethni-

sche Picknick am Orinoco ging seinem Ende entgegen; wie alles andere. Wo blieb Bendix? War er von einem Krokodil geschnappt worden? Das wäre eine schöne Bescherung. Was sollte sie tun? Würde Zongo sie zum Hafen von Rio Sanariapo zurückbringen? Gab's überhaupt keine Menschen an diesem Ufer? Sie konnte hier jahrelang im Kreise reisen – bis zum Absprung in den Fluß!
Sie fragte Zongo, wo der *Señorito* sei. Ob er ihn nicht suchen könne? In zwei Stunden würde die Dämmerung anbrechen. Die Wolkenwatte würde von der untergehenden Sonne mit Blut getränkt werden. Carla würde spurlos verschwinden wie ein Fischkopf im Rachen eines Karibenfisches. Zongo hatte ihr nicht geantwortet. Hatte er sie nicht verstanden?
»Mein Schrecktraum«, dachte sie verschwommen. Er überfiel sie von Zeit zu Zeit wie ein lästiger Besucher aus dem Unterbewußtsein. Sie war dann in einer unbekannten Gegend, in Berlin oder irgendwo im Universum, wohin sie mit Freunden oder ihrer Mutter einen Ausflug machte. Dann waren plötzlich alle Leute spurlos verschwunden – auch ihre Mutter, was sie sogar im Traum verwunderte, nein, erschreckte. Das tat keine Mutter. Sie stand dann allein und ohne Adresse. Niemand – aber niemand! – führte sie in ihre vertraute Welt zurück, oder es tauchte jemand wie Zongo auf, der sie nicht verstand. Oder nicht verstehen wollte? Sie fühlte im Traum, wie ihre Lippen greisenhaft zitterten, wie sie tonlos schrie und ihre Augen abstrakte Löcher in die Luft bohrten. In diesem Alptraum war immer ein Fluß zur Hand – manchmal wußte sie seinen Namen, manchmal nicht. Es konnte die Havel zwischen Spandau und Wannsee sein. Oder der Orinoco.
*Es war der Orinoco.* Carla Moll hatte sich wachgerüttelt. Drei Männer stiegen zum Ufer herunter. Sie mußten von einem Haus hinter den Palmen und Büschen gekommen sein. Ein junger Venezolaner, der wie ein Priester in Zivil aussah, ein junger kräftiger Indio und ein sehr alter Mann, der sich schwer auf einem seiner Begleiter stützte. Er trug einen uralten, schäbigen Sombrero. Er hatte wirres weißes Haar, eigentümlich starre, hellblaue Augen und ein großes, rotes Gesicht. Carla sah es genau durch ihr Fernglas. Der alte *blanco* trug auch ein Fernglas an einem Riemen um den Hals gehängt. Es schaukelte auf seinem riesigen schlaffen Bauch herum. Er trug hohe Gummistiefel zum Schutz gegen Moskitos und Schlangen und hielt eine Angel in der zittrigen Hand. Er schwang sie wie eine Peitsche oder versuchte es, bis der Indio sie ihm wegnahm. Dieser trug ein Fischnetz in der

freien Hand. Der junge Mann mit dem spanischen Profil trug ein Gebetbuch.

Der Orinoco war in Bewegung geraten. Grünliches Licht und splitterndes Kristall blitzten im Wasser auf. Die Kanus und Motorboote glitten in ferne Dörfer, Waldwinkel, Missionssiedlungen. Die Fische glänzten wie Glas und tauchten auf und nieder wie flinke Träume. Es schien Carla Moll, als sei alles plötzlich in Bewegung geraten. Selbst Zongo war aus seinem mürrischen Schweigen wie aus einem Mangrovensumpf aufgetaucht. Er murmelte:

»*El viejo! El capitán. – Alienado!*« * Carla fragte, woher der Alienado nach Venezuela gekommen sei. Zongo schüttelte seinen strengen Vogelkopf: »*En ninguna parte.*«** Er wandte sich wieder den Fischen zu. Man konnte sie fangen und über dem Feuer braten. Diese Gringos waren zu nichts zu gebrauchen. So oft Zongo den *capitán* am Ufer gesehen hatte, schwenkte er seine Angel mit sonderbarer Heftigkeit wie eine Peitsche durch die Tropenluft oder sang vor sich hin. Manchmal schrie er laut wie ein Ara-Papagei über einem brausenden Strom. Aber *el viejo* trug großartige Schuhe – wie ein General. Zongo beneidete ihn stumm und glühend um die Gummistiefel. Er wollte sie nicht tragen – nur aufstellen und anstaunen!

Carla Moll fragte sich, wo Bendix blieb. Er war zuverlässig. Er würde sie nicht mit Zongo am Orinoco überwintern lassen. War ihm etwas passiert in dieser unsicheren Gegend? Sie lauschte angespannt auf jedes Geräusch – aber sie hörte weder Ullis fröhliches Pfeifen noch seine Schritte. Da war nur der rauschende Fluß. Vogelstimmen, das Surren der Insekten, Tonfetzen eines indianischen Liedes von einem Kanu und das Gezische der Farne – dieser Klatschbasen der Natur. Dieses abgeschiedene Eden war wirklich und unwirklich, friedlich und bedrohlich, und man hockte wie *el capitán* nirgends, irgendwo ... Wenn Carla etwas haßte, dann war es ein Parkettplatz im Leeren. Sie fühlte sich völlig entwurzelt in diesem Vakuum, das von offensichtlicher Lethargie und versteckter Heftigkeit lebte. Sie konnte ihre Armbanduhr getrost in den Fluß werfen; denn hier raste die Zeit und blieb gleichzeitig stehen. Ein Trick? Primitive Magie? Einbildung?

Sie nahm ihren Strohhut ab und wischte sich den Schweiß von der Stirn. Angstschweiß? In welcher Richtung lag der Hafen von Rio

* Der Alte. Der Hauptmann; Fremdling. Verrückter.

** Nirgends. Irgendwo.

Sanariapo? Waren sie schnell oder langsam ins Paradies der Fischer gefahren? Wie hieß das Hotel? Sie hatte es vergessen oder nie gewußt. Bendix war der Bewahrer von Namen, Adressen und Geld. Er kannte jede Fluß- und Himmelsrichtung und ließ sich keinen roten Schnappfisch für ein Krokodil verkaufen. Der Teufel sollte ihn holen mit seiner Klarheit und Wahrheit. Oder er sollte sofort, auf der Stelle, zu ihr kommen.

»*Hotel? Sanariapo. Nombre?*« fragte sie gedämpft, denn Herr Zongo mochte keine ›lärmende Zunge‹. Was noch unangenehmer war: je mehr man ihn fragte, desto ausführlicher schwieg er. Sie versuchte, ihn nicht anzublicken – auch das schätzte er nicht. Zongo murmelte nach langem Nachdenken: »*Sombrero de paya.*« Die Gelbhaarige sollte ihren breiten Strohhut wieder aufsetzen. Carla wiederholte ihre Frage nach dem Namen des Hotels. Was Starrsinn anbelangte – sie nannte es ›Zielstrebigkeit‹ –, konnte sie es mit jedem Indianer am Orinoco aufnehmen. Zongos geflüsterte Information bestand dieses Mal aus einem einzigen Wort: »*Insolación.*« Fräulein Moll seufzte. Das Hotel hatte nicht »Sonnenstich« geheißen. Wäre auch ein komischer Name für ein Etablissement, das von Touristen lebte. Der Fluß wurde langsam trübes Metall. Sie sah alles wie durch zerbrochene Brillengläser – schwankend, fragmentarisch, spukhaft.

Nicht jeder blickte hier durch eine zerbrochene Brille. *El capitán* musterte das Mädchen mit den blonden Haaren durch sein Fernglas. Alt, aber deutsche Wertarbeit – wie er! Er drehte am Fernglas, bis er die blonde Person genau sah. Seine Augen hatten gelitten. Sein hohes Alter oder die blöde Tropensonne oder beides. Nanu! *Die* kannte er! Aus Berlin. Wie hieß sie noch? Ullstein. Nee. Ullmann. *Christine Ullmann.* Seine Haushälterin in der Tiergartenvilla, 1938. Aber die hatte doch damals Selbstmord begangen. Er hatte ihren Totenschein gesehen. Engelbert Schmidt oder Ludwig – alle SS-Elite – hatten Ullmanns Totenschein abgeliefert. Er, Bonnhoff, hatte die Person verhaften lassen, weil sie – egal! *Das* waren Zeiten gewesen! Hoppla – wir lebten! Bonnhoff schwang die Angel. Die Ullmann war in Reichweite. Und er war plötzlich klar im Kopf wie schon lange nicht und fühlte sich um zwanzig, nein, dreißig Jahre jünger. Wie Anno 38, als die Ullmann was mit seinem Sohn Carlos anfing! Der Bengel war von Caracas nach Berlin gerutscht, um dort ein paar Monate zu studieren, und schon fing die Ullmann was mit ihm an. Achtzehn Jahre war der

Junge und streng erzogen von seinem Großvater Sanchez – aber *sie* muß was mit ihm anfangen! Er blickte noch einmal scharf zu der Oberhure hinüber. Sie war's. So wahr er Fritze Bonnhoff war. Komische Sache. Die Ullmann hatte ihren Selbstmord überlebt! Es gab nichts auf dieser Welt, was es nicht gab. Er würde einfach zu ihr rübergehen, ihr sachte auf die Schulter klopfen und zuckersüß sagen: »Tag, Ullmann! Stine Ullmann! *Ich denke, du bist tot?*« Und nach einer kleinen Kunstpause würde er eine Schattierung kühler knurren: »Wozu soll det jut sein?«
Die würde Augen machen! Wie Lehmann im Sarg.

## II

»*El capitán*«, flüsterte Zongo.
Er stellte sich ohne Zeremonie zwischen den Alten und seine Señorita. Das Hotel bezahlte ihn für ›wachsam sein‹. Natürlich konnte der *alienado* der Blonden nichts tun. Er war älter als das Bergland, und sein Bauch schwankte hin und her wie ein überfülltes Kanu. Aber ein Verrückter konnte unterirdisch Unheil stiften – wie eine Sandbank im Strom. Zongo hätte den Alten am liebsten wie eine riesige Stechfliege verscheucht, aber er wagte nicht, ihn anzurühren. Die dicken blauen Adern auf den alten Händen verzweigten sich wie Baumwurzeln und erschreckten ihn. Zongo stellte seine Kalebasse als Symbol des Abstands zwischen die Gelbhaarige und den alten Europäer. Oder war er ein *Yanqui*? Nachdem er seine Vorsichtsmaßnahmen getroffen hatte, setzte Zongo sich befriedigt in den Ufersand. Er konnte dem *capitán* immer noch ein Moskitonetz über den Kopf werfen und ihn blitzschnell erwürgen, falls dieser Besuch in feindlicher Absicht unternommen wurde. Nach Zongos Erfahrung kamen alle Fremden mit feindlichen Absichten. Ja – die Abwehr mußte blitzschnell erfolgen, denn *el viejo* konnte schreien wie ein Dämon oder ein Witwenaffe. Was für wilde Augen der Alte hatte! Zongo hütete sich, in dieses gräßliche blaue Licht zu blicken. Böser Zauber ging von diesen Augen aus. In einer angemessenen Entfernung wachte der Indianer Tucu. Auch er würde sich Rat wissen, falls die Gelbhaarige seinen alten Señor angreifen oder verzaubern wollte. Señor Sanchez aus Caracas hatte Tucu ein Kanu geschenkt, damit er gut auf den alten Mann aufpaßte. Der sollte *nie* mit Fremden reden, hatte Señor Sanchez befoh-

len. Er hatte natürlich Männer gemeint. Dies war nur eine Frau! Tucu war beruhigt. Er verringerte die Entfernung zwischen Bonnhoff und sich. Der junge Mann mit dem Gebetbuch hatte die Augen geschlossen und hielt seine Siesta. Die Sonne war nicht mehr so glühend, aber noch nicht in den Fluß gefallen. Der Mann mit dem Gebetbuch wurzelte in seinem eigenen Frieden.

Der Fluß hielt den Atem an. Die Luft zitterte zwischen Gestern und Heute. Bonnhoff war aus seinem Halbschlaf erwacht. Er klopfte Carla Moll auf die Schulter. Sie sprang auf, und auch Zongo erhob sich. Sie starrte den Fremden an. Er sah wild, verwahrlost und hinterlistig aus. Wo war Bendix? Wie jeder Mann war er nicht da, wenn man ihn brauchte.

»*Que hay?*« * fragte sie barsch.

Bonnhoff begann zu lachen. Das Gelächter brach wie ein Unwetter aus ihm heraus, und die beiden Indios zuckten zusammen. Der schwere Körper bebte im Krampf einer irrsinnigen und unverständlichen Lustigkeit; seine Augen verdrehten sich wie bei einem Epileptiker. Tränen und Schweiß rannen ihm über die schlaffen Hängebacken in den faltigen Hals. Er keuchte, stöhnte, schluchzte vor Lachen und stieß Tucu, der ihn stützen wollte, mit unerwarteter Kraft und Brutalität zur Seite. »Kusch!« schrie er heiser, »aber 'n bißchen *pronto*!« Nur Tucu hatte das Gemisch aus Deutsch und Spanisch verstanden und wich gehorsam, aber wachsam zwei Schritte zurück.

Fräulein Moll fragte zum zweiten Mal, was es gebe und ob der Señor Hilfe brauche. Der Señor heulte jetzt vor Vergnügen, und sie fragte, ob es jetzt nicht des Guten genug sei. Sie fragte ihn ruhig, aber mit versteckter Ungeduld. Sie wünschte, er würde gehen. Und sein Indio drei Schritte hinter ihm her. Alle sollten gehen, und Bendix sollte kommen. Es waren so einfache Wünsche; warum wurden sie ihr nicht erfüllt? Bonnhoffs Gelächter war abrupt verstummt. Was hatte die Hure Ullmann gefragt? Ob er Hilfe brauchte? Er würde *ilr* helfen! Eine derartige Frechheit hatte sie sich trotz ihrer Zicken Anno 38 nicht erlaubt. Sekundenlang stand das alte, tolle, verlorene Ruckzuck-Berlin aus Trümmern und Asche wie eine Fata Morgana am Horizont, und er betrachtete es stumm und mit abergläubischem Entzücken. Gleich würde es wieder hopsgehen – wie immer. Aber die Ullmann mußte bleiben, damit er sie endlich, nach zwounddreißig Jahren,

* Was gibt's?

hopsnehmen konnte. Ihre Schuld! Er hatte sie weder uffjefordert noch injeladen! Er reckte sich und hob die Hand zum Hitlergruß. Oder hatte der Mann Hirtler oder Himmler geheißen? Egal. Besser, er hob nur die Hand und hielt die Klappe. Aber dumm ließ er sich nicht kommen – nicht von der Ullmann, die immer vor ihm gezittert hatte. Auch im Bett – grade im Bett! Die hatte bei ihm nur so getan als ob. Sie hatte ihn nicht gemocht. Hatte nur getan, was er nicht lassen konnte ... Was denn? Schnuppe heute! Aber dumm ließ er sich von *der* nicht kommen. Noch immer nicht! Der große Augenblick war da! *Was* hatte er noch sagen wollen? Richtig! Er wollte sagen: »Spiel dich nich uff, Ullmann! Wie kommste überhaupt hierher? Wat haste am Orinoc ... nocco verloren?« wollte er sagen. »Kommense mit! Wohin? Det wirste schon merken, olle Kuh!« Aber er wollte doch noch etwas sagen – etwas, das sie beinah umbringen würde! Mumm hatte sie nicht. Nur so getan. Jesus, was hatte er sich noch vorgenommen? Er war über achtzig, und die Gedanken liefen wie Rennpferde davon. Sein gequälter Geist flatterte wie ein flügellahmer Vogel. Kalter Schweiß stand ihm auf der Stirn. Sein großes, rotes Gesicht verzerrte sich vor Anstrengung, und seine Pupillen vergrößerten sich wie aufgeweichte Rosinen. Er starrte die Ullmann, die ihm spanisch vorkam, obwohl sie die Ullmann war, finster und doch hilflos an. Schließlich stieß er hervor: *»Ick denke, du bist tot.«*
Fräulein Moll starrte sprachlos zurück. Der Verrückte hatte deutsch gesprochen! Da hörte doch alles auf. Sie sagte: »*Wie* bitte?«
Bonnhoff nickte. Spanisch kam sie ihm *nicht* mehr. Er sagte leise und tobsüchtig wie einst im Mai: »Pack aus, Ullmann! Ein volles Geständnis, wenn ich bitten darf. Stehnse uff, wenn ich mit Ihnen rede. Sonst setzt et wat.«
»Ich hieße Carla Moll. Sie müssen mich mit jemandem verwechseln.«
»Hört, hört!« Bonnhoff lachte. »Ich kann mir nich mehr alles merken, aber dich Aas hab ick mir jemerkt! Nu sag bloß noch, du weißt nich, wer ich bin.«
»Ich habe keine Ahnung. Das ist die Wahrheit. Komm, Zongo! Wir suchen uns einen anderen Platz, bis Señor Bendix kommt.« Zongo rührte sich nicht. Einmal verstand er nicht soviel Spanisch. Und er hatte dem jungen Deutschen versprochen, an dieser Stelle mit der Señorita zu warten. Und hier würde er warten – mit ihr und den Moskitonetzen.

»Ich habe keine Ahnung. Das ist die Wahrheit«, machte Bonnhoff ihr nach. »Wissense, wo die Wahrheit liegt? Im Fluß. Und da liegt se jut.« Er legte zwei Finger zu arrogantem, gespenstischem Gruß an den Rand seines Sombreros, verbeugte sich mühsam und schnarrte: »Habe die Ehre, Frollein Ullmann! *Sturmbannführer Bonnhoff aus Berlin.* Heil Hitler! Na – hat's nu jeklingelt?«

»Sie sind . . .?«

»Da staunste, wat? Freches Stück!« Er trat dichter an Carla Moll heran, und Zongo pustete den Staub von seinem Netz. Aber eine Wolke lagerte plötzlich über Stirn und Augen des »alten Kämpfers«. Seine Lippen bebten. Er legte seine schwere rechte Hand ans Ohr und flüsterte: »Haste wat jehört, Stine? Der Tod wiehert schon wieder – det olle Biest! Bleib! Ick tu dir nichts. Wat sollte son oller Mann noch tun? Ick sage dir: der Tod hat mich glatt vergessen. In Berlin hätt er mich längst abjeholt – aber hier, in dem Lauseland, sind se mit allem langsam. *Bleib noch 'n bißchen, Mädchen.* Wann kann ich mal deutsch reden . . . Meistens zähl ich die Fische. Oder die Boote. Irgendwas muß der Mensch tun, sag ick immer zu meinem Sohn.« Er flüsterte geheimnisvoll: »Ich bin hier sein Jefangener! ›Mitjefangen, mitjehangen‹, sagten wir früher. *Das* waren Zeiten. Ich lade mir Anno 38 meinen einzigen Sohn nach Berlin ein, und an allem hat er zu meckern. Weeßte noch? *Ick und du und der Carlos?* Er war natürlich jünger als ich. *Det war's* . . .«

Carla Moll sagte kein Wort. Obwohl Bonnhoff vor ihr stand, war er wie ein Gefangener durch Gitter von ihr getrennt: durch seine Generation, seine totale Isolierung von der Außenwelt; durch seine Teilnahme am Massenmord, seine verjährte und sinnlose Flucht vor seinem Gewissen und den deutschen Gerichten. Er hatte nichts mehr – bis auf seine Erinnerungen und seinen dunklen, brennenden Groll. Sie spürte seine Ohnmacht, seine Haßliebe auf Carlos Sanchez, seine ausgebrannte Brutalität. Ein gräßlicher Kerl und ein armer Hund . . . Er stolperte drei Schritte zurück. Nicht einmal diese billige Hure wollte was mit ihm zu tun haben! Sie sollte nur noch über ihn lachen – hoch, dumm und schrill wie damals in der Tiergartenvilla –, dann setzte es Keile! Aber er wollte das nicht. Er war glücklich, daß sie ihn besuchte. »Wie lange kannste bleiben?« fragte er zitternd.

»Nicht mehr lange.«

Er nickte. Er hätte es sich denken können. Wer würde bei ihm bleiben? Er hatte noch soviel sagen wollen, was ihm nachts das Herz abdrückte, aber wozu? Nach seinem Besuch im braunen Berlin hatte sein Sohn sich Carlos Domingo Sanchez genannt und den Namen ›Bonnhoff‹ gestrichen. Übergelaufen zur Familie seiner Mutter. Das tat einem Vater weh – egal, was für eine Sorte Vater man war. Klar wie Kloßbrühe. Schließlich hatte die Stine hier das alles miterlebt. Wie er, Sturmbannführer Bonnhoff, geduldig auf Carlos wartete, wenn der rumjuxte, statt in die Tiergartenville zurückzukommen. Er hatte dem Bengel verziehen, daß er mit der Ullmann was hatte, und wollte *nur* die Ullmann dafür um die Ecke bringen. Aber da war sie, vor seiner Nase! *Also war er kein Mörder.* Also hatte er Gnade vor Recht ... Ach was! Er japste nach Luft. Er war zu dick. Komisch, daß einer bei soviel Kummer so fett ...

»Zuviel Wasser hier«, murmelte er trostlos. »Und die dämliche Hitze. Und nie was los ...« Keine Antwort von der Stine. Sollte er seinen Ärger runterschlucken und sie nochmals bitten zu bleiben? Er musterte sie von der Seite. Hat der Mensch Töne? Die war schöner, als sie je gewesen war. *War sie überhaupt die Ullmann?* Oder – hatte sie sich nur verstellt? Ein eisiger Schreck lief ihm den Buckel herunter. Gott im Himmel! Die war nicht Stine Ullmann. Die alte Hure mußte doch heute über fünfzig sein. Und die Person da mit dem kalten Gesicht und der langen blonden Mähne und der Schweigsamkeit war jung; neunzehn vielleicht. Oder vierundzwanzig. Sie hatte gesagt, sie hieße Moll oder Toll oder Kroll. Hatte sie laut und deutlich gesagt. Aber er war mittendrin im Verhören, und er wollte ein volles Geständnis von der Ullmann (Christine. Haushälterin. ›Bund Deutscher Jöhren‹, oder wie der Verein geheißen hatte).

»Sind Sie die Ullmann oder nicht?« wollte er fragen. Das wäre vernünftig, und er hätte Klarheit. Wenn nun Feuer im Fluß ausbräche, oder wenn's Gift regnen würde! Eine permanente Sonnenfinsternis wäre auch recht. Irgend etwas, das die Welt – und ihn und die hinterhältige Person da vernichten würde, bevor Carlos kam. Wenn die seinem Sohn sagte, er habe alles verraten, seinen Namen genannt und was noch! Er begann so zu zittern, daß er sich an der nächsten besten Palme festhielt, da es keinen Laternenpfahl gab in diesem Saftladen ...

»Sie müssen sich beruhigen, Herr Bonnhoff«, sagte die Fremde. Da hatte er die Bescherung. Er hatte noch dunkel gehofft, er hätte seinen Namen nicht genannt. Wenn die Person das den deutschen Behörden meldete! Gott im Himmel! Die Schweine konnten das Schnüffeln

nicht lassen. Er hatte Ohrensausen. Sein Blutdruck machte Zicken, sobald er sich aufregte. Er schwankte ganz leicht. Oder brauste der Fluß so gräßlich? Ihm war, als löse er sich innerlich auf, denn er war ein Held aus Schmalz geworden; und jetzt war ihm heiß. Andere klapperten mit den Zähnen, wenn sie Angst hatten; ihm wurde glühend heiß. Gab es das, daß man Angst vorm eigenen Sohn hatte? War er, Ex-Sturmbannführer Bonnhoff, ein beschissener Dreikäsehoch? Oder war er wirklich so verrückt, wie man ihm einreden wollte? Auch nicht wahr! Er gab sich einen Ruck. Und wenn er nie wieder das Maul öffnen würde oder durfte – eins wollte er der frechen Person, die sich als Christine Ullmann ausgegeben hatte, noch sagen. Nur das eine noch, und das war ganz groß.
»Ich höre immer ›Bonnhoff‹«, sagte er laut und schlau und deutlich. »Det Hornvieh ist tot, Frollein! Ich hab' 'nen kleenen Scherz jemacht. Der olle Bonnhoff pennt in seinem Jrab. Schon lange.«
»Das habe ich mir gedacht, Señor!«
»Wat habense sich jedacht?«
»Daß Sie Spaß machten. Was sonst?«
»Ick war 'n jroßer Spaßmacher in meiner Zeit. Ehrenwort! Manchmal lachte sogar der Kleene. Ich mein' den Schrumpfgermanen. Wie hieß er noch? Goebbels. Lachte immer süß-sauer, der Herr Goebbels! Hörense zu, Frollein! Im Berliner Zoo reißt det Flußpferd sein Maul weit auf. Und Parteijenosse A. sagt zum Parteijenossen B.: ›Armes Tier – det Flußpferd! Soon großes Maul und keene Aussicht auf Beförderung.‹ Warum lachen Sie nicht?« Er murmelte enttäuscht in sich hinein. Flüche, Beschwörungen, Schimpfworte, Zoten. Sein fetter, schwitzender Körper sackte zusammen. Sie hatte nicht gelacht. Er wurde unsicher, wenn seine Witze verpufften. Schon als Kadett in Lichterfelde hatte er das erlebt. Dann nicht, liebe Tante, dachte er bedrückt. Warum schwieg das Mensch so permanent? Christine hatte gequasselt, daß ihm Hören und Sehen vergangen war.
»Wo kommen Sie her?« fragte er schließlich.
»Aus Berlin.«
Das hatte noch gefehlt! Aus Berlin mußte das Kalb sein – nicht etwa aus Düsseldorf oder München oder Hamburg. Alles nette Städte. Eine Tüte Luft aus Berlin. Das raubte ihm den letzten Nerv. Er atmete mühsam. »Hier gibt's scheußliche Vögel«, stieß er endlich hervor. »Amseln mag ich am liebsten. Amsel, Drossel, Fink und so weiter. Gibt's noch Amseln zu Haus? *Komm, Tucu!*«

Er stützte sich schwer auf seinen jungen Begleiter. Ihm war hundeelend. Er drehte der Betrügerin aus Berlin ohne Abschiedsgruß den breiten Rücken zu. Gott, war er müde! Ist denn kein Stuhl da, Stuhl da, Stuhlda, für meine ... Über achtzig Jährchen hatte er auf dem Buckel. So alt war kein Schwein; höchstens der Eiffelturm. Wenn die Soldaten nach Paris marschieren, schließen die Mädchen die Fenster und ... Junge, Junge! Er hatte im besetzten Paris ganz hübsch angegeben. Was kaufte er sich heute dafür? Er hob witternd den massigen Kopf. Gespenstische Stille. Als ob man ihn in der nächsten Sekunde in den Rücken schießen würde. Er kannte diese Stille nach dem letzten Gebet oder Fluch oder Seufzer. Hinrichtungsstille. Und dann wieder wirbelten komische Dinger in der Tropenluft rum, und ihm wurde flau zumute. Zwischen den Wolken flogen Pistolen, Panzerwagen, Peitschen, Hakenkreuze, Goldzähne, gebrochene Herzen, Lenaus Gedichte in Goldschnitt, Flugzeuge, ein Einhorn aus dem Bonnhoff-Familienwappen, Amseln und ein Motorrad mit Beiwagen; aber in dem Beiwagen saß nicht die Ullmann und ließ ihre Haare flattern im Wind. In dem Beischlafwagen machte sich ein Maschinengewehr breit. Und irgendwo am Horizont wuchs ein Fliederbusch, und Bonnhoff schloß die Augen, denn blühenden Flieder aus Potsdam konnte er nicht mehr aushalten. Schnell an was anderes denken! Paris? Warum nicht? Paris war eine Nutte wert gewesen. Aber nach dem Krieg mußten die kleinen Freundinnen der Waffen-SS und der Gestapo mit kahlgeschorenem Kopf herumlaufen. Ei warum, ei darum. Bonnhoff wußte Bescheid. Zu spät, aber ihm konnte kein Reichsheini mehr was vormachen! Wer mit der Zeit mitlief, der kam auch mit der Zeit zu Fall. Mach was, Fritze!
Er zählte verworren die Wolken. Irgendwas mußte der Mensch doch ... Selbst so ein armer alter Mann mußte diesen dämlichen Tag irgendwie zu Ende leben. Was war das nun wieder? Über seinem Kopf schwebten riesige, schwarze Schaftstiefel. Sie schwebten nicht direkt – sie marschierten keß durch den tropischen Himmel: ruckzuck, ruckzuck! ›Weinend will mein Aug' sich senken ...‹ Ringverein Immertreu. Alles schon dagewesen. Drüben am Wiesenrand – was war am Wiesenrand, Mensch? Hocken zwei Polen. Oder Dohlen? Bloß nicht mehr denken? Ick hab noch eenen Koffer in Berlin? Quatsch! Plötzlich dröhnte die Luft, und er erschrak. Lärm konnte er nicht mehr aushalten. Aber er hörte Hundegebell, Befehle, Schüsse, Gelächter, Rufe, Geschrei – und alles über seinem Kopf! Und er hatte

eine wahre Sucht nach Ruhe, Schatten, Musik. Sie hatte was Ewiges, was Trostvolles, so wahr er in grüner Vorzeit ein ganz ordentlicher Klavierspieler gewesen war. Bach. Schubert. Chopin. Die Ullmann war einmal in Berlin bei »Figaros Hochzeit« eingenickt. Schon dafür hatte sie den Strang verdient. Bonnhoff dachte wieder an die Person aus Berlin, die sich vorhin als Ullmann ausgegeben hatte. Wie die wohl nackt aussah? Komisch: Gefühle gab's nicht mehr, aber die Neugier auf den fremden Körper blieb. Sie sagte, sie heiße Moll. Und wenn sie nun seinem Sohn von ihrer Plauderei am Fluß erzählte? Wie sollte sie? Wo er Bonnhoff für tot erklärt hatte, und sie, die junge Person mit Christinens Haar, den Carlos, den finsteren Señor, gar nicht kannte und aus diesem kühlen Grunde auch nicht mit ihm quasseln konnte und auch nicht in Carlos verschossen war wie damals die Ullmann im ungeteilten Berlin . . . Wenn er die Klappe hielt – und er wurde immer klar im Kopf, wenn's um seine Sicherheit ging –, konnte ihm nichts passieren. Und die Burschen im neuen Berlin konnten bis zum Jüngsten Tag nach Ex-Sturmbannführer C. F. Bonnhoff suchen. So war es, und so blieb es. Das Fräulein war sicher schon abgeschwommen. Die hatte was Besseres zu tun, als Jammergreise zu denunzieren. Sie wartete vorhin auf ihren jungen Mann. Recht hatte sie. Man war nur fünfmal jung.

Bonnhoff stieß den Tucu, den Indianer-Steppke, in die Seite. Tucu war 'ne gute Sorte. Dämlich wie alle Eingeborenen, aber – er hatte Herz. Kaum zu glauben bei einem, der von nichts eine Ahnung hatte, aber so war's. Manchmal sah Tucu ihn an – schweigend natürlich; aber da war was in den dunklen Augen. Besorgnis oder eine langsame Art von Verstehen und – und Mitgefühl. So blödsinnig es klang, der Steppke fühlte mit. Carlos konnte sich getrost 'ne Scheibe Verstehen abschneiden. Bonnhoff drehte den Kopf zur Seite, wies vage ins Ungewisse und legte dann zwei dicke, zitternde Finger auf seine Lippen. »Du hältst die Klappe – verstanden«, schrie er in plötzlicher Wut. *Silencio! Si-len-cio!*« Tucu nickte. Niemand konnte ihm Redseligkeit vorwerfen. Er warf einen Seitenblick auf seinen alten Señor. *El capitán* sah nicht nur wütend aus, sondern angstvoll. Kein Wunder – Señor Sanchez wurde in den nächsten Tagen erwartet. Es wurde schon gefegt, gekocht und gebacken. Der Diener José fing Fische. Bruder Fernando betete, und er, Tucu, bewachte seinen Herrn.

Bonnhoffs Wut war verflogen. Tucu wußte, daß er es nicht so meinte. Die Berlinerin kam ihm nicht aus dem Sinn. Er grübelte. Sollte er vielleicht, an Tucus Arm, doch nochmals umkehren und, falls sie noch in Reichweite wäre, sie bitten, den »Scherz« zu vergessen? Er schüttelte trostlos den Kopf. Wozu sollte das gut sein?

## III

Bruder Fernando von der franziskanischen Mission wollte sein Motorboot besteigen, als Bonnhoff mit Tucu zurückkam. Er musterte den alten Mann scharf und bekümmert. Bonnhoffs wäßrige Augen tränten, dicke Adern pochten an seinen Schläfen. »Sie haben sich aufgeregt, *amigo*! Das ist nicht gut«, sagte der Laienbruder mit sanftem Vorwurf.

»Sie fahren ab?« fragte Bonnhoff erschreckt.

»Ich sagte es Ihnen vor zwei Tagen.«

»*Bueno, bueno*«, murrte Bonnhoff. »Wann besuchen Sie mich wieder?«

»Sobald ich es einrichten kann. Man wartet auf mich.« Er unterdrückte einen Seufzer der Ungeduld. Er hatte viele Schützlinge am Orinoco, und alle brauchten Hilfe, Medizinen, Zuspruch in ihren entlegenen Indianerdörfern. Fernando Lopez war von Natur ungeduldig, und er betete täglich um die Langmut, die Pater Alonso von der Mission von Gott mitbekommen oder selbst errungen hatte. Der alte Ausländer war sein spezielles Sorgenkind und eine wahre Prüfung für Bruder Fernando. Er betete lange und dramatisch wegen des alten Mannes mit der brüllenden Stimme und dem zeitweilig verwirrten Geist. Er konnte ihn weder mit Strenge noch mit Güte ändern; aber auch Bruder Fernando besaß eine gute Portion Starrsinn und die Strenge und Würde seiner spanischen Vorfahren. Dazu hatte er seinen unstillbaren Durst nach Heiligkeit und breite Schultern, die die Kreuze seiner Schützlinge schleppen konnten. Er winkte Bonnhoff noch einmal zu – gemessen und freundlich. In einigen Monaten würde er ihn wieder besuchen.

»Da geht der Betbruder hin und singt nicht mehr«, sagte Bonnhoff in einem Spanisch eigener Erfindung. Tucu nickte bekümmert. Alles war leichter, wenn der »Kleine Bruder« im Hause lebte. *El capitán* würde wieder toben. Nur Fernando Lopez konnte ihn beruhigen. Er konnte es noch besser als Señorita Alvarez. Pilar besuchte das Haus am Orinoco zwei- bis dreimal im Jahr, um nach dem Vater von Carlos

Sanchez zu sehen. Alle im Haus wußten, daß Señorita Alvarez streng, aber gerecht war; sie schüchterte alle ein und achtete darauf, daß sie arbeiteten. Der Diener José, seine Mutter, die Gärtner, Tucu – alle, alle! Niemand liebte die Schwägerin von Señor Sanchez, und sie schien es nicht zu erwarten. Bruder Fernando bewunderte sie schweigend. Er hatte manchmal auch Mitleid mit Pilar. Es mußte schwer sein, keine Zuneigung bei seinen Mitmenschen zu finden, wenn man soviel für sie tat wie sie. Über Mangel an Zuneigung konnte Bruder Fernando sich nicht beklagen. Alle liebten ihn – mit Ausnahme von Carlos Sanchez. Und das hatte seinen Grund.

Bruder Fernando hatte diesen Señor naiv und unerschrocken zur Ehrfurcht vor den weißen Haaren des alten Mannes ermahnt. Doch unter den Blicken des großen Finanziers aus Caracas war ihm unbehaglich geworden. Und dabei mußte Señor Sanchez trotz seiner finsteren Blicke und seines spöttischen Lächelns ein guter Mensch sein. Er tat viel für die franziskanische Mission, besuchte Pater Alonso regelmäßig, sorgte für das leibliche Wohl von *el capitán* und hatte Tucu ein Kanu geschenkt. Aber Hochmut war eine Sünde, und Bruder Fernando hatte es dem *caudillo* ins Gesicht gesagt. Zitternd, aber starrsinnig hatte er ihn zu christlicher Milde gegen den unglücklichen alten Mann ermahnt. Er wußte nicht, in welcher Beziehung der alte Europäer zu dem großen Mann aus Caracas stand, und es ging ihn nichts an. Er hatte nur soviel verstanden, daß *el capitán* mit niemandem reden sollte und in irgendeiner Gefahr schwebte. Es schien ein Geheimnis zu sein. Señor Sanchez hatte die Stegreif-Predigt des jungen Laienbruders mit bewundernswerter Geduld angehört. Aber schließlich war es ihm zu bunt oder zu fromm geworden, und er hatte »*basta ya!*« gesagt. Gewiß, er hatte Bruder Fernando beim Abschied einen Scheck für seine Schützlinge und Kranken gegeben, aber er hatte sich nicht über *el capitán* geäußert. Er schien ihn zu hassen, dachte Bruder Fernando bekümmert. Anschließend hatte er für Señor Sanchez gebetet. Denn die Reichen waren immer der Versuchung ausgeliefert, sich mit einem Scheck loszukaufen.

Bruder Fernando fuhr der Abendsonne und der Stille entgegen. Warum war der alte Mann so erregt gewesen? Er hatte doch nur mit einer Frau am Ufer gesprochen; und so eine junge Frau war doch keine Gefahr für einen Greis. Oder hätte er dem Alten nicht erlauben sollen, mit der Fremden am Ufer zu reden? Bruder Fernando fühlte eine merkwürdige Unruhe. Sie kam aus seinem Instinkt, sie war mit dem

Verstand nicht zu erklären. Ob er den alten Mann doch öfter als bisher besuchen sollte? Er hatte ihn nie zuvor so aufgeregt erlebt. Aber vielleicht hatte der Alte nur wieder einen schlechten Tag gehabt. Er hatte immer häufiger seine schlechten Tage, und Bruder Fernando wußte warum. Der alte Señor lebte in einem Vakuum. Er hatte seinen Stand in der Wirklichkeit verloren. Das schlug aufs Herz.

## IV

»Die Wirklichkeit ist einfach unmöglich«, dachte Carla Moll. »Ich würde es auch nicht glauben, daß jemand Bonnhoff entdeckt, ohne das Geringste dazu zu tun.« Wie jeder Entdecker, hatte sie einen leichten Schock. Plötzlich war es ihr recht, daß Bendix noch nicht aufgetaucht war. Sie mußte nachdenken – so scharf wie möglich. Die lange Suche nach Sturmbannführer Bonnhoff, vermutlich Venezuela, war beendet. Und sie hatte es geschafft, weil sie immer dem Glück mißtraut und auf Dusel gehofft hatte . . . König Bonnhoffs Glück und Ende! Seine verschüttete Leidenschaft, seine Brutalität, seine Angst hatten sie berührt. Bonnhoff war seinem Mißgeschick offensichtlich nicht gewachsen, und das war seine Sache.

Sein Schwanken zwischen Brutalität und schrecklicher Demut hatte sie kribbelig gemacht. Ja, er hatte alles überlebt und sich selbst dazu. Ein Zeuge von vorgestern; ein Verrückter, ein Fossil. Was konnte ein Gericht mit dem Wrack anfangen? Aber das war nicht ihre Sache. Sollten die Behörden auch einmal etwas tun! Aber – hatte sie sich nicht fest vorgenommen, niemals Bonnhoffs Versteck zu verraten, falls sie ihn fände? Molls großes Ehrenwort! Das war zwei Jahre her, und damals hatte sie Sanchez geliebt – obwohl er sie von der Insel Margarita verjagt hatte. Zwei Jahre? Zwanzig oder zweihundert Jahre war das her. Wieder dachte sie an Coopers Gastmahl, und wie Sanchez sie abgewimmelt hatte. Na also!

Bonnhoff war aufgetaucht wie ein Gespenst in einer Tropenwelt zwischen Fiesta und Galgen. Er lebte am Rand der Wirklichkeit. Und er hatte etwas erwähnt, das nützlich und wichtig für ihren Bericht sein würde. Etwas, was sie schattenhaft und ungreifbar an ein Erlebnis erinnerte. Es zappelte wie ein Fisch im Ozean der Vergessenheit, und sie konnte das Ding nicht ins Netz kriegen. Aber sie mußte sich erinnern. Es war wichtig. Wann hatte sie dieses Erlebnis gehabt? Vor ihrer ersten Fahrt nach Venezuela? In Caracas? Nein, nein – in Berlin! Vor ihrer Expedition mit Locker und Hanns König? Es kam ihr so vor, aber sie wußte es nicht genau. Sie wußte nur, es hatte mit Sanchez in irgendeinem Zusammenhang gestanden. Vielmehr mit seiner mysteriösen Biographie.

Sie mußte die psychische Barriere überspringen. Das Erlebnis hatte mit Angst zu tun gehabt. Aber nicht mit ihrer eigenen Angst. Doch die Begegnung – es konnte nur eine Begegnung gewesen sein – war aufregend oder sehr ermüdend oder unangenehm für sie gewesen, und vielleicht hatte sie die Sache deswegen ins Unterbewußtsein verdrängt. Auf jeden Fall hatte der Erlebnisstoff sich mit anderen Elementen der Unlust vermischt und sich schließlich wie eine Schlafpille im Wasser aufgelöst. Aber da hatte er nicht mit Carla Moll gerechnet! Sie würde sich verbissen konzentrieren, und schließlich würde sie sich erinnern.

Sie versuchte sich Bonnhoffs Reden Wort für Wort zurückzurufen. Das war schwierig, denn erstens hatte er gemischten Salat geredet, und dann war sie von ihrer Entdeckung leicht betäubt gewesen. Sie starrte in den bewegten Fluß; aber sie war keine Romantikerin des 19. Jahrhunderts, und die ›große Chiffreschrift der Natur‹ sagte ihr nichts. Sie mußte es ohne den Orinoco schaffen. Den Fluß hatte sie sowieso abgeschrieben. – Bonnhoff hatte undeutlich gesprochen, er hatte wohl nicht nur den Heldenmythos der NSDAP, sondern auch Venezuela in die falsche Kehle gekriegt. Auf jeden Fall schien er Kränkungen zu sammeln und mußte nun, im Jahre 1970, eine ansehnliche Kollektion haben. Ganz zu schweigen von den monotonen Demütigungen, die hohes Alter mit sich bringt. »Nur nicht so alt werden«, dachte sie. Zum Schluß hatte er kaum reden und gehen können. Warum hatte sie kein Mitleid mit ihm? Sie war doch sonst nicht so hart. Ihre Mutter tat ihr oft leid. Aber Mutter Moll war eine ordentliche, etwas zu moralische Person, und um Bonnhoff war trotz seines Verfalls eine Aura von Gewaltsamkeit gewesen.

Der Fluß leuchtete jetzt bernsteingelb, bald würde er in Blut getaucht sein. Blut . . . Blutsbrüder . . . Blutorden . . . Wo Locker und König wohl jetzt waren? Sie hatten versunkene Städte gefunden. Aber sie, Carla Moll, hatte einen versunkenen Mann entdeckt. Das sollte ihr einer nachmachen! Staunen sollten sie alle, Wendt, Locker, König und die ganze Redaktion. Ganz Berlin. Ganz West-Deutschland! Und wenn einer sich in der DDR freute, daß Kopfjäger Bonnhoff zur

Strecke gebracht worden war, dann sollte es ihr auch recht sein. Sanchez würde sich wohl nicht freuen. Aber er war jetzt ein Fremder, und er konnte sich nur bei sich selbst für sein Pech bedanken. Hochnäsiger Hund! Trotzdem fühlte sie Schmerz.

Plötzlich trat aus der Dämmerung des Vergessens eine Frau auf sie zu: grauhaarig, Mitte fünfzig, unsicher und ins Netz einer toten Vergangenheit verstrickt. In Berlin; kurz vor ihrer zweiten Reise nach Venezuela. Nun wußte sie es genau. Die Unbekannte, die sich zu einem Besuch in der Redaktion des *Komet* angemeldet hatte, trug Schwesterntracht und solide häßliche Schnürschuhe. Carla hatte sie nie zuvor gesehen. Sie wußte nicht, was die Krankenschwester wollte, da sie rumdruckste und unverbindliche zeitraubende Fragen über Venezuela stellte. Sie hieß *Christine Ullmann;* Oberschwester in Dr. von Hartliebs Klinik in West-Berlin. Sie hatte die Journalistin Moll in hohem Maße irritiert, denn sie strömte Verlegenheit und große Ehrlichkeit aus, obwohl sie mit ihrem Anliegen lange Zeit nicht herausrückte. Und jetzt, in diesem verlorenen Winkel in Venezuela, hörte Carla wieder die leise, zögernde Stimme:

»Ich habe vor Jahren in Berlin, kurz vorm Krieg, einen jungen Venezolaner kennengelernt. Sein Vater war Berliner. Der Sohn ging Ende 38 nach Caracas zurück. Eine komische Zeit damals. Alle Ausländer gingen weg. Nach dem Krieg wollte ich Verbindung mit ihm aufnehmen. Er hieß Carlos Bonnhoff. Haben Sie vielleicht den Namen in Caracas gehört, Fräulein Moll? Seine südamerikanische Familie soll drüben eine große Rolle spielen. Sein deutscher Vater? Er hieß Carl Friedrich Bonnhoff.« Moll hatte den Namen nie gehört.

*Exit: Oberschwester Ullmann.*

Carla Moll zündete sich eine Zigarette an und blies den Rauch mit geschlossenen Augen dem stummen Wächter Zongo ins Gesicht. *El capitán* stand vor ihr: wild, listig-verrückt. »Weeßte noch, Stine? *Ick und du und der Carlos!* Er war natürlich jünger als ich. Det war's.«

Das war es gewesen. Carla Moll hatte einen scharfen Blick für das, was sie sehen, hören und greifen konnte. Aber in diesem Augenblick sah sie den jungen Carlos im braunen Berlin vor sich: ein Achtzehnjähriger. Scheu, zwischen Ekstase und Schuldgefühlen schwankend, entweder total verstummt oder von Worten übersprudelnd ... Wahrscheinlich war Christine Ullmann sein erstes Mädchen gewesen. Und mit seinem Alten hatte sie auch was gehabt. Sie mußte Anfang zwanzig gewesen sein – damals. Blond wie sie selbst. Aber da hatte

die Ähnlichkeit wohl aufgehört. Außer für die Männer der Familien Bonnhoff und Sanchez . . .
Jemand stand hinter ihr und klopfte ihr sacht auf die Schulter. Sie fuhr mit einem Schrei herum. Herr Bendix! Er hatte viele Entschuldigungen und Fische im Netz. Seine Uhr war stehengeblieben.
»So lange sie nicht rückwärts rast, geht's doch noch.«
»Ausgerechnet hier muß meine Uhr streiken! Und Sie hier allein! Zu Haus sagen sie: ›Ulli ist kein Kirchenlicht, aber pünktlich ist er.‹ Sind Sie mir sehr böse? Sie müssen sich schwer gemopst haben!«
»Ach wo! Es war natürlich langweilig; aber ich rauchte, und ruhte mich aus und hab' auch ein bißchen nachgedacht, wozu man sonst nicht kommt.«
»Worüber?«
»*Nicht* über mein Liebesleben, Herr Bendix. Lohnt sich nicht. Wissen Sie, ich konnte und konnte nicht auf den Indianerspruch kommen, den ich Ihnen klauen möchte.«
»Die Wahrheit liegt im Fluß.«
»Genau. Das heißt: wenn sie fett ist, schwimmt sie oben.«
»Sie sind zu ulkig! Das muß ich in Puerto Cabello an Señor Sanchez weitergeben.«
»Das lassen Sie lieber bleiben. Ich habe den Eindruck, Ihr Idol schätzt meine Witze nicht. Ich glaube, Señor Sanchez angelt sich seine Wahrheiten aus dem Orinoco oder er greift sie aus der Luft. Vielleicht ist das Landessitte . . .«
»Was ist bei Ihnen eigentlich Spaß und was Ernst, Carla Moll?«
»Alles ist Spaß. Besonders, wenn's ernst ist.«
»Hoffentlich sehen wir uns noch in Puerto Cabello. Wann kommen Sie?«
»Noch unbestimmt. Mein Chef macht mein Programm. Aber hier haue ich auf jeden Fall bald ab. Am Orinoco hab' ich alles gesehen, was zu sehen ist.«
»Machen Sie keine Witze! Man kann diese Welt am Fluß jahrelang erforschen. Denken Sie an Humboldt! Oder an Ihre Kollegen!«
»Es kommt immer darauf an, was man sucht.« Sie gähnte. »Im Augenblick bin ich hundemüde. Vielleicht hab' ich einen Sonnenstich.« Ihr war heiß und kalt. Sie mußte Fieber haben. Der Fluß hielt den Atem an. Trüber Dampf stieg aus seinen Tiefen auf. Carla Moll schauerte zusammen. Der Orinoco war keine Sekunde ihr Freund gewesen. Wie die Spree oder die Havel. Und Sanchez würde bald ihr

Todfeind werden. Aber sie konnte und wollte und würde nicht schweigen. Sie würde ihn sowieso nicht wiedersehen. Warum war sie so zerrissen, so grauenhaft deprimiert? Sie hatte erreicht, was sie erreichen wollte. Sie hatte soviel Glück, daß sie es selbst kaum glauben konnte.

Der Fluß rauschte und brauste in ihren Ohren.

# Dialoge in Puerto Cabello

*Der Mensch ist die Medizin des Menschen:*
*manchmal süß, manchmal sauer.*
Afrikanisch

## I

»Senor Bendix aus Berlin?«
»Jawohl.«
Willkommen in Puerto Cabello. Ich komme im Auftrag von Señor Sanchez. Er kann Sie leider erst später sprechen. Eine Konferenz mit der hiesigen Handelskammer ist dazwischengekommen. Die *Cámara de Comercio* kommt immer dazwischen. Ich weiß nicht warum.«
»Das macht nichts, Señorita. Meinen Sie, daß Señor Sanchez heute noch Zeit für mich findet?«
»Das wollen wir hoffen. Aber ich habe hier eine Mappe mit Informationen für Sie. Señor Sanchez wollte Sie nur kurz begrüßen, und die Besprechung soll in den nächsten Tagen stattfinden, wenn Sie das technische Material durchgearbeitet haben und falls die Handelskammer nicht dazwischenkommt.«
»Danke vielmals, Señorita!« Ulrich Bendix hatte ein flaues Gefühl im Magen. Wenn der große Mann ihn nun einfach sitzen ließ? Dann mußte er nach Haus fliegen. Aber da war das Material, das Sanchez durch die Unbekannte schickte. Und da war sein eigener Eindruck von diesem Mann. Wer war diese Señorita in dem eleganten Leinenkleid?
»Ich bin Rosa Martinez, Privatsekretärin von Señor Sanchez. Sozusagen seine rechte Hand.« Rosa sah mit Erstaunen, daß der deutsche Ingenieur errötete. Diese helle Haut . . . Sie hatte ihn sich etwas älter und viel sicherer vorgestellt. Sie fragte von oben herab, wie diese

Hafenstadt ihm gefalle. Sein respektvoller Ton und seine Verlegenheit gaben ihr eine flüchtige Sicherheit, die sie im Beisein von Sanchez und Pilar Alvarez sofort verlassen würde. Rosa nannte die stachlige Schwägerin des Chefs in Gedanken »Kaktus«. Sie war froh, daß eine Menge Meerwasser zwischen Caracas und Puerto Cabello floß – Pilar war im Hauptbüro in Caracas geblieben. Hier beherrschte sie selbst das Feld. Mit etwas Glück würde sie auch diesen grünen Jungen beherrschen.
»Ich hoffe, ich stehle Ihnen nicht Ihre kostbare Zeit, Señorita!«
Bis zu dieser Stunde in einer Hotelhalle im Staate Carabobo hatte niemand Rosas Zeit als eine Kostbarkeit betrachtet, und sie beschloß, den Chef um Gehaltserhöhung zu bitten. Sie beruhigte diesen naiven Neuling und lächelte kühl wie Pilar Alvarez. Herr Bendix erklärte, er habe noch nichts von Puerto Cabello gesehen, da er gleich nach seiner Ankunft ins Hotel gekommen sei. Er betrachtete schweigend die Privatsekretärin des großen Unternehmers und verlieh ihr im Geist die Würde, den Einfluß und die Wichtigkeit, die sie ihm vorspielte. Er fand sie sogar schön. Ihr Lächeln tat es ihm an. Er sah nicht die Erfahrenheit und den Schatten der List um Rosas Lippen – er sah spontane Freundlichkeit, wie er selbst sie besaß. Diese Señorita mit hochgetürmter, romantischer Frisur, einem hautengen Kleid und großen Brillantohrringen aus Glas war für ihn die typische Venezolanerin, wie er sie sich an vielen einsamen Abenden in der Mine vorgestellt hatte. Ihr scharf geschnittenes, mageres Gesicht erschien ihm stolz und streng, und ihre vollen Lippen, das Erbe einer Mulattin, erregten ihn. Aber vielleicht hatte er heute zuwenig gegessen? Eine frische Wurst mit Weißbrot und Mostrich in der heimatlichen Eckkneipe? Nein, nein! Bis er auf dem Flughafen Tempelhof das große Abenteuer hinter sich ließ, wollte er es erst einmal erleben. Bangemachen galt nicht! Señorita Martinez war Klasse! Ulli Bendix war kein wilder Mann und ließ die Mädchen seelenruhig an sich herankommen, aber die Brüste der Señorita drängten sich so freigiebig vor, daß man sie einfach nicht übersehen konnte. Nicht soviel davon wie bei Señora Preston und keine so rationierte Portion wie bei Fräulein Moll. Prima Format. Das hätte Herr Bendix auch bemerkt, wenn er nicht so ausgehungert aus der Wildnis gekommen wäre. Rosas dünne Arme, die nicht zu ihrem üppigen Busen paßten, waren mit weiten Spitzenärmeln bedeckt, und sie verbarg ihre zu dünnen Beine unter ihrem Maxirock, der sie gleichzeitig vor Moskitos schützte.

Rosa schlug gern zwei Moskitos mit einer Klappe. Sie war nach der Mode der *Vogue* in Caracas gekleidet und sparte die Lotion gegen Insekten. Kurzum, sie war genau die Richtige für einen sparsamen Romantiker wie Herrn Bendix ... Nur war Rosa nicht romantisch, sondern vorsichtig. Außer ihren Beinen und Armen verbarg sie eine Menge Fakten und Niederlagen vor diesem jungen Ingenieur aus West-Deutschland. Monate später entdeckte Herr Bendix einige Bruchstücke von Rosas Geheimnissen. Nicht etwa, weil er mißtrauisch herumschnüffelte, sondern durch die Bosheit des Zufalls. Aber er erfuhr nichts über Rosas Blitzkarrieren: Von der Köchin in einer Tortillabude zur Bardame in einem Nachtlokal in La Guaira. Das ging Herrn Bendix nichts an. Nichtwissen erhält die Illusionen. Daß ihre Mutter eine Mulattin war, posaunte Rosa ebenfalls nicht aus. Zwar waren in Venezuela alle Hautfarben richtig; aber weiß war noch richtiger. Auch blieb es dem jungen Herrn Bendix verborgen, daß Rosa sich gelegentlich als Erpresserin betätigte, und zwar im primitivsten Sinne: Geld! – Sie selbst hatte beinahe vergessen, daß sie vor einiger Zeit einen Liebesbrief der verstorbenen Teresa Sanchez, die sich auf Reisen *Alvarez* nannte, an deren Schwester Pilar verkaufen wollte. In einem Angsttraum, der regelmäßig auftrat, stand Rosa wieder auf der großen leeren Terrasse in der Villa Acacia in Altamira, und Pilar Alvarez erwürgte sie mit den Stricken ihrer Verachtung. Und Sanchez erschien mit einem rostigen Küchenmesser, das Rosas Mutter gehörte und nur durch Traumlogik in die Villa des Chefs gewandert war. Auch im Traum zerriß Rosa in panischer Angst den Brief von Teresa Sanchez an ihren Geliebten – aber Sanchez verurteilte sie trotzdem zum Tode, indem er ihr um drei Uhr nachts kündigte. Selbst im Büro im hellen Licht des Geschäftstages überfiel Rosa manchmal ein Zittern beim Anblick der Post.

Auch das erfuhr Bendix nie. Er besaß trotz seiner jungen Illusionen über ›die Richtige‹, die später meistens die Verkehrte ist, seinen nüchternen Berliner Verstand und sein schweigsames Mitgefühl. Und er hätte Rosa Martinez vor ihren Angstträumen beschützen können und sogar vor ihren erschreckenden Wachträumen, aber sie war nicht für Wahrheit und Klarheit. Und dann war die Beziehung zwischen ihm und diesem Mädchen vom ersten Gespräch in Puerto Cabello vorgezeichnet, wenn nicht überhaupt gezeichnet oder gebrandmarkt. Rosa Martinez war die Ältere. Ein fremdes Temperament und eine Seltenheit im Leben von Ulrich Bendix. Er bewunderte sie kritiklos, weil sie so anders war als seine kleinen Berliner Freundinnen, und er begehrte sie beschämt und nicht ohne Qual. Beschämt, weil sie ihm nur Sex anbot, und die Qual sprang unbeachtet aus der Tiefe seines unerwiderten Gefühls auf.

»Puerto Cabello ist nicht so elegant wie Caracas, aber man gibt sich Mühe«, bemerkte Rosa herablassend. »Dabei sind die Preise hier empörend.«

»Tatsächlich?«

»Ich war entsetzt, als ich mir gestern ein Nachthemd kaufte. Ich werde es umtauschen. Es ist den Preis nicht wert. Zuwenig Stoff und zuviel Ausschnitt.« Rosas Gespräche begannen und schlossen elegant mit Geld und was man dafür kaufen und umtauschen konnte. Sie schikanierte Verkäuferinnen, beklagte sich gern beim Abteilungsleiter, erwähnte überall ihre Position bei Sanchez und genoß ihre armselige Macht.

»Darf ich Ihnen einen Kaffee bestellen, Señorita?«

»Nein, danke! Ich nehme meinen Kaffee stets mit Señor Sanchez.«

»Ich finde es großartig, daß ich für ihn arbeiten darf.«

»Er verlangt viel. Sehr viel. Ohne Arbeit duftet niemand nach Millionen, nicht wahr? Im Vertrauen: Señor Sanchez ist gefährlich. Und wenn er sanft spricht, ist er am gefährlichsten. Er ist freundlich, aber grausam. Sie werden es sicherlich selbst herausfinden. Aber ich bewundere ihn aufs höchste.«

»Ich auch, Señorita.«

»Wie ist das möglich? Sie kennen ihn kaum. Lassen Sie sich vor diesem Chef warnen. Überlegen Sie reiflich, Señor! Ein Kontraktbruch kostet Geld.«

»Ich habe gar keinen Kontrakt. Und ich würde ihn nie brechen.«

»Señor Sanchez läßt sich nichts vormachen, Señor!« Die rechte Hand des Chefs betrachtete Herrn Bendix offensichtlich als hoffnungsvollen Gauner. »Der Chef duldet keine Ausflüchte, keine Lügen oder sonstige Tricks.«

»Ich bin selbst für Wahrheit und Klarheit«, sagte Herr Bendix bescheiden.

»Wie wir alle, Señor. Wenn Sie Wert darauf legen, kann ich Ihnen gelegentlich mehr über den Chef sagen. Niemand kennt ihn so genau wie ich. Und der Weg zu ihm geht natürlich über mein Vorzimmer. Was ich Ihnen über einen der schwierigsten und machtvollsten Unternehmer dieses Landes verrate, ist natürlich privat, Señor!«

»Selbstverständlich, Señorita.«
»Und unentgeltlich«, fügte Rosa nach einer Pause hinzu.
»Verbindlichen Dank«, sagte Herr Bendix verblüfft. Er riß seinen Blick vom Busen der Dame los und bestellte die vierte Tasse Kaffee.
»Das können Sie nachträglich als Geschäftsspesen buchen, Señor!«
»Es käme mir nicht in den Sinn, Señorita. Darf ich Ihnen eine Limonade bestellen. Oder Coca-Cola?«
»Coca-Cola mit Rum, bitte. Ich bin erschöpft. Diese riesige Korrespondenz! Das ewige Telefon! Wir machen hier keine Ferien, obwohl Puerto Cabello mit dem Strand und den Parks dazu verführt.«
›Ich höre verführen‹, dachte Herr Bendix leicht benommen. »Leben Sie in Caracas, Señorita?«
»Ich bin in dem Hexenkessel geboren. Meine Eltern sind Portugiesen. Wir brachten die ganze Kultur in dieses Land. Mein Vater war in Caracas an einem Hotel beteiligt.«
»Lebt er nicht mehr?«
»Nein.« Tod blieb Tod, und daran konnte auch Rosa nicht rütteln. Señor Martinez war in der Tat an einem Hotel »beteiligt« gewesen, und zwar in der Fischküche.
»Schön, daß Sie wenigstens noch Ihr Mutter haben«, sagte Herr Bendix herzlich. Daß Eltern eines Tages sterben, war logisch, aber man schob diesen Gedanken weit fort.
»Meine Mutter ist auch tot«, sagte Señorita Martinez unter Nichtbeachtung der Tatsache, daß Señora Martinez vergnügt mit anderen Mulatten und Mestizen in den Slums von Caracas lebte. Rosa würde ihr ein Geschenk machen und die Sache bei Gelegenheit noch in Puerto Cabello beichten. Denn vor Pater Méndez in Caracas hatte sie Angst. Er gab unbequeme Bußen, und dafür hatte sie keine Zeit ... Sie würde ihrer Mutter ein Halsband kaufen. Sie hatte billige Sachen in der Casa Amarilla gesehen, und man konnte vielleicht herunterhandeln, und sie würde außerdem mit Mamachen Fisch mit Pilzsauce essen und alle Zutaten mitbringen. Señorita Martinez würde vor Vergnügen ihre Augen rollen und schmatzen und riesigen Appetit entfalten. Und sie würde ihre reiche Tochter mit dem weißen Verstand umarmen und sie überall loben und preisen. Daß sie für eine Stunde von ihrer lieben Tochter totgesagt wurde – davon würde Mamachen bestimmt nicht sterben. *Basta ya!*
»Woran denken Sie, Señorita?«

»Ans Geschäft. Dafür bezahlt mich Señor Sanchez. Wenn er Ihnen ein mittleres Gehalt anbieten sollte, verlangen Sie mehr.«
»Auf keinen Fall. Erst einmal muß ich sehen, ob ich überhaupt seinen Ansprüchen genüge.«
»Seine Ansprüche sind maßlos. Überhaupt kein Maßstab! Aber ich will mir nicht die Zunge verbrennen.« Rosas Ohrringe klirrten. Auf Ulrichs Frage, ob sie Geschwister habe, sagte sie, sie habe »einige davon«. Der älteste Bruder sei in fester Position. Auch das war unbestreitbar, denn er war immer noch wegen Diebstahls im Gefängnis. Fester konnte man gar nicht sitzen. Und irgendwo in den Hütten von Caracas lebe ihre alte Amme. Eine dicke behagliche Mulattin, die sie so oft wie möglich besuche. Herr Bendix fand das rührend.
»Ich wäre sehr rührend, wenn ich die Zeit dazu hätte, Señor! Zwar leben wir in Venezuela nicht mehr in Sklavenzeiten, aber Señor Sanchez nimmt keine Notiz davon.« Sie lächelte vielsagend. »Er selbst ist eben unermüdlich, und über andere denkt er nicht nach. Er hat Bärenkräfte und ein Herz von Stein.«
»Ich bin erstaunt, Señorita.« Herrn Bendix wurde unbehaglich zumute.
»Meine Vorgängerinnen hielten sein Tempo nicht aus, Señor! Die eine heiratete lieber einen Krüppel, und die andere starb an Lungenschwindsucht. Nicht im strikten Sinne die Schuld des Chefs – aber es spricht Bände.«
»Ich weiß nicht recht«, sagte Herr Bendix vorsichtig. Bei Coopers Gastmahl hatte der Chef dem schwankenden Fräulein Moll auf die Beine geholfen – und zwar spontan und fürsorglich. Aber die ›rechte Hand‹ hatte wohl recht.
»Was das Schlimmste ist: der Chef vergißt einen, sobald man sein Zimmer verläßt. Nicht ermutigend für ergebene Mitarbeiter!«
»Vielleicht muß er an zuviel anderes denken, Señorita. Wir sind doch wirklich nicht wichtig. Räder und Rädchen in seinem großen Räderwerk.«
»*Ich* schätze mich etwas höher ein, Señor. Allerdings bekleide ich einen Vertrauensposten. Was wissen Sie von seinen Gedanken und Plänen? Haben Sie in seinen Kopf hineingesehen? Leistung, Leistung ist alles, was der Chef von seinen Angestellten will.«
»Das ist doch verständlich«, sagte Herr Bendix.
»Wie oft habe ich ihn angefleht, eine Entlassung rückgängig zu machen!« Diese fromme Lüge befriedigte Rosa so sehr, daß sie lächelte.

Aber dann sagte sie düster: »Wo sollen solche armen Würmer eine Stellung in Caracas bekommen, wenn die Firma Alvarez & Sanchez sie entläßt?«

»Ich weiß es nicht«, sagte Herr Bendix bedrückt. Er hatte einen völlig anderen Eindruck vom Chef. Hatte Sanchez sich nicht bei Coopers Gastmahl sofort an ihn, Bendix, erinnert? Seine Sekretärin war hinreißend anzusehen – und Ulli ließ die Augen nicht von ihr, aber sie hatte einen scharfen Ton am Leibe.

Wenn er die Hoffnung auf Sanchez' Erscheinen aufgeben mußte, der schien ihn tatsächlich vergessen zu haben! – dann wollte er wenigstens Señorita Martinez für sich retten. Könne sie heute abend mit ihm essen? Sie zuckte die Achseln, und Herr Bendix zuckte zusammen. Sie wisse noch nicht. Es käme darauf an. Worauf? Das wußte Herr Bendix wieder nicht ...

»Da kommt der Chef«, rief Rosa. »Er erinnert sich ausnahmsweise.«

Sanchez klopfte Herrn Bendix wohlwollend auf die Schulter. Rosa war aufgesprungen und erhielt eine Mappe. »Sortieren Sie schon diese Notizen, Rosa. Morgen werden wir Näheres besprechen, Señor Bendix. Erhielten Sie die Informationen über unsere neuen Projekte?«

»Ja, danke sehr, Señor! Hier ist die Mappe.«

»Gut! – Worauf warten Sie, Rosa? Bevor ich's vergesse: sagen Sie Señor Cortázar, daß ich heute abend mit Mr. und Mrs. Moore speise. Übermorgen fahre ich nach Cumboto hinaus. Ich würde Ihnen gern diese moderne Stadtanlage zeigen, Señor Bendix. Wir bauen mit an den neuen Wohnvierteln und Familienhäusern. Interessiert es Sie?«

»Mächtig. Vielen Dank.«

»*Bueno!* Wir fahren nachmittags hinaus. Hier ist ein Plan der *Urbanización Cumboto*. Da sehen Sie einmal eine andere Seite unseres Landes.«

»Bis jetzt hab' ich nur die Mine gesehen.«

»Dazu kamen Sie ja nach Venezuela, nicht wahr? Aber nun müssen Sie frische Eindrücke sammeln. Danach arbeitet man besser. Sie sind blaß, junger Mann. Haben Sie Hunger? Ich werde sofort etwas zu essen bestellen.«

»Das ist wirklich nicht nötig, Señor. Ich kann doch nachher ...«

»Natürlich können Sie nachher essen. Aber ich glaube, es ist in diesem Augenblick ganz angebracht. Was trinken Sie?« Er winkte einem Kellner. »War es noch nett im Hotel Amazonas?«

»Kurz vor der Abfahrt fuhr ich noch nach Sanariapo. Fabelhaft – dies Paradies der Fischer!«
»Ja. Ihr Spanisch ist viel besser geworden. Waren Sie lange in Sanariapo?«
»Sehr kurze Zeit. Aber die Stille und Einsamkeit taten mir gut.«
»Dafür sind Sie noch etwas zu jung!«
»*So* allein war ich nun auch wieder nicht«, sagte Ulli vergnügt. »Ich nahm Fräulein Moll mit auf die Tour. Sie trafen sie bei Mr. Coopers Abendessen. Erinnern Sie sich noch, Señor?«
»Ich vergesse nie eine Person, die ich einmal sah. Wie gefiel es Fräulein Moll im Paradies der Fischer?«
Sanchez hatte die Augen zusammengekniffen. War sein Ton kühler? Herr Bendix wurde wieder unsicher. Der Señor sah leicht gelangweilt aus. Oder verstimmt? Mochte er die Journalistin nicht? Ulli sagte zögernd: »Fräulein Moll langweilte sich dort. Ich glaube, sie ist mehr für Betrieb und Leute und so. Dort sieht man meilenweit keine Menschenseele.«
»Leider muß ich mich verabschieden. Wir sprechen morgen weiter. Soll ich Ihnen meine Sekretärin zur Gesellschaft schicken?«
»Das wäre großartig.« Herr Bendix war knallrot geworden, und Sanchez dachte wieder: ›Wie jung er ist! Wie ehrlich!‹
»Das heißt, wenn die Señorita nichts Besseres vorhat«, stotterte Ulli.
Sanchez zog erstaunt die Augenbrauen in die Höhe. Er gab seine Anweisungen, und seine Angestellten befolgten sie. »Ich vermute, Señorita Martinez wird es einrichten«, sagte er trocken.

## II

»*Willkommen in Puerto Cabello!* Wir trafen uns hier vor einigen Jahren. Falls Sie sich erinnern: Consuelo Márquez!«
»Wie geht es Ihnen?« fragte Cooper ohne Begeisterung. Diese Freundin von Teresa Alvarez mit ihren Eulenaugen und dem Fragezeichenlächeln war die letzte, die er in dieser Hafenstadt wiedersehen wollte. Aber er war ein Magnet für Frauen, die ihn nicht reizten. Ausgerechnet in diesem Reisebüro in der Calle Comercio mußte er in sie hineinrennen wie in eine Sackgasse.
»Wie geht es Ihnen?«
»Abgesehen davon, daß man mich kürzlich zweimal ermorden wollte,

geht es mir ausgezeichnet. Warum lachen Sie, Miß Márquez? Finden Sie das komisch?«
Sie starrte ihn mit undefinierbarem Ausdruck an. »Wer wollte Sie umbringen?«
»Die Attentäter hinterließen weder Namen noch Adresse.«
»Haben Sie eine Ahnung, wer Sie so haßt?«
»Niemand haßt mich, Miß Márquez. Im Gegenteil, ich erfreue mich des Wohlwollens zahlreicher Zeitgenossen.«
»Sie sind zu beneiden, Mr. Cooper. Trotzdem würde ich an Ihrer Stelle sehr scharf nachdenken. Es gibt falsche Freunde und echte Feinde. Was meinen Sie?«
»Seit wann arbeiten Sie hier in diesem Reisebüro?«
»Seit längerer Zeit. Es wurde mir zu eintönig in Mérida.«
»Haben Sie die Malerei aufgegeben?«
»Sie hat mich aufgegeben. Was kann ich für Sie tun?«
»Im Augenblick nichts. Ich erkundigte mich bereits nach Flugverbindungen nach Kolumbien. Wollen Sie mich jetzt bitte entschuldigen? Ich bin leider nicht zum Vergnügen in Puerto Cabello.«
»Ich auch nicht. Ich werde hier heiraten.«
»Gratuliere! Das freut mich aufrichtig.«
»Hoffentlich freut es meinen Zukünftigen auch. Er weiß noch nichts von seinem Glück.«
»Originell wie immer, Miß Márquez!«
»Es ist das Übliche, amigo. Die meisten Männer sind überrascht, wenn sie plötzlich verheiratet sind. Ging es Ihnen anders? Ist Ihre Frau auch hier?«
»Sie erwartet mich in Chicago. Aber das wird leider noch etwas dauern. Ich bin ein Zugvogel der Industrie.«
»Ich erinnere mich.« Sie starrte ihn an, als sei er eine ihrer Zwangsvorstellungen. Sie war in dieser Welt der Fluglinien, Schiffsverbindungen und Landkarten so isoliert wie ein Öltanker auf dem Meeresgrund. Sie war noch magerer geworden, und ihr Gesicht war zwielichtig und verwinkelt wie eine alte, spanische Stadt. Ein Vorgefühl von Mißgeschick verdunkelte Coopers Laune, die er sich nach den Anschlägen auf sein Leben mühsam zurückerobert hatte. Er wollte nicht mehr an die tote Teresa denken, aber Consuelos Anblick stieß ihn in den Sumpf der Erinnerung zurück. Versuchte dieses Mädchen, ihm die Maske des erfolgreichen Frauentrösters vom Gesicht zu reißen? Er zwang sich zur Ruhe. Er konnte nichts dafür, daß Teresa

Alvarez plötzlich starb. Er hatte ihr nichts versprochen. Er hatte nur ihre lästigen Briefe ungelesen zerrissen. Schließlich war er verheiratet, nicht wahr? Warum ließ Consuelo keinen Blick von ihm? Warum ging er nicht einfach aus dem Reisebüro hinaus? Eine plötzliche Schwäche hatte ihn überfallen. Miß Márquez bat ihn, sich zu setzen.
»Sie sehen grün aus«, bemerkte sie erfreut.
»Es ist nichts«, sagte Cooper ungewöhnlich schroff. Seine Beine zitterten. Es war in letzter Zeit zuviel auf ihn hereingestürzt.
»Ein guter Freund verschaffte mir diese Stellung«, sagte Consuelo. »Señor Carlos Sanchez. Ein Wort von ihm, und alles klappt. Industriemagnat aus Caracas. Haben Sie versucht, ihn kennenzulernen?«
»Er hat mich für morgen abend zum Essen eingeladen. Er war übrigens mein Gast am Orinoco.«
»Also dort versteckten Sie sich vor Teresa und mir?«
»Ich verstecke mich vor niemandem, Miß Márquez. Übrigens sollte ich . . .«
»Vielleicht sollten Sie sich doch verstecken. Zum Beispiel vor Señor Sanchez!«
»Ich habe schon bessere Witze gehört.«
»Ich mache nie Witze. Haben Sie das vergessen? Ich gab Ihnen in Ihrem eigenen Interesse einen guten Rat. Meiden Sie Señor Sanchez. Sagen Sie seine Einladung ab.«
Cooper war aufgesprungen und wischte sich den Schweiß von der Stirn. Dann bat er Miß Márquez, mit ihrem Unsinn aufzuhören. Ihm schwindelte. Er wandte sich zum Gehen.
»Es ist kein Unsinn, Mr. Cooper. Und keine Einladung ist ohne ein Aber . . . Nach Büroschluß, in der blauen Stunde, kann ich Ihnen alles erklären.«
»Es gibt nichts zu erklären. Leben Sie wohl.«
»Einen Augenblick, Mr. Cooper. Es wäre angenehmer für Sie, wenn *ich* Ihnen einige Aufklärungen gebe, bevor Señor Sanchez . . .«
»Bitte machen Sie es kurz!«
»›Kurz und süß‹ – so sagt man doch in den Staaten, nicht wahr?« Consuelo zelebrierte eine Orgie der Bosheit. »Hier kann ich nicht über die Sache sprechen. Man erwartet, daß ich für mein Gehalt etwas tue. Das passiert mir zum ersten Mal im Leben. Früher zahlte Teresa alles. Ihr plötzlicher Tod war in jedem Sinne ein schmerzlicher Verlust für mich. So ist der Tod eben. Rücksichtslos. Kein Erbarmen mit den Lebenden! Man muß nicht nur auf eine geliebte Person verzichten,

sondern auch auf ... Wie wär's mit einem Kaffee nach Büroschluß?«

Cooper konnte und wollte Señor Sanchez nicht absagen. Ihr gemeinsamer Freund, Coopers Chef in Chicago, hatte dieses Zusammentreffen in Puerto Cabello arrangiert. Also würde Cooper morgen abend nach Cumboto fahren. Diese bösartige Person konnte reden, was sie wollte! Aber anhören wollte er sie doch. Um gerüstet zu sein. Gerüstet? Ging er zu einem Zweikampf oder zu einem Dinner mit einem einflußreichen Geschäftsmann? Warum war er so nervös? Was konnte Miß Márquez ihm enthüllen? Er wartete im Hotelgarten auf sie. Er hätte ihr vielleicht für immer den Rücken kehren sollen – aber irgend etwas hatte ihn zurückgehalten. Weder jetzt noch später vergaß er diese zweite Unterhaltung mit Consuelo Márquez. Von diesem Augenblick bis zu seiner Abreise wehte ein rauher Wind in Venezuela.

»Noch einen Kaffee, Miß Márquez?«

»Warum verschwiegen Sie mir in den Anden, daß Sie verheiratet sind?«

»Ich nahm nicht an, daß Sie sich für meine Privatverhältnisse interessierten. Sehr schmeichelhaft für mich, Miß Márquez!«

»Finden Sie? Ich habe mir keine Illusionen über Sie gemacht. Das tat die arme, dumme Teresa!«

»Lassen wir endlich die Toten ruhen. Was wollten Sie mir erzählen?«

»Wie Sie das so sagen: ›Lassen wir die Toten ruhen.‹ Die Toten lassen uns keine Ruhe. So einfach ist die Sache nicht! Sie sprach tonlos, aber haßerfüllt. Sie wollte in den Anden Cooper für sich haben und womöglich heiraten. Und dann war Teresa Alvarez aufgetaucht und hatte Consuelos falsches Idyll zerstört. Sie wußte es, und Cooper wußte es auch. Das Hotel Prado Rio war der Schauplatz eines lächerlichen Dramas gewesen. Cooper schwieg und wartete. Consuelos Augen hinter der Hornbrille waren starr und trübe. Sie war ein Nachtgeschöpf. ›Fledermaus!‹ dachte Cooper plötzlich. Als kleiner Junge hatte er unsinnige Angst vor den Geschöpfen der Nacht gehabt. Und diese Furcht saß ihm heute noch in den Knochen, auch wenn er sie als erwachsener Mann wegläschelte. Aber während er in diesem Augenblick Consuelo Márquez betrachtete, erkannte er sie als Bundesgenossin der Fledermäuse, und wie diese gemahnte sie an Finster-

nis, Tollheit und Blutsaugerei. Sie ist auf mein Blut aus, dachte er verwirrt. Richard Cooper hatte ihm in seiner Schulzeit das Bild einer Fledermaus mit einem Hundekopf und ausgebreiteten durchsichtigen Flügeln aufs Kopfkissen gelegt, und er selbst hatte nächtelang geschrien und war in der Schule immer tiefer die Leistungsleiter hinuntergerutscht. Während er Consuelo Márquez schweigend anstarrte, fielen ihm zum ersten Mal ihre beiden Vorderzähne auf: sie waren spitz und messerscharf wie die Zähne eines Vampirs.
»Noch einen Kaffee, Miß Márquez?«
»Sehr gern. Kaffee belebt mich.« Consuelos Gesicht hatte einen grünlichen Schein. Kam er von den Palmen? Sie standen herum wie Skelette mit Fransen.
»Träume sind Markenartikel – wie Seife oder Petroleum«, bemerkte Consuelo. »Ich träume oft von unserer Teresa. Sie auch? Die Arme liebte aufdringliche Wirkungen. Ihre Seife war immer zu stark parfümiert. Und Teresas Witwer hat unter anderem mit Petroleum zu tun. Armer Mann! Das heißt: er ist enorm reich. Hier nennt man Petroleum ›schwarzes Gold‹. Ist Ihnen das bekannt?«
»Es ist der ganzen Welt bekannt.«
»Langweile ich Sie? Wie traurig! In den Anden hingen Sie an meinen Lippen, bis Teresa ... Wovon sprachen wir noch? Richtig, vom schwarzen Gold. In Venezuela gibt's noch lyrische Millionäre. Wie Carlos Sanchez.«
Cooper mußte sich verhört haben. Teresas Witwer? *Sie* war Witwe gewesen, und er hatte sie getröstet ... Und warum brachte die Fledermaus beständig Sanchez ins Gespräch? Wahrscheinlich ärgerte sie sich, daß er bei ihm eingeladen war und sie nicht. Ihre Augen blickten ihn gierig und neugierig an. Aber Cooper war zu klug, um Fragen über Sanchez zu stellen. Den Gefallen tat er ihr nicht. Worauf wartete sie noch? Er konnte sie nicht aus seinem Hotel hinauswerfen. Nie hatte er seine guten Manieren lebhafter beklagt.
»Warum so schweigsam, Mr. Cooper?«
»Ich habe einen anstrengenden Tag hinter mir.« Er räusperte sich – sein berühmtes verabschiedendes Räuspern. Miß Márquez überhörte es. Der Teufel sollte sie holen. Mit der wurde niemand fertig. Höchstens Sanchez oder Richard Cooper. Ich bin zu rücksichtsvoll, dachte Cooper bekümmert. Er hätte heute nachmittag schwimmen sollen. Es gab einen großartigen Strand bei Puerto Cabello, sobald man den Hafen mit seinem Ölgestank und dem Maschinenlärm hinter sich

hatte. Cooper seufzte. Er war immer ein zögernder Draufgänger gewesen. ›Ein Rennfahrer in einem klapprigen Ford von vorgestern‹ – so hatte Richard ihn einmal genannt. Er hatte daraufhin drei Monate kein Wort mit seinem Vetter gesprochen. Aber die Motten zerfraßen bereits das Gewebe der Jugend, wie sie seine Beziehung zu Teresa Alvarez schon zu ihren Lebzeiten zerfressen hatten. Das war merkwürdig gewesen. Er hatte zum Schluß ihre Beschimpfungen oder ihr hilfloses Schluchzen wie aus weiter Ferne gehört, obwohl sie sein Bett zerwühlte und nicht in ihr Zimmer gehen wollte.

»Teresa war zu reich und zu träge«, sagte Consuelo. »Das war ihr Unglück. Das eine. Sie waren das andere!«

Cooper lachte. Aber selbst ihm klang sein Lachen hohl.

»Ich mußte alles mit ansehen und verlor langsam den Respekt vor Ihnen. Ich hatte Ihnen Hochachtung, sogar Bewunderung entgegengebracht, Mr. Cooper.«

Er schwieg. Einmal würde es ihr langweilig werden. Sie hatte nichts zu sagen. Sie hatte wieder einmal einen Narren aus ihm gemacht. Das verstand sie. Er dachte an ihren Verlobten und bemitleidete den armen Teufel.

»Wenn jemand Teresa Sanchez genau kannte, dann war ich es«, sagte Consuelo Márquez laut. »Sie kannten sie überhaupt nicht.«

»Natürlich nicht. Ich traf die Frau von Señor Sanchez nie.«

»Ich glaube, Sie wollen mich nicht verstehen. Teresa muß Ihnen doch gesagt haben, daß sie mit Carlos Sanchez verheiratet war. Sie nannte sich auf Reisen mit ihrem Mädchennamen Alvarez. Aus Angst vor Carlos.«

»Sie erwarten doch nicht, daß ich Ihnen das glaube?«

»Es ist die Wahrheit. Sie scheinen noch ahnungsloser zu sein, als ich dachte. Und Teresa noch feiger. Aber sie hatte wahnsinnige Angst vor Carlos. Er ist ein Gewaltmensch trotz seiner glatten Manieren. Wenn er in Wut gerät ...«

Cooper war erstarrt. Diese Person sprach die Wahrheit. Er fühlte es ... Teresa Sanchez ... Alvarez ... Sanchez ...

»Sie kennen dieses Land nicht, Mr. Cooper. Nicht die Frauen und schon gar nicht die Männer! Ehre und Würde sind immer noch wichtiger als Dollars, so komisch es klingt. Daher ist unsere Geschichte heroisch, aber blutig.« Sie starrte ihn an. »Was wissen Sie von Carlos? Seine Mutter war die Tochter von Emilio Domingo Sanchez, dem Freiheitskämpfer von Margarita. Sie haben die Ehre seines Enkel-

sohns angegriffen. Sie haben seine Würde mit Ihrer schmutzigen Liebesaffäre angetastet! Wenn mich nicht alles täuscht, dann hat Carlos Sanchez die Anschläge auf Ihr Leben veranlaßt! Er würde sich nicht die Hände beschmutzen. Dafür hat er seine Leute. Noch etwas: Er hat ein gutes Gedächtnis für Beleidigungen. Eine venezolanische Tugend. Darf ich Ihnen noch einen Rat für den morgigen Abend geben?«
Consuelo Márquez mußte zu ihrer Enttäuschung diesen Rat für sich behalten. Cooper war ohne ein Wort gegangen.

## III

»*Willkommen in Puerto Cabello,* Mr. Cooper! Geht es Ihnen jetzt besser?«
»Vielen Dank, Señor Sanchez! Ich hatte neulich abends wieder einen Fieberanfall. Dabei ist die Regenzeit noch nicht da.«
»Sie liegt aber schon in der Luft. Immer eine leise Bedrohung für die Besucher unseres Landes.«
»Ich danke Ihnen, daß Sie mir den Wagen nach Puerto Cabello schickten. Außerordentlich liebenswürdig von Ihnen.«
»Das ist doch selbstverständlich.« Sanchez sprach englisch, da sie allein waren. »Ich schickte Ihnen den Wagen so früh, damit Sie einen Blick auf die *Urbanización Cumboto* werfen konnten. Wie gefallen Ihnen diese neuen Wohnviertel?«
»Ich bin sehr beeindruckt. Besonders nach der Wildnis am Orinoco. Das Cumboto-Hotel und das karibische Meer geben mir ein Gefühl der Freiheit. Klingt wohl komisch ...«
»Keineswegs. Was darf ich Ihnen zu trinken bestellen? Limonade? Sehr gern. Cumboto ist erst in der Entwicklung. Die Stadt Puerto Cabello wird immer mehr Industriegebiet, und der Hafen dehnt sich natürlich aus. Puerto Cabello wird erst zufrieden sein, wenn es genau so lärmend und hektisch geworden ist wie Caracas.«
»Aber tragen Sie nicht maßgebend zu dieser Entwicklung bei, Señor?«
Sanchez lachte. Seine Zähne blitzten. ›Ein schönes Raubtier‹, dachte Cooper. ›Kein Wunder, daß die Journalistin Moll bei seinem Gastmahl die Fassung verlor.‹
»Ich bin im Grunde ein Idylliker«, sagte Sanchez milde. »Ich werde Ihnen morgen die alten Kokosnuß-Haziendas zeigen. Sie liegen nörd-

lich von der Avenida Salom. Dort entstehen Parks und Erholungszentren. Ein Großonkel Sanchez hatte dort seine Plantage. Daher meine alte Liebe zu diesen Bäumen und dem Wiesenland.«

»Haben Sie hier auch ein Wochenendhaus, Señor?«

»Nein. Es wird mir schon zu belebt in Cumboto. Ich baute mir ein kleines Haus in Palma Sola – weit weg von den neuen Residenzen. Ein Wohnraum, einige Schlafräume, die Veranda, der Patio, ein Sonnendach. In zehn Minuten bin ich im Wagen an der See. Dort bin ich so allein wie im Haus meines Großvaters auf Margarita. Ja – ich bin wohl neben den Geschäften des Tages ein Einsiedler. Ich wuchs auf Margarita auf. Ein Sohn der Inseln . . .«

Cooper schwieg. Sanchez war völlig verändert. Machte es die ländliche Stille, der Geruch der See? War er ungern am Orinoco? Wer konnte das sagen? Er kann tatsächlich bezaubernd sein, dachte Cooper widerwillig. Lockte Sanchez ihn in eine Falle? Oder hatte Consuelo Márquez ihre Behauptungen aus der Luft gegriffen? Aber sie hatte Sanchez einen lyrischen Millionär genannt. Sie mußte ihn und seine verstorbene Frau sehr gut kennen. Wer kannte wen? Wer siegte in dem Labyrinth menschlicher Beziehungen? Persönliche Werte verbargen sich wie Perlen in ihren Muscheln. Sprachliche Barrieren werden leicht überwunden; aber Sprachen bilden nur den wörtlichen Anfang einer Verständigung. Je näher Cooper Sanchez kommen wollte, desto mehr entfernte sich dieser undurchsichtige Mann. Sie teilten nur eine Mahlzeit miteinander – keine menschliche Erfahrung, keine einzige Erinnerung, kein nationales Symbol. Zum mindesten mußte man zueinander Vertrauen haben, und gerade das verbot die Situation. Auf steinigem Boden gedieh nur das Unkraut des Mißtrauens.

»Unser Freund Preston schrieb, daß jemand Sie im Hotel Amazonas vergiften wollte, Mr. Cooper. – Was wurde dort gespielt? Eine Räuberoper?«

»Reden wir von angenehmeren Dingen.«

»Wie steht mein Land vor Ihnen da?«

»In Chicago wird auch gemordet, Señor. Und ziemlich häufig.«

»Sie sind sehr großmütig. Ich hoffe, dieser Fisch ist nicht vergiftet. Soll ich ihn erst kosten?« Sanchez lachte. Cooper sah keinen Grund zur Heiterkeit. »Ich habe ein vorläufiges Programm für Puerto Cabello entworfen, Mr. Cooper. Ich denke, wir beginnen morgen mit einer Rundfahrt durch das Industriegebiet. Wäre Ihnen das recht?«

»Ich bin sehr interessiert, Señor.«
»Diese Stadt hat eine alte kriegerische Geschichte. Wie die meisten Orte in Venezuela. Aber wir wollen die Dinge von heute besichtigen, nicht wahr? Die modernen Anlagen der petrochemischen Industrie, die Endstation für den Öltransport, die Trockendocks. Danach werde ich Sie mit den Häuptlingen der Handelskammer bekannt machen. Man wird Ihnen alles zeigen und die erwünschten Auskünfte geben. Ihre Arbeit wird hier sehr geschätzt, Mr. Cooper!«
»Ich versuche mein Bestes als Vermittler.«
»Darf ich Ihnen im Namen dieses Landes unsern Dank ausdrücken. Wir brauchen dringend größeres Interesse seitens der USA. Warum zögert man bei Ihnen mit weiteren Kapitalanlagen?«
»Unsicherheit, Señor. Der Einfluß von Kuba auf die lateinamerikanischen Länder. Unsere Unwissenheit hinsichtlich hiesiger Wirtschaftsformen. Ich fürchte, wir sind Provinzler im Großen. Und außerdem verlieren wir ungern Geld.«
»Ich teile diese Abneigung. Vielleicht sind auch wir zu mißtrauisch. Man traut hier wirklich nur der eigenen Familie.«
»Ist das auch bei Ihnen der Fall, Señor Sanchez?«
Es war die erste falsche Frage, und Cooper fühlte es sofort. Er hatte sich unversehens auf ein Gebiet gewagt, das er unter allen Umständen vermeiden mußte: die Privatsphäre von Carlos Domingo Sanchez! Cooper hätte genausogut darauf anspielen können, wie oft die VereinigtenStaaten zur Wahrung ihrer eigenen Interessen in Lateinamerika eingegriffen hatten: in Mexiko, in Nicaragua, in Kuba . . .
»Ich habe keine Söhne«, sagte Sanchez hart. »Und meine Frau starb vor einiger Zeit. Ich vermute, Sie hörten es?« Er starrte Cooper an.
»Es tut mir sehr leid, Señor.«
»Es ist nicht zu ändern. In der Jugend hält man das Leben für einen privaten Karneval, und dabei geht man nur von Kreuz zu Kreuz.« Sanchez schwieg.
Cooper putzte nervös seine Brillengläser. Sein Eindruck bei seinem Gastmahl in Puerto Ayacucho hatte ihn doch nicht getäuscht: ein unheimlicher Mensch. Was würde mit dem Nachtisch über ihn, Cooper, hereinstürzen? Was wußte Sanchez über ihn und Teresa? Was nicht? Kalter Schweiß stand auf seiner Stirn, und er wischte ihn mit dem Taschentuch ab. Seine Hand zitterte leicht. Er trank einen Schluck von seiner Kokosmilch. Schmeckte sie nicht ganz leicht nach – nach bitte-

ren Mandeln? Gift? Er trank weiter, weil Sanchez ihn unverwandt anblickte. »Fuchs«, dachte Cooper. *El zorro* . . . Fuchs auf verborgenen Wegen: *Explora el zorro la desierta vía«* – Fräulein Moll hatte ihm dieses spanische Gedicht im Hotel Amazonas vorgelesen. Er hatte sich noch gewundert, daß sie Gedichte las. Dieses war von Rosalía Castro. Spanierin. Neunzehntes Jahrhundert. Was konnten die armen Würmer anderes tun als Verse schreiben, hatte Fräulein Moll gesagt. Cooper wünschte, sie wäre hier und tränke ausnahmsweise Kokosmilch. Aber sie hatte ihm ihre Ankunft erst für die nächste Woche angekündigt. Sie hoffte, er könnte ihr Puerto Cabello zeigen. Sie kannte niemanden hier. Außer Cooper und Bendix. Sanchez rief den Oberkellner, und Cooper zuckte bei dem herrischen Ton zusammen. Aber Sanchez sprach für seine Verhältnisse ganz freundlich. Er bestellte den landesüblichen Fruchtsalat. Für Cooper ohne Likör. Wie aufmerksam! Wie unbehaglich! Nichts entging diesem Gastgeber. Cooper hatte nie verraten, daß er keinen Alkohol trank. Und Sanchez sah ihn heute erst zum zweiten Mal.

»Schmeckt Ihnen die Kokosmilch nicht, Mr. Cooper? Bitte, lassen Sie sie stehen! Lieber einen Ananassaft?« Sanchez goß sich einen Schluck des Kokosgetränks in sein Wasserglas und kostete es. »In Ordnung«, murmelte er. Es klang zynisch, oder es kam Cooper so vor. Er wurde aus diesem Mann einfach nicht klug. Hegte er Rachegefühle wegen seiner Frau? War Consuelo Márquez doch nicht so verrückt, wie er gedacht hatte? Enthielten ihre Anspielungen einen Kern von Wahrheit?

Sanchez dachte nicht daran, über Teresa zu sprechen. Er sprach über Petroleum, Indianermythen, Raffinerien, den Maler Diego Rivera und dessen dämonische Riesenfresken. Er erwähnte auch seinen Freund Salvador Paz – einen der modernen Bildhauer und Architekten Venezuelas. In seinem Haus in Ciudad Bolívar hatte er die Nachricht von Teresas Tod erhalten. Cooper hatte in Ciudad Bolívar eine Ausstellung von Salvador Paz besucht. Sanchez strahlte ganz offen. Salvador war ein großer Freund von ihm. Von Jugend an. Er fragte, ob Cooper in Puerto Cabello Freunde habe. Sonst wollte er ihn gern mit einigen Leuten bekannt machen. Er selber verbringe seine Abende am liebsten allein.

»Ich traf Mister Bendix neulich«, sagte Cooper. Die Kaffestunde mit Consuelo Márquez blieb besser unerwähnt. »Übrigens werde ich in nächster Zeit ganz reizende Damengesellschaft hier haben.«

»Gratuliere, Mr. Cooper. Eine junge Señorita macht natürlich den ganzen Unterschied.«
»Sie kennen sie, Señor! Sie trafen sie bei meinem Abendessen im Hotel Amazonas.«
»Tatsächlich? Ich kann mich im Augenblick nicht erinnern.«
»Miß Moll! Die Journalistin aus Berlin. Sie kommt beruflich nach Puerto Cabello. Aber ihre Abende sind natürlich frei.«
»Natürlich«, sagte Sanchez. »Ich wünsche Ihnen viel Vergnügen.«

## IV

»*Willkommen in Puerto Cabello, Señorita!*«
»Wie kommen Sie hierher?« fragte Carla Moll.
»Mit dem Flugzeug von Caracas. Sind Sie zum ersten Mal in dieser Hafenstadt?«
»Ja.«
»Puerto Cabello für Anfänger«, sagte Sanchez lächelnd. »Sie sehen entzückend aus. Wie meistens.«
Was ist mit dem los, dachte Carla Moll. Warum ist er so zuckersüß? Der kann mir nichts mehr vormachen. Der ist nicht ohne Grund so huldvoll! Aber er kann doch nicht ahnen, daß ich in Sanariapo ...
»Hat Señor Bendix Sie am Hafen erwartet, Señorita?«
»Haben Sie etwas dagegen?«
»Ich habe ihn hingeschickt. Er arbeitet für mich und verehrt Sie. Oder ist Ihre Anwesenheit in Puerto Cabello ein Geheimnis?«
»Ich habe keine Geheimnisse.«
»Das ist mir neu. Können Sie morgen abend mit mir essen?«
»Danke, nein. Ich bin verabredet.«
»Schade. Ich fliege übermorgen nach Caracas zurück.«
»Schade.«
»Wie lange bleiben Sie in diesem Hotel, Señorita?«
»Ich weiß es noch nicht.«
»Zwei Wochen? Zwei Jahre?«
»Zwischen zwei Wochen und zwei Jahren, Señor.«
Sie warf die angerauchte Zigarette neben den Aschbecher. Sanchez drückte sie aus. Er schaffte Ordnung – wie auf Margarita. »Sie rauchen zuviel und zu schnell, Señorita!«
»Ich denke, ich trinke zuviel und zu schnell.«

»Wirklich? – Da haben wir's: Sie husten! Sie haben Ihr Eis zu hastig gegessen. Jemand sollte beständig auf Sie aufpassen.«
»Den würde ich schleunigst abservieren. Ich brauche Freiheit.«
»Ihr Husten gefällt mir nicht.«
»Wenn mich nicht alles täuscht, gefalle ich Ihnen auch nicht.«
»Sie übertreiben, Señorita! Sagen Sie, wie lange wollen Sie noch von einem Ort zum anderen jagen? Sie sollten wenige Plätze gründlich sehen. Wird Ihnen der ewige Wechsel nicht eintönig?«
»Wie man sich bettet, so liegt man, Señor!«
»Unleugbar! Adiós, Señorita!«

Carla Moll tat einen tiefen Atemzug. Dann ging sie in ihr Zimmer und rief Ulrich Bendix an. »Hallo! Hier Carla Moll! Können Sie morgen abend mit mir essen?«
»Leider unmöglich, Carla. Bin schwer mit Señorita Martinez verabredet. Aber übermorgen wäre prächtig.«
»Da hat mich Cooper eingeladen. Ich brauch Sie morgen nur als Alibi. Sie sollen nur sagen, wir seien morgen abend verabredet. Falls jemand Sie fragt.«
»Wer sollte mich fragen?«
»Der Briefträger, Ulli! Oder der Weihnachtsmann. Der Erzengel Michael. Oder Señor Sanchez. Jeder fragt heutzutage 'ne Menge . . .«
»Klar! Aber – Señor Sanchez wird mich doch nicht fragen, ob Sie mit mir oder ich mit Ihnen . . . das interessiert den doch nicht!«
»Kann man nicht wissen.«
»*Ich* weiß es aber, beste Dame. Sie können es mir glauben: Ich bin der unwichtigste Mann in seinem Betrieb.« Herr Bendix fand, daß rein praktische Leute wie er das Leben nicht bereichern. Daß sie es ordnen und erleichtern – das kam ihm nicht in den Sinn. »Sind Sie noch da, Carla Moll?«
»Soeben abgereist!«
»Einen Moment, Rosa! Ich spreche gerade mit . . . Entschuldigen Sie! Señorita Martinez ist gerade bei mir, und sie . . .«
»Wer ist Martinez? Name kommt mir bekannt vor.«
»Die Señorita ist die Privatsekretärin von Señor Sanchez. Sozusagen seine rechte Hand.« Herr Bendix räusperte sich voller Besitzerstolz.
»Und wer ist seine linke Hand: Noch was, Ulli! Haben Sie ein gutes Gedächtnis?«

»Nee. Meins besteht aus Löchern wie Emmentaler. Warum fragen Sie?«
»Nur so. Aus Ulk. Ich kann Ihnen doch vertrauen – oder?«
»Sie sind heiser, Carla Moll. Was ist los?«
»Nichts. Haben Sie noch ein Momentchen Zeit? Ist Fräulein Martinez noch da?«
»Ihretwegen können Sie ruhig reden. Vor der hab' ich keine Geheimnisse. Also: was wollten Sie wissen?«
»Ein anderes Mal. Adiós!««
Carla Moll legte den Hörer auf. Sie konnte also den guten Bendix nicht aushorchen, ob er Sanchez von dem Ausflug ins Paradies der Fischer erzählt hatte. Lauter faule Fische! Martinez, Sanchez, Bendix mit dem Emmentaler Gedächtnis. Er würde sich nicht erinnern, ob er Sanchez von Sanariapo erzählt hatte. Wenn ja, dann . . . Sanchez roch einen Braten auf zwanzig Meilen. Das war die einzige Gewißheit in dieser ungewissen Situation.
Wieder sah sie den alten Bonnhoff vor sich, und wieder lief ihr ein kalter Schauer über den Rücken. Ich bin total neurotisch, dachte sie verwundert. Nee, idiotisch! Aber sollte einer nicht verrückt werden, wenn die Welt jahrelang ereignislos gewesen war und plötzlich auf dem Kopf stand? Auch in Berlin war zwar immer irgend etwas los gewesen – aber es gab keine plötzlichen und erschreckenden Wendungen wie auf ihren beiden Reisen in Venezuela. Auf Margarita hatte das Universum nur Sanchez und sie beherbergt. Und jetzt – nur zwei Jahre später – konnten sie nicht in ein und demselben Universum leben. Sehr komisch, dachte sie. Nicht in zwei Wochen, nicht in zwei Jahren, nicht in zwei Ewigkeiten durfte sie ihn wiedersehen! Dafür würde sie sorgen. Aber – wofür würde Sanchez sorgen, falls er etwas witterte? Warum wollte er sie sonst für morgen abend einladen? Ausfragen wollte er sie. Über die Hölle der Fischer. Aber dieses Mal hatte sie, Moll, die Trümpfe in der Hand. Sie ließ sich nicht festnageln, selbst wenn Bendix den Ausflug nach Sanariapo erwähnt hatte. Und es sah nicht so aus, als ob Sanchez Privatgespräche mit Ulli führte. Zu hochnäsig! Er saß im Olymp, wie Cooper das nannte.
Das Telefon klingelte. Sie fuhr zusammen. Wenn man vom Wolf sprach, telefonierte er. Alte Sache! Sie würde nicht antworten. Nein! Sanchez konnte bis zum Jüngsten Tag bimmeln. Sie ging nicht ran. Das Telefon schrillte, heulte, tobte. Sie hielt sich die Ohren zu. Sie hustete. Echter Rauch in die falsche Kehle. Klingle ruhig weiter! Noch

weiter! Und wenn ihr das Trommelfell platzte, sie ging nicht ... Im Leben nicht ... *Ich und du und der Carlos!* Weeste noch, Stine ... »Geh weg«, sagte sie zu Bonnhoffs Schatten. Geht alle weg!

»Sie muß ausgegangen sein«, sagte Herr Bendix zu Rosa Martinez. Er sah besorgt aus. Er hatte Carla nur sagen wollen, daß er doch morgen abend käme. Auch wenn es Rosa nicht paßte. Es paßte ihr nicht. Ulli stellte es bekümmert fest. Er mußte es seiner Rosie allmählich klarmachen, daß er sie ganz toll liebte, aber deswegen seine Freunde nicht vernachlässigen könne. War doch logisch! Entweder man war befreundet oder ...

»Ich muß mich um sie kümmern, Rosa. Ich glaub, sie ist krank. Fieber oder so was. Bitte, sei nicht böse! Wir können doch übermorgen abend ...«

»Ich will morgen abend, Ulrico. Ich schweige zu allem, *aber* ...« Es war der Anfang einer langen Rede. Wie immer, wenn er nicht so konnte oder wollte wie sie. Herr Bendix haßte Argumente, Debatten, Drama, Krach. Rosa ließ ihn manchmal nach ihren Wutausbrüchen wie gerädert zurück. »Immer mit der Ruhe«, sagten sie zu Haus. Sie waren eine große Familie, aber niemand brüllte. Wenn sie sich ärgerten oder eine Stinkwut bekamen – bekam jeder mal –, dann schluckten sie es runter, und nachher war's nicht wichtig. Ulli würde nie wieder ein Mädchen so lieben wie Rosa Martinez, aber morgen abend würde er trotzdem ...

Carla Moll hatte am Telefon nicht wie Carla Moll geklungen.

# Wie man sich bettet, so lügt man

*Der Lichtkreis wandert, und alles*
*ist oder wird wieder dunkel.*
Eugène Ionesco

## I

»Ich will nicht, dass du Cooper besuchst.« Rosa Martinez sprach laut und heftig. Herr Bendix fragte daher besonders gedämpft, warum er Mr. Cooper nun auch nicht besuchen solle. Rosa versuchte, ihn allen seinen Freunden zu entfremden, und das ging schwer bei Ulrich Bendix. Er fragte sich immer wieder, was Rosa gewann, wenn er seine Freunde verlor. Aber er schwieg. Er konnte sich jetzt sein Leben ohne sie nicht mehr vorstellen. Vorher hatte er zufrieden vegetiert und konnte es nun noch immer nicht fassen, daß er gut genug für Rosa sein sollte.

»Cooper hat mich für heute abend nicht mit eingeladen, und wir gehören zusammen, Ulrico.«

»Es ist eine geschäftliche Besprechung, Rosie.« Herr Bendix wurde rot.

»Kommt diese Berlinerin auch zur Besprechung?«

»Mr. Cooper hat mir keine Gästeliste vorgelegt. Sei kein Frosch, Rosie. Du kennst ihn doch überhaupt nicht. Hat er sich je mit dir unterhalten?«

»Ich unterhalte mich nicht mit ihm. Ich meide die *Yanquis.*«

»Dann ist doch alles in Ordnung.«

»Nichts ist in Ordnung«, schrie Rosa. »Ich könnte dir Geschichten über Cooper erzählen. Weibergeschichten!«

»Ich will sie nicht hören, Rosa.« Herr Bendix haßte Klatsch.

Rosa kaute unaufhörlich ihren Kaugummi und spuckte die Reste in den Patio; eine Gewohnheit aus den Hütten von Caracas. Es irritierte Bendix, aber er hielt das Spucken für eine Landessitte. Alles, was Rosa tat, war Landessitte. Er lebte und atmete in der Rauchwolke der Illusion. Manchmal stieg ihm der Rauch so in die Augen, daß sie tränten. Aber Rosa hatte ihn aufgeweckt und aufgerüttelt. Leider trug sie alte verwaschene Kleider oder einen schäbigen Morgenrock, wenn sie allein waren. Auch die langen glitzernden Ohrringe, die ihn bezaubert hatten, waren eingesargt, und ihre hochgetürmte Frisur war nicht mehr streng und feierlich. Einzelne Haarsträhnen lösten sich aus dem kunstvollen Aufbau und hingen um ihren Kopf. Eigentlich war der junge Herr Bendix fürs Adrette, aber wer hatte alles nach Wunsch? Wenn er etwas beanstandete, gab es Krach.

»Gib mir endlich einen richtigen Kuß, Rosie!«

Sie sah ihn an wie eine mürrische Zimmerwirtin. Dann sagte sie langsam: »Alles, was du willst, ist Sex!« Sie spuckte den Kaugummi verächtlich in die Büsche. »Noch einmal und noch einmal und . . .«

Es war keine stubenreine Bemerkung, und Herr Bendix zuckte zusammen. Er wollte Liebe. Sex gehörte eben dazu. War doch logisch. Wo hatte Rosa solche Reden aufgeschnappt? In Berlin sagten nur ganz miese Nutten so was, und auch sie verschluckten es manchmal. Aber er schwieg, denn auf Rosas Stirn lagerte ein Schatten kalter Wut. Vielleicht war sein Spanisch nicht gut genug, und er hatte sie wieder einmal mißverstanden?

Er hatte sich dieses Wochenende so schön vorgestellt. Und nun saßen sie sich stumm im Patio gegenüber. Rosa wohnte in einem Logierhaus in der Hafengegend von Puerto Cabello. Ulrich wohnte auf Kosten seines Chefs in einem guten Hotel. Dorthin konnte er Rosa nicht mitnehmen. Sie aß übrigens nie mit Sanchez und war jeden Abend allein, wenn Ulrich sie nicht besuchte. Dann erzählte sie ihm viel von ihrem gesellschaftlichen Leben. Sie war seiner sicher, aber er war nicht reich genug. Er hatte gute Aussichten bei Sanchez, aber sein Anfangsgehalt war nicht überwältigend. Außerdem schickte er einen Teil des Gehalts an seine Eltern nach Berlin. Mutter solle sich nach einer Operation in einem Badeort erholen, und Vater müsse es mit der Arbeit leichter nehmen, schrieben seine Brüder. Für Mutter war Ulrich nichts zu teuer. Und seine jüngste Schwester wollte bald heiraten. Studentenehe. Ulrich übersetzte seiner großen Liebe die Briefe aus der Heimat ins Spanische. Sie kamen ihr in der Tat ziemlich spanisch vor. Ulrico war ein Narr. Wenn er nicht auf der Welt wäre, müßte seine Familie

auch ohne ihn fertig werden. Nach der Hochzeit würde sie sein Leben und seine Ausgaben bestimmen. Sie würde darauf achten, daß er ihr sein Gehalt ablieferte; sie wußte in diesem Land die billigen Einkaufsquellen, die kein Ausländer kannte, und wenn er hundert Jahre in Venezuela lebte! Natürlich würde sie ihn nie wieder nach Berlin zurücklassen – das hieße dem Unglück rote Teppiche ausbreiten! Seine Familie sprach nicht einmal spanisch oder portugiesisch. Und Rosa ahnte, daß niemand auf die Idee kommen würde, es ihretwegen zu lernen. Und sie sprach kein Deutsch. Wozu? Wer sprach deutsch außer den Deutschen? Ulrich ahnte nicht, was in Rosa vorging, wenn er ihr die Briefe von daheim übersetzte. Er hielt ihre ernste Miene für Mitgefühl mit seiner kranken Mutter. Ein wundervolles Mädchen! Soviel Verständnis und soviel Busen! Das konnte man sich mit der Laterne suchen. Übrigens wußte noch niemand zu Haus von seinen Heiratsplänen. Er schwieg immer über ungelegte Eier.
Im Augenblick zeigte seine Zukünftige wenig Verständnis für Familie Bendix. Eine langsame Explosion bereitete sich bei ihr vor. Sofort knotete Ulrichs Magen sich zusammen. Er unterbrach aber ihren Redeschwall mit keinem Wort. Er hatte bereits entdeckt, daß beruhigende Worte oder eine sanfte Ermahnung zur Vernunft seine Süße zur Raserei brachten. Warum, wußte er nicht. Landessitte? Nein, er konnte Cooper wirklich nicht bitten, Rosa mit einzuladen. Das war aufdringlich. Das machte man nicht. Wie konnte Rosa ihm das zumuten? Er war zu verblüfft, um zu fragen. Er bat sie nur, diesen unmöglichen Plan aufzugeben. Sie blickte ihn wütend an und sagte schließlich: »Du bist kein Mann.«
»Erlaube mal«, sagte Ulli. Das war vielleicht komisch.
Rosa schwieg verbissen. Er versteckte sie also vor seinen feinen Freunden. Fürs Bett war sie richtig und sonst verkehrt. Sie betrachtete den Patio: Zeitungsfetzen, Bananenschalen, Melonenreste, Bierflaschen, wacklige Steine! Ihr Patio würde anders aussehen. Bis jetzt war er noch in den Wolken – aber nicht mehr lange. Doch im Augenblick hatte sie andere Sorgen. Ulrico durfte ihr nicht entwischen. Sie hatte ihn schockiert. Ein schwerer Fehler *vor* der Hochzeit . . . Was dachte er in diesem Augenblick? Er war erschreckend ruhig. Hatte er vielleicht ihr Alter herausbekommen? Panik packte sie. Sie trat dicht an ihn heran und schlang ihre dünnen, müden Arme um seinen Hals.
»Verlaß mich nicht, Ulrico!«
»Ich werde dich nie verlassen.«

»Ich meinte heute abend«, sagte Rosa ärgerlich. Sie meinten immer verschiedene Dinge und sprachen immer verschiedene Sprachen. Rosa zog ihn ins Zimmer und drängte sich eng an ihn heran. Ihr Morgenrock glitt zu Boden. Sie war nackt. Ulrichs Gedanken verwirrten sich. Mit seinem letzten Rest Verstand sagte er sich, daß Rosie sich in Berlin nicht nachmittags entblättern dürfte. Angenommen, die Eltern kämen auf eine Stippvisite! Vater würde nur erstaunt sein, aber Mutter . . . Ulli schloß die Augen in seinem bedrohlichen Eden. Er wollte es nicht anders. Außerdem waren sie immer noch in Puerto Cabello. Vielleicht war's Landessitte?

»Bleibst du heute abend bei mir, Ulrico?«

Er nickte. Die Kehle war ihm zugeschnürt. Komischer Zustand! Glück tat weh. Das soll einer ahnen! Er atmete mühsam. »Liebst du mich wirklich, Rosie?«

Sie überhörte diese einfältige Frage. Sie war todmüde nach der Anstrengung. Eigentlich noch zu jung, um so verbraucht zu sein. Aber da waren die Blitzkarrieren, und jeder Blitz hatte bei ihr eingeschlagen und sie immer etwas hinfälliger zurückgelassen. Ulrico mit seinen ewigen Fragen! Von Liebe und ähnlichem Unsinn wurde der Braten nicht fett. Man belog sich oder andere.

## II

»Ich hoffe, Sie betrachten mich immer noch als Ihren Freund?«

»Und wie«, sagte Carla Moll.

»Bitte, sagen Sie mir, was Sie bedrückt! Sie sind sehr verändert.«

»Zum Vorteil, Mr. Cooper?«

»Ich mache mir Sorgen um Sie, Miß Moll! Sie sind nervös.«

»Tatsächlich?«

»Tatsächlich«, sagte Cooper verstimmt. Hielt sie ihn zum Narren? »Ernsthaft, Miß Moll! Sehen Sie, jetzt haben Sie Ihren Cocktail umgeworfen. Zum Glück nicht auf Ihr Kleid! Und Sie sind blaß. Ich halte eben die Augen offen.«

»Sehr ratsam nach Ihren Abenteuern am Orinoco! Haben Sie herausbekommen, wer Sie um die Ecke bringen wollte?«

»Faule Geschäfte soll man vergessen! Man geht besser zur Tagesordnung über.«

»Leicht gesagt.«

»Sie sollten immer weiße Kleider tragen! Hat man Ihnen das schon gesagt?«
Frag mich was, dachte Carla Moll. Sanchez hatte es ihr vor Jahrhunderten geraten. An ihrem ersten und letzten Abend in der Villa Acacia. Pilar Alvarez hatte im Gebüsch gelauscht. Ein fauleres Geschäft hatte es nie gegeben. Cooper hatte recht mit seiner Tagesordnung. Alle hatten recht. Sie blickte stumm vor sich hin. Haß war ein langsames Unternehmen, und die Resultate waren unbekannt. Machte sie Fortschritte? Haßte sie Sanchez täglich etwas gründlicher?
»Haben Sie viele Freunde in Berlin, Miß Moll?«
»Es läppert sich zusammen. Meistens Laufkundschaft. Bin wohl zu weit vom Schuß. Man soll's nicht glauben, wie schnell man vergessen wird.«
»Ich werde Sie nie vergessen.«
»Nett von Ihnen«, sagte Fräulein Moll trocken. »Aber das wäre wieder ein faules Geschäft für Sie!«
»Ich müßte auch mehr zu Haus sein«, sagte Cooper schnell. »Man verliert den Kontakt. Keine Ahnung, wann ich meine Frau . . . Ja . . . Wie man sich bettet, so liegt man.«
»Entweder auf der Couch oder am Boden.«
»Sie werden wenigstens in absehbarer Zeit in Berlin sein! Ich kann mir ausmalen, wie Ihre Mutter sich schon freut.«
»Ich auch.«
»Was haben Sie eigentlich gegen Señor Sanchez?« fragte Cooper unvermutet. Wieder betrachtete er sie mit brennender Neugierde. Seit seinem Gastmahl schien diese Frage ihm keine Ruhe zu lassen. Ob es ihn insgeheim erheiterte, daß seine Freunde vielleicht ebenfalls auf Dornen gebettet waren? Fräulein Moll sagte, sie habe nichts gegen den Señor. Warum denn?
»Ich weiß es nicht, Miß Moll. Aber mir scheint, Señor Sanchez verdirbt Ihnen irgendwie die Stimmung. Nicht etwa, daß er sich das vornimmt!«
»Gott bewahre.«
»Der Señor und ich sind hier gute Freunde geworden. Ein außergewöhnlicher Mann! Etwas schwierig und etwas zu ernst, aber . . .« Cooper räusperte sich, »jede Unterhaltung mit ihm bedeutet für mich einen Gewinn.«
»Ich verstehe nichts von Finanzen, Mr. Cooper!«
»Sie sind so witzig«, sagte Cooper ärgerlich. Aber er faßte sich sofort.

»Unter uns gesagt: er sollte heute abend mit uns essen. Aber Ihretwegen bin ich froh, daß er absagen mußte.«
»Da kommt er«, sagte Fräulein Moll.

Unberechenbar wie immer, war Sanchez an diesem Abend weder schwierig noch ernst. Er hatte es doch noch einrichten können, und da war er. »Guten Abend allerseits!« Prost Mahlzeit, dachte Fräulein Moll. Cooper strahlte. Er buchte Sanchez' Erscheinen als persönlichen Erfolg. Der große Mann war nur seinetwegen gekommen, da Fräulein Molls Abneigung offensichtlich auf Gegenseitigkeit beruhte. Zog er spanischen Pfeffer diesen kühlen Blondinen vor? Was ging es Cooper an? Nach Art einsamer Leute wühlte er gern in fremden Schicksalen herum. Das war alles. Was ihn selbst anbetraf, so dankte er seinen Sternen, daß Sanchez nichts von der lächerlichen Affäre mit Teresa (auf Reisen: Alvarez) ahnte.
Fräulein Moll hatte sich in eine Sphinx verwandelt. Sie schwieg und lächelte. Ihre hellen Augen hatten einen grünlichen Schimmer bekommen. Undine am Abend. Sie hatte gefischt, wo der Fluß am tiefsten war ...
Sanchez saß zum ersten Mal im Glashaus und würde sich hüten, mit Rumflaschen nach ihr zu werfen. Aber er blieb gefährlich für sie; sie mußte vorsichtig sein. Wie immer verbarg er seine Gedanken und Tugenden. Sie waren auf der Insel Margarita sekundenlang für sie sichtbar geworden. Welch ein Verlust! Irgendein spanischer Dichter hatte die Götter angefleht, ihn vor ›Bezauberung‹ zu bewahren. Der Mann wußte, was ihm drohte. War er auch nicht taktfest gewesen? Man war und blieb ein Opfer des Zufalls, auch die Computer hatten ihn immer noch nicht in den Griff bekommen. Vom Paradies der Fischer wußten sie auch nichts. Man durfte den Computern eben nichts zu fressen geben. ›Ick höre immer Bonnhoff. Det Hornvieh is tot, Frollein!‹
»Woran denken Sie, Señorita?«
Sie fuhr buchstäblich zusammen. Cooper war ans Telefon gerufen worden, und sie war mit Sanchez allein. »Ich denke an nichts, Señor!«
»In solchen Augenblicken sind Sie hinreißend«, sagte Sanchez düster.
»Danke sehr.«
»Es ist nicht Ihr Verdienst. Sie geben sich rührende Mühe, mir zu

mißfallen! Aber dann dürfen Sie sich nicht so schön machen! Haben Sie sich hier vom Orinoco erholt?«
»Ich brauchte keine Erholung. Es war dort sehr idyllisch.«
Sanchez lachte laut. Seine Zähne blitzten wie bei einem gutgelaunten Raubtier. »Idyllen sind nichts für Sie! Ich bin überzeugt, daß Sie es dort unerträglich malerisch fanden.«
»Wo?«
»In Puerto Ayacucho natürlich. Oder waren Sie sonst noch irgendwo?«
»Man gondelte mit dem Kanu herum. Hier und dort. Ich kann mir die Namen nicht alle merken.«
»Ihr Redakteur wird entzückt darüber sein. Übrigens: arbeiten Sie immer noch für dieselbe Redaktion?«
»Immer noch.«
»Und immer noch auf der Suche nach venezolanischen Abenteuern?«
»So romantisch ist meine Arbeit nicht! Abenteuer würden sie höchstens hindern. Ich soll nur für die Leser berichten, was am anderen Ufer los ist.«
»Und was fanden Sie am anderen Ufer?«
»Nichts, Señor!«
»Das ist wenig.«
»Mir genügt's. Ich bin kein geographischer Vielfraß.«
»Sie sagen mir immerzu, was Sie nicht sind. Wollen Sie mir nicht sagen, was Sie sind?«
»Das wissen Sie ganz genau. Es stimmt zwar nicht, aber Sie wissen ja alles besser.«
»Ich lasse mich gern eines noch Besseren belehren. Aber wie Sie wollen.«
»Mr. Cooper muß am Telefon festgewachsen sein«, sagte Carla Moll unbehaglich. »Ob er noch einmal wiederkommt?«
»Jeder kommt wieder, Señorita. Sie kamen ja auch wieder nach Venezuela. Übrigens – da Sie Geschmack an Idyllen finden: ich könnte Ihnen eine bieten.«
»Da reise ich lieber in die Hölle, Señor!«
»Dahin brauchen Sie nicht mehr zu reisen. Sie sind schon drin! Warum starren Sie mich so an? Ich machte einen Scherz.«
Das hat er von seinem Alten, dachte sie. Der machte auch Scherze am Orinoco. Wenn Cooper nicht bald kam, würde das Gespräch wie ein

müder Kreisel umfallen. Aber da hatte sie nicht mit Sanchez gerechnet.

»Ich habe ein Wochenendhaus in der *Urbanización Palma Sola*. Sie könnten dort ausspannen und gleichzeitig eine reizvolle Reportage über die neuen Entwicklungen in Puerto Cabello schreiben. Stille, Palmen, eine Fahrstraße zum Ozean. Wollen Sie Freitag nachmittag mitkommen?«

Sie war sprachlos. Wollte er sie dort zwischen den Palmen für immer mundtot machen? Oder im Meer ertränken? Er *mußte* etwas wissen. Bendix hatte ihm vielleicht doch vom Ausflug ins Paradies der Fischer erzählt. Ulli war so offen und arglos. Aber auch er wußte nichts von ihrem Gespräch mit Bonnhoff.

»Es geht leider dieses Wochenende nicht, Señor!«

»Können Sie nicht, oder wollen Sie nicht?«

»Ich will nicht.«

»Das ist zum ersten Mal eine ehrliche Antwort.«

»Warum laden Sie mich plötzlich ein? Was wollen Sie?«

Er blickte sie an. »Wissen Sie das wirklich nicht?« Er stand auf und streichelte ihre nackten Schultern. »*Dich* will ich. Und du willst mich. Nachher kannst du mich wieder hassen!« Seine Lippen waren an ihrem Ohr. Nachher . . . nachher . . . Genau das würde sie tun, aber ihre Begierde, ihr Hunger nach ihm – unterdrückt und totgelächelt – sprang wie ein Phönix aus dem Aschenhaufen der Gefühle. Sanchez ließ sie abrupt los. Seine scharfen Augen hatten Cooper entdeckt.

»Freitag nachmittag dann«, sagte er in Coopers Entschuldigungen hinein. »Vergessen Sie den Badeanzug nicht, Señorita!«

Cooper machte große Augen. Was wurde hier gespielt?

»Ich nehme Miß Moll nach Palma Sola. Irgend jemand muß ihr zur Abwechslung das andere Ufer zeigen. Wie wäre es, Mr. Cooper? Sind Sie mit von der Partie?«

## III

»Wie war's in Palma Sola, Miß Moll?«

»Sehr nett.«

»Leider konnte ich nicht mitkommen«, sagte Cooper. »Ich hatte Besuch aus Panama City. Ist es wirklich so idyllisch dort?«

»Gegen die Öltanks von Puerto Cabello ist es chemisch reine Poesie.«

»Ist sein Bungalow tatsächlich so bescheiden?«

»Noch bescheidener. Drei Schlafräume mit Dusche und Bad, eine Halle wie bei Julius Cäsar, und die halbe Eisenbahn bei Palma Sola gehört ihm auch.«
»Da ist doch schon unser Pan American Highway. Führt direkt nach Morón.«
»Ich kann nichts dafür, Mr. Cooper. Die Bimmelbahn von Señor Sanchez läuft parallel zu Ihrem Highway. Es wird immer noch daran gebaut. Sie führt direkt zu seiner Papierfabrik in Morón. Über welchen Zaun man in Venezuela auch spuckt – das Grundstück gehört immer ihm.«
»Über die Papierfabrik bin ich zufällig im Bilde. Der Señor ist daran nur mit Kapital beteiligt.«
»Ich wünschte, ich könnte das von mir sagen. Ich glaube, ich lege mich hin. Bin hundemüde.«
»Ich dachte, Sie hätten sich dort ausgeruht.«
»Ich muß mich von jeder Erholung erholen. Meine Mutter ist wütend darüber. Das schöne Geld ... Wenigstens war ich Gast in Palma Sola.«
»Señor Sanchez ist sicher ein großartiger Gastgeber.«
»Großartig.«
»Aber ein kurzes Vergnügen, Miß Moll.«
»Kurz und süß.«
»Ich müßte Señor Sanchez eigentlich noch heute abend sprechen. Hat er Sie selbst im Wagen zurückgebracht?«
»Sein Chauffeur fuhr mich zurück. Der Señor fuhr zu seiner Papierfabrik.«
»Kommt er nach Puerto Cabello zurück?«
»Da bin ich überfragt, Mr. Cooper. Er sagte nicht, wo er hinging.«
»Merkwürdig! Sie waren doch ständig zusammen.«
»Señor Sanchez ist mit niemandem ständig zusammen. Er will, daß seine Gäste sich erholen.«
Cooper lachte laut, und Fräulein Moll lachte mit. Er fragte, ob sie schöne Aufnahmen in Palma Sola gemacht habe.
»Ja. Aber ich hab' sie entweder am Strand verloren oder im Bungalow vergessen. Kein Verlust. Palmen sind überall gleich.«
Cooper betrachtete sie durch seine Brillengläser. Er sagte nichts.
»Was ich so in der Weltgeschichte verloren oder vergessen habe, davon könnte ich mir auch bald 'ne Eisenbahn nach Morón kaufen.«
»Kann ich irgend etwas für Sie tun, Miß Moll?«

Sie war so erstaunt, daß sie nicht antwortete. Noch erstaunter, als sie ihn scharf anblickte. Er war der Elliot Cooper, der er immer war, aber seine dunklen, durch die Brillengläser vergrößerten Augen lächelten nicht. Sie blickten mit verhaltener Melancholie in ihre Verzweiflung. Niemand kann von einem Augenblick zum anderen aus seiner Haut heraus. Aber Elliot Cooper war in diesem Moment der Mann, der er mit einer anderen Mutter, einer anderen Frau und unter anderen Umständen geworden wäre. Und mit einem Vater am Frühstückstisch statt im Familiengrab.

Ja, er wollte unleugbar in diesem Augenblick tun, was er oft genug nur zu tun vorgab: helfen und trösten. Dieser eigensinnige und immergrüne Wunsch nach warmem menschlichen Kontakt war sehr amerikanisch und wurde vom zynischen Europa belächelt, von Ostasien verachtet und von Lateinamerika hochmütig ignoriert. Aber nicht von Carla Moll.

»Ich danke Ihnen, Mr. Cooper. Es ist alles in Ordnung.« Etwas schnürte ihr den Atem ab.

»Ich muß mich nun leider von Ihnen verabschieden, Miß Moll. Morgen früh fliege ich nach Kolumbien. Ich muß nach Bogotá.«

»So plötzlich?« fragte sie verloren.

»Die Konferenzen waren vorgesehen.« Er räusperte sich. Sein berühmtes Abschiedsräuspern. »Ich bedanke mich herzlich für die vielen anregenden Stunden, die Sie mir geschenkt haben.« Es klang förmlich. Der kostbare Augenblick war vorbei.

»Ich habe zu danken, Mr. Cooper. Sie waren so freundlich zu mir. Ich bin leider eine launenhafte Person, und Sie waren sehr geduldig«, sagte sie impulsiv. Sie wühlte in ihrer Tasche herum und zog eine zerknitterte Karte mit ihrer Berliner Adresse heraus. »Falls Sie mal wieder nach Berlin kommen sollten . . .«

»Vielen Dank, Miß Moll. Möglich ist alles, nicht wahr? Ich werde mich mit Vergnügen bei Ihnen melden«, sagte er noch förmlicher, verbeugte sich und ging. Sie würde ihn nicht wiedersehen. Er würde in Berlin keine Zeit für sie haben und sie nicht für ihn. Das war immer dasselbe.

Sie sah von ihrem Balkon, wie Cooper in einer Taxe davonfuhr. Wahrscheinlich besuchte er Freunde. Sie hatte seit Stunden nichts gegessen, war aber nicht imstande, einen Bissen herunterzubringen. Ihr Zimmer lag ganz rechts, und sie konnte sich vom Balkon entweder auf die Straße oder in den Hotelgarten stürzen. Aber bei ihrem Pech

würde sie an einer Palme hängenbleiben oder sich die Beine brechen und dann im Rollstuhl ... Das zahlte sich nicht aus.
Außerdem war sie bereits in die unterste Hölle gefallen. Ihr Körper eine Flamme, Trauer im Herzen und die Saat des Skandals in ihrer Tasche. So trat man kein Idyll mit Sanchez an ... Was sich liebt, das schreckt sich. Wie man sich bettet, so lügt man! Jedes Lächeln hatte Geheimnisse und Sünden verborgen. Sie mußte alles vergessen. Besonders sein Lächeln. Und seine Augen. Er sah durch geschlossene Briefumschläge und hörte Gedanken ticken. Hatte sie sich wirklich eingebildet, er könnte es vor Sehnsucht nach ihr nicht länger aushalten? Aber er wußte nicht, daß sie wußte, was er um vier Uhr nachts in ihrem Zimmer suchte. Sie hatte sich schlafend gestellt.
Von der Straße drang ein Schrei zu ihr herauf. Eine Frau schrie. Das Echo hing in der Nachtluft – ein Ruf, der an das gesamte menschliche Elend gemahnte. Ein Liebespaar ging Arm in Arm auf der anderen Seite der Fahrstraße. »Den kenn ich doch«, dachte Carla Moll müde. Natürlich kannte sie Herrn Bendix. Er beugte sich zu Rosa Martinez hinab und flüsterte ihr etwas ins Ohr.
Nicht einmal der Nachtwind sollte hören, was er ihr zu sagen hatte.

# Patio in den Wolken

*Eine Frau ist die Illusion,*
*die sie von sich schafft.*
Guy de Maupassant

I

DIPLOMINGENIEUR GUSTAV BENDIX (WEST-BERLIN) AN ULRICH BENDIX

(Venezuela)

Lieber Ulrich!
Vielen Dank für Deinen letzten Brief. Es geht Mutter täglich besser. Sie wird Dir bald selbst schreiben. Glücklicherweise hat die Operation keine üblen Folgen. Es war definitiv eine harmlose Geschwulst und nicht, was wir fürchteten. Dr. von Hartlieb hat es mir versichert. Mutter ist ganz begeistert von ihm und Oberschwester Ullmann.
Wir freuen uns gewaltig auf Deinen ersten Europa-Urlaub. Berlin hat Dich nicht vergessen. Wie kommst Du auf so was? Deine Freundinnen stehen schon Schlange. Übrigens fragt Ilse Wendt öfters nach Dir. Erinnerst Du Dich noch an Lisbeths kleine Kusine? Wäre nett, wenn Du zur Hochzeit von Lisbeth und Professor Locker schon in Berlin wärst. Warst Du nicht auch überrascht? Man dachte doch immer, Locker würde Carla Moll heiraten. Aber mir soll's recht sein. Lisbeth ist eine großartige Ärztin, und Locker ist ein alter Hypochonder – eine sehr passende Verbindung.
Deine letzten Briefe klangen etwas bedrückt. Was ist los? Falls es was ist, was Mutter aufregen könnte, schreib mir in die Fabrik. Ich hoffe, Du bist nur ein bißchen überarbeitet. Höchste Zeit, daß Du mal wieder Berliner Luft atmest. Hast Du inzwischen Freundschaften mit Gleichaltrigen geschlossen? Daß Du die Journalistin Moll öfters siehst, ist

recht interessant. Du machst Dich, Ulli! Wir lasen damals ja alle »Caracas für Anfänger«. Schon Deinetwegen.
Herbert Wendt rief mich neulich an, und ich erzählte ihm von Eurer Begegnung. Er war wohl in Eile, denn er äußerte sich nicht zum Thema Moll. Schreibt sie ein zweites Buch über Venezuela? Mutter hat schon Angst, daß Du Dich in sie verknallst. Aber sie hat immer Angst, wenn Du allein unterwegs bist. Und schließlich ist Carla Moll doch eine Respektsperson für Dich.
Übrigens würde ich eine frühe Heirat für Dich nur begrüßen. Allein im fremden Land ist nicht das Richtige für einen jungen Mann. Ein frisches tüchtiges Mädel, möglichst Berlinerin, wäre für uns eine große Beruhigung. Du bist doch einer, der leicht auf alles Mögliche reinfällt.
Mutter macht wirklich famose Fortschritte. Wenn Du kommst, backt sie bestimmt schon wieder Apfeltorte. Die ganze Familie läßt grüßen. Schreib bald! Du weißt doch, wie Mutter drauf lauert. Alfred zimmert einen Sessel für sie und bezieht ihn auch selber. Sie wird Augen machen, wenn sie nach Haus kommt. Nett von dem Jungen, wo er so wenig Zeit hat.
Dies ist der längste Brief, den ich in meinem Leben geschrieben habe. Bald wird Mutter wieder den Nachrichtendienst übernehmen. Mach's weiter gut, mein Junge!
Herzliche Grüße,

Dein Vater

Ulrich empfing diesen Brief in Caracas, wo er auf Veranlassung des Chefs Entwicklungsstudien für die Arbeit in den Minen am Orinoco machte. Das Caracas der Firma Alvarez & Sanchez war eine neue Welt für ihn. Die südamerikanischen Angestellten unterschieden sich in Temperament und Arbeitstempo auffallend von den *Yanquis* in Venezuela. Die Venezolaner reagieren lebhaft und schnell auf Reize und Stöße der Außenwelt, während ihr Arbeitsrhythmus schleppender und erratischer ist. In Sanchez' Privatbüro herrschte allerdings Tempo – seins! Ulrich war oft zu Besprechungen in diesem riesigen, fast leeren Raum, in den der Straßenlärm von Caracas nicht mehr drang, da die Firma in einem modernen Wolkenkratzer untergebracht war. Hier war Sanchez nicht der lächelnde Caballero, der den jungen Herrn Bendix bei Coopers Gastmahl bezaubert hatte. Er war streng, fanatisch konzentriert und ziemlich schweigsam. Seine Augen waren meist halb zusammengekniffen, und gelegentlich schossen Blitze unter dem Schutz der Lider hervor. Wenn ein Gesprächspartner sein Mißfallen erregte, wurden die Falten in dem kühnen Gesicht schärfer, und die skeptischen Mundwinkel zogen sich bedrohlich herab. Sanchez' Ähnlichkeit mit dem grimmig blickenden Venezolaner, dessen Porträt an der leeren Querwand des Zimmers hing, war unverkennbar. Es war das Bild seines Großvaters Emilio Domingo Sanchez, des Freiheitskämpfers von der Insel Margarita. Ein zweites Gemälde zeigte diese tropische Insel mit ihren Felsen und dem fischreichen Meer. Sanchez dachte nur selten an sein Idyll dort mit Carla Moll. Die Erinnerung daran war bitter, bitter wie der Angostura-Schnaps, der am Orinoco gebraut wurde, als Ciudad Bolívar noch die alte Stadt *Angostura* war. Eins war noch bittrer als dieser Magenbitter: das Wochenende mit Carla Moll in der Urbanización *Palma Sola*. Bei diesem Gedanken verfinsterte sich Sanchez' Gesicht so sehr, daß Ulrich Bendix fürchtete, die fabulöse Anstellung sei im Eimer. Seine Angst war unbegründet, denn der Chef hatte ihn sehr gern, und Ullis *Summa-cum-laude*-Examen auf Stipendium war auch kein Kündigungsgrund. Eine deutsche Ausbildung war eine gute Sache in Venezuela.

Ulrich fühlte sich immer etwas verloren in Sanchez' Privatbüro. Alle Schränke waren eingebaut – wenn auch aus kostbaren Hölzern. Rauchtische, ein Fernsehapparat, eine Hausbar und Zeichentische mit Skizzen schossen durch Druck auf einen Knopf aus der Wand hervor und wieder zurück. Wie wilde Tiere oder Roboter. Sichtbar waren nur eine riesige Landkarte von Venezuela und Sanchez in voller Denkmalsgröße. In Ullis Berliner Elternhaus sah es gemütlicher aus. Man hatte Vertrauen zum Mobiliar, weil es immer an derselben Stelle stand und unbeirrt und unverhohlen der Bequemlichkeit diente. Aber Sanchez selbst war unbequem und hart und glänzend wie seine Möbel. War doch logisch, daß er sich so eingerichtet hatte! Ulli war tief beeindruckt von soviel zweckmäßiger Eleganz, aber bei ihm würde es hundertprozentig gemütlich sein. Konnte Rosie eigentlich kochen? In einem Monat sollte er ins Hauptquartier von *Alvarez & Sanchez* nach Ciudad Guayana übersiedeln, wo die aufregenden Eisenerz-Vorkommen waren. Es gab dort am Orinoco für Sanchez' Angestellte eine ganze Siedlung, und was konnten er und Rosa sich Besseres wünschen? Ein Häuschen, einen tropischen Bungalow für sie beide und mietefrei dazu! Selbst die Palmen kosteten nichts extra und machten nicht soviel Mühe wie Mutters alte Zimmerpalme, die immer etwas bräunlich aussah. Sanchez zeigte mit seinem Stock auf der Landkarte Puerto Ordaz, die Orinoco-Stahlanlage und die Tummelplätze der United-States-Stahlgesellschaft, die Cooper besucht und beraten hatte.

Puerto Ordaz? War Señora de Padilla nicht dorthin zurückgegangen oder geflüchtet? Ulli riß sich zusammen. Der Chef hatte ihn scharf angesehen.

Sanchez ermutigte ihn manchmal, seine eigenen Ideen vorzutragen oder ein Memorandum anzufertigen, und gab ihm so eine Chance, obwohl er ein Neuling in der Hierarchie war. Ulli hatte es in seiner Bescheidenheit noch nicht gemerkt; aber Rosa Martinez hatte längst erkannt, daß der Chef sich etwas von ihm versprach. Sie witterte Entlassungen oder Beförderungen.

»In den nächsten Tagen mache ich Sie mit drei Kollegen bekannt, Señor Bendix. Wir werden in meinem Privathaus in Altamira essen. Meine Schwägerin freut sich darauf, Sie etwas näher kennenzulernen.« Ulli hatte bei seinen flüchtigen Begegnungen mit Pilar Alvarez nicht den Eindruck gehabt, daß eine nähere Bekanntschaft mit ihm das Ziel ihrer Wünsche war. Aber es war toll, die Villa Acacia zu sehen, und natürlich war es eine Ehre. Das mußte er sofort nach Hause schreiben. Mutter würde strahlen. Vater würde sich nicht äußern, aber zufrieden mit ihm sein. Ulli war vor freudigem Schreck rot geworden und entlockte Sanchez beinahe ein Lächeln. Reizender Bursche – der junge Bendix! Tadellose Manieren und allerhand im Kopf. Ulli machte sich Notizen, während sein Chef telefonierte, eine neue kleine Fahne auf die Landkarte steckte: zur Markierung eines Siegs über die wilden Berge des Landes, Rosas Vertretung einen Brief diktierte, ihn, Ulrich, beobachtete und wie der große Cäsar alle möglichen Dinge zu gleicher Zeit tat. Was würde Rosa zu der Einladung in die Villa Acacia sagen? Er wußte es nicht. Rosa war so unberechenbar in diesen Tagen. Ob ihr die Arbeit mit Sanchez fehlte? Bereute sie es etwa, daß sie den unwichtigsten Mann der Firma heiraten würde? Ulli schluckte. Ihm war plötzlich elend zumute. Es erschreckte ihn, weil er doch so blöd glücklich war! Aber Rosie schien zu vergessen, daß sie sparen mußten, um später – nach Jahren – in Berlin eine schöne Wohnung zu haben. Möglichst in Charlottenburg – nahe bei den Eltern und Geschwistern. Alle würden Rosa bewundern. Das stand fest. Aber im Augenblick machte sie enorme Einkäufe im Zen-

trum Simon Bolívar, und ihm wurde angesichts der Rechnungen schwindlig. Warum kaufte sie Vasen und sehr teure Möbel für einen Patio, der nicht vorhanden war?
Und Rosie wurde wütend, wenn er sehr ruhig die Ausgaben beanstandete. Oder sie wurde muffig, und das konnte er einfach nicht aushalten. Er hatte nicht im Traum angenommen, daß Rosie muffig sein könnte. Aber er konnte nicht schweigen, als sie eine kostbare silberne Fruchtschale für den Patio in den Wolken gekauft hatte. Der Preis mußte abgestottert werden, und das ging Ulli gegen den Strich. Ein anständiger Mensch bezahlte entweder sofort, oder er verkniff sich die Ausgabe. Das war eiserner Grundsatz in der Familie Bendix. Ulrichs einzige Schwester wollte auch demnächst heiraten, und es wäre undenkbar, daß Rieke und Gerhard sich einen Luxusstall auf Stottern einrichten würden. Nach dieser Erklärung war Rosa sehr böse geworden. Ulrich war mulmig zumute, aber er brachte die Silberschale in den Laden zurück. Daraufhin hatte Rosie ihn drei Nächte hintereinander auf Hungerration gesetzt. Qualvoll! Warum hatte sie ihren guten Posten im Büro jetzt schon aufgegeben? Das hätte doch noch Zeit gehabt. Besonders da Rosa noch eine Weile in Caracas bleiben wollte. Heute arbeiteten alle jungen Frauen mit. Rieke wollte nach der Hochzeit zu Ende studieren und dann mit Gerhard eine gemeinsame Praxis eröffnen. Rosa hatte bei dieser Nachricht die Lippen spöttisch verzogen. Ulricos Schwester mußte recht dumm sein. Man heiratete, um sich endlich auszuruhen und den Mann arbeiten zu lassen. Ulrich erzählte immer weniger von seiner Familie, da Rosa nun ganz unverhohlen gähnte. Auch dafür fand er Entschuldigungen. Das würde sich ändern, wenn Rosie erst alle Bendixens kennengelernt hatte.
»Das wäre alles für heute, Señor Bendix. Guten Abend.«
Ulrich schreckte mit einem Ruck aus seinen Gedanken auf. Er mußte dem Chef noch etwas mitteilen. Er hatte es Rosa versprochen. Er wurde abwechselnd rot und blaß unter Sanchez' erstauntem Blick.
»Fühlen Sie sich nicht wohl? Macht es die Luft von Caracas?«
»Nein, nein«, stotterte Ulli.
»Nehmen Sie wieder Platz, Señor Bendix. Was möchten Sie mir sagen?« Sanchez lächelte, was ihn in Ullis Augen enorm zum Vorteil veränderte.
»Es – es ist etwas Privates. Ich kann Sie nicht damit belästigen, Señor Sanchez.«
»Brauchen Sie einen Rat?«

»Danke vielmals. Es ist alles geregelt. Ich wollte nur melden, daß ich – nächstens . . .«
»Wenn Sie meinen, daß die Stellung Ihnen nicht zusagt, sagen Sie es ruhig. Ich habe durchaus Verständnis dafür. Ist es Ihnen zuviel?«
Ulrich starrte den Chef an. Er sprach so freundlich, so – menschlich. Man konnte direkt Vertrauen zu ihm fassen. Aber was hatte er über die Stellung gesagt? Wollte er ihn los sein und kränzte den Rausschmiß mit Orchideen? Ulrich hatte rasendes Herzklopfen. Sanchez betrachtete ihn unverwandt.
»Wollen Sie mich los sein, Señor Sanchez?«
Der Chef lachte plötzlich so laut, daß Ulli zusammenzuckte. Diese naive Ehrlichkeit war erfrischend. »Wenn ich jemanden entlassen will, dann sage ich es ohne Musikbegleitung, junger Mann. Oder halten Sie mich für schüchtern? – Also: wo drückt der Schuh?«
»Ich will heiraten, Señor.«
»Das ist alles? Ich gratuliere! Ist Ihre Braut auch aus Berlin?«
»Aus Caracas.«
»Eine Venezolanerin?«
»Jawohl.«
»Ah! Eine Tochter dieses Landes. Wahrscheinlich hat sich deshalb Ihr Spanisch so rapide verbessert?« Sanchez lächelte bezaubernd. Ullis Herz flog ihm entgegen. Der Chef fügte hinzu, er würde gern die Bekanntschaft der jungen Dame machen. Herr Bendix sollte sie einmal zum Kaffee in die Villa Acacia bringen.
»Tausend Dank. Aber Sie kennen meine Braut, Señor Sanchez.«
»Wirklich?«
»Señorita Martinez.«
»Rosa Martinez?«
»Jawohl, Señor! Ich bin so glücklich.«
»Meinen Sie, daß Señorita Martinez sich in den primitiven Verhältnissen am Orinoco wohl fühlen wird?«
»Ich hoffe es. Sie ist natürlich Luxus gewöhnt.«
Sanchez zuckte nicht mit der Wimper, aber sein Lächeln war verschwunden.
»Rosa will noch eine Weile in Caracas bleiben. Sie wird nachkommen, wenn ich mich eingelebt habe. Wir wollen aber hier heiraten.«
Sanchez sah es alles. Eine tiefe Zornfalte stand zwischen den dichten dunklen Augenbrauen. Rosa Martinez hatte diesem arglosen jungen Europäer haufenweise Sand in die Augen gestreut. Nie würde sie ihm

in die Wildnis folgen. Sie würde ihm sein Gehalt bis auf einen Rest abnehmen und immer etwas vorschieben, das sie an der Abreise verhinderte. Ein alter Trick! Rosa hatte nicht umsonst Männer ausgebeutet und im Sumpf von La Guaira ihre Gesundheit, ihre Unschuld und ihr Gewissen verloren. Er, Sanchez, hatte sie aus dem Sumpf gezogen und ausbilden lassen, da sie damals ehrgeizig und lerneifrig gewesen war. Er hatte auch die Operation bezahlt, die sie schon vor zehn Jahren zur Kinderlosigkeit verurteilte. Jetzt hatte sie sich zur Ruhe gesetzt und Sanchez natürlich kein Wort über die Heirat gesagt. Und da saß dieser anständige tüchtige Junge und strahlte vor Glück und Unwissenheit. Es war grausam. Und das Grausamste war, daß man nichts tun konnte. Nur eine letzte verschleierte Warnung! Zehn Jahre älter war sie auch noch.

»Haben Sie alles genau überlegt, Señor Bendix? Was sagen Ihre Eltern dazu? Sind Sie nicht reichlich jung für diesen Schritt?«

»Meine Eltern wissen noch nichts, Señor. Rosa möchte sie überraschen. Wir wollen in aller Stille heiraten.«

Das glaube ich, dachte Sanchez. Er sah streng und unnahbar aus.

»Es ist ja schade, daß meine Familie so weit vom Schuß ist«, sagte Ulli.

»Aber die Familie Martinez ist wenigstens am Platz, nicht wahr?« Sanchez hatte einmal Rosas Mutter persönlich in den Hütten aufgesucht und hatte die alte Mulattin recht nett gefunden. Ohne Rosas Hysterie. Ehrlich. Sogar fröhlich. Eine Frau von Charakter.

»Rosas Eltern sind leider tot«, vertraute Ulli seinem Chef an. »Da ist nur ihre alte Amme. Eine Mulattin, an der sie sehr hängt. Aber die ist jetzt krank. Und Rosas Geschwister . . . Ich weiß nicht genau, wo die sind.«

Sanchez wußte es. Der älteste Bruder war im Gefängnis.

Ulrich Bendix konnte sich das Schweigen des Chefs und seine forschenden Blicke nicht erklären. Endlich hatte Rosa seiner Absicht zugestimmt, im Büro die Katze aus dem Sack zu lassen. Verheiratete Angestellte konnten nämlich mit Gehaltserhöhung rechnen. Aber da war er fest geblieben. Das gehörte sich nicht. Vielleicht später. Wenn die Kinder kämen. Er wollte mindestens vier, aber Rosie wollte noch warten. Erst mußte der Orinoco mit einer zivilisierteren Gegend vertauscht werden. Ulrich hatte zögernd beigestimmt. Kinder waren wichtig in der Ehe. Vater und Mutter hatten sich Alfred auch noch nicht leisten können, aber eines Tages war er da. Mutter erzählte

heute noch, wie selig sie beide gewesen waren. Auch wenn Alfred brüllte und Vater nachts aufstehen und ihn rumtragen mußte. Mutter brauchte doch Ruhe! Glücklicherweise war Rosa kinderlieb. Sie hatte es ihm versichert.
Sanchez schwieg immer noch. Wahrscheinlich interessierte Rosas Amme ihn nicht besonders. Hoffentlich würde die alte Frau zur Hochzeit wieder gesund sein! Sie hatte Rosa schließlich aufgezogen. Ulli hätte sie gern besucht, aber Rosa hatte keine Zeit dazu. Diese vielen Einkäufe für ihr Patio in den Wolken! Und die Lagermiete. Aber die bezahlte Rosa noch im Augenblick. Er betrachtete scheu das steinerne Profil des Chefs. Sanchez stand am Fenster und blickte in den hektischen Straßenverkehr. »Möchten Sie eine Woche Urlaub nach der Hochzeit, Señor Bendix?«
»Vielen Dank. Ich möchte keinen Tag von der Arbeit fort. Ich hab' noch soviel zu lernen.«
»Nicht jeder sieht das rechtzeitig ein.«
Eine merkwürdige Bemerkung, aber sie drang nicht durch Ulrichs Euphorie. Nichts durchdrang sie in diesen Tagen.
»In zwei Wochen ist's soweit. Dann bin ich ein alter Ehemann.«
»Ich wünsche Ihnen alles Gute«, sagte Sanchez grimmig.

## II

Kurz vor der Hochzeit fuhr Ulrich eines Tages früher als üblich zu Rosa. Er hatte ihr im Zentrum Simon Bolívar eine feine kleine Goldkette gekauft. Sie sollte sie an ihn erinnern – bis zum Wiedersehen am Orinoco. Heimlich hoffte er immer noch, sie gleich nach der Hochzeit mitnehmen zu können. Sie gehörten doch zusammen. Es würde ihr guttun, mit den Hühnern zu Bett zu gehen. Daß sie sich so schnell von ihm trennen konnte, war eine bittre Pille.
Rosas Zimmer in einem modernen Häuserblock, wie sie überall in und um Caracas aus dem Boden schossen, wirkte immer etwas trostlos auf Ulrich. Sanchez hatte die Miete für ein halbes Jahres im voraus bezahlt und ließ Rosa dort weiter wohnen, bis sie sich erholt haben würde. Sie hatte einen nervösen Zustand vorgeschützt. Sie habe keinen richtigen Urlaub genommen. Ihre Hysterie war in der Tat in den letzten Monaten so auffallend, daß er kein ärztliches Attests verlangt hatte. Ihre Arbeit war zum ersten Mal seit Jahren nicht zufriedenstel-

lend. *Bien, bien.* Sie hatte Ulrich den bezahlten Urlaub verschwiegen und ihm kurz mitgeteilt, sie würde nicht mehr ins Büro zurückkehren. Sie wollte leben wie andere verheiratete Frauen . . . Ulrich hatte stumm genickt. Natürlich wollte er sich die Finger für Rosie wundarbeiten, aber sie sollte dann auch wie andere Ehefrauen bei ihrem Mann sein. Es war alles unverständlich und nicht sehr lustig. Und sein Nicken und Jasagen fand er selbst widerlich. Er hatte nie vor etwas Schiß gehabt, und nun zitterte er davor, Rosa zu mißfallen oder sie zu verlieren. Er dachte beständig in Kraftausdrücken und hoffte, sie würden ihm Kraft geben. Daß sie's nicht taten, war auch eine Schweinerei . . .

Auf dem Weg zu Rosie dachte er ununterbrochen an sie. Und je mehr er grübelte und Erklärungen für ihre Launen suchte, desto unverständlicher wurde sie ihm. In Puerto Cabello war alles einfach und wunderbar gewesen: nur er und sie und kein Theater um Unwichtiges. Auch daß sie keinerlei Kontakt mit ihren Geschwistern hatte und keine Frage nach ihnen beantwortete, hatte sich erst in Caracas herausgestellt. Er war ganz entsetzt gewesen und wollte durchaus Rosas Geschwister kennenlernen. Aber diese Idee hatte er aufgegeben, denn er hatte Furcht vor ihrer mürrischen Miene und ihren Kopfschmerzen. Die Kopfschmerzen erforderten strikte Ruhe, und sie schickte ihn in solchem Fall einfach ins Hotel zurück. Sein langer, zärtlicher Abschiedskuß, der ihn in einem blöden Zustand zurückließ, war ihr auch nicht recht, obwohl sie ihre Ungeduld zu verbergen suchte. Schließlich waren sie noch nicht verheiratet. »Laß mich jetzt ruhen, Ulrico. Mein armer Kopf!« Was sollte er machen? Er hatte dann eine schlaflose Nacht und mußte am nächsten Morgen viel schwarzen Kaffee trinken, um bei der Arbeit keine Fehler zu machen.

Auf dem Weg zu Rosas Etagenhaus fühlte er sich unerklärlich deprimiert. Vielleicht waren ihre Kopfschmerzen an drei Abenden hintereinander der Grund? Er war schon ganz erledigt. Sie war jetzt nie zärtlich, und er brauchte das. Denn obwohl er sie stürmisch und schmerzhaft begehrte, *er* war trotzdem zärtlich und noch jungenhaft scheu, und schon ein freundlicher Blick von ihr machte ihn glücklich. Nur bei ihr sein, sie streicheln und ihr alles abnehmen! Aber nach dem Essen, das er in solchen Fällen zubereitete, schickte sie ihn fort. »Ich brauche Ruhe, *hombre*!«

Er nickte und nickte und nickte. Morgen mußte er den Eltern schreiben. Er würde es Rosa einfach verschweigen. Daß er seine Familie so lange im unklaren über einen so wichtigen Schritt ließ, paßte so wenig zu ihm, daß er sich manchmal fragte, was ›hier draußen‹ aus ihm wurde. Und nichts war so, wie er dachte. Sanchez war von einer Minute zur anderen wieder unnahbar geworden. Ulrich fühlte sich verloren. Er konnte es niemandem mehr recht machen. Er würde Vater morgen schreiben und den Brief in die Fabrik schicken. Vater konnte Mutter dann tropfenweise die große Neuigkeit beibringen, daß ihr Jüngster geheiratet hatte ohne die Eltern . . . Er seufzte. *Vivan los novios* – In aller Stille!*

Rosa fand die Heimlichkeit offenbar romantisch; Ulrich fand sie peinlich und überflüssig, wenn er mit sich allein war. Aber wenn er bei Rosa war, und sie keine Kopfschmerzen hatte, versank seine gewohnte Welt. Das kam ihm selbst unheimlich vor. Wie Rauschgift oder solches Zeug. Er gehörte in diesen Nächten nicht sich, sondern Rosa. Und er fühlte vage, daß das nicht gut und richtig für ihn war. Es war einerseits zuviel und andrerseits zuwenig – komische Kiste! Aber in der Ehe würde er zur Ruhe kommen – wie alle anderen! Bei diesem Gedanken wurde er beinah wieder der fröhliche Ulli, der er vor hundert Jahren gewesen war.

Rosa war noch nicht zu Hause, und das setzte seinem sporadischen Frohsinn einen Dämpfer auf. Sie hatte natürlich nicht das Geschäftsauto – darin gondelte ihre Stellvertreterin herum. Und sie machte natürlich weitere Einkäufe für den Patio in den Wolken.

Wie immer roch das Zimmer nach Leere und Insektenspray, und das Mobiliar war trostlos zweckmäßig. Die eleganten Korbsessel für den Patio waren gelagert, statt das Zimmer zu verschönen. Das einzige Bild zeigte den Heiland auf der Hochzeit zu Kana. Rosa hatte ihm erklärt, Er habe auf dem mit Stockflecken verzierten Druck eine gewisse Ähnlichkeit mit ihrem Vater, und in der Tat sah der Gottessohn sehr portugiesisch aus. Von ihrer Mutter gab es auch kein Bild. Ulli hatte sich darüber gewundert. Er hatte im Hotel ein ganzes Familienalbum, und das wanderte überall mit.

Schließlich hörte er Schritte und sprang nervös auf. Endlich! Er wartete bereits eine Stunde auf sein Fräulein Braut. Warum klopfte sie an? Oder erwartete sie etwa Besuch? Nein, sie hatte keinen Besuch erwartet: der Besuch betrat das Zimmer auf eigene Faust.

Eine rundliche, kraushaarige ältere Frau schob sich schwerfällig her-

* Hoch leben Braut und Bräutigam!

ein und starrte den blonden jungen Mann mit offenem Mund an. Sie trug eine mit Palmblättern zugedeckte Schüssel, der ein scharfer karibischer Geruch entstieg. Sie hatte runde, freundliche Augen und mußte eine Negerin oder Mulattin sein. Sie war offenbar erstaunt, in Rosas Zimmer einen Fremden zu finden, und fragte mit tiefer warmer Stimme, wo Rosa sei. Wahrscheinlich hatte sie sich Mühe mit ihrer Garderobe gegeben; aber ihr grell-buntes formloses Kleid zeigte einen Riß und einige Fettflecke. Dazu trug sie abgetragene staubige Sandalen. Sie war mit falschem Schmuck wie ein Weihnachtsbaum behangen. Schweißtropfen rannen von ihrer dunklen runden Stirn, die sie mit einem sauberen karierten Tuch trocknete. Das Tuch schien ihr ganzer Stolz zu sein, denn sie legte es nach Benutzung sorgfältig in seine Falten zurück. Ulrich fand sie sehr fett, sehr häßlich und sehr vertrauenerweckend.

»Rosa wird bald kommen. Bitte, setzen Sie sich, Señora.«

Die Frau ließ sich ächzend auf einen der hohen harten Rohrstühle nieder. Ihre kurzen nackten Beine reichten nicht bis zur Erde. Sie konnte nicht sehr bequem sitzen, denn sie ächzte wieder. Dann wandte sie ihre Aufmerksamkeit ihrem schönen sauberen Tuch zu und band es als Gürtel um ihre Taille. Nach einer Pause fragte sie Ulrich unverblümt, wer er sei und was er hier zu suchen habe. Ulrich zweifelte nicht länger daran, daß die Besucherin Rosas treue alte Amme war. Sie hielt die bedeckte Schüssel so fest in ihren Händen mit den kindlichen Grübchen, als ob er sie ihr entreißen wollte.

»Ich bin mit Rosa verlobt, Señora! Ich freue mich sehr, Sie endlich kennenzulernen. Rosa hat mir viel von Ihnen erzählt.«

»Rosa ist verlobt? Mit Ihnen? Davon weiß ich nichts. Machen Sie keine Scherze mit einer alten Frau, *Señorito*!«

»Es ist kein Scherz«, sagte Ulli empört. »Wir werden sehr bald heiraten.«

Die kleine Frau begann herzhaft zu lachen. Ihr Lachen gluckerte behaglich aus ihrer Kehle. »Sie wollen Rosa heiraten? Sie könnten beinahe ihr Sohn sein!«

Ulrich errötete vor Zorn. Erstens waren sie gleichaltrig, und was ging das überhaupt die Alte an? Aber Rosa hatte ihm gesagt, die Amme wäre schon etwas wirr im Kopf. Man durfte ihr nichts übelnehmen.

»Ich freue mich sehr, daß Sie wieder gesund sind«, sagte er freundlich.

»Ich war nie krank, Señor. Der HERR gibt Müttern Gesundheit«, sagte sie barsch. »Was für Märchen hat Rosa da wieder erzählt? Will sie mir die sieben Plagen an den Hals wünschen?«
»Aber Señora! Rosa liebt Sie. Wir wollten Sie längst besuchen.«
»Sie hat es aber nicht getan. Ich habe sie Monate nicht gesehen. Das Meer könnte inzwischen austrocknen.« Sie ignorierte Ulrichs Position als Rosas künftigen Ehemann. »So, so! Rosa hat es also geschafft. Sie heiratet einen *Blanco*. – *Bueno!* Ich bin durch meine Hütte vor Hochmut geschützt.« Sie stellte die Schüssel auf den kahlen Tisch, um sich zu bekreuzigen. Dann sagte sie sehr laut: »Diese Rosa ist und bleibt meine Tochter, hören Sie? Und wer die Eltern nicht ehrt, der kommt nicht weit.«
»Rosa hat leider so viel vor der Hochzeit zu tun«, sagte er entschuldigend. Es war ja rührend, daß die alte Amme sich als Rosas Mutter fühlte. Dabei sprach sie ganz vernünftig und roch auch nicht nach Rum. Aber sie schien merkwürdig erregt zu sein, und er sagte beschwichtigend:
»Ich weiß alles, Señora. Sie waren wirklich Rosas zweite Mutter. Rührend von Ihnen.«
»Rosas zweite Mutter?«
»Rosas Eltern starben doch, als sie noch ein Kind war. Erinnern Sie sich nicht?«
Sie rutschte ungeschickt von dem hohen Stuhl, stellte sich vor ihn hin und sagte ruhig:
»Schämen Sie sich, junger Mann. Sie sind ein verdammter Lügner. Der HERR wird Sie dafür in die Lügenhölle stoßen. Dort ist's nicht sehr behaglich, wissen Sie.«
Nun durfte man Ulli alles mögliche vorwerfen, aber einen Lügner durfte man ihn nicht nennen. Er lief puterrot an. »Ich verbitte mir das, Señora!« sagte er mit einem ihm fremden erschreckenden Hochmut. »Rosa wird wohl wissen, ob ihre Mutter lebt oder tot ist.«
»Haben Sie keine Sorge, Señor. Sie weiß es«, sagte die alte Frau steinern. Sie betrachtete ihn nachdenklich. Ihr Blick sagte ihm, daß sie nicht gelogen hatte. Er fühlte einen stechenden Schmerz im Hinterkopf, was direkt lachhaft war. Rosa war doch die mit den Kopfschmerzen.
»Ich wollte nicht unhöflich sein«, murmelte er.
»Sie sind nicht unhöflich, junger Herr. Sie sind nur jung und gutgläubig. Und zu unerfahren für Rosa«, sagte sie fest wie jemand, der sich

sein Urteil gebildet hat. In ihren dunklen Augen lag Trauer, uralte Resignation und Mitleid mit diesem jungen Narren. Vielleicht auch Mitleid mit Rosa. Sie schien Ulrich vergessen zu haben. Sie ging langsam zum Fenster und sah hinaus. Sie sah aber nicht die charakterlose Großstadtstraße, sondern eine stille Landschaft, in der Töchter ihre Mütter ehrten und das Herz auf dem rechten Fleck hatten. Plötzlich drehte sie sich zu Ulrich um und sagte sanft: »Nehmen Sie es nicht zu schwer, junger Herr!«

Auch sie durfte es nicht zu schwer nehmen. Rosa hatte schon als kleines Kind gelogen, und sie hatte deswegen viel geweint und gebetet. Aber manchmal hatte sie dem HERRN Vorwürfe gemacht, daß ER sie, Elvira Maria Martinez, in der Eile erschaffen und vergessen hatte, sie weiß anzustreichen. In diesem Augenblick fühlte sie jedoch, daß Er in seiner unendlichen Weisheit und Güte ihr diese Tochter zu ihrer christlichen Läuterung geschickt hatte. Sie war zu stolz auf Rosas weißen Verstand und ihr Auto und ihr großes Gehalt gewesen und hatte sich in der Nachbarschaft wie ein Pfau gespreizt. Sie schenkte dem erstarrten jungen Mann einen letzten mitfühlenden Blick, faltete sorgfältig ihr Tuch zusammen und ging wortlos zur Tür – klein, fett, grotesk angezogen und für Ulrich Bendix von unvergeßlicher Würde.

Er sah sich benommen um. Nur die mit den Palmblättern verdeckte Schüssel bewies ihm, daß dieses Gespräch in diesem Raum an diesem Nachmittag stattgefunden hatte.

Plötzlich war Rosa da und starrte die Schüssel sprachlos an. Sie hatte ihrer Mutter streng verboten, sie hier aufzusuchen. Und *Madre* hatte sich daran gehalten. Sie mußte einen Grund für ihr Kommen gehabt haben, aber Rosa wollte ihn nicht wissen. Schließlich stieß sie hervor: »Hat meine Amme das Zeug gebracht?«

»Deine Mutter.«

Sie wurde fahl unter ihrem grellen Make-up. Als er fragte, wie sie so etwas tun konnte, begann sie zu zittern und zu schwitzen. »Bleib, Ulrico«, schrie sie. »Ich werde dir alles erklären.«

»Ich will nichts mehr hören, Rosa!« Sie hatte nie diesen Ton von ihm gehört. Wieder sah er sie an, und plötzlich erkannte er, daß sie in der Tat nicht mehr jung war. Doch das wäre nicht wichtig gewesen, wenn sonst alles gestimmt hätte. Aber es stimmte eben nicht. Und mit einer Lügnerin konnte Ulrich Bendix nicht leben. In diesem Augenblick wurde er der Mann, der er immer sein würde: ein Nestbewahrer, ein Duzfreund der Wahrheit.

»Kann ich die Möbel behalten?« fragte Rosa.

Es war sein erster Weltuntergang mit allen seinen Schrecken. Aber er war ein Berliner, und wie jeder Sohn dieser nüchtern-heroischen Stadt akzeptierte er die Realität, ob sie ihm gefiel oder nicht.

»Es hat keinen Sinn mit uns, Rosa!« Er wußte genau, was ihn erwartete: Leere, das Gefühl beraubt zu sein, Arbeit und wieder Arbeit und nächtliche Verzweiflung Aber seine Stimme blieb fest.

Er war bereits im Treppenhaus, als er ein Klirren und Krachen hörte. Rosa hatte die Schüssel ihrer Mutter zu Boden geschleudert. Dann folgten Schreie und Schluchzen, aber er ging nicht zurück. An seinem Entschluß konnte niemand rütteln; nicht einmal er selbst.

# Fünf Uhr Nachmittag

## I

Ist fünf Uhr Nachmittag eine schreckliche Stunde? Es ist eine schreckliche Stunde. Man ist müde von der Hitze, von der Arbeit, vom Leben in chaotischen und doch trostlos organisierten Stadtwüsten. Die Phantasie stirbt ab, und den Computern ist doch jede Stunde recht. Alles ist um diese Stunde in der Schwebe: das Licht, die kritische Vernunft und das verärgerte vegetative Nervensystem. Und während der Mensch zwischen Zufall, Unfall und Reinfall schwebt oder zwischen Börsenkursen und Mozart am Abend, schleicht sich die fünfte Nachmittagsstunde hinterrücks heran.

Nun brennen die Wunden wie Abendsonnen: blutigrot. Deswegen haben manche Leute etwas gegen die Abendsonne: Carla Moll, der junge Herr Bendix, Anna Carlovac genannt Padilla, Ex-Sturmbannführer Bonnhoff, der in seinen ehrlosen alten Tagen jedes Blutbad verabscheut, sogar am Himmel. Aber noch unangenehmer ist das Schwanken und Schweben zwischen Tag und Nacht, Liebe und Haß, Hoffnung und Verzweiflung, Gebet und Fluch. So schwingt Rosa Martinez um diese Stunde am Trapez der versäumten Möglichkeiten. Denn Herr Bendix bleibt unsichtbar, und sie hat nach der Bürozeit wie früher nichts zu tun und zu reden. Natürlich geht sie wieder in ihren Glaskasten neben dem Tanzsaal des Chefs, und Sanchez wünscht ihr wieder einen angenehmen Abend, als wäre nichts geschehen. Alle Engel sind fortgewandert, und, wie gesagt, Herr Bendix ebenfalls. Rosa Martinez ist empörend allein um fünf Uhr Nachmittag, und sie nimmt es übel, weil sie allein in ihrem trostlos-ordentlichen Zimmer die alte dumme Sehnsucht nach der Herde hat. Der Mensch ist nun einmal ein Herdentier; ganz gleich, ob er den Mond für seine Herde bewohnbar machen will, da es ihm auf der Erde so glanzvoll mißlingt; oder ob er ein Sklave der industriellen Überflußgesellschaft ist, oder ob er wie Señora Martinez in ihrer Hütte auf den Hügeln von Caracas die Privilegien der Armut genießt: sorglose Schlamperei, Gelächter im Chor und Freiheit von Konventionen, die ein Bankkonto auferlegt.

Das alles hat Señora Martinez in vollem Maße und genießt es in Demut. Aber um fünf Uhr Nachmittag, zur Stunde der Siesta, denkt sie regelmäßig an Rosa, ihre verlorene Tochter, ihr sündiges Schaf. Immer hält sie Ausschau nach dem schnittigen kleinen Auto, das Sanchez seiner rechten Hand zur Verfügung stellt; eine Art Trostpreis für verlassene Bräute. Aber das Auto mit Rosa kommt nicht zum Fuß des Hügels, und Señora Martinez weint. Sie betet eifrig für Rosa, aber die läßt nichts mehr von sich hören. Und wenn Tränen erstarren könnten, wäre Rosas Mutter von Salztürmen umgeben. Gegen fünf Uhr und vierzig Minuten trocknet sie resolut ihre runden erstaunten Augen und macht sich an die Abendmahlzeit für ihren ältesten Sohn. Enrico ist wegen guter Führung vorzeitig aus dem Gefängnis entlassen worden und hat der Diebesbande Adiós gesagt. Er hat eine Stellung in einer Garage in Caracas und ist nun ein guter Sohn und ein Dieb im Ruhestand. Das wollte Señora Martinez an jenem Nachmittag Rosa erzählen. Aber da war nur der junge Herr Bendix, und was ging den ihr Enrico an? Und während die Mutter seufzend *Arros con Coco* * kocht, denkt sie wieder an Rosa und die roten Schnapper und die Pilze und den Wein, die Rosa ihr manchmal brachte, als sie noch ihr Stolz und eine gute Tochter war. Bei diesem Gedanken fällt ihr die Reisschüssel aus den Händen. Die Nacht wartet noch auf den Berghängen. Bald wird die Abendsonne bluten. Señora Martinez kocht schwarze Bohnensuppe mit Knoblauch, Schinken und Tränen. Aber Rosa muß zu ihr kommen, nicht sie zu Rosa. Sie tut noch zwei Lorbeerblätter in die Suppe. Lorbeer ist in der kleinsten Hütte.

Wem wäre am Nachmittag zum Singen zumute? Etwa Cooper, diesem Zugvogel der Industrie? Er hört weiter nichts von seiner Frau und weiß auch nicht, wann Richard Cooper sie aus Zürich nach Chicago transportieren wird. Richard war nie ein Briefschreiber, und warum sollte er jetzt damit beginnen. Auch Cooper in Bogotá ist empörend allein um fünf Uhr Nachmittag. Die Konferenzen des Morgens sind vorbei, ebenso der schwere Lunch mit der Schwerindustrie, und Fräulein Moll ist auch nicht da. Nicht, daß Cooper vor Sehnsucht nach ihr

* Reis und Kokosnußpudding

nicht Zeitung lesen könnte, aber sie fehlt ihm. Seine Stirnfalten graben sich tiefer ein, während er die kolumbianischen Tageszeitungen studiert und auf weitere Anschläge auf sein Leben wartet. Oder zumindest auf seine Freiheit. Da hat man es wieder! »Amerikanischer Diplomat von Guerillas entführt.« Auslieferung aus dem Versteck in den Bergen von Kolumbien nur garantiert gegen Auslieferung von zwanzig Guerillas in kolumbianischen Gefängnissen. Eine simple und wirksame Taktik – wie der Pfeil im Paradies der Fischer und Guerillas! Cooper hat sein Lächeln im Safe des Hotels abgegeben. Da liegt es gut. Er erinnert sich zur Unzeit an jenen amerikanischen Botschafter in Brasilien, der von Guerillas oder Dieben ohne politisches Programm aus seinem Hotel gestohlen und erst freigegeben wurde gegen Freilassung ihm völlig unbekannter Individuen aus dem Gefängnis in Rio. Durch diesen Zwischenfall hatte der Botschafter wahrscheinlich den Karneval versäumt. Auch ein japanischer und dann ein deutscher Diplomat waren gestohlen worden, und der Deutsche wurde ermordet. Das Kidnappen von Diplomaten schien allmählich ein beliebter Zeitvertreib zu werden. Cooper grübelte. Gaben die USA den lateinamerikanischen Staaten dazu soviel finanzielle und technische Nothilfe? Er selbst schüttete ja auch ständig Ratschläge und Pläne zur Ankurbelung der südamerikanischen Industrie aus ... Der dritte Anschlag auf sein Leben würde wohl gelingen, und er lebte so ungern gefährlich.

Für Señor de Padilla dagegen war ein Leben ohne Gefahr kein Leben. Er war immer noch nicht in seinem Haus in Puerto Ordaz erschienen. Seine Mutter erwartete ihn dort vergeblich, aber sie weinte nicht. Ihr Sohn versorgte sie und die übrigen Insassen des Hauses aus der Ferne. Nur Anna nicht. Sie war abgemeldet. Ein leerer Beutel, wie er sie nannte, mit einem leeren Beutel. Scheußliche Situation! Obwohl Anna gegen ein Trinkgeld Glück oder Mißgeschick aus den Karten las und sich früher im Bordell in Puerto Ordaz einen gewissen Ruhm damit erworben hatte, haben die Karten ihr nicht verraten, was sie bei Camilo de Padillas furchtbarer Mutter in Puerto Ordaz erwartete.

Sie kam um fünf Uhr Nachmittag dort an. Sie erinnerte sich, daß *Mamacita* um diese Stunde Kaffee trank und schimpfte. Je mehr Kaffee, desto unflätiger die Reden. Anna konnte später nicht mehr sagen, wie schnell sie das Haus wieder verlassen hatte. Camilo hatte ihr vor seiner Flucht aus dem Hotel Amazonas versichert, Mama würde ihr alles erklären. Nur gab es nichts zu erklären, denn die Tatsachen sprachen eine laute und deutliche Sprache.

MAMACITA: »Wer sind Sie, was wollen Sie hier? Machen Sie, daß Sie wegkommen.«
ANNA CARLOVAC: »Ich bin's. Anna! Camilos Frau. Erkennst du mich nicht?«
MAMACITA: »Verschwinde – leerer Beutel! Hier ist kein Platz für dich.«
ANNA CARLOVAC: »Dies ist mein Haus. Hier wohnte ich immer. Hier bleibe ich.«
MAMACITA *fragt den Kronleuchter in dem verdunkelten Wohnzimmer:* »Hast du das gehört? Hier bleibt sie! Raus, alte Hure!«
ANNA CARLOVAC: »Ich bin mir zu gut, um mit einem Nigger zu streiten. Ich hatte daheim eine deutsche Gouvernante. Fräulein Steinmeister. Sie bediente meine Mutter.«
MAMACITA: »Raus, sag ich! Oder soll ich nachhelfen?«
ANNA CARLOVAC: »Au, au! Ich werde Sie wegen Körperverletzung verklagen.«
MAMACITA *zum Kronleuchter*: »Hast du das gehört? Sie will mich verklagen . . . Ich dreh ihr das Genick um.« *Ruft:* »Gabriela! Komm! Mein Zuckerschatz. Erklär dem Beutel hier, wie die Sache ist. Erklär tüchtig.«
GABRIELA, eine junge Negerin im sechsten Monat: »Ich bin Señora de Padilla. Trauschein und alles, hören Sie? Ich bin im sechsten Monat. Camilo will Kinder. Haben Sie es verstanden, alte Matratze?«
Die beiden Damen lachen dröhnend. Mamacita streichelt Gabrielas Bauch. Anna Padilla erstarrt. Das ist die Erklärung. Camilo hat geheiratet. Mamacita hat die Braut ausgesucht. Sechster Monat.
ANNA: »Wo ist mein Mann? Wo ist mein Geld? Dies ist mein Haus. Hier bleibe ich. Gehen Sie! Sie werden von meinem Anwalt hören. Schweigen Sie! Meine Gouvernante hätte Sie geohrfeigt.«
MAMACITA: »Höre gut zu, du weißer Dreck! Mein Sohn Camilo hat mir dieses Haus überschrieben. Und sein Bankkonto auch. Wo er ist, braucht er kein Geld. Auf seine Mutter kann er sich verlassen.«
ANNA: »*Wo ist er?*«
MAMACITA: »Er hat dich aus dem Bordell geholt. Geh dahin zurück! Die schmeißen dich zum Abfall.« *Sie sieht auf die Uhr:* »Es ist fünf Minuten nach fünf. Ja – ich kann Zahlen lesen! Gabriela bringt mir

Lesen und Schreiben bei. Kleiner Enkelsohn soll sich nicht schämen. Raus mit Ihnen, sag ich. Ich hab' das Geld und das Haus und alles ... Adiós!«

Anna Carlovac (ehemals Padilla) steht auf der Straße. Es ist das Ende. Sie hat Padilla immer geholfen. Sie hat versucht, in seinem Auftrag den *Yanqui* Cooper zu vergiften. Daß es nicht klappte, war nicht ihre Schuld ... Padilla ist verschwunden. Der *Yanqui* Cooper lebt, und sie hat keinen Menschen mehr auf der Welt. Um fünf Uhr Nachmittag. Mamacitas Gelächter dröhnt ihr in den Ohren. Diese schwarze Riesin ist wie ein Gebirge, das alles unter sich begräbt. Sie hat auch auf alles eine Antwort. Wie damals Fräulein Steinmeister.

Es beginnt zu regnen. Die Tropfen fallen Anna auf den müden, wirren Kopf. Sie geht Schritt für Schritt wie eine Schlafwandlerin. Der Himmel verdunkelt sich. Es donnert ... Immer noch besser als das Gelächter von der Veranda. Was macht man, wenn es regnet? Kaffeebar. Hafengegend. Taxe! Anna hat noch das Geld, das Padilla ihr im Hotel Amazonas hinwarf. Die vielen, vielen Jahre mit ihm. Eine Kette von Mißgeschick, Beschimpfungen, Provisorien. Aber Geld. Sie wußte, wo der Reis und der Fisch am nächsten Tag herkamen. Mamacita kochte. Sehr gut, wenn der Sohn da war. Sonst brüllte Camilo und warf die Schüsseln an die Wand. Eine entsetzliche Familie ... Im Regen sind alle Katzen grau und alle Hafenstädte auch. Die Taxe hält in einer holprigen Gasse. Die Bar heißt *El Dorado*. Warum lacht niemand? Anna stolpert und liegt im Dreck. Ein Matrose hilft ihr auf und fragt in gebrochenem Spanisch, ob sie schon um diese Stunde besoffen sei. Aber er hat ihr geholfen.

In der Kaffeebar ist es schäbig und gemütlich. Der Wind heult? Aber er kann ihr nicht in die Lungen fahren! Was soll sie tun? Padilla hätte ihr das nicht antun dürfen. Warum nicht? Vielleicht war er es müde, von ihr verachtet zu werden. Vielleicht auch nicht. Er will Kinder, obwohl er sich in den Wäldern versteckt. Was hat er wieder getan? Gewaltmensch! Manchmal war er nett. Jeder ist manchmal nett. Will er einen Orden dafür haben? In der Hafenbar ist der Geruch von See, Kaffee und Rum. Anna ist allein in ihrer Ecke. Immer dort bleiben. Draußen gießt es. Fräulein Steinmeister hielt den Regenschirm über ihrer Mutter aufgespannt. Dafür wurde sie bezahlt. Wenn Anna jetzt rausgeht, ertrinkt sie in den Pfützen. *No importa. Never mind*, wie *Yanqui* Cooper sagt. »Es ist mir schnuppe«, sagte Fräulein Moll. Wo

ist die beste Freundin jetzt? Um die gleichgültige Ecke verschwunden. Annas Regenmantel hat eine Kruste von Straßenschmutz. Um ihr Herz ist auch eine Kruste. Das ist angenehm. Nichts tut weh. Sie ist in der Ecke eingeschlafen. Nachher? Irgendwann muß sie wieder in den Regen. Wenn die ersten Lichter im Hafen aufleuchten. Soviel Wasser um Puerto Ordaz! Zuviel? Anna murmelt im Halbschlaf. »Schmeiß sie raus«, sagt die Frau des Wirtes. »Laß sie«, sagt der Wirt. »Sie ist dreckig«, sagt die Frau. »*No importa*«, sagt der Wirt. »Sie ist alt. Wahrscheinlich krank.« »Schmeiß sie endlich raus«, sagt die Frau. »Sie bringt Unglück.« Das will der Wirt Pablo auch nicht. Er rüttelt Anna vorsichtig am Arm. Sie fragt, wer er sei. Pablo. Die Bar gehört ihm und seiner Frau. »Adiós, Señora! Können Sie allein herausfinden?« – Dumme Frage? Sie schwankt zur Tür des Cafés *El Dorado*. Pablo sagt zu seiner Frau: »Sie ist krank. Würdest du deine Mutter in dieses Wetter jagen?«
»Sie ist nicht meine Mutter«, sagt Pablos Frau. »Gib Ruhe, *hombre*!«
»Sie kann in der leeren Kammer schlafen. Bei den Besen. Sie kann mit dir aufwaschen. Sei still, Frau!«
»Sie bringt Unglück, sage ich.«
»*No importa.*« Pablo bringt Anna Carlovac in die Besenkammer. Eine wunderbare Kammer. Besen schweigen.
»Ihr *Blancos* haltet immer zusammen«, sagt Pablos Frau.
»Du bist auch ein Christenmensch, Frau! Hilf der Fremden.«
»*Basta ya, hombre!*«
Anna schwankt in die Bar zurück. Eine Stunde Schlaf ist eine Ewigkeit. Seeleute stehen an der Theke und starren sie an. Eine Verrückte? Pablos Frau faßt sie rauh am Arm und schiebt sie zu den Besen zurück.
»Im sechsten Monat«, murmelt Anna.
»Ich bin im vierten Monat. Wollen Sie gehen oder hierbleiben?«
»Nein. Nein.«
»Ich habe nichts dagegen. Sie können meine Böden scheuern.« Scheuerfrau für eine Mestizin? Anna hat noch ihren Brustbeutel mit Geld. »Ich danke Ihnen für Ihre Freundlichkeit, Señora! Ich muß leider fort. Eine dringende Verabredung. Was kostet diese Ruhestunde?« Hochmut, Hochmut. Sie hat die Krankheit, denkt Pablos Frau. Was kostet diese Ruhestunde? Ihr grauer Zopf. Diese Furchen in dem grauen Gesicht. »Ich bringe Ihnen nachher eine gute Suppe.

Morgen früh können Sie dann gehen, wann Sie wollen. Legen Sie sich wieder hin, Señora!«

»Nein, danke! Eine dringende ... *Adiós*, Señora! – Wie heißen Sie?«

»Gabriela.«

»So heißt doch Camilos neue Frau. Dann sind Sie im sechsten Monat. Ich möchte durch die Hintertür hinaus. Der Lärm an der Bar ... Oder ist es die See? Grüßen Sie Ihr Baby von mir! Nur noch drei – Monate, Gabriela! Ich hatte nie ein Kind. Nicht einmal einen Brautschleier. *No importa.*«

Sie ging die Straße hinunter und bog um eine Ecke. Die Regenpfützen warfen Irrlichter auf ihren Weg. Die warmfeuchte Luft lag wie ein Sack auf ihren Lungen. Sie sehnte sich wie ein Kind nach Wärme, Geborgenheit, Zuspruch. Sie hätte Gabrielas Suppe essen sollen. Heiße, heiße Suppe – einen Löffel für Papa, einen Löffel für Mama, einen Löffel für Fräulein ... Stein ... mei ... mei ... Sie mußte sich zusammenreißen. Nicht an der Wirklichkeit vorbeidenken, vorbeischleichen ... Sie hatte noch Padillas Geld. Sie konnte eine Herberge aufsuchen, wo man sie als zahlenden Gast, nicht als Scheuerfrau beschäftigen würde. *De prisa!** Ein Hotelgast konnte alles langsam machen. Das war die große Sache, wenn man zahlte. Keine Besenkammer. Ein richtiges Bett. Keine Bank mit Säcken, wie bei den *El-Dorado*-Zigeunern. Man war niemand und doch jemand.

Anna war so erschöpft, daß sie ausgeglitten wäre, wenn sie sich nicht an einem Seemann festgehalten hätte. Nein, sie wollte nichts von ihm. Nur sich festhalten. Der Holländer leuchtete ihr mit seiner Taschenlampe ins Gesicht. Rücksichtslos! »Sind Sie krank, Señora?« Dumme Frage! Zum Leben zu krank, zum Sterben zu gesund. »Ich muß mich festhalten ...«, murmelte sie. »Nicht an mir«, sagte der Fremde mit böswilliger Logik. »Ich bin kein Laternenpfahl.« Anna entschuldigte sich mit einer gewissen Grandezza. »Ein Irrtum, mein Herr! *No importa.* Ich gehe augenblicklich meines Weges. Eine dringende Verabredung.« Er machte sich vorsichtig los. Man kann eine Betrunkene nicht in die Pfützen stoßen. »Man erwartet mich, mein Herr! Sprechen Sie Serbisch? Spanisch? Deutsch? Esperanto? Oder haben Sie die Sprache verloren?« Der holländische Seemann ist um die Ecke verduftet. Eine dringende Verabredung? *No importa.* Anna

* Schnell, schnell!

geht weiter. Wohin? Erst ins nächste billige Hotel und dann weiter ins Niemandsland. Zum ersten Mal seit tausend Jahren ist sie frei. Sie kann gehen, wohin sie will. Wenn sie nur wüßte, wohin. Sie sieht eine Frau mit einem Eierkuchen auf dem Kopf. In einer Pfütze liegen Juwelen. Sie bückt sich ... Dabei geht eine Sprungfeder im Rücken kaputt. Der Seemann hatte einen grünen Sweater und einen fleischigen roten Fleck über den Augen – wie ein Auerhahn. *No importa! ... Wohin?*

## II

Um fünf Uhr Nachmittag trank Bruder Fernando mit Pater Alonso in der Mission bei Puerto Ayacucho einen guten starken Kaffee. Er hatte seine Missionsfahrt in die Dörfer am Orinoco beendet und auf der Rückfahrt den alten »Schützling« von Señor Sanchez besucht. *El capitán* war aufgeregt und reizbar gewesen. Bruder Fernando erzählte es bekümmert.

»Erregter als sonst? Heftig? Hat es einen Grund, Fernando?«

Es hatte einen Grund. Seitdem der alte Mann die blonde junge Frau aus Berlin beim Fischen getroffen hatte, war er schwierig. Sonst hatte er Bruder Fernando mit Freude begrüßt, soweit er erfreut sein konnte. Dieses Mal hatte er kurz genickt und dann in seinem Spanisch eigener Erfindung mit Tucu geflüstert und gebrummelt. Dann plötzlich hatte *el capitán* etwas getan, was Bruder Fernando als kleine Gewalttat empfand. Fernando war im Zivilleben Zimmermann und hatte für den alten Mann einen guten kleinen Tisch gezimmert. *El capitán* war begeistert gewesen. Wer sonst schenkte ihm was? Wer dachte daran, was er brauchen könnte? Nun, Fernando hatte daran gedacht. *Bueno!* Aber dieses Mal hatte *el capitán* in einem seiner Wutanfälle den Tisch in kleine Stücke zersägt (heimlich, zur Stunde der Siesta) und die Stücke in den Orinoco geworfen. Und in den Fluß gespuckt. Fernando hatte es hinter den Palmen beobachtet. Niemand wußte, warum der alte Ausländer sich so gegen einen Freund benahm. Er würde ihm trotzdem einen neuen Tisch zimmern. Pater Alonso betrachtete den jungen Laienbruder in tiefem Schweigen. Sein stoisches spanisches Gesicht mit den dunklen melancholischen Augen war ganz unbewegt – aber die lebhafte Intelligenz und die tiefe Einsicht, die lebendiger Glaube gibt, arbeiteten hinter seiner Stirn.

»Du wirst keinen neuen Tisch für ihn zimmern, Fernando. Verstehst du mich? Wir dürfen die Raserei der Narren nicht unterstützen. Die Welt ist allzu voll davon.«

»Aber er tut mir so leid, Hochwürden. Er weiß doch nicht, was er tut.«

»Dann muß er es lernen! Hältst du mich für hart, mein Sohn?«

Bruder Fernando schwieg. Die Nachmittagssonne verbarg sich in diesem Augenblick hinter Wolken. Wer konnte den alten einsamen Mann ohne Mitleid betrachten? ER hatte mit den Geringsten Mitleid gehabt – mit den Sündern, den Narren, den Verirrten ...

»*El capitán* ist manchmal ein Kind; aber ein böses«, sagte Pater Alonso. »Wenn du ihm alles nachsiehst, wird er immer boshafter. Ich weiß, ich weiß! Der HERR hat Erbarmen mit ihm und solchen wie er, und wir arbeiten in Seinem Namen. Aber das bedeutet nicht, daß wir sentimental werden, Fernando! Im Gegenteil! Auch unser Verstand und unsere Urteilskraft sind heilige Gaben. Sie müssen unser Mitleid regulieren, Fernando. Wir müssen hart bleiben, je mehr wir die Narren und Sünder bemitleiden. Ein böses Kind zu verwöhnen statt es zu strafen, ist keine Liebe. Nur stupide Emotion. Erbarmen ist und bleibt der sanfte Regen vom Himmel. Meinst du, ich habe es vergessen?«

»Ich werde ihm keinen Tisch zimmern«, sagte Bruder Fernando einfach. »Aber ich bin unglücklich darüber.«

»Das schadet nichts.« Pater Alonso schenkte ihm ein Lächeln. Er lächelte selten. »Zum Neinsagen gehört Mut, mein Sohn. Ich werde für deinen und meinen Mut beten.«

»In ihm ist meine Sünde, Hochwürden. Ich bin von Natur heftig. Ich prügelte als Junge meine Geschwister. Deswegen muß ich dem alten Mann helfen. Señor Sanchez ist so hart mit ihm.«

»Spricht sein Schützling noch von dem blonden Mädchen?« Pater Alonso kniff die Augen zusammen. Er fragte aus einem bestimmten Grund. Ja, *el viejo* sprach dauernd von der Berlinerin. Er nannte sie manchmal Christine ...

Fernando fragte, ob der alte Mann aus Berlin stamme.

Pater Alonso beantwortete diese Frage nicht. »Sprich nicht über diese Sache, mein Sohn.«

»Niemand im Hause erfuhr, daß *el capitán* den Tisch zersägte.«

»Ich meinte nicht den Tisch«, sagte Pater Alonso trocken. Er dankte dem jungen Mann für seinen Bericht und ging in sein Arbeitszimmer. Dort schrieb er einen Brief an Carlos Sanchez nach Caracas. Es war ein langer Brief, der dem Señor wenig Freude machen würde.

## III

»Hast du schlechte Nachrichten bekommen, Carlos?«
»Nichts von Bedeutung.« Sanchez tat Pater Alonsos Brief in eine Mappe mit Geschäftsnachrichten. Pilar unterdrückte einen Seufzer. Sanchez sah ärgerlich und ruhelos aus. Er hatte seine dichten dunklen Augenbrauen zornig zusammengezogen.
»Was ist los, Carlos? Etwas Unerwartetes? Du bist verstimmt.«
»Keineswegs, meine Liebe. Ich erwarte prinzipiell das Schlimmste und werde nicht enttäuscht.« Sanchez erhob sich abrupt und ging zu seinem Akazienbaum mit dem riesigen Dach aus federleichten roten Blüten. Dieser Baum hatte viel gesehen! Seine Verlobung mit Teresa, seine Wortgefechte mit ihr. Carla Moll in einem weißen Kleid an ihrem ersten und einzigen Abend in Altamira. Die Trauergäste nach Teresas Tod. Seine eigenen Gedanken um fünf Uhr Nachmittag. Dieses Wochenende in der *Urbanización Palma Sola!* Carla Moll in ihrem taubenweißen Kleid. »Du bist schön, Carla!« – »Der Abend ist mein Klima, Carlos!« Wie immer hatte sie gelogen. Verrat war ihr Klima . . . Pater Alonsos Brief hatte nur seine Vorahnungen bestätigt. Der Brief war zu spät gekommen. Inzwischen hatte er Carla Moll nach Palma Sola mitgenommen. Im Krieg und in der Liebe war jedes Mittel recht. Liebe? *Qué lata!* * Er wußte zufällig, was Carla brauchte und wie sie es brauchte. Er hatte diese Liebesnacht in kalter Absicht arrangiert. Zwei Leidenschaften hatten sich selbständig gemacht. Vielmehr: ihre Leidenschaft. Er hatte mitten in der Nacht ihren Handkoffer durchsucht. Sie war so unordentlich . . . Nichts! Sie hatte mittlerweile den Schlaf der Jungen und Ungerechten geschlafen. Aber sie hatte wohl doch gespürt, daß er sie belauerte. Böses Gewissen . . . Die zweite Nacht hatte jeder mit sich und seinen Gedanken verbracht. Bei Tag war sie verlegen gewesen. Konnte ihn nicht anblicken. Erregt, aber nicht impulsiv wie sonst. Flucht und Ausflüchte! Er hatte sie unablässig beobachtet, geprüft, belauert. Hatte sie Bonnhoff im Paradies der Fischer gesehen oder nicht? *Sanariapo!* Einmal machte sie eine Bewegung, als ob sie sich die Ohren zuhalten möchte. Naiver Themawechsel, sobald er die Rede auf Sanariapo brachte . . . Für den Umgang mit Leoparden war sie nicht gewitzt genug, und das sprach eigentlich für sie. Sanchez gab es sich widerwillig zu. Aber die Umarmung hatte sie beide für immer getrennt. Sie haßte ihn in der Tat jetzt

* Was für ein Unsinn!

noch gründlicher. Warum sollte sie ihm die Schonung der Liebenden gewähren? Aber vielleicht würde sie ›den Fall Palma Sola‹ umdichten und umlügen, wenn sie wieder allein in ihrem Bettsarg lag? Wer wußte das? Haß war Liebe mit negativem Vorzeichen. Er wußte nur, was *er* tun würde. Zum Beispiel den *Komet* (West-Berlin) studieren! Die deutsche Frau seines Freundes Ruiz in La Guaira las das Zeug ... Und wenn die Serie »Wo sind sie jetzt? Was tun sie heute?« etwa eines Tages Bonnhoffs Biographie bringen sollte – dann würde er, Sanchez, auf seine eigene Weise mit der Journalistin Moll abrechnen. Sie still und leise vernichten! Heimzahlung war so alt wie die Welt. Es gab Mittel und Wege – er würde darüber nachdenken! Das hatte Zeit. Hatte es Zeit? Ein vager Plan begann sich in seinem Geiste zu formen. Er lächelte.

Die Nachmittagssonne setzte die Akazienblüten in Flammen. Er würde das Unmögliche tun, wenn kein anderer Weg blieb. Bis zu dieser Stunde war das Haus am Orinoco ein ideales Versteck für Bonnhoff gewesen. Ein irrsinniger Zufall hatte Carla Moll dorthin verschlagen. Sanchez hatte den Zufall immer mit Skepsis betrachtet, und jetzt rächte er sich. Aber der Zufall konnte genausogut die Journalistin Moll steinigen. Man mußte nur etwas nachhelfen. Er mußte seinen Vater schützen. Ein hilfloser Greis, was immer er in seinen ›besten Jahren‹ getan hatte! Er würde Bonnhoff schützen – dieser Baum war sein Zeuge.

Pilar kam mit frischem Kaffee. Einen Augenblick starrte er sie wie eine Fremde an. Sie wußte nichts vom Palma Sola. Nichts von seinen Plänen. Niemand durfte davon wissen. Wenigstens im Augenblick. Er sah Bonnhoff in dem Garten mit der hohen Mauer. Beim Fischen. In der Hängematte. Unzufrieden, heimwehkrank, aber sicher. Natürlich war es kein normaler Haushalt. Der konnte nirgends sein, wo Bonnhoff seine Privatmythologie auslebte. Ungeratener Vater ... *Basta ya!*

»Ist diese Berlinerin endlich abgefahren?« fragte Pilar.

»Ich beauftragte Señor Bendix, sie zum Schiff zu bringen. Dann weiß ich wenigstens, daß sie Venezuela tatsächlich verlassen hat.«

»Was trieb sie so lange am Orinoco?«

»Ich habe keine Ahnung, meine liebe Pilar. Warum fragst du sie nicht? In zwei bis drei Monaten wird sie zurück in Berlin sein. Sie ist ...«

»Sie ist eine Hure«, sagte Pilar mürrisch.
»Schlimmer! Eine Journalistin. Das sind Hexen ohne Besenstiel.«
»Ist etwas geschehen, Carlos?«
»Jeden Augenblick geschieht etwas. Warum fragst du?«
»Versprich mir, daß du nichts Unüberlegtes tun wirst!«
»Könntest du Bonnhoff in nächster Zeit besuchen? Er würde sich freuen.«
»Er würde sich mehr freuen, wenn du kämst!«
»Das glaubst du selber nicht, meine liebe Pilar. Man sollte ihn vielleicht woanders einquartieren.«
»Wo?«
»Wenn ich das wüßte, wäre das Problem gelöst«, sagte Sanchez trokken.
»Ich dachte, das Haus am Orinoco wäre die Lösung. Was ist geschehen?«
»Nichts. Ich überlege nur hin und her ...«
»Das ist nicht deine Art, Carlos. Du hast nie Entschlüsse hinausgezögert.«
»Ich habe mich noch nicht entschlossen. Warum siehst du mich so an?«
»Du verbirgst etwas vor mir. Vertraust du mir nicht mehr?«
»Du bist die einzige Frau, der ich traue, Pilar.«
»Ich tue alles für dich, Carlos. Vergiß es nicht.«
»Ich vergesse es nicht. Du tust schon viel zuviel für mich. Und für den alten Mann. Was ist das für ein Leben für dich?«
»Ich gehe ins Haus. Es wird gleich regnen.«
Sanchez blickte ihr nach, aber sein rascher Geist war schon am Orinoco. Bonnhoffs Schatten verdüsterte Fluß, Wald und Ufer. Wie weit war das alte Berlin in diesen Schlupfwinkel eingedrungen? Welche Gespenster leisteten Bonnhoff Gesellschaft? Geringe Planeten, die um Adolf Hitler kreisten.

## IV

»Jetzt ist's soweit«, sagte Carla Moll im Hafen von Puerto Cabello.
»Ja«, sagte Ulrich Bendix. »Werden Sie meine Eltern in Berlin anrufen? Ich meine, wenn Sie Zeit dazu finden?«
»Ich finde, Ulli! Irgendwelche besonderen Botschaften?«

»Ach wo. Nur daß es mir gutgeht«, sagte Herr Bendix bedrückt.
»Soll ich was von Heirat sagen? Oder lieber nicht?«
»Das klappte nicht. Señorita Martinez konnte sich nicht zum Orinoco entschließen.« Er wurde knallrot, aber Fräulein Moll studierte die Öltanks. Sie hatte sich so etwas längst gedacht. Sie glaubte ihm kein Wort dieser ritterlichen Version. Die Martinez war die letzte, die so einen tadellosen Jungen mit seinen beruflichen Aussichten schwimmen ließ . . . Sie sah ihn von der Seite an. Er wirkte noch länger, noch magerer und ziemlich verwundbar. Grundehrlich wie immer, aber das Fünkchen naiver Begeisterung, das ihn so jung und drollig gemacht hatte, war erloschen. Er sah aus, als bekäme er zu wenig Schlaf. War aber seine eigene Sache . . . Lieber guter Ulli, dachte sie.
»Wenn Sie auf Urlaub in Berlin sind, müssen Sie sich sofort bei mir melden«, sagte sie herzlich.
»Ach, Carla. Sie werden gar nicht mehr wissen, wer ich bin.«
»Quatsch! Außerdem hab' ich ein eisernes Gedächtnis.«
»Ich soll Ihnen Abschiedsgrüße von Señor Sanchez ausrichten.«
»Grüßen Sie ihn wieder!«
»Wo wird Ihre nächste Reise hingehen, Carla?«
»Erst mal will ich nicht aus dem Koffer leben. Soviel Abwechslung wie in Venezuela fällt mir auf die Nerven.«
»Das sagt die große Journalistin?«
»Ich sehe keine«, sagte Carla Moll. »Wissen Sie, was man am dringendsten braucht? Klimawechsel! In meinem Fall: Ruhe!«
»Das ist doch logisch, wo Sie soviel rumtigerten. Erinnern Sie sich noch ans Paradies der Fischer? Das war unsere einzige gemeinsame Expedition. Ich denk oft daran, Carla!«
»Ich auch.«
»Dort unten gab's wirklich noch unverdorbene Natur«, sagte Ulli träumerisch.
»Bis auf die Coca-Cola-Reklamen.«
»Man sah keine Menschenseele beim Fischen. Komisch, was?«
»Sehr komisch.«
»Ich hab' was übrig für Stille. Ehrenwort! Aber am Orinoco fehlt einem auf die Dauer wohl doch das menschliche Element. Meinen Sie nicht?«
»Das kommt aufs Element an«, sagte Fräulein Moll. »Ich gehe an Bord.«
»Kann ich noch ein bißchen mitkommen?«

»Nein, lieber nicht. Ich bin ekelhaft beim Abschiednehmen.«
»Können Sie nicht sein, Carla!«
»Sie haben 'ne Ahnung, Ulrich Bendix. Machen wir's kurz. Haben Sie meine Adresse in Berlin? Ich frag nur, weil ich Ihre am Orinoco verlegt habe.«
»Ich hab' sie nochmals aufgeschrieben. Hier, bitte. Ich schreib Ihnen sowieso über alle Ihre Hafen-Agenturen. Die hab' ich auch nochmals für Sie abgetippt.«
»Vielen Dank. Ist vielleicht ganz angebracht . . .«
»Ich wünschte, ich könnte Ihnen weiter so blöde Kleinigkeiten abnehmen. Sie haben an Wichtigeres zu denken.«
»Meinen Sie? Sie können mein Sekretär werden!«
»Prima! Sobald Señor Sanchez mich abwimmelt. Ich fürchte, so was geht schnell bei ihm. Übrigens: ein ganz kleines Abschiedsgeschenk, Carla!«
»Darf ich's öffnen? In der Beziehung bin ich vier Jahre alt . . . Wie schön, Ulli! Sie sind schrecklich leichtsinnig. Haben Sie in der Lotterie gewonnen?« Sie betrachtete die zarte kleine Brosche aus Margarita-Perlen.
»Nur 'ne Kleinigkeit, Carla. Purer Egoismus. Damit Sie mich langsamer vergessen! Und hier ist noch was von Ihrem Sekretär. Beinahe hätt' ich's im Hotel vergessen. Na, dann hätt' ich Luftpost spendiert. Ja – also dies ist die Skizze vom Paradies der Fischer. Die wollten Sie doch gern haben.«
»Nett, daß Sie daran dachten, Ulli!«
»Landkarten sind nicht meine starke Seite. Aber ich versuchte, es alles recht deutlich hinzukriegen. Sehen Sie, der Kreis hier ist Sanariapo. Da ist der Hafen! Und da hinten, wo ich den Tintenkreis machte, ist unser Hotel Amazonas.«
»Mit Cooper und Frau Padilla?«
»Sie sehen genau die Route von Puerto Ayacucho bis Sanariapo! Hier ist die Haltestelle für die Motorboote und Kanus.«
»Ich finde jetzt im Schlaf ins Paradies der Fischer. Großartig, Ulli! Tausend Dank! Sagen Sie, wo genau fischte Tucu seine Fische mit mir?«
»Ungefähr da, wo ich Fischchen malte.«
»Sie sind 'n zweiter Merian, mein Sohn!«
»Ganz im Hintergrund war ein weißes Haus hinter Büschen und Palmen. Da war's, Carla! Da machte ich ein Viereck. Und hier, an dieser

Stelle, fischte ich. Sie können genau die Windungen vom Orinoco sehen. Blaustift . . .«

»Ganz toll! Haben Sie das Kunstwerk jemand gezeigt?«

»Wo werde ich denn? Das ist 'ne streng persönliche Erinnerungskarte.«

»Sie kriegen Gehaltserhöhung.«

Wolkenmassen schoben sich am Tropenhimmel hin und her. In der flimmernden Luft lag Regen. Die runden silbrigen Öltanks flimmerten auch – wie viele gehörten wohl Sanchez? Mythische Objekte des venezolanischen Reichtums . . . Palma Sola . . . Das war vielleicht eine Urbanización gewesen! Der falsche Ort, der falsche Zeitpunkt und der richtige Mann. So was konnte nur ihr, Carla Moll, passieren! Vielleicht hatte sie es wirklich nur geträumt? Sie stand stockstill. Ein großer eleganter Mann im weißen Tropenanzug näherte sich. An seinem Arm hing eine Frau, die ihr bekannt vorkam. Aber der Mann war nicht Sanchez, und die Frau, die wie Teresa Sanchez aussah, war lebendig. Und die Luft roch nicht nach Vergißmeinnicht, sondern nach Kakao, Kaffee, Zucker, Ziegenhäuten und Abschied. Das Ritual des Ausladens und Einladens der Fracht ging unter dröhnenden Lärmwellen weiter, während Carla Moll und Ulrich Bendix schwiegen. Die Wirklichkeit gab ihnen beiden das Vorgefühl lauernder Leere, die dieser Abend bringen würde. Hafenarbeiter, Passagiere, Schiffsleute aller Sprachen und Hautfarben – wie bunt diese Welt war, wie fremd, wie flüchtig! Ein Zambo-Mädchen (indianisch-afrikanisch) lief mit einem Früchtekorb auf dem Kopf auf irgendeinen Ozeandampfer zu . . . Letzte Grüße vom Señor und der Señora! Für irgendeinen Freund oder eine Freundin . . . Jeder hatte jemanden. Nur sie war allein! Kein Drama daraus machen!

Sie fühlte eine Hand an ihrer Kehle – nicht Sanchez' Hand, sondern ihre eigene. Die beiden Nächte in Palma Sola konnten selbst Tränen nicht abspülen. Sie hatte in der zweiten Nacht Kopfweh vorgeschützt. Und Sanchez hatte sie beim Wort genommen. Klar! Es gab nichts mehr zu suchen oder zu finden . . . Aber natürlich würde sie ihm seine zartfühlende Zurückhaltung nie verzeihen! Nie. Wut ist dicker als Wasser.

Ein Matrose schlenderte pfeifend vorüber. Er sah wie eine ausgestopfte Nachteule aus. *No importa!* Er hatte bestimmt im Hafen sein Mädchen gefunden. Carla Moll dachte an Bonnhoff. Gespenstisch, daß ein Scheintoter den Lebenden alles verderben konnte. Ein Teil von jener Macht, die stets ... Egal! Bonnhoff hatte es geschafft. Er hatte sich nichtsahnend und wirksam zwischen Carlos und sie geschoben. Eine brüchige Mauer – aber eine Mauer. Vielleicht war Glück eine ganz persönliche Leistung, und sie allein hatte versagt? Oder gab's nichts Tiefes ohne Scherben, Löcher, Wunden? Aber vielleicht hatte sie gar nichts mit dem Lauf der Dinge zu tun, und Männer waren in jedem Fall Notlösungen? Schließlich lebten sie im Zeitalter der vergnügten Bankerotteure. Wie Cooper. Wie Ulli leben würde, wenn er etwas älter wurde. Wie die Padillas. Wie weit diese Leute sich schon entfernt hatten! Als ob sie nie existiert hätten. Durchaus möglich, daß sie nie ... Auf jeden Fall war Venezuela ein leeres Eden für sie geworden. Und der Wind blies ihr rücksichtslos um die Ohren. Das Hotel Amazonas mit Coopers Gastmahl hatte ihnen allen das Trugbild einer kleinen Gemeinschaft vorgegaukelt – sie war auf Zufall, Staub und Erinnerungen aufgebaut gewesen. Alle Wege führten auseinander.

Die Wolken zitterten, und der Hafen roch nach Abfall. Sie hatte nie zuvor Atmosphäre so stark gespürt; sie hatte sich immer an das Sichtbare und Greifbare gehalten. Zum Beispiel an Ulrich Bendix. Da stand er und wich und wankte nicht. Er hatte ihr gutgetan. Kleiner Bruder.

Einen Augenblick schien die Welt für sie stillzustehen. Der endgültige Abschied. Genau um fünf Uhr Nachmittag. Sie würde dieses Land nicht wiedersehen. Vielleicht würde Sanchez durch den großen Klimawechsel zum Schatten werden und sich in den unendlichen Wäldern, den Bergen, den Häfen, den maßlosen Prärien und den Flüssen auflösen. Bonnhoff war ein isolierter Fall. Ein Pressefang, wie er alle fünfzig Jahre einmal vorkam! *Basta ya!* ... Das Leben war verdammt kompliziert, auch wenn man für Wahrheit und Klarheit war. Wie Ulli. Auch ein isolierter Fall ... Und was würde sie in Berlin erwarten? Sie hatte nichts von Wendt gehört, seit sie das Amazonas verlassen hatte. Vielleicht war es genausogut daß sie nicht wußte, was in Berlin auf sie wartete ... Es war in der Tat das Beste, was ihr beim Abschied von Venezuela passieren konnte.

»Tja ... Ulli!«

»Tja ... Carla Moll!«

»Machen Sie's gut, mein Sohn.«

»Glückliche Fahrt! Und grüßen Sie mir Berlin«, sagte er heiser. Sie drückte ihm die Hand. Weg war sie. Die ersten Passagiere gingen an Bord ihres Schiffes. Bendix stellte sich hinter einen Berg von Tonnen.

Er hatte ihr versprochen, abzusausen. Ohne Winke-Winke und so ... Es begann heftig zu regnen, und er rannte in einen Schuppen. Die Passagiere nach Kolumbien und Panama-City standen über die Reling gebeugt – Carla Moll war nicht dabei. Aber er sah sie trotzdem: mit ihrem riesigen Strohhut, ihren langen blonden Haaren ... Sie hatte Haltung. Irgend etwas war ihr in Puerto Cabello schiefgegangen. Er fühlte das. Aber sie hielt die Ohren steif.
Die Sirenen heulten. Ulrich verließ den Schuppen. Er ging wieder hinter die Öltonnen, denn Carla erschien nun doch zu einem letzten Blick an Deck. Der Regen hatte so plötzlich aufgehört, wie er auf Ulrichs Kopf geprasselt war. Das ging schnell in diesem Kontinent – Regen und Sonne. Gut, daß man das wußte. Besser, wenn man es nicht vergaß.
Er wartete zwischen Kränen, Kisten und fremden Gesichtern, bis das Schiff mit Carla Moll ein Punkt am Horizont geworden war.

DRITTES BUCH

# Klimawechsel

# Welke Lorbeeren zu verkaufen!

*Als ich wiederkam,*
*Als ich wiederkam,*
*War alles leer.*
Deutsches Volkslied

## I

CARLA MOLL:

Ich landete einen Tag vor Lockers Hochzeit in Tempelhof. Und da stand Mutter mit zerknitterten Rosen und einem leicht lädierten Sommerhut. Komisch, ich sehe jedem Hut und jedem Zeitgenossen sofort den herabgesetzten Preis an. Jede Saison kriegt Mutter von mir einen Scheck für einen erstklassigen Hut, aber der liegt im Schrank. Sie trägt lieber solch einen Scherzartikel wie in Tempelhof. In Giftgrün. Diesmal war der Ausverkaufshut eine Kreuzung zwischen Jägerhut und Suppentopf. Ich hatte Mutter viele Monate nicht gesehen und erschrak ein bißchen. Sie sah alt und überzart aus, und sie war viel grauer geworden. Sie wirkte noch lädierter als ihr Hut.
»Fühlst du dich nicht wohl, Mutter?«
»Ich bin nie wohl. Das weißt du doch. Wieso habt ihr solche Verspätung? Ich bin ganz kaputt vom Warten.«
»Ich schrieb dir ausdrücklich, du möchtest zu Hause auf mich warten. Hast du den Brief aus Panama nicht bekommen?«
»Ich wollte dich eben sofort sehen. Aber das kannst du natürlich nicht verstehen.«
»Möchtest du gleich eine Tasse Kaffee im Flugrestaurant, Mutter?«
»Wir trinken zu Hause Kaffee. Meinst du, ich backe noch nicht mal deine Käsetorte, wenn du nach Monaten . . .«

»Du sollst dich nicht anstrengen, sagt Dr. Schneider. Du kannst doch Kuchen kaufen.«

»Da weiß ich nicht, was sie rein tun. Speziell im Sommer. Laß dich endlich ansehen, Mädel! Na, nach der langen Erholung müßtest du blühend aussehen.«

»Ich blühe nie. Außerdem habe ich gearbeitet.«

»Du ißt eben zuwenig. Aber da kann ich mir den Mund fusselig reden.«

Als wir am Zeitungskiosk vorbeikamen, sagte Mutter: »*Caracas für Anfänger* haben sie aussortiert. Frechheit! Oder kannst du dein Buch hier entdecken? Stell dich zu den Leuten, Carla. Ich werd's jetzt verlangen.«

»Da steht's doch, Mutter. Da hinten.«

»Ich sag ja, sie haben's aussortiert. Sag mal, kannst du nicht jetzt ein dickeres Buch schreiben? Die Leute wollen für ihr Geld was in den Händen haben.«

Der Klimawechsel war komplett. Die erste Nacht sollte ich bei Mutter schlafen, damit wir zusammen zu Lockers Hochzeit fahren konnten. Mutter litt an Platzangst, wollte sich aber nichts entgehen lassen.

»Du wirst dich da nur ärgern, Mutter.«

»Warum denn?«

»Weil es nicht meine Hochzeit ist.«

»So einen wie Locker kriegst du noch alle Tage. Er ist doch schrecklich langweilig. Die Frau tut mir leid.«

»Du siehst so müde aus, Mutter. Ruf an und sag, ich käme erst übermorgen aus Panama zurück.«

»Ich denke nicht daran. Ich will auch mal eine Abwechslung haben.«

»Und nachher liegst du wieder auf der Nase.«

»Auf mich kommt's nicht an. Reg mich nicht auf, Carla. Alle sind schon neugierig auf dich. Wir gehen.«

Wir gingen.

## II

Lockers Empfang war gut und teuer. Es war allerhand Prominenz da, und der Alkohol floß in ruhigen, angenehmen Strömen. Locker strahlte seine Lisbeth an, und sie strahlte zurück. Er klagte nicht einmal über seine Galle, womit er Hanns König und mich am Orinoco

ausgiebig unterhalten hatte. Ich war leicht betäubt. Der Klimawechsel nahm mich mit. Wahrscheinlich lagen Sanchez und Mutters Käsekuchen mir im Magen. Dazu trug ich die Brosche von Ulli Bendix. Der gute Junge! Ich hatte sogar nach Cooper Sehnsucht. Er war noch lange nicht der Schlechteste. Sag ich immer.
Hier in dem piekfeinen Hotel fühlte ich mich verloren. Vor allem, weil meine Freundin Lotte und Kurt Sommer noch nicht da waren. Kurt kam überall zu spät, weil er immer Akten suchte, wenn er eingeladen war. Mutter kam immer zu früh, um nichts zu verpassen. Vielleicht hatte ich überhaupt von Hotels im Augenblick die Nase voll. Der ganze Klimbim fiel mir auf die Nerven. Schon in Panama hatte ich mich hauptsächlich in der verlotterten Negersiedlung Colón herumgetrieben: Bretterbuden, zerlumpte Mütter, dürre schmutzige Kinder. Die bildschönen Villen, die Blumengärten und die versnobten Golfplätze der Kanalzone von Panama waren mir so unwichtig erschienen wie Lockers Empfang in West-Berlin.
Übrigens gefiel Lisbeth Wendt mir auf den ersten Blick. Sie war ruhig und klar und sicherlich eine gute Ärztin. Immerzu kamen neue Patienten angetanzt, um ihr Fräulein Doktor zu verheiraten.
»Na so was! Ich bin noch ganz platt. Alles Gute, Herr Professor! Und so'n schöner Sommertag! Geben Sie etwa die Praxis auf, Fräulein Doktor?«
»Ich kann doch nicht meine Kollegin einfach sitzen lassen«, sagte Lisbeth. Dr. Hilde Probst war ihre Partnerin in der Praxis, und falls sie Locker als Störung betrachtete, gab sie sich Lisbeth zuliebe jedenfalls Mühe, es den beiden nicht zu zeigen.
»Prost, Hildchen«, sagte Lisbeth in diesem Augenblick. »Du bist immer noch meine Beste.« Dr. Probst lächelte zum ersten Mal. Mir war nicht nach Lächeln zumute. Ich war noch so betroffen davon, daß Wendt nicht mehr da war, daß ich den Verlust noch nicht ganz begriff. Ich hatte die Nachricht in Panama-City erhalten. Wochenlang hatte ich nichts mehr von ihm gehört und war erstaunt, aber ahnungslos gewesen.
»Carla!« Meine Freundin Lotte raste auf mich zu. Wir knutschten uns ab wie Schulmädels nach den großen Ferien. Schließlich sagte Kurt Sommer: »Darf ich auch mal ran, Lotte? Du bist noch schöner geworden, Carla. Wie gefällt dir Berlin nach deinen Abenteuern?« Er sah mich mit seinem prüfenden Juristenblick an, und ich dumme Pute wurde rot.

»Sie wird rot«, erklärte Kurt befriedigt. »Also doch ein neuer Mann.«
»Das mußt du mir alles erzählen, Carlchen. Wenn das Ekel im Büro ist und Robertchen schläft.«
»Er schläft nie«, sagte Kurt Sommer.
Carlchen! Wie lange hatte ich das nicht gehört. Plötzlich freute mich der Klimawechsel. »Schön, daß ihr da seid«, sagte ich. »Ohne euch wäre Lockers Hochzeit nicht das Richtige.«
»Findest du Lisbeth Wendt eigentlich hübsch?« fragte Lotte ihren Mann.
»Lange nicht so hübsch wie Carla! Die Tropen haben es in sich. Ich werde dich auch nach Venezuela schicken, Lottchen.«
»Das würde ihm so passen«, sagte Lotte. »Kurt ist der letzte, den man wochenlang allein lassen kann.«
Es war großartig, wieder mit Sommers zusammen zu sein, aber leider hatten sie auf Lisbeths Wunsch ihren vierjährigen Sohn mitgebracht. Robert war so hübsch und rundlich wie Lotte und würde so raffiniert werden wie Kurt. Im Augenblick schrie er wie am Spieß, weil er Vatis Sekt haben wollte. Er warf sein Glas mit Limonade in einen Blumentopf. Vati tat das auch, wenn ein Getränk ihm nicht schmeckte.
»Ihr habt einen schrecklichen Sohn«, sagte ich nachsichtig. Ich hatte den Schlingel recht gern.
»Ja, er ist ein richtiger Flegel«, sagte Kurt Sommer stolz.
»Er ist ein Wunder der Natur», sagte Lotte. »Meistens haben schreckliche Väter süße Kinder.«
»Du bist auch an ihm beteiligt«, sagte Kurt galant.
Eine Dame stürzte auf Kurt zu. »Gut, daß ich Sie hier treffe, Herr Dr. Sommer. Meine Tochter will sich von Ihnen scheiden lassen.«
»Ich bin aber gar nicht mit ihr verheiratet.« Robertchen stieß mit dem Fuß nach der Dame. Entweder wollte er seine Mutter verteidigen, oder er teilte Vatis Abneigung gegen Großmütter mit Blumenhüten.
»Laß das, Robert«, sagte ich streng. Kurt lachte entzückt und idiotisch. »Der Kleine zeigt Kampfgeist.« Die Dame war empört verschwunden. »Robert verdient 'ne Tracht Prügel«, sagte Lotte. »Kriegt er. Kriegt er. Sobald ich Zeit finde.« – Kurt musterte mein Cocktailkleid mit Kennerblick. Sanchez hatte es in Palma Sola ›gefrorener Mond‹ genannt. »Tolles Kleid, Carla!« Kurt räusperte sich. »Aber von mir aus kannst du weiter Miniröcke tragen. Ich geh nicht mit der Mode.«

»Er geht mit seiner Sekretärin«, erklärte Lotte. »Die Schlange verdient ein Sündengeld bei ihm. Wofür?«

»Sie muß mich in Kauf nehmen«, sagte Kurt friedlich.

»Das muß ich auch. Aber ohne Honorar.«

»Das ist eben Liebe. Kommt endlich, Mädels! Tuschelt nicht hinter meinem Rücken. Das tut man nicht in besseren Kreisen. Da kommt Dr. von Hartlieb. Ein Klient von mir liegt in seiner Klinik. Hör auf mit dem Gebrüll, Robert. Sonst setzt es was.«

*Dr. von Hartlieb? Wann und wo hatte ich diesen Namen gehört?* Richtig, Oberschwester Christine Ullmann arbeitete in seiner Klinik in Wilmersdorf.

Hier in Berlin begriff ich schneller als am Orinoco, wo Bonnhoff mich mit ihr verwechselt hatte ... In diesem Augenblick sah ich sie haarscharf vor mir: die blasse ergraute Mittfünfzigerin in der strengen Tracht, mit soliden häßlichen Schnürschuhen. Eine seltsame Besucherin in den Redaktionsbüros des *Komet*. Die leise, zögernde Stimme. »Kurz vorm Krieg lernte ich in Berlin einen jungen Venezolaner kennen. Er ging Ende 1938 nach Caracas zurück. Sein Vater hieß Carl Friedrich Bonnhoff. Berliner. Hörten Sie zufällig in Caracas den Namen Carlos Bonnhoff, Fräulein Moll?« Hörten Sie ihn? Zufällig? Anno 38 war Oberschwester Ullmann jung gewesen, Bonnhoff war in den besten Jahren und Carlos ein grüner Junge ... Christine! Stine! Sie war damals viel jünger gewesen als ich auf Lockers Hochzeit.

Kurt Sommer gab mir einen kleinen Schubs. »Alles in Butter?« Ich nickte. »Ich weiß nicht so recht. Was ist los, Carla? Ist es Wendt?« fragte er vorsichtig. Ich schwieg. Holte dreimal tief Atem. Schließlich sagte ich:

»Sag nur noch, ich soll mir die Sache mit Wendt nicht zu Herzen nehmen!«

»Hab' ich was gesagt?«

Dr. von Hartlieb hatte einen bemerkenswerten Kopf. Er sollte im braunen Berlin Widerstand organisiert haben. Er sprach in diesem Augenblick mit einem berühmten Schauspieler, der im Dritten Reich, als SS-Mann getarnt, viele Verfolgte geschützt und gerettet haben sollte. Dazu mußte verdammt Mut gehört haben. Er hatte Wendt ein Interview gegeben, das als Auftakt der Serie: »Wo sind sie jetzt? Was tun sie heute?« eine Sensation im Nachkriegs-Berlin gewesen war. Sein Deckname war Engelbert Schmidt gewesen. Er war der Sohn eines im Dritten Reich gefeierten Schauspielers, der ein Duzfreund von Goebbels gewesen war. Heute war Ernst Hardenberg der Star unseres Schiller-Theaters in Charlottenburg. Macbeth. Faust. König Lear. Er wußte wohl, was echtes Drama war. Tatsächlich, bei Lockers Karneval gab's allerhand Prominenz . . . Kurt, der jeden kennt, stellte mich den beiden vor. Hardenberg gab die überzeugende Imitation eines Lehnstuhl-Reisenden, der *Caracas für Anfänger* verschlungen hatte.

Dr. von Hartlieb schwieg und betrachtete mich ohne Lächeln. Was hatte Christine Ullmann ihm über unser Interview in der Redaktion erzählt? Ich hatte das Gefühl, Hartlieb mochte mich nicht. Aber vielleicht gehörte er zu den Medizinmännern, die erst beim doppelten Schenkelbruch lächeln . . . Kurt fragte nach seinem Klienten. Alles in Ordnung! Hartlieb und der Schauspieler waren die ersten Widerstandskämpfer der Hitlerzeit, die ich je gesehen hatte. Wir waren eine neue Generation: Kurt, Lotte, Wendt und der Rest. Die Väter waren die Karnickel gewesen . . . *Wendt!* Er hatte eine Vorrede zu dem Interview mit ›Engelbert Schmidt‹ geschrieben. Er und Hartlieb und viele andere seien Verfechter der gewaltlosen Revolution gewesen. Männer und Frauen, die in jedem Land, wo plötzlich Blutrausch-Politik getrieben wird, helfen, heilen, retten wollten und ohne die die Welt längst zugrunde gegangen wäre. Es war ein Artikel, wie nur Wendt ihn schreiben konnte. Jemand sagte in unserer Nähe im Berliner Flüsterton, den man vom Kurfürstendamm bis Friedrichshain hört: »Du, ist das nicht die Moll?« – »Wer ist die Moll?« fragte der Mann. »Na, die Moll von *Caracas für Anfänger*, Mensch!« – »Was ist *Caracas für Anfänger?*« fragte der Mensch. »Das war vor zwei Jahren ein Bestseller, Doofkopp!« »So lange ist das her? Lese ich doch heute nicht! Das ist welker Lorbeer«, sagte der Doofkopp. Recht hatte er! Alle haben recht.

Jemand kam mit einem Herrn heran, der mir bekannt vorkam, obwohl ich ihn nie gesehen hatte. »Herr Dr. Wendrix möchte Sie kennenlernen, Fräulein Moll. Sein Ältester ist in Venezuela.« Ich ahnte etwas. »Mein Name ist Bendix, und mein Jüngster ist drüben«, sagte Ullis Vater. »Aber sonst stimmt's.« Er betrachtete mich erstaunt. Dann sagte er: »Ich hatte Sie mir viel älter und würdevoller vorgestellt!« Wir lachten. Wir mochten uns auf Anhieb und mögen uns noch immer. Ich lernte sie alle kennen. Bendixens sind eine Familie, wie sie sein soll. Auf Lockers Hochzeit beruhigte ich Ullis Vater, der irgend

etwas witterte. Nein, Ulli komme gut zurecht. Keine Rede von Hochzeit. »Sie müssen uns bald besuchen, Fräulein Moll.« Ich wollte. Das war ein Weltwunder bei mir. Ich mache sonst nie Familienbesuche. Ich laß mich lieber von Sanchez kaputtmachen.
Eine hagere Person, die hübschere Tage gesehen haben mußte, fragte mich, ob ich Lesbierin sei. Aber ich sagte, ich sei Journalistin, und Sappho verzog sich beleidigt. Die Zeit versickerte. Jemand fragte mich, was ich zu Wendt sage. Ich sagte nichts. Molls Gesetz. Ich stellte mich zu Lotte und ihrem Vater. Da gehöre ich hin. Ich nannte Dr. Schneider immer noch aus Kinderzeiten ›Onkel Doktor‹. Er hatte mich in diese bezaubernde Welt geholt, was ich ihm nie ganz verziehen habe. Ich fragte ihn nach Mutter. Also sie sollte sich noch mehr schonen als bisher. Das Herz . . . »In dem Alter kriegt man eben alles mögliche«, sagte Lottes Vater mürrisch. Er war kerngesund und in Mutters Alter.
»Komm am Freitag gegen Abend in meine Praxis, Carlchen. Du bist mir zu blaß und zu dünn geworden. Schläfst du genug? – Ich geb dir was für die Nerven.«
»Ich brauche nichts.«
Dr. Schneider ignorierte den Einwurf.
»Wir essen dann später mit Lotte und Kurt. Was willst du lieber? Rinderbrust auf Mutters Art oder Berliner Schlachtplatte?«
»Was ihr wollt. Ich hab' wenig Appetit.«
»Das seh ich«, sagte er lakonisch. »Nachher gibt's Windbeutel. Die ißt Lottchen am liebsten.«
»Man sieht, wo's bleibt«, sagte ich lakonisch.
»Sag mal, Mädel, könntest du vielleicht ein Weilchen bei deiner Mutter wohnen? Im Büro wird's doch erst langsam anlaufen.«
»Warum soll ich bei Mutter wohnen? Ich hab' doch meine Wohnung, und ich muß zur Ruhe kommen.«
»Warum?« Dr. Schneider putzte seine Brille. »Es würde ihr guttun. Darum.« Ich blickte ihm erstaunt nach. Mutter und ich würden uns wieder die ganze Zeit streiten. Meinetwegen! Noch drei Tage. Aber am Montag, wenn ich in die Redaktion mußte, war Schluß mit dem Idyll . . . Der *Komet* ohne Herbert Wendt würde anstrengend genug sein.
»Was sagst du bloß zu Wendt?« fragte Lotte. Ihr sagte ich, was ich zu diesem Thema zu sagen hatte. Bei ihr ist's gut aufgehoben.
»Könnt ihr Mutter später nach Haus bringen?« fragte ich Lotte. »Ich bleib nicht mehr lange.«

»Komm zum kalten Büffet. Da kommst du auf andere Gedanken.« Hatte sie Psychologie studiert, um mir kalte Küche zu verordnen? Aber wir gingen. Mir war tatsächlich ganz flau. Nur wurde mir am Büffet noch etwas flauer. Zwei Leser des *Komet* unterhielten sich über den neuen Chefredakteur: »Ich finde die ersten Nummern großartig, Egon. Ribbeck scheint enorm tüchtig zu sein. Natürlich auch viel jünger als Wendt. Grade dreißig. Wendt war, glaube ich, schon sechsunddreißig.«
»Wechsel muß sein«, sagte Egon. »Frisches Blut, sag ich immer. Unter uns: Wendts alte Naziserie hing mir zum Hals raus. Wer will das heute noch lesen? War auch alles nur halb so schlimm. Aber das darf man nicht sagen.«
Lotte zog mich fort. Egon quasselte weiter und bewarf Wendt – unsern Wendt – mit Steinchen aus seinem privaten Glashaus.
»Dieser Hornochse«, sagte Lotte empört. Mach dir nichts draus, Carlchen!«
»Wo werd' ich denn?« Meine Stimme klang heiser. Ich machte mir etwas daraus. Ich zitterte. Weil nur alles halb so schlimm gewesen war und, sagen wir, Fritze Bonnhoff ein netter, gemütlicher Biertrinker in kleidsamer Uniform – dafür hatten Hartlieb und Hardenberg da drüben in der Ecke und tausend Unbekannte täglich ihr Leben riskiert, Leute aus dem Land geschmuggelt oder in Kellern versteckt. Ich haßte Egon, der vielleicht ein Hornochse, aber sonst ganz ordentlich war. Und wer betrat nun den Schauplatz von Lockers Hochzeit? Wer sonst als Oberschwester Ullmann! Klar doch. Wo ich war, da erschien die Ullmann. Diesmal nicht als Gespenst wie am Orinoco, sondern in Originalausgabe, flankiert von der Diätschwester und der Operationsschwester. Lotte kannte sie alle durch ihren Vater. Und Lockers Lisbeth würde doch nicht ohne dieses Trio heiraten. Gott bewahre! Die drei bewegten sich gemessen und schweigend wie die Heilsarmee ohne Gesang. Ich starrte Oberschwester Ullmann an. Sie war mit Lisbeth weder zögernd noch verlegen, sondern recht lebhaft und herzlich. Locker war ausgeschaltet. Seine Ärztin war von allen Seiten von ihrer Brigade umgeben: das Schwesterntrio, Dr. von Hartlieb als Vater des Ganzen und zwei Assistenzärzte, die sich hinter der Ullmann ins Bild geschlängelt hatten . . . »Stine« sah mich nicht, und ich wollte ihr auch nicht Grüße von Sturmbannführer Bonnhoff aus Venezuela ausrichten. Wie die Ullmann zu Bonnhoff gekommen war, war mir völlig unklar. Hartlieb scherzte mit ihr auf Teufel komm

raus . . . Sie waren offensichtlich alte gute Freunde. Was tat die Oberschwester im Dritten Reich? Nichts? Etwas Schlimmes? Etwas Heldisches? Mich ging's nichts an. Aber Bonnhoff kannte sie. Carlos auch.
»Weeßte noch, Stine?« Ich würde sie eines Tages im Namen des *Komet* zu einem Interview einladen. Man wußte nur, wo sie jetzt war und was sie heute tat . . . Ich war froh, daß meine Generation nicht wie jene Widerständler unter einer Diktatur lebte, wo die Leute entweder mit einem Maulkorb um die Siegessäule schlichen oder im Lager Oranienburg über Meinungsfreiheit nachdachten . . . Ich habe nicht das Zeug zur Heldin – ich dränge mich nicht zur Schlachtbank. Lieber fünf Minuten feige, als ein ganzes Leben tot.
»Lisbeths ganze Klinik marschiert hier an«, sagte Lotte. »Da kommt Schwester Therese. Vaters Beste.« Ich verdrückte mich und pfiff mir vorm Hotel eine Taxe heran. Bei Lockers Hochzeit ging es mir zu medizinisch zu.
Mutter kam erst viel später nach Haus. Ich lag im Bett. Sie brachte mir heiße Milch und freute sich, daß sie mich pflegen konnte. Wie früher . . . Sie hatte gehört, der Kameramann Hanns König sei nach Venezuela zurückgekehrt. Zu den Indianern oder den Guerillas? Mutter nannte sie »Gorillas« und fragte, ob ich viele Affen am Orinoco gesehen hätte. Sie hatte sich bei Lockers Hochzeit blendend amüsiert. Mit ihren vielen Freunden und Bekannten, die sie sieben Tage in der Woche sah. Dr. Schneider hatte sie mit sanfter Gewalt nach Haus geschleift. Sie wäre gern noch geblieben. Er verdarb ihr neuerdings jeden Spaß. Er hatte ihr die ›Berliner Festwochen‹ verboten.

Endlich war ich allein. Auf Lockers Hochzeit hatte jeder getan, als sei Herbert Wendt gestorben. Aber er war nur nach München gezogen. Da wir in der Redaktion lange Nächte machen, rief ich seine Privatsekretärin an. Es war erst zehn Uhr. Um diese Zeit begann Frau Hannemann zu leben. Wie Wendt und ich . . . Ich hatte mich nie privat mit Edith Hannemann verabredet, denn wir mochten uns nicht besonders. Aber jetzt mußte ich sie sprechen. Ich mußte vor Montag alles über den Neuen hören, der jetzt an Wendts Schreibtisch saß, weil Wechsel sein mußte.
Frau Hannemann war sehr für Kaffee zu zweit. »Also dann auf morgen, Moll! Ich muß Ihnen Dinge aus'm Betrieb erzählen, da sträubt sich das Telefon.«

»Wie gefällt Ihnen der Neue, Hannemann?«
»Ich habe schon lauter gelacht. Also morgen kurz nach fünf, ja? Meine Einladung!«
»Ausgeschlossen!«
»Ich bestehe darauf!«
Edith Hannemann lud nie jemand ein. Die Redaktion mußte schon im Ausnahmezustand leben, wenn sie zahlen wollte. Sie fragte, wie es am Orinoco gewesen sei, und ich sagte, ich hätte schon lauter gelacht. Wir wollten uns im *I-Punkt* im Europa-Center treffen. Von der Dachterrasse sieht man die Ruine der Kaiser-Wilhelm-Gedächtniskirche. Die Leute sehen übrigens von da oben ganz klein und harmlos aus: die Gammler, die Passanten, die Demonstranten, die Geschäftsleute, die Journalisten, die Liebespaare. Natürlich gab's Liebespaare in Berlin! Die gibt's überall, wo Ruinen friedlich neben Hochhäusern stehen. Morgen um fünf würde Frau Hannemann auspacken. Viel interessanter als Liebe! »Carlita?« Daß ich nicht lache!

## III

»Er heißt Oskar«, sagte Chefsekretärin Hannemann düster.
»Warum soll er nicht Oskar heißen?«
»Mit Oskars habe ich immer schlechte Erfahrungen gemacht.«
Edith Hannemann trug trotz des Sommerwetters, das in Venezuela ein kalter Tag gewesen wäre, ihr übliches graubraunes Kostüm, dem sie den Spitznamen ›Steinhuhn‹ verdankte. Sie hatte auch den passenden grellroten Schnabel, und sie nistete. Wo sie war, da blieb sie. Ob Oskar das schon herausgefunden hatte? Sie war siebenundvierzig, und ihr Geburtsschein log nicht. Bei der Begrüßung hatte sie mir die Hand gedrückt wie eine Leidtragende. Wenn es je eine Redaktionswitwe gegeben hatte, dann war es Edith Hannemann. Nur der Trauerschleier fehlte. Dafür sah sie wieder einmal aus, wie Sauerampfer schmeckt ... Sie sprach mit so gedämpfter Stimme, daß ich mir das Lachen verbiß.
»Wendt ist doch nicht tot, Hannemann.«
»Für mich schon.« Edith Hannemann bestellte sich einen Likör. »Wollen Sie auch einen«, fragte sie zögernd. »Oskar hofft natürlich auf meine baldige Kündigung, aber da ist er schief gewickelt. Seine Puppe aus Frankfurt soll wohl meinen Platz kriegen.«

Woher wußte Frau Hannemann, was Dr. Ribbeck hoffte? Ich fragte, ob die Puppe schon in Berlin sei.

»Noch nicht. Aber ich sah zufällig einen Brief von ihr.« Frau Hannemann sah alles zufällig. Die Puppe hatte angefragt, wann sie endlich in Berlin antreten könne. Ich fragte, ob Frau Hannemann zufällig Oskars Antwort gelesen hätte. Aber er schien seine Privatbriefe zu Hause zu schreiben. Wendt hatte dieser Privatsekretärin Privatbriefe jeder Art und Preislage diktiert. Ich fragte, wie Oskar aussehe.

»Wie ein Lineal mit Redegabe. Glatze mit blonden Überresten. Eisgekühlter Blick. Ausgesprochen unsympathisch. Sie werden ihn ja Montag genießen, Moll.«

Einen Augenblick sah ich Herbert Wendt an seinem Schreibtisch. Sein volles, geistreiches Gesicht. Sein dunkles, ungezähmtes Haar. Die Augen, die bei jeder neuen Idee aufblitzten. Sein schöner beweglicher Mund. Ich sah auch das Chaos auf seinem Schreibtisch. Die ewige Tasse Kaffee, die Frau Hannemann beständig nachfüllte. Überall Zigarettenasche, nur nicht im Aschbecher. Aber Wendt war Wendt! Man konnte mit allem zu ihm kommen. Er hatte so viel Geduld, wenn man gelegentlich etwas leistete. Er hatte im kleinen Finger »Verstehste« gehabt. Und das richtige Gefühl für Ernst und Scherz.

»Ich mache es Oskar natürlich so schwer wie möglich. Das bin ich Wendt schuldig«, sagte das Steinhuhn. »Was kann Oskar gegen passiven Widerstand machen? Nichts.«

»Genau das.«

»Er weiß doch nicht Bescheid im Betrieb, und ich sitze da seit Jahren. Sie sind ja auch gewissermaßen ein Neuling, Moll. Oskar hat mir übrigens Gehaltszulage gegeben.«

»Das ist doch ganz nett, Hannemann.«

»Glatter Bestechungsversuch. Er will sich einschmeicheln. Er denkt, in drei Monaten weiß er alles, und dann kann er mich feuern. Er hat bereits drei Kollegen an die Luft gesetzt. Und Fräulein Schröder, die allerdings längst reif war und von Wendt nur wegen ihrer kranken Mutter gehalten wurde.«

»Was war Ribbeck eigentlich in Frankfurt?«

»Politischer Redakteur an einer großen Zeitung. Aber nicht Chef.«

»Und nun macht er alles bei uns?«

»Das meiste. Sie werden ja seine Pressekonferenzen erleben. Meinen Sie, er geht auf irgendwelche Vorschläge von Mitarbeitern ein? Er weiß alles besser.«

»Wie weit war Wendt eigentlich mit seinem Buch?«
»Mittendrin. *Berliner Fin de siècle* wird ein glänzendes Buch. Aber wer soll's ihm jetzt tippen?«
Er würde ja wohl in München jemand finden. Aber das sagte ich nicht. Ist irgend jemand unersetzlich? Selbst Frau Hannemann? Sie hatte Wendt mit der säuerlichen und völligen Hingabe der Chefsekretärin vergöttert. Er hatte bestimmt nicht mit ihr geschlafen. Einmal mochte er keine Frauen mit Krampfadern, und dann liebte er seine Frau. Trude holte ihn immer auf die Erde zurück. Frau Hannemann hatte die reizende Trude Wendt stillschweigend verabscheut. Ich fragte sie, ob Ribbeck verheiratet sei.
»Fanatischer Junggeselle. Das ist immer faul. Man weiß nie, warum solche Kunden nicht heiraten.«
Als ob man bei Ehemännern wüßte, warum sie geheiratet haben! Ich fragte mich, ob unser *Komet* Ribbecks Leben ausfüllte. Beherrschte er seine Gedanken? Stahl er ihm seine Kraft? Frau Hannemann war nicht von gestern. Wenn sie auch von dem plötzlichen Wechsel schokkiert und gegen Ribbeck voreingenommen war – langsam machte ich mir ein Bild von unserem neuen Chef. Und es gefiel mir nicht besonders.
»Er stellt die ganze Bude auf den Kopf, Moll! Damit man, Gott behüte, nicht etwa denkt, daß Wendt gelegentlich etwas richtig machte. Oskar organisiert Tag und Nacht.«
»Mit wem nachts?«
»Weiß ich nicht. Aber nicht mit der Schmidt von der Weiberseite. Die hatte sich auf Oskar gespitzt. Mit 'nem neuen Minirock unterm Maximantel. Blöde Gans! Blond ist er selber.«
Frau Hannemann bestellte sich den dritten Schnaps und berichtete Oskars gesammelte Schandtaten. Er schien in jeder Beziehung ein schneller Arbeiter zu sein. Eile und Keile. Sie ließ buchstäblich kein gutes Haar an ihm, und dabei schien er sowieso wenige zu haben. Sie sprach jetzt so vernehmlich wie sonst immer, und die Nachbartische lauschten gespannt. »Leiser, Hannemann! Viel leiser! Vielleicht hört Oskars bester Freund zu.«
»Der hat keine Freunde. Er kennt nur Abonnenten, Gönner, Gastgeberinnen, Geldgeber, Beziehungen, Politiker und wieder Abonnenten.«
Ich fragte, woher er die ganze Blase kenne, wo er doch in Frankfurt lebte.
»Er ist doch Berliner, Mensch! Wie Sie und ich.«
»Und Wendt.« Frau Hannemann schwieg ausnahmsweise, und ich

konnte sie endlich fragen, warum, wieso und weshalb Wendt den hochbezahlten Posten beim *Komet* verloren hatte. Er hatte mir nach Panama nur geschrieben, er ziehe an seinem vierzigsten Geburtstag mit Frau und Kindern nach München. Dieser Brief erreichte mich in Miami Beach, wo ich mich eine Woche von Sanchez erholen wollte. Zu meinem Ärger hatte ich entdeckt, daß ich mich weder von ihm noch von mir erholen konnte. Wendts Hiobspost gab mir den Rest. Ich bevorzuge Überraschungen mit Vorwarnung. Wendt schrieb wie immer: »Ausführlicher Brief folgt.« Der soll heute noch folgen. Ich hatte mir den *Miami Herald* mit einer Ansprache von Präsident Nixon aufs Gesicht gelegt, um nichts mehr zu sehen. Dabei gibt's trübere Anblicke. Die *Mauer* oder die Kneipe »Dusterer Keller«. Alles finsterer als Miami Beach! Ich fragte Frau Hannemann, wann Oskar angetreten sei.

»Einen Tag nach Wendts Abschiedsfeier. Bei der Feier habe ich Unbeschreibliches durchgemacht.« Frau Hannemann machte immer Unbeschreibliches durch, das sie später bis ins kleinste Detail beschrieb. Wendts Fall war typisch für diese Zeit. Der *Komet* war von einem großen Konzern aufgekauft worden, der seine Leute mitbrachte. Ribbeck, ein junger Dachs von vierunddreißig, war ein Duzfreund des Konzernchefs. Außerdem war in letzter Zeit die Abonnentenzahl des *Komet* zurückgegangen.

Ich fragte, was Wendt in München treibe. Er habe einen Job bei einer Kunstzeitschrift. Kunst? Er war ein Mann der Politik, des weiten Horizonts, der Woche-zu-Woche-Reportage. Aus Neigung Historiker. *(Berliner Fin de siècle.)* Kritik der Zeit. Und immer Zeit für Kritik. Ich fragte bedrückt, was er denn von Kunst verstehe.

»Als ob es darauf ankommt! Übrigens hatte ich gestern einen langen Brief von ihm. Er will eine Serie über ›Politische Kunst‹ machen.«

»Und was sagen seine neuen Geldgeber dazu?«

»Wissen wir noch nicht. Aber ich halte Sie auf dem laufenden, Moll.«

Frau Hannemann vergewisserte sich durch die Zigarettenwolken hindurch, daß ich mitbekommen hatte, daß sie von Wendt Briefe bekam. Ich fragte nach Trude Wendt.

»Sie hat eine Stellung als Sekretärin, weil sein Gehalt nicht reicht. Die Abfindung für die Zeit seines Berliner Vertrags hat er natürlich längst ausgegeben. Na, Sie kennen ihn doch, Moll!«

»Konnte er denn in Berlin nichts finden?«

Edith Hannemann sah mich sprachlos an. Als ob Wendt nach diesem

Weltuntergang in Berlin geblieben wäre! Wahrscheinlich legte er sich in München die verdammte Kunstzeitschrift aufs Gesicht, um nichts mehr zu sehen. Weder unsere Bude in der Budapester Straße noch seinen alten Schreibtisch, noch das Café Kranzler, wo er nach Redaktionsschluß mit seinen Freunden diskutiert hatte. Frau Hannemann studierte die Ruine der Gedächtniskirche. Dann sagte sie: »Das Ganze ist eine Schande. Wendt war richtig. Aber Ribbeck macht populäre Serien. Astronauten und so was. Wenn ich an Wendts grandiose Serie *Wo sind sie jetzt? Was tun sie heute?* denke! Man soll nicht denken. Wollen Sie die neuen Nummern beschnuppern? Dann schicke ich sie Ihnen fürs Wochenende rum.«
»Nein, danke. Oder vielleicht doch?«
»Vielleicht. Mit Ihnen wird Oskar sich gutstellen. Schließlich war *Caracas für Anfänger* ein Bombengeschäft für die Zeitschrift. Schickte Wendt Sie nicht damals hin, um einen alten Nazi zu suchen?«
»Was würden Sie sagen, wenn ich dieses Mal kein Bombengeschäft bringe, sondern den alten Nazi?«
»Ich würde sagen, ich habe schon bessere Witze von Ihnen gehört, Moll.«
»Ich auch. Schönen Dank für den Kaffee, Hannemann.«
»Es war mir ein Fest«, sagte die Redaktionswitwe. »Bis Montag, Moll! Vielleicht gefällt Oskar Ihnen. Sie hatten immer 'n komischen Geschmack. Aber das würde mich doch wundern.«
»Mich auch. Also bis Montag!«

Ich fuhr zu Lotte und Kurt. Ich konnte einfach nicht zu Haus sitzen und Mutters Fragen beantworten. Ich rief sie an, und sie sagte verschnupft, sie verstehe, daß ich mich mit ihr langweile. Ich würde früh zurück sein. Es war mein letzter Abend in ihrer Wohnung. Ich mußte mich in meiner eigenen Bude auf Montag vorbereiten. Oskar und Mutter waren zuviel des Guten.
»Ich hab' einen Klienten, der den Dr. Ribbeck gut kennt«, sagte Kurt.
»Wie gut?«
»Er war zweimal verlobt und keinmal verheiratet.«
»Dein Klient?«
»Dein Ribbeck!«
»Aller guten Dinge sind drei«, sagte Lotte. »Vielleicht verlobt er sich mit dir?«

»Bestimmt. Das Eisbein ist prima, Lotte!«

»Mein Klient sagt, Ribbeck wäre mit Vorsicht zu genießen.«

»In welcher Hinsicht?«

»In jeder.«

»Ich bin nicht waghalsig«, sagte ich. »Hast du sehr viel dagegen, wenn wir das Thema wechseln, Kurt?«

»Ich möchte nur noch wissen, warum Oskar zweimal entlobt ist«, sagte Lotte.

»Gedulde dich bis Montag! Es ist das erste, was ich ihn fragen werde. Gib mir bitte nochmals das Erbsenpüree, Lottchen. Vielleicht schmeckt's mir heute abend zum letzten Mal!«

ZWEITES KAPITEL

# Klimawechsel

*Eines Tages regnet es für jeden.*
Indianisch

I

CARLA MOLL:

Ich hatte immer etwas gegen den Wochenanfang, ganz gleich, ob es sich um einen blauen, grauen oder um Rosenmontag handelt. Entweder bin ich beleidigt, daß es nicht mehr Sonntag ist, oder ich gewöhne mich erst Dienstag abend an die neue Woche. Besonders an den *Komet* . . .
Mein erster Montag im Büro war in jeder Weise verregnet. Bei dem Sauwetter konnte ich mein weißes Kostüm nicht tragen. Nicht etwa, daß ich auf Ribbeck Eindruck machen wollte, aber Weiß steht mir am besten, und es hätte nichts geschadet, wenn der Neue es bemerkt hätte. So mußte ich mein Graues tragen, das genau zu dem grauen Montag paßte. Mit meinem roten Pulli sieht es smart aus; aber vielleicht war Oskar Ribbeck ein Stier, und ich wollte ihn natürlich nicht in Wut bringen. An diesem Montag morgen ahnte ich nicht, wie gut mir das trotz einer weißen Bluse gelingen würde. Nicht, daß er seine Wut jemals zeigen würde – aber man spürt den Klimawechsel in jedem Nerv. Es wird eiskalt im Zimmer. Die elektrische Luftkühlung im Hotel Amazonas war nichts dagegen. Bei einer freundschaftlichen Unterhaltung mit Herrn Ribbeck muß man mit Tod durch Erfrieren rechnen. Ein Pelzmantel ist angebracht; aber meiner war in der Aufbewahrung. Schließlich war's Juli, und die Blumen blühten, und womöglich sangen auch die Vögel. Übrigens: kaum war ich in der Redaktion, kam die Sonne zum Vorschein. Ich hatte schon am Orinoco geahnt, was für ein ironisches und hinterhältiges Gestirn die allge-

mein gepriesene Sonne ist. Schwamm über die Sonne! Ich trug mein Graues.
Oskar erwartete mich um neun Uhr zu unserer Plauderei. Leider erschien ich um dreiviertel zehn in der Bundapester Straße. Ich hatte meinen Wecker auf sieben Uhr gestellt, aber nicht aufgezogen. Ich wäre vielleicht ohne Frühstück und Bad um halb zehn in der Redaktion gewesen, aber ein solches Opfer erschien mir für jemanden, den ich nicht kannte, reichlich übertrieben.
»Sind Sie verrückt, Moll?« fragte Edith Hannemann nervöser, als ich sie je erlebt hatte. »Ihre Besprechung mit'm Chef war um neun Uhr angesetzt.«
»Mein Wecker spielte verrückt. Ich mußte baden und frühstücken.«
Frau Hannemann informierte mich dahin, daß Dr. Ribbeck nie und auf niemanden länger als höchstens zehn Minuten warte. Es konnten auch neun Minuten und drei Sekunden sein. Er war erst um drei Uhr für mich zu sprechen. Bis dahin könne ich tun, als sei ich noch in Venezuela.
»Hat *er* das mit Venezuela gesagt?«
»Das sage *ich*. Ich lese seine Gedanken, Moll.«
»Darf man fragen, was Sie sonst noch gelesen haben?«
»Das erzähl ich Ihnen in der Mittagspause. Was wollen Sie bis drei tun?«
»Nach Venezuela fliegen und wieder zurück. Was sonst?«
Frau Hannemann schwieg.
»Bitte gehen Sie rein und sagen Sie ihm, daß ich da bin.«
»Unmöglich. Er ist in einer Konferenz.«
»Wendt war auch in Konferenzen und war froh, wenn jemand dazwischenkam.«
»*Wendt!*« Die Redaktionswitwe legte solchen Ausdruck in diese einsilbige Anrufung, daß sie damit glatt im Renaissance-Theater auftreten konnte.
»Hier scheint ein scharfer Wind zu wehen«, sagte ich.
»Pssst! Da kommt Brunner«, sagte Frau Hannemann.
Alfred Brunner hatte mich in der Redaktion *Ferne Länder* vertreten und begrüßte mich ohne Freude. Von ihm aus hätte ich noch jahrelang am Orinoco bleiben können und danach nach Mallorca oder nach der Schweiz ziehen. Brunner wollte durchaus mit Locker und Hanns König an den Orinoco reisen und hatte Wendt dementsprechend bearbeitet. Frau Hannemann sagte mir, daß Brunner den plötzlichen

Sturz von Wendt als Gottesgericht betrachtete. So war er! Da war mir Fräulein Biederstein von der Redaktion *Schönes Deutschland* – im Gegensatz zu den *Fernen Ländern* – noch im kleinen Finger lieber, obwohl ich auch Fräulein Biederstein entbehren konnte, wenn's gar nicht anders ging. Sie war, wie so viele Berliner, aus Breslau. Geflüchtet! Wendt hatte sie hauptsächlich deswegen für *Schönes Deutschland* engagiert. Wendt hatte wirklich eine seltene Kollektion von lahmen Enten in der Bundapester Straße versammelt . . . Aber seine Leitartikel hatten alles in Ordnung gebracht. Sie blitzten und donnerten gelegentlich, aber sie überzeugten auch in gedämpfter Tonart. Wir hatten alle gedacht, er hätte irgendwas von Genie an sich, und ich glaube, es stimmte. Aber was ihn in unseren Augen einzigartig machte, war sein Talent, jedem seine eigene Meinung zu lassen und jeden als Menschen mit eigenen Rechten zu behandeln – ob es sich um den Laufjungen oder um Locker von der Freien Universität handelte. Selbst mir, die ihn viel zuviel Geld gekostet hatte, gestand er das Recht auf meine »leeren Perioden« zu. Ich hatte das Gefühl, daß Oskar Ribbeck leere Perioden mit Rausschmiß beantworten würde.

»Steht Brunner gut mit Ribbeck?« fragte ich unbehaglich.

»Prima, prima!« Edith Hannemann sah noch saurer als sonst aus. »Was erwarten Sie in diesen Zeiten, Moll? *Le roi est mort, vive le roi!*«

»Ist das Französisch oder was? Ihr seid enorm gebildet geworden.«

»Oskar schwört auf Bildung. Im Gegensatz zu Intuition. An Stelle des Herzens hat er ein hartes Ei.«

Warum mir in diesem Augenblick Sanchez einfiel, weiß ich nicht. Wer weiß so etwas? Er war auch hart, wenn er böse wurde, eisig. Aber als Liebhaber hatte er Feuer. Bei seinen Vorgängern hatte ich keine Kleider angehabt, und bei ihm war ich nackt gewesen. Das ist vielleicht der wahre Unterschied zwischen falschen und richtigen Liebhabern.

»Woran denken Sie?« fragte Frau Hannemann scharf.

Ich warte mindestens so ungern wie Oskar. Die Zeit, das launische Biest, schlich und lahmte und bockte und schleppte mich und sich durch fünf entnervende Stunden. Ich trank soviel Kaffee mit den Kollegen und rauchte soviel Zigaretten, daß ich leicht betäubt auf die Besprechung wartete. Ich hatte Ribbeck in Frau Hannemanns Zimmer flüchtig durch die Tür gesehen. Die Tür hatte sich sofort hinter seinem Besucher geschlossen. Dr. Ribbeck hatte viel mehr Haare, als Hannemann ihm gelassen hatte. Man mußte bei ihren Berichten immer zwanzig bis dreißig Prozent abziehen oder addieren. Von Glatze war keine Rede. Ein Lineal schien er allerdings zu sein. Die holzgeschnitzte altmodische Tür zu Wendts Chefzimmer war durch eine moderne Milchglastür ersetzt, und ich sah Ribbecks langen, dünnen Schatten durchs Glas. Er mußte auch meinen Schatten sehen, aber vor drei Uhr nachmittags existierte ich nicht. Er hätte doch fünf Sekunden guten Tag sagen können!

Bei meinem Rundgang durchs Haus kamen mir die verschiedenen Zimmer ziemlich leer vor. Ribbecks Angestellte kamen und gingen anscheinend so schnell wie südamerikanische Diktatoren. Viele Kollegen und Kolleginnen waren nicht mehr an ihren Plätzen. Ich nickte den neuen Gesichtern zu, und sie nickten zurück. Mir war egal, wovon mir schlecht wurde. Aber Wendts alte Garde begrüßte mich stürmisch, mit geräuschvoller Herzlichkeit und den Reden, die in Berlin Depression, Unlust oder Trauer mit Gelächter berieseln. Ich war Wendts gutes Stück gewesen, und mit mir redeten sie unverblümt. Wir saßen in Dornbachs leerer Redaktion – sein Nachfolger sollte morgen antreten. Dornbach hatte die Innenpolitik gemacht. Oskars Mann kam auch aus Frankfurt. Frau Hannemanns Tage schienen gezählt zu sein. Wie lange würde Oskars Puppe noch in den Kulissen warten? Aber Hannemann hatte schon feste Pläne. Sie würde sich in München nach einem Posten umsehen und abends Wendts Buch tippen und mit ihm bearbeiten. »Ich hab' Ersparnisse«, sagte sie mürrisch, als sie meinen Blick bemerkte. Zum ersten Mal nahm ich im Geist vor Edith Hannemann den Hut ab . . . »Er kann bezahlen, wenn das Buch ein Erfolg wird.« – Wendts alte Garde!

»Mit dir wird Ribbeck nicht so umspringen, Moll, wie mit Dornbach«, sagte einer der Kameramänner.

»Er ist schon umgesprungen. Er läßt mich bis drei Uhr warten, weil ich zehn Minuten zu spät gekommen bin.«

»Es müssen zwölf Minuten gewesen sein«, sagte Renate Schaper von der *Modeseite*. »Zehn wartet er. Ribbecks Gesetz. In jedem Fall sieht er seine Belegschaft gern im Zustand tätiger Reue.«

»*Was die Sterne sagen* will er auch nicht mehr.« Andreas deutete die Sterne auf der vorletzten Seite der Illustrierten und fertigte gegen Barscheck individuelle Horoskope für gläubige Leser an. Man wunderte sich immer wieder, wie viele Leser beim Frühstück daran glau-

ben, daß die Sterne nicht lügen. Zum mindesten logen sie nicht so schnell und geschäftstüchtig wie Andreas. Seine Seite hatte uns viele Leser eingebracht. Aber Oskar machte dafür *Psychologie des Alltags*. Die Sterne hatten Andreas nicht einmal seine Kündigung für Ende des Monats verraten. Aber er hatte schon massenhaft Angebote und seine private Praxis. Er fiel immer auf die Hinterbeine.
Die ganze Bude roch nach Wechsel und Unsicherheit. Das Gesprächsthema war: Kündigung. Die Chinesen schreiben in einem Kündigungsbrief, ihr Betrieb sei zu armselig für ein so leuchtendes Talent. Ich erzählte es den Kollegen.
»Ich denke, du warst in Venezuela«, sagte Andreas.
»Hast du 'ne Ahnung, wie viele Chinesen es da gibt? Wie Sand am Meer. Ich hörte das im Restaurant Chang in Maracaibo.« Ich war nie in Maracaibo gewesen, aber es machte sich gut. Viel später erfuhr ich durch Zufall, daß es dieses Restaurant in Maracaibo gab. Ulli Bendix aß dort chinesische Ente.
Mir wurde immer flauer. Renate bat mich, nicht so viel zu rauchen. Ich sei doch nicht taktfest. Ich fragte, wer ihr das verraten hätte. Wendt natürlich. Wendt, der Unersetzliche! Aber selbstverständlich ist niemand wirklich unersetzlich. Man will nur Wahrheiten mit Essigzusatz nicht wahrhaben.
Sollten wir vielleicht alle nach München ziehen? Faber stand bereits mit Wendt darüber in Korrespondenz. Faber von der Kulturseite! Ich fragte nach Wendts Antwort. In München gebe es zuwenig Berliner, hätte er geschrieben.
»Das ist doch alles Qutsch, Mensch«, sagte ich. Bedrücktes Schweigen.
Niemand hatte auch nur mit einer Silbe gefragt, was ich am Orinoco erlebt hätte. Es war zwei Minuten vor drei. Edith Hannemann erschien in der Tür.
»Fräulein Moll! Herr Dr. Ribbeck läßt bitten«, sagte sie förmlich wie der Empfangschef einer Atomkommission. Ich puderte mich sorgfältig und zog mir die Lippen mit Renates Ersatzstift nach. Daß ich meinen Lippenstift vergessen konnte, hatte eine Menge mit Onkel Freud zu tun. Bei Sanchez war mir allerhand passiert, aber ich war zu keiner Hinrichtung ohne Lippenstift erschienen.
»Mach schon, Moll. Du bist schön genug«, sagte Renate ängstlich.
»Oskar guckt doch nicht hin«, sagte Annemarie Schmidt von der Quassel- und Wimmer-Seite *Liebe Annemarie*, das beliebte Geplau-

der von Frau zu Frau. Abfuhr von Seelenmüll! Diese Seite mußte ein Fressen für Oskar sein.
»Er läßt bitten«, sagte die Redaktionswitwe so laut, daß wir zusammenfuhren.

## II

Bei dieser ersten Unterhaltung mit Ribbeck fiel mir auf: er war verbindlicher, als ich angenommen hatte. Er war noch gleichgültiger gegen sogenannte weibliche Reize, als es selbst im Betrieb erlaubt ist. Er hatte noch alle seine Haare, aber man sah, wo die Glatze in zehn Jahren anfangen würde. Er war irgendwie in Sorge, daß man ihn ›gebrauchen‹, düpieren, zum Narren halten wolle. Man sollte lieber nicht versuchen, ihm Sand in die Augen zu streuen. Das war sein Lieblingsausdruck. Niemand im Büro versuchte es. Einmal ist kein Sand vorrätig; dann müßte man ihm die Brille abnehmen, wozu man intim mit ihm sein müßte, und drittens durchschaute er Manöver bestürzend schnell. ›Manöver‹ war auch eine seiner Lieblingsvokabeln. Nicht etwa ›Trick‹ oder ›List‹; nein: ›Diese Manöver verfangen nicht bei mir, Herr, Frau oder Fräulein!‹ Dabei hatte Oskar selber eine ganz ansehnliche Kollektion von Tricks. Er drehte einem zum Beispiel das Wort im Mund herum, bis es schwindlig war und seinen ursprünglichen Sinn verloren hatte. Für den Gesprächspartner, nicht etwa für Oskar! »*Das* wollten Sie *wirklich* sagen, Fräulein Moll! Warum wollen Sie mir Sand in die Augen streuen?«
»Ein Mißverständnis, Herr Doktor. Ehrenwort.«
Dann schwieg Oskar und putzte seine Brille. Es dauerte nicht lange, bis ich sein Schweigen haßte. Es war keine Pause zwischen Rede und Antwort; dieses Schweigen war eine unabhängige Handlung, eine negative Transaktion, ein Gesprächsmord – kurz: ein Manöver! Aber das war noch nicht das Schlimmste? Ribbeck suggerierte mir und vielen anderen virtuos unsre Unzulänglichkeit. Wie er das bei mir in den ersten fünf Minuten fertigbrachte, werde ich nie herausbekommen. Waren es seine höflichen, mit Vitriol getränkten Worte? Der kalte, wachsame Blick? Das dünne sarkastische Lächeln? Ich fragte mich selbst: ›Was tu ich jetzt? Wo bin ich heute?‹ Dasselbe fragte sich wohl Wendt, der diese Serie ins Leben gerufen hatte, in diesem Augenblick in München. – Übrigens: daß Ribbeck vor Tatenlust, Sachkenntnis

und Organisationslust platzte und hohe kritische Intelligenz besaß, das war so offensichtlich wie sein spontanes Mißfallen an mir. Wendts alte Garde war eben nicht sein Fall, und über Geschmack kann man nicht streiten. Nur schweigen. Oskar schwieg.
Als er mir die Tür zum Chefzimmer öffnete und sich knapp verbeugte, musterte er mich kurz und scharf wie ein Käufer einen gut gebauten Tisch oder Sessel. Saß etwa schon der Wurm im polierten Holz? War das Möbelstück sein Geld wert? Ich entschuldigte mich sofort für meinen unzuverlässigen Wecker, und Oskar entschuldigte sich, daß ich bis drei Uhr warten mußte. Er sagte mit dünnem Lächeln, er sehe leider sehr auf Pünktlichkeit im Betrieb, denn pünktliche Mitarbeiter wären in der Regel zuverlässiger als die Genies mit einem stummen Wecker.
»Halten Sie mich für ein Genie?«
Er sah mich von oben bis unten an und sagte, daß er mich fürs erste für unpünktlich hielte. Mein Scherz war auf steinigen Boden gefallen. Ich hatte den Eindruck, er mißbillige Genies. Hinsichtlich Pünktlichkeit hatte uns Wendt ein leuchtendes schlechtes Beispiel gegeben. Er war gekommen, wann er wollte, aber machte dann die Arbeit schnell und trotzdem großartig.
Ich freute mich, daß ich mein teures weißes Kostüm nicht für Ribbeck angezogen hatte. Er sah nicht, was eine Frau trug und wie sie es trug. Da hätte er von Sanchez etwas lernen können. Carlos hüllte mich mit seinem Blick ein, oder er zog mich aus. Ich konnte mir ums Sterben nicht vorstellen – ich meine: in dieser Stunde des Kennenlernens –, daß Oskar eine Frau mit Blicken oder sonstwie entkleidete. Dabei war er erst vierunddreißig Jahre alt. Ich sollte mir auch gar nicht vorstellen, wie Oskar . . . Was ging mich das an? Auch Renates Lippenstift war überflüssig. Ob ich mir die Lippen rot oder giftgrün anmalte – nichts auf der Welt interessierte Herrn Ribbeck weniger.
›Als ich wiederkam, als ich wiederkam, war alles leer.‹ Was mir an diesem Nachmittag besonders leer vorkam, war Wendts Zimmer. Statt seines alten kostbaren Barockschranks, den Trude Wendt widerwillig hergegeben hatte, stand ein weißlackierter kleiner Medizinschrank an der Wand. Entweder war Oskar ein Hypochonder, oder er hielt – verbindlich wie er war – Gift für die Mitarbeiter bereit. Die Tür des Schranks war abgeschlossen. Aus Wendts Barockschrank waren ständig Manuskripte auf dem Boden gelandet, und Frau Hannemann hatte sie nachsichtig eingesammelt und zurückgelegt. Etwa

dreißigmal am Tag, da Wendt immer eins aus dem Schrank lesen wollte und der Einfachheit halber den Rest auf den Boden fegte ... Hannemann hatte es in Ordnung gefunden, weil es Wendt war. Sie war pedantisch ordentlich; war aber gegen jede Logik stolz auf Wendts schlampiges Barock. Herrschsüchtig war sie auch; aber ihm hatte sie jeden Wunsch von den Lippen abgelesen. Es gibt wohl mindestens sechshundertzweiundzwanzig Arten der Liebe. Und man kann sich nur die eigene Art vorstellen. Aber vor Ribbeck streikte die fruchtbarste Phantasie. Er war nüchtern wie ein Kursbuch. Ein Entzauberer, so wie Sanchez und Wendt – jeder in seiner Art – Verwandler gewesen waren. Verwandler von Rohmaterial, Schwerkraft, Ort, Zeit und Frauen. Ich dachte jetzt milder über Sanchez. Er war für mich gestorben und bekam seine Blumen aufs Grab. Und ich würde den Klimawechsel beim *Komet* auch nicht lange überleben. Nur würde Oskar bestimmt den Kranz sparen ...

»Hören Sie eigentlich zu, Fräulein Moll?«

»Selbstverständlich. Warum?«

»Ich hatte den Eindruck, Sie seien mit Ihren Gedanken woanders.«

»Ich war mit meinen Gedanken bei Ihnen, Herr Dr. Ribbeck.«

Oskar ignorierte diese schmeichelhafte Aussage. Sie fiel aufs Linoleum. Wendts alter Perser war auch nicht mehr da. Hannemann hatte ihn, den Perser, täglich mit dem Staubsauger gestreichelt. Bevor Wendt kam, oder während er »bei Kranzler um die Ecke« saß. Er wollte es leidlich sauber haben, konnte aber die diesbezüglichen Aktivitäten nicht ertragen. Bei Wendts wurde Großreinemachen veranstaltet, wenn er verreist war. Nie im Frühling, wenn er zu Haus sein wollte oder im Tiergarten. In seinem Arbeitszimmer hing ein Stich vom Tiergarten, dem »Fürstlichen Park« zur Zeit Friedrichs des Großen. Daneben ein Foto der Linde, die Bürgermeister Reuter im März 1949 am Großen Stern als Auftakt zur friedlichen Gartenkunst pflanzen ließ. Ich war damals ein Kind, und Wendt war noch nicht zwanzig ... Natürlich waren »Fürstlicher Park« und Ernst Reuters junge Linde jetzt in München. Dafür hing Barlachs »Der singende Mann«, eine Reproduktion der Bronze, an der Wand. Ich mag Barlach nicht besonders; ich mag expressionistische Plastik nicht besonders, und der »Singende Mann« in Ribbecks Zimmer machte mich nervös. Ich hasse diese Mischung von Ekstase und Bedrückung und die maßlose Strenge der Barlachschen Bildwerke. Sein singender Mann erinnerte mich an alles Mögliche, was ich vergessen wollte, und er hatte – Gott helfe mir – eine gewisse Ähnlichkeit mit Ribbeck; immer vorausgesetzt, daß dieser Herr je singen oder die Augen schließen würde. Er blickte mich in diesem Augenblick scharf an und sagte: »Barlach ist nichts für Sie, nicht wahr?«

»Er ist ein bedeutender Künstler«, sagte ich entschuldigend.

»Deswegen gefällt er Ihnen nicht besser. Warum wollen Sie mir Sand in die Augen streuen?« Er stand am Fenster, lang und grade wie ein Lineal, und die Sonne beschien sein dünnes blondes Haar und die kleine maliziöse Bürste auf der Oberlippe. Ich wünschte mich weit weg; selbst mit Sturmbannführer Bonnhoff am Orinoco war es gemütlicher gewesen. Ich war noch kaum fünf Minuten mit ihm zusammen, und sie kamen mir wie fünf Jahre in einer Strafkolonie vor. Dabei war Ribbeck sehr aufmerksam. Er bot mir Zigaretten an – er war Nichtraucher – und bestellte Kaffee für uns beide, den Hannemann, gegen ihre Gewohnheit der Sprache beraubt, auf den kleinen Rauchtisch stellte. Der Rauchtisch gehörte niemandem und mußte von selbst in den *Komet* gewandert sein. Er war immer da gewesen. Ribbeck stürzte seinen Kaffee im Stehen herunter, was ich nicht leiden kann. Ich hatte trübe Vorahnungen, was bei dieser Besprechung auf meinen armen Kopf herabsausen würde, aber Ribbeck ließ sich Zeit. Warum bot er mir eine Zigarette nach der anderen an, warum sprach er über alles auf der Welt mit Ausnahme von Venezuela, warum ließ er mich drei Tassen Kaffee trinken, während er über Mexiko sprach? Warum zum Donnerwetter streute er mir immerzu Sand in die Augen?

Mexiko! Über dem Medizinschrank hingen Ausschnitte aus einer Illustrierten, aber es war ein spanisches Magazin. Oder vielmehr ein südamerikanisches. Ribbeck hatte die Bilder auf Pappe kleben lassen und sie mit Heftzwecken an der Wand befestigt. Von Mexiko konnte er leicht auf Venezuela übergehen; aber er schwieg. Es war Explosionsstoff in diesem Schweigen. Warum? Mir kam es vor, als wäre Ribbeck vor den grellbunten Skizzen in leichte Drohstellung gegangen. Oder stand ich vor einem Kaffeekollaps?

Erst einmal erklärte er mir die entsetzlichen, vielmehr die dämonischen Bildwerke der Huichol-Indianer aus der mexikanischen Sierra Madre. Er zwang mich aus einem bestimmten Grund, sie anzustarren und ihn anzuhören.

»Diese Malerei heißt der *Feigenbaum*. Hören Sie zu, Fräulein Moll? Diese Indianer glauben, daß die Seele auf ihrer Fünftagereise ins

Totenland noch alle Bürden des Sexuallebens mit sich schleppt. Es *sind* Bürden! Ich bin durchaus der Meinung der Huichol-Indianer. Sehen Sie, die Frau trägt die männlichen Organe zum Feigenbaum und der Mann die weiblichen. Die männliche Seele schleudert die weiblichen Organe gegen den Baum, dann tanzt sie mit den Abgeschiedenen um drei Feuerkreise. Grandios, was?«

»Ich kann mir nichts darunter vorstellen.«

»Das habe ich mir gedacht, Fräulein Moll. Aus diesem Grund schicke ich Herrn Brunner nach Mexiko. Ich habe diese Skizzen in Südamerika gefunden. Herr Brunner hat sich viel darunter vorstellen können.«

»*Sie* waren in – in Südamerika?«

»Meinen Sie, daß außer Ihnen und eventuell Professor Locker und Hanns König noch nie jemand da war?« Er sagte nicht, wann er dort gewesen war, und ich fragte nicht. Ich hörte ein Wispern von Indianern – Tucu und Zongo am Orinoco? Die Farben der mexikanischen Skizzen verschwammen.

»Ärgerliche Maulesel«, sagte Ribbeck ungerührt. Er meinte entweder Wendts alte Garde oder fünf schwarze Maulesel, die die Seele eines Toten wegen seiner sexuellen Sünden zertrampeln. Ribbeck beruhigte mich dahin, daß das Trampeln nur eine zeitweilige Bestrafung wäre.

»So lange sie dauert, kann es kein Spaß sein.«

Ribbeck verfiel in sein Schweigen – wer hatte von Spaß geredet? Wie durch einen Nebel sah ich den ›Sonnengott‹, ›Das blaue Maismädchen‹, ›Bussard und Skorpion‹ und den Rest der Bilder, die Ribbeck mir zeigte, um mir zu erklären, warum er mich nicht einmal nach Mexiko-City schickte. Städte waren mein Element. Das hatte Wendt immer gesagt und mir auch nach Venezuela geschrieben. Wie gesagt: von Mexiko zum Orinoco ist es nur ein geistiger Katzensprung. Ribbeck war nach etwa zehn Minuten Verbindlichkeit und Sandstreuen bei dem Thema unserer Plauderei angelangt. Er hatte mich in eine unmögliche Situation hineinmanövriert.

»Ich habe Ihre Notizen über Ihre zweite Venezuela-Fahrt gelesen, Fräulein Moll!« Er starrte mich an wie ein Chamäleon: jedes Auge hinter dem Brillenglas bewegte sich einzeln auf einen anderen Blickpunkt zu. Es war ein sonderbarer Anblick – beinahe so unheimlich wie die rotgeränderten Milchglasaugen der ›Ärgerlichen Maulesel‹.

»Ich möchte Ihnen ohne Umschweife sagen, daß ich selten eine so kärgliche Ernte einer langen, kostspieligen Studienreise zu Gesicht bekommen habe. Was haben Sie beispielsweise am Orinoco getrieben, Fräulein Moll?«

Ich schwieg. An Starrsinn konnte ich es jederzeit mit Ribbecks Mauleseln aufnehmen.

Mein Schweigen schien ihm noch mehr zu mißfallen als meine Äußerungen. Er verbreitete Gletscherluft im Hochsommer. Am Orinoco hätte ich sie begrüßt. Bei Coopers Gastmahl. Oder in Palma Sola, wo ich eine Nacht wegen Sanchez und die nächste wegen der Hitze nicht schlafen konnte. Ribbeck wartete auf meine Antwort. Was hatte ich am Orinoco getrieben? Ich fühlte eine Trockenheit im Mund. Sie schrie nach einem Whisky oder nach Bier. Meine Handflächen waren feucht, Schmetterlinge tummelten sich in meinem Magen, und mein Herz klopfte scheußlich. Vielleicht war ich trotz meiner Enttäuschungen zu verwöhnt? Von Mutter, von Wendt, von Kurt und Lotte, von Sanchez, wenn ich nicht gerade bei Sanariapo Fische fing? Niemand hatte mich bis jetzt so behandelt. Selbst Carlos hatte mir durch Ulli Bendix eine angenehme Seereise wünschen lassen.

Ribbeck stand vor mir und sah in jedem Sinne auf mich herab. »Ich möchte betonen, daß ich den Fall durchaus objektiv betrachte und nichts Persönliches mitspielt. Das müssen Sie mir glauben.«

Ich glaubte ihm unbesehen, daß er so unpersönlich wie das Berlin-Hilton war. Er führte aus, es sei ohne jedes Interesse für ihn, was ich am Orinoco oder sonstwo getrieben hätte oder zu treiben beabsichtigte, solange es nicht auf Redaktionskosten geschehe. Er sagte es viel verbindlicher, und er war nicht feindselig oder sonst was, aber das war der Sinn der kurzen Rede. *Ich* war feindselig und dazu im höchsten Maße irritiert, weil ich einen Mann liebte oder haßte, den ich endgültig verloren hatte. Ich sah selbst, wie lächerlich und ungerecht es war, Herrn Ribbeck, dem die Zeitschrift mehr am Herzen lag als ich, die Schuld an dem Wochenende in Palma Sola zuzuschieben. Aber es hat mir nie geholfen, einzusehen, wie lächerlich ich bin. Ich gehöre definitiv nicht zu den Leuten, die aus ihren Fehlern lernen.

Es war aus. Ribbeck brachte Hanns Königs Bildserie vom Orinoco und eine Portion Brasilien – alles mit Lockers Senf. Und von mir brachte er – falls er es tat, einen Artikel über Puerto Cabello und die neue Siedlung. Wie hieß sie noch? *Urbanización Palma Sola.*

»Das lebt und ist erlebt«, sagte Ribbeck. Er wußte nicht, wie recht er hatte. Immer, wenn Sanchez mir etwas antat, kam etwas Druckreifes dabei heraus.

»Falls Sie keine anderen Pläne haben, würde ich vorschlagen, daß Sie erst einmal die Redaktion *Ferne Länder* wieder übernehmen. Ich meine: zu den alten Bedingungen und so weiter.« Er meinte: Fleiß, Pünktlichkeit und was man sonst noch für ferne Länder tun kann, die andere Leute bereisen. Zum Beispiel: Brunner, den Wendt einen Bürokraten mit Größenwahn genannt hatte. Aber ich tat es mir nicht an, Ribbeck darüber zu informieren. Außerdem sprach er bereits den nächsten Monolog. Wir unterhielten uns eben nicht, sondern versuchten uns zu unterbrechen, wann immer sich die Möglichkeit bot.
»Herr Dr. Wendt wollte Rundfunk-Interviews und Vorträge für mich arrangieren. Dann würde mein Material zu etwas verwendet werden.«
»Ich wollte gerade zu diesem Punkt kommen, Fräulein Moll. Herr Dr. Wendt erzählte mir davon. Ich habe diesen Plan leicht geändert.«
Er änderte alles, und ich wußte es. Was kam nun?
»Ich habe Fernseh-Interviews arrangiert. Bessere Reklame für die Zeitschrift, da Sie sehr dekorativ wirken. Ziemlich jung sind Sie auch noch, und mit dem üblichen Make-up werden Sie wie zwanzig aussehen.«
Es war kein Kompliment. Es war eine Feststellung. Wenn es sich um Verwendung von Material handelte, sah Ribbeck sich sogar Frauen näher an.
»Vielen Dank! Ich hoffe, daß ich nicht zu blöd wirken werde.«
»In dem Fall wird man nach der ersten Sendung abstoppen. Aber ich glaube, die Gefahr liegt fern. Sie können Ihre Eindrücke vom Orinoco-Gebiet schildern, die Hafenstädte, die Menschen, die Sie trafen.«
»Auch Männer?«
Er lächelte zum ersten Mal. »Sind Männer keine Menschen?«
»Wollen Sie mich nach der Fernsehsache weiter hier behalten oder nicht?« Ich sprach mit einer fremden Stimme und wie aus weiter Entfernung. Am Rande der Welt – der Zeitungswelt.
»Ich habe kein Wort von Kündigung gesagt, Fräulein Moll!«
»Sie sagten, ich solle ›fürs erste‹ die *Fernen Länder* weiter bearbeiten. Sie fragten, ob ich andere Pläne hätte.«
»Darf man Sie nicht danach fragen? Ich sagte ›fürs erste‹, weil ich Ihnen eventuell später andere Dinge vorschlagen möchte. Aber dazu muß ich Ihre Art zu arbeiten noch kennenlernen. Daß Ihre zweite Venezuela-Reise eine große Enttäuschung für uns alle ist – ich

schließe Herrn Dr. Wendt da nicht aus –, ist leider eine Tatsache, besonders weil *Caracas für Anfänger* so brillant geschrieben war. Etwas zu sehr an der Oberfläche, aber brillant.«

»Ich freue mich, daß Ihnen wenigstens das kleine Buch gefällt.«

»Sein Sie vernünftig, Fräulein Moll! Da Sie nur einen Artikel über Puerto Cabello und Palma Sola vorlegen und alles andere in Notizen ruht, kann ich Sie nicht als Anwärterin für den Nobelpreis betrachten. Erst einmal müssen Sie gründlich Berliner Luft schnappen. Ich habe den Eindruck, der Klimawechsel macht Ihnen zu schaffen. Ich gebe Ihnen daher eine Woche zum Einleben. Sie können zu Hause arbeiten. Hier sind einige Statistiken und eine historische Studie über Panama und den Kanal. Daraus könnten Sie etwas machen, wenn Sie arbeiten! Daß Sie kostbare Tage am Strand von Miami verschwendeten, war eine weitere unliebsame Überraschung für den *Komet. Meine* Korrespondenten bekommen ein festes Reiseprogramm mit. Ich fürchte, Herr Dr. Wendt war zu großzügig.«

»Schon möglich.«

»Bestimmt, Fräulein Moll. Er hat eben etwas Geniales . . .«

Was Herr Ribbeck von Genies hielt, war mir bereits bekannt. Er sagte nach einer Pause, er hätte den Schlußstrich unter Wendts Serie über geflüchtete Nationalsozialisten gezogen. Er plane eine Artikelserie über die Guerillas in Südamerika. Ich hatte am Orinoco einen Guerilla getroffen, erfuhr es aber erst Monate später durch eine Zeitungsnotiz, die Ulli Bendix mir schickte. Camilo de Padilla aus dem Hotel Amazonas; mit seiner komischen Ehefrau hatte ich viele Tassen Kaffee getrunken . . . Ribbeck hatte recht. Ich war das Gegenteil einer patenten, umsichtigen Spürnase. Alle hatten recht.

Ribbeck äußerte sich vorsichtig, aber ohne einen Funken Begeisterung über Wendts berühmte Serie, die ihm den Verlust von Abonnenten eingebracht hätte. »Ich finde diese Ausgrabungen, so gut sie gemeint sind, überflüssig und peinlich«, schloß Ribbeck.

Mir stieg das Blut zu Kopf. »Finden Sie Gerechtigkeit auch peinlich?«

Einen Augenblick war er sprachlos, und ich hielt die Luft an. War ich völlig wahnsinnig? War ich die Jungfrau von Orleans? Wollte ich absolut von ihm an die Luft gesetzt werden? Was sollte Mutter machen? Und wie wollte ich meinen Luxusstall im Hansaviertel bezahlen? Ribbecks Schweigen war grauenhaft. Mir wurde so kalt wie damals am Orinoco mit Sturmbannführer Bonnhoff, den ich zu spät gefunden hatte.

»Diese Zeitschrift muß sich stärker als bisher mit den Problemen der Gegenwart und Zukunft beschäftigen«, sagte Ribbeck eisig. »Fehden gegen Greise, die sich nach Jahrzehnten ihrer Missetaten wahrscheinlich kaum noch entsinnen, sind *nicht* in meinem Programm. Guten Tag, Fräulein Moll!«

»Ich – ich bitte um Entschuldigung! Ich habe mich falsch ausgedrückt.«

»Guten Tag!« Er öffnete die Tür, und ich stand im Freien.

# Fließe, fließe, trüber Fluß!

## Ein Bündel Briefe

*Krankheit ist heilbar; das Schicksal nicht.*
Chinesisch

### Carla Moll an Dr. Oskar Ribbeck (Komet, Berlin)

Sehr geehrter Herr Dr. Ribbeck!
Leider bin ich noch ziemlich klapprig nach der Grippe, und mein Arzt rät zur Vorsicht mit dem Ausgehen. Jetzt sollten die Fernseh-Interviews steigen. Gegen Pech kann man nichts machen.
Die Reportage über Panama-City und die Kanalzone konnte ich noch nicht schreiben. Mein Kopf brummt. Wollen Sie sie überhaupt noch haben? Schließlich ist der Panama-Kanal so bekannt wie der Landwehrkanal. Wenn ich wenigstens den Karneval hätte mitmachen können! Da soll sich was tun in Panama-City: Kostüme, Paraden zu Wasser und zu Fuß, und alle tanzen *tamborito* oder *cumbia.* Ich war natürlich zur Regenzeit dort. Arrangement des *Komet.* – Was mir großartig in Panama-City gefiel: der tropische Patio im Palast des Präsidenten. Die Palmen wollen Palmen sein; bei uns hat man immer Angst, daß sie sich über Nacht in Stahlmöbel verwandeln. Sie vertragen Klimawechsel so schlecht wie ich. Der Bau ist so pseudo-maurisch wie das internationale Hansaviertel berlinisch ist. Aber wenn Sie den Palast des Präsidenten haben wollen, werd' ich ihn Stück für Stück beschreiben. Was ich in meinen Notizen vergessen hatte, ist die Kirche von San José in der Nähe der Plaza de la Independencia. Der goldene Altar wurde vor Plünderung bewahrt, weil ein Mönch das Meisterwerk mit dunkler Farbe überstrich – gerade noch bevor es wieder mal knallte und brannte. Der Mönch imponiert mir. Köpf-

chen! Ich hab' ein Bild vom Altar irgendwo zwischen spanisch-kreolischen Kochrezepten. Ein Wirtschaftsführer aus Caracas sagte mir, wir könnten eine Menge von der katholischen Kirche lernen, wenn wir nur wollten. Es war seine Privatmeinung.

Ich nehme an, Sie haben die Geduld mit mir verloren. Mir geht's genauso. Sicherlich ist mein Vertreter (heißt er im Ernst Herr Bräutigam?) pünktlich, fleißig und gesund. Leider hänge ich an meinem Zimmer beim *Komet*. – Trennungsproblematik ist ganz groß bei mir geschrieben.

Natürlich gibt es keine Entschuldigung für die vergeudete Zeit am Orinoco. Wenigstens keine, die Sie akzeptieren. Daß unsere Expedition plötzlich eine Bildserie wurde, war weder ein Trick noch ein Manöver, sondern das Arrangement des *Komet*. Ich hatte auf Professor Lockers Notizen, die ich ins Deutsche übersetzen sollte, gewartet, und Dr. Wendt deportierte mich in Hafenstädte. Vielleicht sagte Ihnen das niemand? Dazu kam leider eine meiner leeren Perioden. Ob Sie's glauben oder nicht: der Orinoco ist ein ziemlich trüber Fluß. Und die Indianer ermunterten mich auch nicht. Steinzeitgenossen. Mühseliges Material. Sie sind wie Rätsel, die niemand lösen kann oder will. Ihre Mongolenaugen spiegeln höchstens den Fluß und die Wolken; ich konnte keine Beziehung zu ihrer Wirklichkeit bekommen. Zongo zeigte mir nur Mißtrauen und Gleichgültigkeit, oder er kroch vor meinen Augen in irgendeine kosmische Leere. Es war mir zu kosmisch oder zu komisch. Ich hatte was dagegen, unsern Lesern meine Irrtümer über die Orinoco-Indianer aufzutischen.

Zongo lachte niemals. Er lächelte nicht einmal. Ich kann keinen Kontakt mit Leuten bekommen, die mir immer dieselbe ernste Miene zeigen. Ein kleines Gelächter dann und wann entspannt auch eine schwierige Atmosphäre – wer weiß das besser als wir in Berlin? Am Orinoco fühlte ich mich exponiert und doch unsichtbar. Vielleicht könnten wir eine Menge von den Indianern lernen, wenn wir nur wollten. Aber da müssen wir lieber Herrn Professor Locker konsultieren. Der weiß es. Er ist auch sehr ernst. Aber vielleicht lachte Herr Zongo heimlich in sich hinein, und ich war zu doof, um es zu merken. Wenn überhaupt, dann lachte er über uns Europäer im allgemeinen und im besonderen. Über *Yanquis* und Friseure natürlich auch. Aber vor allem lachte Zongo wohl über die Kollegen Locker und König, einen gewissen Mr. Cooper und mich. Elliot Cooper ist ein wohlmeinender Zeitgenosse aus Chicago, dem beim Fischen ein vergifteter

Pfeil am Kopf vorbeisauste. Immerhin war die Atmosphäre so bedrükkend, daß ich einfach nicht schreiben konnte. Ich glaube, wir Europäer könnten die Indianer anstecken mit unserem Zynismus und unserer Blässe, und das fühlen sie. Deswegen war Zongo so ein Igelfisch mit unsichtbaren Stacheln. Aber manchmal war der Orinoco schön. Wenn er rotgold leuchtete wie Herbstblätter in der Abendsonne. Doch meistens war er trübe-rostig und in der Tiefe steingrau wie flüssiges Blei. Hier in Berlin sehe ich den Fluß haarscharf. Ich muß im Unterbewußtsein alles mögliche gesehen haben. Wenn Zongo mich nur einmal angelächelt hätte! Ich möchte wissen, was Kolumbus mit den Brüdern geplaudert hat. Zongos einziger Beitrag zur Unterhaltung waren die Worte: »Strohhut« und »Sonnenstich«.
Entschuldigen Sie, daß ich Sie in zwölfter Stunde mit meinem Anti-Roman vom Orinoco langweile. Ich versuche nur, Ihnen zu erklären, warum ich dort total versagte. Vielleicht brauchte ich mehr Inkubationszeit, aber das hätte den *Komet* noch mehr gekostet, und das Resultat wäre auch zweifelhaft gewesen.
Wäre ich ein venezolanischer Millionär, würde ich der Zeitschrift mit Wonne die Kosten für meine Forschungsreise zurückerstatten. Aber ich werde nie Millionen haben, da ich mein Gehalt immer sofort ausgebe.
Da Sie mir auf meine beiden früheren Briefe nicht antworteten, nehme ich an, daß ich bei Ihnen abgemeldet bin. Aber da ich nie weiß, wann's geklingelt hat, wüßte ich gern, ob ich mich nach einer anderen Stellung umsehen soll.

Ihre
Carla Moll

Dr. Oskar Ribbeck *(Komet)* an Carla Moll.

Sehr geehrtes Fräulein Moll!
Ihre drei Briefe habe ich mit Dank erhalten. Ich konnte zu meinem Bedauern nicht eher antworten, da ich immer noch den Betrieb umorganisiere.
Frau Hannemann hat auf meine Bitte Ihren Arzt angerufen, und Herr Dr. Schneider meint, Sie könnten in einigen Tagen die Arbeit wieder aufnehmen. Ich erwarte Sie also nächsten Montag um 9 Uhr früh zu einer Besprechung.
Herr Brunner hat mittlerweile aus Mexiko vier aufschlußreiche Berichte geschickt, die noch stilistisch aufgelockert werden müssen.

Ich hoffe, daß diese Arbeit Sie nicht viel Zeit kosten wird. Übrigens, wenn ich Ihnen einen Rat geben darf: lassen Sie das Kündigungsthema fallen. Sie bringen mich auf Ideen!
Ihr letzter Brief hat mir auch in anderer Hinsicht zu denken gegeben. Ihre persönlichen Eindrücke vom Orinoco sind echter als alles, was Sie in der Eile für den *Komet* zusammengeschustert oder abgeschrieben haben. Wenn Sie nicht anders konnten, warum schrieben Sie nicht von Humboldt ab? Immerhin deutet Ihr letzter Brief endlich etwas an, was ein großer Franzose »ein Stück Natur durch ein Temperament gesehen« nannte. Um so kläglicher erscheinen mir Ihre übrigen Aufzeichnungen. Wem wollten Sie mit diesen oberflächlichen und konventionellen Berichten Sand in die Augen streuen? Den Lesern, mir oder sich selbst?
Ich schlage Ihnen vor, Ihre Begegnung mit Orinoco-Indianern als ein Thema für Ihre Fernseh-Interviews zu verwerten. Ferner würde ich es begrüßen, wenn Sie den noch ausstehenden Bericht über Panama-City mit Schwung und Sorgfalt schrieben. Das können Sie nämlich, Fräulein Moll! Aber Talent ohne Fleiß ist völlig wirkungslos.
Sie sollen Ende November im Fernsehen erscheinen. Hoffentlich holen Sie sich bis dahin nicht wieder eine Erkältung. Nehmen Sie Vitamine und meiden Sie die Nachtluft.
Verbindlichen Gruß

O. Ribbeck

Dr. Herbert Wendt (München) an Dr. Oskar Ribbeck (*Komet*, Berlin)

Lieber Ribbeck!
Ihr Brief hat große Freude an der Isar hervorgerufen. Ich danke Ihnen von Herzen, daß Sie *Berliner Fin de siècle* als Vorabdruck im *Komet* bringen wollen. Daß Sie außerdem einen Verlag für die Buchausgabe fanden, ist einfach großartig! Ich hatte gar keine Hoffnungen.
Wie gern würde ich Ihnen auch eine Freude machen. Leider kann ich Ihnen nur anvertrauen, daß ich einen Vorschuß gebrauchen könnte. Meine Frau muß sich dringend erholen, denn nach Büroschluß schreibt sie abends für mich. Und die beiden Jungen verlangen auch ihr Recht von der Mutter. So ist das eben. Na, Trude und ich haben trotz allem groß gefeiert. Die Ohren müssen Ihnen geklungen haben.

Von Frau Hannemann kam ein Jubelbrief – treue Seele! Von Carla Moll kein Wort. Was ist mit dem Mädchen los? Hoffentlich macht sie Ihnen keinen Ärger; darin ist sie ein Naturtalent. Ich hatte so viel Geduld mit ihr, weil sie gelegentlich beschreibt, was sich hinter exotischen Kulissen abspielt. Augenlust und Tiefblick in eigener Mischung – Moll schafft das, wenn sie will. Natürlich sind ihre leeren Perioden ein wahres Kreuz. Aber vielleicht gewähren Sie ihr doch mildernde Umstände. Nur darf sie's nicht merken; sonst wird sie sofort übermütig.

Noch eins: Daß Sie mir Frau Hannemann zum Manuskriptschreiben schicken wollen – ich weiß kaum, wie ich Ihnen dafür danken soll. Mit ihr werde ich das Buch in zwei Monaten fertig haben.

Sie haben recht, lieber Freund. Ich arbeite schon einige Jahre am *Fin de siècle*; dieses Ei kann man nicht in Eile legen. Schrieb Platon seine Ideenlehre in Eile? Als sein lebenslänglicher Anhänger habe ich meinem Buch die ›Idee Berlin‹ zugrunde gelegt, das unwandelbare Urbild unserer geborstenen Vaterstadt. Berlin als Idee hat ein zähes Leben, denn Tempo, Herz, Selbstironie und Mutterwitz sind dem Wechsel nicht unterworfen. Wie Sie aus dem Inhaltsverzeichnis ersehen, soll das Buch Gegenwart und ein Akt der Erinnerung für spätere Generationen sein: sozusagen erduldete Weltgeschichte. Die Stadt mit den offenen Armen vorm Zweiten Weltkrieg und dann ›Inselberlin‹.

Ein Prolog zum Buch? Den schreib' ich immer zum Schluß, weil das Ende im Anfang inbegriffen ist. Wenigstens verbarg sich für uns skeptische Berliner in der Glorie des Kaisers und in Hitlers architektonischen Visionen irgendwo das dicke Ende von 1945. In diesem Sinne wird das Brandenburger Tor mein Fixstern sein, denn es hat alles und noch einiges mehr gesehen: Napoleons Einzug, Kaiserparaden, Revolution und dann jenen Fackelzug vom 30. Januar 1933, der in eine globale Feuersbrunst ausartete. Welch ein Drama! Was hätte Shakespeare daraus gemacht, wenn er um 1910 in Spree-Athen geboren worden wäre!

Wie das Ende im Anfang ruht, so bereitet sich der Anfang im dicken Ende vor. Keine Sorge, lieber Ribbeck: Ich werde nicht den Hellseher spielen. Von falschen Propheten haben wir die Nase voll, oder? Prophet Adolf Hitler: »In zehn Jahren soll niemand mehr von sich sagen können, er kenne die Wunder der Welt, wenn er das neue Berlin nicht gesehen hat.«

Aber das ist ein zu weites Feld. Im Augenblick les' ich wieder mal Fontane. Er wiegt so angenehm schwer gegen die ahnungslosen Pornographen, die heut' die Weltliteratur bevölkern.
*Fin de siècle!* – Das alles gehört dazu: Luxus und Ruinen, die Mauer zwischen Berlinern, Rebellen, Demagogen, Technokraten, Psychosen, Autobahnen ins Niemandsland. Aber da bleibt die Hoffnung, Ribbeck! Hoffnung groß geschrieben. Vielleicht wird als Reaktion auf unser trübes *Fin de siècle* eines Tages wieder im Café Kranzler an jedem Tisch ein junger Goethe sitzen. (Das möchte ich noch mitnehmen.)
Stets

Ihr Wendt

Richard Cooper (Chicago) an Elliot Cooper (Hotel Plaza, Buenos Aires)
Falls abgereist, bitte nachsenden.

Lieber Elliot!
Mein langer Brief aus Zürich nach Bogotá, den ich Dir vor gut zwei Monaten schrieb, muß verlorengegangen sein. Sonst kann ich mir nicht erklären, warum Du ihn nicht beantwortet hast. Schließlich handelt es sich um Deine Frau, nicht um meine.
Im Augenblick bin ich hier bei Deiner Mutter. Irgend jemand muß sich schließlich um sie kümmern. Sie ist jetzt ganz allein. Maudie hat die Zeit nach der Katastrophe mit Naomi zu einer Europareise ausgewählt. Unglaublich! Gewiß, die rostfreien Prinzipien Deiner Mutter sind nicht jedermanns Geschmack. Meine Frau reagiert auch sauer in dieser Hinsicht und kümmert sich überhaupt nicht mehr um Tante Jane. Aber Maudie war schließlich daran gewöhnt und rauchte und sagte einfach: »Jaja – du hast ganz recht.« Bis auf meine scheinen alle Frauen unserer Familie verrückt geworden zu sein. Naomi verschwand spurlos aus Zürich, bevor ich sie nach Chicago verfrachten konnte. Hast Du mein Telegramm auch nicht bekommen? Aber Naomi war ja immer eine Nummer für sich. Deine Mutter bekam prompt den Herzanfall, mit dem sie so lange gedroht hatte. Jetzt geht's ihr wieder gut. Sie läßt Dir sagen, Du sollst die Scheidung von Naomi wegen böswilligen Verlassens einreichen. Ich sagte ihr, dazu müßtest Du erst mal herausfinden, wo Deine liebe Frau sich verbirgt. Selbstmord hat sie wohl nicht verübt – im ganzen Sanatorium Edel-

weiß war keine Spur von einer Leiche. Dr. Sprüngli mußte Schlaftabletten nehmen. Ich behandelte ihn mit gebratenen Tauben und einem bezaubernden Rotwein; auf Deine Kosten, wie gesagt: es handelt sich um *Deine* Frau!
Von hier ist nicht viel zu berichten. Meine Tochter Imogen ist ein Hippie. Benebelter Verstand, lange Haare und die Pille. Das Balg ist siebzehn Jahre und lacht meine Frau aus, weil sie nicht nur fürs Vergnügen lebt. Imogens Freund habe ich gestern aus dem Haus geworfen. Seine Sandalen warf ich ihm nach. Der Jüngling, Sohn eines befreundeten Bankdirektors, flog von der Universität und spielt seitdem indische Gitarre. Er hat einen Prophetenbart und stiehlt seinem Alten Geld für Rauschgift. Freu Dich, daß Du keine Kinder hast! Ich vermute, die heutigen Hippies sind die Sänger, Heiden und Spaßmacher meiner Jugend. Aber wie harmlos waren wir! Und wir hielten die Zeit für einen munteren Wasserfall; in Wahrheit ist sie natürlich ein trüber Fluß. Wenn ich bedenke, daß ich als junger Mensch »Spuren hinterlassen« wollte! Rührend, daß man in der Jugend die eigene Mittelmäßigkeit nicht akzeptieren kann. Ich glaube, das ist auch das Problem der Hippies. Was ist aus mir geworden? Ein Familiensklave, der Diskussionen mit seiner Frau aus dem Wege geht und dem Liebhaber seiner Tochter die dreckigen Sandalen nachwirft. Und Du? Du weißt nicht einmal, wo Deine Frau ist! Hast Du Dich schon mit Interpol in Verbindung gesetzt? Sonst übernehme ich das. Dr. Sprüngli vermutete nach der zweiten Flasche Burgunder, Naomi wäre in Berlin. Das kann ich mir nicht denken. Sie sollte doch in der Schweiz von ihren Erinnerungen geheilt werden. Falls sie wieder auftauchen sollte und Du sie wieder irgendwohin verbannst, dann hole sie gefälligst selbst ab! Sie war ein nettes kleines Mädchen. Hätte nie gedacht, daß sie so hinterlistig ist. Aber wir verändern uns alle und selten zu unserm Vorteil.
Ich habe das Gefühl, Maudie weiß mehr als wir alle. Sie steckte immer mit Naomi zusammen. Falls sie überhaupt jemanden gern hat, hatte sie Naomi gern. Aber vielleicht war ihre Sympathie für Deine Frau hauptsächlich ein Protest gegen Deine Murter und Dich. Protest steckt in ihr drin. Früher zeigte sie es nicht, aber jetzt fuhr sie vor ihrer Europa-Tour nach New York, um einen Protestmarsch der Weiber gegen unsere Vormachtstellung mitzumachen. Wenn ich mich nicht irre, verbrannten die Damen in heiligem Eifer ihre Büstenhalter, was in gewissen Fällen an Heroismus gegrenzt haben muß. Da war Mau-

die gut dran: wo die Brosche sitzt, ist bei ihr vorn. Geschrieben hat sie Deiner Mutter noch nicht. Sie muß jetzt irgendwo in Venedig oder Paris rumgondeln und die allgemein beliebten amerikanischen Touristen in Europa um ein Exemplar vermehren.
Wie gefällt Dir Buenos Aires? Viel Nachtbetrieb? Erzähl mir nicht, daß Du die Industrie auch nachts berätst. Das könnte sich doch höchstens um die Privatsekretärinnen handeln. Well, nach Naomi hast Du ein Recht auf etwas Spaß, mein Sohn.
Besten Gruß

Richard

*Carl Friedrich Bonnhoff*

Höchste Zeit, daß ich endlich meine Briefe nach Europa schreibe. Meiner Schwester habe ich mindestens fünfundzwanzig Jahre nicht geschrieben. Da könnte sie eigentlich noch weiter warten . . . Nicht etwa, daß Hilda was von mir hören möchte! Darauf ist keiner wild. Als ob's meine Schuld war, daß die SS Hildas Mann aus Versehen umlegte. Ich habe Rammberg nicht verhört. Darin war ich wie'n Arzt, der seine Familie nicht anrührt. Konnte ich was dafür, daß Rammberg dicke mit Schleicher war? Kurt von Schleicher war auch selber an seinem Tod schuld. Mußte er sich mit seiner Frau als Zielscheibe auf seiner Terrasse aufpflanzen? Konnte er nicht warten, bis die SS die gute Stube betrat und alles in Ruhe besprochen werden konnte? Ich hätte Schleicher nicht für so dußlig gehalten.
Meine Schwester verwandelte sich nach Rammbergs Tod in eine Furie und wurde in dieser Haltung von ihrer Freundin Erna von Strelitz bestärkt. Die Erna konnte ich schon als Göre nicht ausstehen. Ich hätte die beiden glatt verhaften können, wie die über den Führer schimpften! Natürlich nicht in meiner Gegenwart. Hörte das alles von hinten rum. Meine Schwester sprach zu ihrem Glück keine Silbe mehr mit mir, als ich Sturmbannführer wurde – und die Erna Strelitz hatte sich auch verkrümelt . . . Wieviel Fische habe ich gezählt? Zehn Stück? Zwanzig? Die haben's gut. Schwimmen davon, wann sie wollen. Nur ich sitze hier als Denkmal. Nee, es waren dreiundzwanzig Fische, stimmt genau. Wenn ich nicht korrekt zähle, muß ich wieder von vorn . . .
Sonst habe ich nichts zu tun, außer an die alten Zeiten denken. Aber das ist auch nicht das Richtige, wenn man nicht zu jemandem sagen

kann: ›Weeßte noch?‹ Ich persönlich hatte Schleicher ganz gern. Mumm hatte der. In seiner besten Zeit hatte er schließlich mit Seeckt das Freikorps und die »Schwarze Reichswehr« streng geheim organisiert. War das nichts? Wen ich nicht riechen konnte, das war der Papen. Der hätte Schleicher heißen sollen mit seinem blühenden Kuhhandel. Nanu? Waren das doch schon dreißig Fische? Der Papen brachte mich immer durcheinander – genau wie der kleine Goebbels. Ich fang besser nochmals von vorn an. Ein Fisch, zweie, dreie. Hindenburg nannte den Führer den böhmischen Gefreiten. Na, der hat's dem Ollen gezeigt! Er war ja der Held von Tannenberg. Ick meene: Hindenburg, aber für Hitlern war er nur ein greiser Veteran. Fünfunddreißig Fische. Schrecklich, mein Zählzwang! Aber was soll ich sonst zählen, wenn nicht die Fische im Orinoco?

Wenn ich die Kränkungen zählen wollte, die meine Familie und Ernchen Strelitz mir antaten, da würd' ich bis zum Jüngsten Tag nicht fertig. Speziell die Erna! Das Miststück kannte keine Rücksicht. Sagte mir glatt ins Gesicht, was sie von mir hielt. Das tat sie schon in unserer Jugend – in Potsdam. Muß meine Schwester endlich fragen, was sie an der Erna fand: dünn, blaß, keinen Busen und war schon sechzehn! Und frech. Sie nannte mich »Karl der Dicke«. Bis ich sie verprügelte. Da gab sie endlich Ruhe. Die sollte mich jetzt sehen, mit meinem Bauch! Lieber nicht. – Sechzehn Fische! Macht schon weiter, ihr Biester! Keine Müdigkeit vorschützen! Manchmal weiß ich nicht, ob ich schon tot bin. Na ja, man kann nicht alles wissen . . . Wenn ich meine Mauser mit Schalldämpfer noch hätte, würde ich jetzt den Fischen eins knallen. Aber mein Sohn nahm sie mir weg. So ist Carlos. Was wollt ich noch? Ach so! An meine Schwester schreiben. Muß meine Gedanken aber erst in Marschordnung bringen, marschieren im Geist in unsern Reihen . . . Der Horst Wessel ist auch längst durch die Wurschtmaschine in die Hölle gerollt.

*Liebe Hilda*, werd ich schreiben, wir haben lange nichts voneinander gehört. Quatsch! So kann man nicht anfangen. Ernchen sagt sofort zu Hilda: ›Da haste Schwein jehabt, Hildchen, daß du fünfundzwanzig Jahr nischt von dem Aas jehört hast.‹ Liebe Hilda, werd ich schreiben, hoffentlich geht es Dir gut, und Dein Haus in Zehlendorf ist nicht ausgebombt worden. Man hängt ja an so 'ner alten Bude. Wir sind nun beide alt, werde ich schreiben, und Dein Mann ist nun auch schon siebenunddreißig Jahre mausetot und unvergessen. Mir geht's hier den Zuständen entsprechend: ich hänge mit Haut und Haar von meinem Sohn Carlos ab, der sich ja nach seinem Berliner Besuch anno 38 nach seinem venezolanischen Großvater *Sanchez* nennt. Mütterlicherseits. Meine Frau Fidelia Sanchez ist auch lange tot. Mensch, ich kann doch der Hilda keine Sterbeliste schicken! Und das mit Carlos laß ich auch lieber weg. Die Erna Strelitz lacht sich 'n Ast, wenn sie das liest. Außerdem wissen sie's. Carlos blieb trotz meines Verbots mit Hilda in Verbindung. Nur mit mir nicht. Aber dafür bin ich nur sein Vater. Ich frag die Hilda lieber, ob sie mich hier mal besuchen könnte. Die Pilar kann sie herbringen, sonst weiß ja niemand, wo ich mich verstecke. Auf die Pilar laß ich nichts kommen. Ne komische Nudel, reichlich spanischer Pfeffer, aber 'ne gute Person . . . Ja, ich muß schreiben, daß meine Schwester die Erna in Berlin lassen soll. Will sie hier nicht sehen. Ich hab' hier keine Laus, mit der ich reden kann, werde ich schreiben. Kann ich ruhig an meine eigene Schwester schreiben, damit vergeb ich mir nichts. Und wenn Hilda die Erna Strelitz durchaus mitbringen will, meinetwegen. Zwoundzwanzig Fische. Zähl mit, Tucu. Ich hab 'nen wichtigen Brief zu schreiben, und meine Gedanken . . . Nee, das ist 'n halber Fisch. Der zählt nicht, Tucu. Ordnung muß sein. Aber was weißt du Indianersteppke von preußischer Ordnung! Einundzwanzig Fische und dabei bleibt's, mein Sohn! So, nun können wir weiterzählen. 'n Krokodil zählt doppelt, du Dussel! Dreiundzwanzig Stück. Na also! – Ich glaube, der Fisch heute mittag war vergiftet – mir tut alles weh. Ob Carlos Befehl hinterlassen hat, daß sie mich vergiften sollen? Ob er genug Schneid hat? Ich häng nicht am Leben. Das einzige, woran ich hänge, ist meine Hängematte. Die wartet wenigstens auf mich.

*Liebe Hilda,* werde ich schreiben. Denkst du noch manchmal an Mutter und Potsdam zwischen den Kriegen? Und an unsern Garten? Na ja – alles vergeht. Aber Mutter seh ich so vor mir, als ob sie neben mir steht und die Fische mitzählt. Und die olle Frau Fuchs, unsere Kinderfrau. Gutes Herz und schlechte Zähne. Die konnte Ernchen Strelitz auch nicht riechen, die Frau Fuchs! Das Mädel war konzentrierte Galle, was mich anbetraf . . . Wenn ich an Mutter denke, riech ich Lavendelwasser. Weißt du noch? Das mochte sie. Ich sparte für 'ne teure Flasche – als Kadett in Lichterfelde –, und denn fiel die Flasche hin, als ich sie ihr auf der großen Terrasse geben wollte. War zu aufgeregt . . . Mutter suchte Bucheckern mit uns. Einmal pflückte ich Wiesenschaumkraut für sie. Und was ich sonst noch fand. Kleine Schlüsselblumen. Sie war fürs Bescheidene. Wenn unsere Birnbäume blühten, und Mutter so mitten in der weißen Pracht saß, weißt du noch, Hildchen? Und wie Vater ihr den Fächer aus Straußenfedern schenkte, und Mutter ihm nie zeigte, daß sie das Ding aufgedonnert fand – sie trug den Fächer nur sehr selten. Sie war fürs Einfache. War wohl Mode, so'n Fächer. – Vater hatte Glück mit seiner Frau. Nach ihrem Tod fühlte ich mich zu Haus nie mehr zu Haus ... Wir gingen mit ihr immer an der Havel spazieren. Aber ohne sie war die Havel ein trüber Fluß. *Das* schreib ich nicht an meine Schwester – das alles mit Mutter muß raus aus'm Brief. Das ist meins ... Gott, was der Orinoco wieder für'n Krach macht! Der macht mir ja die Fische scheu. Ich habe es lieber leise. Wie im Herbst der Regen gegen unsere Efeuranken tropfte. Diskret wie'n Lied von Schubert. Muß wieder von vorn anfangen: Ein Fisch, zweie, dreie. Tucu schläft. Was die Indianer zusammenpennen können, so gut möcht ich auch mal schlafen! Wenn ich so sinniere, warum mir alles schiefging. Ich hatte im Leben zuviel von nischt. Endlich, anno 38, war ich wer im Dritten Reich. Und da muß der Hitler seinen Krieg anfangen. Alles erobern und alles verlieren! Damit war's aus mit mir. Daß ich in Räuberzivil mit zwei SS-Brüdern und korrekt gefälschten Papieren nach Südamerika gondelte, war doch logisch! Reiner Zufall, daß ich nicht mit andern Berlinern im Januar 45 an den Laternenpfählen in Steglitz baumelte. Da hängten sie nämlich die Deserteure und Miesmacher auf. Sie hingen hübsch in einer Reihe, und von jeder Leiche baumelte ein Zettel: »Ich bin ein Verräter.« Soldaten und Zivilisten. Und sogar einige SS-Bonzen wie ich selbst. Alles in einer Reihe. Ordnung muß sein. Mir blieb nur Flucht oder ohne Kopf rumrennen – oder den Volkssturm zur Verteidigung Berlins zu organisieren. Und dann hätten die Russen mich gehängt ... Manchmal denk ich mir beim Fischen: Warum konntest du nicht ein netter, ordentlicher Familienvater sein, du Dussel? Fritze Bonnhoff, im Kreise seiner Söhne und Enkel. Ein Mann in der richtigen Partei (falls es die je in *den* Zeiten gab). Wohlwollen aller Preußen und Potsdamer ... Auch Ernchen. Gerade Ernchen und die Strelitzens in der Mark. Alle deutschnational bis ins Knochenmark. Mein Oller und Werners Oller waren Regimentskameraden gewesen. Wie hieß noch die Tochter vom Werner Strelitz? Naomi? Nein. Hertha! Besuchte mich doch in meiner Glanzzeit in meinem Haus am Tiergarten. War das Haus vom Bankier Mandelbaum gewesen. Ein Volksfeind. – Nanu, det is keen Fisch. Ne Alge oder so'n Zeugs. Det zählt nich, Tucu. Der Steppke lernt's nich. Nächstens zählt

er die Schlangen ooch als Fische. Von den Indios hier kann man kein Auge lassen. Sofort machen sie Mist . . .
Wo war ich noch steckengeblieben? Richtig – die Strelitzens! Komische Schwestern hatte der Werner – alles, was recht ist. Die eine war Ernchen, und die andere, die Margarethe, direkt 'ne Schönheit vor ihrer Heirat und 'ne tadellose Reiterin, die Grete Strelitz geht hin und heiratet buchstäblich den Lothar Singer, den Journalisten und Volksfeind von der *Weltbühne.* »Ich hab' nichts gegen Juden, aber man braucht se doch nich heiraten«, sagte ich Werner Strelitz. Der lachte – der Esel! Na, die Singer-Tochter, die Naomi, die sah aus wie ihre Cousine Hertha – ich glaube noch heute, die Naomi besuchte mich. Mandelbaum war doch ihr Onkel. Gewesen. Zur Zeit ihres Besuchs war er in Weißensee . . . Irgend jemand mußte doch seine Villa beziehen – was nahm Ernchen mir daran so übel? Ich freute mich wenigstens am echten Liebermann, und ich schenkte der Naomi – oder war's doch die Hertha? – den ollen Pinguin auf dem Kamin. Sie war doch noch kindisch – siebzehn. Sah aus wie fuffzehn. Hab' mir da nichts vorzuwerfen, was immer Ernchen Strelitz auch quakt und quasselt . . . Fünfunddreißig Fische. Werners Sohn war eine aufsteigende Größe in der SS. War 'ne Zeitlang dicke mit'm Grafen Helldorf. Wurde dann hingerichtet – Helldorf, mein ich. – Achtunddreißig Fische. Ob meine Schwester noch immer ihr Taschentuch verlegt? »Wo hab' ich's nur? Im Musikzimmer?« Sie spielte Klavier wie 'ne Sau. Kein Gefühl. Keine Technik. Kein gar nichts . . . Mutter zeigte es Hilda immer wieder. Nichts zu machen. Aber die Frau hatte 'ne Engelsgeduld. Dafür war sie Mutter. Nicht mit andern zu verwechseln. Sie hörte sogar zu, wenn ich Bach spielte. ›Du machst dich, Carlchen!‹ Hat se tatsächlich gesagt. Danach wurde ich ein leidlicher Bachspieler. Was ist das? Ne Nixe? Mit Nixen will ich nichts zu tun haben. Hab' noch die Nase voll von der Ullmann. Kommt doch die Stine Ullmann hier am Orinoco an und will mir weismachen, se hieße Carla Troll oder Moll oder Groll. Der Ullmann werde ich's noch heimzahlen. Mit Zinseszinsen . . . Die soll noch mal am Orinoco sagen: »Ich heiße Carla Troll. Aus Berlin.« Freches Weibsstück. – Da ist mir ein karibischer Raubfisch lieber. Die Stine wollte nur Geld aus mir rausziehen. Verknallt war sie in Carlos, meinen ungeratenen Sohn . . . Fünfundvierzig Fische. Bei fuffzig fang ich wieder von vorn an. Wird mir zu kompliziert. Tucu kann nur bis fuffzig mithalten. Ist trotzdem 'n guter Junge. Schulbildung macht den Kohl nicht fett, sage

ich immer . . . Die Margarethe Strelitz las Nietzsche und Schopenhauer, wenn sie nicht auf'm Gaul saß. Kein Wunder, daß se sich an einen Intellektuellen wagte. Möchte nicht wissen, was Lothar Singer alles las . . . Neunundvierzig Fische. Oder Goebbels. Was der Bücherwurm in der Partei zu suchen hatte – das wissen nur die Krokodile. Ich muß sagen, der Dr. Singer, der Lothar, drückte sich beim Verhör bedeutend einfacher aus als Herr Sokrates Goebbels. Mumm hatte er, der Singer. Sagte mir klipp und klar, was er an Hitler auszusetzen hatte. *Nach* der Machtergreifung. Dussel. Verstorben anno 1936 in Orangenburg, nein, Oranienburg . . . Fuffzig Fische! Achtung, Tucu! Gleich geht's los. – Fünf Stück! Kannste nich mehr bis fünf zählen, Bengel?

Warum ging ich nicht nach Bolivien? Alles sprach dafür. Da hätte ich meine Ruhe. Und Carlos auch. Da gab's keinen Emilio Domingo Sanchez, der mich immer wie'n Schuhputzer behandelt hat. So einen Schwiegervater hat Gott im Zorn erschaffen. Carlos wird ihm täglich ähnlicher . . . Ich kann mir nicht helfen: der Orinoco ist ein trübseliger Fluß. An diesen miesen Ufern hätte Schubert nie sein Forellenquintett . . . Die Lieder hätte er hier auch nicht geschrieben. Höchstens den »Erlkönig«. Den Vater graust es . . . klar doch! Wem graust es nicht am Orinoco? Die Ullmann und die Troll oder Moll reisten auch ab. Alle reisen ab. Schubert reiste nur nach Ungarn, und das war dichtebei.

*Liebe Hilda,* werde ich schreiben, wenn Du mich hier besuchst, mußt du dir das Wundern abgewöhnen. Ich habe unsern Familiennamen abgelegt. Ging doch nicht, Mädel. Bei dem Namen verstaucht sich jeder Venezolaner die Zunge. Ein bißchen Rücksicht muß man aufs Gastland nehmen. Ich heiße also Federico Lopez, Kaufmann im Ruhestand. Aber die Leute hier nennen mich wegen meiner militärischen Haltung *capitán.* Wenn ich mein Rheuma nicht habe, halte ich mich noch ziemlich grade für meine beinahe achtzig Jahre. Ich bin, wie gesagt, Herr Lopez, ob's euch paßt oder nicht, werde ich schreiben. Señor F. Lopez. Idiot im Ruhestand. Bolivien war der tichtige Tip. Obersturmbannführer Maretzki türmte dorthin – schlauer Hund! Da war nach dem Ersten Weltkrieg ein deutscher Diktator. Nicht Hitler. Der war damals noch in Österreich. Der Kunde in Bolivien hieß Wilhelm Busch, nein, das kann nicht stimmen, Tucu. Ich weiß schon: Germán Busch! Hat nischt mit der »Frommen Helene« zu tun. Und später gab's im schönen Bolivien die bekannte *Falange Socialista* – 'ne

Nazipartei im Landesgeschmack. Das Land soll nach der Befreiung vom spanischen Joch über hundertundzwanzig Revolutionen gesehen haben. Da war Maretzki richtig am Platz, der olle Krakeeler! Und ich hätte mir 'ne Sammlung von Papageien und Tucans angelegt – meine Kampfzeit war anno 45 vorüber. Vierzehn Fische. »Vierzehn Jahre« – so fing 'ne Zeitlang jede Führerrede an. Kurz vorm Zusammenbruch sangen sie in den Luftschutzkellern: »An der Laterne vor der Reichskanzlei, hängen unsere Bonzen, der Führer auch dabei. Lalalala ... lalalala ... wir wollen unsern Führer sehn wie einst Lili Marlen« – nein, »wie einst am ersten Mai ...«
Ich machte fort nach Venezuela. Köppchen! Zu Haus hat mich keiner vermißt. Mutter war ja tot. Aber das Strauß-Konzert »Tod und Verklärung« in der Berliner Philharmonie, kurz vorm Einmarsch der Russen, das hätte ich noch ganz gern gehört. Zwanzig Fische – nicht mehr und nicht weniger.
*Liebe Hilda,* werde ich schreiben, du kannst mich ruhig mal am Orinoco besuchen. Geld hast du doch genug, weil Vater mich enterbte, als ich mich zur Schutzstaffel schlug ... Einen feuchten Dreck machte ich mir draus, liebe Hilda, werde ich schreiben, mir waren Ehre und Anerkennung immer wichtiger als die Moneten. Ich glaubte ja ans neue Deutschland – dämlich wie ich war. Ne, das schreib ich nicht. Geht meine Schwester nischt an, woran ich glaubte ... Ich werde schreiben, wir könnten doch über die alten Zeiten reden – Potsdam und die Buchenwälder – nicht Buchenwald! –, *Wälder,* wo wir mit Mutter Bucheckern ... Das wird man zum Donnerwetter noch schreiben dürfen, was haben die Wälder mit dem Konzentrationslager zu tun? Weiß du noch, wie Ernchen Strelitz eine Tasse von Großmutters Berliner (königlichem) Porzellan zertöpperte? Das Mädel war ein Trampeltier ... Aber wenn's nicht anders geht, denn kannst du Erna Strelitz meinetwegen mitbringen. Kommt bald! Nee, nee »kommt bald« ist nicht richtig. Wirkt ja, als wäre ich ganz wild auf die beiden. Dabei ist's mir egal, ob sie kommen oder zu Haus bleiben. Vierzig Fische! Fischerin, du Kleine ... Das war einmal.
Aus Frauenzimmern mach ich mir soviel wie Jonas im Walfisch. Vielleicht hatte er es da ganz gemütlich, und Gerichtsverhandlungen mußten ohne ihn stattfinden ... Verdient hatte Jonas seine Strafe so wenig wie ich. Er gehorchte Befehlen von oben. Er hatte nichts gegen die Stadt Ninive; er hetzte nur auf höheren Befehl. Ein Mitläufer unter den Propheten – wie ich. Denke oft über ihn nach. Zweiundvierzig

Fische. Der Walfisch nicht mitgerechnet. Was hatte ich gegen den Bankier Mandelbaum oder den Bücherwurm Lothar Singer? Genausoviel wie Herr Jonas gegen Ninive. Er kannte die Stadt nicht, und ich kannte die Burschen genausowenig. Aber dann plötzlich kommt das gewaltige Donnerwetter, und auf wessen Kopf? – Dreiundvierzig Fische.

Muß endlich mein Testament machen. Die Stine Ullmann kriegt nichts, weil se mir hier an diesem Ufer weismachen wollte, sie hieße Carla Toll! Frechheit! Was kann Hilda kriegen? Schließlich meine einzige Schwester. Meine Orden und Abzeichen von der NSDAP? Nein, das geht nicht wegen Rammberg. Hab' den Plunder vergraben; man weiß nie, wann man das goldene Parteiabzeichen zu Haus wieder vorzeigen kann. Aber da sterbe ich wohl drüber weg. Oder meinen uralten Band Rilke? Zerfetzt, zerlesen, mit Ölflecken. Hatte ihn auf der Flucht mit Haaröl zusammengepackt ... Das kommt vor. »Wer jetzt kein Haus hat, baut sich keines mehr. Wer jetzt allein ist, wird es lange bleiben, wird wachen, lesen, lange Briefe schreiben ...« Na also!

*Liebe Hilda,* werde ich schreiben. Fünfundvierzig Fische! Komm, Tucu! Bei fünfundvierzig ist bei mir Ladenschluß. Was wollte ich eben noch? Ach so! *Liebe Hilda,* dieser Brief ist seit fünfundzwanzig Jahren fällig, aber es kam immer irgend etwas dazwischen. Wie wär's, wenn du und Ernchen ...

Erna von Strelitz (West-Berlin) an Carlos Sanchez (Caracas)

Sehr geehrter Herr Sanchez!

Leider muß ich Ihnen mitteilen, daß Ihre Tante Hilda von Rammberg nach langem Leiden sanft entschlafen ist. In ihrem alten Hause in Dahlem. Ich war bis zum Schluß bei ihr; wir waren seit unserer Kindheit immer zusammen. Wir haben gute und böse Zeiten miteinander durchgestanden. Hilda hat es immer bedauert, daß Sie nur ein einziges Mal als ganz junger Mensch Berlin besuchten. Aber daß Sie ihr von Zeit zu Zeit aus Venezuela schrieben, hat sie stets gerührt.

Mit derselben Post wird ein Schreiben vom Anwalt der Rammbergs bei Ihnen in Caracas eintreffen. Hilda hat Ihnen das alte Haus und alle Familienandenken vermacht. Darunter befindet sich noch ein altes Kaffeeservice (Königlich preußisches Prozellan), das die Luftangriffe überstanden hat.

Falls Sie es einrichten können, persönlich an Ort und Stelle über die Erbschaft zu verfügen, hoffe ich als älteste Freundin Ihrer deutschen Familie auf Ihren Besuch. Ich lebe ganz in der Nähe des Rammbergschen Hauses. Hilda sprach bis zuletzt von Ihnen und Ihren Briefen nach dem Kriege. Ganz zu schweigen von Ihrer großzügigen Hilfe in praktischer Hinsicht.

Erlauben Sie mir, Ihnen mein aufrichtiges Mitgefühl auszudrücken.

Ihre

Erna von Strelitz

VIERTES KAPITEL

# Sanchez in Berlin

*Ich bin nicht von hier,*
*Nein, ich bin nicht von hier.*
Aragon

I

SANCHEZ KAM AM 9. NOVEMBER IN BERLIN AN. ZWEIUNDDREISSIG JAHRE waren vergangen, seitdem dieses Datum in die Geschichte Berlins als »Kristallnacht« einging, weil Hitlers SA-Leute in ihrer Zerstörungswut die Schaufenster der jüdischen Geschäfte eingeschlagen und die eleganten Geschäftsstraßen mit Scherben übersät hatten. Gleichzeitig wurden die Berliner Synagogen in Brand gesetzt und Tausende von Juden in Konzentrationslager verschleppt. Sturmbannführer Bonnhoff hatte die »Kristallnacht« mit seinen Freunden und seiner Hausdame Christine Ullmann mit Wein und Gesang gefeiert. Nur der junge Carlos feierte nicht mit; er lag oben in seinem dunklen Zimmer und hörte den Lärm. Er wußte nicht, was die da unten feierten. Christine Ullmann klärte ihn am nächsten Morgen darüber auf. Er sagte kein Wort und verließ das Haus. Der Achtzehnjährige sah dann in der Fasanenstraße das immer noch brennende Gotteshaus, Scharen von verstörten Zuschauern und SA-Leute, denen man stumm aus dem Wege ging.
Als Sanchez am 9. November 1970 in Tempelhof landete, bedeutete das Datum ihm nichts. Die Stadt war grau und verregnet, was ihn nicht störte. Er war nicht gekommen, um einen lyrischen Spätherbst zu erleben. Er wollte in Berlin überhaupt nichts erleben. Er wollte diese Stadt ignorieren. Hier hatte Bonnhoff die unglückliche Christine Ullmann verhaften lassen, hier hatte er seinen vergänglichen Machtrausch ausgekostet, hier hatte er kurz vor Kriegsende ein Flug-

zeug nach Südamerika bestiegen. Zu jener Zeit war Carlos längst wieder in Caracas und hieß Sanchez. Er war ein guter Hasser, und im Augenblick haßte er Berlin. Für ihn lag Leichengeruch im Novemberregen von 1970. Er hätte nicht kommen sollen.

In Venezuela konnte er seinen Vater monatelang vergessen, denn Bonnhoff war dort längst ein Scheintoter im Niemandsland geworden. Aber jetzt in Berlin gewann Sturmbannführer Bonnhoff noch einmal dämonische Macht über seinen entfremdeten Sohn. Carlos sah ihn in der schwarzen Uniform mit seinen SS-Freunden Engelbert Schmidt und Ludwig von Hartlieb. Er sah das Musikzimmer in der von Bonnhoff annektierten Tiergartenvilla des Bankiers Mandelbaum, wo sein Vater Mendelssohn und Chopin gespielt hatte, wenn er allein war. Er sah sogar wie durch einen Wehmutschleier Christine: jung, blond, nicht zu klug und sein erstes Fräulein. Sein zweites Fräulein, die Journalistin Moll, wollte er nicht sehen. Aber er sah sie schon an seinem ersten Abend in Berlin. Wie überhaupt alles, was er sich in Berlin vornahm, anders kam. Er wollte drei Tage bleiben und blieb drei Wochen.

Er betrat das Hilton-Hotel mit steinerner Miene. Es konnte überall in der Welt stehen und stand auch überall, und aus diesem Grund hatte er es gewählt. Er sah von seinen Fenstern lange auf die Budapester Straße hinunter. Ja, in dieser Straße gab es das Berlin-Hilton mit tadelloser Bedienung und die Redaktion des *Komet* mit Fräulein Moll. Vom Dachgarten des Hotels hätte Sanchez zum alten Berlin hinübersehen können, aber wie gesagt, es regnete und es war November.

Bei Anbruch der Dunkelheit machte der Regen Feierabend. Und Sanchez machte einen Spaziergang auf dem Kurfürstendamm. Er brauchte Luft. Die Berliner Luft war trotz des Regens trocken. Drama gedieh hier nicht mehr. Obwohl er damals fast ein Jahr die Technische Hochschule besucht hatte und ein hartes, aber fehlerfreies Deutsch sprach, fühlte er sich im neuen Berlin fremder als überall sonst in der Welt. Er ging in ein Restaurant und bestellte sich ein Abendessen. Beim Mokka wurde ihm plötzlich klar, daß er damals mit Bonnhoff und Christine in der Villa wie auf einer einsamen Insel gelebt hatte. Es war im Europa von 1938, in diesem letzten Friedensjahr, so viel geschehen, woran Hitlers Deutschland keinen Anteil mehr nahm. Sigmund Freud fand Zuflucht und einen Wirkungskreis in London. Shaws *Pygmalion* wurde verfilmt. Die *Queen Elizabeth*, das größte und eleganteste Passagierschiff, das je in England gebaut worden war,

lief in Clydebank vom Stapel. Pearl Buck, die Autorin der »Guten Erde«, erhielt den Nobelpreis.
Und was erlebte der junge Sanchez in Deutschland? Hitlers Forderungen für Sudeten-Deutschland wurden immer dringender, und seine Truppen sammelten sich an der tschechischen Grenze. Zur selben Zeit wurde die Freundschaft zwischen Hitler und Mussolini so eng wie das Leben in den beiden Diktaturen. Die Konzentrationslager füllten sich. Bonnhoff wurde immer machtberauschter und musikliebender, und Sanchez flog kurz vor Weihnachten ohne Abschied von seinem Vater nach Caracas zurück.
Und jetzt überlegte er am Kurfürstendamm, wie er seine Zeit in Berlin verbringen sollte. Er wollte sich morgen früh bei Fräulein von Strelitz melden. Er überflog die Abendzeitung ohne Interesse. Plötzlich sprang ihm das Foto der Journalistin Moll in die Augen. Heute abend, in einer Stunde, würde sie im Fernsehen erscheinen. Ein Interview über ihre Eindrücke am Orinoco. Auf dem Foto trug sie eine hochgetürmte Frisur und sah kühl und arrogant aus. Sanchez betrachtete das Bild mit intensiver Abneigung. Er zahlte, warf die Zeitung auf den Tisch und ging ins Hotel zurück. Er mußte wissen, was Carla Moll vom Orinoco erzählen würde.

## II

Fräulein Moll auf dem Bildschirm war nicht dieselbe wie in Venezuela. Sie war nüchtern, beherrscht und anscheinend unverwundbar. Sanchez hatte sie so privat kennen, lieben und hassen gelernt, daß er die Luxusausgabe für den öffentlichen Gebrauch nicht sofort identifizieren konnte. Fräulein Moll mußte genau wissen, was man von der Autorin von *Caracas für Anfänger* erwartete, oder ein guter Regisseur hatte es ihr gesagt. Auf jeden Fall präsentierte sie eine farbechte *persona:* poliert, frisiert, mit »persönlicher Note«, aber ohne ihre irritierende Individualität ...
Sie hatte nie ihr Butterbrot mit Tränen gegessen, sie hatte sich nie betrunken, sie hatte Carlos Sanchez niemals umarmt. Sie hatte nie versucht, ihn oder einen anderen Mann festzuhalten – nie. Sie hatte unter dem antiken Mond von Margarita Ausdruck und Schönheit gehabt; jetzt war sie nützlich; eine Berufshyäne. *Basta ya!*
Fräulein Moll lächelte ein klein wenig ironisch und beantwortete die

Fragen eines bekannten Journalisten mit Anekdoten aus Venezuela, die sich allesamt um Fräulein Moll drehten. Diese Methode ist so gut oder wirkungslos wie jede andere; Fräulein Moll gab zu verstehen, daß sie weit und breit das Interessanteste in Venezuela gewesen war. So etwas kann man, oder man kann es nicht. Professor Locker hatte mit Sachkenntnis und Tatsachen vom Orinoco aufgewartet – er hatte einen Verachtungserfolg gebucht. Da ging die Moll anders ran! Sie mußte ihren Minderwertigkeitskomplex (Julia ohne Romeo) in Sanchez' Wochenendhaus in Palma Sola gelassen haben. Sie wußte auch etwas Wichtiges übers Fernsehpublikum: wenn man nicht amüsant war und nicht gutes Theater machte, dann drehten die Leute den Krimi an. Fräulein Moll parierte jede Frage mit ganz leichter Aggression; nicht so deutlich, daß es unverschämt gegen den Kollegen gewesen wäre; und nicht so diskret, daß die Leute es etwa nicht merkten. Sie entwertete den Interviewer, der zwei Bücher über Mittelamerika geschrieben hatte, charmant und ziemlich raffiniert. Sanchez staunte. Schade, daß sie bei Coopers Gastmahl nichts von diesen Talenten enthüllt hatte! Bei ihm wollte sie immer Liebe. Komisch! Wie bei Coopers Gastmahl trug sie eine hochgetürmte Frisur und dazu ein hochgeschlossenes weißes Wollkleid in der vorgeschriebenen Länge. Sie ließ den Saum gelegentlich in die Höhe rutschen, um ihrem Publikum den Anblick ihrer schönen Beine zu gönnen. Wahrscheinlich fand sie die lange Mode idiotisch; Frauen mit schlechten Beinen mußten sie propagiert haben.

Wenn Fräulein Moll tief nachdachte, senkte sie die Augenlider; sie machte das sehr nett. Nach der dritten Denkpause bemerkte sie, daß man die Indianerstämme am Orinoco möglichst nicht zivilisieren solle.

»Warum nicht, Fräulein Moll?«

Sie riß die Augen erstaunt auf und vermittelte den Eindruck, daß sie noch nie eine so einfältige Frage gehört hatte. Schließlich sagte sie nachsichtig: »Bis jetzt haben diese Leute keinen Wunsch nach Besitz oder Prestige. Wenn einer fünfzehn Fische fängt und sein Stammesbruder, sagen wir, dreißig, dann ist es dem Mann mit den fünfzehn durchaus recht. Wettfischen interessiert ihn nicht. Er will weder Ruhm noch Bewunderung. Höchstens ein neues Kanu, wenn seine Wasserkutsche zerfällt, und Medizinen von der nächsten Mission. Mehr will er nicht. Manchmal nimmt er sogar die Medizin.« Der Kollege fand das sehr interessant, und Fräulein Moll widersprach nicht.

Die Sache mit der Zivilisation hatte Professor Locker einige Male geäußert; aber privat; nicht im Fernsehen. Seine Schuld! Die Moral der Primitiven zog immer; vorausgesetzt, man redete nicht drei Ewigkeiten darüber.
»Gewannen Sie Freunde unter den Indianern, Fräulein Moll?«
»Ich gewinne überall Freunde, auch in exotischen Gegenden. Sobald ich den kleinen Kulturschock überwunden habe.«
»Geht das schnell?«
»Am Orinoco ging es sehr langsam.« Es war das erste wahre Wort, das Fräulein Moll äußerte. Sie senkte die Wimpern in dem Bemühen, Berlin aus ihrer Meditation auszuschließen. Dann sagte sie: »Wenn man unter Freundschaft mit Indianern versteht, daß man nicht von einem vergifteten Pfeil getroffen wird, dann war ich mit einem gewissen Herrn Zongo recht befreundet. Natürlich wußte ich nie, was er dachte. Aber das weiß ich bei meinen Berliner Freunden auch nicht.« – Der Kollege lachte herzlich; aber seine Augen lachten nicht mit. Er fragte zum Abschluß, ob man ein neues Buch über Venezuela erwarten dürfte. Man dürfe. »Vielen Dank, Fräulein Moll! Sehr aufschlußreich!«
Über Carl Friedrich Bonnhoff, *el capitán*, hatte Fräulein Moll sich ausgeschwiegen. Noch zum Abschluß hatte sie den Kollegen in den Hintergrund gelächelt. Und es war ihm nicht gelungen, sie irgendwie reinzulegen. Da mußte man sehr viel früher aufstehen. Auch Sanchez hatte diesen Eindruck. Sie war viel intelligenter als in Venezuela. Machte das der Klimawechsel? Und sie hatte offensichtlich ihre wilden Impulse gezähmt. Das hätte Sanchez eigentlich gefallen müssen. Aber es gefiel ihm nicht, weil sie vor hundert Jahren seine Leidenschaft entzündet hatte, und er sie in einem Winkel seines Bewußtseins weiter als sein Eigentum betrachtete – ob er sie nun besaß oder verließ. Das war ein sexuelles Credo in Lateinamerika. Nichts konnte diese altmodische Anschauung ernstlich erschüttern. Ob die Frauen Hausfrauen und Mütter waren, ob sie Erfindungen machten, ob sie Doktortitel, Prestige und irgendwelche Preise errangen, sie blieben das Eigentum des Mannes, dessen Bett sie teilten oder geteilt hatten. *Basta ya!* Warum verloren erfolgreiche Frauen so oft ihre Einfachheit und Natürlichkeit? Sanchez wußte es nicht. Dabei war es ihr kostbarster Besitz. Fräulein Moll hatte auf dem Bildschirm gelächelt wie eine Hetäre vom Dienst: kalt, mechanisch, berechnend. Sanchez wollte sie nicht wiedersehen. Als ob es danach ginge, was einer will!

»Wie war ich?« fragte Carla Moll ihren Chef am nächsten Morgen.
»Nicht übel.« Ribbeck trank seinen Kaffee im Stehen, was sie haßte. Er deutete damit seinen Zeitmangel an.
»Hatten Sie es sich schlimmer vorgestellt?«
»Ich hatte mir gar nichts vorgestellt, Fräulein Moll. Ich ließ mich überraschen. Ich habe Sie bewundert.«
»Das ist für *mich* eine Überraschung.«
»Mit einem Körnchen Salz, Fräulein Moll. Ich meine, Sie haben die ganze Zeit geredet und kaum etwas gesagt. *Volat avis sine meta.* Es fliegt der Vogel ohne Ziel.«
»Ich kenne Horaz.«
»Aber offenbar nicht Ovid.«
»Diese ollen Römer bringt man immer durcheinander.«
»Meinen Sie?« Ribbeck stellte die leere Kaffeetasse auf den Rauchtisch, der schon zu Wendts Zeiten von selbst in die Redaktion gewandert war. Er studierte Barlachs ›Singenden Mann‹. »Hier im Betrieb ist nie Zeit zu einer ruhigen Besprechung. Könnten Sie morgen abend irgendwo mit mir essen?«
»Vielen Dank. Leider bin ich verabredet.«
Einen Augenblick war es vollkommen still im Zimmer. Sie war, wie meistens, mit sich selbst verabredet. Aber über die alten Römer wollte sie am Abend nicht mit Ribbeck sprechen. Ob er es ahnte? Sie hätte seine erste Einladung nicht absagen dürfen, ob er sie nun mit Ovid reingelegt hatte oder nicht. Sie mußte verrückt sein. In jedem Fall überreizt. Blaß wie er war, Ribbeck war für sie, was das rote Tuch für den Stier ist. Sein Mißfallen tröpfelte langsam auf ihren Kopf. Was hatte Sanchez bei ihrem ersten gemeinsamen Abendessen auf Margarita gesagt? *»Blanca sois, señora mia, más que el rayo del sol.«** Was kaufte sie sich heute dafür? Die Erinnerung ist die einzige Hölle, der man nicht entfliehen kann.
Auch Ribbeck beschäftigte sich in diesem Augenblick mit Südamerika und fragte, ob Fräulein Moll die Reportagen über Bolivien bearbeitet hätte.
»Ist es eilig, Herr Doktor?«
»Wollten Sie warten, bis die nächste Revolution ausbricht?« Ribbeck wandte sich seinem Haustelefon zu: »Herr Dr. Lindner kann kommen, Frau Hannemann! Ich bin fertig mit Fräulein Moll.«

* Sie sind schön, meine Dame, schöner als der Strahl der Sonne.

»Er ist fertig mit Fräulein Moll«, sagte Frau Hannemann.
»Das ist doch nichts Neues«, sagte Lindner *(Psychologie des Alltags)* und schritt selbstgefällig in die Höhle des Chefs. Frau Hannemann blickte ihm nach. »Der wird hier nicht alt«, sagte sie zu Fräulein Moll. Sie wußte immer als erste, wann's geklingelt hatte. Fräulein Moll, die das nie wußte, betrachtete vom Fenster die Budapester Straße. Ein auffallender Mann in einem Kamelhaarmantel ging vorüber. Die weiße Strähne im schwarzen Haar gab ihm das Aussehen eines Piraten. Das gab's doch nicht! Aber es war trotzdem Sanchez.
»Sie sind käsebleich, Moll. Haben Sie ein Gespenst gesehen?« fragte Frau Hannemann.
»Ja.«
»Am hellerlichten Tage?«
»Ja.«
»Wollen Sie 'n Aspirin? Hilft garantiert.«
Fräulein Moll wollte kein Aspirin.

## III

Sanchez war sehr allein.
Später, als er längst wieder in Venezuela war, wunderte er sich, wie er die erste Woche der heftigen Erinnerungen und einer heftigen Erkältung überstanden hatte. Auch in Venezuela regnete es noch im November, aber die Schauer waren kurz und Sträucher und Blumen leuchteten danach in träumerischem Glanz. Er sah Venezuela wie ein gebrochenes Mosaik; hier ein buntes Steinchen; dort eine Lücke, dann wieder Bruchstücke der Berge, ein Stückchen Krokodil, eine halbe Akazienblüte, ein Mondstein, Pilars Augen, ein Kreuz in der Wildnis, ein Marmorsplitter von der Terrasse seines Hauses in Altamira . . . Er ging täglich ins Aquarium in der Bundapester Straße und unterhielt sich lange und irgendwie grimmig mit den Krokodilen in ihrer mit Tropenbäumen und Urwaldpflanzen dekorierten Halle. Am fünften Tag erinnerten die Krokodile und die Bäume ihn an Bonnhoff am Orinoco. Danach ging er nicht mehr ins Aquarium. Danach grübelte er wieder über die grimmige Vergangenheit nach. Er sprach mit niemandem – nur mit dem alten Anwalt seiner Tante Hilda von Rammberg geborener Bonhoff. Der Anwalt war ein echter Berliner: er sah die Dinge, wie sie waren, hatte auf alles eine präzise Antwort

und mißtraute der Introspektion und dem Enthusiasmus. Zur Grübelei hatte Dr. Arnold keine Neigung und zum Enthusiasmus im Berlin von 1970 keinen Grund. Er gefiel Sanchez recht gut; aber ob der düsterblickende Venezolaner dem Anwalt gefiel, blieb eine offene Frage. Dr. Arnold war nach der Bürozeit gesellig; Señor Sanchez schien ein Menschenfeind zu sein. Der Señor war nicht seine Kragenweite. Er überlegte trotzdem, ob er ihn zu einem guten Tropfen nach Haus laden sollte; entschied sich aber dagegen. Absagen holte er sich nicht gern.

Sanchez fand es manchmal unerträglich, sich der Leute zu erinnern, die er nie wieder sehen oder sprechen würde: Christine Ullmann, SS-Mann Engelbert Schmidt, SS-Mann Ludwig von Hartlieb und andere Freunde seines Vaters. Wahrscheinlich waren sie im Krieg oder im brennenden Berlin umgekommen wie Christine in den Kellern der Gestapo. Auch an die Tiergartenvilla erinnerte er sich hier in Berlin mit quälender Genauigkeit; er sah den Liebermann des Bankiers Mandelbaum, seine Sammlung venezianischer Gläser im Speisezimmer und einen lächerlichen ausgestopften Pinguin auf dem Kaminsims der Bibliothek. Er war dem jungen Carlos aufgefallen, weil er weder zu Mandelbaums Kupferstichen von Alt-Berlin noch zu Bonnhoffs neuem Führerbild über dem Schreibtisch paßte. Bonnhoff war unbändig stolz auf die schweren, weinroten Vorhänge in der Bibliothek »seiner« Villa. Carlos fand sie zu pompös für einen Raum, der der Lektüre und der Ruhe dienen sollte; außerdem wirkte das dumpfe Rot wie verkrustetes Blut. »Du hast einen Knall!« hatte Bonnhoff geschrien. Er war hochrot im Gesicht und schikanierte Christine daraufhin. Die Vorhänge hatten eine Stange Gold gekostet. Rotzlöffel!

Sanchez wollte nicht in die Tiergartengegend gehen. Wahrscheinlich war die Villa ausgebombt, oder die neuen Bewohner hatten die Vorhänge ersetzt. Einmal hatte ein blasses junges Mädchen seinen Vater in der Bibliothek besucht. Sanchez mußte es behalten haben, weil es sonst nie Damenbesuch in der Villa gab. Er hatte das blasse junge Mädchen nur einen Augenblick gesehen, denn er wollte mit Christine reiten gehen. Abends war der ausgestopfte Pinguin vom Kamin verschwunden. Hatte das junge Ding ihn mitgenommen? Sein Vater sagte, sie wäre 'ne kleine Strelitz. Sanchez grübelte. War sie eine Verwandte von Erna von Strelitz gewesen? Er hatte die beste Freundin seiner verstorbenen Tante immer noch nicht angerufen.

Manchmal kam er sich vor wie Rip van Winkle, jener legendäre Holländer, der sich nach jahrzehntelangem Schlaf in der wohlbekannten Stadt nicht mehr zurechtfand. Die neue kühne Architektur machte Berlin für Sanchez zu einer fremden Stadt: die Kongreßhalle, die Freie Universität, das Europa-Center, die Akademie der Künste, der ungewöhnliche Bau der Philharmonie, die der Volkswitz »Zirkus Karajani« nannte. Ob sich die Berliner so gründlich wie ihre Architektur geändert hatten?

Sanchez dachte beim Anblick des Hansaviertels vergeblich darüber nach. Das alte Stadtviertel zwischen Tiergarten und Bellevue war total ausgebombt worden, und Architekten aus zweiundzwanzig Ländern hatten 1957 das Hansaviertel aufgebaut. Ein Architekt aus Südamerika war auch dabei gewesen. Sanchez lächelte zum ersten Mal. Ob Carla Moll wohl dort wohnte? Das Hansaviertel paßte eigentlich gut zu der Person auf dem Bildschirm; diese Wohnblöcke machten in kühler funktioneller Eleganz denselben Eindruck geplanter Vollkommenheit. Sanchez konnte sich keinen Staub in diesen Wohnungen vorstellen, keine geräumigen, altmodischen Küchen, keine wirklich bequemen Lehnsessel wie in seinem Arbeitszimmer in der Villa Acacia in Caracas, wo Schalen mit Früchten und Blumen und die mit Schlingpflanzen umrankten Veranden die Strenge des großen feierlichen Hauses auflockerten. Wahrscheinlich wohnte die Journalistin Moll wirklich im Hansaviertel. Sie war doch immer auf der Suche nach einem Käfig gewesen. Frauen ruhten ja nicht eher, als bis sie sich und möglichst noch einen Mann hinter Gittern wußten.

Eines Morgens fuhr Sanchez zur Pfaueninsel, wo an einem strahlenden Sommertag seine tragische Liebesgeschichte mit Christine Ullmann begonnen hatte. »*Memoria, ciega abeja de amargura!*«* Hier hatten sie eine Zuflucht vor Bonnhoffs Alpdruckwelt gefunden. Bonnhoff besuchte keine Ausflugsorte ohne Gaststätten.

Jetzt im November war das Schloß nicht offen, aber Sanchez hatte es auch nicht besichtigen wollen. Er war damals mit Christine drinnen gewesen, und sie hatten sich in jedem Zimmer geküßt. Friedrich Wilhelm II. hatte das Schloß für die Gräfin Lichtenau erbauen lassen. Die Insel war eben ein Platz für Liebespaare. Aber im November trafen die Liebespaare sich woanders. Es war ziemlich menschenleer zwischen den uralten Eichen, den großen Kiefern, den Gewächshäusern. Sanchez sah nur eine einsame Frau in der Nähe des Kavaliershauses.

* »Gedächtnis, du blinde und bittere Biene.« Juan Ramón Jiménez

Sie stand schwankend unter dem grauen Himmel. War sie krank oder rauschgiftsüchtig? Sie war dünn; mit schmalen Kinderschultern. Sie trug alte karierte Hosen, einen grauen Pullover, eine graue Jacke, und ihre blondgrauen Haare hingen unter dem Kopftuch hervor. Alles hing an ihr. An der Jacke fehlte ein Knopf. Auch ihr Teint war grau wie eine Wand, die frisch gestrichen werden müßte. Sanchez hatte den Eindruck, sie würde sich jeden Augenblick in der grauen Luft auflösen. Sie starrte ihn aus trüben, hellblauen Augen an. »Ich habe meinen Sonnenschirm verloren«, murmelte sie. »Ich verliere alles nacheinander. Das gibt's. Haben Sie den Schirm vielleicht gesehen?« Sanchez bedauerte. »Es ist ganz unwichtig«, murmelte die Fremde. »Was liegt an einem Schirm, wenn man so viel . . . vielleicht vergaß ich ihn hier im September. Vor vielen Jahren.« Sie zitterte ganz leicht. Sanchez hatte selten ein so melancholisches Gesicht gesehen. Die zarte Frau wirkte verloren in der Whistler-Atmosphäre der Insel.

»Darf ich Sie irgendwohin bringen? Es wird gleich regnen. Mein Auto steht draußen.«

»Sehr freundlich. Aber ich wohne nirgends. Vorm Krieg hatte ich auch eine feste Adresse wie andere Leute. Finden Sie das komisch? Warum lachen Sie?«

»Ich finde es nicht komisch, und ich habe nicht gelacht.«

»Danke sehr. Als Kind hatte ich Angst vor den Pfauen. Blöd, nicht wahr?«

»Hab' ich's nicht gesagt? Es regnet.«

»Da hätte mein Sonnenschirm mir nichts genützt.«

»Bitte, kommen Sie. Sie werden sich erkälten. Soll ich Sie in ein Hotel bringen? Oder zu einem Arzt?«

»Ich steh gern im Regen. Ärzte brauche ich nicht. Sind Sie einer?«

»Nein.«

»Bitte, gehen Sie«, sagte sie flehend. »Ich kann's nicht vertragen, wenn jemand sich um mich kümmert.« Sie drehte ihm den Rücken zu. Sanchez ging. Er fühlte ihren Blick im Rücken. Sie war hilfsbedürftig, und er hätte ihr gern geholfen. Wer war die Fremde? Ein Stück graues Berlin . . .

Im Hotel studierte Sanchez eine Broschüre: »Zu Gast in Berlin«, und beschloß, ins Schillertheater zu gehen. Man gab *Macbeth* mit Ernst Hardenberg in der Hauptrolle. Sanchez starrte den berühmten Schauspieler an. Sah er Gespenster? Er kannte diesen Macbeth. Har-

denberg war niemand anders als Engelbert Schmidt, der brutale zynische SS-Offizier, der Christine Ullmann 1938 in Bonnhoffs Auftrag in der Tiergartenvilla verhaftet und wahrscheinlich umgebracht hatte. Älter und noch breiter geworden. Sanchez erstarrte. Er vergaß nie ein Gesicht, selbst wenn er es nur einmal sah. Und Engelbert Schmidt hatte er beständig bei seinem Vater gesehen. Er hörte nicht mehr Shakespeares Verse, er hörte Engelbert Schmidt: »Sachen packen, Ullmann! Und 'n bißchen plötzlich, wenn ich bitten darf. *Eine* Tasche ist erlaubt. Halten Sie die Klappe, junger Mann! Ich mein's gut mit Ihnen. Los, Ullmann, packen Sie endlich!« Engelbert Schmidt in der schwarzen SS-Uniform, mit dem Totenkopf an der Mütze. Der Schauspieler Hardenberg hätte kürzlich bei den ›Internationalen Theaterwochen‹ in London Triumphe gefeiert, stand im Programmheft. Sanchez knüllte das Programm in seiner Faust zusammen. Als ob Schmidt nicht genauso schuldig wäre wie Bonnhoff.
Sanchez konnte gegen seine Gewohnheit in dieser Nacht nicht schlafen. Am nächsten Morgen meldete er sich bei Erna von Strelitz an. Nach diesem Besuch wollte er sofort nach Caracas zurückfliegen.

## IV

Sanchez war ruhelos.
Die Unruhe wurde nicht von außen an ihn herangetragen wie zu Teresas Lebzeiten; sie sprang ihn von innen an. Sein Haß gegen ›die Kinder des Ungehorsams‹, wie die Franziskaner am Orinoco die Nazis genannt hatten, war nach dem Abend im Schillertheater gefährlich aufgeflammt. Ratten, Mäuse, Füchse, Leoparden, Wölfe bevölkerten den Kurfürstendamm. Er hatte einen ehrlichen Kampf gegen den Haß gekämpft, Jahre und Jahre! Er hatte Entschuldigungen für Bonnhoff gesucht, wo es kaum eine gab; er schützte ihn seit Jahren vor dem Zugriff der deutschen Gerichte. Er würde ihn weiter schützen, aber noch zorniger und unwilliger . . . Es hatte Jahrzehnte gedauert, bis die Passionsblume des Mitleids in Sanchez' Garten aufgeblüht war. Ein einziger Abend hatte diese Geduldsarbeit vernichtet. Sein Verstand sagte ihm, daß die neue Generation nicht verantwortlich für die Verbrechen des Dritten Reiches war; aber der Verstand ist ein machtloser Anwalt, wo die Emotion zu Gericht sitzt. Seine Härte, seine Leiden-

schaft für die Gerechtigkeit, seine nie erstorbene Empörung über die heidnischen Taten des Ungehorsams brannten wie schlecht verheilte Wunden, während er Geschenke für Pilar und Rosa Martinez kaufte. Nach dem Bruch mit dem jungen Herrn Bendix würde Rosa bis ans Ende ihrer Tage seine Sekretärin bleiben. Was für ein Leben! Es war wirklich kein Vergnügen, mit ihm zu leben. Während er eine Ledertasche für Rosa kaufte, war er nicht weit davon entfernt, sich selbst zu hassen.

Es war Vormittag in Berlin, aber er stand in der Nacht. Sollte er diesen Silberschal für Pilar kaufen? Sie ging des Abends nicht aus. Oder ein Armband? Sie wollte keinen Schmuck. Sie wollte ihn. Er kaufte beide Trostpreise. Einen Augenblick war er in *San Juan de los Morros,* wo er Pilar kennengelernt hatte. Sie war mit ihrem Vater von Caracas dorthin gekommen – groß, schlank, ernst. Sie paßte zu den hohen, dunklen Basaltfelsen; zu dieser Eingangspforte zu den *Llanos,* den weiten Ebenen der Reiter, Viehzüchter und Volkstänzer. Er und Pilar hatten zusammen den *joropo* getanzt. So hatte es zwischen ihnen begonnen, und so tanzten sie, bis Teresa auftauchte. Er verspürte leise Sehnsucht nach Venezuela. Oder nach Pilar? Sie hatte ihn, den seltsamen jungen Mann von der Insel Margarita, *el tigre* genannt. Zu jener Zeit war er mehr bei Emilio Domingo Sanchez als in Caracas gewesen. Pilar! Beschädigtes Leben. Durch ihn, Sanchez, hatte sie die Qualen der Unerfülltheit kennengelernt. *Que lata!** Aber Pilar war immer ein Stück Wirklichkeit von seiner Wirklichkeit, während er manchmal dachte, er hätte Carla Moll erfunden.

Er hatte nichts mehr in Berlin zu suchen oder zu finden. Seine Besuche beim Anwalt der Rammbergs waren beendet. Das Haus seiner Tante sollte verkauft werden. Das legendäre Kaffeeservice aus der Königlich-Preußischen Porzellanmanufaktur sollte nach seiner Abreise Erna von Strelitz zugesandt werden – mit allen alten Familienbildern der Bonnhoffs aus Potsdam.

Er ging weiter. Richtung Tiergarten. Er hatte Asche in der Kehle. Hatten die Deutschen Angst vor der Freiheit gehabt? Solche Angst, daß sie braune und schwarze Zwangsjacken getragen hatten? Hatten sie sich nicht gegen Hitler gewehrt? Vielleicht hatte der eine oder die andere es getan und er, Sanchez, wußte es nicht? Er wollte es auch gar nicht wissen. Ein Kind starrte mit offenem Mund sein verzerrtes

* Was für ein Unsinn!

Gesicht an und fragte seine Mutter, warum der Onkel so böse wäre. Sanchez riß sich zusammen und lächelte dem Kind flüchtig zu. Es war ein hübsches kleines Mädchen mit langem blonden Haar. So ähnlich mußte Carla Moll ausgesehen haben. Als Kind im zerbombten Berlin. Lächerlich, daß er immer wieder an sie dachte. Wenn es noch Christine Ullmann gewesen wäre! Aber die war längst tot. So tot wie seine eigene Jugend.

Wohin mit ihm? Er ging nicht in den Tiergarten; seine Ruhelosigkeit trieb ihn weiter. Was hatte Fräulein v. Strelitz ihm am Telefon geraten? Er sollte Berlin nicht verlassen, ohne die *Gedenkstätte Plötzensee* zu besuchen. Sie war mit dem Wagen bequem vom Ernst-Reuter-Platz zu erreichen. Zu Bonnhoffs Zeiten hatte der Platz »Knie« geheißen. Zwischen modernen Hochhäusern loderte eine hohe Bronzeflamme zur Erinnerung an diesen Bürgermeister von Berlin. Diese Stadt lebte zwischen Vergangenheit und Gegenwart. Sanchez wußte nicht, daß Ernst Reuter, ein politisch Verfolgter, von 1939–1945 in Ankara Kommunalwissenschaften gelehrt hatte. Er wußte nicht, daß Ernst Reuter nach seiner Rückkehr nach West-Berlin ein unermüdlicher Streiter für die Freiheit und Wiedervereinigung Deutschlands gewesen war. Er wußte nicht, warum die Bronzeflamme zwischen Geschäftshäusern loderte. Sanchez war nicht von hier.

Und dann war er in Plötzensee und stand im Hof des Strafgefängnisses, wo die Männer und Frauen hingerichtet wurden, die am 20. Juli 1944 versucht hatten, das Schreckensregime zu beenden. Sanchez starrte das Mahnmal an, das in steinernem Schweigen an die Opfer der Hitlerdiktatur erinnert. Und was bedeutete die große Steinurne? Sie barg Erde aus allen von den Nationalsozialisten errichteten Konzentrationslagern.

Sanchez wußte nicht, wie lange er vor dieser Urne gestanden hatte. Dann ging er zur Kirche Maria Regina Martyrum. Sie war als Gedenkstätte für die Opfer des Dritten Reiches von Katholiken aus ganz Deutschland erbaut worden. Dort betete er im geheimen um die Gnadengabe der Einsicht. Um ihn war die ordnende Macht des Glaubens. Dann schritt er im Feierhof der Kirche die Stationen des Kreuzes ab. Endlich wußte er, warum das Schicksal ihn nach Berlin getrieben hatte.

## V

Erna von Strelitz war sehr alt, sehr munter und sehr unsentimental. Sie begrüßte Sanchez ohne Neugierde wie einen guten Bekannten. Hildas Neffe – das genügte. In diesem alten Haus in Dahlem fühlte Sanchez sich beinahe zu Haus. Sie waren allein. Sie saßen friedlich an dem runden Kaffeetisch im Erkerzimmer. Fräulein von Strelitz hatte einen Gast aus London im Hause; aber er war noch unterwegs. In Wahrheit hatte sie ihren Gast gebeten, sie eine Weile mit Sanchez allein zu lassen. Er kam von so weit her – Venezuela! Außerdem kam er nur alle dreißig Jahre nach Berlin.

Ein Wiedersehen nach vielen Jahren ist ein leichter Schock; denn man hat gegen jede Vernunft immer noch das Jugendbild des Betreffenden vor Augen. Erna von Strelitz hatte Sanchez als Achtzehnjährigen bei seinen Besuchen in Dahlem gesehen. Er besuchte seine Tante Hilda ohne Bonnhoffs Wissen oder Erlaubnis, nachdem er ihre Adresse durchgestrichen im Notizbuch seines Vaters entdeckt hatte. Nun stand ein sehr großer, sehr eleganter und beherrschter Mann an Stelle jenes rührenden, feurigen Knaben vor ihr. Sie hatte sich Bonnhoffs Sohn nicht ganz so sicher und imponierend vorgestellt; aber darauf kam es nicht an. Sanchez erkannte »Ernchen« sofort wieder. Ihr Gesicht war noch magerer geworden, ihre Nase noch länger und vorspringender, ihr Mund ein schmaler Strich. Aber in den scharfen, blauen Strelitz-Augen war noch der alte Kampfgeist, die gleiche Berliner Ironie, die alte Treue und Zuverlässigkeit. Sie war wie eine hauchdünn geschliffene, unzerbrechliche Stahlklinge. Ihr weißes Haar war dünn wie ihr Lächeln, ihre pergamentene Haut so trocken wie ihr Witz.

»Zählen Sie nur nicht meine Falten, Herr Sanchez. Damit werden Sie nie fertig.«

Sie saß aufrecht im Lehnstuhl und hatte eine Decke über ihre geschwollenen Füße gebreitet. Die Füße waren ihr Kummer. Sie war früher wie ein Wiesel an der Havel gelaufen. Früher – das ist immer tausend Jahre her. Sie sprach lange und liebevoll über »Hildchen« und über ihre verstorbene Schwester Margarethe, die damals den Journalisten Singer geheiratet hatte. Er war in Oranienburg umgekommen. Sie mußte, wie Sanchez, an Bonnhoff denken. Endlich fragte sie sacht, ob er noch am Leben sei.

»Er kann nicht sterben«, sagte Sanchez.

»Leben konnte er auch nicht. Karl Friedrich nahm immer den falschen Dampfer. Es gibt solche Menschen.«

»Jetzt ist es ganz schlimm mit meinem Vater. Für ihn ist die Wirklichkeit ein Alptraum geworden.«

»Wie äußert sich das?«

»Verfolgungswahn. Zornausbrüche. Angst.«

»Ihr Vater war nie ein Held. Verzeihen Sie!«

»Sie dürfen alles sagen!«

»Schmeckt Ihnen der Streuselkuchen?« Er nickte. »Fein!« – Sie zog ein Foto aus der großen, schwarzen Ledertasche. »Nein, *das* Bild mein ich nicht!« Sie versenkte ein Foto vom Grunewald und fischte ein anderes heraus. »Kennen Sie dieses Bild?« Es war Bonnhoff nach seiner Flucht aus Venezuela, wo er Frau und Sohn ohne Abschied zurückgelassen hatte. Nach der Heimkehr nach Berlin und vor seinem Eintritt in die schwarze Elite. Bonnhoff in Zivil. Ein schwerer mißmutiger Vierziger, mit einer Pfeife zwischen den verkniffenen Lippen. Er trug einen großkarierten Anzug, eine Melone und einen schiefen Schlips. Seine kleinen hellen Augen blickten mißtrauisch, hinterlistig und verloren in die Kamera. Man hatte ihn, den Offizier des Ersten Weltkriegs, in Venezuela wie einen Schuhputzer behandelt. Hitler hielt bereits große Versammlungen zur Zeit dieser Aufnahme. Bonnhoff bewachte auf dem Bild das Brandenburger Tor. Er sah in Räuberzivil wie Mackie Messer aus der »Dreigroschenoper« aus. Das Bild erklärte manches. Sanchez hatte es nie gesehen. Bonnhoff am Orinoco konnte mit diesem brutal verschlagenen jüngeren Doppelgänger nicht mit. Er hätte wahrscheinlich Angst vor sich selbst bekommen, wenn er dieses Bild gesehen hätte.

»Karl Friedrich liebte die Musik«, sagte die alte Frau leise.

»Mussolinis Sohn Vittorio schrieb Gedichte über die Bomben, die so malerisch in Äthiopien explodierten. Lauter Kunstfreunde!« sagte Sanchez grimmig. Einen Augenblick war es sehr still in dem großen Zimmer mit den alten Familienmöbeln. Hier herrschte ein gewisse preußische Nüchternheit und Symbolarmut, und gerade das tat Sanchez wohl. »Ich habe Ihnen ein Bild mitgebracht!« Er reichte ihr das Foto eines alten, strengblickenden Venezolaners. »Mein Großvater Sanchez! Er hat mich erzogen.«

»Sie sehen ihm sehr ähnlich.«

»Ich hoffe es.« Sanchez lächelte zum ersten Mal.

»Darf ich das Bild behalten?«

»Das würde mich sehr freuen. Emilio Domingo Sanchez war der Freiheitskämpfer von Margarita.«
»Das kann kein Honiglecken gewesen sein«, sagte Fräulein von Strelitz trocken. »Da wir gerade beim Thema sind: haben Sie Ernst Hardenberg als Macbeth gesehen?«
»Ich war gestern abend im Schillertheater.«
»Er ist ein großer Schauspieler. Und ein guter Freund dieses Hauses.«
Sanchez wollte seinen Ohren nicht trauen. Seine Bemühung um Einsicht war verflogen. In seinen dunklen Augen blitzte es gefährlich auf. Wenn ihn nicht die venezolanische Höflichkeit zurückgehalten hätte, wäre er aufgesprungen und hätte das Haus verlassen.
»Lassen Sie die Pferde im Stall«, sagte Erna von Strelitz milde. Sie gab in knappen Worten einen biographischen Abriß dieses Sohnes eines Berliner Schauspielers, der ein Duzfreund von Goebbels gewesen war. Als »Engelbert Schmidt«, SS-Offizier und Freund von Bonnhoff hatte er Einblick in die Verhaftungslisten der Gestapo und hatte in enger Zusammenarbeit mit Berliner Widerstandsgruppen unermüdlich Vorwarnung erteilt, Menschenleben gerettet, gefälschte Pässe besorgt und Männer, Frauen und Kinder bis zum Tage der Auswanderung als ›Unterseeboote‹ bei Gleichgesinnten versteckt. Ja – Hardenberg hatte eines Abends Christine Ullmann zum Schein verhaftet und sie als »Lene Bartels« zu Erna von Strelitz und den Bredows nach Zehlendorf gebracht. Die heutige Oberschwester Ullmann in der Klinik von Dr. Gotthold von Hartlieb – auch ein Widerstandskämpfer – hatte in Bonnhoffs Tiergartenvilla die Listen der Gestapo für Hardenberg kopiert. Sie hatten alle täglich ihr Leben riskiert.
Sanchez schwieg zu diesen Enthüllungen. Was konnte man dazu sagen? Höchstens, daß Bonnhoff immer zum Narren gehalten worden war. Immer auf dem falschen Dampfer.
»Woher sollten Sie das wissen?« sagte die alte Dame behutsam. »Christine mußte auch vor Ihnen Theater spielen. Es war zu gefährlich, die Wahrheit zu sagen. Es standen stündlich Menschenleben auf dem Spiel. Bitte, sagen Sie Ihrem Vater nichts davon.«
»Er würde es nicht mehr begreifen. Er würde denken, ich will ihn quälen oder demütigen.«
»Er war damals so stolz auf Sie. Er liebte Sie in Berlin beinahe zu sehr. Hardenberg fand es tragisch.«
»Für wen?«

»Für Karl Friedrich natürlich. Sie waren blutjung. Ganz Venezuela stand Ihnen offen. Er hatte nur Sie.«
»Das war herzlich wenig.«
»Das fand ich auch«, sagte Fräulein von Strelitz trocken. Es war so ehrlich und irgendwie so komisch, daß Sanchez lachte. Er streckte die langen Beine aus und fühlte sich jede Minute mehr zu Haus. Er würde Oberschwester Ullmann nicht aufsuchen, selbst wenn er noch einige Tage länger in Berlin bliebe. Sie mußte über fünfzig sein und wahrscheinlich in jeder Weise unerkennbar. Nicht Christine, wie er sie gekannt hatte. So wenig Christine, wie Bonnhoff jener »Karl Friedrich« aus Potsdam war, den diese alte Frau ihr ganzes Leben gekannt und nüchtern bemitleidet hatte. Das Foto von Mackie Messer vorm Brandenburger Tor war wieder in der großen Handtasche verschwunden.
»Wann fahren Sie nach Caracas zurück?«
»In einigen Tagen. Ich weiß es noch nicht. Darf ich Sie wieder besuchen?«
»Das wäre nett.« Es klang zurückhaltend, aber sie strahlte. »Werden Sie sich nicht mit so einer alten, stumpfsinnigen Frau langweilen?«
»Die Stumpfsinnigen finden sich immer interessant, Señora!« Er lachte sie beinahe übermütig an. »Wann fischen Frauen nicht mehr nach Komplimenten?«
»Im Grab. Aber wer weiß das?« Sie blickte ihn verstohlen an. Seine Zähne blitzten. Die weiße Strähne im Haar gab ihm das Aussehen eines Piraten. Frauenjäger? Hatte der nicht nötig, entschied sie. Es mußte das spanische Blut sein. Bonnhoff hatte nie Glück bei Frauen gehabt. Der hier wurde Frauen gefährlich, wenn er wollte. Darauf nahm sie Gift.
»Ich weiß nicht, wo Ellen steckt. Ich möchte gern, daß sie Sie kennenlernt.«
»Ellen?«
»Meine junge Freundin aus London. Eine tüchtige Ärztin.«
Also wieder mal eine Berufshyäne – wie Carla Moll! In Südamerika ließen die meisten Frauen immer noch die Männer für sich arbeiten. Hauptsache, sie boten einen erfreulichen Anblick. Sanchez teilte diese Ansicht.
»Da ist sie«, sagte die alte Dame.
Sanchez hatte die Klingel überhört, oder Ellen hatte einen Hausschlüssel.

»Da bin ich«, sagte jemand leise hinter seinem Rücken. Er sprang auf und starrte die Besucherin an. *Das* war Ellen? Eine tüchtige Ärztin? Vor ihm stand die graue Gestalt von der Pfaueninsel. Sie trug dieselben grauen Hosen, den Pullover, und an der Jacke fehlte immer noch der Knopf. »Meine Nichte Naomi«, sagte Fräulein von Strelitz. »Die Tochter meiner Schwester Margarethe Singer. Dies ist Herr Sanchez aus Venezuela.«
»Wir kennen uns von der Pfaueninsel. Fanden Sie den Sonnenschirm?«
»Leider nicht.«
»Wo ist Ellen, Tante Ernchen?«
»Sie wird gleich kommen.«
»Dies scheint eine Party zu sein«, sagte Naomi mürrisch. »Soll ich lieber wieder gehen?«
»Setz dich und trink 'ne Tasse Kaffee, Naomi!«
»Ich wollt nur wissen, ob ich – lieber gehen soll. Mein Mann sagt immer, ich besäße keine Bohne soziale Intelligenz.«
Ob sie Witwe war? Sanchez fand sie viel munterer als auf der Pfaueninsel, beinahe zu munter. Merkwürdiger Vogel.
»Ich bin Mrs. Elliot Cooper aus Chicago. Das ist die allgemeine Ansicht. Zum mindesten in Chicago . . .«
Cooper? Sanchez wollte seinen Ohren nicht trauen. Es gab wohl keine zwei Elliots Cooper. Er sagte langsam, er glaube, er hätte Mrs. Coopers Mann in Venezuela getroffen.
»Sicher, sicher«, sagte Naomi. Zwei hektische rote Flecke erschienen auf ihrem feinen mageren Gesicht mit den tiefen Schatten unter den Augen. »Die Welt ist grauenhaft klein, Herr Sanchez. Da hat man's wieder, Tante Ernchen. Niemand kann Elliot Cooper auf die Dauer entgehen. Nur ich . . . Er ist ein Zugvogel der Industrie, wissen Sie?«
»Laß den Kaffee nicht kalt werden, Naomi. Und bitte, frisier dich nicht bei Tisch!«
»Ich tat's Herrn Sanchez zu Ehren. Es wird nicht wieder vorkommen. Wie geht's unserem Elliot?«
Sanchez sagte erheitert: »Ich habe keine Ahnung. Wir verloren uns aus den Augen.«
»Wir auch. Wir korrespondieren nur durch unsere Anwälte. Ein Fall von böswilligem Verlassen. Die Brüder überlegen sich nur noch, wer wen . . .«
»Das interessiert Herrn Sanchez nicht, Naomi.«

»Schwerer Irrtum, Tantchen. Zerrüttete Ehen interessieren alle Leute. Der Streuselkuchen ist fabelhaft. Wer hat ihn gebacken?«
»Ellen.«
»Backen kann sie«, erzählte Naomi dem Kanarienvogel in der Ecke. »Gib's zu, alter Gauner. Warum ist dein Hansi so streitsüchtig, Tante Ernchen?«
»Hast du deine Pillen genommen?«
»Ellens Pillen sind nicht so gut wie ihr Streuselkuchen. Vielleicht beruhigen sie die Engländer, mich regen sie auf. Sagt Onkel Werner auch.«
»Naomi wohnt augenblicklich bei meinem Bruder«, sagte Fräulein von Strelitz. »Kommt er heute noch?«
»Nein. Onkel Werner legt um diese Zeit Patiencen. Das beruhigt ihn«, verkündete Naomi. »Dies ist meine erste Mahlzeit heute. Darf ich jetz 'n Stück Apfelkuchen, Tante Ernchen? Der ist vom Konditor, sieht man sofort.«
Sie sprach wie ein Kind, mit angstvoller Dreistigkeit. »Wenn ich so backen könnte wie Ellen, würdest du mich dann auch gern haben?«
»Ich hab' dich gern. Das weißt du ganz genau. Du könntest alles mögliche fertigbringen, wenn du nur wolltest.«
»Ich will aber nicht. Bewegt sich der Glasschrank da hinten? Entschuldige, Tante Ernchen, es kam mir so vor. Wäre scheußlich, wenn der alte Schrank auf mich losginge . . . Ich sage immer, der Mensch muß vorsichtig und umsichtig sein, auch wenn er noch so dämlich ist. Was meinen Sie, Herr Sanchez?«
»Sie sind sehr weise.«
»Vielen Dank. Seit Jahrzehnten hat niemand was Nettes zu mir gesagt. Es braucht ja nicht wahr zu sein. Ich finde Herrn Sanchez hinreißend, Tante Ernchen.«
»Dann ist es ja gut.«
»Entschuldigen Sie, Herr Sanchez«, sagte Naomi. »Hätte ich das lieber hinter Ihrem Rücken sagen sollen?«
»Ich höre auch gern etwas Nettes über mich, Mrs. Cooper.«
»Elliot sagt alles hinter dem Rücken der Leute. Aber nichts Nettes. Trotzdem hält er sich für einen Menschenfreund. Ist Ihnen das nicht aufgefallen, Herr Sanchez? Es ist natürlich leichter, die Menschheit zu lieben, als zu seiner Frau nett zu sein. Alte Sache.«
»Ich bin ganz Ihrer Meinung, Mrs. Cooper.«
»Rede ich zuviel, Tante Ernchen? Das ist schrecklich mit mir, Herr

Sanchez. Entweder ich mach den Mund nicht auf, oder es geht los ohne Punkt und Komma. Ich hab' wohl keine soziale Intelligenz. Schrecklich, nicht?« Sie versank in Schweigen.
»Da kommt Ellen«, sagte Naomis Tante erlöst.
»Na also«, sagte Naomi. »Da kommt Ellen. Jubel über Jubel.«

Dr. Ellen Driscoll trug ein dunkelgrünes Kleild, das Sanchez an feuchtes Gras erinnerte. Auch sie war kühl, rein und duftete nach Frische. Das englische Regenwetter behauptet von sich, daß es den Frauen den schönsten Teint auf der Welt gebe. Ob die Ärztin viel im Regen herumlief? Ihre Haut war reiner Alabaster. Ihre dunklen Augen blickten prüfend von Sanchez zu Naomi.
»Hast du deine Pillen genommen, Naomi?«
»Laß mich in Ruhe! Die bekommen mir nicht. Helfen tun sie auch nicht.«
»Vielleicht nicht sofort«, sagte die Ärztin ruhig. »Hab' ein bißchen Geduld, Liebling.«
»Ich habe eklige Geduld mit mir«, sagte Naomi unfreundlich. »Und weil ich ein Lamm bin, wird der Wolf mich fressen.«
Sie versank in Schweigen. Ellen strich ihr leicht und liebevoll das graublonde Haar aus der Stirn. »Es wird schon werden. Ich sehe morgen früh wieder nach dir.«
»Nicht nötig.«
»Du, das weiß ich besser«, sagte Dr. Driscoll freundlich und bestimmt. Sie mußte viel jünger als Naomi Cooper sein, aber sie war viel reifer und überlegener. Sanchez beobachtete mit Interesse, wie die Ärztin Fräulein von Strelitz behutsam zum Telefon ins Nebenzimmer führte. Ob sie auch eine Nichte war?
In diesem Augenblick sagte sie: »Nicht so schnell, Tante Ernchen, damit es nicht weh tut. So, da sind wir! Ich hol dich wieder ab.«
»Unsinn. Ich kann allein gehen.«
»Natürlich kannst du das. Aber wir wollen's uns doch so bequem wie möglich machen, nicht wahr? Ich mach mir schnell noch einen frischen Kaffee.«
»Ach, laß mich den machen«, bat Naomi eifrig. »Ich will auch was tun.«
»Großartig! Ich bin tatsächlich hundemüde. Ich hab' an der Havel nicht auf die Uhr gesehen. Bitte, bring noch etwas Streuselkuchen mit, Naomi.«

Naomi zog ein zerdrücktes fettiges Päckchen aus ihrer großen Ledertasche. »Ich hab' für dich Kuchen gebacken, Ellen. Aber ich glaube, er ist nichts geworden.«
Die Ärztin biß heldenhaft in das feuchte, zusammengefallene Gebäck. »Schmeckt herrlich. Das war sehr lieb von dir, Naomi.«
»Ich hol jetzt den Kaffee, Ellen, dann rutscht das Zeug besser.« Sie lief flink hinaus. Sanchez blickte ihr nach. Man konnte ihr so wenig böse sein wie einem hilfsbedürftigen Kind.
»Naomi war sehr krank«, sagte Ellen Driscoll. »Jetzt wird's langsam besser. Sie hatte sich völlig von der Wirklichkeit entfernt.«
»Den Eindruck macht sie auch«, sagte Sanchez.
»Menschen mit Phantasie verlieren leider leicht den Kontakt zur Wirklichkeit.« Dr. Driscoll schwieg einen Augenblick. Dann sagte sie lächelnd: »Glücklicherweise habe ich keine Phantasie. Dadurch bleibt mir viel erspart.«
»Aber verpassen Sie dadurch nicht allerhand Schönes?«
»Dazu habe ich keine Zeit. Mein Londoner Tag ist von morgens bis abends ausgefüllt.« Es klang eine Spur abweisend, und Sanchez fühlte es. Aber dann sagte die Ärztin freundlich: »Würden Sie mir einen Gefallen tun, Herr Sanchez? Ich meine, falls Sie noch einige Tage in Berlin bleiben?«
»Nichts würde mir mehr Vergnügen machen.«
Ellen Driscoll lächelte. »Ich weiß nicht so recht. Aber es würde Naomi sehr gut tun, wenn Sie vielleicht einmal mit ihr spazierengingen. Sie scheint Vertrauen zu Ihnen zu fassen, und das kommt nicht oft bei ihr vor.«
»Das will ich gern tun. Wir trafen uns schon einmal auf der Pfaueninsel.«
»Also, das wäre in Ordnung. Herzlichen Dank! Übrigens wohnt Naomi hier um die Ecke bei ihrem Onkel. Der Baron ist sehr gut zu ihr, nur ungeduldig wie alle Strelitzens. Aber sie sind das Salz der Erde.«
»Und wann sehen *wir* uns wieder?« fragte Sanchez. Er mußte sie wiedersehen. Ihre sanfte Energie und ihr schönes ruhiges Gesicht hatten es ihm angetan. Sie erfüllte den Raum mit grünem, schattigem Licht. Wahrscheinlich wartete ein Mann auf sie in London. In dieser Stunde des Kennenlernens ahnte Sanchez nicht, daß er seinen nüchternen Engel getroffen hatte. Sie ruhte in sich selber und verbreitete daher eine Aura von Stille und Frieden.

»Ich bleibe noch einige Wochen in Berlin«, sagte er, da er Naomi kommen hörte. »Könnten Sie nächsten Sonnabend mit mir essen? Es würde mich glücklich machen.«

»Hier ist dein Kaffee, Ellen. Ich fürchte, er ist 'ne lauwarme Brühe. Ich werde mit Tante Ernchens Herd nicht fertig.«

»Was willst du? Er ist heiß. Möchten Sie auch noch eine Tasse, Herr Sanchez?«

Sanchez trank heroisch den kalten Kaffee, den er in Südamerika einfach weggegossen hätte. Er wußte nicht, ob Ellen Driscoll seine Einladung angenommen hatte.

# Ribbecks Gastmahl

*Ein Mann ohne Frau ist ein Bettler in der Nacht.*
Spanisch

## I

Carla Moll:

Ich habe etwas gegen das Telefon, weil Klingeln mich an meinen Wekker erinnert. Der Wecker erinnert mich an Ribbeck, und Ribbeck erinnert mich an Konferenzen um neun Uhr früh. Daher ist Ribbeck am Telefon zuviel des Guten.
Er rief mich abends an, um mich für diesen Sonnabend pünktlich um sieben Uhr abends ins Restaurant einzuladen, weil er im Büro keine ruhige Besprechung haben kann. Er verlegte also eine Bürostunde ins Restaurant – das war alles. Dieses Mal sagte ich sofort zu. Nach meiner Absage hatte Ribbeck seine berühmte Gletscherluft verbreitet, sobald ich mich bei ihm zeigte. In seinem Zimmer war es so gemütlich wie in Kafkas Schloß. Warum er ein bekanntes Restaurant am Kurfürstendamm als Klosterklause ansieht, entzieht sich meiner Kenntnis. Es war übrigens ein Schlemmerlokal; ich hatte ihm das nicht zugetraut. Falls gutes Essen sein einziges Vergnügen ist, sieht man ihm das nicht an. Er erschien mir von Tag zu Tag länger und saurer. Vielleicht war Frau Hannemann, die bei Wendt in München gewesen war und nun ihren Urlaub in den bayrischen Bergen verbrachte – Hannemann schwor auf Urlaub bei schlechtem Wetter –, vielleicht war sie für die Atmosphäre in der Redaktion notwendiger, als wir alle gedacht hatten. Vielleicht hat Mutter recht, wenn sie zu mir sagt: »Du wirst erst merken, was du an mir hattest, wenn ich nicht mehr da bin.« Alle haben recht.

Ich ließ mich im Europa-Center (Sei nett zu deinem Kopf! Du hast nur einen!) für Ribbecks Gastmahl frisieren. Man weiß nicht, wem man in diesem Lokal am Kurfürstendamm begegnet. Ich wußte es nicht, und Ribbeck wußte es auch nicht. Ich erhielt dort unfreiwilligen Einblick in sein Privatleben. Ich hatte nicht geahnt, daß er eins hatte. Obwohl ich wie die drei chinesischen Affen nichts sah, hörte oder sagte, hätte Ribbeck mich gegen Ende seines Gastmahls am liebsten erwürgt. Wenigstens hatte ich den Eindruck. Aber den Einblick hatte ich nun auch. Wendt pflegte zu sagen, niemand sei im Restaurant vor dem Bezahlen der Rechnung glücklich zu preisen. Das traf auch auf Ribbecks Gastmahl zu. Aber es kostete ihn mehr als Geld. Ich sah ihn mit anderen Augen.

Nach diesem Abend war er für mich nie mehr derselbe. Auf jeden Fall wurde er nach seinem Gastmahl noch unbehaglicher, und sein Schweigen wurde noch drohender. Um diese Zeit hoffte niemand mehr, daß Wendt ins Büro zurückkäme und der alte bezaubernde Schlendrian wieder beginnen würde. Wendt schien ein Buch geschrieben zu haben, das ihn berühmt machen konnte. Er war unerreichbar geworden. Ein Foto mit Lorbeerkranz. Ein Träumer erfolgreicher Träume ... *Tempora mutantur*, sagte Ribbeck, als er Annemarie Schmidt von der Wimmerseite *Liebe Annemarie* rausschmiß und dafür *Psychologie des Alltags* einführte. Er ist ekelhaft beschlagen. Annemarie versteht kein Latein, und Ribbeck mußte sich bedeutend berlinischer äußern, bis sie kapierte, daß ihre Tage beim *Komet* gezählt waren. Nicht einmal Edith Hannemann, die sich von allen gefallenen Größen zum Kaffee einladen läßt, wußte, was aus unserer Schmidt geworden war. Sie war so spurlos verschwunden wie der alte Frohsinn in der Redaktion des *Komet*. Als ich mich für Ribbecks Einladung bedankte, dachte ich wieder an Wendts intime Feste in der Schottenstube der »Drei Bären«. Berühmtheit schafft Abstand. Wir alle gönnten Wendt Erfolg und sogar Ruhm. Aber Spaß macht das nur, wenn man selbst das Karnickel ist. Wendt war ein wenig verändert bei seinem Besuch in Berlin. Er war herzlich wie immer, aber er hatte keine Zeit für uns. Nur für seinen Verleger und Ribbeck. Er war dicke mit Ribbeck – und das war das Erstaunliche. Noch erstaunlicher war Hannemanns neue Freundschaft mit Trude Wendt. Wie Ribbeck sagt: »Die Zeiten ändern sich, und wir mit ihnen.«

Seit Venezuela hatte ich kein Wochenende mehr bei Mutter verbracht. Entweder langte mir das Zusammensein vor und nach Lockers

Hochzeit, oder ich hatte immer »etwas anderes und Interessanteres« vor. Mutter sagte das. Und noch viel mehr. Niemand erwartet von seinen Eltern, daß sie interessant sind. Man hängt wegen anderer Qualitäten an ihnen. Falls sie geistig lebendig sind, um so besser! Aber das ist nicht der Maßstab – so wenig wie die Schönheit bei einer Ehefrau. Ich konnte Mutter nicht klarmachen, daß ich keine Vorlesungen über Freud oder Aristoteles von ihr erwartete. Ich konnte ihr überhaupt nichts klarmachen, weil sie nicht zuhört. Außerdem: je mehr sie ihr Herz schonen soll, desto schwieriger ist sie. Sie ist beleidigt, daß sie abends Ruhe statt Bridge haben soll. Allein langweilt sie sich. Und das läßt sie an mir aus. Das war immer so, aber vielleicht bin ich nicht mehr so widerstandsfähig wie vor meinen Reisen nach Venezuela. Vielleicht ist Klimawechsel kein Kinderspiel. Oder ich hab' zuviel abgenommen. Ich lebe unruhig und esse unregelmäßig.

Als Mutter hörte, mein Chef hätte mich zum Essen eingeladen, verzichtete sie mit Wonne auf meine Gesellschaft am Sonnabendabend. Darin ist sie zum Lachen. Ihre Hoffnungen auf meine Verlobung mit Ribbeck stiegen in dem Maße, wie meine Laune sank. Gestern hatte ich Sanchez ins Hilton gehen sehen. Wenn er mich zum Essen eingeladen hätte, wäre ich natürlich nicht gegangen, aber er hätte es tun können, der Hund! Die Szenen mit ihm hatten wenigstens Leben in meine Bude gebracht.

»Zieh das weiße Kleid an. Das macht dich jung«, sagte Mutter.

»Ich will mein Neues tragen.«

»In meiner Jugend trugen nur Großmütter Lila.«

»Dafür kann ich nichts, Mutter. Lila ist diese Saison große Modefarbe.«

»Modefarbe hin und her. Das Kleid macht dich zu blaß.«

»Ich hab' noch kein Make-up. Soll Ribbeck denken, ich hab' nur ein Kleid?« Vielleicht wär's gut, wenn er es dächte, dann müßte er mir eine Gehaltserhöhung geben. Ich würde natürlich das lila Kleid tragen. Es war raffiniert geschnitten, und wer weiß, wen ich im Restaurant ... Wer lacht da? Mutter war noch bleicher als üblich, als ich mich wie ein Teenager unter ihrer Aufsicht umzog. Mein lackiertes Gesicht war ihr fremd, und sie hätte mir am liebsten das ganze Zeug mit einem feuchten Lappen abgewischt.

»Soll ich lieber bei dir bleiben, Mutter?«

»Natürlich gehst du. Was soll Ribbeck denken?« Sie schloß einen

Augenblick die Augen und sackte noch mehr in sich zusammen. Ich erschrak wie bei meiner Ankunft in Tempelhof. »Was ist mit dir los, Mutter?«
»Nichts«, sagte sie unfreundlich. »Mach kein Trara, Mädel. Das kann ich nicht leiden.«
»Ich laß die Telefonnummer vom Restaurant auf deinem Nähtisch liegen.«
»Ich leg mich etwas hin. Vielleicht geh ich später doch noch zu Hahns.«
»Dr. Schneider hat dir streng verboten, abends auszugehen.«
»Wenn du nicht endlich gehst, kommst du noch zu spät. Wie immer. Was soll dein Chef von dir denken?«
Ich wußte, was Ribbeck von mir dachte . . . Mutter rief mich zurück. Sie lag auf ihrem alten, ausgedienten Sofa und hatte wieder etwas Farbe. »Viel Spaß, Carlchen. Mach's gut!« Sie hatte mich lange nicht Carlchen genannt. Ewig nicht . . . Dann murmelte sie: »So'n patentes Mädel wie du. Das wäre gelacht, wenn du nicht diesen Ribbeck . . .«
Sie war mitten im Satz eingeschlafen. Ich deckte sie mit ihrem alten, gestopften Plaid zu. Die neue warme Decke, die ich ihr geschenkt hatte, lag eingemottet in ihrem uralten Reisekoffer. Wann war Mutter das letzte Mal gereist? Mit Vater, als er aus der russischen Gefangenschaft zurückkam. Sie wollte eigentlich mit mir »verreisen«, weil im September schönes Wetter gewesen war. Aber ich hatte abgelehnt. Dabei sollte es nur ein »langes Wochenende« sein. Ich nahm mir vor, nächstes Jahr vierzehn Tage mit ihr irgendwohin zu gehen, wo sie gute Luft hätte und das Essen vorgesetzt bekäme. Sie war so bescheiden. Was erwartete sie noch vom Leben? Bridge mit Hahns – und mich gelegentlich ausfragen. Ich nahm mir fest vor, ihr Nörgeln zu überhören. Morgen würde ich Dr. Schneider anrufen, um zu hören, wieso Mutter so miserabel aussah. Hätte ich längst tun müssen. Montagfrüh würde ich ihn anrufen. Sonntags wollte er seine Ruhe haben. Lottes Vater war schließlich auch nicht mehr der Jüngste.
Ich kam absichtlich zwanzig Minuten zu spät ins Restaurant, um Ribbeck zu zeigen, daß wir nicht in der Redaktion waren. Wenn er sich über meine Unpünktlichkeit ärgerte, dann zeigte er es nicht. Er war noch verbindlicher und kühler als sonst. Ich trug zu meinem langen lila Kleid den hohen spanischen Kamm, den Sanchez mir auf der Insel Margarita geschenkt und ins Haar gesteckt hatte. Der Kamm war schwarz und gold geflammt und mit Margaritaperlen reich besetzt.

Er war so auffallend wie Sanchez. Bemerkte Ribbeck den Kamm? »*Blanca sois, señora mía . . .*« *
»Nehmen Sie ein Vorgericht oder Suppe?« fragte Ribbeck.
Meine Stimmung war beschädigt, und Ribbeck trug nicht dazu bei, mich aufzuheitern. Er ist immer derselbe. Entweder hat er sich völlig in der Gewalt, oder sein Innenleben ist wirklich ein hartgekochtes Ei. Oder hielt er Weinlaune für eine Falle? Ich wollte ihm weder Sand noch Hummersalat in die Augen streuen. Natürlich hatte ich mich umsonst gut aufgemacht. Von ihm aus hätte ich mein graues Kostüm und Frau Hannemanns Filzhut tragen können.
Er aß mit hervorragendem Appetit, und ich dachte: »Hauptsache, ihm schmeckt's!« Was er noch an meiner Stimmung töten konnte, murkste er mit großer Höflichkeit ab. Selbst seine guten Manieren irritierten mich. Ich war ungerecht gegen ihn, ich wußte es. Ich verzieh ihm nicht, daß ich als Frau keinen Eindruck auf ihn machte. Es ist albern, ich weiß. Aber Erkenntnis hat mir nie das Geringste genützt. Molls Pech! Ribbeck sah in seinem dunklen Anzug ziemlich distinguiert aus; 'ne Kleinigkeit verirrter Junker. Ich bemerkte zum ersten Mal, daß er ein Patriziergesicht hatte. In der Redaktion stand er meistens am Fenster, oder er studierte den »Singenden Mann« oder seine Indianerbilder, die trotz ihres legendären Charakters Sex im Quadrat waren. Jeder braucht zu seinem Glück etwas anderes; mir sollte es recht sein.
Wenn Ribbeck nicht das Ekel wäre, das er ist, dann hätte er mir diesen Abend im Restaurant gar nicht so übel gefallen. Ich finde so selten Männer, die ich an Länge nicht überrage. Ribbeck war so groß wie Sanchez, aber das war weiß Gott seine einzige Ähnlichkeit mit dem im Hilton-Hotel verschollenen Caballero. Auch in diesem Schlemmerlokal war Ribbeck nüchtern wie ein Kursbuch, obwohl er einen guten Zug am Leibe hatte, was den Alkohol anbetraf. Ich konnte ihn mir nicht als Kind oder Schuljungen vorstellen; er mußte in der Wiege schon dreißig gewesen sein. Frau Hannemann hatte übrigens herausgeschnüffelt, daß er nicht vierunddreißig, sondern sechsunddreißig war; aber von mir aus konnte er hundertsechsunddreißig sein. Je mehr er trank, desto förmlicher und logischer wurde er. Er hatte zuviel Verstand, das war sein Kardinalfehler. Sanchez sagte einmal, lebendige Erfahrung sei das Wichtigste. Na schön. Jeder wie er kann.

* Sie sind schön, meine Dame.

Sanchez hatte schließlich auch, was Mutter »Benimm« nennt. Ich mein, er aß seine selbstgefangenen Fische nicht mit dem Messer, behielt in der guten Stube den Sombrero nicht auf dem Kopf und blies mir im Bett nicht Zigarrenrauch ins Gesicht. Und wenn ich nicht mit Sturmbannführer Bonnhoff Fische am Orinoco fing, war Sanchez in jeder Lebens- und Liebeslage der *Caballero christiano* gewesen: El Grecos Ritter mit dem tiefen Blick und den langen edlen Händen, minus Spitzenkrause und Ringen.

Ich war wütend, daß ich ihn am Kurfürstendamm mit Ribbeck verglich. Sie hatten doch nur die gleiche Schuhnummer. Vergleiche ziehen ist neurotisch, sagt Lottchen. Sie muß es wissen; sie hat Psychologie studiert. Dann hab' ich mir eben 'ne Vergleichsneurose zugezogen. Mach was, Moll! Es schmeckte Ribbeck trotzdem. Die Mädels in der Redaktion behaupten, der Chef wäre andersrum, aber das wird immer behauptet, wenn einer nicht rangeht. Auch das wäre mir recht gewesen. Aber ich meine, O. Ribbeck war so rum oder andersrum von Natur ein kalter Fisch. Einmal blickte er mir sekundenlang in den tiefen Ausschnitt; aber er angelte sich nur die Weinkarte. Auf seinem Schreibtisch im Büro steht ein kleiner rechteckiger Grabstein mit eingelassener Uhr – das Ganze in Marmor.

»Haben Sie die Sprache verloren, Fräulein Moll?«

»Wie bitte?«

»Warum sind Sie so schweigsam? Schmeckt Ihnen die Forelle nicht?«

»Doch, doch. Viel feiner als rote Schnapper.«

»Wie bitte?«

»Ein Fisch der karibischen See. Nichts Besonderes. Aber auf der Insel Margarita bereiten sie ihn ganz pikant zu.«

»Genau wie Ihre Reiseberichte, Fräulein Moll. Prost!«

»Prost!«

»Warum haben Sie diese Insel nicht beschrieben? Gab's außer roten Schnappern noch andere Spezialitäten dort?«

»Die Dinger auf meinem Kamm sind Margarita-Perlen. Sonst gab's da nichts zu schildern. Nur das Meer und Felsen und Fische.«

»Und Fischer?«

»Natürlich. Irgend jemand muß doch die roten Schnapper fangen.«

Nach dieser Information verfiel Ribbeck in sein berühmtes Schweigen. Er trank das dritte Glas Mosel, um sich von meinen Unterhaltungskünsten zu erholen. Ich weiß nicht, wieso er mich so reduziert; warum ich so idiotische Bemerkungen mache, warum ich mich ständig vor ihm rechtfertigen möchte. Er wird mich doch eines Tages feuern.

»Etwas ganz anderes, Fräulein Moll. Es liegt mir schon einige Zeit auf der Seele.«

Daß Ribbeck eine Seele hatte, war mir neu. Im Büro wußte man nur, daß er ein Haus in der ›Kolonie Grunewald‹ hatte. Nicht einmal Frau Hannemann, die jede Behausung irgendwann betrat, hatte Ribbecks Landhaus betreten. Er schien privat ein Einsiedler zu sein, obwohl er ›ganz Berlin‹ kannte, benutzte und im Interesse der Zeitschrift mit Alkohol tränkte. Ich kannte ihn wirklich sehr wenig. Vielleicht liebte er die Natur, wenn er schon sonst nichts liebte? Ich goß den feinen Mosel wie Coca-Cola herunter. Es schien Ribbeck in seiner sogenannten Seele leid zu tun, daß er mir nicht von vornherein Limonade bestellt hatte.

»Wenn ich etwas Flüssiges sehe, kriege ich einen Höllendurst.« Ich entschuldigte mich schon wieder. »Leider bin ich kein Kletterfisch zwischen Mangroven. Der kann lange Zeit von der Luft leben.«

»Warum möchten Sie ein Kletterfisch sein? Sie sind eine sehr hübsche junge Dame.«

Ich verschluckte mich vor Überraschung und spritzte etwas Mosel auf Ribbecks dunklen Anzug. Es machte ihm keinen Spaß, aber er überging den Zwischenfall und säuberte sich leicht angewidert mit einem feinen Taschentuch. Dann sagte er, daß ich mit Schönheit bei ihm keinen Blumentopf gewinnen könnte. Er drückte sich gewählter aus, aber das war der Sinn. Er wollte Leistungen sehen. Und er ließe sich nicht hinters Licht führen. Noch etwas Mosel, Fräulein Moll? Er putzte seine Brille. Er sah ohne die Hornbrille jünger und menschlicher aus; aber hier irrte Carla Moll.

»Es fehlt Ihnen an Methode, Fräulein Moll. Um ohne Methode ans Ziel zu kommen – ja, dazu gehört wohl Genie.«

»Jagen Sie neuerdings nach Genies, Herr Doktor?«

»Kaum«, sagte er eisig. »Die haben nichts bei einer Illustrierten verloren und können dort auch nichts gewinnen. Darf ich ganz kurz ausführen, was ich unter methodischer Arbeit verstehe? Im Büro kann man ja nie in Ruhe sprechen.« Ribbeck verbreitete sich knapp und bedrohlich über a) Vorbereitung des Materials mit drei Titelvorschlägen. b) Zusammenfassung aller Blickpunkte, etwa 100 Worte. Möchten Sie Rotwein zum Reh, Fräulein Moll? c) Einführung des Reports oder der Artikelserie; warum gerade dieses Thema. d) Die geschichtliche Basis einer Zeiterscheinung; Beispiel: Guerillas in Südamerika. Studentenunruhen in der Welt. *Black Power*. Berliner Mauer. Der Journalist muß die Zeit besiegen, nicht umgekehrt. Es ist immer später, als Sie denken, Fräulein Moll! Punkt e): Abschluß. Wenn Abschluß sitzen soll, muß er den logischen Schluß des Textes darstellen. Hören Sie zu, Fräulein Moll? Die Schreibmaschine zuzuklappen, ist noch lange kein Abschluß. Unnötig zu erwähnen, daß klarer, einfacher Stil erwünscht ist. Ribbeck erwähnte es. Nie drei Worte setzen, wo eins genügt. Flauberts Prinzip. Lesen Sie Flaubert, Fräulein Moll! Fast alle Journalisten machen zuviel Worte für das, was sie zu schreiben haben. Solche Manöver verfangen aber nicht beim anspruchsvollen Leser. Gilt natürlich auch für den Romanschreiber. Ribbeck räusperte sich.

»Und da bin ich nun bei meinem Thema, Fräulein Moll! Sie sollten einmal versuchen . . .«

In diesem Augenblick betrat Sanchez mit einer unbekannten jungen Frau das Restaurant.

»Was gibt's da zu sehen?« fragte Ribbeck ärgerlich. Er war schon geraume Zeit ärgerlich, weil ich nicht richtig zugehört hatte.

»Es gibt nichts zu sehen.«

»Das war zu erwarten. So, da ist der Rotwein. Danke, Herr Ober! Ausgezeichnet.«

»Den hatten Sie das letzte Mal auch, Herr Doktor!«

»Ganz recht. Ich hänge an meinen Gewohnheiten. Trinken Sie tüchtig davon, Fräulein Moll! Sie sind plötzlich ganz blaß. Der Rehbraten sieht delikat aus, nicht wahr?«

Ich dachte: »Hauptsache, ihm schmeckt's . . .«

## II

Was immer ich mit Sanchez in Caracas, auf der Insel, bei Coopers Gastmahl und in seinem Haus in Palma Sola erlebt hatte, war streng privat vor sich gegangen. Jetzt sah ich ihn zum ersten Mal mit einer anderen Frau, die – wenigstens äußerlich – das strikte Gegenteil von mir war. Eine schlichte, bescheidene Pflanze, die sozusagen für sich allein blühte und sich nicht bemühte, die Aufmerksamkeit des Gärtners auf sich zu ziehen. Ganz zu schweigen von Blumenfreunden. Aber sie war eine Frau! Teresa Sanchez war eine Furie gewesen. Die Sorte ist wie Vanillecreme mit Essig. Man probiert sie einmal und nicht wieder. Pilar Alvarez war die unbestrittene Göttin der Finsternis. Hände weg! Und Sekretärin Rosa Martinez war definitiv nicht Sanchez' Hausnummer gewesen. Diese Unbekannte gehörte zu einer weitgehend ausgestorbenen Sorte: sie war eine Dame. Diese Abart der heutigen Frau taucht trotz Hippies, Fleischverkäuferinnen und Läusen im Lockenhaar als ernsthafte Konkurrenz auf, da sie die Männer an ihre Mütter oder weiß der Teufel an welche *anima* erinnert. Sanchez' Erwerbung hatte sehr weiße Haut und dunkles, in der Mitte madonnenhaft gescheiteltes Haar. Sie war auffallend unauffällig gekleidet, wie eine konservative Engländerin, deren strenge kostspielige Kostüme jede Mode überleben. Die Unbekannte war ernst, aber nicht finster wie Pilar. Belebt, aber nicht hektisch wie Carla Moll. Wendt hätte die Person ›ein stilles Licht‹ genannt. Hätte nie darauf getippt, daß Carlos ein stilles ... Aber als er dem Kellner winkte und mir dabei sein Gesicht zuwandte, sah er mich nicht. Und ich hatte dieses Gesicht auch noch nie gesehen. Nicht einmal in intimen Stunden. Sanchez leuchtete; doch er tat es mit großer Zurückhaltung. Normalerweise war er ein Pirat, der einer Frau nach seinem Geschmack ziemlich schnell sein Bett anbot. Man konnte sich allerdings schlechter betten. Aber für diese Frau baute Carlos mitten im Restaurant eine Kathedrale mit goldenem Hochaltar. Nie war er mir so spanisch erschienen! Don Quijote? Don Juan auf dem Heimweg? *Caballero cristiano?* War dies sein wahres Gesicht? *Wen* hatte ich umarmt? Meine Haare standen nur nicht zu Berge, weil sein Kamm sie daran hinderte. Dieser Mann war mir fremder als Ribbeck, der immer dasselbe Ekel war. Das hatte direkt was Beruhigendes. Ich vermute, die Unbekannte war eher ein stilles Wasser als ein stilles Licht, aber ich will mich nicht mit Carlos streiten.

Hellsehen gehört nicht zu meinen Talenten; aber ob ich in diesem Augenblick hellsah oder tiefblickte: ich ging jede Wette darauf ein, daß es Sanchez nicht das Wichtigste war, ob dies stille Licht mit ihm schlief oder nicht. Er schien eine Umkehrung seiner Wertehierarchie zu erleben, wo Wichtiges in den Hintergrund tritt, Unbewußtes sich in den Vordergrund schiebt und die ideale Liebe über die nackte Venus triumphiert. Ich glaube nicht an das Ideal, aber Cervantes tat es, und sein neuer Don Quijote aus Caracas tat es nun auch. Der Witz bei der

Sache war, daß niemand lachte. Weder Sanchez noch das stille Licht, noch Ribbeck, der von nichts wußte – und nicht einmal ich, die ich zuviel wußte. Wenigstens mehr, als gut für mich war. Die Art, wie er sich zu ihr beugte! Wie er ihr ihren Schal um die Schultern legte – einen dunklen Nerzschal, nicht von schlechten Eltern. Wie er plötzlich ... Ich wollte nichts mehr sehen. Schließlich hatte ich mich ganz nett mit mir selbst eingerichtet, nachdem ich weise auf die romantische Extrawurst verzichtet hatte. Aber was zuviel ist, das ist zuviel. Ich war zur Zuschauerin degradiert worden. Ich sah zu, wie Carlos der Fremden allerhand gab, was er mir nie gegeben hatte: Verehrung (aus welchem Grunde?), Sympathie (brauchte ich wohl nicht?), intensives Interesse für das, was sie sagte. Das bewies die Art, wie er ihr zuhörte. Ich ahnte nicht, daß er so zuhören konnte. Zu mir hatte er auf der Insel gesagt: »*Corona de las mujeres* *, sprich nicht soviel! Liebe mich! Ja, jetzt! Diesen Augenblick!«

Täuschte ich mich? War ich mal wieder beschwipst? Nein, ich täuschte mich nicht. Ich hatte mir den sechsten Sinn der Zuschauerin bewahrt, die einmal die Hauptrolle bei einem Mann gespielt hat. Und dann hatten Sanchez' Gesten und Bewegungen die eigentümliche Ausdrucks- und Überzeugungskraft der Tänzer und Meister der Pantomime. Nein, ich brauchte sein Gesicht nicht zu sehen. Was zum Kuckuck hatte diese unscheinbare Unbekannte, was ich nicht hatte?

»Worüber denken Sie so eifrig nach, Fräulein Moll?« Ribbeck blickte mich scharf durch seine Brille an.

»Sie ... Sie meinen mich?«

»Wen sollte ich sonst meinen? Warum zucken Sie zusammen? Ist Ihnen kalt? Sie sollten nach Ihrer Grippe keine ausgeschnittenen Kleider tragen. Schließlich ist es November.«

»Die Zeit fliegt ... Es ist tatsächlich November.«

»Tatsächlich!« Ribbeck starrte mich an. In seinen Augen war ein undefinierbarer Ausdruck. Hohn? Abneigung? Langeweile? Oder etwa doch ein Schatten von Enttäuschung, daß ich so unbeteiligt seinen Rotwein trank?

»Ich hole Ihnen Ihr Pelzcape. Sonst liegen Sie wieder auf der Nase.« Das hätte ihm gefehlt, daß meine Arbeit wieder liegenblieb.

»Was würde ein Indianer vom Orinoco zu diesem Lokal sagen?«

»Was würde ein tauber Mann zu Beethovens ›Neunter‹ sagen?

* Krone der Frauen!

Manchmal frage ich mich, Fräulein Moll, wie es in Ihrem Kopf aussieht.«
»Kann ich Ihnen genau sagen: wie Kraut und Rüben.«
»Darf ich Ihnen einen Rat geben?«
»Bitte nicht. Bin von meinen Freunden für die nächsten Jahrzehnte versorgt.«
»Aber ich gehöre zu Ihren Freunden, Fräulein Moll. Sind Sie darüber erstaunt? Wenn ich mit Ihnen nicht die Langmut eines Freundes hätte . . .« Er räusperte sich. »Was ich Ihnen raten möchte: zeigen Sie im Beruf einem Mann nicht ganz so deutlich, daß Sie ihn nicht leiden können.«
Ich wurde glühend rot:
»Das bilden Sie sich ein, Dr. Ribbeck!«
»Ich sprach von Herrn Bräutigam.« Ribbeck lächelte niederträchtig. Er hatte mich wieder mal reingelegt. »Herr Bräutigam hat sich bei mir über Ihre Unhöflichkeit beklagt. Noch etwas Rotwein, Fräulein Moll? In letzter Zeit habe ich öfters über Sie nachgedacht.«
Wenn Ribbeck über jemanden nachdachte, kam nichts Nettes für den Beteiligten dabei heraus. Ich fragte, warum er über mich nachdächte.
»Schließlich habe ich das Vergnügen, Sie täglich in der Redaktion zu sehen!«
»So ein großes Vergnügen kann das nicht sein.«
»Wer spricht von einem *großen* Vergnügen?« fragte Ribbeck galant. »Es wäre nett, wenn Sie mich nicht dauernd unterbrächen. Was ich sagen wollte: ich glaube, Sie sind nicht hundertprozentig zur Journalistin geeignet!«
»Sie – Sie meinen, ich kann nicht genug?«
»Sie könnten mehr auf einem anderen Gebiet leisten.«
»Ist das endlich die Kündigung?«
»Das ist Entwicklungshilfe, Fräulein Moll. Es hat nichts mit Ihrer Routinearbeit in der Redaktion zu tun. Aber dort ist nie Ruhe zu einem Gespräch . . . Sehen Sie, die heutige Reportage über ferne Länder befaßt sich vorwiegend mit politischen und wirtschaftlichen Strukturen und Wandlungen. Die Gesellschaft, die Gruppe – als soziologisches Phänomen. Ein Beispiel ist unsere Serie über ›Guerillas in Südamerika‹. Sie hat übrigens unsere Auflage verfünffacht.«
»Ja, ich weiß.« Mir wurde immer mulmiger zumute.
»*Sie* bringen in Ihre besten Arbeiten andere, ganz individuelle Elemente: Phantasie, die sich aber an der Realität orientiert: die Neu-

gierde auf den Einzelfall und Erzeugung von Spannung und Drama. Kurzum: das Rüstzeug des Romanautors.«

»Für so was bin ich zu faul. Und der Roman ist doch tot.«

»Totgesagt, Fräulein Moll. Das ist nicht dasselbe. Der Roman kehrt wie Lazarus immer wieder zu den Lebenden zurück. Hören Sie eigentlich zu?«

Ich riß meinen Blick von Sanchez' Rücken los. Er trank der Unbekannten zu. Er hatte sein Weinglas erhoben wie eine goldene Monstranz. Die junge Frau mit dem Madonnenscheitel hob ihr Glas, ohne mit ihm anzustoßen. Sie lächelte, schien aber ziemlich unbeteiligt zu sein. Oder sie tat so. Sie war goldrichtig. Mit Speck fängt man Mäuse. Mit Dreck fängt man Läuse. Mit Kälte fängt man Männer. Recht hatte sie. Alle haben recht.

»Natürlich höre ich zu«, sagte ich hastig. Vielleicht war es nicht Sanchez, sondern ein Doppelgänger? So was gibt's. Ob ich Ribbeck danach fragen sollte? Der wußte sicherlich Bescheid. Er verschlang täglich eine Bibliothek. Idiotisch wie ich bin, beschäftigte ich mich mit dem Doppelgänger und dem ›stillen Wasser‹ an dem gegenüberliegenden Ecktisch. Viel später wurde mir klar, daß ich Ribbeck hätte zuhören sollen. Meine Reaktionen kamen oft zu spät – wie ich. Ich war ablenkbar – da lag der Hase im Pfeffer. Indessen erklärte mir Ribbeck, daß der Roman sich vom Spiegelbild der Realität und vom reinen Aktionstypus für Primitive wegentwickelte und seine heutigen Möglichkeiten in der Vielschichtigkeit fände: Analyse, Differenzierung, Motivation.

»Lesen Sie Nathalie Sarraute. Die Bloßlegung des Unbewußten ... Aber das ist für meinen Geschmack schon etwas zuviel Textbuch. Wenn Sie Ihr Temperament und Ihren Witz richtig einsetzen ...«

Er brach ab. Seine Reaktionen arbeiteten wie der Wind. Er zuckte die Achseln.

»Ich fürchte, das sind alles Perlen vor die Säue, Herr Doktor!« Da er nicht widersprach, schien er meine Meinung zu teilen. Dann sagte er in seinem unangenehmsten Ton: »Ich versuchte, Ihnen zu helfen, Fräulein Moll! Sie weiterzubringen. Das ist eine meiner Aufgaben als Ihr Chefredakteur. Aber wenn Sie Ihr Talent nicht entwickeln wollen – bitte sehr!«

»Sind Sie böse?«

»Nicht im geringsten. Ich glaube, Sie suchen sich am besten einen Mann, der lebenslänglich für Sie arbeitet. Oder sind Sie dazu auch zu faul?« – »Schon möglich.« Meine Lächeltechnik war perfekt.

»Das geht mich glücklicherweise nichts an«, sagte Ribbeck. »Erst einmal werde ich Ihre Fernsehkarriere aufbauen. Die Sache kommt ganz gut an. Das liegt zum Teil an Ihrem Auftreten, und Sie sind immerhin dekorativ. Aber ich möchte Sie ganz dringend auf eine Gefahr aufmerksam machen . . .«
Ich erfuhr nicht mehr, was mir drohte. Eine mir wohlbekannte Stimme sagte: »So jung kommen wir nicht wieder zusammen! Darf ich mich zu euch setzen oder nicht?«
»Bitte sehr«, sagte Ribbeck. »Ein Glas Rotwein?«
»Ich hoffe, ich störe nicht«, sagte Annemarie Schmidt von der abservierten Rat- und Trostseite *Liebe Annemarie.*
»Gott bewahre«, sagte Ribbeck. »Es ist mir ein Fest.«

Bei meinen zahlreichen Mängeln habe ich einen winzigen Pluspunkt: mein Vibrationssinn ist goldrichtig. Leider nur in bezug auf andere; ich selbst weiß nie, wann's geklingelt hat. So wie ich die Schwingungen an Sanchez' Tisch spürte, so fühlte ich in verstärktem Maße die Hochspannung zwischen Ribbeck und der ›Lieben Annemarie‹. Bis auf seinen Blick, der sie in kalter Raserei musterte, war Ribbeck zu Stein erstarrt. Schmidt dagegen war von entsetzlicher Lebendigkeit: eine aus den Fugen geratene Rubensfigur, die an hohem Blutdruck litt. Im Augenblick ignorierte sie Ribbeck.
»So macht er's immer, Moll. Ich warne Sie! Erst lädt er zum Essen ein, und dann schmeißt er einen raus. Warum? Um mit einem zu schlafen! Er will keinen Klatsch im Büro. Mit mir hat er's auch so getrieben. Passen Sie auf, nun dauert's nicht mehr lange, und er schläft mit Ihnen!«
»Meinen Sie nicht, daß dazu zwei gehören?«
»Ich bin ganz Fräulein Molls Ansicht.« Ribbeck war aus seiner Erstarrung erwacht. Er war sehr rot im Gesicht. Es war das Schlimmste, was ihm vor mir passieren konnte. Was irgendeinem Mann vor einer fremden Frau . . .
»Sei still, Ossie!« Sie nannte ihn ›Ossie‹. »Wenn er es braucht, dann kommt er an. Das werden Sie schon rauskriegen, Moll.«
»Spiel die Dame, Schmidt«, sagte ich. »Wenn's auch schwerfällt.«
»Seien Sie ganz ruhig, Moll! Ich bin vielleicht nicht aus einem so feinen Stall . . .«
»Vielleicht?« fragte Ribbeck. Sein Patriziergesicht war leicht verzerrt. Ich konnte ihn nicht ansehen. Auch wenn er nicht der Angenehmste

war, das hatte er nicht verdient. Entwicklungshilfe hatte er mir auch geben wollen. Ich konnte nichts dafür: ich stellte mir die beiden im Bett vor. Wie hatte er nur auf die Schmidt hereinfallen können? Sie war ein Fleischberg, und in der Wut wabbelte das Fleisch wie Gelee. Aber sie hatte das falsche mütterliche Lächeln, wenn sie auf Männerfang ging. Sie war zweiundvierzig und zweimal geschieden. Wendt hatte deswegen gedacht, sie könnte Ehekrüppeln »Rat und Trost« geben. Was verstand Wendt davon, der glücklich verheiratet war? Außerdem hatte er Schmidt Gehalt geben wollen. Sie lebte bei einer entsetzlichen Tante in einer Mietskaserne im Bezirk Neukölln. Früher, vor Ribbecks Ära, hatte sie Edith Hannemann immer von ihren Vergnügungen im Ballhaus Resi erzählt. Spielplatz Hasenheide ... Wie konnte Ribbeck die gute Schmidt ertragen? Wie konnte ich so dumm fragen? Wenn er es brauchte ...

»Mich hast du nicht hierher genommen, Ossie«, sagte Schmidt vorwurfsvoll.

»Höre, Annemarie«, sagte Ribbeck heiser. »Ich habe eine berufliche Besprechung mit Fräulein Moll.«

»Das kann ich mir denken. Ich möcht 'ne Schokoladentorte.«

Ribbeck bestellte Schokoladentorte. Er war zwar groß und sehnig, aber diesen Koloß konnten nur zwei Boxer vom Tatort entfernen. Wahrscheinlich würde er seine Haushälterin entlassen, weil sie Fräulein Schmidt gesagt hatte, wo sie ihn finden könne. Frau Hannemann hatte ihm Frau Krämer besorgt. Schmidt war nicht ganz ungefährlich, weil sie nicht die Hemmungen der Wohlerzogenen hatte. Aber wir beim *Komet* wußten alle, wie sie es schaffte. Sie sah so fröhlich, so treusorgend, so – freigebig aus, als ob sie in ihrer großen Lacktasche ein Füllhorn parat hätte. Als ob sie dem Mann mit beiden Händen gäbe und noch mal gäbe. Dabei nahm sie mit beiden Händen. Sicher hatte Ribbeck das längst erkannt; aber wie jeder Mann, und besonders ein Mann der Öffentlichkeit, wollte er keinen Skandal. Ich nahm mir vor, nach Frau Hannemanns Rückkehr vorsichtig mit ihr über Schmidt zu sprechen. Vor Hannemann hatte sie Angst – wie wir alle. Hannemann hatte ihr schon einmal gedroht, als sie einem Jüngling, der sich um »Rat und Trost« an sie gewandt hatte, nach Tanzabenden in Neukölln ein fingiertes Baby anhängen wollte. So versuchte sie Geld aus einem armen Luder herauszuschlagen. Ob Ribbeck es wußte? Was ging's mich an? Die liebe Annemarie war sein persönliches Begräbnis.

Aber in diesem Lokal war sie nicht ganz in ihrem Element, und für ihre Verhältnisse hatte sie unter Ribbecks Blick geflüstert. Sonst schrie sie. Sie hatte sich schwer atmend auf dem dritten Sessel arrangiert; wie die meisten fetten Frauen vertrug sie keine Extrembelastungen; schließlich schleppte sie ihr Übergewicht mit sich herum. Sie sah im Sitzen schlecht aus, weil sie sich altmodisch in einen engen Bra und Gürtel preßte. Sie hatte aber die herrliche rosige Haut der Korpulenten in den zweitbesten Jahren; sicher war sie ohne Kleider sehr viel besser anzusehen. Sie aß unaufhörlich von dem Konfekt, das zum Kaffee serviert wurde.

»Meine Lieblingssorte«, murmelte sie. »Sei nicht böse, Ossie! Ich hätt' wohl nicht kommen sollen?«

»Iß nicht soviel Nougat! Es schadet dir!«

Sie langte nach dem sechsten Lutscher.

»Hast du nicht verstanden?« Ribbeck sprach sehr leise, aber da war ein Unterton, der jemandem mit Vibrationssinn Schrecken einjagen konnte. Sie war kaum drei Minuten am Tisch. Sollte ich aufstehen und gehen? Mußte ich bleiben? Ich war Ribbecks Gast. Ich war angenagelt. Annemarie war kurz vor der Explosion. Wahrscheinlich würde Ossie sie erwürgen, wenn sie zu krakeelen anfing. Das wollte ich nicht mitkriegen. Ich bekam es nicht mit, denn ich wurde in diesem Augenblick, als Ribbeck seiner Dulcinea das Konfekt aus der Hand nahm, ans Telefon gerufen. Wer wollte mich so spät am Abend sprechen?

Mehrere Stufen führten zu der Telefonkoje, und ich blickte noch einmal ins Restaurant zurück. Ich sah Ribbeck und seine Gebrauchs-Venus wie durchs verkehrte Ende eines Fernglases: Zwerge mit der eingekerkerten Wut und dem Groll der Enttäuschten. Annemaries Patschhände mit den Grübchen und den gierigen zugreifenden Fingern waren wie immer mit Ringen bedeckt; ihr kirschrot bemalter Mund war eine tote Meeresfrucht. Ein Ring war mir vorhin bei Tisch aufgefallen: ein ziemlich kostbarer Opal in schlichter Goldfassung. Er wirkte neben den billigen, angeberischen Ringen, die Schmidt aus »ihren Herren« herauszuschmeicheln pflegte, wie ein Schmuckstück, das Ribbeck gekauft und bezahlt hatte. Wenn ich auch nichts von Ribbeck verstehe, von Schmuck verstehe ich eine Kleinigkeit. Aber vielleicht wurde mir durch den Zwischenfall klar, daß etwas solide Hurerei von Zeit zu Zeit seine Arbeitskraft steigerte, bis niemand in der Redaktion mit dem Tempo mitkam. Ich hatte beim Aufstehen noch gehört, wie Schmidt im Flüsterton mit Lautverstärker verkündete, sie könnte verrecken, sobald Ossie das, was er wollte, gehabt hätte. Wochen hörte sie nichts von ihm – ein Schluchzer, gluckgluck – alle Männer seien eben Schweine, gluckgluck . . . Ribbecks Antwort konnte ich nicht mehr hören; geschluchzt hatte er jedenfalls nicht. Ein bißchen solide Hurerei. *No importa.* Schmidt war bei ihm auch nicht auf Rosen gebettet.

Ich habe die dumme Angewohnheit, mit geöffneter Handtasche herumzulaufen; ich wollte mich grade ausschnupfen, als ich ans Telefon gerufen wurde. Als ich den langen, mattbeleuchteten Gang zum Telefon herunterlief – warum sind Telefonzellen immer am anderen Ende der Welt? –, kam mir jemand nachgelaufen.

»Du hast dein Taschentuch verloren. Wie immer«, sagte Sanchez.

Als kleines Mädel haßte ich Blindekuhspiele, weil ich fürchtete, daß alle Kinder verschwunden wären, wenn ich die Augen öffnete. Als ich Sanchez' Stimme hörte, schloß ich auch einen Moment die Augen und wollte sie am liebsten nicht wieder öffnen. Aber dann starrte ich ihn an, und er lachte. Seine Zähne blitzten, und die weiße Strähne in seinem glänzenden schwarzen Haar leuchtete wie der beliebte Silberstreif am dunklen Horizont. Sanchez war herrlicher Laune; er sah ausgeruht, aber nicht schläfrig aus. Nein, nicht schläfrig; und das ist die Untertreibung des Jahrhunderts. Wenn einer die sieben Methoden, jemandem das Herz zu brechen, beherrschte, dann war's der Caballero. Aber Methode ist Ribbecks Bezirk . . .

»Es fehlt Ihnen an Methode, Fräulein Moll.« Nie hatte jemand ein wahreres Wort beim Wein gesprochen! Der Señor ging mich seit undenklichen Zeiten einen Dreck an. Ist das klar? Klar war das klar! Wie eine Ertrinkende sah ich alle Szenen in Venezuela, die von meinen Niederlagen und seinen Missetaten kündeten. Sanchez und sein »Fräulein«: von Zwischenfall zu Zwischenfall, von Katastrophe zu Katastrophe, von Reinfall zu Reinfall. Vielleicht war die Fremde an seinem Tisch wirklich kühl; vielleicht würde sie ihn leiden machen, ihn lächelnd quälen, wie er mich immer gequält hatte. Nur weil ich das Unglück hatte, ihn zu lieben, wie ich es eben verstand. Nicht raffiniert, das schon gar nicht. Und zum Schluß, nachdem Bonnhoff leibhaftig zwischen uns getreten war, gab's nur die Journalistin Moll, die Presseschlange, die man zertreten mußte. Aber offenbar doch nicht,

denn er lächelte mich an. Er war so glücklich, daß ich kaum existierte. Ganz am Rande der Welt, seiner Welt.
»Wie geht es dir?«
»Blendend. Und – dir?«
»Auch blendend«, sagte Sanchez.
»Wer – wer ist die Frau an deinem Tisch?« Ich wußte, man durfte ihn nicht fragen, aber ich konnte nicht anders. Sein Blick verwarf mich – heimlich, glatt lächelnd, ungeduldig. Er sagte, die Dame an seinem Tisch sei eine Londoner Ärztin. Ob ich sie kennenlernen möchte? Es war der reinste Hohn, und da er auf sein freundliches Angebot keine Antwort erhielt, wandte er sich halb zum Gehen. Er war nur zu verdammt höflich, um mich vor der Telefonzelle stehen zu lassen.
»Einen Augenblick, Carlos«, sagte ich atemlos. Ich war wieder im magischen Käfig. Ich mußte wahnsinnig sein. Ich brauchte ihn nur zu sehen und ... Er war mein Rauschgift; mein LSD. Mein Cannabis, oder wie das Zeug heißt. »Carlos«, sagte ich, »höre einen Augenblick zu.« Ich sprach wieder mein Spanisch eigener Erfindung; denn wenn ich erregt bin, entschlüpft mir diese verdammte Sprache. »Man muß vergeben und vergessen können, Carlos!«
Da Sanchez weder das eine noch das andere konnte oder wollte, enthielt er sich jedes Kommentars. »Du hälst dich doch für einen guten Christen, nicht wahr?«
»Wer sich dafür hält, ist ein miserabler Christ, meine Liebe. Willst du mich bitte jetzt entschuldigen?«
»Sofort. Und zwar für immer und ewig. Ich finde, wir könnten doch Freunde sein, Carlos. Wo du schon mal in Berlin bist! Ich meine, es gibt doch noch viel schlimmere Mißverständnisse zwischen zwei Leuten, und sie trinken trotzdem eine Tasse Kaffee zusammen. Wie zivilisierte Zeitgenossen. Sag endlich etwas.«
»Du sprichst zuviel! Wie immer. Adiós!«
Als ich vom Telefon zum Tisch zurückkam, war Ribbeck allein. Ob er Annemarie durch angewandte Psychologie oder mit Körpergewalt entfernt hatte, weiß ich nicht. Ribbeck saß kerzengrade wie immer da, und sein blasses, steiles Gesicht verriet nichts. Hatte ich angenommen, er würde sich an meiner Schulter ausweinen? Er sah sehr einsam aus. Ein Mann ohne Frau sei ein Bettler in der Nacht, sagen sie in Spanien oder am Orinoco. Aber seine Maske saß wieder wie angegossen. Er hielt wieder Distanz wie in der Redaktion. »Sei still, Ossie!« Ich

mußte das geträumt haben – wie alles andere bei Ribbecks Gastmahl. Er sah mich einen Augenblick scharf an. »Ist etwas geschehen, Fräulein Moll?«

»Meine Mutter! Sie hatte wieder einen Herzanfall. Ich muß sofort ...«

»Ist sie zu Haus? Ich bringe Sie zurück.«

»Im Krankenhaus. Wilmersdorf. Bei Dr. von Hartlieb. Dr. Schneider sagt, ich soll sofort ...«

Ribbeck hatte mir mein Pelzcape umgelegt. »Warten Sie hier! Ich hole meinen Wagen.«

»Ich – ich habe meinen kleinen Opel ...«

»Sie können nicht fahren. Nicht jetzt.« Es ging alles unglaublich schnell. Ribbeck brachte mich zur Klinik. Wir sprachen kein Wort. Er nahm den Schlüssel zu meinem Wagen. Die Garage würde ihn vom Restaurant abholen. Er würde aufpassen, daß alles glattging.

»Wenn sie nun stirbt«, sagte ich, als wir vor der Klinik hielten. »Ich muß mich mehr um sie kümmern.«

»Gute Nacht, Fräulein Moll!«

Wie immer, vergaß ich, mich zu bedanken. Der Wagen bog um die Ecke, als es mir einfiel. Die Nachtschwester kam mir entgegen. »Fräulein Moll? Herr Dr. Schneider wartet auf Sie. Nein, im Augenblick können Sie Ihre Mutter nicht sehen. Dr. von Hartlieb und die Oberschwester geben ihr Sauerstoff.«

»Ist – ist es so schlimm?«

»Bitte, warten Sie hier einen Augenblick. Oberschwester Ullmann weiß Bescheid. Sie bekommen sofort einen starken Kaffee. Nein, nein – Sie müssen sich setzen! Und Sie müssen sich beruhigen. Hier sind Zeitschriften.«

Ich saß in dem kleinen Wartezimmer, wie sie überall auf der Welt sind: sauber, nach Medizin und Kummer riechend. Ein älterer Mann wartete ebenfalls unter dem harten hellen Licht. Er hielt unseren *Komet* in den Händen, aber er konnte ihn nicht lesen, denn das Blatt stand kopf, und er merkte es nicht.

Eine schlanke junge Schwester erschien. Schwester Therese von Lokkers Hochzeit. »Kommen Sie mit mir, Herr Brenner!«

»Wie ist's mit ihr, Schwester? Meine Frau war nie krank. Ist's etwa gefährlich? Das kann nicht sein. Das darf nicht sein, Schwester! Ich – ich ...«

»Sie müssen jetzt sehr ruhig sein, Herr Brenner. Ihre Frau ist sehr

schwach. Zwei Minuten. Ja, wir haben ein Bett für Sie im Vorraum. Sie wollen die Nacht hierbleiben, nicht wahr?«
»Natürlich! Ich muß doch bei meiner Frau . . .«
Schwester Therese hatte ihn beim Arm genommen. Die Tür schloß sich hinter ihnen. Der schwere Mann hatte wie ein Schiff auf hoher See geschwankt.
Ich ließ den Kaffee kalt werden.
Zum ersten Mal im Leben wartete ich auf Mutter, nicht umgekehrt.

# Ein ganz alltäglicher Leidenskelch

*Notre vie est du vent tissu.*
Joseph Joubert (Pensées)

## I

Carla Moll:

Ich wartete weiter. Minuten? Stunden? Jahre? – Ab und zu blickte ein Arzt oder eine Schwester in den Raum und verschwand wieder. Dr. Schneider kam auch nicht, obwohl ich sofort hatte kommen sollen. Dies war eine Privatklinik; aber das Wartezimmer war hygienisch häßlich. Es diente eben nur Passanten, die andere Sorgen hatten. Die Deckenampel verbreitete ein grünliches Licht. Rosa wäre besser. Hör auf, Moll! Und hör auf zu zittern! Unser Dr. Schneider war ein alter Miesmacher. Mutter war zäh. Ich überlegte krampfhaft, was sie alles im Krieg und Nachkrieg überlebt hatte. Blaß, verkniffen, nörgelnd – aber sie kam immer irgendwie davon. Dann sah Oberschwester Ullmann eine Sekunde zur Tür herein. Ich sah sie zum dritten Mal im Leben, und hier, in der Klinik, war sie in ihrem Element. Nicht zögernd und unsicher wie damals in der Redaktion; nicht fröhlich wie bei Lockers Hochzeit. Sie war jemand, an den man sich anklammern konnte: fest, aber mitfühlend. »Sie können bald zu ihr, Fräulein Moll. Schwester Therese bringt Ihnen frischen Kaffee. Und hier ist eine kleine Pille und ein Glas Wasser. Für Sie, mein Kind. Bitte gleich nehmen. Nachher fühlen Sie sich besser.«
»Wie geht's meiner Mutter?«
»Wir müssen hoffen, Fräulein Moll. Herr Dr. Schneider kommt bald und holt Sie zu ihr. Es war ein böser Anfall.«
»Hat sie nach mir gefragt?«
»Die ganze Zeit. Aber jetzt schläft sie ein bißchen.«

»Das ist doch gut«, sagte ich erlöst.
»Da ist der Kaffee, Fräulein Moll. Oh, Schwester Therese. Bitte, passen Sie auf, daß Fräulein Moll ihn heiß trinkt. Legen Sie doch den Pelz ab. Hier ist gut geheizt. Sie erkälten sich sonst!«
»Aber ich klappere mit den Zähnen, Oberschwester.«
»Das wird besser nach dem Kaffee. Ich sehe Sie nachher.«
Sie nickte mir zu und verschwand mit Schwester Therese. Sie hatte soviel ruhige Autorität, daß ich den Kaffee brav trank und das Pelzcape abnahm. Mein ausgeschnittenes Modellkleid war nicht angebracht – nichts war angebracht. Mutter hatte gesagt, ich sollte zu Ribbecks Gastmahl mein weißes Wollkleid anziehen. Hoch geschlossen war es auch. Aber ich tat Mutter den Gefallen nicht. Nie, nicht den kleinsten Gefallen. Das mußte anders werden. Warum holte mich niemand zu ihr? Wenn sie doch nach mir rief? Ach so, sie schlief jetzt. Die Zeit tickte weg, und keine Sekunde würde zurückkommen. Ich darf mich nicht auflehnen, dachte ich. Ich neige zu Extremen, dachte ich. Ich spreche zuviel. Sagt Carlos auch. Ich will mich nicht fördern lassen, sagt Ribbeck. Genieße den Tag, sage ich. Wer den Pfennig nicht ehrt – nein, das sagt Mutter. Banalität ist tröstlich. Hält Leib und Seele zusammen. Kleiner Irrtum! Das sind Haferflocken zum Frühstück. Mutter schwört drauf. Großes Zankthema bei Molls. Na, und was nützt Mutter der Haferbrei? Jetzt liegt sie wieder auf der Nase. Plötzlich lebe ich zwischen heute abend und leerer Zeit. Alles ist weggewischt: Ribbecks Gastmahl, Carlos und die Fremde, Karriere, ich bin doch 'n patentes Mädel, sagt Mutter.
Da ist Dr. Schneider. Endlich!
»Ich will mich wirklich um Mutter kümmern. Großes Ehrenwort, Onkel Schneider! Sobald sie nach Haus kann, verreise ich mit ihr. Mindestens drei Wochen! Auf jeden Fall zwei . . . Ich verspreche dir, daß . . .«
Unser alter Familienarzt sieht mich nur an. In seinen Augen hinter den Brillengläsern ist ein Blick, der mich am Weiterreden hindert. Ich krieg schlecht Luft.
»Du mußt jetzt tapfer sein, Mädel. Nicht weinen. Nicht jetzt. Sie will dich nochmals sehen. Komm, komm, Kopf hoch! So ist's recht.«
Er zieht mich an der Hand den mattbeleuchteten Korridor entlang. Ich geh mit – wie als kleines Mädel nach Vaters Tod. Onkel Schneider – weder verwandt noch verschwägert mit uns – ist immer da, wenn's bei Molls was gibt. Geburt, Masern, Herzanfälle. Und so weiter.

Er schiebt mich ins Krankenzimmer. Ist Mutter bewußtlos? Sie hat die Augen geschlossen. In einer Ecke sitzt alt, bescheiden und lautlos Pastor Wernicke. Er hat Mutter auch immer besucht, wenn bei Molls was los war. Dr. von Hartlieb steht am Bett und nickt mir zu. Oberschwester Ullmann wirtschaftet an einem großen furchterregenden Apparat herum – aber sie macht das leise. Dr. Schneider tritt dicht ans Bett und neigt sich zu Mutter hinüber. Sie ist weiß, ein fremdes spitzes Gesicht, halboffener Mund. Sie haben ihr das Gebiß herausgenommen. Sie wird böse sein, wenn sie das merkt. Dr. Schneider flüstert: »Sie ist gekommen! Hörst du mich, Katharina? Carlchen ist da!«

Mutter schlägt einen Augenblick die Augen auf. Ich glaube, sie erkannte mich.

Ich muß es glauben.

## II

Meinen alle Leute, Mütter leben ewig? Oder war nur ich so dämlich? Schließlich hatte ich zwei Herzattacken bei ihr erlebt und sah kein Warnungssignal. Ich wußte eben nie, wann's geklingelt hat.

Ich entdeckte, daß Mutter mir fehlte. Sogar ihr Nörgeln. Besonders ihr Nörgeln ... Im Grunde meckerte sie so viel, weil ich ihrer Meinung nach zum Sieg auf allen Linien bestimmt war: Beruf, Heirat, geniale Kinder – die ganze Packung frei Haus. War ja lächerlich – so'n patentes Mädel! Mütter überschätzen ihre Brut grundsätzlich. Sie können wohl nicht anders. Sie mögen noch soviel auszusetzen haben – unter vier Augen, versteht sich –, aber an Sohn oder Tochter kommt keiner ran. Nicht einmal die vielen Leute, die täglich beweisen, daß sie klüger, schöner, beliebter und jünger sind als wir ...

Die erste Woche nach Mutters Tod fühlte ich kaum etwas – ich stand noch unter dem Schock. Meine Freundin Lotte erzählte mir die Saga. Mutter wollte tatsächlich noch den Abend Bridge spielen. Und Herr v. Hahn holte sie ab, »weil ich mich doch sicher irgendwo amüsierte« – tat ich, tat ich! – und Mutter nicht allein gehen sollte. Er fand sie auf dem Teppich – bewußtlos. Dr. Schneider raste herbei und telefonierte mir ins Restaurant. So war das gewesen. Vielleicht hätte ich trotz Mutters Protest bei ihr bleiben sollen. Sie wußte eben zu genau, daß ich es ungern tat. In der Woche nach dem Begräbnis dachte ich oft an Lockers Hochzeit, wo Dr. Schneider mir geraten hatte, öfters das Wochenende bei Mutter zu verbringen. Warum? Weil es sie freuen würde. Leider konnte ich meine kostbare Zeit nicht opfern, um Mutter eine Freude zu machen.

Ich träumte in den schlimmen Wochen öfters denselben Traum. Ich wollte nun endlich mit Mutter verreisen, und wir standen in Tempelhof, und plötzlich war sie mir mit einem anderen Flugzeug davongeflogen. Sie winkte sogar noch aus der eleganten Mausefalle. Ich schrie: »Mutter, komm zurück! Wo fliegst du hin?« Wenn ich aus diesem Traum erwachte, liefen mir die dicken Tränen übers Gesicht. Onkel Doktor gab mir Beruhigungspillen. »Mach mir keine Geschichten, Mädel!« Er rief Ribbeck an: ich müßte ein paar Tage ruhen und auch den Nachlaß ordnen. Das tat natürlich Kurt Sommer für mich, mit Mutters Notar. Kurt rannte herum, als ob er seine Zeit gestohlen hätte. Und ich lag bei Lotte auf der Couch und heulte ... Aber beide meinten, das wäre die richtige Arbeitsteilung. Wo war Mutter hingeflogen?

Ich war nicht ganz da, aber die Schuldgefühle waren da. Und ich konnte sie nicht loswerden. Sie surrten und summten wie Wespen um mich herum und stachen. Und kauften mir meinen Mut ab. Schuldgefühle sind so sinnlos, weil niemand niemanden genug liebt oder schätzt; und weil man nie genug für die Toten getan hat oder tun konnte. Ja, wenn sie wiederkämen! Chemisch gereinigt durch unsere Tränen! Das wäre eine Sache. Wäre es eine Sache? Würde ich nicht wieder irritiert und ablenkbar und ichbezogen sein? Nie wieder denken, ich könnte meine Zeit amüsanter und profitreicher zubringen? Denn Mutter würde doch – aus zuviel Liebe – wieder an mir rumnörgeln, wenn sie durch ein Wunder nochmals ... Hör auf, Moll! Das ist neurotisch, und du weißt es. Ich bin nicht viel schlechter als die anderen. Ich bin genau dieselbe scheußliche Mischung von Empfindlichkeit, Egoismus und Hoffnungen, und ich habe auch die allgemein verbreitete Begabung, die Leiden anderer mit Seelenruhe zu ertragen. »Ich bin auch nur ein Mensch«, sagte ich mir, wenn die Wespen stachen. »Und was für einer«, sagten die Wespen.

Die Beerdigung ging schattenhaft an mir vorbei. Das war nicht Mutter in der Holzkiste, unter Kränzen und Immergrün. In aller Stille. Pastor Wernicke machte es kurz und gut. Mutter lebte noch einmal für einige Minuten. Ich stand eingerahmt von den Familien Schneider und Sommer – niemand konnte an mich ran. Hahns waren auch alle da.

Sie sahen feindselig zu mir herüber; sie waren mir nie grün gewesen. Ich war eine schlechte Tochter. Ich las Frau von Hahn diese Ansicht vom Gesicht ab. Was ich getan oder versäumt hatte, ging diese selbstherrliche Dame einen kalten Kaffee an. Frau Hannemann war selbstverständlich erschienen. Vom Bahnhof direkt zur Beerdigung. Hannemann war verrückt nach Trauerfeiern; sie ging auch zu Leuten, die sie überhaupt nichts angingen. Sie hatte nun mal die ganze schwarze Ausrüstung mitsamt einem Trauerhut, der wie eine Käseglocke mit Schleier aussah. Aber zu Mutter kam sie meinetwegen. Und sie sagte etwas Gutes und Nettes, als alles zu Ende war und die Leidtragenden sich hastig verkrümelten. Ribbeck schickte einen Kranz im Namen der Redaktion. Und ein Handschreiben, das so konventionell war, daß das Papier sich vor Lachen bog. Jeder, wie er kann.
In der ersten Woche nach Mutters Tod, die ich bei Kurt und Lotte verbrachte, dachte ich manchmal an Oberschwester Ullmann und ertappte mich dabei, daß ich diese verblühte, übernächtigte, grauhaarige Frau beneidete. Sie wurde von so vielen gebraucht, und ich war so entbehrlich. Was immer sie in grauer Vorzeit mit Bonnhoff und Carlos getrieben hatte, sie hatte die Vergangenheit abgeschüttelt, ihr Image verändert und war eine großartige Krankenschwester. Mußte man sein Image von Zeit zu Zeit verändern? Taten Raupen das? Hatte Ribbeck das gemeint, als er mir im Restaurant Entwicklungshilfe anbot? Ich war zu kaputt, um darüber nachzudenken. Übrigens sah ich die Unbekannte, die Carlos heiliggesprochen hatte, nie mehr. Ihn sah ich wieder – unter sehr veränderten Umständen.
Das Zusammensein mit Kurt und Lotte tat mir gut. Ihr kleiner Sohn war in der Zeit bei Lottes Eltern, und Frau Schneider ergötzte sich an ihm. Sie war eine strahlende Großmutter und ergriff die Gelegenheit, um Robertchen unbeschreiblich zu verziehen. Sie hatte Mutter nie gemocht, und warum sollte sie also plötzlich trauern und die ganze Beziehung umlügen? Dr. Schneider, der Mutter fast ihr ganzes Leben gekannt und brummig behütet hatte, war unauffällig bedrückt. Er hatte Mutters Schwächen genau gekannt und akzeptiert. Lotte und Kurt hatten keine Beziehung zu ihr gefunden. Es war in diesem Fall keine Frage der Generationen; denn Lotte und Frau Schneider waren innig befreundet. Es war Mutter gewesen. Sie hatte sehr wenig Freunde gehabt. Immer nur Vater, ihre Schwester, die Generalin, und mich. Also ziemlich wenig, wenn das ein ganzes Leben ausfüllen sollte. Alle ihre Ansprüche an Liebe hatten sich später auf mich kon-

zentriert, und das war zuviel gewesen. Eines Abends sagte ich es Kurt, aber ganz kaputt von Schuldgefühl. Er redete mir meine Schuldgefühle, bis auf den berechtigten Rest, glatt aus. Ein Anwalt kann jede Sache vertreten, und Kurt vertrat C. Moll gegen C. Moll, bis Lottchen mit der Kartoffelsuppe mit Speck und Würstchen erschien.
Bevor Mutters Hausrat versteigert wurde, brachte Kurt mich am Nachmittag in ihre alte Wohnung. Ich sollte mir aussuchen, was ich behalten wollte, und die Briefe und Familienbilder mitnehmen. Spätabends brachte Kurt mich dann in meine eigene Wohnung, und Lotte verbrachte dort die Nacht auf meiner Couch. Morgens frühstückten wir noch zusammen, und dann erschien Frau Frosch, um aufzuräumen und zu kochen. Sie hatte meine Wohnung verschwenderisch mit Blumen geschmückt – in der irrigen Annahme, es handele sich um meine Beerdigung. Sie ließ die Rechnung für die Blumen diskret in der obersten Schublade meines Schreibtisches, wo alle unbezahlten Rechnungen ihr Los beweinen. Frau Frosch sprach in vornehm gedämpftem Ton von der »unvergeßlichen Frau Professor«, und Lotte und ich hätten beinahe laut gelacht. Mutter und Frau Frosch waren Erzfeindinnen gewesen. Nun hatte Mutter das Feld geräumt, und Frau Frosch hielt es für ihre »Menschenpflicht«, Loblieder zu singen. So naiv möchte ich auch mal sein!
Ich war sehr allein in Mutters leerer Wohnung.
Allein und nicht allein. Ich sah sie überall – auf ihrem ausgedienten Sofa. Am Schreibtisch, wo sie so viele Nörgelbriefe nach Venezuela geschrieben hatte. In ihrem deprimierend ordentlichen Schlafzimmer. Am Telefon, wo sie sich bei Frau von Hahn oder Dr. Schneider über mich beklagt hatte. Meine Gedanken wanderten im Kreise. Flogen Eulen um den scheußlichen überladenen Kronleuchter, der Mutters Stolz gewesen war? Ich wollte nichts von dem Plunder haben – nur einige Fotos und natürlich die wenigen Stücke aus Meißener Prozellan, die Mutter während des Krieges mit mir in den Luftschutzkeller geschleppt hatte, ihre unentbehrlichen Besitztümer. Meredith sagt, man soll der jungen Generation kein eingestürztes Haus überlassen. Er mußte eine Vision von Mutters Höhle in Charlottenburg gehabt haben. Auf der Anrichte lag dicker Staub. Morgen würde sie zur Auktion geschafft werden. Ich tat etwas Sinnloses, einfach aus verspäteteter Liebe: Ich holte ein Staubtuch und rieb die Anrichte blank.
Die Fotos! Das bleibt übrig von einem ganzen gelebten Leben! Das

einzige wahre Bild war die letzte Aufnahme von Mutter, die ich bei mir zu Haus hatte. Ich nahm das Duplikat für Dr. Schneider mit. *Das* war Mutter – nicht die strahlende, junge verwöhnte Potsdamerin, die den jungen Professor Moll gegen die Wünsche ihrer Offiziersfamilie geheiratet hatte. Selbst auf diesem letzten Bild, vor einigen Monaten aufgenommen, sah man noch Spuren ihrer einstigen Schönheit, die in feinen Zügen und dem herrlichen blonden Haar bestanden hatte. Das letzte Bild zeigte eine vom Leben enttäuschte, zerknitterte Frau mit vernachlässigtem grauen Haar, kritischem, unlustigen Blick, mit tiefen Falten und einem Mund, der längst das Lächeln verlernt hatte. Wenn das Leben *das* aus strahlenden jungen Frauen machte, dann war es vielleicht besser, nicht so lange zu leben. Unsinn! Man mußte nicht so – so besiegt dahinleben. Es war zuviel für sie gewesen. Sie war zäh und phantasielos geboren; aber nicht so zäh und nicht so phantasielos, wie sie uns vorgespielt hatte. Da waren Aufzeichnungen und Briefe aus ihrer Verlobungszeit und den ersten Ehejahren. Ich las sie und konnte die Schreiberin nicht mit meiner Mutter identifizieren. Sie hatte Vater schreckliche kleine Verse geschickt, aber mit echtem Gefühl über die Wiesen, die Pferde, den Obstgarten ihrer Eltern geschrieben.

So eine heitere, sorglose Jugend! Da war auch ein Bild der »Generalin«, die angeblich im Krieg ums Leben gekommen war, weil sie während des Fliegeralarms Milch für mich holte. 1941 oder um die Zeit, als ich noch ein süßes Baby war. Die Generalin sah zum Fürchten aus. Herrschsüchtig, hart, eine Säule. Keine Frau für meine Begriffe. Aber Mutter hatte »Minchen« geliebt. Sie schien den Tod ihrer einzigen Schwester nie überwunden zu haben. Sie nannte sie noch nach dem Krieg, als Vater aus der russischen Gefangenschaft kam, »meine einzige Stütze«. Sie schrieb an eine Tante: »Nun habe ich nichts mehr. Nur die Kleine.« Ob Vater uns deswegen wieder verließ und nach Ost-Berlin auswanderte? Wir sahen ihn nicht wieder. Als er nach einigen Jahren Universität wieder zu uns wollte und die »Stätte der Freiheit« floh, wurde er am Brandenburger Tor erschossen. Ich fand kein Bild von ihm unter Mutters Fotos. Auf ihrem Kaminsims stand dafür eine Alabasterbüste irgendeines Preußen. Mit zur Auktion! Ich konnte mir Ribbeck ansehen.

Der große Spiegel im Flur; der Salon mit den grausigen Überzügen über den Seidensesseln. Und ein Bild in der Nachttischschublade: Vater! Ein Gesicht wie eine zersplitterte Fensterscheibe. Mußte kurz vor seinem Umzug nach Ost-Berlin aufgenommen sein. Das Bild war abgegriffen und von alten Tränen befleckt. Sehr gut hatte ich Mutter doch nicht gekannt. Sie war wohl scheu geworden, nachdem alle ihre Hoffnungen abgeblüht waren. Sie war ein kahler dunkler Zweig geworden, der sich in den Novemberhimmel reckte und wußte, daß er bald abfallen würde.

Ich saß an Mutters Schreibtisch und kämpfte wütend gegen Erinnerungen an. Ein Album mit meinen Fotos. Carlchen in allen Lebensaltern. Mit Bemerkungen von Mutter. »Sie ist viel hübscher als Lotte Schneider. Gewann einen Preis auf der Kindergesellschaft von Hahns. Als Abiturientin. Nach einem glänzend bestandenen Abitur.« Mutters Kommentar: »Keine kommt gegen Carlchen an. Meine einzige Freude . . .« Ich schaukelte auf Mutters altem Schaukelstuhl. Dann tat ich weitere Fotos in einen kleinen Koffer. »Carlchen mit ihrer ersten Zigarette. Sie hat mein Haar, ist aber viel, viel hübscher, als ich je war. Bin stolz auf sie. Nehme an, sie wird sich bald verloben. Sie ist nun achtzehn.« Ich tat Mutters Tagebuch in den Handkoffer. Ihren Nähkorb wollte ich auch mitnehmen. Mutter hatte mit preußischer Sparsamkeit bis in die letzten Wochen Kleider gestopft, Bettücher ausgebessert, Handtücher aus alten Tischtüchern genäht. Da waren noch Damasttücher – ungebraucht. Ich würde sie Hahns geben. Was sollte ich damit? Ich aß im Restaurant oder machte mir zu Haus ein Tablett fertig. Überall fand ich Geld; Mutter versteckte Geldscheine an unwahrscheinlichen Plätzen und konnte sie nicht wiederfinden. Sie war krankhaft mißtrauisch geworden. Alterserscheinung. Ich fand Geld in einer großen Vase, in einem Markenalbum und, ganz schlau, in einem Kochtopf. Mutter hatte lange keine Haushaltshilfe mehr gehabt. Sie waren ihr alle weggelaufen. Und Frau Frosch war in beständiger Ungnade. Unterm Teppich waren dreihundert Mark. Nicht zu fassen. Auf diese Weise hatte sie an sich und für mich gespart. Der Bank traute sie auch nicht so recht. Aber da war ihr Konto, das ich ihr nach *Caracas für Anfänger* eingerichtet hatte. Sie hatte die ganze Zeit keinen Sechser abgehoben. »Das ist für dich«, hatte sie unfreundlich gesagt. »Du wirst's noch brauchen, wenn du nicht heiratest.« Mutter hatte stets die Tatsache ignoriert, daß in heutiger Zeit eine Menge Frauen bedeutend mehr verdienen als Männer.

Eine einzige Sache amüsierte mich selbst in dieser Stunde. Mutter hatte eine Manie, Gegenstände gegen deren Bestimmung zu verwenden. Der Schrank für Grammophonplatten enthielt Medizinen. Die

Platten lagen im Wäscheschrank, »da liegen sie weich«. Kochtöpfe dienten als Blumentöpfe, um die großen Meißener Vasen zu schonen. Mutter war erst glücklich gewesen, als sie entdeckt hatte, wozu ein Buch zu gebrauchen war: zum Verstecken von Geldscheinen. Und da war ihr Wecker: sie war eigensinnig um sieben Uhr früh aufgestanden, obwohl Dr. Schneider es ihr verbot. »Du brauchst Ruhe, Katharina! Was hast du so früh in der Wohnung zu tun?« Und Mutter hatte geantwortet: »Laß mich in Frieden, Albert. Ich bin eben keine Faulenzerin.« Wie oft hatte ich diesen Dialog mitangehört! Dr. Schneider hatte ärgerlich gesagt: »Dir ist nicht zu helfen.« Genauso war es gewesen. Daß ich überall zu spät kam, war, wie sie mir beständig sagte, »ein Stein zu ihrem Grab«. Ich packte den Wecker zu meinen Sachen.

Es klingelte, und ich fuhr zusammen. Wer konnte hierher kommen? In dieser Stunde? Frau Hannemann. Wer sonst? Wieder das ›Steinhuhn‹ in ihrem graubraunen Kostüm. Sie sah wieder aus, wie Sauerampfer schmeckt, und schaffte in fünfzehn Minuten Ordnung um mich und in mir. Sie bestimmte, was noch in Mutters großen Koffer sollte, den ich lagern würde. Sie wußte, daß man zuerst nichts außer Fotos mitnehmen will, und dann, nach Monaten, an das »gute Eßservice« denkt, wovon kein Stück fehlte, weil Mutter es für mich geschont hatte. Hannemann packte das feine alte Service von Mutters Eltern in eine dafür bestimmte Kiste. Auch die silbernen Leuchter und anderen Kram.

Ich schaukelte im Schaukelstuhl, und das war Hannemann recht. »So, das wär's«, sagte sie. Wir tranken Kaffee in der Küche. Sie machte ihn und wusch ab. Ich trauerte und tat nichts – wie immer. Dann kam Kurt Sommer, und Frau Hannemann kochte ihm Kaffee, und ich sagte: »Das kann ich doch machen.« Ich wartete auf Mutters Antwort: »Da kann man lange warten!« Sie hatte recht. Alle haben . . .

Als ich zum letzten Mal die Tür von Mutters Wohnung schloß und mit Kurt und dem Steinhuhn fortfuhr, wußte ich, daß meine Jugend zu Ende war. Für Mutter wäre ich noch mit achtundvierzig Jahren ein patentes Mädel gewesen. Für Mütter bleibt man achtzehn Jahre, auch wenn alles dagegen spricht. Die anderen sehen uns, wie wir sind.

III

Mutter hatte wenig Freunde, aber viele Bekannte gehabt, die mich jetzt alle besuchten. Allein, zu zweien oder in Rudeln. Frau Frosch fand es herrlich. Es war ihr viel zu still in meiner Wohnung gewesen. Wenn man so viel Miete zahlte, mußte man die Wohnung wenigstens richtig ausnutzen.

Auch Familie Hahn erschien vollzählig. Mit Kindern, Kindeskindern und der Schwiegertochter, die niemand leiden konnte – bis auf den alten Herrn von Hahn. Ich fand, sie war die einzige nette Person in der ganzen Familie, und der junge Hahn hatte recht daran getan, mich zu Mutters Ärger nicht zu heiraten. Als die Hahns anrückten, war Lotte mit dem kleinen Robert bei mir, und wir lachten laut, weil Robertchen, unter dem Einfluß von Großmutter Schneider, behauptete, er wäre ein tapferes Schneiderlein. Und ich sagte, er sei ein kurzer Sommer. Dieser Gedankenaustausch war eine Zeitlang hin und her gegangen, weil Kinder von derselben Sache ja nie genug kriegen können. Frau von Hahn war offensichtlich schockiert, daß ich lachte. Gute Töchter weinen. Sie sah sich neugierig in meinem Studio um; es war ihr viel zu leer, und sie sagte es. Sie glaubte an schonungslose Offenheit – wie Mutter. Ich betrachtete sie mit einer gewissen Milde. Gegen Mutter hatte sie sich immer tadellos benommen. Sie hatten zueinander gepaßt: ähnlicher Hintergrund, Ablehnung der Gegenwart und schamlose Glorifizierung der Vergangenheit. Wenn man den Erzählungen traute, hatte die Vergangenheit sich ausschließlich um lauter ›feine Familien‹ gedreht. Mir war Frau von Hahn als Typus so unbegreiflich wie Mutter. Schließlich hatten sie im Krieg fast alles verloren, Potsdam war auch futsch, der Boden hatte ständig unter ihnen gewankt, aber sie stellten die ererbten Grundsätze und die im Brand von Berlin verkohlte Lebensordnung keinen Augenblick in Frage. Es war heroischer Stumpfsinn, und Frau von Hahn war seine Prophetin.

Auch die Hahns sah ich nie wieder. Mutters Tod schob eine Mauer zwischen die ältere Generation und mich. Ich fühlte mich nicht mehr verpflichtet, beschränkte und starrsinnige alte Leute, die zu gern und lange über Krankheit und Tod sprachen, zu treffen und in bessere Laune zu versetzen. War ich menschenscheu geworden? Eigentlich konnte ich in dieser Periode des Nimmerwiedersehens nur Lotte, Kurt und Dr. Schneider ertragen. Gelegentlich trank ich mit Frau Hannemann Kaffee; nicht, um ihr eine Freude zu machen, sondern weil man sich nie mit ihr langweilt. Das war mein Umgang. Ich hatte mich selbst auf kleine Rationen festgelegt. Ich hätte dringend Tapetenwechsel gebraucht, aber Ribbeck schickte mich nicht in ferne Länder. Er tat es eben nicht.

Ein paar Wochen nach Mutters Tod lag ich nachmittags auf meiner Couch und dachte plötzlich wieder an Sanchez und das stille Wasser oder Licht. Alles kam wieder zurück wie unerbetene Manuskripte: auch Annemaries Auftritt im Restaurant und Ribbecks Gesicht. Wie war das wohl weitergegangen? Ich meine: die Sache mit Sanchez und der Londoner Ärztin; und mit Ribbeck und seinem Gebrauchsartikel? Es war sicherlich die ganze Zeit weitergegangen – nur ohne mich! Das Leben geht oder schleicht oder rast weiter, ob man mitmacht, zusieht oder den Zirkus ignoriert. Es klingelte, und ich sprang auf. Ich hasse Zufallsgäste, besonders Beileidtragende. Wer konnte nun noch kommen? Ich knöpfte gerade noch mein langes Hauskleid zu; kämmen war zuviel verlangt. Wozu und für wen? Mein Blick war trübe, und meine Nase glänzte.

*Draußen stand Ribbeck.*

»*Sie?*« fragte ich. Ribbeck beantwortet keine dummen Fragen. Er sah zu, wie ich mein langes Haar nachlässig zurückwarf. Mutter hatte mich ständig ermahnt, mich auch zu Haus zu frisieren. Man könnte nie wissen ... Wie wahr! Da ich vergaß, ihn aufzufordern, fragte Ribbeck, ob er nähertreten dürfe. Er wollte keinen Kaffee – danke verbindlichst. Er hätte nicht lange Zeit. Klar. Es war Sonnabend nachmittag, und er brauchte es wohl wieder und würde es sich bei Annemarie Schmidt holen. ›Ossie‹, dachte ich. Was er dachte, wußte ich nicht. Ich wußte es nie. Er sollte wieder fortgehen.

Wie immer, brachte Ribbeck mich durcheinander. Im Augenblick verursachte er bei mir akute Gehirnlähmung. Auch kein Spaß. Er fragte gedämpft (wegen Trauerhaus), ob ich den Schock jetzt überwunden hätte. Nach einer Pause beklagte er den traurigen Abschluß des netten Abends im Restaurant. So bezeichnete er ohne Wimperzucken unser damaliges Trio. Ich schwieg, weil Carlos gesagt hatte, ich redete zuviel. Schließlich sagte Ribbeck leicht irritiert, daß wir alle Verluste erleben (leider, leider), daß wir alle gewisse Dinge bedauern, die wir nicht mehr ändern können, und daß Arbeit die beste Medizin sei. Daß nicht jeder durch dieselbe Medizin geheilt wird, kam ihm nicht in den Sinn.

Und da lag der Hund erst mal begraben. Ribbeck verfiel in sein Schweigen. Ich bot ihm einen Whisky an, und er lehnte nicht ab. Wieder hatte er einen guten Zug am Leib. Er fragte, wie mir der Fruchtpunsch in Venezuela geschmeckt hätte. Dann fragte er, ob ich mich zufällig an einen Ausländer erinnern könnte, der an unserem Abend mit einer Dame im Restaurant gewesen wäre. Er wäre ein Venezolaner. Ich fühlte, daß ich rot wurde. Dann sagte ich, ich könne mich nicht entsinnen.

»Sie lügen nicht sehr gut, Fräulein Moll. Das will auch gelernt sein.«

Was hatte Ribbeck mit Carlos zu tun? Ich hatte vergessen, daß er jeden kannte oder kennenlernte. Was sollte ich nun antworten? Bei Ribbeck war es meistens verkehrt, das Richtige zu sagen. Sollte ich jetzt sagen: »Starren Sie mich nicht so an, Herr Ribbeck! Ja, ja, ja, ich kenne den Caballero. In und außer Bett. Wir haben zwar zusammen geschlafen, waren aber nicht intim. Sie müssen wissen, für diese Südamerikaner ist die ganze Natur ein Doppelbett. Sie brauchen ›es‹ immerzu – nicht nur gelegentlich wie Sie!« Sollte ich das sagen?

»Der Herr heißt Carlos Domingo Sanchez. Ein bedeutender Wirtschaftsführer aus Caracas. Ich traf ihn kürzlich auf einem Empfang.«

Ich schwieg. Also, Ribbeck hatte den Piraten gesellschaftlich getroffen. Das war großartig. Ribbeck steckte voller Tricks wie ein Pelz voller Motten.

»Übrigens: ich bat Señor Sanchez um ein Interview für unsere Guerilla-Serie. Er wohnt im Hilton-Hotel.«

»Das Interview gibt er Ihnen bestimmt nicht.«

»Woher wissen Sie das, Fräulein Moll? Wir werden es Montag im Hilton von ihm bekommen. Ich habe Sie schon angemeldet.«

»Ich möchte nicht gehen.«

»Ich habe Señor Sanchez bereits gesagt, wir würden ihm die Autorin von *Caracas für Anfänger* schicken.«

»Und was sagte er dazu?«

»Er hätte keine Angst vor schreibenden Damen. Er war ganz reizend. Sehr gefällig und bescheiden.«

Ich weiß nicht, von wem Ribbeck sprach, aber in keinem Fall von Carlos.

»Ich nehme Rücksicht auf Ihre strapazierten Nerven, Fräulein Moll! Aber bitte, machen Sie nicht schon wieder Schwierigkeiten! Wie gesagt, Arbeit ist die beste Medizin. Hübsch haben Sie es hier. Ja, ich muß leider gehen. Schönen Dank für den Whisky. Also dann bis Montag.«

Was wurde hier gespielt? Sanchez hatte allen Grund, sich in Berlin streng privat zu verhalten. Unser Interview würde vielleicht mit den Guerillas beginnen und todsicher mit Sturmbannführer Bonnhoffs faulen Fischen enden. Hatte er Ribbeck wirklich zugesagt, oder streute er ihm Sand in die Augen?
Montag würde ich es wissen.

# Die unbekannte Größe

*Ignoramus et ignorabimus.*
Wir wissen es nicht und werden es nicht wissen.

## I

Das Interview mit Sanchez sollte am Montag Nachmittag stattfinden. Montag früh erhielt Ribbeck einen Brief aus dem Hilton-Hotel. Sanchez bedauerte, daß er der Verfasserin von *Caracas für Anfänger* kein Interview geben könnte, da er in einer Stunde nach London abfliegen müßte. Er bedankte sich außerdem bei Ribbeck für das anregende Gespräch bei dem Empfang, den ein bekannter Architekt in Reinickendorf gegeben hatte. Das ›Märkische Viertel‹ müßte auf jeden Bauunternehmer Eindruck machen. Die leuchtenden Farben jener Betonriesen hätten ihn, Sanchez, an seine tropische Heimat erinnert. Die Firma Alvarez & Sanchez beschäftige sich mit ähnlichen Großsiedlungsprojekten in Puerto Cabello.
Ein sehr höflicher und sehr förmlicher Brief. Zum Schluß bedankte Sanchez sich beim *Komet* für das Interesse, das die Zeitschrift für Venezuela gezeigt hätte. Leider sei »Klein-Venedig« immer noch eine ziemlich unbekannte Größe in Europa, nicht wahr? Ribbeck faltete den Brief zusammen und runzelte die Stirn. Hatte Carlos Domingo Sanchez das Interview geben wollen oder nicht? Ribbeck wußte es nicht und würde es nicht wissen. Schade! Sanchez war eine eindrucksvolle Persönlichkeit; Ribbeck hatte zudem durch einen Diplomatenfreund Erkundigungen über ›Alvarez & Sanchez‹ eingezogen, um dem Interview einen weiteren Rahmen zu schaffen. Sie bauten überall in Venezuela. Auch im Industriegebiet am Orinoco, wo es Eisenerz und journalistisch verwendbare Guerillas gab. In jener Gegend hatte Fräulein Moll auf Redaktionskosten Moskitos gefangen.

Bei diesem Gedanken verfinsterte sich Ribbecks Gesicht. Daß Carla Moll im Hotel Amazonas einen leibhaftigen Guerilla getroffen hatte, nämlich Camilo de Padilla, wußte Ribbeck nicht. Selbst Fräulein Moll wußte es an diesem Montag Morgen noch nicht. Man wußte überhaupt kaum etwas über die Leute, die man privat oder beruflich traf. Sie waren unbekannte Größen. Sie traten auf, teilten eine Zeitlang den Alltag oder die Freizeit anderer unbekannter Größen und verschwanden meistens wieder; erdrückt und belästigt von Erinnerungen, Illusionen oder Enttäuschungen. Alles ganz echt und ganz irrational. Niemand kennt irgend jemand wirklich, weil jeder nur das zeigt, was er zeigen will. Daher waren impulsive Personen wie Carla Moll größeren Enttäuschungen ausgesetzt als mißtrauische Naturen wie Ribbeck. Aber täuschen und getäuscht werden, lügen und belogen werden, auftreten und wieder verschwinden – das war nicht alles. Manchmal übte eine unbekannte Größe einen entscheidenden Einfluß aus, der das Leben eines Menschen grundlegend änderte. Die unsichtbaren Fäden, das X in der Kalkulation, das unwägbare Element. Der undefinierbare Faktor schuf unmerklich eine neue Situation, stellte Glück und Unglück auf den Kopf und gab jeder menschlichen Beziehung einen gefährlichen, fragwürdigen und einmaligen Charakter. Wer veränderte Carla Molls Leben? Sanchez oder Ribbeck? Was wußte Sanchez über Ellen Driscoll, der er nach London gefolgt war? War sie ein stilles Licht oder ein stilles Wasser? Auf jeden Fall war sie eine unbekannte Größe, die eine neue Situation für Sanchez schuf. Oder nehmen wir Annemarie Schmidt – den Gebrauchsartikel für Ribbecks Wochenende. War sie das und nur das? Oder war sie trotz ihrer lauten Reden auch ein stilles Wasser?

An diesem Montag Morgen hatte Ribbeck anderes zu tun, als über die liebe Annemarie nachzudenken. Nicht etwa, daß er sonst viel über sie nachdachte. Vielleicht war das ein Fehler. Wer wußte es? Ribbeck sagte Frau Hannemann durch seinen Sprechapparat, sie möchte ihm sofort Fräulien Moll schicken.

»Sie ist noch nicht da, Herr Doktor.«

»Ich höre wohl nicht recht, Frau Hannemann! Es ist beinahe halb elf.«

»Hoffentlich ist ihr nichts passiert. Sie fährt zu wild.«

»Schicken Sie Fräulein Moll zu mir, sobald sie eintrifft«, sagte Ribbeck schroff. Wahrscheinlich hatte sie ihr Haar wegen des Interviews gewaschen und verrückt frisiert. Unverschämte Person! Sie verdiente

so herrliches Haar nicht. Es hatte schimmernd auf ihrem Schlafrock gelegen. Schlafen war alles, was sie konnte. Draußen regnete es Bindfäden. Geschah ihr recht, wenn sie naß wie ein Pudel in die Redaktion kam. Sie konnte etwas erleben! Ribbeck trommelte etwas Beethoven auf der Schreibtischplatte. Er trommelte im Takt. Er war sehr musikalisch. Er spielte recht gut Geige, aber das wußten nur er und seine engsten Freunde. Annemarie durfte in der Wohnung, die er ihr eingerichtet hatte, nur Popmusik spielen und wie eine asthmatische Katze dazu miauen, wenn er noch nicht angekommen oder wieder fortgegangen war. Scheußlich, daß man »es« von Zeit zu Zeit brauchte.
Sex war der störende Faktor in seiner wohlgeordneten Existenz. Er war früh reif geworden. Eigentlich hatte er schon mit dreizehn Jahren ein Mädchen gebraucht. Aber da war die Angst vorm Vater, vor den kichernden und unbegreiflichen Mädchen und die Angst vor sich selbst. Noch heute, nach dreiundzwanzig Jahren, erinnerte er sich an die Spannung, die ihn damals zerrissen hatte, an seine schlechten Schulzeugnisse, an seine verzweifelten Versuche, die rätselhafte Unruhe und Zerfahrenheit loszuwerden. Und das hieß dann im Vaterhaus »heimliche Sünde«. Er war einen weiten Weg gegangen, bis er sich ohne Skrupel holte, was er brauchte und wann er es brauchte. Wie er es brauchte? Schwamm drüber! Zwei Entlobungen lagen nun glücklich hinter ihm. Das hatte man davon, wenn man plötzlich den Liedern der Nachtigall lauschte! Auf jeden Fall hatte er die erste Braut zuwenig und die zweite zu gut kennengelernt. Heute waren die Klagen und Beschimpfungen seiner Ex-Bräute so dumpf und eintönig wie das Rauschen des Ozeans in einer Muschel am Strand. Strand! Annemarie sah im Badeanzug nicht gut aus. Vielmehr war es des Guten zuviel. Viel zuviel . . . Er würde sie das nächste Mal ins Gebirge schleppen; da blieb sie wenigstens beim Wintersport fest verpackt. Er verfluchte alle Schokolade-Fabrikanten.
Dreiviertel Elf, zwei Minuten und fünf Sekunden! War Fräulein Moll wirklich in einen anderen Wagen hineingefahren? Oder an einen Laternenpfahl?
Ribbeck war in seinen besten Momenten kein nachsichtiger Chef; aber wenn man ihn warten ließ, wurde er gefährlich. Er erinnerte sich dann automatisch aller Fehlleistungen seiner Mitarbeiter. Er gehörte zu denen, die selbst in einem reinen Diamanten die Andeutung einer Trübung entdecken. Und Fräulein Moll im Beruf war kein Edelstein; noch nicht einmal ein Halbedelstein. Die Person servierte ihm seit

seinem Antritt eine Fehlleistung nach der anderen. Dreiste Antworten. Sträfliche Trägheit. Zerstreutheit. Verstohlene Koketterie, was er haßte. Dazu Undank auf der ganzen Linie. Undank für seine Bemühungen, ihr Talent zu aktivieren. Undank für seine zahlreichen Aufmerksamkeiten: das nette Essen im Restaurant, sein Kondolenzbesuch an einem freien Tag, den er besser verwenden konnte. Alles Perlen vor die Säue! Hatte sie sogar selbst gesagt. Dumm war sie nicht. Aber verkommen. Verkam von Sekunde zu Sekunde. Keine Energie, keine Konzentration. Nur Eitelkeit und Arroganz. Er hatte ihr ihre Gleichgültigkeit im Restaurant nicht verziehen. Leider war er ausgesprochen nachtragend. Leider? Wer war er? Ein Heiliger? Er war verdammt noch mal ein Chefredakteur, der auf Fräulein Moll wartete. Im Restaurant hatte sie Señor Sanchez mit den Augen verschlungen. Dann war er ihr zur Telefonzelle nachgegangen. Sie mußten sich kennen. Als sie an den Tisch zurückkam, war sie kreidebleich gewesen. Aber das hatte vielleicht die Nachricht über ihre Mutter bewirkt. Eine gute Tochter konnte sie auch nicht gewesen sein. Hatte sich nicht um die alte Frau gekümmert. Um wen kümmerte sich Fräulein Moll? Ribbeck wußte die Antwort. Sie kümmerte sich um sich selbst. Unfruchtbare Beschäftigung.

Da war sie endlich! Atemlos. Regentropfen rannen von ihrem Mantel auf Ribbecks guten Teppich. Er war grün und bedeckte den Boden wie eine Wiese. Aber wo Ribbeck weilte, da wuchsen keine Gänseblümchen. Fräulein Molls Entschuldigungen schrien zum Himmel. Der Wagen war kaputt. Keine Zeit gehabt, ihn am Freitag nachsehen zu lassen. Bei Regen gab es keine Taxe. Sie war zu Fuß gekommen. Ribbeck fragte, ob ihr Telefon auch kaputt gewesen sei. Auf die Idee war sie wohl nicht gekommen? Oder rechtzeitig ihr Haus zu verlassen. Jemals gehört, daß eine halbe Stunde früher aufstehen . . . Ach was!

»Ich will nichts weiter hören, Fräulein Moll! Ich hatte Geduld mit Ihnen, weil Sie krank waren und kürzlich einen schweren Verlust erlitten haben. Aber jetzt sage ich Ihnen: wenn Sie noch einmal, ohne mich zu benachrichtigen, zu spät kommen und mich dann mit schwachsinnigen Entschuldigungen langweilen, dann sind wir geschiedene Leute. Ist das klar?«

»Ich sagte, es täte mir leid.« Sie wandte sich zur Tür.

»Einen Augenblick noch, Fräulein Moll. Ihr Interview mit Señor Sanchez ist abgesagt.«

»Schicken Sie jemand anderen?«

»Señor Sanchez ist heute früh nach London geflogen.«
Sie starrte Ribbeck an. Einen Augenblick war sie sprachlos. Sanchez war natürlich bei der Londoner Ärztin. Dann sagte Carla achselzukkend: »Dann nicht! Diese Südamerikaner sind unzuverlässig. Schöne Reden und nichts dahinter.«
»Meinen Sie?« Ribbeck trank wieder seinen Kaffee im Stehen. Er bot Fräulein Moll zum ersten Mal keine Tasse an. Sie hatte ihn nie so ärgerlich gesehen. Hatte es geklingelt? Ribbeck sprach mit Frau Hannemann.
»In drei Minuten bin ich frei. Fräulein Dr. Wirth möchte so lange warten.«
War das ihre Nachfolgerin? Carla stockte der Atem. Machte Ribbeck Ernst?
»Ich habe etwas beim Fernsehen für Sie arrangiert, Fräulein Moll! Ihre Berichte über Südamerika – wenn Sie mich fragen: schöne Reden und nichts dahinter! Sie sollen in einer eigenen Stunde ausländische Besucher in West-Berlin interviewen. Alle zehn Tage. Falls Sie pünktlich erscheinen.«
»Ich habe das noch nie gemacht. Was fragt man da?«
»Das ergibt sich aus der Vorbesprechung.«
»Vielen Dank, daß Sie mir das verschafft haben, Herr Dr. Ribbeck. Ich bin total pleite. Aber ich glaube, das macht mir Spaß.«
»Dann bin ich beruhigt. Ich komme immer mehr zur Überzeugung, daß ein Massenmedium wie Fernsehen das Richtige für Sie ist. Da können Sie jedesmal eine neue Frisur ausprobieren und brauchen nicht viel nachzudenken.«
»Sie werden lachen. Ich denke manchmal nach . . .«
Ribbeck sah sie nicht an. Schließlich sagte er in einem merkwürdig abschließenden Ton: »Ich war ehrgeizig für Sie, Fräulein Moll. Weil Sie tatsächlich schreiben können. Aber Sie sind mit *so* wenig zufrieden! Sie werden weiter den Weg des geringsten Widerstandes gehen. Das interessiert mich nicht besonders.«
»Ich tu mein Bestes.«
»Ja. Verzapfen Sie ruhig Ihre Plattheiten im Fernsehen. Und machen Sie Ihre Routinearbeit in der Redaktion, so lange ich Arbeit für Sie habe. *Ich* werde Ihnen nicht noch einmal sagen: *stilum vertas.*«
»Wie bitte?«
»Wende den Griffel! Sagten Sie nicht neulich, Sie kennen Ihren Horaz?«

»Warum sind Sie böse mit mir? Weil Sie mich überschätzt haben? Was wollen Sie eigentlich von mir?«
»Nichts mehr, Fräulein Moll. Außer, daß Sie pünktlich in der Redaktion erscheinen. Falls Ihnen das nicht möglich ist, lassen Sie es mich wissen. Guten Tag!« Er öffnete die Tür, um sie herauszulassen. Als sie durch den Warteraum zu ihrem Zimmer ging, stand eine junge Frau auf und ging zu Ribbeck. Carla Moll hörte ihn sagen: »Herzlich willkommen, Fräulein Doktor. Bitte nehmen Sie Platz. Eine Tasse Kaffee? Zucker? Sahne?«
War das Ribbeck? So freundlich, so vergnügt? War Fräulein Dr. Wirth eine bekannte oder unbekannte Größe? Carla wußte es nicht. Sie wußte nur, daß Ribbeck in irgendeiner Form mit ihr abgeschlossen hatte. Da konnte man nichts machen. Konnte man nichts machen?
»Ich brauch 'ne Tasse Kaffee, Hannemann.«
»Sie trinken zuviel Kaffee. Haben doch eben drinnen . . .«
»Denkste! Wer ist die Wirth?«
»Keine Ahnung. Aber ich werde es herauskriegen. Übrigens: Annemarie Schmidt rief mich an. Sie will uns beide bei Kranzler zum Kaffee treffen.«
»Warum so plötzlich?«
»Keine Ahnung«, sagte Frau Hannemann. »Aber ich werde es herauskriegen.«
Annemarie Schmidt war seit dem Abend im Restaurant noch dicker und gesprächiger geworden. Trotzdem hatte Edith Hannemann den Eindruck, daß Fräulein Schmidt dieses Mal wie ein Wasserfall sprudelte, um ihre Gedanken zu verbergen. Aber sie würde beim dritten Likör herausbekommen, was Schmidt im Augenblick beschäftigte. Kaffee und Zubehör gingen auf Schmidts Kosten. Nach Molls Rückkehr aus Venezuela war Frau Hannemann zu ihrem Prinzip, niemals jemanden freizuhalten, zurückgekehrt. Sie konnte keine Sprünge machen. Sie hatte ihren Sohn zu erziehen. Annemarie bekam die Steglitzer Wohnung von Ribbeck bezahlt. Und Carla Moll verdiente extra Geld beim Fernsehen. Aber zu diesen Vernunftgründen kam Frau Hannemanns angeborener Abscheu vor zusätzlichen Ausgaben. Sie aß und trank und hörte zu. Fräulein Moll trank, rauchte und hörte nicht zu. Wie immer. Frau Hannemann fand sie verändert. Hinter ihrer Schnoddrigkeit verbarg sie eine wirkliche Depression. Mit dem Büro konnte es nichts zu tun haben. Bei Ribbeck in Ungnade zu sein, war sie doch gewöhnt. Trauer um ihre Mutter? Aber sie hatte doch

immer gestöhnt, wenn sie sie alle Jubeljahre einmal besuchen mußte.
Frau Hannemann hatte Carla jetzt recht gern. Das hatte sich nach Frau Molls Tod so entwickelt. Sie brauchte jemanden, der ihr den Kopf zurechtsetzte. Das Mädel sah manchmal ganz verloren aus, als ob sie nirgends hingehörte. Oder hatte sie einen neuen Mann im Kopf? Aber wen? Frau Hannemann haßte unbekannte Größen. Augenblicklich klebte Moll mit dem Ehepaar Sommer zusammen. Hatte sie etwas mit dem Anwalt? Machte Dr. Sommer Gerichtsferien mit ihr? Frau Hannemann wußte aus Filmzeitschriften, daß der Tröster, der immer mit der besten Freundin verheiratet ist, so lange tröstet, bis die Scheidung fällig ist. Aber Kurt Sommer hatte in Molls Wohnung einen sehr vernünftigen und zufriedenen Eindruck gemacht. Jeder Zoll der glückliche Ehemann. Was besagte das? Ribbeck war die wandelnde Vernunft und hatte sich mit Annemarie Schmidt eingelassen. Männer! Frau Hannemann hatte Ribbeck einen besseren Geschmack zugetraut. Schließlich war er doch ein typischer Intellektueller. Worüber um Himmelswillen konnte er sich mit der Schmidt unterhalten? Die sah aus, als sei sie mit dem Gesicht in die Butter gefallen. In gewissem Sinne stimmte das. Ribbeck war von Haus aus vermögend. Schmidts Wohnung hatte jeden modernen Komfort; aber natürlich Schmidt dazu . . .
Wie meistens, beklagte sie sich über Ribbeck. »Neulich ruf ich ihn an und sag: ›Ich bin's.‹ Und wißt ihr, was er sagt? ›Wer ist ich?‹«
»Er kennt mindestens zehntausend Leute«, sagte Fräulein Moll.
»Sie sollen ihn doch nicht im Büro anrufen«, sagte Frau Hannemann. »Können Sie das nicht verstehen? Er ist viel zu beschäftigt für Privatgespräche.«
»Quatsch! Ich bin auch wahnsinnig beschäftigt, aber für Ossi hab' ich immer Zeit. Ich verdiene viel mehr jetzt als in eurem Saftladen.«
»Was machen Sie eigentlich bei *Dein Heim – Deine Welt*?«
»Rümpfen Sie nur nicht die Nase, Moll! Ich gebe dort ›Rat und Trost‹. Wie immer. Ossi hat mir den Posten verschafft, nachdem ich die Arbeit bei Euch aufgab.«
*Sie* gab auf, dachte Fräulein Moll. Schmidt war zum Kranklachen. Trotzdem war Carla nicht zum Lachen zumute. Hatte Ribbeck ihr Arbeit beim Fernsehen verschafft, um sie loszuwerden? Ein Parallelfall?
»Was wird die Neue bei Euch machen?« fragte Annemarie Schmidt.

»Ihre Arbeit«, sagte Frau Hannemann und bat um einen dritten Likör.

»Mit Wonne. Heute hab' ich meine Spendierhosen an. 'ne besondere Gelegenheit. Aber ich möchte nicht drüber sprechen. Sie auch 'n Likörchen, Moll?«

»Danke.«

»Danke ja oder danke nein?«

»Danke nein. Sie sollten auch keinen trinken, Schmidt! Sie werden immer dicker.«

»Und Sie werden immer dünner. Eines Tages werden Sie vor Schwäche umfallen.«

»Dann werde ich mir Rat und Trost bei Ihnen holen, Schmidt. Eines Tages fallen wir alle um. Stimmt's, Hannemann?«

»Stimmt.«

»Und was lassen wir zurück?« Carla Moll runzelte die Stirn. »Ein zweifelhaftes Andenken, unerledigte Beziehungen, unbezahlte Rechnungen und eindruckslose Karrieren.«

»Sie vielleicht!« Annemarie lächelte unausstehlich. »Ich hab' meine gute Stellung, und 'n Mann hab' ich auch.«

»Optimistin!«

»Sie sind nur neidisch, Moll. Deshalb hacken Sie auf mir rum. Aber solche Manöver verfangen nicht bei mir.«

»Das hab' ich schon mal irgendwo gehört.« Carla Moll versank in Nachdenken. Ribbecks Aussprüche klangen urkomisch in Schmidts Wiedergabe. Er war ein Patentekel. Sie gönnte ihm die Dicke. Sie unterdrückte wieder einmal den Gedanken, daß Ribbeck der einzige war, dem etwas an ihrem geistigen Wachstum oder wie man den Blödsinn nennen wollte, gelegen war. Sanchez hatte nur ans Bett gedacht, soweit sie in Betracht kam. Wie weit er wohl mit dem Bau der Kathedrale gekommen war? Ob das ›Stille Wasser‹ in London gesprächiger war? Hatte sie, Moll, keine anderen Sorgen? Ribbeck bereitete zweifellos ihren Rausschmiß vor. Er wollte nun nichts mehr von ihr. Nicht einmal Leistungen. Es gab ihr ein kurioses Schuldgefühl. Als ob er ihre letzte Chance gewesen wäre. Welche Chance? Daß ihr das Leben nicht wie Sand durch die Finger rann – wie in diesem Augenblick. Leere, Makulatur . . .

»Wachen Sie auf, Moll«, sagte Edith Hannemann. »Was ist los?«

»Nichts. Und das ist die Wahrheit.« Sie konnte Frau Hannemann nicht erklären, daß sie Schuldgefühle hatte, weil sie war, wie sie war, und nach dem Tod ihrer Mutter buchstäblich im Niemandsland lebte. »Wer wird sich um dich kümmern, wenn ich nicht mehr da bin?« Mutter hatte recht gehabt. Alle, alle hatten recht ... Hannemann und Ehepaar Sommer taten, was sie konnten. Sie waren tadellose Freunde, konnten aber ihr Leben nicht wegen Carla Moll auf den Kopf stellen. Niemand kann das. Und sie selbst war die letzte, die sich ein Bein wegen ihrer Freunde und Bekannten ausriß. Das will von Kindheit an gelernt sein. Was Carlchen nicht lernt ... Prost!

»Ich wollte nicht drüber sprechen. Aber wo wir nun so gemütlich zusammen sitzen ...« Annemarie räusperte sich. »Bald pfeifen es die Spatzen sowieso von den Dächern. Ich heirate wieder.«

»Zum dritten Mal?« Frau Hannemann zog die Augenbrauen hoch. »Haben Sie sich das gut überlegt, Schmidt?«

»Kommen Sie nur nicht später wegen ›Rat und Trost‹ zu uns.«

»Keine Sorge, Moll. Ich werde keine Sportswitwe. Er muß sonntags zu Haus bleiben.«

»Wer ist der Glückliche?« fragte Frau Hannemann säuerlich. »Was sagt denn Dr. Ribbeck dazu?«

»Er ist der Glückliche. Er hat mich zwar neulich geohrfeigt, hat sich aber mit diesem Armband entschuldigt. Sieht nach nichts aus, ist trotzdem echt Gold. Ossi ist etwas satirisch veranlagt, aber eine Seele von Mann.«

»Fremdwörter sind Glückssache«, sagte Fräulein Moll. »Sie meinen sadistisch, Schmidt. Jemals was vom Marquis de Sade gehört?«

»Klar! Wer ist das noch gleich?«

»Ossi«, sagte Fräulein Moll. »Herzlichen Glückwunsch, Schmidt!«

Frau Hannemann war gegen ihre Gewohnheit sprachlos. Schmidt war sechs Jahre älter als Ribbeck, zweimal geschieden, hatte einen zu hohen Blutdruck und ein miserables Benehmen.

War es zu fassen? Natürlich war es zu fassen. *Männer!*

## II

Ribbeck legte den Geigenbogen aus der Hand. »Sie begleiten prachtvoll. Aber für heute ist's genug. Ich darf Ihre Güte nicht mißbrauchen.«

Susanne Wirth lachte. »Aber es macht mir Freude. Sie spielen wunderbar.«

»Wenn ich mehr Zeit zum Üben hätte, wäre es vielleicht ganz ordentlich. Aber ich organisiere immer noch den Betrieb um.« Er dachte an Fräulein Moll, und sein Gesicht verfinsterte sich. Diese Vergeudung eines Talents, nach dem er sich alle Finger geleckt hätte! In ihm steckte der tiefe Drang, jemanden zu bewundern, der etwas konnte, was außerhalb seiner eigenen Fähigkeiten lag. Er besaß nicht die Phantasie des Romanautors. Und diese alberne Gans, die Moll ...
Susanne Wirth betrachtete ihn verstohlen. In ihren scharfen, klugen Augen war ein merkwürdiger Ausdruck. Mitgefühl mit diesem schwierigen, selbstsicheren Mann? Das war absurd. Ribbeck war der letzte, der sich an ihrer Schulter ausweinen würde. Natürlich hatte sie von seinen zwei Entlobungen gehört. In einer großen Redaktion bleibt nichts geheim. Sie paßte ausgezeichnet zu Ribbeck. Auch sie war hochmusikalisch und arbeitete höchst kompetent mit dem Rohmaterial der Realität. Ihr Feld waren Gerichtsreportagen. Sie war eine Journalistin, die Jura studiert hatte. Im Augenblick schrieb sie für Ribbeck eine Serie über Justizmorde. Sie verkaufte sich wie warme Semmeln, denn der Gerichtsvollzug mit seinen verhüllten Riten und Zeremonien ist das moderne Ersatzprodukt für die mittelalterlichen Mysterienspiele. Justizirrtum. Justizmord! Da lief dem skeptischen Zeitgenossen immer noch ein archetypischer Schauer über den Rükken. War besser als Bühnen- und Fernsehdramen! Ribbeck bemühte sich bereits um einen Verlag für die Buchausgabe. Famoses Mädel – die kleine Wirth. Von der Sorte gab's zuwenig. Vernünftig, nett, aber nicht erregend, pflichttreu und unverschämt viel Grips.
Dr. Wirth kam einmal die Woche in die Redaktion und bearbeitete die neu eingeführte Rubrik *Das Gesetz und Du*. Diese Spalte ersetzte die Laienmedizin, die nach Ribbecks Ansicht nur Verwirrung in den Köpfen der Frager anrichtet. Medizin für Laien? Beinah so fragwürdig wie »Was die Sterne sagen«. Man streute dem Leser Sand in die Augen.
*Das Gesetz und Du* füllte eine Lücke. Dr. Wirth beantwortete die Fragen der Leser: Erbschaftsrecht. Beleidigungsklagen. Rehabilitierungsprobleme nach beendeter Haft, Wohnungsrecht (Hatte der Hauswirt alle Rechte, und der Mieter sah in den Mond?), Versicherungsprobleme und alles übrige, was der Alltag einer verwickelten Zivilisation auf den Schreibtisch schwemmt. In der Tat, was Dr. Wirth zu sagen hatte, war wichtiger als was die Sterne sagten. Die Redaktion wußte das nun auch. Ribbeck nahm kein Blatt vor den Mund. Dr.

Wirth war Favoritin. Das gab selbst Frau Hannemann zu. Über Ribbecks drohende Heirat mit Schmidt bewahrte sie Schweigen. Carla Moll war viel zu gleichgültig und isoliert, um über desgleichen zu reden. Hannemann sagte: »Im Entloben hat Oskar Übung. Warten wir es ab.«

Dr. Wirth fand, daß Ribbeck schlecht aussah. Sein langes mageres Gesicht schien ausgehöhlt. Die witternden Nasenflügel, der mißtrauische Blick – er war eine Mischung von Windhund und Bluthund. Nervös, im Galopp, immer hinter der Beute her. Aber wie er Geige spielte! Aus welchen Tiefen kamen diese Töne? Klar, voll schwebender, disziplinierter Leidenschaft erfüllten sie das Musikzimmer im Grunewald. Aber sobald Ribbeck den Bogen senkte, war er wieder der Fremde, die unbekannte Größe.

»Essen Sie eigentlich genug, Dr. Ribbeck?«

»Ich denke schon. Man sieht es mir nicht an. Wann können Sie einmal mit mir essen?«

Sie blätterte in ihrem Terminkalender. »Würde es Ihnen nächsten Dienstag passen?«

»Ich werde es einrichten. Vielen Dank«, sagte er förmlich.

»Ich habe zu danken.« Sie erhob sich. »Übrigens, ich werde bald heiraten.«

»Ich gratuliere! – Ich hoffe, Sie werden weiter tätig sein?«

»Aber natürlich. Fritz ist auch Jurist. Er ist übrigens ein guter Freund von Kurt Sommer. Wir trafen neulich Fräulein Moll dort.«

»Berlin ist ein Dorf. Immer gewesen.«

»Ich hab' mittlerweile *Caracas für Anfänger* gelesen. Lotte Sommer gab es mir. Wissen Sie, Carla Moll kann tatsächlich schreiben.«

»Sie hat es längst aufgegeben.«

»Schade!«

»Nochmals Dank für diesen schönen Abend, Fräulein Wirth. Darf ich hoffen, daß wir auch nach Ihrer Heirat gelegentlich musizieren?«

»Fritz spielt Cello. Er hat sich immer ein Trio gewünscht.«

»Großartig«, sagte Ribbeck beinahe warm. »Bitte bringen Sie ihn nächsten Dienstag mit. Es wird mich besonders freuen. Sind alle Juristen so musikalisch? Ist's ein Ausgleich für das trockene Gesetz?«

»Musik ist wohl immer ein Ausgleich. Nur der Beruf wäre kaum genug.«

»Schon möglich. – Übrigens: ich dachte über die Buchausgabe von

*Justizmord* nach. Ich hätte da einige Vorschläge. Aus der Perspektive des Zaunkönigs . . . Sie können sie sofort verwerfen.«
»Ich werde mich hüten. Interessiert mich brennend. Vielen Dank in jedem Fall!«
Ribbeck schwieg einen Augenblick. Er wollte keinen Dank. Er wollte nur die ungeteilte Aufmerksamkeit des Gesprächspartners. Das gab ihm ein bescheidenes Glücksgefühl. Die kleine Wirth war richtig.
»Vielleicht könnten Sie über die Entstehung von Fehlurteilen schreiben. Und über Schwurgerichte. Wenn ich Jurist wäre, würde ich dieses Problem genau ableuchten, Fräulein Wirth.«
»Sie meinen, die Laien sollten im Gerichtssaal schweigen?«
»Das meine ich. Es kann ganz verkehrt sein, aber ich werde mich nie damit abfinden, daß Leute, die manchmal über Leben und Tod und schwere Freiheitsentziehung entscheiden müssen, durch das Los gewählt werden. Man sollte der Dame Justitia die Augenbinde abnehmen.«
Sie sah ihn erstaunt an. Er sprach kühl und präzise wie immer; aber auf seiner hohen Stirn standen Schweißtropfen. Dachte er an einen bestimmten Fall? Es konnte auch seine geistige Leidenschaft sein, die so unerwartet aus ihm herausbrach, wenn man ihm mit echtem Interesse entgegenkam. Er schien ein einsamer Mann zu sein. Der einsame Mann, der eine Unmenge Leute kennt.
»Nehmen wir an, ein Geschworener leidet an seiner Galle und kommt mit Schmerzen ins Gericht. Für den Mann sind alle Angeklagten schuldig, meine Liebe! Oder die verlassene Ehefrau, die über Schuld und Unschuld eines angeklagten Ehemannes urteilen soll. Sie *ist* voreingenommen, Fräulein Wirth! Sie kann nichts dafür. Ihr Alter lief ihr davon – und da steht wieder so ein Verbrecher. Machen Sie Ihren Lesern klar, wie sehr private Erlebnisse und Beschwerden das Urteil trüben können. Nicht immer. Aber sicher in mehr Fällen, als man allgemein annimmt.«
Sie machte sich eifrig Notizen. So eifrig, daß sie nicht antwortete.
Ribbeck beobachtete sie und dachte: ›Das möchte ich bei Carla Moll erleben! Daß sie *einmal* zuhört!‹ Er sagte langsam: »Das juristische Verfahren kompliziert die einfachsten Tatbestände. Das wird kein Jurist einsehen. Aber vielleicht bin ich da voreingenommen. Mein Vater war Staatsanwalt.«
»Ich weiß. Ich habe seine Schriften und Anmerkungen gelesen.«
»Ich nicht«, sagte Ribbeck trocken. »Bei Juristendeutsch zieh ich die

Grenze.« Er lachte, aber hinter seinem Lachen klang für feine Ohren ein alter Groll, vielleicht sogar ein leiser Schmerz mit. Er konnte nicht aus einem harmonischen Elternhaus stammen. Aber, dachte Susanne Wirth, ich hätte ihn nicht gern als Sohn gehabt.

»Einmal sagte ich zu meinem Vater, daß die Rechtsprechung am Verstand der Sachverständigen leide. Er hörte es ungern.«

Beide lachten. Dann sagte Dr. Wirth: »Ich wundere mich, Herr Ribbeck. Verstand wird sonst bei Ihnen groß geschrieben. Sie sind doch nicht gerade ein kindliches Gemüt.«

»Kaum.«

Sie suchte nach Worten. Wie ehrlich sie war! Erfrischend in seiner privaten Sphäre von Schmeichlern, Strebern und Annemarie Schmidt ...

»Ich meine, Sie haben eine Passion fürs Zergliedern und Erkennen. Sie sollten doch Ihren Vater lesen. Von dem haben Sie's.« Sie lächelte reizend. »Bei Ihnen denk ich immer an Hegel.«

Er lachte laut. Ein ungewohnter Ton in dem fast leeren Musikzimmer. »Sparen Sie sich Herrn Hegel für meinen Nachruf auf. Da darf man übertreiben. Kommen Sie, kommen Sie! Der Mosel wartet schon. Also dann: Hals- und Beinbruch für den *Justizmord!* Tja – diese Verstandesdramen mit tödlichem Ausgang! Da wollte ich nicht mitmachen. Mein Vater war enttäuscht. Ich fürchte, die Hauptbeschäftigung eines Sohnes besteht darin, seinen Vater zu enttäuschen. Ihr Wohl, Fräulein Wirth! Wahrscheinlich verzog Ihr Vater Sie. Töchter haben es besser ...« Seine Augen hinter den Brillengläsern: starr, ruhelos, winterlich! Susanne dachte, er sollte heiraten. Er braucht ein Heim. Wie jeder Mann ... Ribbeck sagte ganz milde, daß keiner keinen wirklich kenne. Deswegen wäre das Urteilen so eine verzwickte Sache. Wie sagte es der alte Wilhelm Busch? »Du kennst sie nur von außenwärts; du siehst die Weste, nicht das Herz.« Er hüstelte etwas verlegen, weil er das Wort ›Herz‹ gebraucht hatte.

»Natürlich weiß man nie genug über die Leute im Gericht. Das ist auch schlimm, Herr Ribbeck! Aber wir müssen eben versuchen, uns ein Urteil über bestimmte Personen zu bilden, nicht wahr?«

»Sicher, sicher«, sagte Ribbeck plötzlich gleichgültig. »Wir fällen ständig Urteile. Aber deswegen müssen sie nicht stimmen.« Eine schwache Röte war in sein mageres, vornehmes Gesicht gestiegen. Er war das Ebenbild von Staatsanwalt Ribbeck. Aber sie hütete sich, so etwas zu sagen.

»Vielen Dank. Kein weiteres Glas, Herr Ribbeck. Ich muß fahren.«
»Ich hätte Sie gern nach Haus gefahren. Aber ich erwarte noch Besuch.«
»Es war ein wunderbarer Nachmittag.«
»Bis zum nächsten Mal, Fräulein Wirth. Ja – Dienstag in einer Woche. Eine Empfehlung an Ihren Verlobten.« Er sprach wie ein Automat. Wie ein Fremder auf einem Bahnsteig. Sein helles Gesicht war leblos. Beinahe erstarrt. Er schien sich auf seinen Besuch nicht übermäßig zu freuen.
Er ging ins Musikzimmer zurück und trank die Flasche Mosel aus. Er wartete . . . Noch eine Stunde! Zu lange, um nichts zu tun. Zu kurz, um Pläne zu machen. Er knipste das Deckenlicht an. Draußen fiel die Dunkelheit aufs Haus wie der Deckel auf einen riesigen Sarg.

## III

Wenn Ribbeck gekonnt hätte, hätte er auch die Zeit neu organisiert. Aber eine Stunde hatte unabänderlich sechzig schleppende Minuten, und jede Minute hatte sechzig hinterlistige Sekunden. Er trank seinen Wein, wartete weiter auf den Besuch und starrte das einzige Ölgemälde im Musikzimmer an: seine Mutter, die bei seiner Geburt im Jahre 1934 gestorben war. Er war im Haus von Großmutter Ribbeck aufgewachsen. Sein Vater, ein junger hochbegabter Jurist im Protest gegen die illegalen Gesetze der Nazis, nahm kein Blatt vor den Mund und verbrachte deswegen längere Zeit im Konzentrationslager. Dann lebte er verbittert im Familienhaus an der Havel. In diesem Haus hatte es immer Geld gegeben, aber keine Zufriedenheit und wenig Freude. Schon gar nicht die kleinen Freuden, die den Alltag heiter machen. Und dann war der Krieg da. Für Ribbecks Vater, der von den Nazis völlig kaltgestellt worden war, bedeutete der Krieg und die Gefangenschaft eine Abwechslung. Und dann, nach dem Krieg, kam der triumphale Aufstieg dieses wenig angenehmen, aber mutigen Juristen im geteilten Berlin! Auch die Alliierten mochten ihn nicht, aber sie hatten Vertrauen zu ihm. Staatsanwalt Ribbeck. Jeder wußte nun, wer das war. Immer auf der Jagd nach Gerechtigkeit; aber keiner, der vergab oder vergaß. Bis zu seinem Tod arbeitete er verbissen an der Ausrottung nazistischer Restbestände im Gesetz und im Leben. Gewiß, das Recht war eindeutig auf seiner Seite, aber ihm fehlte das tiefere Verständnis für die Motive menschlicher Verfehlungen.

Als Schuljunge bewunderte Oskar Ribbeck seinen Vater oder vielmehr seine Legende, die die Familie hochhielt. Alexander Ribbeck – der politische Märtyrer! Nun, er war ein aufrechter Mann, aber zum Märtyrer fehlte ihm die christliche Demut und die Begabung zum Leiden. Staatsanwalt Ribbeck lebte in Finsternis. Der Verfasser bedeutender Betrachtungen über den modernen Rechtsstaat war ziemlich verhaßt. Er brachte jedes Wild zur Strecke, aber das war nun einmal sein Beruf. Nur war Anklagen eine wahre Leidenschaft bei ihm geworden. Zu Haus war er sehr schweigsam. Was über ihn und seine Taten zu sagen war, erfuhr die Familie aus der Zeitung. Sein Sohn respektierte ihn in hohem Maße, er war sogar stolz auf einen so prominenten Vater. Er wußte nicht, warum er ihn nicht liebte. Armer kleiner Oskar! Man konnte Alexander Ribbeck so wenig lieben wie den Engel mit dem Flammenschwert. Und natürlich brauchte der frühreife Junge Nestwärme. Die gab's nicht bei Ribbecks. Dort lebte man aus dem Verstand, oder man vegetierte wie die Tanten und Cousinen. Die Männer waren alle in ihrer Art brillant. Oskar hatte es schwer, weil er äußerlich und zum Teil auch innerlich seinem Vater immer ähnlicher wurde. Ein unnachsichtiger Moralist, mißtrauisch aus Prinzip, nachtragend, herrschsüchtig und in beständiger sexueller Not. Wie sein Vater, hatte er einen heftigen sexuellen Appetit, aber er konnte die Unterhaltung seiner Damen schlecht ertragen. Es war ein Dilemma. Frauen, die ihn reizten, langweilten ihn im Gespräch. Ganz der Papa! Auch so bestürzend pünktlich und ordnungsliebend. Es war eigentlich ein Mann für Männer. Und er hatte auch einige wirkliche Freunde. Denn in einem Punkt unterschied er sich grundlegend von seinem Vater: er jagte niemals Verbrecher. Als er die Serie über ehemalige Nazis »Wo sind sie jetzt? Was tun sie heute?« aus dem *Komet* verbannte, tat er es als reifer Mann immer noch aus innerem Protest gegen seinen Vater. Er entsann sich noch Wort für Wort der Unterhaltung mit Fräulein Moll über dieses Thema. Er hätte sie damals sofort an die Luft setzen sollen. Aber ihr stilistisches Talent und ihre Haare hatten ihm gefallen.

Die Entfremdung zwischen Vater und Sohn war akut geworden, als Oskar Philosophie und Zeitungswissenschaft studieren wollte. Die Ribbecks waren durch Generationen Juristen gewesen. Verdammte Albernheit von dem Bengel! Bei dem Verstand, den er natürlich von ihm, Alexander Ribbeck, geerbt hatte. Oskars Mutter hatte wenig davon besessen, aber alle ihre Rundungen saßen richtig. Alexander Ribbeck hatte sich nie von ihrem Tod erholt. Wenn er es brauchte, bezahlte er dafür. Eine zweite Heirat war ihm nie in den Sinn gekommen. An Wochenenden hatte er das Familienhaus an der Havel regelmäßig verlassen. »Frag nicht soviel, Oskar. Dein Vater besucht Freunde. Er arbeitet die ganze Woche, damit du ein lustiges Leben führen kannst«, sagte Großmutter Ribbeck. Oskar wurde knallrot vor Entrüstung. Er führte kein lustiges Leben. Er durfte nicht einmal seine Schulkameraden einladen, weil Papa Abhandlungen und Kommentare schrieb und Ruhe im Haus verlangte und weil Großmutter ihre eigenen Freunde einlud und keine hungrigen lärmenden Lümmels dabei haben wollte. Die Folge war, daß er ziemlich vereinsamte. Nur beim Sport traf er andere Jungen. Aber dabei war keine Zeit zu einer Unterhaltung. Er war gut im Sport. Aber es machte ihm kaum Freude. Er wollte Geigenstunden haben, die sein Vater überflüssig fand. Er bekam sie nicht. Er sollte in den Ruderklub eintreten. Staatsanwalt Ribbeck war völlig unmusikalisch. Oskar sagte seiner Großmutter, es wäre eine verdammte Lüge mit dem lustigen Leben. Er sagte es ihr glatt in ihr ungepudertes, preußisches Gesicht. Er zitterte am ganzen Körper, er war erst dreizehn. Aber er sagte es und nahm ihre Ohrfeige stoisch entgegen.

Sein Vater verlangte strikte Unterordnung unter seinen Willen, aber das war nicht Oskars Sache. Dazu war er Staatsanwalt Ribbeck viel zu ähnlich.

Eines Abends lief er weg. Sein Vater fand ihn in der Nacht halb erfroren an der Havel. Er hatte trotz Großmutters Bitten die Polizei nicht benachrichtigt. Er würde seinen Sohn schon finden. Er trug den Jungen in seinen Armen ins Haus zurück und erlaubte der Großmutter keinen Kommentar. Sie war so erstaunt, daß sie tatsächlich gehorchte. Als Alexander Ribbeck später ans Bett seines Sohnes trat, trank der seine heiße Milch und entschuldigte sich nicht für sein unerhörtes Benehmen. »Warum bist du weggelaufen?« Keine Antwort. »Wird's bald?« Der Junge drängte heroisch kindische Tränen zurück. »Tu das nie wieder«, sagte Papa in einem milderen Ton. »Du bist doch ein heller Junge. So was ist dumm.« Er räusperte sich. »Ab Montag kriegst du Geigenstunden. Aber wenn die Schularbeiten darunter leiden, ist's damit Essig, mein Sohn.« »Vielen Dank«, sagte Oskar heiser. Der ältere Ribbeck blickte auf den blonden Schopf seines Sohnes herunter

und strich ihm flüchtig übers Haar. So ein kleiner Junge brauchte wohl die Mutter. Verdammte Schweinerei!
Es war das erste Mal, daß Ribbeck seinen Vater so erlebt hatte. Sein Herz flog ihm entgegen. Er würde später Jura studieren, um Papa eine Freude zu machen. Aber dann kam der Alltag wieder, und Staatsanwalt Ribbeck war wieder sein altes grimmiges Selbst. Er strich Oskar nie wieder übers Haar. Der Junge dachte manchmal darüber nach, wie Mütter mit Söhnen umgingen. Alle seine Schulkameraden hatten welche, und es schien großartig zu sein. Langsam entwickelte er die Ansicht, daß Mütter ihre Söhne in jedem Fall lieben, aber Väter nur, wenn sie ihren Erwartungen entsprechen. Als Student sah er völlig ein, daß sein Vater ihn nicht lieben konnte. Übrigens besuchte er seine vielen Verwandten nur pflichtgemäß an Feiertagen. Es waren normale und offenbar recht glückliche Familien. Was sollte er dort?
Mit fünfundzwanzig Jahren verlobte er sich zum ersten Mal. Er hatte genug von den Huren. Er sehnte sich nach einem eigenen Heim und einer Familie. Marion war zart, blaß und scheu. Sie stammte aus einer guten, verarmten Beamtenfamilie. Das war in Ordnung. Marion war eine Madonna, und von Madonnen erwartet kein vernünftiger Mann ein Bankkonto. Außerdem hatte Ribbeck das beträchtliche Vermögen seiner Mutter geerbt. Er nannte seine Braut *ma petite vierge*. Sie lächelte und schwieg. Sie war unglaublich zurückhaltend, und das reizte ihn. Es war auch neu für ihn. Er ahnte lange Zeit nicht, daß seine Madonna lesbisch war. Sie wollte einen Versorger für sich und ihre Freundin. Ribbeck war der Glücksfall ihres Lebens. Eine ausgezeichnete Familie, ein Journalist im Aufstieg, und Geld hatte er auch. Aber Ribbeck wunderte sich immer häufiger über seine Braut. Da stimmte etwas nicht. Seine Erfahrung sagte ihm das. Aber als Marion kurz vor der Hochzeit buchstäblich angewidert von seinen Zärtlichkeiten vor ihm zurückwich, fiel es ihm wie Schuppen von den Augen. Sie spielte Theater, sie war ganz anders. Er verstand schon damals, seine mißtrauischen Gedanken zu verbergen, und verabschiedete sich mit besonderer Freundlichkeit. Die nächsten Tage ging er ihr vorsichtig nach wie ein Jäger seiner Beute. Er sah das Haus ihrer Freundin in Zehlendorf, sah sie Arm in Arm mit der Person in ein Auto steigen und wußte nach einem Blick auf Marions erregtes Gesicht Bescheid. – Bei der kurzen Abschiedsszene wurde seine kleine Jungfrau so ausfallend, daß er sie prügelte. Entsetzt über sich selbst, verließ er ihr Haus.
Das war zehn Jahre her. An seine zweite Braut wollte er nicht denken.

Aber eine Lesbierin war sie nicht gewesen. Auch hier hatte ihn sein Mißtrauen vor einer katastrophalen Heirat bewahrt. Es sprang zu Zeiten wie eine Sturmflut hoch. Es war sehr merkwürdig, er lernte seine Frauen bei Ebbe kennen, wenn die Wasser zurückwichen. Wenn alles freundlich und übersehbar war. Aber auf die Ebbe folgte mit monotoner Regelmäßigkeit die Flut und überschwemmte das Stückchen trockenen Sand, wo er sein Zelt aufschlagen wollte. Er hatte auch Annemarie Schmidt bei Ebbe kennengelernt. Aber jetzt war die Flut im Kommen. Natürlich würde er sie nicht heiraten. Er hatte im Büro durch Herrn Bräutigam gehört, daß Annemarie dies Gerücht verbreitete. Er lachte so laut, daß Herr Bräutigam ihn ganz verdutzt ansah. Er, heiraten? Nein, mein Lieber, das war nicht im Programm. Noch ein Gläschen Mosel? Schmidts Wunschträume interessierten ihn nicht, aber er war schon seit einiger Zeit mißtrauisch geworden. Er mußte wieder etwas unternehmen.
Er blickte auf die Uhr. Wo blieb sein Besuch? Da war er. Ribbeck sprang auf. Ein unauffälliger Mann betrat das Zimmer. Die Unterredung dauerte fünf Minuten. Der Besucher hatte gesprochen, und Ribbeck hatte schweigend zugehört. Er sagte nur: *»Also morgen nachmittag um fünf Uhr.«*

# Fünf Uhr Nachmittag

*Der Mensch ist frei geboren,*
*aber es werden ihm überall Ketten angelegt.*
Jean-Jacques Rousseau: Le contrat social

## I

DER TAG STEHT MIT BEIDEN BEINEN AUF DEM BODEN DER TATSACHEN. Wo er regiert, da wächst kein Traum und keine Freiheit. Der Tag kennt nur Pflichten, Arbeitsstunden, Konferenzen, Geldmachen und Geldverlieren. Er verursacht Kopfschmerzen, Überstunden und Angst. Aber er gibt seinen Anbetern Kompensationen. Er gibt ihnen ein gewisses Gefühl der Sicherheit in diesen unsicheren Zeiten. Wirtschaftliche Sicherheit und Komfort in günstigen Fällen, der überwältigenden Mehrzahl nur das Existenzminimum. Sanchez lebt im Überfluß, Señora Martinez in den Slums von Caracas, und Ribbecks Mitarbeiter müssen mit dem auskommen, was sie bekommen. Carla Moll verdient immer noch zuviel. Frau Hannemann genügend und Herr Bräutigam zuwenig für seine große Familie, die Erziehung der Kinder, die allgemeine Teuerung, die Ansprüche seiner Frau ... Trotzdem segnet Herr Bräutigam seine Ketten. Wovon sollte er seine große Familie ...? Schon gut, Herr Bräutigam! Warum haben Sie sich eine Familie angeschafft?

Seinen ersten Sohn zeugte Herr Bräutigam als Bräutigam nachmittags um fünf – nach Büroschluß. Er hat jetzt fünf kleine Bräutigamkinder und träumt nun nachmittags um fünf von Freiheit, einem Trostmädchen mit festem Busen und von Gehaltserhöhung. Er muß morgen früh mit Ribbeck reden. Das sieht zu Haus auf dem Sofa ganz einfach aus. Nach Ladenschluß beginnen die Träume. Sie sind wild und idiotisch. Krankheit, Einsamkeit, das nahende Alter und alle anderen Bedrohungen durch die Wirklichkeit werden ausgeschaltet, wenn man endlich den Arbeitstag in den Mülleimer wirft. Man hofft, man träumt, man repariert die beschädigte Psyche. Dazu braucht man keinen Psychiater. Das schafft Carla Moll ganz allein. Naomi Cooper schafft es nicht; aber dafür ist sie eine Nummer für sich ... *Carpe diem?* Hier irrt der Dichter! *Der Tag schmeckt sauer.* Sanchez und Ribbeck sind helle und genießen die Nacht. So lange es dauert.

Das Beste am Tag ist, daß er die Menschen an der Kandare hält. Man weiß genau, wer man ist und wo. Im Traum kann man überall und nirgends sein, auch im Tagtraum. Besonders im Tagtraum; er ist der Erzfeind der Tatsachenwelt. Wer ihm verfällt – während der Arbeitsstunden, versteht sich –, der ist keine Leuchte im Betrieb. Herr Bräutigam würde nicht im Traum daran denken, seine Karriere durch Wachträume zu gefährden. Er beugt sein Pfannkuchengesicht ernst und konzentriert über das Manuskript. Nur so kann es ihm allmählich gelingen, Fräulein Molls guten Job in der Redaktion *Ferne Länder* zu angeln. Einschließlich der Reiseberichte an Ort und Stelle. Ribbeck hat immer noch Lateinamerika beim Wickel. Herr Bräutigam träumt nach Büroschluß von Bolivien, Chile und der dortigen Damenwelt. Seine Frau muß bei den Kindern bleiben. Zu etwas sind Kinder doch gut.

Am nächsten Morgen kehrt Herr Bräutigam auf den Boden der Tatsachen zurück. Das macht ihm Gallenschmerzen, die er verschweigt. Krankheiten machen im Betrieb einen schlimmeren Eindruck als Charakterfehler. Niemand muß wegen seines Geizes oder seiner Geldgier ins Krankenhaus, aber die Galle kann einen lahmlegen, und Herr Bräutigam und Frau Hannemann wissen es. Auch Frau Hannemann verbirgt ihren letzten Gallenanfall wie ein uneheliches Kind in einer puritanischen Familie. Sie leistet sich ihre Schmerzen und ihren Likör erst um fünf Uhr Nachmittag. Likör ist Gift für die Galle; aber er tut ihr wohl.

Manche Leute begrüßen den Morgen mit innerem Jubel. Fräulein Moll gehört nicht zu diesen Lerchen im Regenmantel, die nicht schnell genug zur Arbeit rasen können. Was kann schon an einem Tag dran sein, der mit dem Aufstehen beginnt? Moll stellt den Wecker ab und schläft noch einmal ein. Sie baut an ihrem Untergang wie Sanchez an seiner Kathedrale. Sie weiß aber morgens zu genau, wer und wo sie ist. Sie ist eine Fehlanzeige im Niemandsland.

Auch *el capitán* an den Ufern des Orinoco weiß tagsüber zu genau, daß der Sturmbannführer Bonnhoff auf dem falschen Dampfer ist. Rosa Martinez weiß, daß sie eine schlechte Tochter ist. Beim Erwachen sieht man noch den nackten Tatsachen ins Gesicht. Später am Tag dichtet man sich und seine Taten um. Noch besser ist es, wenn die Dämmerung ihre Schleier über Sünden und Verfehlungen wirft. Señora Martinez hat Rosa nun vergeben, daß sie sie vor dem jungen Herrn Bendix totsagte. Rosa erscheint wieder um fünf Uhr Nachmittag oder etwas später, und die Damen essen wieder gewürzten Fisch und trinken Fruchtpunsch. Aber Señora Martinez bewundert ihre älteste Tochter nicht mehr. Trotz verdoppelter Gebete sitzt der Groll auf Rosa immer noch in ihrem einfachen, ehrlichen Herzen. Sie hat ihren kindlichen Frohsinn verloren – genau wie Camilo de Padilla, Sünder und Orinoco-Guerilla im Versteck. Und seine verlassene illegale Ehefrau? O weh, o weh! Anna Carlovac, gewesene Padilla, weiß beim Aufwachen aus ihren jugoslawischen Träumen, daß sie in Puerto Ordaz der letzte Dreck ist. Sie wischt Böden im Bordell, bringt den abgekämpften Huren das Frühstück ans Bett – eine ähnelt tatsächlich ihrer früheren Gouvernante, Fräulein Steinmeister: deutsch, blond und arrogant, auch intrigant und im Bordell. Anna würde laut lachen, wenn ihr danach zumute wäre. Aber nachmittags um fünf, wenn die Bar fast leer ist – denn der Betrieb beginnt erst bei Anbruch der Nacht –, da ist Annas große Stunde. Sie spielt mit dem Barkeeper – einem riesigen gutartigen Mulatten, der viel netter ist, als Padilla je war –, sie spielt mit Pedro Karten, und dann liest sie ihm für zwei freie Schnäpse sein Schicksal aus der Hand. Er hört ängstlich zu: die weiße Wahrsagerin hat vielleicht magische Kräfte. Pedro bringt ihr – gegen einen geringen Prozentsatz – Kunden in die Bar: Matrosen, Zuhälter, Pfandleiher, Rauschgifthändler, Diebe, Barfliegen und sogar einen zukünftigen Mörder. Die Herrschaften wollen auch gern wissen, was der verdammte nächste Tag ihnen bringen wird. Anna verdient ganz schön, aber ihre Position in dem »vornehmen Fremdenheim« ist ihrer Herkunft nicht würdig. Abends grübelt sie über Padilla, seine neue Frau und *Mamacita* nach. Sie sollen alle in der Hölle braten! »Du wirst ein mächtiger Mann werden, Pedro. Mit einem Steinhaus und vielen Söhnen.« »Wann?« fragt der Barkeeper erfreut. Anna redet sich raffiniert heraus – sie hat einen weißen Verstand. Das gab selbst Padilla zu. Die Schlangen werden ihn fressen, den dummen, brutalen Büffel! Anna versinkt in Träume – das Beste, was sie noch tun kann. Profitlos, aber angenehm. Man wirft die Ketten des Vormittags ab. Man greift nach Kometen. Man stellt Fräulein Steinmeister ein Bein . . .

Es gibt Leute, die den Morgen verschlafen – wie Fräulein Moll. Und es gibt welche, die den Morgen zum Abend machen. Das tut Naomi Cooper bei ihrem Onkel in Dahlem. Sie nimmt beim Aufwachen einen kräftigen Schluck aus der Pulle, um überhaupt dem neuen Tag ins Auge sehen zu können. Naomi schwitzt plötzlich und wird rot wie eine Rose oder ein Truthahn. Wenn es nur erst dunkeln würde! Jetzt im November dunkelt es zeitig, aber nicht zeitig genug für Naomi. Im Augenblick schickt die Morgensonne Röntgenstrahlen ins Zimmer, und Naomi zieht die Gardinen wieder zu. Sie knipst die Schreibtischlampe an und schreibt einen Brief. An Maudie Cooper nach Paris. Sie ist ihre einzige Freundin, in Chicaco und in alle Ewigkeit. In diesen Briefen beschuldigt sie Elliot Cooper zahlreicher Verbrechen: seelische Grausamkeit, Zugvogel der Industrie, unüberwindliche Zuneigung zu seiner Mutter, Vernachlässigung seiner treuen Ehefrau, hinterlistige Schweigsamkeit. Nach sorgfältiger Durchsicht der Anklageschrift zerreißt Naomi sie wieder. Es ist mittlerweile fünf Uhr Nachmittag geworden, denn Naomi hat die Gewohnheit, ihre Briefe portionsweise zu schreiben. Sie geht zwischendurch spazieren oder besucht Tante Ernchen, wartet vergeblich auf Sanchez, der mit ihr spazieren gehen wollte, oder unterhält sich mit dem Pinguin August. Am Nachmittag verwirren sich ihre Gedanken wie die Wollfäden in ihrer Gobelin-Stickerei. Sie will sie Tante Ernchen zu Weihnachten schenken. Baron von Strelitz will keine Geschenke von Naomi; nur Ruhe! – Soll er haben. Naomi versteckt sich in ihrem Zimmer. Sie wird den Brief an Maudie morgen früh schreiben. Ob sie zu ihr nach Paris fliegen soll? Da ist der Eiffelturm, da sind die Champs-Elysées, Restaurants, Boutiquen und Maudie und – und . . . Tante Ernchen sagt: »Raff dich endlich auf, Naomi! Das ist widerlich. Tu etwas!« Sie klingt wie Elliot Cooper, und Naomi läuft weg. Aber eines Tages, um fünf Uhr Nachmittag, rafft Naomi sich auf. Sie tut etwas so Schreckliches, daß Ellen Driscoll in London ihre Praxis im Stich läßt und zu den Strelitzens nach Berlin fliegt. Sanchez fliegt daraufhin nach Caracas zurück. Er träumt von Ellen, denn ein Mann lebt nicht von Erdöl und Eisenerz allein. Er muß Geduld mit Ellen haben. Nach allgemeiner Ansicht bringt Geduld Rosen. Sanchez findet zwar, sie bringt Disteln, aber in diesem Fall macht er eine Ausnahme, da es sich um eine Londoner Teerose handelt. Er muß auf Ellens versprochenen Besuch in Caracas warten. Ist sie erst einmal in der Villa Acacia, will Sanchez sie das Träumen lehren und außerdem heiraten. In Ordnung. Ob mit Pilar dann alles in Ordnung sein wird, weiß er nicht.

»Spinne am Morgen bringt Kummer und Sorgen.« Nicht für Annemarie Schmidt in Ribbecks Steglitzer Liebesnest. Sie dehnt sich selbstgefällig in dem Doppelbett, obwohl sie die Rache der Götter fürchten sollte. Annemarie ist in den letzten Wochen noch fülliger geworden. Eine Rubensfigur, die bald den Rahmen sprengen wird. Spinnen und Sorgen gibt's nur bei ihrer Tante in Neukölln. Obwohl Frau Machowski dünn und beweglich ist, wischt sie ungern Staub. Wozu? Davon gehen ihre Sorgen auch nicht weg. Sie steht gähnend in ihrer alten Strickjacke überm Nachthemd in ihrer Wohnküche und denkt darüber nach, was sie aus Annemarie Schmidt herausholen kann, solange dieser Herr Ribbeck noch alles zahlt. Je mehr sie nachdenkt, desto tiefer werden die Furchen und Risse in ihrem Gesicht. Man hat's nicht leicht mit einer so undankbaren Nichte. Sie hat die verwaiste Annemarie unter Opfern großgezogen, verprügelt und gemästet. Was hat sie heute davon? Einen feuchten Dreck. Nicht mal besuchen tut die Göre ihre treue Tante. Zu fein geworden. Erst nachmittags um fünf entspannt sich Frau Machowski. Sie kocht sich Kaffee ohne Zusatz, stippt den Streuselkuchen in die Brühe und malt sich alle möglichen Schicksalsschläge aus, die sie mühelos treffen können: Mieterhöhung, Wohnungsbrand, Ribbecks Abmarsch, Krämpfe, Entziehung ihrer Witwenrente aus unbekannten Gründen, Überfahrenwerden, Tod durch Ersticken. Frau Machowski lebt um fünf Uhr Nachmittag auf.
Herr Bräutigam vom *Komet* sinkt um fünf Uhr Nachmittag um. Nur nach Haus! Langlegen. Augen zumachen. Ohren verstopfen. Trotzdem fragt Frau Bräutigam ihn regelmäßig, ob er einen netten Tag gehabt habe. Ein netter Tag mit Ribbeck ist so wahrscheinlich wie Schnee im Hochsommer. »Einen lausigen Tag«, sagt Herr Bräutigam. »Macht nichts«, sagt Frau Bräutigam munter und ahnungslos. »Leg dich hin, Schatz, morgen ist wieder ein Tag.« »Leider«, sagt Herr Bräutigam. »Mit Ribbeck ist es nicht auszuhalten. Ich sage dir, Elli, der Kerl schuftet aus Passion. Da stimmt was nicht. Nur Gehirnschmalz, kein Herz. »Du bist abgespannt, Schatz. Leg dich endlich hin.« Herr Bräutigam hält sich die Ohren zu: »Was ist das für ein

Krach? Kannst du den Kindern nicht beibringen, daß sie Ruhe halten sollen, wenn ich müde nach Haus komme? Da haben wir's! Meine Migräne. Geh allein ins Theater, Elli.« – »Unsinn, Schatz. In einer Stunde ist alles in Butter.« Herr Bräutigam spielt von fünf bis halb sieben Probeleiche, und dann beginnt der Abend. Die Fünf-Uhr-Krise ist vorbei. »Hab' ich's nicht gesagt, Schatz?« Herr Bräutigam geht mit Elli ins Theater und hinterher noch mit Freunden ins *Chérie* beim Kurfürstendamm. Treffpunkt der Prominenz. Da gehört er seiner Meinung nach hin. Wann wird Ribbeck das einsehen? Warum schmeißt er die Moll nicht endlich raus? Herr Bräutigam hat nie verstanden, warum *Caracas für Anfänger* ein Bestseller geworden ist. So was könnte er im Schlaf schreiben, wenn er Zeit hätte. Als er der Moll das andeutete, sagte sie: »Na, dann tun Sie's doch!« Freches Stück!

Trotz des netten Abends kann Ernst Bräutigam nicht einschlafen. Warum ist Ribbeck in letzter Zeit so huldvoll zu ihm? So war er auch zu Annemarie Schmidt, bevor er sie feuerte. Ist er so eklig zur Moll, weil er sie halten will? »Wirf dich nicht so 'rum, Schatz«, sagt Frau Bräutigam. »Ich will schlafen.« ›Aber nicht mit mir‹, denkt Herr Bräutigam. ›Warum gibt sie so wenig auf sich? Ist der Büstenhalter nur für die Öffentlichkeit erfunden? Und die Lockenwickler beim Frühstück!‹ Herr Bräutigam beschließt, von einem jungen Mädchen in Chile zu träumen. Das hat er auch nötig, da er morgen früh wieder in die Redaktion muß. Dort hetzt er vor Ladenschluß vorsichtig gegen Fräulein Moll. Sehr vorsichtig, denn er weiß nicht, was Ribbeck denkt.

Frau Hannemann, die zufällig solche Bemerkungen aufschnappt, berichtet sie Fräulein Moll bei Kranzler um fünf Uhr Nachmittag. Carla fragt sich: ›Bin ich wirklich so?‹ Sie versucht, sich durch Ribbecks und Bräutigams Augen zu sehen; aber es gelingt ihr nicht. Frau Hannemann fühlt den verzeihlichen Triumph der Unauffälligen, die ihre Pflicht tun. Moll fühlt leise Panik. Warum ist ihr Leben ein Mißerfolg? Alle andern Leute beginnen den Tag höchst angenehm. Wenigstens ist Carla davon überzeugt. Der Erzbischof von Caracas grüßt den jungen Tag mit einem Privatgebet in seiner Residenz an der Plaza Bolívar. Die Berliner Trümmerfrau beginnt den Tag als Denkmal auf der Rixdorfer Höhe und hat nicht um einen Stammplatz in der Redaktion zu kämpfen. Frau Hannemann ist diplomierte Frühaufsteherin und reißt bei jedem Wetter und Unwetter die Fenster auf. Frische

Luft, und der Tag ist gewonnen. Carla Moll fährt heute früh aus einem Schrecktraum auf. Die bekannte Sackgasse mit Kafka-Kolorit. Jemand rannte hinter ihr her. Kein Mensch weit und breit. Alle Haustüren verschlossen. Alle Gardinen heruntergelassen. Alle Kanarienvögel verstummt. Ihr Verfolger hat den beliebten Perlonstrumpf über seine Visage gezogen. Sie denkt noch im Traum: ›Schade um den schönen Strumpf!‹ Ende der Sackgasse. Der Verfolger hat sie erreicht. Polizei? Seit wann ist die Polizei zur Stelle, wenn man sie braucht? Der Verfolger würgt sie so konsequent, daß sie gleich aufwachen wird. Sie reißt ihm aber noch schnell den Strumpf vom Gesicht. Ribbeck! Hat der Mensch Worte? Sie kann sich nicht erinnern, ob noch eine Vergewaltigung stattfand, bevor Ribbeck sie drei Viertel abmurkste. Den Rest besorgt er tagsüber im Büro, wenn sie wegen des Traums zu heiß badet und zu spät kommt. Hat er oder hat er nicht? Wenn man bei der Traumzentrale anrufen könnte! Alles gibt's heute: Computer, Diktaphone, Atomzeug. Aber was man wirklich braucht ... Fräulein Moll raucht hastig, hustet, und Frau Hannemann möchte wissen, warum sie so miesepetrig im ›Kranzler‹ dasitzt. Die Torte ist prima. »Ich hab' schlecht geträumt.« Frau Hannemann fragt, von wem ... »Weiß ich nicht mehr. Was *Sie* alles wissen wollen, Hannemann.« Hat Ribbeck oder hat er nicht?

Sie starrte ihn heute vormittag bei seiner Pressekonferenz an. Er ignorierte es, zog aber die Augenbrauen zusammen. Was ist an ihm zu sehen? Er sieht heute genauso aus wie gestern, und genauso, wie er morgen aussehen wird. »Seien Sie netter zu Herrn Bräutigam«, sagt Frau Hannemann beim Likör. Moll zahlt natürlich. (Warum natürlich?) »Er ist mir nicht geheuer«, sagte Frau Hannemann. »Dieser Bräutigam ist ein Ungeheuer«, sagt Fräulein Moll nachmittags um fünf. ›Den möchte ich auch nicht nackt sehen. Kartoffelbauch‹, denkt sie. Wenn man ihm die Schnauze zunähen könnte. Aber Carla kann nicht nähen. Mutter tat das für sie. Jetzt wirft sie alles weg, was ausgebessert werden könnte. Mutter würde sich im Grabe umdrehen, wenn sie sehen könnte, was Carlchen munter ausrangiert ... Wenigstens holt Frau Frosch das Zeug beim Aufräumen aus dem Mülleimer. Den Rock wird sie noch Jahrzehnte tragen. Dem Fräulein ist alles piepe.

Frau Hannemann sagt, es knistere im Gebälk. Und was Molls Fernsehkarriere mache. Sie macht sich. Gut! Sehr gut. »Darauf können Sie immer zurückgreifen, wenn es mit Oskar nicht klappt.«

»Wissen Sie etwas Bestimmtes, Hannemann! Das *müssen* Sie mir sagen.«
»Immer mit der Ruhe, Moll. Wie gesagt: es knistert im Gebälk.«
»Ribbeck läßt mich im eigenen Saft schmoren«, sagt Fräulein Moll mit großer Bitterkeit. »Wann heiratet er?«
»Ich habe andere Sorgen«, sagt Frau Hannemann zurückhaltend. Ribbeck dreht aus losen Bemerkungen einen festen Strick. Sehr lästig.

## II

Ribbeck hatte sich bei der Pressekonferenz am Vormittag recht gut unterhalten. Glatt, höflich und tödlich hatte er Argumente und Einwürfe seiner Redaktion entkräftet. »Meine Damen und Herren, Sie werfen mir vor, ich wolle alles besser wissen! Solcher Ehrgeiz liegt mir fern. Sagten Sie etwas, Fräulein Moll? Ich berichtige nur, wenn ich es tatsächlich besser weiß.« Er lächelte sarkastisch. Es war jetzt halb fünf, und um fünf Uhr würde er sich mit seinem Schlüssel in die Steglitzer Wohnung einlassen. Annemarie sollte ihr blaues Wunder erleben. Der Detektiv hatte beobachtet, daß ihr Liebhaber sie jeden Dienstag und Freitag um sechs Uhr in diesem Liebesnest besuchte. Ribbecks Plan war gemacht. Um fünf würde er Annemarie Schmidt erledigen. Und um sechs den unbekannten Tröster. Eins nach dem anderen. Annemarie würde bereits im Freien sein, wenn er dem Tröster einiges mitteilte. In aller Ruhe. Eine Pressekonferenz unter vier Augen. Annemarie würde um diese Zeit Rat und Trost bei ihrer ulkigen Tante in Neukölln suchen. Oder in den Teltowkanal springen? Dazu war sie zu dick. – Fett schwimmt oben . . . Auf jeden Fall, es würde recht lebhaft werden. Aus welchem Grund nahm Annemarie an, daß er, Ribbeck, bis zum Lebensende nur das Wochenende in seiner eigenen Wohnung verbringen würde? Eine unverschämte Person und einfältig dazu. Ob sie sich einen Tröster genommen hatte, nachdem er, Ribbeck, ihr wegen der Heiratsgerüchte den Kopf gewaschen hatte? Bevor er Fräulein Schmidt (zweimal geschieden, zehn Jahre älter und fragwürdige Manieren) heiratete, müßte er irrsinnig, altersschwach oder taub geworden sein. Er blickte auf seine Uhr. Er konnte noch einige Seiten *Descartes* lesen . . . (»Ich zweifle – deswegen denke ich. Ich denke – deswegen existiere ich.«) Ribbeck konnte Descartes zu allen Tageszeiten und in jeder Lebenslage lesen; dieser Philosoph beruhigte ihn wie Baldrian. Man sah aus seinem Erlebnis mit Annemarie, was herauskam, wenn ein denkender Mensch sich dem Geschlechtstrieb überließ. Eigentlich ein Segen, daß er fortan ihr Geschwätz nicht mehr anzuhören brauchte. Einmal hatte er gesagt: »Wenn du wüßtest, wie entsetzlich langweilig du bist! Weil du nie denkst. Was gibt's da zu weinen?« Das war *après* gewesen. Vorher und nachher waren bei Ribbeck so verschieden wie Tag und Nacht oder Büro und Mozart.

Auf der Fahrt nach Lichterfelde rechnete Ribbeck noch einmal Annemaries Fehlleistungen zusammen, um sich nicht im Endresultat zu irren. Ihre Monotonie im Bett. Ihre Freßlust. Die elsterhafte Gier nach Schmuck und Besitz. Ihre laute Stimme. Die Tischmanieren. Das Schlimmste hatte er ihr abgewöhnt; aber für ein Restaurant im Stil von Fräulein Moll war sie nicht fortgeschritten genug. Er wollte nicht erleben, wie sie, sagen wir, Hummer aß! Er hatte es nicht erlebt. Das monotone Benehmen im Bett war nicht immer so gewesen. Zuerst hatte sie ihm Leidenschaft vorgespielt – das Übliche! Oder hatte sie sie empfunden, und er hatte das abgetötet? Blödsinn! Ribbeck runzelte die hohe Stirn. Er hatte sich eingeredet, diese Person ströme Wärme aus, weil sie einen üppigen Mutterbusen hatte. Genau wie der große Cäsar sich einredete, wohlbeleibte Männer seien heiter und gutartig. Man brauchte sich nur Herrn Bräutigam anzusehen. Oder Frau Bräutigam. Wer hatte noch gesagt, den schlecht angezogenen Frauen könne nur Gott helfen? Richtig: Señor Sanchez. Falls das stimmte, kam Fräulein Moll ohne göttliche Hilfe aus. Einmal, als er sie wieder hart angefahren hatte, blickte sie ihn wie ein erstauntes Kind an – erstaunt, daß jemand so scheußlich zu ihr sein konnte. Er hatte sich dem Fenster zugewandt. Solche Manöver verfingen nicht bei ihm. Fräulein Molls zarte Lippen hatten ganz leicht gezittert, und ihr Haar hing ihr dekorativ in die Stirn. Sie sah nie unfrisiert aus – wie machte sie das? Mit der linken Hand, wie sie das Zeilenschinden betrieb. Die würde auch bald ihr blaues Wunder erleben.

Er würde bei Annemarie Schmidt sehr ruhig bleiben. Die dramatische Tour war nichts für ihn. Er war nur Ankläger – logisch, eiskalt und ironisch – wie Staatsanwalt Ribbeck. Er sah seinem Vater in diesem Augenblick erschreckend ähnlich. Mit dem lauwarmen Krieg gegen die Angeklagte Schmidt war es endlich vorbei. Diese Gans versuchte immer wieder, intim mit ihm zu werden – nur weil er an Wochenenden mit ihr schlief. Sie fragte ihn Dinge, die er nicht einmal sich selbst beantwortete. Sie wollte bei seinen Freunden eingeladen werden. Diese naive Anmaßung! Sie rief ihn im Büro an – trotz strikten Verbots. Sie trank mit seinen Feinden Kaffee. Außerdem schnarchte sie. Sie trug die falschen Farben. Wie um Himmels willen hatte er auf sie verfallen können? Auch eine Frage, deren Beantwortung er sich schenkte ... Sie war aber ohne Murren bereit gewesen, wenn er es brauchte. Hm ... Hatte sie die Wohnung und seine Geschenke abgedient? Diese Walküre mit hohem Blutdruck empfing andere Männer in seinem »Liebesnest«! Er durfte nicht daran denken, er mußte sich auf die Straße konzentrieren. Beinahe hätte er in der Schloßstraße die Schaufenster betrachtet, um zu sehen, was er ihr zu Weihnachten schenken könnte. Hier war es jetzt so belebt wie früher in der Leipziger Straße mit den großen Warenhäusern und der Bronzestatue des Freiherrn vom Stein. Die war nun Ost-Berlin. Der Freiherr vom Stein hatte bei Kriegsende auf Trümmerflächen geblickt. Er stand immer noch da.

Ribbeck am Steuer glich auch einem Standbild. Er fuhr sehr langsam, als wollte er den Augenblick der Abrechnung hinauszögern. Er verabscheute Szenen. Natürlich würde sie ihm eine hinlegen; je schuldiger sie war, desto lauter würde sie werden. Feuchte Flecke würden ihre Ärmel ruinieren. Sie litt in der Erregung an Achselschweiß – trotz aller kosmetischen Hilfsmittel. Manchmal hatte ihn der Geruch erregt – unbegreiflich, wo er selbst so heikel war. Es war begreiflicher, als er es wahrhaben wollte. Eine kindische Erinnerung, im Unbewußten eingesargt; seine Kinderfrau hatte denselben scharfen, animalischen Geruch ausgeströmt. Großmutter hatte sich oft darüber aufgehalten. Vater hatte gesagt: »Laß sie in Ruh. Sie ist gut zu dem armen Kind.« Sie wurde erst entlassen, als er zur Schule kam.

Großmutters Grundsätze waren unerschütterlich und triumphal wie das Brandenburger Tor. Ribbeck hatte sie nicht betrauert. Sie wurde für ihn nicht plötzlich ein Engel der Milde, nur weil sie gestorben war.

Er hielt den Wagen an, um sich den kalten Schweiß von der Stirn zu wischen. Er roch Frau Kunkels, nein, Annemaries Achselschweiß. Aber diesmal wurde ihm übel davon. Die mittleren Jahre waren die Hölle für einen Mann. In der Jugend wußte man nichts. Und im Alter schien man seine Erinnerungen zu sortieren und nur die angenehmen zu behalten. Ribbeck erlebte das bei vielen alten Leuten. Er konnte sich nicht vorstellen, daß er so werden würde – so nachsichtig, so taub und blind und blöd. Aber wer wußte das? Vielleicht würde auch er alles vergessen – bis auf den Rheumatismus, den er todsicher kriegen würde, wenn er weiter ohne Mantel ... Er entdeckte, daß er ohne Hut und Mantel in den Wagen gestürzt war. Und er war doch so ruhig und logisch wie Staatsanwalt Ribbeck im Gerichtssaal. Vielleicht hätte er ein Flammenschwert tragen sollen? Aber das war nicht sein Stil. Der Spazierstock seines Vaters mit der schweren silbernen Krücke genügte, falls er die Person sanft prügeln müßte. Er hoffte, es käme nicht dazu. Aber wie es auch auslaufen würde, dieses Mal brauchte er sich nicht mit einem Schmuckstück zu entschuldigen.

Er war angelangt. Er ging langsam die Treppe zum ersten Stock hinauf. Die Wohnung war in einer umgebauten Villa, und im Parterre und in der zweiten Etage wohnten anständige Leute. Unten ein pensionierter Museumsdirektor, der sich nur der angenehmen Dinge erinnern wollte, und im zweiten Stock ein junges Ehepaar, das sich erst Erinnerungen anschaffte. Ribbeck stand zwischen den Generationen im Limbo ... Sollte er ans Schlafzimmer anklopfen? Oder erwartete sie ihren Kerl im Wohnzimmer? Würde sie »herein« rufen? War sie angezogen, halb ausgezogen oder nackt? Wenn sie ihre Kleider ablegte, sah er die Nachteile ihrer Figur. Aber wenn sie nackt war, bekam sie Macht. Ihr Rubenskörper hatte ein eigenes geheimnisvolles Leben – verdammt! Sex war eine grimmige Angelegenheit. Es war grimmig gewesen, als noch das meiste verboten war; und heute, in einer Gesellschaft, in der alles erlaubt war, hatte man auch nichts zu lachen, wenn man es brauchte. Einer von Ribbecks Leitartikeln hieß »Die nachsichtige Gesellschaft«. Nur er gehörte nicht zu dieser Sorte. Das war der Witz bei der Sache.

Er stand immer noch vor der Wohnungstür und unterdrückte einen nervösen Husten. Wieso war er nervös? Lächerlich. Es war seine Wohnungstür, seine Wohnung, seine Hure. Alles gehörte ihm hier. Nichts gehörte ihm hier. Er schloß die Wohnungstür auf und wollte sie gern bei der Popmusik, die sie spielen ließ, wenn sie ihn nicht erwartete, überraschen. In diesem Moment, zu dieser fatalen Nachmittagsstunde, war Annemarie Schmidt plötzlich so losgelöst von seinem Körper wie ein Gebiß, das man sich einsetzt und wieder herausnimmt. Als ob seine Ketten von ihm fielen! Aber im nächsten Augenblick packte er die Krücke seines Spazierstocks mit festem Griff. Er hielt den Stock halb in die Höhe, als ob er ihn in der Tat zum Prügeln benutzen wollte. So hatte auch sein Vater diesen Stock gehalten, aber Ribbeck

hatte es vergessen. Staatsanwalt Ribbeck hatte übrigens nie mit dem Stock geschlagen – er prügelte raffinierter.
Ribbeck trat ein. In der Garderobe hing kein fremder Mantel. Natürlich nicht; sie erwartete den Kerl erst in einer Stunde. Es war ganz still in der Wohnung. Schlief sie? Wahrscheinlich, um sich für das erotische Duell auszuruhen. Schließlich gab sie bis vier Uhr »Rat und Trost« in ihrer neuen Zeitschrift. Das mußte anstrengend sein, wenn man nichts zu sagen hatte.
Er riß die Schlafzimmertür auf. Das Bett war leer. Er rief sie in einem drohenden Ton: »»Wo bist du?« Keine Sorge! Er würde sie finden. Er rannte ins Wohnzimmer, in das kleine Speisezimmer, ins Bad, in die Küche. Wo war sie? Wo versteckte sie sich? Sie mußte seinen Wagen vom Fenster aus gesehen haben. Er lief ins Treppenhaus. Er blickte sich wie ein Irrer um. Hatte sie sich auf dem Boden versteckt? Hatte sie sich dort erhängt? Er ging in die Wohnung zurück. Er mußte kühl und klar denken. Er mußte sie finden. Lächerlich, sich vor ihm auf dem Dachboden zu verstecken! Er würde sie nun doch verprügeln müssen. Ihm einen solchen Schreck einzujagen! Als ob sie die Sorte wäre, die sich etwas antut. Sie tat ihm alles mögliche an und beraubte ihn verstohlen seiner Würde und ganz offen seiner Geldmittel. Sie erzwang Geschenke – das war so gut oder vielmehr so schlecht wie Raub. Er würde Susanne Wirth fragen, wie solche Handlungsweise legal beurteilt würde. Er trank drei Gläser Kognak – seinen Kognak aus seinen Gläsern. *Dann sah er den Brief*. Er stand wie ein Foto auf dem Rauchtisch, gegen den alten Messingleuchter gestützt. Ribbeckscher Familienbesitz.
Der Brief, der in Annemaries zerfahrener großspuriger Schrift seinen Namen trug, hatte ihm die ganze Zeit ins Gesicht gestarrt. Er wog ihn in den Händen – er war schwer. Er setzte sich in seinen Armsessel, wischte sich wieder die Schweißtropfen von der Stirn und begann zu lesen. Er nahm die Brille ab, putzte sie umständlich wie ein alter pedantischer Mann, setzte sie wieder auf und schloß einen Augenblick die Augen. Dann gab er sich einen Ruck. Mit geschlossenen Augen konnte niemand einen Brief lesen. Die Seiten waren numeriert – mit großen geltungsbedürftigen Ziffern. Er zählte gewohnheitsgemäß die Nummern nach. Er haßte es, aus dem Zusammenhang gerissen zu werden, weil Seite sechs dort war, wo Seite drei sein müßte. Dann las er.
Als er ausgelesen hatte, dunkelte es. Er knipste kein Licht an. Das Lie-

besnest (Annemaries Ausdruck) war ein Schlangennest gewesen. Er steckte den Brief in die Brusttasche, um ihn daheim zu verbrennen. Niemand durfte das lesen. Er holte seinen alten Regenmantel aus dem Schrank im Vorzimmer. Draußen goß es in Strömen. Er machte Licht und ging ins Schlafzimmer. Er wollte doch so schnell wie möglich das Schlangennest verlassen; warum ging er dann ...? Das Schlafzimmer war leerer als der leerste Raum im Traum. Ein großer dünner Mann mit verzerrten Zügen trat ihm entgegen. Wer war das? Er selbst im Spiegel. Sein Haar hing ihm in die Stirn – er strich es angewidert zurück. Seine Augen waren leicht blutunterlaufen – er sah es genau durch seine scharfe Brille. Was hatte sie geschrieben? »Niemand kann Dich lieben! Das wirst Du ja wissen. Du nutzt Menschen aus, und darum wirst Du ausgenutzt.«

Die Gans hatte gestern einen Handlungsreisenden geheiratet. Sie ahnte nicht, daß Ribbeck sie beobachten ließ. »Wenn Du diesen Sonnabend in die Wohnung kommst, bin ich schon längst weg.« Wohin? Bei der Tante in Neukölln. In der Wohnküche. »Arthur verdient wenig, aber er ist ein Mensch von Fleisch und Blut. Ich verdien dazu. Ich will Dich nie wiedersehen. Die Bettwäsche nehm ich mit. Die hast Du mir, glaub ich, geschenkt. Und die neuen Kochtöpfe auch. Die Moll wird Dir nichts kochen. Ich sagte ihr, Du wolltest mich heiraten – nur um ihr Gesicht zu sehen. Die reinste Giftnudel! Mein Arthur kannte mich schon lange vor Dir. Aber seine Frau mußte erst sterben. Ich hab' mir Mühe gegeben, Oskar! Ich wollte ein bißchen mehr sein als nur ein ›Gebrauchsartikel‹. So nannten mich die Mädels in der Redaktion hinter meinem Rücken. Jemand sagte es mir ... *Du hast mich nie geliebt!* Nie. Auch nicht, wenn ich leise sprach oder Kleider trug, die Dir gefielen, weil sie nach nichts aussahen; oder wenn ich versuchte, Dich nicht zu stören, oder klassische Musik mit Dir zu hören, ohne einzuschlafen. Habe ich alles versucht, ob Du's glaubst oder nicht. Die Nachttischlampen nehm ich auch mit, weil sie Dir nicht gefielen. Dabei haben sie süße rosa Schirmchen. Ich kaufte sie, und was ich tat, war immer Mist. Mein Arthur ist nicht so klug oder so vornehm oder so schlagfertig wie Du, aber er hört zu, wenn ich rede. Das hast Du nie getan, Oskar. Nicht ums Verrecken hast Du zugehört, wenn ich ... Ich bedanke mich nicht für Deine Wohltaten. Ich hab' sie abgearbeitet. Wenn ich Deine vornehme, eiskalte Fresse sah, wurde mir manchmal ganz elend. Ich machte die Augen zu im Bett. Wer könnte *Dich* lieben oder wenigstens gern haben? Die Kaffeetassen nehm ich mit. Drei sind abgestoßen, und Du wolltest aus so was nicht trinken. Zu fein dazu. Mein Arthur trinkt draus, und Tante Machowski auch. Was weißt Du von Leuten, die nicht mit einem goldenen Löffel im Maul geboren sind? Die Kaffeekanne nehm ich mit, weil sie zu den Tassen gehört. Ich hoffe, Du hast nichts dagegen?« Und so weiter und so weiter.

Annemarie Schmidt wiederholte sich in diesem Brief, wie sie sich im Gespräch wiederholte. Niemand kann aus seiner Haut heraus. Der Brief war zum Lachen. Ribbeck lachte automatisch; hörte aber mittendrin auf, weil es so merkwürdig klang. Gaben die leeren Schränke ein Echo? Geisterhaft! In der Ecke des Kleiderschranks lag eine künstliche rote Rose. Ribbeck haßte künstliche Blumen; wann hatte sie sie angesteckt? Wenn Arthur sie dienstags und freitags besuchte – dem hatte das Erzeugnis bestimmt gefallen. Woher wußte er, Ribbeck, was Arthur gefiel? Er nahm die Blume aus dem leeren Schrank und zertrat sie. Dann stellte er sich vor den Spiegel und betrachtete sich mit gespannter Aufmerksamkeit. Annemarie Schmidt hatte recht: wer könnte ihn lieben?

Sein Haus im Grunewald lag auch im Dunkeln. Bender, sein Chauffeur, hatte Urlaub, und seine Haushälterin ging nach der Arbeit zu Mann und Kindern zurück. Sie bereitete das Abendessen vor, brachte die Kinder zu Bett und ließ den Mann friedlich bei Bier, Zeitung und Fernsehen. Sie hatte Ribbeck einmal ihren Tageslauf geschildert. Was für ein Leben, hatte er gedacht. Weder sehr erfreulich noch abwechslungsreich, aber auf jeden Fall ein Leben. Sie wurde täglich um sechs Uhr zu Haus erwartet und mit Freuden begrüßt. Sie hatte es selbst etwas verlegen zugegeben. »Die Kinder lauern eben auf die Mutti, Herr Doktor. Sie klettern wie die Affen auf mir rum.« Natürlich lauern Kinder auf die Mutter; Ribbeck hatte als Dreikäsehoch umsonst gelauert.

Der Abend war angebrochen, und Ribbeck hatte nicht die Absicht, ihn zu vergeuden. Geige spielen? Dabei fiel ihm ein, daß Annemarie den Plattenspieler auch mitgenommen hatte. Weil er zu den Platten gehörte und er keine Popmusik am Abend hören wollte. Rücksichtsvoll! Er ließ sein kaltes Abendessen stehen, obwohl seine Haushälterin ihm seine Lieblingsspeisen zubereitet hatte: kaltes Geflügel und russische Eier. Das konnte er eigentlich immer essen, wie er immer Descartes lesen konnte. Er zog sich in seinem nüchternen Schlafzimmer die nassen Sachen aus, duschte heiß und zog sich einen dunklen Anzug an.

Trauer? Er blieb wie sein Vater völlig angezogen, bis er schlafen ging. Hausröcke gehörten nicht zum Stil der Ribbecks. Sie wollten auch mit sich allein nicht so intim sein. Warum konnten sie zu Frauen keine menschlichen Beziehungen herstellen? Warum konnte niemand ihn, Ribbeck, lieben? War er zu aggressiv? Warum war er so? Angst vor Zärtlichkeit? Er gab sich einen Ruck. Er hatte andere Sorgen. Erst einmal verbrannte er Fräulein Schmidts Brief im Aschenbecher. Niemand durfte das lesen.

Er nahm sich Manuskripte vor und arbeitete verbissen zwei Stunden. Dann verspürte er endlich einen gesunden Hunger und aß alles auf. Es schmeckte großartig. Vielleicht war er wirklich ein Ekel, und seine klassische Bildung, seine Musik und seine privaten Sammlungen – Gemälde und seltene Steine – waren nur die dünne Kruste der Kultur über seinem Sexualtrieb und seiner sporadischen Brutalität? Er war sogar grausam zu Fräulein Schmidt gewesen – sehr oft. Und ihre dikken Kindertränen hatten ihn über alle Maßen gelangweilt. Auch sein Vater hatte langweilige Leute schlecht behandelt. Schlimm, schlimm! Aber Staatsanwalt Ribbeck hatte nie jemanden geohrfeigt oder verprügelt. Oskar hatte das schon in der Schulzeit getan. Glücklicherweise gab es Boxunterricht; da reagierte er sich ab. Und beim Geigenspiel. Manchmal schüttelte er über die Widersprüche in seiner Natur den Kopf. Er würde fortan Frauen aus dem Weg gehen. Vor allem Fräulein Moll. Vielleicht hatte die Schmidt ganz recht, und Carla Moll wollte ihn herumkriegen? Unsinn. Dann mußte sie in jedem Sinne früher aufstehen.

In diesem Augenblick begann ihr Fernsehinterview mit einem südamerikanischen Maler. Man gab ihr Rosinen – erstens, weil sie sehr gut aussah, zweitens, weil Ribbeck sie empfohlen hatte, drittens, weil sie spanisch sprach. Ribbeck starrte sie an. Sie sah verändert aus. Sie trug ein dunkles Kostüm mit hochgeschlossenem Pullover und – es war die Frisur. Sie hatte einmal im Leben seinen Rat befolgt und für jedes Interview eine andere Frisur probiert. Ihr herrliches blondes Haar war in der Mitte gescheitelt und im Nacken zu einem Knoten zusammengerafft. Sie sah aus, als sei sie mit dem Käthchen von Heilbronn zur Schule gegangen. Sie sah bezaubernd aus. Eine aufregendere Mischung von Unschuld und Berliner Ironie gab es nicht. Der Maler aus Uruguay schien das auch zu finden; denn er verschlang sie mit den Augen und machte ihr blumige Komplimente. Ihr Spanisch war ausgezeichnet; das hatte Ribbeck nicht geahnt. Natürlich lud der

Caballero sie nach Montevideo ein – er würde es zehn Minuten nach dem Interview vergessen haben.
Ribbeck lächelte grimmig. Das war ihr Feld: Wirkungen ohne Arbeit! Plötzlich sah er sich wieder an jenem Sonnabend in ihrer Wohnung. Die Tür zum Schlafzimmer war halb offen, und er sah die empörende Unordnung auf ihrem Frisiertisch. Offene Crèmedosen; Flaschen ohne Korken. Sie verdiente zuviel bei ihm – diese liederliche Person. Am liebsten wäre er ins Schlafzimmer gegangen, um die teuren Kosmetika zu schützen. Aber sie hätte es mißverstanden. Hätte sie? Er starrte sie auf dem Bildschirm an. Er wußte nicht, wie hungrig, wie verzweifelt er in diesem Moment aussah. Er stellte das Programm abrupt ab. Das Käthchen von Heilbronn würde bestimmt als Abschluß mit dem Tagedieb aus Montevideo soupieren. Es war unfair. Er, Ribbeck, hatte ihr diese lukrative Spielerei verschafft. Sie würde morgen wieder zu spät in der Redaktion erscheinen. Dann würde er sie endlich hinauswerfen, wie er es sich schon lange vorgenommen hatte. Sie verkam vor seinen Augen. Ekelhaft! Dabei hatte sie einen guten Hintergrund: Vater war Universitätsprofessor gewesen; russische Gefangenschaft; Jahre nach der Heimkehr plötzliche Schwenkung nach Ost-Berlin; auf der Flucht zurück nach West-Berlin zwei Jahre später erschossen. Ein Don Quijote dieser Zeit. Von ihm mußte Carla Moll die Neigung zu unberechenbaren Handlungen haben . . . Mutter: märkischer Adel – wie Ribbecks Großmutter. Sicher hatte Frau Moll alle Dosen geschlossen und alle Flaschen zugeschraubt. Aber sie hatte ihre Tochter schlecht erzogen. Oder die war nicht zu erziehen gewesen. Prügel hätte sie kriegen müssen. Das hätte er, Ribbeck, besorgt, wenn er ihr Vater gewesen wäre. Aber bei ihrer Geburt war er sechs Jahre alt . . . Wieder gab er sich einen Ruck. Er durfte sich nicht vorstellen, daß er Carla Moll umarmen oder prügeln würde. Er mußte völlig aus dem Gleichgewicht geraten sein, und dabei hatte er Annemarie Schmidt schon halb vergessen. Nur eine Frage blieb offen: wo würde er sein Wochenende zubringen? Mit Freunden? Er hatte nur wenige. Und seine zahlreichen Bekannten hatten Besseres zu tun, als ihre Freizeit an ihn zu verschwenden. Man konnte ihn nicht einmal gern haben, hatte Annemarie Schmidt behauptet.
Aber er wurde glänzend mit sich selbst fertig – danke sehr! Das wäre noch schöner, wenn ein Mann von sechsunddreißig Jahren mit vielseitigen Interessen . . . Man brauchte die Menschen seiner Umgebung nur in Gedanken durch die Kraft der Kritik zu entwerten, und

man wußte im Handumdrehen, was die eigene Gesellschaft wert war. Dies war ein Spiel des Intellekts, das Ribbeck beherrschte. Die Psychiater machten zuviel Geschrei von ihrem Lieblingsthema: fehlende Nestwärme. Das Urvertrauen zur Mutter. Er mußte dem Geschwätz irgendwie getraut haben – es hatte ihn zu Annemarie Schmidt getrieben.

Er nahm sich seine Steinsammlung vor. Für ihn besaßen die Steine eine unerklärliche geheimnisvolle Kraft. Ihr Anblick befriedigte ihn. Es konnte nicht nur die mathematisch genaue Anordnung des Kristalls sein, obwohl jedes Ordnungsprinzip ihn erfreute. Die Vorliebe für Steine war uralt. Der Stein der Weisen stand für etwas Ewiges, das sich nicht verlieren oder in Leidenschaften auflösen läßt. Ribbeck betrachtete seine dauerhaften Steine und entspannte sich. Sie brachten ihm vielleicht nicht den inneren Frieden; aber sie mahnten ihn zur Ordnung, zur Festigkeit; sie besaßen das Geheimnis der innersten Solidität ... Er ging beruhigt schlafen und löste im Traum ein oder zwei mathematische Rätsel. Sie wurden ihm klar wie Kristall.

## III

*Maud Cooper (Paris) an Elliot Cooper (Chicago)*

Ende November 1970

Lieber Elliot!

Warum hast Du mir auf meinen letzten Brief nicht geantwortet? Ich dachte schon, Du wärst krank, aber Deine Mutter hat mich in diesem Punkt beruhigt. Du bist ja nie krank – im Gegensatz zu Deiner Frau. Ich vermute, daß Naomi immer noch Deine Frau ist, bis diese blödsinnige Scheidung ausgesprochen iwrd.

Jetzt ist's fünf Uhr Nachmittag – meine Zeit zum Briefschreiben. Vormittags jagen wir in Museen und Kirchen herum, und abends, ist immer etwas los. Dafür sorgt meine Freundin Betty. Erinnerst Du Dich an Betty Chesser? Sie wollte Dich in ihrer grünen Jugend heiraten, und ich brachte sie zu ihrem eigenen Besten von dieser Kateridee ab. Heute weiß ich nicht, ob es richtig war ...

Naomi ist eben eine Nummer für sich. Betty steht mit beiden Beinen auf der Erde – augenblicklich vorm Pantheon, wo sie sich mit unzähligen Landsleuten trifft. Komisch, sie kann nicht allein sein! Ich kann

die *crowd* nicht immer ertragen. Aber neulich, ich glaube, es war am 12. November, gingen wir alle zur Notre Dame. Trauerfeier für General de Gaulle. Wir warteten Stunden, um die Anfahrt der Gäste nicht zu versäumen. Tolle Sache: ein Kaiser, ein Großherzog, unzählige Prinzen, einundzwanzig Präsidenten; dann noch einige Premierminister und andere Staatsmänner, die Königin von Holland, ein Erzbischof in pompöser Aufmachung. Alles, was augenblicklich gut und teuer ist. Es wäre ein Fressen für Dich gewesen, Elliot. Wann kommst Du endlich nach Europa? Betty zitterte die ganze Zeit, daß Nixons Flugzeug zu spät käme. Aber unser Präsident schaffte es gerade noch zehn Minuten vor Beginn. Franzosen sind zu merkwürdig: Präsident de Gaulle wollte das ganze Trara nicht. Er wurde auf seinen ausdrücklichen Wunsch in aller Stille in seinem Dorf begraben. Komisch! – Ich schicke Dir ein Foto von allen Mädels vor der Notre Dame mit. Die lange Latte rechts bin ich mit einem Pariser Hut. Der General ist natürlich ein historischer Riese und so weiter; aber sein Starrsinn hat mich immer an Deine Mutter erinnert. Gewiß, er hat Frankreich gerettet, und Tante Jane hat nur Deine Ehe zerstört. Sie meint es gut, aber das ändert nichts an der Tatsache. Sie war immer gräßlich zu Naomi. Du solltest wirklich die kleine Villa kaufen, die ich Dir im letzten Brief anbot. Ich sage Dir als Hausmaklerin, sie ist geschenkt für den Preis. Und Du kannst bequem ein drittes Badezimmer einbauen lassen. Das Haus liegt nicht so nah bei Deiner Mutter, daß sie Dich dauernd besuchen kann. Aber auch nicht so weit, daß es ihr ums Benzin leid tun würde. Ich lasse Dir bis zum 15. Januar Zeit zur Entscheidung. Ich will kein Geschäft mit Dir machen, Elliot. Wenigstens kein großes. Du müßtest endlich Dein eigener Herr sein.
Ich habe ziemlich Heimweh nach Chicago, darf es aber vor Betty nicht sagen. Sie tut, als könnte sie ohne Paris nicht leben, und dabei ist sie hier genauso unbedeutend wie wir alle. Hätte nie gedacht, daß Betty Chesser ein Snob ist. Aber ich hab' gelernt, daß man seine besten Freunde erst im Ausland richtig kennenlernt. Hier rennt Betty wahllos hinter Franzosen her, während zu Haus niemand gut genug für sie ist. Wahrscheinlich sind Franzosen genauso wie andere Leute; aber das darf man nicht laut sagen. Und aus ihrem berühmten Essen mach ich mir nichts. Ein Steak mit Kartoffeln ist gut genug für Deine Cousine. Worauf sind die Franzosen so eingebildet? Auf ihre alten Gebäude? Auf ihre schlechte Wasserspülung? Oder darauf, daß sie alles kritisieren? Nun, ich kann nicht dauernd in Museen und Galerien

herumrennen. Ich brauche frische Luft. Sonnabend ging ich in der Rue de Rivoli spazieren und kaufte Geschenke für Euch. Was mir wirklich imponierte, waren die Pfannkuchen in einem Verkaufsstand. Sie trieften von *Grand Marnier*.
Gestern abend schleppte Betty mich zum *Diner* mit. Ihr Franzose brachte einen Freund mit, und wir sollten zu viert sein. Zu Bettys Empörung war es ein Amerikaner. Ich war begeistert. Hank ist nichts Besonderes – Versicherungsagent –, und Du und Deine Mutter hätten bestimmt die Nase gerümpft. Ich hätte ihn am liebsten umarmt; aber ich wollte ihn nicht erschrecken. Er ist auch aus Chicago. Heute abend essen wir zusammen. Steaks. Er will die Fotos seiner Frau und seiner Kinder mitbringen. Er schickt ihnen täglich eine Ansichtskarte von Paris. Seine Frau schrieb, das wäre beinah genausogut, als wenn sie selbst da wäre. Ich glaube, ich mußte erst Europa beschnüffeln, um zu merken, wie begrenzt wir zu Haus leben. Wir versuchen gar nicht erst, mit so netten gescheiten Leuten wie Hank Baker zu reden. Sie wohnen nicht in der richtigen Gegend, oder sie haben die falsche Religion oder Hautfarbe (was in Paris keine Rolle spielt), oder es mangelt ihnen an Prestige oder Geld. Das sollte zu Haus alles anders werden, genau wie die Stellung der Frauen. Dann gäb's weniger Protestmärsche, Attentate und Krach bei uns. Ich sagte Hank Baker, wir müßten uns später in Chicago wiedersehen und ich würde auch gern seine Frau kennenlernen. Aber er sagte nichts. Ob Mrs. Baker kein Abendkleid hat?
Aber das alles interessiert Dich nicht. Ich habe auch nur um den heißen Brei herumgeredet, weil ich Dir etwas Schreckliches mitteilen muß und es so ungern tue. Es handelt sich um Naomi. Ich bekam heute früh einen Brief von einer unbekannten Londoner Ärztin: Dr. Ellen Driscoll. Sie war nach Berlin geflogen, weil Naomi bei ihrem Onkel, Baron v. Strelitz, einen Selbstmordversuch unternommen hat. Die Ärztin fand meine Pariser Adresse in Naomis Notizbuch. Naomi ist jetzt außer Lebensgefahr, aber es müssen schlimme Tage gewesen sein. Die Ärztin schrieb, daß Naomi im Koma beständig nach Dir gerufen hätte. Ich finde, Du solltest das wissen.
Beste Grüße

Maudie

# IV

Er ist verändert, dachte Pilar Alvarez. Sie trank nach der Arbeit endlich wieder ihren Kaffee mit Sanchez. Wer oder was konnte ihn verändert haben? Er war so freundlich und brüderlich wie immer; aber sie spürte eine fremde, heftige Spannung in ihm, wie sie alles in ihm spürte, weil sie ihn liebte. Auf ihre Art: schweigsam, düster, resigniert. Pilar wußte keine andere Bezeichnung für diesen Zwang, der sie langsam zerstörte. Sanchez ließ sich nicht zerstören. Da Teresa es nicht fertiggebracht hatte – weder mit Sex noch mit Szenen –, würde sie, Pilar, erst recht keinen Einfluß auf ihn oder seine Entschlüsse haben. Sie wollte das nicht – sie wollte nur um fünf Uhr Nachmittag bis in alle Ewigkeit mit ihm auf dieser Terrasse in der Villa Acacia sitzen und ihn anblicken, ohne daß er es merkte; ihm zuhören und ihm Rat geben, wenn er ihn haben wollte. Das kam selten genug vor, aber es war in den vielen Jahren gelegentlich der Fall gewesen. Das machte sie glücklich. Denn in diesen Augenblicken hatte Sanchez sie gebraucht. Nach seiner Rückkehr aus Berlin hatte sie das Gefühl, er würde sie nie wieder brauchen. Sie sah ihn plötzlich wie aus einer großen Entfernung, und ihre eigene innere Spannung versteifte ihre Muskeln und ihren Geist. Sie saß da wie eine Statue in Schwarz. Sanchez hatte ihr so gut wie nichts aus Berlin berichtet. Sie war nie in Deutschland gewesen. Sanchez fand es wohl ermüdend, über Leute und Verhältnisse zu reden, die sie nicht kannte. Die einzige Berlinerin ihrer Bekanntschaft war die Journalistin Moll gewesen, und die hatte ihr gelangt. Ob Sanchez sie wiedergesehen hatte?
»Wir werden Besuch aus Berlin bekommen, Pilar!«
»Doch nicht etwa diese Señorita Moll?«
Er sah sie so erstaunt an, daß sie verlegen wurde. Das passierte ihr sonst nie. Er hatte eine Londoner Ärztin eingeladen, und sie würde im März kommen. Also vor der Regenzeit.
»Ja«, sagte Sanchez. »Vor der Regenzeit. März und April sind kalt und unbeständig in London. Ich habe dort auch im November gefroren.«
Pilar hörte zum ersten Mal, daß er in London gewesen war. Sie schwieg. Ihre dichten dunklen Augenbrauen zogen sich zusammen und gaben ihr den Ausdruck düsterer Unzufriedenheit, den Sanchez verabscheute.
»Was ist mit dir?« fragte er gereizt.

»Ich wußte nicht, daß du in London warst.«
»Du weißt es jetzt.«
»*No está bien.*« *
»Es ist sehr gut. Es ist das Beste, was mir je passierte.«
»Du sagst immer, man soll seinen ersten Impulsen mißtrauen.«
»Ich habe alles reiflich überlegt.«
»Willst du sie heiraten, Carlos?«
»Wenn sie mich haben will – morgen.«
Wenn sie ihn haben will! *Sie – ihn!* Die Freuden der Liebe, die Pilar nie kennengelernt hatte, dauerten nicht lange. Das hatte seine Ehe mit Teresa bewiesen. Aber der Kummer hört nicht auf.
Sanchez war betroffen von ihrem Aussehen. Jeder Blutstropfen war aus ihrem hochmütigen Gesicht gewichen. Hätte er sie vorbereiten sollen? Wie kann man jemanden auf ein Naturereignis vorbereiten? Die Sturmflut des Gefühls hatte sich auch bei ihm nicht angemeldet. Er sah Ellens Perlmutterhaut, ihre tiefen und klugen Augen, ihre Anmut; er spürte in dieser wollüstigen Tropennatur ihre maßvolle Kühle, ihre sanfte Ruhe, ihre Energie. Ihr tätiges Mitgefühl mit den kranken Kindern, die sie pflegte und tröstete. Das war das Beste gewesen – ihr im Kinderheim zuzusehen. Ellen Driscoll mußte Fehler haben; wie jeder Mensch. Er hatte es sich immer wieder gesagt und verstohlen danach gesucht. Er hatte bis jetzt keinen entdeckt. Höchstens etwas zuviel Vernunft. Ein nüchterner Engel – *basta ya!* Sie würde ihm wunderbare Söhne schenken.
»Ich werde mir eine Wohnung suchen«, sagte Pilar.
Er fuhr aus seinen Träumen auf und fragte, ob sie wahnsinnig geworden wäre.
»Drei Leute unter diesem Dach sind nicht gut.«
»Wir wohnten hier auch mit Teresa«, sagte er vernünftig.
»Sie zählte nicht.« Wirklich, Pilar war sehr liebenswürdig. Sanchez bot ihr eine Zigarette an. Sie lehnte ab. Er entzündete achselzuckend seine Zigarette. Das konnte hübsch werden. Darauf war er nicht gefaßt gewesen. Pilar würde Ellen stets als Eindringling ansehen. Trotz seines Ärgers versuchte er, sich einen Augenblick in Pilar hineinzuversetzen – in ihre sinnlosen Qualen, in ihren bitteren Stolz, in ihre unfruchtbaren Leidenschaften. *Madre de Dios!* Sie lebte nur für ihn. Welch ein Malheur!

* Das ist nicht gut.

»Du wirst immer hier wohnen, Pilar. Aber das Tor wird für unsern Besuch offenstehen.« Er erhob sich. »Dies ist dein Haus. Das Haus deines Vaters. Hier bist du und hier bleibst du.«
»Niemals.«
»Dann werde ich gehen. Ich werde ein neues Haus bauen.«
Er war dazu imstande. Pilar zitterte innerlich, aber sie zeigte weiter ihre starre, unversöhnliche Miene.
»Erst einmal bleiben wir beide hier.« Sanchez strich ihr leicht über das harte schwarze Haar, und sie wandte den Kopf brüsk zur Seite. *La novia!** Carlos hatte ihr nach Teresas Tod versichert, er würde nicht wieder heiraten. Sie war überzeugt davon, daß die Londonerin Jahre jünger war als er. Und kein Geld. Und ... und ... Sie ging wortlos ins Haus. Sanchez stand wie immer unter seinem Akazienbaum und sah ihr versonnen nach. Er versuchte, objektiv zu bleiben, aber er empfand nur Ermüdung durch Pilar und Sehnsucht nach Ellen Driscoll. Pilar hatte eine Menge Unsinn geredet – sehr gegen ihre Gewohnheit. Trotzdem fühlte er sich schuldig. Es machte ihn traurig – wie alles Sinnlose. Aber sie würde an seinem Entschluß nichts ändern. Er hoffte, sie würden alle drei in diesem großen alten Haus wohnen; aber ohne daß er es wußte, hatte sich an diesem Nachmittag, in einer einzigen Stunde, seine Beziehung zu Pilar verändert. Und ihre zu ihm. Das Gleichgewicht hatte sich unmerklich verschoben – zu Ellens Gunsten. Vielleicht war Liebe grausam; oder er war es? Nichts blieb in diesem Leben, wie es war. Alles änderte sich. Er hatte dieses Gesetz nicht geschaffen.
Pilar war seine nächste Verwandte. Seine einzige Familie. Bonnhoff zählte nicht, so wie Teresa nicht gezählt hatte. Er war immer froh gewesen, daß Pilar Alvarez seine Schwägerin, seine Vertraute und Partnerin seiner Unternehmungen war. Würde sie es bleiben? Er wollte sie nicht verlieren. Sie waren jung zusammen gewesen. Er hätte sie beinahe damals geheiratet ... Eine wirkliche Verwandte? Zum ersten Mal hatte er den Eindruck, daß die Familie sich die Aufgabe setzt, das Liebesleben ihrer Angehörigen zu hemmen und, wenn möglich, zu zerstören. Zu ihrer Ehre tat die Familie es nicht bewußt oder nur halb bewußt. Aber sie wollte ihre Mitglieder in statischer Harmonie um sich haben. Sie war eben ein soziales Phänomen; das erste, was der Mensch erlebt und unausgesetzt verspürt. Wahrscheinlich war es er-

* Die Geliebte. Die Braut.

schreckend für Pilar, eine vertraute vernünftige Person wie Sanchez im Zustand der Entzückung am Kaffeetisch zu erleben. Sanchez gab es zu. Und doch erschien ihm plötzlich die Familie wie ein Ungeheuer – jeden Augenblick bereit, ihre eigenen Kinder zu verschlingen. Ihr Glück zu fressen. Die Ketten des Anstands, des Dekorums, der praktischen Vernunft, der Solidarität um sie zu schlingen, so daß sie sich nicht mehr rühren und in die Welt des Eros ausbrechen konnten. Wie lästig! Wie lästig war Pilar geworden! Sanchez würde bald auf die Insel Margarita entfliehen und dort die Perlen für Ellens Halsband Stück für Stück zusammensuchen. Er – der Ungeduldige! Und die Berge, »die Mönche der Insel«, würden ihm schweigend zusehen. Ellen und er würden Venusmuscheln und Reis mit grünen Erbsen essen, und er würde ihr seine wahre Heimat zeigen. Ein Sohn der Inseln. Er würde sehr geduldig sein. Die ewige Inselsonne würde Ellens Kühle schmelzen. Sie war die einzige junge Frau, der er sein Bett nicht angeboten hatte. Es hatte ihn eine große moralische Anstrengung gekostet. Aber er hatte nicht gewußt, ob er sie nicht durch verfrühte Leidenschaft verlieren würde. Sie würde noch Jahre und Jahre sein Bett teilen. Seine Frau. Die Mutter seiner Kinder, die er sich glühend von Teresa gewünscht und nicht erhalten hatte. Wieder sah er Ellen umgeben von den kranken Kindern: seine kleine Madonna im Londoner Novembernebel . . . Plötzlich fiel ihm ein, daß er Naomi Cooper nicht zu einem Spaziergang in Berlin abgeholt hatte. Er hatte über Ellen alle anderen vergessen.

Die Blüten des Akazienbaums waren große dunkle Blutstropfen in der Dämmerung. Gleich würde es Nacht sein. Das ging blitzschnell in Venezuela. Der kühle Wind tat ihm wohl. Bei Tag lag das ganze Land wie ein ausgetrocknetes Ochsenfell in der glühenden Sonne. Er würde sich im geheimen nach Grundstücken umsehen, falls Pilar nicht zur Vernunft kam. Ein einfaches Haus mit einem großen Garten. Der herausfordernde Luxus von Caracas würde Ellen nicht zusagen. Sie liebte unauffällige Schönheit. Da war sie in London am richtigen Platz. Es gab ihm einen Stich, als er das dachte. Aber die Wahrheit ließ sich nicht umlügen – wenigstens hatte Sanchez diesen Versuch nie unternommen. Ellen würde ihren Beruf nicht aufgeben. Das konnte er bei einer solchen Ärztin verstehen, obwohl die Ehefrauen in Venezuela gern ihre Männer arbeiten ließen. Nicht alle, aber die meisten. Er würde Ellen ein Kinderheim bauen. Sie hatte das alte Familienhaus der Driscolls in Brighton für diesen Zweck umgebaut.

Teils mit geborgtem Geld, das sie langsam abgezahlt hatte. Sanchez hatte ihr leuchtendes Gesicht studiert, als sie ihm das bescheidene Heim in Brighton zeigte. Dr. Ambrose Prior, ein Kollege und Freund, leitete es; sie kam jedes Wochenende herüber. Wenn die Eltern der Kinder zahlen konnten, taten sie es. Die anderen Kinder hatten die Seeluft, das kräftige Essen, die Stärkung für den späteren Lebenskampf umsonst. Ellen holte sich die Kinder aus dem Eastend von London. Sie war unsentimental bei der Auswahl. Sie ließ sich nichts vormachen. Sie wußte instinktiv, welches Kind die Pflege und neue Umgebung am dringendsten brauchte. Sanchez hatte gestaunt. Sein erster Eindruck in Berlin hatte ihn nicht getäuscht. Ein nüchterner Engel! Ein Arbeitsengel. Ellen war unermüdlich. Aber das würde er in Caracas vorsichtig ändern. Das Klima hier war für so konzentrierte Arbeit nicht günstig. »Ich werde sehen, was sich tun läßt, Carlos!« Sie meinte, ob sie die Zeit für einen Besuch in Caracas erübrigen könnte. Vor seinem Abflug hatte sie es ihm versprochen. Von seinen Heiratsplänen hatte sie keine Ahnung. Er fand das ziemlich unerträglich; aber er war nicht sicher. Zum ersten Mal war er unsicher. Sehr lästig! Er mußte sie tatsächlich lieben, denn er zerbrach sich den Kopf, was er für sie tun könnte. Ja, er würde ihr ein Kinderheim in Caracas bauen: ein gutes Grundstück, an dem er kein Geld verlieren würde. Die Firma Alvarez & Sanchez hielt nichts vom Geldverlieren.

Plötzlich dachte er an seinen alten Freund in Puerto Ordaz. Er hatte Gilbert Preston aus London geschrieben und keine Antwort bekommen. War er wieder verreist? Krank? Preston beantwortete in der Regel jeden Brief, so schnell es ging. Oder war er wieder mit Frau und Kindern in Rio? Sanchez hatte die beiden zuletzt bei Coopers Gastmahl in Puerto Ayacucho gesprochen. Das war Jahrhunderte her. Cristina hatte ihn gelangweilt; sie redete zuviel. Da war Ellen anders. Vielleicht sprach sie sogar zuwenig. Sanchez hätte beispielsweise gern gewußt, wie sie als gebürtige Berlinerin nach London gekommen war. Hatte sie englische Eltern in Berlin gehabt? Sie war als Kind kurz vorm Krieg in Southampton gelandet. Das war alles, was sie ihm in London erzählt hatte. Sie war außerordentlich zurückhaltend. Wie er. Aber seine Verschwiegenheit hatte einen tiefen Grund. Niemand durfte von Bonnhoffs Existenz am Orinoco wissen. Auch Ellen nicht. Es hatte nichts mit *ihrer* Beziehung zu tun. Auf der Insel würde er für Ellen die Berggipfel mit Rosen krönen. Er war so glücklich. Er

fühlte das unvergleichliche und unwiederbringliche Glück vor der Erfüllung der Wünsche.
Auf seinem Schreibtisch lag die Morgenpost, die er noch nicht durchgesehen hatte. Darunter ein Brief aus Puerto Ordaz. Endlich! Aber er war nicht von Gilbert Preston, sondern von seinem Bruder Vincent, dem Senator aus Washington. War Gilbert krank? Sanchez riß den Brief auf. Etwas war nicht in Ordnung. Er hatte Gilberts Bruder nie kennengelernt.

Puerto Ordaz, Dezember 1970

Dear Sir,
wir kennen uns leider nicht, aber mein Bruder Gilbert hat mir soviel von Ihnen und Ihrer langen Freundschaft erzählt, daß ich Ihnen sofort schreiben möchte. Ich kam gestern abend aus Washington an, um meiner Schwägerin Cristina und den Kindern zur Seite zu stehen. Gilbert ist von Guerillas aus dem Orinoco-Gebiet gekidnapt worden. Ich nehme an, die Entführer gehören der gesetzlosen Gruppe an, die es sich zum Ziel gesetzt hat, die »Yanquis und imperialistischen Ausbeuter Venezuelas« zu vernichten. Ich finde in den Akten meines Bruders wiederholt Berichte über einen gewissen *Camilo de Padilla,* einen früheren Minenarbeiter vom Cerro Bolívar, der meinen Bruder und die amerikanische Minengesellschaft bereits mehrfach bedroht hat. Die Polizei sucht diesen Mann. Wir haben noch nichts veröffentlicht, um das Leben meines Bruders zu schützen, aber wir können nicht länger schweigen. Gilbert ist verschollen. Ich brachte das geforderte Lösegeld – vielmehr ich ließ es in einer Hafenkneipe abgeben und beobachtete von weitem, daß das geschah. Es erfolgte nichts. Leider kennen wir alle diese Entführungen von Diplomaten und Männern der Öffentlichkeit, die in den letzten Jahren überhandnehmen. Nicht nur in Ihrem Land, Señor! In den USA, in Kanada, überall. Das Fatale ist die kalte Kalkulation der Gruppenführer – gleich, welchem Lager sie angehören und zu welchen Ideen sie sich bekennen.
Cristina sagte mir, daß ein anderer Amerikaner, der Konsultant Elliot Cooper, mit knapper Not zwei Attentaten auf sein Leben hier am Orinoco entging, und daß Gilbert damals diesen Padilla im Verdacht hatte. Gilbert soll im Hotel Amazonas seinen Kaffee mit geladener Pistole getrunken haben. Ich beschwor ihn bei seinem letzten Besuch in Washington, mit Frau und Kindern nach Haus zu kommen. Ein

Firmenanwalt von seinem Format hätte auch daheim ein bedeutendes Wirkungsfeld. Aber er wollte in Puerto Ordaz bleiben. Er lachte. Er sagte, kein Preston wäre jemals davongelaufen. Und Cristina wollte als Brasilianerin auch nicht von Südamerika fort. Ich vermute, das war der Hauptgrund. Die arme Frau ist verzweifelt. Ich fürchte, ich muß in wenigen Tagen nach Washington zurück. Meine Angelegenheiten dulden keinen weiteren Aufschub. Ich wollte Cristina und die Kinder zu ihrer Familie nach Rio bringen, aber man kann sie nicht von Puerto Ordaz losreißen. Sie will hier auf Gilbert warten. Ich fürchte, sie wird lange warten müssen, und worauf? Aber wir wollen die Hoffnung nicht aufgeben. Wenn mein Bruder nicht bald kommt, besteht allerdings keine Hoffnung, daß er noch am Leben ist.

Könnten Sie einige Tage zu Cristina kommen? Sie braucht Hilfe und Zuspruch, die arme Frau! Dies ist Ihr Land, Señor! Vielleicht wissen Sie Rat und könnten bei Ihren großen Verbindungen herausfinden, wohin man meinen Bruder verschleppt hat? Aber das ist wohl in diesem ungeheuren Land eine Unmöglichkeit? Ich bitte Sie, Cristina zuzureden, zu ihrer Familie nach Rio zu gehen. Sie kann in dieser Situation nicht mit den Kindern in Puerto Ordaz bleiben, ob sie es einsieht oder nicht. Sie ist immer eigensinnig gewesen; aber Gilbert ist ihr ganzes Leben. Wer könnte es wagen, sie zu tadeln?

Mit ergebenen Grüßen

Ihr

Vincent Preston

Sanchez ging zu Pilar. Sie saß auf der kleinen Veranda und rührte sich nicht.

Er sagte: »Preston ist tot.« Er wußte es in diesem Augenblick, obwohl die Zeitungen es erst vier Tage später brachten. Er zeigte Pilar den Brief und sagte, er müßte nach Puerto Ordaz zu Cristina fahren. »Man verliert einen Freund nach dem anderen, Pilar. Entweder sterben sie an einer Krankheit, oder sie finden bessere Freunde, oder Fanatiker bringen sie zur Strecke.«

Pilar schwieg.

»Mörder sind dumm«, sagte Sanchez laut. »Eines Tages sterben ihre Feinde ohne ihr Zutun. Warum sagen sie sich das nicht?« Er ging in den dunkelnden Garten unter seinen Akazienbaum. Ein Abschnitt seines Lebens war nach seiner Berliner Reise zu Ende gegangen. Oder

der Schock wegen Preston gab ihm dieses Gefühl. Die Zeit war nicht mehr der schnelle Strom seiner Jugend; noch war sie der trübe Fluß, an dessen Ufer Bonnhoff saß. Die Zeit war an diesem Nachmittag ein regloser Teich mit toten Fischen. Leute, die lange in seinem Leben gewesen waren, hatten kaum mehr eine Bedeutung für ihn. Oder sie waren tot – wie Teresa, wie Preston. Pilar war auch nur halb lebendig, und Carla Moll und Bonnhoff waren auf dem falschen Dampfer? Schemen. Akteure aus einer verschollenen Ära. Nur Ellen lebte! Alle anderen waren ihm entrückt. Ob sie weiterlebten oder nicht. Ob sie an ihn dachten oder ihn vergaßen, ihn liebten, haßten, ihn lobten oder beschimpften, wie Carla Moll es wohl nun tat. Aber ihre Stimme drang nicht mehr zu ihm. Wenigstens nicht in dieser Stunde zwischen Tag und Nacht. Er fühlte sogar ein gewisses Bedauern und auch Unwillen, daß diese Menschen, die sich in seiner Existenz eingenistet hatten, plötzlich versanken wie ein Boot mit Überfracht. Sie versanken mit ihren Dramen und Melodramen, wie auch dieses Jahrhundert in drei Jahrzehnten versinken würde – mit seinen sinnlosen Kriegen und Nachkriegsschlachten, mit den Gewalttaten, den Rebellionen, den Selbstmorden, mit dem satanischen Mangel an Respekt vor fremdem Leben, fremden Ansichten, fremdem Glück. Preston war ein glücklicher Mann gewesen. Das konnten die Menschen anscheinend nicht ertragen. Ein leichter Schauer lief Sanchez über den Rücken. Er ging ins Haus zurück.

*Um fünf Uhr Nachmittag* las Anna Carlovac, ehemals Padilla, die Morgenzeitung in der leeren Bar. Sie sah Prestons Bild – wieder ein toter *Norte Americano* in der Fremde. Und daneben Camilos Foto; auf seinen Kopf stand eine hohe Belohnung. Anna war erstaunt, daß er soviel wert sein sollte. Jeder, der Prestons mutmaßlichen Mörder sah, sollte der Polizei umgehend . . . Anna lächelte. Die Polizei konnte trotz der Belohnung lange warten. Man liebte sie nicht. Man ging ihr aus dem Weg. Alle Insassen dieses Etablissements und die Zuschauer und Bettler auf den Straßen waren dieser Meinung. Die Hüter des Gesetzes hatten zu viele Gesichter und Sprachen. Und tausend Augen und Füße. Der Barmixer Pedro kam in Hemd und Unterhose herein und nahm Anna schweigend das Blatt weg. Dann verschwand er wieder hinter dem Perlenvorhang. Er hatte eine verteufelte Ähnlichkeit mit Padilla. Aber Pedro konnte keinem Moskito etwas antun. Wenigstens war Anna dieser Meinung. Sie drehte sich nervös um. Stand je-

mand hinter ihr? Padilla? Er würde sich hüten. Er konnte kein Mitleid von ihr erwarten. Keine Hilfe. Kein gutes Wort. Was wohl *Mamacita* und die neue Frau zu der Bescherung sagten? Heuschrecken! *Mamacita* konnte nicht einmal lesen und schreiben. Allerdings sagten sie daheim in Jugoslawien: »Je dümmer der Bauer, desto besser versteht ihn sein Pferd.« Aber hier war man in Puerto Ordaz. *Mamacita* fuhr im Auto herum, und Anna räumte trotz ihrer deutschen Erziehung die Zimmer der Huren auf. Ihre Gedanken liefen wieder im Kreis herum, wie Zirkuspferde. Padilla. Seine neue Frau. *Yanqui* Cooper, der immer noch lebte. Padilla. Fräulein Schmoll aus Berlin. Sie schrieb ihrer besten Freundin nie eine Zeile. Anna hatte lange auf Post von ihr gewartet. Der Teufel sollte dieses Fräulein holen!
Die Theke schwankte wie bei einem Erdbeben. Oder es kam Anna so vor? Alles Nerven – *no està bien!* * Hinter dem Perlenvorhang stand plötzlich ein gewaltiger Schatten. Der vorgeneigte dunkle Kopf hatte eine bedrohliche Ähnlichkeit mit Padilla. Die Perlenschnüre bewegten sich leise wie Palmen im Abendwind. Der Vorhang sollte erotische Illusionen erwecken, sträubte sich aber seit Jahren gegen diese Zumutung. Die Männer kamen, zahlten für ihren Genuß und gingen. *Basta ya.* Anna unterdrückte einen Schrei, denn die Perlenschnüre bewegten sich heftiger. Wo war Pedro? Sie mußte träumen. Aber das wäre zu schön gewesen, um wahr zu sein. Padilla trat durch den Perlenvorhang in die Bar. Er schloß die Fensterläden zur Straße. Nun war es finster im Raum. Da waren nur sie, der riesige Schatten und ein Abgrund von Furcht und Mißtrauen zwischen ihnen. Sie wollte ihn fragen, was er hier zu suchen hätte. Sie würde sofort die Polizei benachrichtigen, wenn er sie anrührte. Padilla oder sein Doppelgänger trat noch näher an sie heran. »Hilf mir, Anna! Du mußt mir helfen.«
In diesem Augenblick erschien Pedro in der Bar und erfaßte die Situation mit einem Blick.
»Du bist's, *amigo*«, sagte er sanft.
»Ich bin's, *amigo*«, flüsterte Padilla.
Anna wollte fragen, woher die beiden sich kannten, brachte aber keinen Ton hervor.
»Ich habe meine Uhr verloren«, sagte Padilla. »Wie spät ist es, *amigo*?«
»Fünf Uhr. Hat jemand dich hereinkommen sehen?«

* Nichts Gutes.

»Nur ein alter Bettler vor der Tür. Er hat eine Gitarre und ein Holzbein.«

»Du kannst nicht hier bleiben.« Pedro schloß die Tür zu den anderen Räumen des alten verwinkelten Kolonialhauses. Es war totenstill in der Bar. Die drei Leute hörten nur ein lautes Klopfen. Aber es war nicht die Polizei, sondern der Bettler, der mit seinem Holzbein aufs Straßenpflaster klopfte. Er hatte wegen der glühenden Hitze das Bein abgeschnallt und schlug damit auf den holprigen Steinen den Takt zu dem täglichen Straßenkonzert von Puerto Ordaz: die gellenden Rufe der Straßenhändler, Klirren von Coca-Cola-Flaschen, Gestöhne von Autohupen, das Hämmern aus Werkstätten, ein Schrei hinter geschlossenen Fensterläden, Getrappel von schwarzen, braunen, gelben, weißen Füßen, Stimmen, Stimmen, Stimmen! Seeleute, Fabrikarbeiter, Verliebte, Touristen. Warum sprachen die Leute so viel? Das Unsagbare konnte doch nicht gesagt werden. O diese Geräusche! Das Tuten der Ozeandampfer, der stöhnende Wind, Flüche und Gelächter aus tausend Kehlen, das ferne Rauschen im Flußdelta, wo der Orinoco und der Caronifluß zusammenströmen. Dort hatte man die nackte verstümmelte Leiche des *Yanqui* Gilbert Preston, eines Vertreters der verlachten bürgerlichen Tugenden, im Ufergestrüpp gefunden.

Der Bettler schlug noch lauter mit dem Holzbein aufs Pflaster. Pedro lauschte. Er verstand das Signal. Don Jaime mußte draußen etwas Verdächtiges sehen. »Du kannst nicht hier bleiben, *amigo*! Sie sind dir auf den Fersen«, sagte Pedro. Anna blickte sprachlos von ihm zu Padilla. Wer war Pedro? Sie hatte den grauhaarigen Mulatten viele Jahre gekannt und kannte ihn nicht. Er war für Padilla, also war er gegen sie. Die schwarze Macht ...

»Pedro! Er ist ein Mörder!« schrie sie. Eine riesige dunkle Hand verschloß ihr den Mund. Padillas Hand. Sie rang nach Luft. Das war das Ende! Die Karten hatten ihr das nicht vorausgesagt. Aber natürlich war es nicht das Ende. Pedro rückte die Wand hinter der Theke beiseite und öffnete eine Falltür zum Keller. Er schob Anna und Padilla die Stufen hinunter und folgte ihnen, nachdem er die mit Regalen für Flaschen ausgestattete Wand an ihren Platz geschoben hatte. Jetzt konnte die Polizei kommen. Das alte spanische Kolonialhaus hatte einen geheimen Gang, der direkt zum Hafen führte.

Don Jaime schnallte sein Holzbein wieder an und spielte ein Liedchen auf seiner Gitarre. Er hatte keine Sorgen. Die Guerillas nahmen sie ihm ab. Er war frei wie die Vögel in den Regenwäldern, denn Bettler und Invaliden existieren nicht in Venezuela. Man schenkt ihnen keinen Blick. Don Jaime war sehr zufrieden, daß er auf der untersten Stufe angelangt war. Früher hatte er Geld und Sorgen gehabt. Ein Toter mehr? Ein Toter weniger? *No importa!*

VIERTES BUCH

# Unter dem Flammenbogen

# Angst

*Es gibt ein einziges allgemeines Leiden: Angst.*
G. B. Shaw

## I

ANNA CARLOVAC HATTE ANGST. SEIT PADILLAS SCHRECKVISITE IN DER Bar und seiner Flucht nach Maracaibo zitterte sie bei jedem Geräusch, jedem Gespräch, jedem unbekannten Mann, der die *Casa Conchita* betrat. Vor allem zitterte sie vor dem Barkeeper Pedro, wenn sie ihm am Nachmittag eine großartige Zukunft aus der Hand las. Alles war unverändert in dem Raum mit dem lächerlichen Perlenvorhang. Die Perlen fielen aus wie Annas Haare. Pedro trank *Sangria** und lächelte. Je mehr er lächelte, desto angstvoller wurde sie. Sie hatte sich eingebildet, sie wüßte Bescheid über diesen kindlich-vergnügten, gutmütigen Mulatten mit dem grauen Lockenkopf. Nun hatte sie herausgefunden, daß sie Pedro Angel Eduardo Ríos nie gekannt hatte. Er war ein Terrorist, ein Waffenbruder von Padilla, ein getarnter Vorstadt-Guerilla. Anna wußte ihm zuviel. Seit Padillas Flucht zum Hafen von Puerto Ordaz hatte Pedro sie nicht aus den Augen gelassen. »Rede nicht darüber. Das ist nicht gut für dich«, sagte er drohend. Einmal legte er ihr seine dicke Hand auf die Lippen, bis sie bei dieser symbolisch-afrikanischen Beschwörung keine Luft bekam. Sie war wie tausend andere ins Labyrinth der Tagespolitik geraten und fand nicht mehr heraus. In Venezuela sagt man: »*Mejor suerte la próxima vez.*«** Nur gab es für sie kein nächstes Mal mehr. Sie fragte sich, ob eine zünftige Gehirnwäsche nicht angenehmer als Pedros Lächeln sein

* Rotwein, Orangen, Zitrone, Brandy- und Soda-Mischung

** Mehr Glück das nächste Mal.

würde. Die Angst verdummte sie. Ihr Gehirn war eine ausgebrannte Taschenlampe. Der Gestank von Gewalt und plötzlichem Tod mischte sich mit dem Rauch von Pedros Zigarette.

»Worüber lachst du, Pedro?«

»Über dich.«

»Über mich?«

Pedro durchflog die Zeitung, anstatt zu antworten. *Madre de Dios,* welche Anmaßung! Er verachtete sie, und das machte sie noch unsicherer. Ihr armseliger Traum von Sicherheit, den selbst Padilla nicht verjagen konnte, war nun ausgeträumt. Nachts schlief sie in ihren Kleidern, um fluchtbereit zu sein. Aber wohin sollte sie fliehen? Sie träumte oft ihren alten Angsttraum von dem jugoslawischen Greis auf einem schwarzen Roß. Er brachte Unglück. Pedros schwarze Gedanken liefen aber schneller als alle Traumrappen. Die Worte blieben ihr in der Kehle stecken. Früher hatte sie ihm erzählt, sie stamme aus einer vornehmen Familie von Gesellschaftslöwen und Spielern, die immer verloren. Er hatte dröhnend gelacht, und sie hatte eingestimmt. Gab es Lustigeres als Pech im Spiel? Jetzt lachte Pedro nicht mehr über die alten Geschichten aus einem verschollenen Europa. Jetzt war er für sie ein *anónimo.* Der schwarze Mann. Das schwarze Pferd. Die schwarzen Gedanken.

Wenn Pedro die Wand mit den Flaschen verschieben und sie in dem Tunnel ... Unsinn! Die Angst knabberte wie eine Maus an ihrem Verstand. Sie hatte den Bargästen weiter irrsinnige Glückszufälle versprochen und Pedro freiwillig erhöhte Prozente für ihr Handlesen und Kartenlegen gegeben. Jetzt wußte sie, daß das ein Fehler gewesen war. Wer um Himmels willen gab in diesem Erdteil freiwillig mehr, als man ihm abforderte? Der *anónimo* steckte schweigend das Geld ein. Er wußte nun, sie hatte Angst vor ihm. Sie wollte sich bei ihm einschmeicheln. Welch ein Fehler! Er hatte dadurch jeden Respekt vor ihr verloren. Früher hatte er beim Kartenlegen bescheiden und bewundernd geschwiegen. Gestern hatte er plötzlich alle Karten durcheinander geworfen, obwohl es um seine Zukunft ging, und hatte barsch gesagt: *»No digas tonterías!«* * Sie blickte ihn aus trüben geröteten Augen an. Er murmelte verächtlich: *»Conejo«*, und sie zuckte zusammen. Die Señoritas nannten sie »Kaninchen« wegen ihrer kleinen geröteten Augen, ihrer weißgrauen Haut und ihrer Neigung, das

* Rede keinen Unsinn!

Hasenpanier zu ergreifen. *Co-ne-jo.* Warum verbat sie sich diese Frechheit von einem Mulatten nicht? Wenn ihre Mama Einkäufe in den feinsten Geschäften von Belgrad gemacht hatte, dann trug Fräulein Steinmeister ihr die Pakete zum Wagen. Die Carlovacs beschwerten sich nicht damit. Für diese Zwecke hatte man Personal. Früher hatte Pedro auch dieser Legende andachtsvoll gelauscht. Jetzt brummte er: »*No está bien.*« Hatte er etwa recht?

Ihre Angst war eine Maus, die täglich neue Mäuse gebar. Knabbern, knabbern . . . Sie knabberten Annas Gedanken an, sie drangen in die Windungen ihres Gehirns – ein Heer von Mäusen, grau, listig, entsetzlich. Anna hatte vor Padillas Mutter Angst gehabt, aber das war eine körperliche Angst vor dem Koloß mit der Brille und den Keulenarmen gewesen. *Mamacita* hatte kein Blatt vor den Mund genommen. »Mein Sohn hat dich aus dem Bordell geholt. Geh dahin zurück. Die schmeißen dich zum Abfall, du weißer Dreck!« Keine Salonsprache, aber man wußte Bescheid. Der *anónimo* sagte nichts, drohte nicht, und Anna wußte nicht, was er dachte. Schwarze Gedanken? Sie wagte nicht, nach Padilla zu fragen. Wovon lebte er in Maracaibo? Er hatte *Mamacita* sein Haus und sein Bankkonto überschrieben, als er in die Wälder ging. Anna hatte nie etwas so Verrücktes erlebt. Das Hotel Amazonas! Hatte sie wirklich *Yanqui* Cooper bewundert und später in Padillas Auftrag vergiften wollen, weil er ein imperialistischer Ausbeuter war? Nun, *Yanqui* Cooper war mit dem Schreck davongekommen, aber *Yanqui* Preston war tot. Heute lebendig – morgen schwarze Erde! Anna hatte nichts gegen *Yanqui* Preston gehabt; er wollte Padilla zur Strecke bringen. Es gab nur Jäger und Gejagte in dieser Welt. »Halt den Mund«, sagte Pedro.

Anna dachte in diesen Tagen soviel an das Hotel Amazonas, weil sie an irgend etwas denken mußte. Sonst wurde sie verrückt. Konnte man vor Angst verrückt werden? Sie bat Pedro, sie nicht anzustarren, und erschrak vor ihrem Mut. Aber er brach nur in sein dröhnendes Gelächter aus. Wie früher, aber das Gelächter klang anders. Gab es das? Gelächter wie grollender Donner. Oder bildete sie sich das ein? Man weiß nur im eigenen Land, worüber die Leute lachen.

Selbst ein Kaninchen hat seinen Ausgehtag. Am Sonnabendabend ging Anna immer in ein nettes Restaurant am Hafen und aß *paella* *. Sie versteckte ihr dünnes graues Haar unter einem Schleier und trug

* Ragout aus Huhn, Garnelen, Schweinefleisch, Reis und scharfen Gewürzen.

ihre Mantilla aus Maschinenspitze über ihrem alten Kleid. Señorita Carmen hatte ihr die Mantilla geschenkt; sie war jung und hübsch und trug echte Spitzen. Sie war beliebt in der Casa Conchita. Sie war so dumm, daß sie dachte, sie würde den Männern ewig gefallen. Anna wußte es besser, und da sie immer zuviel redete, waren Carmen und sie nun Feindinnen ... Die Mantilla hatte zwei Löcher, und die Fransen fehlten zum größten Teil. Aber niemand kam auf den Gedanken, das Kleidungsstück zu reparieren. O dieses Land, dachte Anna. Aber auch sie brachte die Mantilla nicht in Ordnung.

Das Restaurant *La terraza* war voll von Seeleuten, Touristen und Einheimischen. Anna sah zu ihrem Mißfallen, daß ihr Eckplatz von zwei Männern besetzt war. Sie mußten hier hereingeschneit sein, denn der Señor, der ihr den Rücken drehte, war ein eleganter Caballero. Der breite Rücken in dem Seidenhemd (kein Loch, kein Fleck) kam ihr bekannt vor. Wo hatte sie diesen Rücken gesehen? Sie stand und starrte. Kein freier Platz! *Mala suerte!* * Dies war ihr Ausgehtag. Eine Dame mit Mantilla. Der Eckplatz gehörte ihr.

In diesem Augenblick stand der Kapitän auf, der mit dem Seidenhemd gesessen hatte, und Anna stürzte auf ihren Tisch zu. Der Señor erhob sich höflich, da eine Dame an seinen Tisch kam. Der Kapitän war schon gegangen. Der Fremde bat Anna, Platz zu nehmen. Er trank noch seinen Rum. Anna setzte sich zögernd. Plötzlich hatte sie wieder Angst. Sie strich sich über die Stirn, um die Mäuse zu verjagen. Der Fremde starrte sie an. Seine dunklen glühenden Augen bohrten sich sekundenlang in ihre trüben, blaßblauen. Er kannte diese Frau. Er vergaß nie ein Gesicht. Richtig! Als er nach Coopers Gastmahl das Hotel Amazonas im Morgengrauen verlassen hatte, stand diese Person vor Carla Molls Zimmer. Grauer Zopf mit Resten von Zitronengelb; nackte platte Füße wie Melonenscheiben, und der Morgenrock mit Sicherheitsnadeln geflickt wie die armselige schwarze Mantilla. Geruch von Essig, Zwiebeln und Chili, der Moderduft nachtfeuchter Büsche, allgemeine Verwüstung ... *Madre de Dios!* Dieses Goya-Modell war Padillas Frau. Wo war Padilla? Da hatte man eine Woche bei Cristina Preston in Puerto Ordaz zugebracht, die Schiffs- und Flugkapitäne vergeblich befragt, Akten bei der Polizei eingesehen, einflußreiche Freunde in Bewegung gesetzt – alles umsonst! Prestons Mörder und seine Frau waren wie vom Erdboden verschluckt. Und

* Pech!

nun, nach einem fruchtlosen Frage- und Antwortspiel mit einem befreundeten Kapitän, saß Padillas zerstörte und verstörte Frau vor ihm. Sie hatte sich in die Speisekarte vertieft. Ihre Finger mit den Gichtknoten und Schwellungen zitterten. Das Scheuern von Fußböden bekam ihnen nicht. *Pronto! Pronto!*
»Ich glaube, wir trafen uns im Hotel Amazonas, Señora«, sagte Sanchez lächelnd. »Bitte, bleiben Sie sitzen. Sie verjagen mich durchaus nicht.« Er sah nicht so aus, als ob er sich von irgend jemand verjagen ließe; schon gar nicht von einem Kaninchen. »Ich kann Ihnen *paella* empfehlen. Es ist die Spezialität dieses Hauses.«
»Ich weiß, Señor! Ich esse hier jede Woche.«
»Allein?«
Die Zigarette fiel Anna aus der Hand. Prestons Freund, der wie ein Filmstar aussah, mußte von der Polizei sein. Sie suchten Hafenlokale ab. Natürlich!
»Si, Señor«, sagte Anna Carlovac mit einem Anflug von Ironie. »*Sola!*«

Sie dachte nicht daran, das venezolanische Landesgericht zu essen, wenn jemand ihr das Menu bezahlte. *Paella* bedeutete für sie Kartoffeln, bloß schmackhafter und farbiger. Aber Sanchez bestellte ohne Wimperzucken Vorgerichte, einen Fisch, gegrilltes Fleisch und für sie beide die berühmte Ananas Cantaloupe: Nachspeise mit Likören und Sahne. Die geriebene Kokosnuß lag wie Schnee auf den tropischen Früchten. *Schnee!* Anna sah das verschneite Belgrad. Sie lief als Kind Schlittschuh auf dem Fluß. Heiße Schokolade mit Sahne in einem Balkan-Café am Boulevard: Gold, Plüsch, Zigeunermusik. Serbische Torten, türkisches Konfekt, ein Rezept aus der Zeit der Türkenherrschaft. Deutsche Lieder. Fräulein Steinmeister weinte bei »Am Brunnen vor dem Tore«. Sie war hart wie Stein und sentimental dabei. »Diese Deutschen«, sagte Annas Mutter. Aber sie behielt Fräulein Steinmeister, weil sie sauber, sehr arbeitsam und ein unbezahlter Spion war. Madame Carlovac sparte, wo sie konnte, da Papa alles verspielte.
Belgrad! Beograd! Verlorenes Paradies mit tausend Fallen. Intrigen, Machtkämpfe durch die Jahrhunderte, Seidentapeten, ungarische Operetten, Donauwalzer, Marschlieder deutscher Sieger und serbischer Freiheitskämpfer. Papa spielt und verliert. Sommerfahrten an die Donau. Und im April 1941 deutsche Bomben über Belgrad! Fräu-

lein Steinmeister singt »Die Wacht am Rhein«. Papa spielt Karten. Madame Carlovac entläßt Fräulein Steinmeister; aber Papa befiehlt ihr zu bleiben. Sie bringt ihm sein Frühstück ans Bett, türkischen Kaffee, bitter wie Spielschulden, arglose Semmeln, Butterkugeln, Konfitüren. Sie lachen und scherzen. Papa summt ein ungarisches Liedchen. Fräulein Steinmeister singt »Wenn wir marschieren ...« Mama runzelt die Stirn. Aus Papas Schlafzimmer dringt Kichern, Steinmeisters Quietschen, Geräusche, Stille ... Die deutsche Besatzung dauert dreieinhalb Jahre. Die nationale Armee betrachtet Papa als Landesverräter, weil er mit Fräulein Steinmeister gesungen, gescherzt und geschlafen hat. Befreiung ist kein türkisches Honiglecken. Nun trinken die Sieger den Pflaumenschnaps. Heute froh, morgen soso, übermorgen schwarze Erde ...

Anna seufzt. Alles kaputt! Nichts und niemand kommt zum Verlierer zurück – höchstens Padilla. Gott bewahre! Sie möchte sich am liebsten bekreuzigen – geniert sich aber vor Sanchez. Sie löffelt gierig ihre Ananascrème. Sanchez hat nie jemand gesehen, der so schnell und ängstlich ißt wie diese Señora.

»In Belgrad ging ich zu Kunstausstellungen, Señor! Mit meiner persönlichen Gouvernante. Ich schlürfte daheim Kultur. Wozu?«

»Wie lange leben Sie schon in Venezuela?«

»Zu lange. Besten Dank für die Mahlzeit, Señor! Als ich Sie hier erspähte, sagte ich mir augenblicklich: das ist ein vornehmer und mitfühlender Herr. Er spricht gewähltes Spanisch. Er weiß, wie man mit Damen in Sack und Asche umgeht.«

Sanchez denkt: ein weiblicher Clown. Komisch und tragisch, wenn sie echt wäre. Sie spielt mir etwas vor. Sie weiß, wo Padilla ...

»Geld, Stolz, Dekorum – alles futsch, Señor. Warum sehen Sie mich an? Gefällt Ihnen meine Mantilla? Ein paar Löcher, aber sonst recht hübsch, nicht?«

»Was machen Sie so allein in Puerto Ordaz, Señora?«

»Ich arrangiere mich. Ich bestreiche mich mit Schutzfarbe. In Serbien bestrich man die Fresken an den Klosterwänden mit Wasserfarbe, damit die Türken sie nicht zerstörten. Eine nützliche Lektion, was meinen Sie?«

»Ich meine, daß Sie wissen, wo Ihr Mann sich versteckt. Er ist eine Bedrohung. Gilbert Preston ist nur einer seiner eingebildeten Feinde. Sie sind eine intelligente Frau, Señora. Sie denken doch nach, nicht wahr?«

Anna sitzt stockstill. Der Señor hat eine Honigstimme. *Vorsicht!* Sie ist so ausgehungert nach Freundlichkeit und Höflichkeit, daß sie ihm gern einen Gefallen tun würde. Aber sie hat wieder Angst. Ein Strick, der sich um ihre Kehle legt. Selbst wenn sie wollte – und der Wunsch ist mächtig –, sie brächte keinen Laut heraus. *Por favor,* mein höflicher, schlauer Señor. Fragen Sie nicht weiter. Wir unterhielten uns reizend und zivilisiert – das passiert mir sonst nur im Traum, Señor. Das ist besser als Kunstausstellungen oder ein Bankkonto, obgleich ich gern eins hätte. Schließlich kostet das Leben Geld – selbst meins, Señor! Bitte nicht die Stirn runzeln! Ich sonne mich spät am Abend in Ihrem Wohlwollen. Wenn diese Sonne Padillas wegen untergeht, ist es mein Untergang, Señor. Ich schwöre Ihnen bei allen Heiligen, es ist mein . . . Sie lächeln?

»*No importa!*«

»Sie sprachen von meinem Mann, Señor. Gestatten Sie, daß ich Sie auf einen Irrtum aufmerksam mache. Ich habe keinen Mann. Padilla hat mich wegen einer Negerdame verlassen.«

»Das tut mir leid.«

»Keine Ursache. Ich pflege keinen Umgang mit Mördern und Rebellen.«

»Habe ich nicht gesagt, Sie seien intelligent, Señora?«

»*Und* witzig. Ich bin in meiner Hotelpension für meinen Witz bekannt.«

»Wo wohnen Sie in Puerto Ordaz?«

»Einmal hier und einmal dort. Ich dürste nach Abwechslung. Je älter man wird, desto eintöniger wird das Leben. Man erwirbt Erfahrungen, die niemandem nützen, nicht einmal einem selbst. Ob ich mir die Mantilla stopfe oder mein Kleid plätte – wer sieht mich an? Ich weiß es: niemand! *Vaya pronto!* * Nur immer so weiter, denke ich, ihr werdet alle alt. Auch Sie werden diesem Schicksal nicht entgehen, Señor. Haben Sie Angst vorm Alter?«

»Nein. Das ist ganz sinnlos.«

Das Gesicht des Señors hat sich verfinstert. Die Sonne seines Wohlwollens hat sich hinter einer Unmutswolke verkrochen. Der Señor scheint nicht sehr geduldig zu sein. Anna hört die Schreie der wilden Vögel, sie riecht das Öl vom Maracaibo-See, wo die *Yanquis* Öltürme errichten. Dort wird Padilla, wie einst als Minenarbeiter, den Rücken

* Geh schnell!

beugen. Er hat Angst vor der Hölle. Das ist sein Problem. Angst kann man nicht wegwerfen wie eine giftige Frucht.
»Ich habe nichts mit der Sache zu tun, Señor.«
»Natürlich nicht. Sie verabscheuen Gewalt – ich fühle es.«
»Sagten Sie, Sie fühlten es? In diesem Land gibt's kein Gefühl, Señor. Ich weiß, was ich rede.«
»Nicht doch, Señora. Sie sind zu pessimistisch.« Der Señor beugt sich leicht vor. »Wollen Sie mir nicht sagen, was Sie beschwert?«
»Nichts. Ich bin in glänzender, beinahe verwegener Stimmung. Ich hätte gern noch eine Fruchtspeise. Mit Rum, bitte.«
Anna genießt die Früchte und das Lächeln des Señors. Warum schweigt sie? Jahrelang hat sie vom Augenblick der Vergeltung geträumt. Jetzt oder nie!
»Was geschieht mir, wenn ich Padilla verrate?«
»Ihrem Land einen Dienst zu erweisen, ist kein Verrat.«
»*Ihrem* Land, Señor! Ich bin hier ein ungebetener Gast. Aber wenn ich einen Dienst erweisen kann ... Ich muß darüber nachdenken. Mein Gehirn hat stellenweise Löcher – zuviel Schläge auf den Kopf. Wie gesagt: ich verliere öfters den Faden ...«
»Wie wir alle«, sagte Sanchez, der nie den Faden verlor.
Anna denkt nach. Wenn man einem Land einen Dienst erweist, dann ist man plötzlich jemand. Abgesehen von der Geldbelohnung. Sie, degradiert und schikaniert, wäre im Handumdrehen jemand. Eine Dame mit Mantilla. Man würde sie überall mit Respekt behandeln. ›Das ist sie! Sie hat das Land vor den Guerillas gerettet!‹ Zum mindesten vor einem oder zweien: Padilla und Pedro. Die Jungfrau von Orleans, momentan in Puerto Ordaz. Annas Rücken juckt, aber sie kann sich nicht kratzen. Nicht vor dem Señor, der sie so respektvoll behandelt. *Caramba!* Sag endlich, daß er sich in Maracaibo versteckt. Wer bist du? Die Retterin Venezuelas oder ein Kaninchen? Anna beginnt zu zittern. *Madre de Dios*, warum schweigt sie? Zwanzig Jahre mit Padilla. So viele Kränkungen! *Objetos sin piedad.** Schmerz ist ein Tausendfüßler. Jeder Fuß tritt in ihre offenen Wunden. Koch mein Essen, alte Kuh! Bediene meine Mutter, leerer Beutel! – Jetzt gibt's eine Menge Geld für Padillas Kopf. Lösegeld, Loslösung, Erlösungsgeld? ›Ihrem Land einen Dienst erweisen, ist kein Verrat, Señora!‹ Heilige Maria, Muttergottes, bete für uns ... Sünder jetzt ...

* Unbarmherzige Dinge.

»Ich weiß nicht, wo er ist, Señor!«
»Das dachte ich mir«, sagt Sanchez nicht unfreundlich.

Sanchez läßt sich den Nachtwind um die Schläfen wehen. Im Hafen kommen und gehen die Schiffe – wie die Menschen kommen und gehen. Warum schwieg diese Frau? Sie verabscheut Padilla ganz offensichtlich. Er kann zurückkommen und sie wieder mißhandeln. Erinnerte sie sich plötzlich an gute Tage? Religiöse Skrupel, die wie ein Fieber auftreten? Denkt sie vielleicht – und das ist in Lateinamerika verständlich –, daß die Flüchtlinge von heute die Sieger von morgen sein werden? Oder verrät man keinen Mann, mit dem man jahrelang gelebt hat? Sanchez wird es nicht erfahren. Man lügt den anderen etwas vor und behält seine Wahrheit für sich. *Macht er es anders mit Bonnhoff?* Verrät er ihn? Liefert er ihn den Behörden aus? Plötzlich denkt er an Carla Moll. Sein Gesicht verzerrt sich ganz leicht. Wird sie eines Tages doch verraten, wo er seinen Vater verbirgt? Durch irgendwelche Umstände oder Einflüsse, die er aus der Ferne nicht kontrollieren kann? Es ist nicht anzunehmen, aber man weiß es nicht. Man weiß nichts. Und Bonnhoffs Angstzustände werden immer schlimmer.
Sanchez zuckt die Achseln. Morgen ist wieder ein Tag mit vielen Aufgaben. Er muß nach Caracas zurück. Er muß Cooper schreiben oder ihn und seine Firma in Chicago besuchen, wenn bei der jetzigen Unsicherheit in Lateinamerika aus Kapitalanlagen aus den USA in Puerto Cabello etwas werden soll. Er denkt wieder an Preston. Ein Freund. Bald wird er eine düstere Anekdote in den politischen Annalen der sechziger Jahre sein. Preston. Ein scharfsinniger und schließlich überlisteter *Yanqui*, eingesessen und trotzdem fremd in dieser chaotischen, aber formellen Welt Lateinamerikas, wo das Chaos zum Greifen nah hinter dem Dekorum lauert. Diese Welt der machtberauschten Präsidenten, der grausamen Romantiker, der skrupellosen Demagogen und der bekannten und unbekannten Opferlämmer. In den letzten Monaten seines Lebens im Jahr 1970 hatte Preston den ausgezeichneten Kaffee Venezuelas mit geladener Pistole getrunken. Es hatte ihm nichts genützt. Vorsicht war so sinnlos wie Leichtsinn. Aktion so fragwürdig wie Passivität, dort wo die Gewalttat zur Heldentat umgelogen wurde. Die Zeit war krank und wußte es nicht.
Sanchez fühlte Schmerz und Empörung über Prestons Ende, aber was

nützte es? Prestons Schlachten waren nicht seine Schlachten, und es war schwer, fast unmöglich, Näheres über die Schlupfwinkel der Guerillas zu erfahren. Padilla war gesehen worden, als er Tage vor der Entführung um Prestons Haus herumschlich. Wo war er jetzt? Was tat er heute? Wer hatte ihm geholfen? Was wissen Männer des geordneten Lebens über Terroristen, ihre Organisationen, ihre geheimen Pläne? Rebellionen und Gewaltakte gab es überall und in allen möglichen Gebieten dieses riesigen Kontinents – in den Petroleum-Regionen, in den feierlichen altspanischen oder amerikanisierten Städten, beim Cerro Bolivar, in den unermeßlichen Prärien, in den schweigsamen Wäldern und Bergen, an den Ufern des Orinoco und des Amazonenstroms. An einem ganz alltäglichen Tag war Preston aus Puerto Ordaz entführt und mit verbundenen Augen auf einem kleinen Stromschiff an den Ort seines Todes gebracht worden. Sanchez wußte diese Einzelheiten nicht. Es ist gut, daß man so unwissend ist wie die Feuerfliegen im Dunkel. Sanchez blickte zu den schwarzen Wolken auf. Sie waren wie Gottes bewölkte Stirn. Er lächelt den Hemmungslosen nicht zu.

Prestons Ende: In einem Schlupfwinkel am Orinoco-Delta; nicht weit von Tucupita. Mangrovensumpf, Lagune, dunkler Wald, Flüsse, Fliegen und der stumme, verbissene Terror eines einzelnen, fremden Leidenschaften ausgelieferten Zeitgenossen. Preston leistet letzten, sinnlosen Widerstand. Seine Mörder trinken blutrote Milch, giftigen Rum und denken schwarze Gedanken. Sie erfinden langsame Qualen für den *Yanqui* – langsam wie der Papagei Bissen um Bissen zu sich nimmt. Schnell sind nur die Schlagzeilen nach einem Ereignis.

Sanchez seufzte. Er war in Venezuela geboren, und doch kannte auch er nur einen Bruchteil der Landschaft und einen minimalen Prozentsatz der aus allen möglichen Rassen zusammengesetzten Bevölkerung. Was hatte die Frau mit der zerfetzten Mantilla nach Venezuela und zu Padilla getrieben? Ihr bißchen Asche würde am Ende ihrer Wanderschaft im wilden Wind verwehen. Sanchez fand Prestons Ende beinahe so unglaubhaft wie die beiden Attentate auf Elliot Cooper. Er fragte sich, ob man in dieser gesetzlosen Zeit überhaupt noch in Vernunft und Freiheit leben und planen konnte. Terror in Brasilien, Ermordung des deutschen Botschafters in Guatemala; Banden in Kolumbien, Militärgewalt in Argentinien, städtische Guerillas seit 1962 in Uruguay. Im Anfang war Kuba. Hatte Preston Angst bekommen? Hatte er vor der Ewigkeit oder vor der nächsten Minute gezittert? Hatte er geflucht, gestöhnt, gebetet? Sanchez wußte es nicht. Man weiß nichts vom Sterben seiner Freunde, selbst wenn sie in ihrem eigenen Bett den letzten Atemzug tun. Auch das war eine mindere Qual für die Überlebenden. Wie würde Bonnhoff sterben, falls er jemals starb?

Farbige Reklamen schwammen wie Haifische durch die Dämmerung. Besucht Venezuela! Genießt karibische Ferien! Vergeßt Eure Sorgen am sonnigen Ufer des Orinoco! Besucht die Insel Margarita! *Porque es tiempo de vacaciones!** Hatte Preston geschrien? Einen Fluchtversuch unternommen? In die Sümpfe oder wohin? *La guerilla.* Der kleine Krieg. Also sprach *Che Guevara.* Man konnte große Angst vor dem ›Kleinen Krieg‹ bekommen, wenn man dazu neigte. Sanchez neigte nicht dazu. Er hielt Angst für einen Exzeß der Phantasie.

## II

Anna Carlovac war müde nach der Redeschlacht mit Sanchez. Der Señor war sehr schnell gegangen. Gute Reise. – Der Mond beschien ironisch und flüchtig ihre Mantilla. Plötzlich sehnte sie sich nach einem serbischen Winter, in dem man den Frost durch die Sohlen der Pelzschuhe spürte. Kalte klare Luft. Festliche Adventssterne am blassen Himmel. Bläulicher Schnee, der sich in hohen Fenstern spiegelt. Ein Christbaum mit dreisten Leuchtkugeln. Papa schenkt Fräulein Steinmeister vor aller Augen eine silberne Libelle an einer Halskette. Dann spielen sie *L'Hombre* – Papa, Mama und Fräulein Steinmeister. Mama verliert alle Stiche, weil sie die Libelle betrachtet. Auch die kleine Anna wird von ihr behext. Sie zählt die Flügel und die Facettenaugen aus Halbedelsteinen. Echte Diamanten gibt's nur für Mama, denn Papa ist ein Moralist. Wenigstens erzählt er es so lange, bis alle – mit Ausnahme von Mama und Fräulein Steinmeister – es glauben. O mein Papa! Anna holt sich das französische Lexikon aus der getäfelten Bibliothek und erfährt, daß die räuberischen Larven der Libellen ihre Beute im Wasser mit einer vorschnellenden Fangmaske ergreifen – wie Fräulein Steinmeister, wenn sie auf Männerraub ausgeht. Anna schleicht sich ins Zimmer der Gouvernante, stiehlt die Libelle und zertrampelt sie im Schnee. Gerichtsverhandlung am Weihnachtstag. Die Diener und Dienerinnen beschwören ihre Unschuld. Das Fräulein

* Weil es Ferienzeit ist.

schluchzt, bis Papa ihr eine goldene Libelle verspricht. Anna gesteht, weil die Köchin verdächtigt wird und das Haus verlassen will. Die Köchin bäckt wunderbar – sie ist unersetzlich. Mama schilt Anna aus. »Du böses Kind!« Anna erstarrt. Sie hat die Libelle wegen Mama getötet. Aus Liebe! Sie versteht die Welt nicht mehr. Nachts schreit sie. Angstträume. Riesige Libellen mit Fangmasken schnellen durchs Kinderzimmer. Vielmehr Larven – entsetzlich anzusehen! Anna bekommt Baldrian. Milch mit Honig. Wenn Mama ans Bett tritt, wendet Anna das Gesicht zur Wand. Mama geht. Die Angst bleibt, wächst und gedeiht. Sie umklammert Anna und läßt sie nicht mehr los. In Venezuela träumt Anna von Krokodilen mit ihren gräßlichen Kegelzähnen und dem langen Schwanz. Anna ist wieder im Hafenviertel von Puerto Ordaz. Die tiefen poetischen Schatten über serbischen Parks und Gärten! In den Tropen verbreitet selbst ein Schatten indiskretes Licht. Anna schwitzt trotz der Nachtluft. Es ist immer noch unerträglich schwül. Aber eine Dame nimmt die Mantilla auf der Straße nicht ab. Sanchez hat sie als Dame behandelt. Also ist sie eine. Man muß die Vergangenheit abschütteln, wie ein Hund Wassertropfen vom Fell schüttelt. Wozu flieht man in einen anderen Erdteil, wenn die Angst mitgeht? Aber etwas ist ihr im Restaurant geschehen. Sie atmet freier. Sie hat keine Angst mehr. Weder vor Padilla noch vor Pedro Angel Eduardo Rios. Wie ist das möglich? Sie ist doch ein Kaninchen. Sie besitzt nicht plötzlich das Herz einer Löwin. Oder doch? Sie hat im Gespräch mit Sanchez einen Sieg errungen. Sie – die ewig Besiegte! Niemand wird es erfahren, niemand wird den Sieg besingen oder belohnen, denn er ist streng privat. Anna Carlovac hat Anna Padilla besiegt. Sie hat ihn nicht ausgeliefert. Sie haßt ihn auch nicht mehr. Deswegen ist sie stärker als er und Pedro. Aber sie fühlt sich unbehaglich. Ein moralischer Sieg ist unbequem und sogar schmerzhaft wie ein neuer Schuh, an den der Mensch sich erst langsam gewöhnt. Anna atmet tief und geht zur Casa Conchita zurück. Dort herrscht Aufregung. Pedro hat die Bar ohne Abschied verlassen und ohne Angabe einer Adresse. Die Polizei kam wie immer zu spät. Die Besitzerin bedient an der Bar und ermahnt ihre Señoritas zu geschäftlichem Dekorum. Sie sollen nicht *sich* aufregen, sondern die Kunden. »Habt Ihr das verstanden, meine Vögelchen?« – *Si, si, Señora!* Bei allen Heiligen, die Señoritas haben es verstanden. Ein Guerilla mehr oder weniger? Sie schießen wie Pilze aus der Erde. Oder wie Popsänger. *No importa.*

Anna fragt die Patronin nach Post aus Europa. Das ist ein Spielchen zwischen ihr und der Señora. Beide wissen, daß sie nie einen Brief bekommt. Aber nach Post aus Europa zu fragen, gibt ihr einen Vorteil über die Señoritas, die nie aus Venezuela herauskamen. Oder aus Mexiko. Oder sonstwo aus diesem bedrohlichen Kontinent, wo freundliche Barmixer Guerillas sind, die »Kunden« der Casa Conchita sich gelegentlich als Polizeispitzel entpuppen, und wo Padilla, machtlos und geldlos, als Sündenbock fungiert. Annas Verstand, nun nicht mehr durch Angst getrübt, sagt ihr klipp und klar, daß Pedro, wie andere klügere und gefährlichere Guerillas, den einfältigen Padilla mit seinem katholischen Gewissen, seiner Angst vor der Hölle und seinem eingetrichterten Haß gegen die *Yanquis* zum Mord an Preston vorschickte. Jetzt kann er im See von Maracaibo ersaufen, wenn er Lust dazu hat. Die Guerillas werden ihn nicht retten. Er hat seine Nützlichkeit überlebt. *Vaya pronto!* Auch Padilla ist in gewissem Sinne ein Opfer der Terroristen. Nicht etwa, daß Anna den Tod Prestons beklagt oder sich freut, daß *Yanqui* Cooper noch immer am Leben ist. *No importa!* Aber – was ist in dieser Welt wichtig, wenn nicht der Mensch? Er wandelt unter dem Flammenbogen der Qual; er wandelt unwissend und unverdrossen seinen vorgeschriebenen Weg. Ob man ihn liebt oder haßt, ihm hilft oder ihn abschreibt, ihm schmeichelt oder ihn verhöhnt, ihn krönt oder erniedrigt – nur der Mensch ist wichtig. Jedes Haar auf seinem Haupt ist gezählt, ob er es weiß oder nicht. Er weiß es nicht. Oder er hat es vergessen. Padilla wandelt noch in seiner Qual.

Und Anna? Es ist Nacht, und sie weiß nicht, was die Stunde geschlagen hat. Jahrelang bat sie Padilla um eine Taschenuhr. Er hat sie ihr nicht gegeben.

## III

»Preston ist tot«, sagte Cooper beim Abendessen zu seiner Mutter.

»Gilbert oder der Senator?«

»Mein Freund Gilbert in Puerto Ordaz. Seinen Bruder kenne ich nicht.«

»Schade! Ein einflußreicher Mann.« Mrs. Cooper räusperte sich. »Wie oft muß ich noch sagen, daß ich beim Essen nichts über Krankheit und Tod hören will. Du wirst immer rücksichtsloser, Elliot. Übrigens, ich wundere mich nicht – Gilbert war zu dick.«

»Er wurde von Guerillas entführt und ermordet.«
»Ich höre wohl nicht recht?«
Cooper wiederholte Wort für Wort. Er betrachtete seine Mutter unverwandt durch seine scharfe Brille. Sie saß steif und aufrecht. Ihr Haarturm würde selbst in einem Wirbelsturm nicht wanken; ihr Busen in dem feinen lila Kleid war eine Bastion. Hatte sein Vater sie erstürmt? Cooper riß sich zusammen. Er war sehr müde. War gestern nacht bei einer Hure gewesen – wie in seinen grünen Tagen mit Richard Cooper. Das Mädchen von gestern nacht hatte ein behagliches Vollmondgesicht. Nur ihre dunklen Augen blickten unsicher und angstvoll. Der Ausdruck hatte ihn an Naomi erinnert. Naomi! Wie sollte er es seiner Mutter sagen? Jetzt? Oder nach dem Essen. Beim Kaffee? Oder beim Kartenspiel in der Bibliothek? Er gewann fast immer diese einfachen Spiele. Ein zynischer Franzose hatte behauptet, betrogene Ehemänner hätten Glück im Spiel. Verbogene Ehemänner ebenfalls. Coopers Bilanz!
Er blickte sich in dem altgewohnten Speisezimmer um. Alles war auf Hochglanz poliert – wie seine Mutter. Trotzdem glaubte er, daß die Staubschwaden von Jahrzehnten aus den schweren Vorhängen fliegen würden, wenn er mit der Faust auf sie einschlüge. Jahrzehnte? Jahrhunderte. Aber natürlich schlug er nicht mit der Faust auf Vorhänge oder Tische. Er war doch nicht hysterisch – wie Naomi! Wie sollte er es seiner Mutter beibringen? Beim Kaffee? Ja, das war das Beste. Er durfte ihr nicht den Rest des Essens verderben.
»Zu Haus wäre Gilbert Preston das nicht passiert«, sagte Mrs. Cooper ärgerlich. »Das kommt davon, wenn man in der Weltgeschichte herumrast. Merke es dir, Elliot! – Ich habe nur dich.«
»Solche Sachen passieren heut überall. Hier in Chicago – vor deiner Nase! Niemand ist vor Überfällen sicher.«
»Ich fühle mich durchaus sicher in meinem Haus«, sagte Jane Cooper beleidigt. »Willst du mir den Rest meines Appetits verderben? Übrigens: wann wird endlich deine Scheidung ausgesprochen?«
»Willst du mir den Rest meines Appetits verderben, Mutter? Übrigens: Naomi ist nicht mehr bei ihrem Onkel in Berlin.«
»Das geht uns glücklicherweise nichts mehr an. Ihr Selbstmordversuch war reines Theater. Wie alles.«
Cooper studierte die Chrysanthemen in den großen Vasen auf dem Büffet, das der Stolz seiner Mutter war. Amerikanische Hepplewhite-Periode: eine edel geschwungene Front, schlanke, spitz zulau-

fende Beine, sparsame Ornamente. Naomi hatte als Hausgehilfin beim Staubwischen einige Kratzer an den Türen hinzugefügt. Mrs. Cooper hatte es ihr nie verziehen. Die Chrysanthemen spiegelten sich in dem langen Sheraton-Spiegel über der Anrichte: stolze, geltungsbedürftige Blumen; aber sie ließen leicht die Köpfe hängen – wie gedemütigte Menschen. Mrs. Cooper hielt sich kerzengrade in ihrem Stuhl mit dem harten, geschnitzten Rücken. Wollte sie den Blumen ein gutes Beispiel geben? Alles an ihr war hart und dauerhaft – bis auf ihre Haut. Die war dünn und brüchig wie alte Baumrinde. Es gab Cooper einen kleinen Schock. Seine Mutter wurde vor seinen Augen steinalt. Wieso fiel es ihm erst heute auf? Er blickte fort. Er hatte wieder die alte, beschämende Angst davor, seiner Mutter in ihre kalten, etwas vorstehenden Augen zu blicken. Sie hatte künstliche Wimpern; ihre Lider waren fast wimpernlos wie bei Fröschen. Auch die Chrysanthemen im Spiegel verfielen zusehends. Der Spiegel war ein ererbtes Wertstück. Etwas für Sammler. Ein Sheraton-Spiegel; vergoldeter verblaßter Rahmen; die Holzfüllung zeigte die Fregatte *Constitution* in der Seeschlacht im Krieg von 1812 . . . Cooper bekam plötzlich nicht genug Luft in diesem großen Raum. Naomi hatte das Haus am Michigansee als Familiengruft bezeichnet. Er war empört gewesen – damals. Jetzt, nach wochenlangem Leben mit seiner Mutter, verstand er Naomi. Das Leben war schon lange aus diesem Speisezimmer geflohen. Wie aus der Bibliothek mit den vielen Lederbänden von Großvater Cooper, die niemand mehr las. Im »Musikzimmer« stand der unbenutzte Steinway-Flügel. Nur Naomi hatte Klavier gespielt – in den ersten Jahren ihrer Ehe.

»Naomi ist in London, Mutter.«

»Hat Baron Strelitz sie an die Luft gesetzt?«

»Sie erholt sich bei einer Freundin, einer Londoner Ärztin: Dr. Ellen Driscoll. Sie meint, Naomi brauche einen Klimawechsel. Sie hat mir einen reizenden Brief geschrieben.«

»Naomi schreibt doch keine reizenden Briefe.«

»Dr. Driscoll schrieb mir. Natürlich kann Naomi nicht ewig dort bleiben.«

»Schmeckt dir das Roastbeef nicht? Du stocherst darin herum, als ob es zähes Leder wäre. Was ist mit dir, Elliot?«

»Ich bin abgespannt.«

»Kein Wunder, wenn du die halbe Nacht wegbleibst.«

»Ich glaube, das ist meine Angelegenheit.« Sein Herz begann wild zu klopfen. Er mußte es ihr sagen. Jetzt! Sofort! Nein – nicht beim Roastbeef. Wenn ihr der Bissen in der Kehle stecken bliebe! Sie würde blaurot anlaufen. Einen Erstickungsanfall bekommen. Sie würde aufspringen, keuchen, dann wie ein gefällter Baum quer auf dem Teppich liegen und ihm den Weg ins Freie versperren. Aber das hatte sie stets getan ... Er hüstelte. Er empfand ein heftiges Schuldgefühl. Dies war nicht das erste Mal, daß er »solche Sachen« dachte. Dabei hing er so sehr an seiner Mutter wie kaum ein anderer Mann seines Alters. Aber natürlich durfte sie ihm nichts vorschreiben. Er ging aus, wann und wohin er wollte. Er schlief mit irgendeiner Frau, wann und so oft es ihm paßte. Jawohl, Madam! Du lieber Himmel, er war schließlich ein Mann in den besten Jahren, und was hatte er davon? Er vegetierte in der Familiengruft, bis er wieder auf Reisen gehen würde. Was für ein Leben! Aber er liebte seine Mutter, auch wenn sie Naomi (zielbewußt) aus dem Haus getrieben hatte. Wieder dachte er an Maudies Brief aus Paris. Hatte seine Mutter wirklich seine Ehe zerstört? Er wollte es auch jetzt nicht glauben – nicht ernstlich! Aber das Haus war unheimlich leer und schweigsam, seitdem Naomi und Maudie fort waren. Maudie hatte nicht geschrieben, wann sie nach Haus käme. Seine Mutter hatte nun wirklich nur ihn. Und bald würde auch das eine Sache der Vergangenheit sein. Wie sollte er es ihr beibringen? Aber er mußte nun endlich reden. Schauderhafte Situation! Die alte Angst, seiner Mutter zu mißfallen, packte ihn an der Kehle. Schließlich ist die Mutter die erste Frau im Leben, der man gefallen will oder muß, dachte Cooper und schob den Teller von sich. Aber es nützte nichts. Selbst wenn er ihr fortan so mißfallen würde wie in seinen ärgsten Träumen. Das Roastbeef war abserviert. Bei dem Kompott – Apfelmus durchs Haarsieb gerührt – konnte ihr nichts passieren.

»Mutter! Ich möchte dir etwas sagen. Aber du mußt mir versprechen, dich nicht aufzuregen.«

»Ich rege mich nie auf.«

Da Cooper Böses ahnte, sagte er strahlend: »Das hört man gern.« Er fügte gegen seine Überzeugung hinzu: »Ich weiß ja, wie vernünftig du bist.« Pause. Seine Mutter rührte sich nicht. Er murmelte unbehaglich: »In einigen Jahren bin ich fünfzig.«

Mrs. Cooper sagte unfreundlich: »Ich bin über siebzig und kann mich auch nicht deswegen aufhängen. Komm zur Sache, Elliot!«

»Ich will mich nicht aufhängen, meine Liebe«, sagte Cooper so glatt,

als ob er am Konferenztisch mit Industrielöwen säße. »Ich will ausziehen.«
»Machst du Scherze?«
»Ich habe ein Haus ziemlich in deiner Nähe gekauft. Es wird noch umgebaut. In etwa drei Monaten ist es soweit.«
»Und von alledem weiß ich nichts?«
»Du weißt es jetzt. Ich wollte dich nicht mit den Details langweilen. Ich habe mich ganz plötzlich entschlossen.« Da seine Mutter steinern schwieg, sagte er eilig: »Ich hoffe, es wird dir gefallen. Du mußt mich oft besuchen.«
Mrs. Cooper ignorierte mit Recht diese verlegene Aufforderung. Sie fragte scharf, wer Cooper das Haus vermittelt hätte, und preßte die Lippen zusammen, als Maudies Name nun endlich fiel.
»Maudie?« sagte sie schrill. »Diese Schlange im Gras, die ich hier wie meine eigene Tochter verwöhnt habe.«
Mrs. Cooper war fest davon überzeugt, daß sie ihre Nichte mit Liebe und Geschenken überschüttet hatte. Sie glaubte, was sie wollte, und Cooper beließ es dabei. Er sagte milde, Maudie wäre Hausmaklerin, und sie hätte ihm besonders gute Bedingungen gewährt.
»Wie reizend«, sagte Mrs. Cooper. »Warum willst du von mir fort?«
Warum? Cooper könnte bis zum Jüngsten Tag reden, und sie würde einen Herzanfall mimen oder haben. Er atmete schwer und unterdrückte ein Zittern. Das war doch nicht möglich! Ein reifer und erfolgreicher, in Verhandlungen erfahrener Mann, sollte vor einer eigensinnigen alten Frau zittern? Aber es war so. Jahre neurotischer Unterwerfung hatten ihn dazu gebracht. Wie ein Sterbender sah er sein Leben in einer Folge von Bildern – in jeder Situation, bei jedem Konflikt hatte er sich dem Willen seiner Mutter gefügt. Und eine Angst hatte die nächste geboren. Wie er als Knabe und Student vor seiner Mutter die Waffen gestreckt hatte, so bekam er als Mann Angst vor Verantwortung. Mutter wußte es am besten! Er erkannte in diesem Augenblick den düsteren Untergrund von Feindseligkeit und Ressentiment hinter seiner Liebe zu seiner Mutter und daß seine Visionen und Angstträume, in denen sie in Unfälle und Scheintode stürzte, Ausdruck seiner unterdrückten Reaktionen waren. Das ist eine schöne Geschichte, dachte er bestürzt. Es war eine schöne Geschichte, und sie war noch nicht zu Ende.
»Ich schlage vor, du machst den Kauf rückgängig oder du betrachtest das neue Haus als Kapitalsanlage. Mieter bekommst du haufenweise.

Einen zuverlässigen Verwalter werde ich durch Roger Brown finden.« Nun schwieg Cooper, und seine Mutter fühlte sich unbehaglich. Sie spürte zum ersten Mal seinen Willen, und er war im Konflikt mit ihrem. »Sei vernünftig, Elliot! So gut wie zu Haus kannst du es nirgends haben. Das hast du mir immer versichert. Du bist ein Zugvogel der Industrie! Wozu brauchst du ein eigenes Haus?«

»Für meine Frau und mich.«

»Dann würde ich die Scheidung beschleunigen. Ich nehme an, du willst Roger Browns jüngste Schwester heiraten, nicht wahr?«

»Ich bin mit Naomi verheiratet, Mutter. Ich habe Roger angewiesen, das Scheidungsverfahren einzustellen. Naomi kann nicht so leben. Und ich auch nicht.«

Es war heraus. Und das Komische an der Sache war, daß er in diesem Augenblick, unter dem feindseligen Blick seiner Mutter, die Verantwortung für Naomi fühlte und übernehmen wollte. Sie hatte in ihrem Dämmerzustand nach dem Selbstmordversuch nach ihm gerufen. Maudie hatte es ihm geschrieben, und Maudie verschönerte oder verschlimmerte die Wahrheit unter keinen Umständen.

»Ich hoffe, du verstehst mich, Mutter. Du bist doch so vernünftig!«

Seine Mutter schien zu Stein erstarrt zu sein. Sie würde nicht wie ein gefällter Baum auf dem Teppich liegen. Sie war stärker als der mächtigste Baum und wurzelte tiefer in ihrem angewiderten Schweigen. Cooper hätte sie am liebsten gerüttelt; aber der lebenslängliche Respekt vor ihr hielt ihn davon ab. Sie saß reglos und starrte auf Trümmer. So mußten Augenzeugen beim Fall des römischen Reiches geblickt haben. Kein Muskel zuckte in ihrem Gesicht. Kein Haar löste sich aus den starren Locken. Dieser Haarturm würde weder in einer Luftschaukel noch auf einer Bahre wanken.

Cooper putzte seine Brille. Er konnte nicht bis in alle Ewigkeit mit dieser Steinfigur am Eßtisch sitzen. Sie mußte endlich etwas sagen. Oder mußte diesem Schweigen auf irgendeine Weise ein Ende bereiten. Die Steinfigur ihm gegenüber war seine Mutter, die er sehr genau kannte, und trotzdem war sie plötzlich durch Welten und Zeiträume von ihm getrennt. Er sah sie in mythischer Perspektive: ein machtvolles Phantom; aber eben ein Phantom, das eher Mitleid als Furcht erregte, da es nur bedingte Wirklichkeit besaß. Seine Mutter lebte in der Vergangenheit wie die meisten alten Menschen. Er lebte in der Gegenwart, und er mußte versuchen, Naomi dorthin zurückzubringen. Mehr als es versuchen konnte kein Mann. Er spürte erschrek-

kende Ungeduld. Seine Mutter mußte sich mit den Tatsachen abfinden. Jeder mußte es. Viel zu lange hatte er ihr nachgegeben. Und nun war ihre Verbindung zerrissen. Der Dialog war zu Ende geredet. Das durfte nicht sein. Er liebte seine Mutter, auch wenn er sie manchmal haßte. Aber er kritisierte sie zum ersten Mal bewußt und wußte nicht, ob seine Liebe zu ihr im kalten Wind der Objektivität bestehen konnte. Er hoffte es. Das war alles. Vielleicht war es gegen das Naturgesetz, seine Eltern zu kritisieren, und Cooper fühlte das tief. Er hatte heute abend zwischen Roastbeef und Apfelmus eine Illusion verloren, die ihn jahrelang genährt und gestützt hatte: *Mother knows best.* Es war schmerzhaft, den mütterlichen Trost und die Sicherheit im Hintergrund aufzugeben, und Cooper gab nichts leicht auf – weder Zufallsbekanntschaften noch seine Frau und schon gar nicht seine Mutter. Wer sprach von Aufgeben? Er tat nur etwas, was er längst hätte tun sollen – er zerschnitt die Nabelschnur, er löste, nein, lokkerte die feste Bindung, so gut oder schlecht er es verstand.
Er stand abrupt auf und sagte: »Ich werde nach London fliegen und sehen, was ich für Naomi tun kann.«
Der Groll in ihrem Blick war zu heftig für Worte. Sie war sehr blaß unter dem Make-up. Aber eine Minute später hatte sie ihre Haltung zurückgewonnen. Mit mühsamem Lächeln, aber ohne ein Wort, ging sie ihm in die Bibliothek voran, wo der Kaffee serviert wurde. Sie tranken ihn jeden Abend aus ihren kostbaren englischen Tassen. Sie blickte zur Decke und sagte: »Naomi zerbrach zwei von diesen Tassen, sie war immer so achtlos.« Es klang wie ein Nachruf. Als hätte die Unterhaltung nicht stattgefunden. Ich muß ihr ihre Vorwände lassen, dachte Cooper. Er fühlte tiefes Mitleid, wie man es Kindern oder verwirrten Teenagern entgegenbringt. Er war der Erwachsene, der Familienvorstand, der den Hilflosen helfen und die Untröstlichen trösten mußte. Sie hielt sich tapfer – viel tapferer, als Naomi es je fertigbringen würde – und irgendwie würde sie die neue Situation in ihrer Weise meistern.
»Ich schreibe dir gleich aus London, Mutter.«
»Das wäre nett«, sagte sie gemessen.
Sie würde ganz gut ohne ihn fertigwerden. Sie wußte es, und Cooper wußte es auch. Sie hatte eiserne Energie, viele Interessen und Freunde. Naomi brauchte ihn. Und das brauchte er. Er hatte keine Ahnung, was ihn in London erwarten würde. Er wußte nicht einmal, ob Naomi ihn ihm Wachzustand sehen wollte. Er hatte Ellen Driscoll

sein Kommen angesagt. Würde jemand am Flugplatz sein? Naomi? Er erwartete nichts und niemand. In dieser Erwartung wurde er nicht getäuscht. Wie jeder wußte, war Naomi eine Nummer für sich. Und die Stadt London war auch eine Nummer für sich. War es immer gewesen, und würde es immer sein.

# Coopers Bilanz

*Wälder und Felder können mich nichts lehren;*
*wohl aber die Menschen dieser Stadt.*
Sokrates

## I

COOPER WAR NIE IN LONDON GEWESEN UND AHNTE NICHT, DASS DIESE Stadt sich weder um Einheimische noch um Fremde kümmert. Alles lief sich irgendwie zurecht, und war das nicht der Fall, machte es nicht viel aus. Spät im Oktober hatte es noch frische Erdbeeren aus Kent gegeben, und niemand hatte sich gewundert. Im November flossen die Mülleimer über, da die Herren von der Müllabfuhr streikten. Plastiksäcke mit dem Abfall mehrerer Wochen lehnten fröhlich und übelriechend gegen Londoner Hauswände, und die Feuerwerksnacht von Guy Fawkes wartete um die Ecke – *never mind!* Jetzt, Mitte Dezember 1970, war der Elektrizitätsstreik im Gange, und auch das nahm man ziemlich gelassen in Kauf. Er würde nicht ewig dauern, und Verdunkelung kannte man schließlich aus dem letzten Krieg. Es war eigentlich ganz gemütlich, denn das Fernsehen machte jede Unterhaltung im Familienkreis unmöglich.

Cooper blickte sich suchend auf dem Flugplatz von Heathrow um. Niemand nahm Notiz von ihm. Naomi war natürlich nicht gekommen. Hatte er es gegen jede Vernunft erwartet? Unter den Mitteilungen an ankommende Fluggäste in der Empfangshalle war nichts für ihn dabei. Als Gast der internationalen Industrie war Cooper an ein Empfangskomitee gewöhnt. Das konnte er nicht erwarten, da er privat in London war. Aber Ellen Driscoll, bei der Naomi wohnte, wußte doch genau, wann sein Flugzeug ankam. Warum rührte sie sich nicht? Sehr unfreundlich! Nach ihrem netten Brief nach Chicago hatte er

Besseres von ihr erwartet. Man durfte sich eben keine Illusionen machen. Es tat ihm bereits leid, daß er gekommen war. War Naomi es wirklich wert, daß die Beziehung zu seiner Mutter gelitten hatte? Wer war er? Don Quichote? Er hatte sich immer viel auf seinen gesunden Menschenverstand eingebildet, und sein beruflicher Erfolg gab ihm recht. Aber die Sache in London war leider streng privat. Nach der Aussprache mit seiner Mutter war er am nächsten Morgen nach London geflogen. Und das war gut so. Er hätte ihr steinernes Lächeln nicht ertragen. Und vielleicht hätte es ihn in seinem Entschluß wankend gemacht. Aber nun hatte er niemanden mehr, der sich lästig und immerfort für ihn interessierte.
Um ihn herum unterhielten sich Londoner in dem ihm ungewohnten Englisch der Königin. Sie scherzten und lachten, und er wußte nicht warum. Über die Streiks? Über die drohende Einführung des Dezimalsystems, das England zu einem Teil des »Kontinents« machen sollte?
»Bis zum Februar fließt noch viel Wasser die Themse herunter«, sagte eine dürre ältere Dame in einem klassischen Regenmantel. »Sie sagen, der Dezimalkram ist schneller und einfacher. Ich glaube, es ist wegen unseres Eintritts in den Common Market.«
»Was sollen wir da?« fragte die Freundin.
»Keine Ahnung! Kannst du mir sagen, warum wir plötzlich wie alle anderen sein sollen? Fred sagte auch, sein Klub ist absolut dagegen. Er sagt, man kann sich nicht mal mehr auf die Konservativen verlassen.«
»Hast du schon den Puter für Weihnachten bestellt?«
»Natürlich«, sagte die Dame im Regenmantel. »Carol, die Kinder und Arthur und seine Leute kommen zu uns.«
»Magst du Arthurs Mutter?«
»Sie ist *all right*. Sie ist nun mal Carols Schwiegermutter, und es ist Weihnachten.«
»Wo werden Arthurs Leute schlafen?«
»Irgendwo zwischen Dach und Keller«, sagte die Dame sorglos.
Cooper horchte auf. Man schien in London wenig Vorbereitungen für Gäste zu machen. Seine Mutter stellte das Haus auf den Kopf, wenn Logierbesuch erwartet wurde. Es war nicht auszuhalten. Immerhin – es gab also Familien, die zusammen Weihnachten feierten. Cooper hatte das Fest in den letzten Jahren unter Fremden in Südamerika verlebt. Oder allein in Chicago. Seine Mutter fuhr zu Onkel Tom, Mau-

die feierte mit Freunden, und Naomi war entweder im Sanatorium, oder sie schloß sich in ihr Zimmer ein. Während er nach einem Gepäckträger Ausschau hielt, fragte ein Londoner im steifen Hut seinen Freund, ob sie genug Kerzen für die Feiertage hätten, falls der Streik tatsächlich ...

»Vielen Dank, Jim. Ich glaube, Mary hat vorgesorgt. Unser alter Krämer will uns welche zurücklegen. Anders als auf dem Supermarkt. Für jeden Kunden zwei Kartons. Aber wenn du mir ein paar Kerzen für Mrs. Perkins geben könntest? Du weißt doch, Mrs. Perkins von nebenan. Sie schickt uns immer Blumen herum. Du mußt ihr Treibhaus sehen. Grüne Finger! Sie erwartet ihren Sohn mit der amerikanischen Braut.«

»Wollte Kenneth nicht Molly Parsons heiraten? Ist doch eine alte Sache mit den beiden.«

»Vielleicht wollte er eine neue Sache? Bei Ken weiß man nie. Seine Mutter sagt, er macht den Mund nur zum Trinken auf.«

»Freut Mrs. Perkins sich auf die Amerikanerin?«

»Warum nicht? Schließlich ist Weihnachten, und da freut man sich. Natürlich muß sich die junge Person an unsere Art gewöhnen. Sie soll ziemlich anpassungsfähig sein.«

»Das wäre ratsam. Mrs. Perkins wird sich kaum anpassen.«

»Warum sollte sie?«

Jetzt war Cooper überzeugt, daß seine Reise nach London verfehlt war. Eine Taxe schien es auch nicht zu geben. Neben ihm bemerkte ein Herr, es wäre ziemlich spaßig, wenn plötzlich im Büro das Licht ausginge. Mit etwas Glück erwische man seine Privatsekretärin. Oder man liefe daheim dem Au-pair-Girl vom Kontinent direkt in die Arme, und dafür könne man nichts, meinte sein Freund. Beide Herren lachten diskret.

Spaßig! Cooper war über den elektrischen »*go-slow*-Betrieb« empört. Das hatte ihm noch gefehlt, daß er Naomi im Finstern suchen mußte! Glücklicherweise war es noch früh am Tag. Er würde jetzt in sein Hotel fahren, in aller Ruhe essen, Fruchtsaft trinken, seiner Mutter schreiben und nachdenken. Dann erst würde er bei Dr. Ellen Driscoll anrufen. Er hatte es nun auch nicht mehr so eilig. Dr. Driscoll hatte ihm diesen reizenden Brief geschrieben, aber er verspürte keinen Wunsch mehr, sie kennenzulernen und sie über Naomi zu befragen. Er fühlte sich unbehaglich und unerwünscht. Er wunderte sich selbst darüber. Er war kein Provinzler. Er war ein Zugvogel der Industrie und wahrhaftig nicht menschenscheu. Im Gegenteil! Er war ungern allein. Warum fühlte er sich so verloren? Er betrachtete trübe die wohlerzogene Horde von Londonern, die mit Freunden und Verwandten davonfuhren. Sie lebten auf einem anderen Stern als die »amerikanischen Vettern«. Sie hatten nur die Sprache gemeinsam und nicht einmal das. Aber viele seiner Landsleute – sehr bedeutende darunter – hatten London zur zweiten Heimat gewählt. Henry James, einer seiner Lieblingsautoren. Und der große Maler Whistler, dessen Nachtstücke ihn deprimierten. Beide lebten in Chelsea. Wie Ellen Driscoll. Wie Naomi . . . Die nichts von sich hören ließen. Wahrscheinlich hätten die Londoner auch das sehr spaßig gefunden. Eine Taxe nach der anderen wurde ihm irgendwie von winkenden Leuten vor der Nase weggeschnappt. Er putzte seine Brille. Sie war von Schweiß und der feuchten Luft beschlagen. Er sah alles in einem Whistler-Nebel. Ein schlanker Herr winkte der letzten Taxe; die Luft wurde grauer. Es wurde dunkler. »Bitte nehmen Sie diese Taxe«, murmelte »der Einheimische«. »Sie sind fremd hier, nicht wahr?« Cooper wollte höflich protestieren, aber der Londoner lächelte nur. »Keine Sorge! Ich habe Zeit!« Cooper wollte sich bedanken, aber sein Schutzengel war wie der Blitz verschwunden. Vielmehr hatte er einer anderen Taxe gewinkt und drehte Cooper den Rücken zu, um dem Dank zu entgehen. Und einer drohenden Bekanntschaft.

Auf dem Weg zum Hotel hätte Cooper ganz gut einen ersten Blick auf London werfen können, aber er war so erschöpft, daß er die Augen schloß. Ein Geschäftsfreund daheim hatte ihm *Brown's Hotel* in Dover Street empfohlen. Ein englisches Familienhotel mit bequemen Sesseln, Chintz, solidem Essen und ruhigen Zimmern. Um die Ecke von Piccadilly, wo das Ritz weltbekannte Gäste und regen Barbetrieb bot. Was sollte Cooper in der Bar vom Ritz?

Aber er hatte sein Gleichgewicht zurückgewonnen. Die unerwartete Freundlichkeit des Unbekannten hatte das bewirkt. Er hatte scharfe graue Augen mit einem Netz von Fältchen gehabt. Cooper erfuhr nie, daß Mr. Anthony Chalmers der Anwalt von Ellen Driscoll und der beste Freund ihres Partners in der Praxis war. Ein ganzes Netzwerk von Beziehungen, sozialen Gruppen und Individuen mit ihren Formeln, Anhänglichkeiten, Vorurteilen, Schwächen und Tugenden breitete sich in London vor ihm aus; aber er sah kaum etwas von die-

sen Phänomenen. Einmal verhinderte der Elektrizitätsstreik eine ungehinderte Sicht, und dann verbirgt jeder Londoner sein Privatleben vor fremden Augen, so gut er kann, und er kann das sehr gut. So erfuhr Cooper auch nicht, daß Ellen Driscoll und Naomi den Venezolaner Carlos Sanchez in Berlin getroffen hatten. Ellen war Londonerin, und Naomi hatte die Begegnung beinahe vergessen.
Cooper erfuhr andere Dinge.

## II

Er versuchte zum dritten Mal, Ellen Driscoll zu erreichen. Das Telefon funktionierte, aber es meldete sich niemand. Schlamperei! Oder war etwas passiert? Waren die Ärztin und Naomi nicht in London, und hatten sie eine diesbezügliche Mitteilung an ihn überflüssig gefunden? War Naomi etwa nach Berlin zurückgekehrt, ohne ihrer Gastgeberin Mitteilung zu machen? So wie sie aus dem Schweizer Sanatorium unter Richard Coopers Augen nach Berlin geflogen war? Einfach verschwunden? Das sähe ihr ähnlich. Cooper warf den Telefonhörer auf die Gabel. Es war in der Tat recht spaßig! Er versuchte jetzt nur noch Verbindung zu bekommen, um sich nicht vor seiner Mutter zu blamieren. Nahmen die beiden Damen in Chelsea an, er hätte seine Zeit gestohlen? Oder daß sein Geld auf den Bäumen wüchse? Falls sie sich so weit mit seiner Person beschäftigten! Cooper hielt es in diesem Augenblick für unwahrscheinlich, und es verbesserte seine Laune nicht. Aber der tiefere Ärger betraf das neue Haus, das Maudie ihm aufgeschwatzt hatte, weil Naomi angeblich nach ihm gerufen hatte. Und er war so verhungert nach etwas Zuneigung oder Beachtung gewesen, daß er wie ein Narr nach London gestürzt war. Aber man hatte ihn zum letzten Mal zum Narren gehalten. Mutter wußte es eben doch am besten! Er sah sie plötzlich in Grau und Schwarz – ein Whistler-Bild. Er mußte sehr erschöpft sein, wenn er die farbenfrohe, dominierende Mrs. Cooper senior mit Whistlers zarter, resignierter Patriarchin verglich. Das kam vom Alleinsein. Er hatte morbide Gedanken – wie Naomi. Er kannte diese Symptome aus langer trüber Erfahrung. Dagegen halfen nur organisierter Frohsinn oder ein Glas Milch. Aber er konnte kein Gastmahl ohne Gäste geben, und seine Milch hatte er gerade ausgetrunken. Er befahl sich, den Ereignissen kühl und gefaßt ins Auge zu sehen – wie am Konferenztisch.

Er mußte sich entspannen und vollführte zu diesem Zweck drei Yoga-Übungen: Meditation mit Turnen! Cooper war niemals ein guter Turner gewesen. Alles tat ihm weh, als er zum Telefon wankte. *Endlich!* Eine harte, nüchterne Stimme sagte: »Hier bei Dr. Driscoll.« Komisch, er hatte sich nach dem Brief Ellens Stimme weich, weiblich und liebenswürdig vorgestellt. Er fragte zögernd, ob er mit Dr. Driscoll spräche.

»Hier spricht Claxton!«

Wer war Claxton? Ein Mann? Eine Frau? Ein englisches Geheimnis, das nicht verraten werden durfte? Auf seine Fragen stellte sich langsam heraus, daß Mrs. Claxton, die Besitzerin der Yorkshire-Stimme, Ellens Haushälterin war, daß Dr. Driscoll ein Kind ins Kinderhospital in der Great Ormond Street zur Herzoperation bringe und daß ›Miß Naomi‹ nach ärztlicher Anordnung keine Fremden empfangen dürfe. (Anordnung Driscoll!)

»Ich bin Mr. Cooper aus Chicago. Eben angekommen.«

Schweigen. Cooper fragte irritiert, ob Mrs. Claxton noch am Apprat wäre. Natürlich war sie noch da, aber sie hatte nichts zu dieser Mitteilung zu sagen und sagte daher nichts. Cooper erklärte noch ärgerlicher, er wäre Naomis Ehemann. Nicht direkt ein Fremder, nicht wahr?

»Oh«, sagte Mrs. Claxton wenig erfreut. Und nach einer Pause: »Nun ja!«

Cooper meldete sich für eine Stunde später in Chelsea an. Er müßte mit seiner Frau sprechen, und Dr. Driscoll wüßte Bescheid.

»Miß Naomi schläft jeden Nachmittag. Sie darf nicht gestört werden, Sir.«

Cooper wiederholte in seinem Spezialton für lästige Untergebene, er käme also in einer Stunde. Falls überhaupt möglich, hatte die vorgeschriebene Yoga-Position seine innere Spannung erhöht und seinen Atem beschleunigt. Alles Unsinn! Maudie hatte Yoga daheim eingeführt. Wer war sie, daß er sich nach ihr richtete? Wer war Naomi, daß er ihretwegen seine Mutter . . . Cooper scheuchte diesen Anti-Yoga-Gedanken wie eine lästige Fliege aus seiner Meditation. Auf diese Weise würde er nie sein ›niedrigeres Selbst‹ durch geistige Kontrolle mit seinem ›höheren Selbst‹ verbinden, wie die Yogis es verlangten. Allerdings war Coopers Übungsbuch von einem westlichen *Yogin* verfaßt, und er hatte den Verdacht, daß dieser Jünger ostindischer Weisheit das ganze Zeug selbst nicht richtig kapiert hatte. War das niedrige Selbst ein geistiger Keller und das höhere, sagen wir, der 25. Stock? Cooper blätterte in seiner neuen Bibel und stieß auf die verschiedenen Wege, *samadhi* zu erreichen. Wut stieg in ihm hoch, und Wut war streng untersagt, wenn man *samadhi* erreichen wollte. Aber wie sollte er ›spirituelle Ekstase‹ erleben, wenn ihm ein solcher Empfang in London zuteil geworden war? Er hielt immer noch den Telefonhörer ans Ohr. *Wann* würde Mrs. Claxton sich äußern? Er hatte seinen Besuch in einer Stunde angemeldet. Oder nicht? Mrs. Claxton sagte in ihrem Ton für lästige Besucher: »Oh!«, und nochmals »Nun ja!« Warum nannte sie seine Frau nicht ›Mrs. Cooper‹? Was wurde hier gespielt?

Mrs. Claxton rief Ellen im Hospital an. Dieser Mr. Cooper hatte es sich in den Kopf gesetzt, in einer Stunde bei ihnen hereinzuplatzen. »*Dear, dear*«, rief Ellen erschrocken, »ich habe sein Ankunftsdatum mit dem einer Patientin verwechselt. Ich hoffe, Sie waren besonders freundlich zu Mr. Cooper. Amerikaner sind so empfindlich.«

»Ich tat mein Bestes«, sagte Mrs. Claxton, und Ellen seufzte. Mrs. Claxton blickte aus dem Fenster. Würde es Schnee geben? Miß Naomi mochte keinen Schnee. Aber der Schnee in London war lange nicht so gut wie in Yorkshire. Alles war dort vom Besten: Wollwaren, Stahl, Käse, Rennpferde, Puddings und die Leute. Aber Mrs. Claxton mußte eben Miß Ellen helfen und auf Miß Naomi aufpassen. Ihr altes saures Gesicht wurde noch saurer bei dem Gedanken an Cooper. Der hatte ihnen hier noch gefehlt! Miß Naomi beschäftigte sich und ›unsere Kinder‹ sehr nett in dem Heim in Brighton. Sie war selbst in mancher Hinsicht ein Kind, und deswegen hatte sie Mrs. Claxton recht gern. Man konnte diesem komischen kleinen Vogel nicht böse sein. Übrigens verstand sie Naomis trübe Stimmungen. Sie erinnerten sie ans Moor, an den grauen Himmel von Yorkshire. Erwachsene Kinder hatten es schwer in dieser Welt. Und Naomi war zu weich. Sie hatte nicht das Stück Stahl in ihrer Natur – wie die Yorkshire-Leute. So oft Naomi von ihrer Jugend in Berlin sprach, sagte Mrs. Claxton: »Nun ja! Das ist ziemlich lange her, Miß. Noch ein Stück Syrupkuchen?« Sie klopfte so laut wie der Gerichtsvollzieher an Naomis Tür und marschierte stirnrunzelnd hinein, da sie keine Antwort bekam. Das Gasfeuer war ausgegangen. Naomi hatte keinen neuen Shilling in den Ofen gesteckt. Nachlässig, vergeßlich und gleichgültig. So war Miß Naomi nun einmal, und man mußte die Leute nehmen, wie sie sind; nicht, wie sie sein sollten.

»Wir bekommen Besuch«, sagte Mrs. Claxton so laut, als rede sie eine Versammlung an. Aber Naomi hatte wenigstens die Augen aufgerissen.
»Ich bleibe oben. Ich will auch keinen Tee.«
»Nichts da, Miß Naomi. Der Besuch ist für Sie.«
»Irrtum, Mrs. Claxton. Ich bekomme nie Besuch.«
»Vielleicht ist es auch kein Besuch.«
»Was soll das heißen, *dear*?«
»Es heißt, daß Ihr Mann hierherkommt, *dear*.«
»Cooper? Meinen Sie Elliot?«
»Der Name ist Cooper. Er kommt in einer Stunde. Nein, nein, Kind. Nicht den Schlafrock. Miß Ellen mag das nicht zum Tee. Und Dr. Prior auch nicht.«
Was Cooper gefiel, interessierte Mrs. Claxton nicht. Sie warf Naomi aus ihren steingrauen Augen einen scharfen Blick zu. »Was gibt's?« Sie wußte genau, was es gab. Sie hörte in stoischem Schweigen Naomis Proteste an.
Sie wollte Cooper nicht sehen. Er konnte die Scheidung mit ihrem Anwalt besprechen. Sie würde trinken müssen, wenn er kam. Und wenn er wieder wegging.
»Unsinn, Miß Naomi! Sie kommen sehr nett ohne das Zeug aus. Geht auch nicht wegen der Kinder. Das sehen Sie doch ein! So – das graue Kostüm! So sind wir nett und proper. Halten Sie den Kopf still! Wir machen uns einen feinen, ordentlichen Haarknoten.«
»Sie und Ihr Haarknoten! Meinen Sie, es sei so einfach, immer mit demselben Mann verheiratet zu sein?«
»Nun ja – man kann nicht immer Spaß haben.« Mrs. Claxton hatte es mit dem seligen Mr. Claxton auch nicht einfach gefunden. Aber man gewöhnte sich an alles in diesem albernen Leben. Nur nicht weich werden!
Naomi saß still auf dem Frisiersessel und blickte ihre liebe Mrs. Claxton starr an. Es war sehr still in diesem mit Chintz und alten Mahagonimöbeln eingerichteten Zimmer. Hier war die alte Mrs. Driscoll gestorben. Sie war mit Mrs. Claxton zusammen jung gewesen. Hier saß nun der verirrte kleine Vogel aus Berlin und blickte sie unverwandt an. Mrs. Claxton hatte eine Art von rauhem Mitleid mit Naomi; schon weil sie nicht in England geboren war. Ein Handicap, aber was konnte man da machen? Nun ja . . . »Was gibt's?« fragte sie extra rauh. Der Blick der ›Kleinen‹ gefiel ihr nicht.

»Sie sagen mir doch die Wahrheit, nicht? Ich meine: Ambrose wickelt mich in Watte!« Dr. Ambrose Prior war Ellens Partner in der Praxis und hatte Naomi im Kindererholungsheim in Brighton den Alkohol abgewöhnt. Ohne Psychiatrie. Nur mit Freundlichkeit und Festigkeit. Er wickelte Naomi keineswegs in Watte – vielleicht nur in einem Punkt. Ein kitzliger Punkt . . . Er wußte es; Ellen wußte es. Und jeder in diesem Haus.
»Was gibt's?« fragte Mrs. Claxton unbehaglich. Miß Naomi wollte doch nicht etwa wieder »Dummheiten« machen – wie bei ihrem Onkel in Berlin? Das ging nicht. Miß Naomi mußte auch die angenehmen Seiten des Lebens sehen: Rinderbrust mit Yorkshire-Pudding, den Jahrmarkt in Hull, der jede Kindheit mit Glanz erfüllte und selbst heute noch die Familien der Umgegend zu den glitzernden Buden in Walton Street zog – trotz Bingohallen, Protestmärschen, Nachtklubs und Fernsehen! Oder ein stilles verschneites Dorf unter dem schweigsamen grauen Himmel: Mrs. Claxtons Freuden trugen alle den Stempel von Yorkshire. Selbst Miß Naomi mußte sich daran erfreuen. Zum mindesten an Mrs. Claxtons Käsekuchen nach altem Rezept. »Es gibt Käsekuchen zum Tee«, sagte sie ermutigend. Das hieß: Apfelkuchen und Käse! Und Syruptorte, die Naomi mit kindlichem Entzücken schleckte. Die liebe Kleine! Man sollte nicht glauben, daß sie über vierzig war. Hilflos wie ein Baby . . .
»Was soll aus mir werden, Mrs. Claxton?«
»Was soll das heißen?«
»Das wissen Sie ganz genau. Wenn, wenn Ellen heiratet . . . Dann kann – ich – doch nicht hierbleiben. Wo soll ich hin?«
»Wir werden über diese Brücke gehen, wenn wir soweit sind«, sagte Mrs. Claxton scharf. Was sollte wirklich aus Miß Naomi werden? Leider waren ihre eigenen Beziehungen zu diesem Mr. Cooper nicht so, daß sie ihm die Meinung sagen konnte. Es war eine Schande, eine hilflose kleine Frau einfach sitzenzulassen. Scheidung! Sehr bequem für die Männer! Mit Ausnahme von Ambrose Prior hielt Mrs. Claxton nicht viel vom sogenannten starken Geschlecht. Wenigstens nicht von den heutigen Männern, die mit langen Haaren in der King's Road herumliefen, giftige »Joints« rauchten und bei jedem Windstoß umfielen. Mrs. Claxton war recht erstaunt, als Cooper eine Stunde später mit einem normalen Haarschnitt, ohne Rauschgiftzigarette und in einem unauffälligen Anzug aus erstklassigem Material in Chelsea erschien. Nach den Fernsehsendungen hatte sie sich Amerikaner wie die

Hippies auf dem Bildschirm vorgestellt. Nun ja – ein Stein des Anstoßes war immer anders, als man dachte.
»Haben wir unten genug Kerzen, falls das Licht ausgeht?«
»Ich weiß es nicht, Mrs. Claxton.«
»Rosalinda«, schrie Mrs. Claxton. »Wo bist du, *girl*?«
Rosalinda war eine junge kaffeebraune Haushaltshilfe von der Insel Barbados, die von Mrs. Claxton scharf angefaßt, herumkommandiert und behütet wurde. Rosalindas Eltern wohnten »heimlich« in einem zur Demolierung bestimmten Haus im Eastend von London. Es ging dort sehr fröhlich und illegal zu, und Mrs. Claxton gab nun dem *girl* die saure Milch der Nächstenliebe in Chelsea. Das Mädchen war auf dem Wäscheboden einquartiert und hatte es nie so elegant gehabt. In Ellens Regency-Haus gefiel es dem Naturkind bedeutend besser als in dem verfallenen Holz-Bungalow mit der Aussicht auf schmutzige Fahrstraßen, Palmen, Hibiskus und Zuckerrohr. »Gut für Maltouristen, schlecht für Rosalinda«, hatte sie Mrs. Claxton erklärt.
Rosalinda meldete mit dem üblichen Frohsinn der westindischen Einwanderer, daß noch eine Schachtel Streichhölzer da wäre. Mrs. Claxton war empört. »Wo hast du deinen Kopf, *girl*? Lauf sofort zu Mr. Harris und sag, *ich* schicke dich.«
»Eine Schachtel ist 'ne Menge, Missus Claxton!«
»Du tust, was man dir sagt. – Was macht der Syrupkuchen?«
»Sehr, sehr gut! Etwas angebrannt. Sonst prächtig!«
Mrs. Claxton raste in die Küche. Rosalinda lächelte Mr. Harris »um viele, viele Streichhölzer bitte sehr« an, und siehe da, Mr. Harris lächelte zurück, bis Mrs. Harris im Laden half. Er hatte dem kleinen Schokoladenpudding schnell noch Bonbons zugesteckt. Er machte: »Pssst, Rosie!«, und Rosalinda bog sich vor Lachen. »Alberne Gans«, sagte Mrs. Harris, als das Mädchen aus Barbados verschwunden war.
»Sehr albern«, bestätigte Mr. Harris.
Mrs. Claxton hatte nicht umsonst für Kerzen und Streichhölzer vorgesorgt. Im Augenblick, als Coopers Taxe vor dem schönen alten Regency-Haus hielt, ging das elektrische Licht aus.

## III

Wenn Cooper später an seinen ersten und letzten Besuch in London zurückdachte, kam es ihm vor, als läge dieses Ereignis Jahre zurück. Nebel lag über dieser Erinnerung. Er sah nur einige Dinge sehr deutlich: zum Beispiel die Erosstatue in Piccadilly, die ihn jedesmal geärgert hatte, wenn er daran vorbeifuhr. Eros und er waren geschiedene Leute. Oder er sah das winterliche *Chelsea-Embankment*, wo er stundenlang ins Wasser starrte, weil er den geplanten Besuch bei Ellen nicht machte. Er hatte es damals schon aufgegeben, in diesem Haus Tee zu trinken. Was hatte er sich eigentlich vorgestellt? Daß Naomi ihm nach jahrelanger Entfremdung um den Hals fallen würde? Oder daß jemand wirklich Zeit hätte für ihn? Schon bei seinem ersten Besuch hatte die Unterhaltung am Teetisch ihm mißfallen. Sie drehte sich hauptsächlich um Ellens Partner in der Praxis. Dr. Prior wurde in diesem Haus beständig zitiert, aber nicht gesehen. Cooper fand, daß der Arzt sich anstandshalber etwas um ihn kümmern könnte, um so mehr, als er Naomi in Brighton behandelt hatte. Während Coopers Aufenthalt war Ambrose Prior zweimal in London gewesen, und Ellen sagte Cooper später, er habe ihn nicht stören wollen. Aber eines Morgens erhielt Cooper einen Brief von ihm mit Londoner Poststempel. Statt einer Diagnose über Naomis Zustand verbunden mit einer netten Einladung zum Lunch, wie das in den USA selbstverständlich gewesen wäre, gab der Arzt ihm Ratschläge über Sehenswürdigkeiten und Ausflüge. Dr. Prior schien anzunehmen, Cooper könne London nicht verlassen, ohne den Fischmarkt in Billingsgate besichtigt zu haben. (Cooper haßte Fischgeruch.) Ferner sollte er das Victoria-und-Albert-Museum nicht auslassen. (Cooper ging nie ins Museum. Keine Zeit!) Der Tower war natürlich ein Muß. (Es war Cooper auch ohne den Tower düster genug zumute.) Fünf Kirchen. Cooper ging nie in die Kirche, wenn er es vermeiden konnte. Mit Mutter in Chicago blieb ihm nichts anderes übrig, sonst hätte es eine recht unchristliche Diskussion gegeben. Aber schließlich besichtigte er doch die Westminster Abbey und schickte seiner Mutter eine Ansichtskarte. Cousine Maudie bekam keine, denn sie war schuld daran, daß Cooper in London war. Ferner empfahl Dr. Prior dringend das Chelsea Royal Hospital, da Cooper doch in der Nähe wäre, wenn er Ellen besuchte. (Cooper wollte von Krankheit nichts hören und sehen; mit einer permanenten Invalidin als Frau!) Warum in aller Welt sollte er das Haus von Dr. Johnson in Fleet Street besichtigen? Für seinen Geschmack war Dr. Johnson schon viel zu lange tot. Fußtouren wollte Cooper auch nicht unternehmen. Noch weniger eine Tour durch Londoner Pubs, die Dr. Prior eifrigst empfohlen hatte. (Cooper trank Milch.) Und schließlich gab Ellens Partner ihm die Adresse des Fundbüros in der Baker Street, aber Cooper hatte in London nichts verloren. Dr. Prior mußte tatsächlich einige Zeit darauf verwandt haben, Coopers Aufenthalt in London zu planen. Und er hatte es aus sicherer Entfernung bestimmt gern getan. Vor seiner Abreise schrieb Cooper ihm einen höflichen Dankesbrief, ohne die Hoffnung auszudrücken, den Arzt vielleicht doch einmal persönlich kennenzulernen. Dies war eine Abweichung von Coopers Gewohnheit, auf vage liebenswürdige Art ein Wiedersehen in den Wolken zu verabreden, wie er es mit Teresa Sanchez (verstorben), Consuelo Márquez (verschollen) und Carla Moll (in Berlin) getan hatte.

Ellen Driscoll! Sie war bei der Begrüßung reizend zu Cooper, weil sie eben eine reizende Person war; aber sie war zu beschäftigt. Sie hatte ihm ohne jede Verlegenheit gesagt, daß sie leider alle Daten und Geburtstage durcheinander brächte. Sie wäre ganz unmöglich in dieser Hinsicht, und Cooper möge ihr verzeihen. Sie war freundlich, ungekünstelt und ohne Yoga so entspannt, daß Coopers Herz ihr beim Tee entgegenflog. Aber natürlich klingelte es in diesem wichtigen Augenblick, und Mrs. Claxton, mit einer riesigen Taschenlampe bewaffnet, rief Ellen ins Sprechzimmer. Sie praktizierte also außer im Westend auch noch zu Haus! Bildete Cooper sich ein, daß die Ärztin wie erlöst ins Sprechzimmer eilte? *Und da war er nun allein mit Naomi.*

Zuerst hatte er sie kaum erkannt. Einmal flimmerten die Kerzen vor seinen ermüdeten Augen, und dann hatte er sich seine Frau in dem bekannten schlampigen Morgenrock und unfrisiert wie daheim vorgestellt. Er hatte dieses graue Sportkostüm, das zu ihrem silberblonden Haar paßte, nie an ihr gesehen.

»Ist das Kostüm aus London?«

»Ja.«

»Nach Maß gemacht?«

»Ja.«

»Wie geht es dir jetzt, Naomi?«

»Was willst du hier?«

Einen Augenblick war Cooper sprachlos. Dazu war er nach London geflogen? Dazu hatte er seine Mutter . . . Das Blut stieg ihm zu Kopf. War ein Schlaganfall im Anzug? Wundern würde es ihn nicht bei diesem Empfang. Was wollte er wirklich hier? Romantik mit Kerzenbeleuchtung? In die Arme fielen sich beide und weinten vor Schmerz und vor Freude. Wer hatte das noch so spöttisch gesagt? Ach ja, Fräulein Moll. Im Hotel Amazonas. Das war Jahrhunderte her. Aber jetzt saß er mit Naomi in London und mußte sich solche Fragen bieten lassen. Es geschah ihm ganz recht. Europäer machten sich gern über die amerikanische Sentimentalität lustig. Darüber hatte sich Cooper immer geärgert; aber was, wenn nicht Sentimentalität, hatte ihn nach Chelsea getrieben? Naomi schien ihn weder zu brauchen noch zu mögen. An letzteres war er gewöhnt, aber gebraucht hatte sie ihn immer. Er hätte gern gewußt, was sie ohne seine Schecks anfangen sollte. Dazu war er gut genug, dachte er verbittert. Das hatte bald ein Ende . . . Hier sah alles anders aus als in Chicago. Aber Naomi hatte doch nach ihm gerufen! Dr. Driscoll mußte sich verhört haben. Jetzt, im Wachzustand, war Naomi so einsilbig und feindselig wie immer. Er zwang sich zur Ruhe.

»Kannst du dir nicht denken, was ich hier will, Naomi?«

»Nein.«

»Dann will ich es dir sagen. Ich wollte sicher gehen, daß du mir mit der Scheidung keine Schwierigkeiten machst. Einen Tag sagst du das und am nächsten das Gegenteil. Nun?«

»Laß mich in Ruh. Ich hab' Kopfschmerzen.«

»Aber das muß nun besprochen werden!«

»Hast du dich erkältet, Elliot? Du bist ganz heiser.«

»Natürlich habe ich mich erkältet. In London zieht's an allen Ecken und Enden.«

»Ellen hat gern frische Luft. Ambrose auch.«

»Dann bin ich beruhigt.« Cooper schloß mit Nachdruck ein offenes Seitenfenster. »Höre, Naomi, dies ist wahrscheinlich das letzte Mal, daß wir uns treffen. Was willst du nach der Scheidung anfangen?«

»Ich weiß nicht. Vielleicht irgend etwas mit Kindern.«

»Ist das ein Scherz?«

»Ich mach's bestimmt, wenn sie mich wollen.«

»Wer ist *sie?* Ellen oder dein Ambrose?«

»Leider ist er nicht meiner«, sagte Naomi taktvoll.

»Da hat er Glück gehabt«, sagte Cooper trocken.

»Genau. Er ist zu gut für mich.« Naomi bestand aus zwei Personen. Jetzt war sie ein entwaffnendes Kind. Cooper hatte dieses Kind vor Jahrzehnten beschützen wollen. Und wieviel Personen hatte der Alkohol noch geschaffen? Ihr geistiges Alter war zwischen sechzehn und sechzig. Sie wollte freiwillig in der Kinderfürsorge arbeiten, wenn *sie* sie haben wollten.

»Das möchte ich sehen«, sagte Cooper.
»Du bist nicht sehr hilfreich! Ich dachte immer: Elliot ist nicht mein Ideal, aber er ist wenigstens hilfreich.« Naomi versank in Grübelei, und Cooper schwieg. Was sollte er darauf antworten? Sie sah jung, schmal und verloren im Kerzenlicht aus. »Soll ich dir sagen, was dein Unglück ist, Naomi?«
»Wenn es dir Spaß macht.«
»Es macht mir keinen Spaß«, sagte Cooper wütend. »Ich bin ein Mann wie jeder andere und hätte gern eine vernünftige Frau. Und eine nette Ehe. Das kommt dir sicher sehr komisch vor, wie? Du träumst von Fehlschlag und Mißgeschick wie andere von Erfolg. Das ist dein Unglück.«
»Und deins.«
»Natürlich.«
»Du bist besessen vom Erfolg – wie alle Amerikaner. Das ist *dein* Unglück!« Sie sprang auf, um eine frische Kerze anzuzünden. »Das ist meine Aufgabe. Ich meine: die Kerzen! Ellen gibt mir eine Menge kleine Pflichten, damit ich mir nicht so überflüssig vorkomme.« Sie flüsterte die letzten Worte. Du lieber Himmel, dachte Cooper. Er hätte sie am liebsten in die Arme genommen und getröstet, aber er konnte diesen einen Schritt nicht tun. Er war zu enttäuscht. Zu bitter. Zu stolz? Kaum. Wer ist stolz vor Kindern und Unmündigen?
»Alle haben dich hier gern«, sagte er unbehaglich.
»Das dauert nicht mehr lange.«
»Was soll das nun wieder heißen?«
»Ellen heiratet bald. Sie hat das Haus zum Verkauf aufgegeben. Ihr Freund will nicht länger mit der Hochzeit warten.«
»Kein Wunder. Sie ist eine entzückende junge Frau. Klug, energisch und taktvoll.«
»Das strikte Gegenteil von mir«, sagte Naomi mit ihrer entwaffnenden, melancholischen Offenheit. Cooper sagte, sie könnte ganz nett sein, wenn sie den Versuch machen würde. Und – und er freue sich, daß sie endlich den Alkohol aufgegeben hätte. Das wäre der erste Schritt ...
»Wohin? Hör auf zu predigen, Elliot! Glaubst du, ich werde jetzt mit dir und deiner Mutter Milch trinken?«
»Ich verbiete dir, über meine Mutter ...«
»Gott im Himmel! Ich hatte längst vergessen, daß sie existiert. Bestelle ihr mit einem schönen Gruß von mir ...«

Cooper sprang so heftig auf, daß der Stuhl umfiel. Er sah im Halbdunkel nicht, daß Naomi zitterte. Er war zum Dialog bereit gewesen – Gott und seine Mutter waren seine Zeugen –, aber Naomi konnte einen Heiligen auf die Palme treiben. Er trat langsam auf sie zu, und sie wich zurück. »Wenn du mich anrührst, schreie ich das Haus zusammen.« – »Keine Sorge. Und wenn du die letzte Frau auf der Welt wärst, würde ich dich nicht . . .«

»Da wäre ich wieder«, sagte Ellen. »Entschuldigen Sie, Mr. Cooper! Ich hatte mich so auf ein Gespräch gefreut, aber ich bin dauernd auf dem Sprung. Bitte, setzen Sie sich wieder. Wir essen in einer halben Stunde. Dr. Prior kommt vielleicht auch noch. Dann gibt's auch wieder Licht.«

»Besten Dank, Dr. Driscoll! Leider kann ich nicht zum Essen bleiben. Eine dringende Verabredung in meinem Hotel . . .«

»Schade! Darf ich Sie am Sonnabend zum Lunch erwarten? Ich möchte Sie gern näher kennenlernen. Bitte, kommen Sie!«

Sie war so freundlich, daß Cooper ruhiger wurde. Oder ihre dunkle Stimme lullte ihn ein? Sie mußte eine wunderbare Ärztin sein. Aber immer auf dem Sprung. Was würde der künftige Ehemann dazu sagen? Das war kaum Coopers Sorge. Er beschloß, die Einladung anzunehmen. Nicht nur, weil Ellen Driscoll die einzige Person in London war, die ihn kennenlernen wollte – er fühlte den Wunsch, sich vor ihr zu rechtfertigen. Das war vielleicht ein zu großes Wort für seine kläglichen Eheprobleme, aber ihm fiel nichts Passendes ein. Wenn Cooper nichts mehr einfiel, war er am Ende. Egal, er mußte Ellen klarmachen, warum er Naomi nun endgültig abschütteln würde. Er sah keinen anderen Weg mehr und begriff erschrocken, daß er ernstlich mit einer Versöhnung gerechnet hatte. Wozu war er sonst nach London geflogen? Wozu hatte er das neue Haus gekauft? Wozu seine Mutter . . . Sein Instinkt sagte ihm, daß Ellen Driscoll ihn trotz seiner einleuchtenden Gründe bitten würde, sich alles nochmals zu überlegen. Was sollte aus Naomi werden? Mrs. Claxton würde nach Ellens Heirat zu ihrer Schwester nach Yorkshire zurückgehen. Was gab's Netteres als zwei Witwen, die tun und lassen konnten, was sie wollten? Ellen hatte es lächelnd beim Tee gesagt.

Was Naomi anbetraf: ein Ehemann hatte die Pflicht, seiner Frau in gesunden und kranken Tagen zur Seite zu stehen. Cooper hatte Ellen diesen Grundsatz vom Gesicht abgelesen. Und sie hatte ihm beim Tee eine Reihe von »Fällen« serviert, wo genau das der Fall war . . . Ziem-

lich raffiniert für diesen nüchternen Engel! Wie kam er auf diese Bezeichnung? Sanchez hatte beim Gastmahl im Hotel Amazonas diesen Ausdruck geprägt und bedauert, daß es solche Frauen nicht gäbe. Coopers Gedanken wanderten zu seinem eigenen Dilemma zurück. Was in aller Welt sollte Naomi anfangen? Wohin sich verkriechen? Zur Familie Strelitz nach Berlin? Die hatten wohl genug von ihr nach dem Selbstmordversuch in Dahlem. Wenn einer das verstand, war es Cooper. Alle Frauen in seinem Leben, die ihm etwas bedeuteten, stahlen ihm nur Kräfte. *Vampire!* Sein Blick fiel auf eine antike Vase mit einem griechischen Motiv. Bacchanten, die das Fleisch und Blut lebender Tiere verkonsumierten . . . Ellen folgte seinem Blick. Ihr entging nichts, was Cooper unbehaglich machte. »Mein Schwiegervater brachte die Vase aus Griechenland mit«, sagte sie gleichmütig. »Er war Altertumsforscher; wie alle Driscolls.« Und was war mit Ellens Mann? War sie Witwe? Cooper hütete sich, Fragen zu stellen. Er wurde jede Minute englischer in dieser Umgebung. Ellen stellte die starke Taschenlampe, mit der sie die von Kerzen umgebene Vase für Cooper beleuchtet hatte, auf den Ecktisch zurück. »Ambrose sagt, die alten Griechen mit ihren blutrünstigen Mythen wären auch nicht besser gewesen als ›Jack the Ripper‹. Nur mehr Schönheitssinn.« Ambrose sagt . . . Cooper hörte ein starkes Ticken. Entweder sein Herz oder eine Standuhr irgendwo in diesem dunklen Zimmer mit den flackernden Kerzen. Wieviel Zeit hatte er hier verbracht? Zwanzig Minuten? Zwanzig Stunden? Zwanzig beunruhigende Ewigkeiten? Er argwöhnte, daß Ellen ihm etwas über Naomi sagen wollte, was er nicht wußte. Aber was konnte das sein? Nichts Erfreuliches – das stand fest. Cooper war kein Narr.
In diesem Augenblick ging das elektrische Licht an. Naomis Gesicht war weiß, erschütternd mager und unschuldig mit den offenen bebenden Lippen. Nur ihre Augen waren alt und erloschen. Müdes, glanzloses Blau. Ein Blau ohne Hoffnung, wenn es das gab. Was hatte das Leben ihr angetan, daß sie in ihren besten Jahren so leer blickte? Was hatte er, Cooper, ihr angetan? Oder seine Mutter? Unsinn! Mrs. Cooper hatte jahrelang ihr Bestes mit Naomi versucht. Konnte man jahrelang das Verkehrte versuchen? Gab es das? Wer hatte wen gequält? Cooper verbot sich diese morbiden Ideen. Naomi war schuld an allem, was jetzt auf sie hereinstürmen würde. Es tat Cooper nicht mehr weh – sagte er sich, aber sie tat ihm immer noch leid. Die Chinesen behaupten, daß nichts einen so erfreut wie der Anblick eines

Freundes, der gerade von einem Dach fällt oder unter einem Berg begraben wird; aber Cooper war kein Chinese. Er schämte sich, daß er manchmal seine Mutter im Traum in ähnlichen prekären Situationen sah, und er wünschte Naomi das Beste ... Sie würde schon merken, was er alles für sie getan hatte, wenn er nun damit aufhören würde! Krankheit war keine Entschuldigung für krassen Undank und schlechte Manieren. Da hatte seine Mutter vollkonmen recht. Du lieber Himmel, sein Kopf dröhnte. Wahrscheinlich wirkten alle Leute nach einer Entziehungskur so ausgelaugt wie Naomi. Er war immer auf Reisen gewesen, wenn sie nach einer Kur nach Chicago zurückgewankt war. Wenn Cooper nicht Abstinenzler gewesen wäre – in diesem Augenblick hätte er einen starken Whisky vertragen können. Er konnte Naomi einfach nicht mehr ansehen und bat Ellen Driscoll, ihm eine Taxe zu bestellen. Leider konnte sie ihn nicht ins Hotel zurückfahren, wie sie es geplant hatte. Es kamen noch Patienten.
Sie sah ihn prüfend an, und er blickte weg. Ein großes Foto hielt sein Auge gefangen: der alte Raritätenladen in Portsmouth Street, wo Dickens im Jahr 1896 seine Vision der ›Kleinen Nell‹ gehabt hatte.
»Dies ist 1970«, sagte Ellen lächelnd. »Ambrose machte die Aufnahme. Sehen Sie die Aufschrift: *The old Curiosity Shop. Immortalised by Charles Dickens.* Erbaut 1567. – Hat er die Schaufenster mit den Kunstgegenständen nicht gut hinbekommen?« Ellen meinte natürlich Ambrose. »Sie müssen sich das ansehen, Mr. Cooper. Dafür sind Sie nun einmal in London.«
Klar, deswegen war er hier. In Ellens Raritätenladen. Sie sah ihn prüfend an. Eine Ärztin, keine Freundin. Sie murmelte: »Ich fürchte, Sie schlafen schlecht. Haben Sie Tabletten? Sonst geb ich Ihnen welche mit.« Cooper sagte, er schliefe ausgezeichnet – danke sehr!
»Ein Haus kann einstürzen, und er wacht nicht auf«, erklärte Naomi.
»Meinst du?« Cooper war so heiser, daß er flüsterte.
»London strengt an«, sagte Ellen. »Gurgeln Sie mit warmem Salzwasser, Mr. Cooper. Tut es beim Schlucken weh? Dann seh ich mir lieber Ihren Hals an.«
»Es ist nervös, Dr. Driscoll. Ich hab' das auch nach langen Konferenzen. Ja, London strengt an.«
Naomi strengte an. Er wußte es, und Ellen Driscoll wußte es auch. Aber Cooper lebenslänglich auf den Knien für seine Wohltaten zu danken, war auch ziemlich anstrengend. Und das wußte Naomi.
Cooper hatte seine Frau sehr lange nicht mehr gesehen. Er hatte ver-

gessen, daß Naomi entweder schwieg oder ununterbrochen redete. Aber bei dem zweiten Besuch zum Lunch sprach sie kaum mit Ellen oder ihm; sie betrachtete ein Foto von Dr. Prior zu Pferde in seiner Heimat Sussex. Da das Bild auf dem Ecktisch stand, blickte Naomi die ganze Zeit in diese Ecke. Es war ziemlich merkwürdig, aber weder Cooper noch Ellen schienen es zu bemerken. Ab und zu gab Naomi eine Kurzbiographie von Dr. Prior zum besten. »Ambrose ist am glücklichsten auf seinem Pferd oder in seinem Boot. Er sagt, auf dem Boot kann niemand an ihn ran. Das wäre absolute Seligkeit.«

»Er scheint nicht sehr gesellig zu sein«, sagte Cooper. Allmählich wurde er ungeduldig. Naomi mußte das ahnen, denn sie sagte: »Ambrose findet, Geduld bringt Rosen und Resultate.« Das mochte stimmen, aber Cooper wollte in diesem Leben nichts mehr von Dr. Prior hören. War Naomi etwa verliebt in ihn? Cooper erinnerte sich zur rechten Zeit, daß Naomi nur den Pinguin August liebte. Trotzdem betrachtete er verstohlen das Foto in der Ecke. Dr. Prior sah kühl und vernünftig aus, und sein Pferd ebenfalls.

»Iß deinen Fisch, Naomi«, sagte Ellen.

»Ich kann nichts essen.«

»Du mußt dich zwingen. Wie oft soll ich es noch sagen?«

»Ellen will mich mit Gewalt am Leben erhalten«, erklärte Naomi. »Wozu? Leute ohne festen Wohnsitz sind im Grab am besten aufgehoben.«

»O mein Gott«, murmelte Ellen.

»Bekommt Naomi appetitanregende Mittel?« fragte Cooper, nur um etwas zu sagen. Er witterte eine Spannung zwischen den beiden. Er sagte mit ehelicher Liebenswürdigkeit, Naomi würde bald aus Haut und Knochen bestehen, wenn sie so weiter machte. Naomi fragte Ambrose, ob er das gehört hätte.

Ellen sagte schnell: »Ich mache eine Kur mit ihr, Mr. Cooper. Sie bekommt ein neues Mittel, das ihren Appetit anregen soll. Wir haben bis jetzt recht gute Erfahrungen damit gemacht. Nimmst du das Mittel, Naomi?«

»Laß mich in Frieden«, sagte Naomi gereizt.

»Benimm dich«, sagte Cooper. »Du bist Dr. Driscoll zu höchstem Dank verpflichtet.«

»Stimmt.«

»Iß deinen Salat«, sagte Ellen.

»Dein Kostüm ist wirklich hübsch«, sagte Cooper zu Naomi.

»In meinem Kleiderschrank wuchs Moos. Alles verschimmelte. Ellen und Ambrose schenkten mir das Ding zum Geburtstag. Viel zu fein für mich.«

Cooper wurde rot. Naomi hatte kürzlich Geburtstag gehabt, und er hatte es vergessen. Sie saß mit gebückten Schultern da und rührte sich nicht.

Ihr zartes Gesicht war grauweiß; wie eine Wand, die gestrichen werden müßte. Nur ihre Oberlippe war grellrot bemalt, entweder hatte Naomi die Unterlippe vergessen, oder sie hatte den Verschönerungsversuch mittendrin aufgegeben. Wie sie alles mittendrin aufgab. Kleiner Clown, dachte Cooper. Naomi zerknüllte ihre Serviette, glättete sie und zerknüllte sie wieder. Daheim hatte sie einen Bindfaden endlos geknotet und entknotet. Es hatte die alte Mrs. Cooper sehr nervös gemacht. Ja, ja – Naomi hatte schreckliche Angewohnheiten. Ellen übersah den Ruin ihrer Damastservietten.

»Du ißt wirklich zuwenig, Naomi«, sagte Cooper. »Das geht nicht. Du mußt auf deine Gesundheit achten.«

»Dir zuliebe?« fragte Naomi. »Laß dich nicht von ihm einwickeln, Ellen. Wenn's gar nicht anders geht, versucht er die süße Tour. Kennen wir alles.« Sie tat, als wäre Cooper nicht anwesend. »Leb du mal mit seiner Mutter, Ellen, und sieh, wie dir das gefällt!«

»Du sprichst zuviel«, sagte Ellen.

»Lassen Sie sie reden«, sagte Cooper eisig. »Ich höre seit Jahren nicht mehr zu.«

»Wie findest du das, Ambrose?« fragte Naomi das Foto. »In Chicago fragt mich niemand nach meiner Meinung. Stell dir das vor! Als ob ich kein Recht auf eine eigene Meinung hätte. Bin ich ein Idiot oder ein Analphabet? Papa schrieb Bücher, die die Leute sogar lasen.«

»Schreibst du jetzt auch Bücher?« fragte Cooper freundlich.

»Man darf in den USA kein Ausländer sein. Das ist ein Stigma. Komisch ist es ja, wo doch alle Leute bis auf die Indianer dort einwanderten. Kommt nur drauf an, wann ... Jedenfalls war ich der letzte Dreck bei Coopers. Nur Maudie war nett zu mir. Als einzige. Sei ganz still, Ellen. Du magst mich schon lange nicht mehr. Und das kann ich verstehen. Meinst du, ich mag mich?« Naomi schob ihren Ärmel in die Höhe, so daß die beiden die schwere gerötete Narbe dicht neben der Pulsader sahen. »Na ja, in London bin ich auch nur 'ne lästige Ausländerin.«

»Persönliche Werte sind unabhängig von der Nationalität«, sagte Ellen mit kaum verhehltem Mißfallen.

»Meinst du Familie Strelitz?«

»Ja. Die auch.«

»Du, Ellen, heute nacht träumte ich wieder mal von Berlin.« Naomis Augen funkelten. »Still ruhte der Wannsee. Und ich schob einen Kinderwagen, weißlackiert mit hellblauer Decke. Aber kein Kind, sondern ein Kohlkopf lag drin. Bonnhoff stand daneben und lachte so laut, daß ich aufwachte. Erinnerst du dich, Ellen? Sturmbannführer Bonnhoff. Er besuchte Papa im Lager Oranienburg, das Schwein! Ich wollte ihn in Venezuela finden. Bonn sucht diese Brüder immer noch. Aber unser Elliot glaubt, ich hätte mir Bonnhoff ausgedacht. Dabei habe ich ihn doch wegen August besucht.«

»Wach auf, Naomi«, sagte Ellen. »Du bist bei uns in London. Dein August auch. Alles ist in Ordnung.«

»Nichts ist in Ordnung«, flüsterte Naomi.

Jetzt sagte Cooper: »O mein Gott!«

Ellen stand auf und nahm Naomi beim Arm. »Komm! Rosalinda bringt dich zu Bett. Du brauchst Ruhe.«

»Rosalinda ist lustig«, murmelte Naomi. »Vielleicht sollte ich nach Barbados gehen. Ich möchte auch mal lachen.« Sie trat an Cooper heran und sagte mühsam: »Es tut mir leid, Elliot. Wirklich. Die teure Reise und alles. Du bist ganz rot. Hast du Fieber? Ellen gibt dir was. Ich – ich wollte wirklich nett zu dir sein. Hab's wohl verlernt. Komisch, daß man so was verlernen . . . Mach dir nichts draus.«

Etwas später wurden Mrs. Claxtons Roastbeef, ihr berühmter Yorkshire-Pudding und kleine geröstete Kartoffeln serviert. Die aß Cooper besonders gern, aber der Appetit war ihm vergangen. Ellen ließ es sich schmecken. Ärzte!

## IV

Nach Naomis Rückzug herrschte Schweigen. Die einzigen Geräusche waren das Klappern der Bestecke und der Wind vor den Fenstern. Das Haus brauchte Doppelfenster, aber Cooper behielt diese Ansicht weise für sich. Ellens Gesicht war belebt und trotzdem verschlossen – merkwürdig! Aber nicht merkwürdiger als alles andere in dieser Stadt der verwirrenden Gegensätze. Diese englische Welt lebte von Mythen – wie Südamerika. Aber was dort offen zutage trat, verbarg sich in London unter der betont nüchternen Oberfläche. Warum sagte Ellen nichts? Cooper war von Venezuela Redeströme und Lachfluten gewöhnt; diese Ebbe machte ihn unsicher. Er fragte, ob Ellen Bridge spiele. Nein. Schließlich sagte sie, es würde zu Weihnachten Schnee geben. Vorigen Winter seien die Rohre eingefroren. Das passiere oft bei Frost. Cooper fragte, ob das sehr unangenehm wäre. Nicht besonders unangenehm! Dafür wäre der verschneite Chelsea-Kai ein unvergleichlicher Anblick. Ambrose hätte vorigen Winter Farbaufnahmen gemacht. Leider wüßte Ellen nicht, wo sie im Augenblick wären. Chelsea in grauweißen Schleiern. Die schwarzen Äste. Eine schwache Sonne und ein violetter Himmel. »Ambrose sagt, Chelsea im Schnee wäre ein lyrisches Niemandsland; trotzdem natürlich sehr englisch.« – Natürlich, dachte Cooper. Wenn *er* es sagt! Danach verfiel die Unterhaltung wie ein hoffnungsloser Patient.

Ellen wußte übrigens, wo die Aufnahmen waren. Naomi hatte sie, zu ihrem Ärger in ihr Zimmer genommen. Aber über Naomi und ihre Sitten und Gebräuche wollte Ellen im Augenblick schweigen, denn Coopers Besuche standen unter einem Unstern. Ellen mußte Cooper in guter Stimmung haben, um ihm zu sagen, was sie zu sagen hatte. Cooper spürte ihre innere Spannung, und ihre Schweigsamkeit machte ihn mißtrauisch. Ein ›stilles Wasser‹, dachte er. Sie gefiel ihm nicht halb so gut wie beim ersten Treffen, wo er sie warm und tröstlich gefunden hatte. Jetzt erschien sie ihm kalt und erschreckend nüchtern. Auch nicht ganz aufrichtig. Das war nun ziemlich komisch, denn Cooper selber operierte prinzipiell mit geistigen Vorbehalten und offerierte die krasse Wahrheit nur, wenn es absolut nicht anders zu machen war. Wie beim letzten Gefecht mit seiner Mutter. Wie hier, in diesem halbdunklen, zugigen, bildschönen Regency-Haus.

»Ist da irgend etwas über Naomi, was ich wissen müßte?«

»Leider weiß ich nicht, was Sie wissen, Mr. Cooper. Die lange Trennung . . . Nur Briefe zwischen Südamerika und Berlin. Naomi erholt sich langsam aber sicher. Übrigens: wie finden Sie unsere englische Küche? Sie ist keineswegs so eintönig, wie im Ausland behauptet wird. Jede Gegend hat ihre bemerkenswerten Spezialitäten.« Ellen hatte auch eine bemerkenswerte Spezialität: sie lenkte entschlossen vom Thema ab und führte den Partner im Kreis herum. Dieses Talent war Sanchez nicht aufgefallen, weil Ellen seine Leidenschaft erregt hatte. Außerdem reifen Erkenntnisse langsam wie Äpfel, und die Stürme des Gefühls ruinieren nicht selten die Ernte. Cooper dagegen betrachtete Ellen kritisch wie einen Partner am Konferenztisch. Es stimmte einfach nicht, daß Naomi sich erholt hatte. Warum behauptete die Ärztin es?

»Ihr Brief nach Chicago vermittelte mir den Eindruck, meine Frau wäre wieder gesund.«

»Sie ist gesund. Mit kleinen Rückfällen muß man rechnen. Und sie hat eine Entziehungskur durchgemacht. Mit neurotischen Störungen muß man ebenfalls rechnen. Sie kommen und gehen. Bitte, erregen Sie sich nicht, Mr. Cooper. Das nützt nichts und schadet nur Ihrem Kreislauf.«

»Ich bin die Ruhe selbst«, sagte Cooper wütend. »Es tut mir leid, aber der Zustand meiner Frau ist meiner Meinung nach miserabel.«

»Dr. Prior hat sie aus der Behandlung entlassen. Er ist äußerst gewissenhaft. Das sollte Ihnen genügen! *Wir* sind zufrieden mit Naomi.«

Cooper starrte sie an. Sie war glatt und kühl wie Marmor. Er sagte langsam: »Das kann doch nicht Ihr Ernst sein, Dr. Driscoll!«

»Ich sprach vom medizinischen Standpunkt.« Ellen zündete sich seelenruhig eine Zigarette an. Schade, daß Cooper Nichtraucher war. »Meine privaten Eindrücke von Ihrer Frau haben mit dem medizinischen Befund nichts zu tun, Mr. Cooper.«

»Und wie sind Ihre privaten Eindrücke?«

»Nun, Sie kennen Ihre Frau vermutlich besser als ich. Ich lernte sie erst kurz vor ihrem Selbstmordversuch in West-Berlin kennen. Baron von Strelitz und seine Schwester sind meine besten Freunde. Ihnen zuliebe nahm ich Naomi nach London.«

Das war deutlicher als alles, was Ellen bisher geäußert hatte. Sie mußte Naomi als schwere Bürde empfinden – um so mehr, als sie bald heiraten und diesen Haushalt auflösen wollte. Wer verstand besser als Cooper (und seine Mutter!), daß Naomi schwierig war; und das war die Untertreibung des Jahrhunderts. Aber sie war auch unglücklich und fühlte sich überflüssig. Sie war trotz allem zu intelligent, um sich etwas vorzumachen. Besonders im nüchternen Zustand.

»Wir haben hier einen Club, der sich *The Club of Brilliant Failures* nennt«, sagte Ellen mit schwachem Lächeln. »Nur Männer, wie üblich. Aber dorthin würde Naomi ganz gut passen. Sie erzählte mir, daß sie Philosophie studiert hätte, wenn Hitler nicht zur Regierung gekommen wäre.«

»Ich weiß. Ich weiß alles über diesen Abschnitt ihres Lebens.«

»Wirklich?«

»Es ist ihr Lieblingsthema«, sagte Cooper gereizt. »Wirklich!«

Ellen schwieg. Die Atmosphäre erinnerte Cooper an Altweibersommer. Es war noch etwas trügerische Wärme in der Luft, aber die Kälte marschierte unerbittlich vorwärts. Coopers Kopfschmerzen rollten wie ferner Donner heran. Seine Augenlider röteten sich; die schweren Gläser vergrößerten seine Augen ganz unnatürlich. Ellen sagte, er müsse sich wirklich beruhigen. »Atmen Sie tief, Mr. Cooper. Sagen Sie, ist Ihnen wirklich ganz wohl?«

»Tadellos!« Er atmete tief und fühlte sich tatsächlich etwas besser. War er ungerecht gegen die Ärztin – nur, weil sie Naomi loswerden wollte? Er wollte jetzt ja schließlich dasselbe . . . Welche Verpflichtung hatte Dr. Driscoll gegenüber Naomi, wenn er – immer noch der Ehemann! – sich in diesem Augenblick seiner letzten Verpflichtung durch eine Scheidung entledigen wollte? Aber was konnte er machen? Es war alles hoffnungslos verfahren. Selbst Naomi hatte vorhin gesagt, daß nichts in Ordnung wäre.

»Sie hat zuviel Phantasie«, sagte Ellen ruhig. »Solche Leute verlieren leicht den Kontakt mit der Wirklichkeit. Schauen Sie nicht so verzweifelt drein, Mr. Cooper. Naomi braucht jetzt nur eine helfende Hand.«

»Ich zeigte allen guten Willen und mehr. Aber Naomis Phantasie übersteigt das erträgliche Maß. Sie muß dann eben in eine Anstalt gebracht werden. Vor oder nach der Scheidung.«

»Ich halte diesen Vorschlag Ihrer Erregung zugute, Mr. Cooper. Ihre Hoffnungen eilten den Tatsachen voraus. Ich verstehe das. Aber Dr. Prior wird jeden Beweis erbringen, daß Ihre Frau normal ist. Wenn alle Leute mit Angstgefühlen und Depressionen in Anstalten abgeschoben werden sollten . . . Es gibt Möglichkeiten zwischen London und einer Anstalt, nicht wahr? Wir werden gemeinsam darüber nachdenken.«

»Ich habe genug nachgedacht, Dr. Driscoll. Mein halbes Leben ist bereits – bereits . . .« Die Stimme versagte ihm. Er wischte sich den Schweiß von der Stirn. Ellen betrachtete ihn unverwandt.

In seinen Ohren war das Echo alter Streitigkeiten mit Naomi. Plötzlich hatte er das Gefühl, sie existierte gar nicht mehr – außer in seinen Gedanken und Schuldgefühlen. Wahrscheinlich verachtete Dr. Driscoll ihn jetzt. Er hätte vorsichtiger sein müssen. Er wollte Naomi helfen! Psychiater hatten versagt. Einen Selbstmordversuch hatte sie hinter sich. In London konnte sie nicht bleiben. Und wenn Ellen und Prior sie zehnmal für gesund hielten . . .

»Sie ist verrückt, Dr. Driscoll! Hörten Sie, wie sie bei Tisch einen gewissen ›Sturmbannleiter‹ . . .«

»Sturmbannführer«, verbesserte Ellen milde.

». . . einen gewissen Bonnhoff erwähnte? Eine ihrer Wahnideen. Ein Phantom aus ihrer Berliner Jugend. Ein Schreckgespenst ihrer kranken Phantasie.«

»Kein Phantom, Mr. Cooper! Der Mann existiert und heißt Bonnhoff.«

»Was?«

»Die Familie Strelitz kannte ihn von Jugend auf. Er setzte sich kurz vorm Zusammenbruch des Dritten Reiches nach Südamerika ab.«

»Und was – und was hat dieser Mensch mit meiner Frau zu tun?«

»Er peinigte ihren Vater, einen brillanten Journalisten, im Lager Oranienburg. Und das war das letzte, was die Welt von Dr. Lothar Singer hörte. Naomi war damals siebzehn. Aber das wissen Sie doch alles, sagten Sie vorhin.«

»Kannten Sie diesen Mann?«

»Ich war damals fünf Jahre alt.« Ellen schwieg. Sie war sechsjährig nach London gekommen. Ihr Vater, ein berühmter Berliner Jurist, hatte einen SA-Mann geohrfeigt und war auf der Stelle erschossen worden. Erna von Strelitz und ein Berliner Schauspieler, Ernst Hardenberg, der sich in der Widerstandsbewegung ›Engelbert Schmidt‹ nannte, hatten sie mit dem letzten Kindertransport vorm Zweiten Weltkrieg nach England geschickt. Ellen wußte alles über jene Zeit – nur nicht, daß Carlos Sanchez der Sohn von Carl Friedrich Bonnhoff war. Dieses Geheimnis war bei Werner und Erna von Strelitz begraben. Ellen sah keinen Grund, Elliot Cooper über ihre eigene Geschichte zu informieren. Nur Ambrose kannte sie.

»Lebt dieser Mann noch?« fragte Cooper.

»Wer kann das wissen? Aber die deutschen Behörden suchen ihn immer noch – vermutlich in Venezuela.«

»Das ist schrecklich.« Zum ersten Mal verspürte Cooper eine Ahnung von Naomis Leiden, und ihre trüben, von unauslöschlicher Trauer beschatteten Augen blickten ihn durch die Wände hindurch an.

»Es passieren immerfort schreckliche Dinge«, sagte Ellen nüchtern wie immer. »Aber man muß die Vergangenheit abschütteln. Naomi wird schwerer damit fertig als robustere Leute.« Oder als Leute, die

geliebt werden, dachte sie. Sie hatte Liebe. Naomi hatte nur Cooper gehabt, und den hatte sie nun auch verloren. Cooper war natürlich nicht der Schlechteste.
»Vielleicht sehen Sie die Dinge nun in einem anderen Licht, Mr. Cooper?«
Er fuhr bei dieser ruhigen Frage zusammen. Gewiß, man hatte Naomi Unrecht getan, indem man ihre Wahrheit als Lüge oder Irrsinn bezeichnete – nur weil diese Wahrheit für die Gesicherten unerträglich gewesen wäre. War es das? Nur Maud Cooper hatte geglaubt, daß Naomi jenen Bonnhoff besucht hatte. War Maudie soviel klüger als er selbst? Nicht klüger, besser, gütiger! Wenn Cooper Bilanz machte, dann hatte Maudie allen Kredit auf ihrer Seite.
»Was soll geschehen?« fragte er ratlos. Er konnte Naomi doch nicht in einen Koffer packen und nach Chicago befördern. Dr. Driscoll mußte das einsehen. Naomi war selten so feindselig gegen ihn gewesen wie in London. Im Kinderheim mit Dr. Prior und den Kleinen schien sie glücklich gewesen zu sein. Ja – das war das Richtige.
»Dr. Prior scheint einen günstigen Einfluß auf Naomi zu haben«, sagte Cooper zögernd. »Könnte sie nicht bis zu ihrer völligen Genesung im Heim in Brighton bleiben?«
»Das ist leider unmöglich. – Bitte, probieren Sie den Brot- und Butterpudding! Auch eine Spezialität!«
»Besten Dank! Aber im Augenblick . . .«
»Hoffentlich hat unser Gespräch Ihnen nicht den Appetit verdorben. Naomi ist natürlich ein Fall für sich. Aber gerade deswegen sollten Sie essen, Mr. Cooper. Wenn ich so sensitiv wäre, würde ich mein Lebtag nichts mehr essen.« Ellen lachte ihr leises, musikalisches Lachen, das Sanchez bezaubert hatte. Cooper blieb unbeeindruckt. Er hatte nur das Gefühl, *er* würde niemals mehr lachen. Er sagte, er würde doch gern persönlich mit Dr. Prior sprechen und morgen oder übermorgen nach Brighton fahren. Es war nicht sehr höflich gegen Ellen und auch nicht gerade taktvoll; aber er war wohl nicht er selbst.
Falls Ellen ärgerlich war, zeigte sie es nicht. Sie sagte kühl: »Dr. Prior ist in Canterbury bei einem alten Freund. Er bleibt dort übers Wochenende oder länger. Die Kathedrale hält ihn. Und da ist eine alte Bäckerei aus dem elften Jahrhundert. Ambrose sagt, dort würde immer noch Brot gebacken, und es schmecke nach Brot. Thomas Becket und Chaucers Pilger waren dort Kunden.« Sie lächelte wieder.
»Sie interessieren sich für Geschichte, nicht wahr?«

»Natürlich! Man kann einfach nicht anders in diesem Land. Ambrose will mir Fotos aus Canterbury mitbringen.«

»Ist es nicht möglich, daß ich Dr. Prior wegen meiner Frau spreche?«

Ellen sah ihn so erstaunt an, daß er verlegen hüstelte. »Ich kann Sie nicht daran hindern, auf ihn zu warten oder nach Canterbury zu fahren. Die Kathedrale ist auf jeden Fall einen Besuch wert. Aber mein Kollege kann Ihnen nichts anderes sagen als ich. Sie müssen mir schon glauben, Mr. Cooper. Naomi kann nicht nach Brighton zurück.«

»Warum nicht?«

»Aus verschiedenen Gründen.« Ellen machte wieder eine Pause. »Es hat wenig Sinn, eine abgeschlossene Angelegenheit zu besprechen. Aber wenn Sie darauf bestehen?«

»Hat Naomi irgend etwas in Brighton angestellt?«

»Wenn Sie meinen, ob sie das Haus in Brand gesteckt oder sonst einen Gewaltakt verübt hat, dann kann ich Sie beruhigen. Sehen Sie, es gibt eine ganz bestimmte und ungesunde Bindung zwischen Patienten und ihrem Arzt; eine unerwünschte emotionelle Haltung, die der Behandlung schadet und dem Arzt peinlich ist. Der Patient überträgt Liebe oder Haß auf den Arzt. Naomi bildete sich ein, Dr. Prior zu lieben.«

O mein Gott, dachte Cooper wieder.

»Man nennt das in der analytischen Medizin ›Transferenz‹. Aber ich will Sie nicht mit dem Jargon ermüden. Es ist wirklich nichts Außergewöhnliches; nur hat Naomi so außergewöhnliche Reaktionen, daß Dr. Prior sie hierher zurückbrachte. Ich möchte Sie nicht mit Einzelheiten belasten. Glauben Sie mir, er machte das mit seinem üblichen Takt und seinem großen menschlichen Verständnis. Übrigens will er bald heiraten, und schon aus diesem Grund . . .«

»Ich verstehe«, sagte Cooper heiser. Wieder hörte er Naomi: ›Leider ist er nicht mein Ambrose!‹ Ja, dann blieb nichts anderes übrig, als Naomi wieder zur Familie Strelitz nach Berlin zu bringen. Sie waren ihre nächsten Verwandten. Ellen hörte sich seinen Vorschlag mit kühler Miene an. Dann sagte sie, daß auch das nicht ginge. Cooper glaubte nicht recht zu hören. Zorn stieg in ihm auf, aber er beherrschte sich. »Sie haben viel für meine Frau getan, und niemand kann Ihnen dankbarer sein als ich, Dr. Driscoll. Das müssen Sie mir schon glauben. Aber meinen Sie nicht, daß Naomi selbst entscheiden sollte, ob und wann sie nach Berlin zurückgeht?«

»Sie kann es nicht entscheiden.«
»Ich verstehe nicht recht«, sagte Cooper kalt. »Vorhin versicherten Sie mir, daß Naomi gesund wäre, und jetzt sprechen Sie ihr die Fähigkeit zur Entscheidung ab? Darf ich um eine Erklärung bitten?«
»Es würde helfen, wenn Sie einen Whisky tränken, Mr. Cooper. Darf ich Ihnen ausnahmsweise einen anbieten?«
»Sehr liebenswürdig, aber . . . Wenn ich um ein Glas Fruchtsaft bitten dürfte?«
Ellen produzierte den Saft und eine Pille, in der Cooper ein Beruhigungsmittel erkannte. Er nahm sie gehorsam und kam sich lächerlich vor. Aber Ellen betrachtete ihn mit einer gewissen Anteilnahme, die nicht ganz ärztlich zu sein schien. Cooper spürte, daß sie etwas Entscheidendes wußte, was sie ihm nun sagen wollte.
»Ich hoffte, Sie würden Naomi mit nach Chicago nehmen. Dann brauchte ich nicht über soviel traurige Dinge zu reden. Ich habe Naomi noch nichts gesagt, um sie nicht unnütz aufzuregen. Ich meine, was Berlin anbelangt. Ich wollte es ihr später schreiben.«
»Ist in Berlin etwas passiert?«
»Naomis Tante ist vor zwei Wochen gestorben.« Ellen sprach ruhig, aber ihre Lippen zitterten ganz leicht. ›Tante Ernchen‹ war ihre Freundin, nein, ihre Mutter gewesen. Ellens Mutter war bei ihrer Geburt gestorben. Ellen hatte noch nicht ganz begriffen, daß Erna von Strelitz nicht mehr in Dahlem auf sie wartete. Herrisch, ohne schöne Reden, aber mit der Freude und Erwartung einer Mutter, die die geliebte Tochter selten sieht. Sie war für Reisen zu alt geworden. Sie war zu Ellens Hochzeit nach London gekommen und zur Beerdigung von Dr. Driscoll, der vor zehn Jahren in Griechenland an einem mysteriösen Fieber gestorben war. Ellen hatte ihn im Familiengrab der Driscolls beigesetzt, und Tante Ernchen war lange bei ihr gewesen, hatte Kuchen gebacken, Ellen in ihre Praxis getrieben und . . . Sie hatte später auch Ellens Partner kennengelernt. Dr. Prior war nach Berlin geflogen, weil Tante Ernchen wissen wollte, wer da mit ihrer Ellen praktizierte. Das war nun fünf Jahre her. Ambrose und Fräulein von Strelitz verstanden sich großartig, weil Ellen hin und her übersetzte und man aus dem Lachen und Scherzen nicht herauskam. – Herzschlag. Sofortiger Tod. Der Baron hatte es Ellen nach der Beerdigung mitgeteilt. Er hielt nichts von Tränenströmen am Grab. Ellen sollte Ernchen so im Gedächtnis behalten, wie sie sie zuletzt in Berlin gesehen hatte. Es war liebevoll von ihm gewesen und vernünftig.

»Aber da ist doch der Baron«, sagte Cooper. »Wohnte Naomi nicht bei ihm?«

»Ja. – Werner von Strelitz ist das Salz der Erde; aber nicht der Geduldigste.«

»Naomi muß sich eben zusammennehmen, Dr. Driscoll.«

»Ich fürchte, wir reden aneinander vorbei. Der Baron löst im Augenblick seinen Haushalt auf. Er wird zu seiner Tochter nach Schweden übersiedeln. Sein einziger Sohn fiel im Krieg. Seine Frau ist lange tot. Was sollte er ohne . . .«

Ellen brach ab. Sie hatte nun alles gesagt, was zu sagen war. Cooper stand auf und dankte ihr für ihre Gastfreundschaft und Geduld. Er meinte es. Dr. Driscoll war nicht unaufrichtig. Sie gab offenbar ungern lange Erklärungen ab, die nichts zur Lösung der Angelegenheit beitragen konnten.

»Was soll nun werden, Dr. Driscoll?«

»Vielleicht können wir Naomi doch dazu bringen, mit Ihnen zurückzugehen?«

»Vielleicht«, sagte Cooper müde.

Draußen lag ein Vorgeschmack von Schnee in der Luft. Die Laternen brannten; auch in den Häusern gab es Licht. Chelsea war offenbar heute erst am Abend zur Finsternis bestimmt. Der Streik ging weiter. Der Chelsea-Kai lag in einem grauen schweigsamen Schlaf; die Lichter flackerten über das Wasser. Lyrisches Niemandsland, wie Ambrose gesagt hatte. Zwei Gestalten in Unisex-Kleidung gingen an Cooper vorbei. Neben ihm unterhielten sich zwei Leute, die auch auf eine Taxe warteten. »Man spricht von einem Poststreik«, sagte der eine. »Schlimm fürs Geschäft, aber andererseits kommen keine Rechnungen, und langweilige Leute können nicht anfragen, warum man ihre Briefe nicht beantwortet.« »Alles hat seine Vorteile, alter Junge.« Cooper sah keinen einzigen Vorteil in irgendeinem Streik. Er würde die englische Mentalität nie verstehen.

Cooper ging weiter. Er mußte Luft haben. Er würde irgendwo eine Taxe zum Hotel aufgabeln. Es war gleichgültig. Zwei Leute lachten auf der leeren Straße. Wie konnte man lachen? Worüber? Cooper war erstaunt. An einem Laternenpfahl klebte ein Zettel: *Keep Britain white!* Nun ja! Diese Frage schien man in England ernst zu nehmen. Aber auch das wußte er nicht. Er wußte nur, daß sein Flugzeug in drei Tagen ging.

## V

»Dr. Driscolls Wohnung.«
»Browns Hotel. Dover Street. Einen Augenblick bitte!«
»Hier Cooper. Kann ich Dr. Driscoll sprechen?«
»Sie ist nicht zu Haus.«
»Guten Abend, Mrs. Claxton!«
»Guten Abend, Sir.«
»Wann kommt Dr. Driscoll zurück?«
»Sie ist mit Dr. Prior ins Theater gefahren. Ist es dringend? Dr. Powell steht Ihnen zur Verfügung. Sein Telefon ist . . .«
»Danke sehr. Ich spreche privat.«
»Oh!«
»Ist meine Frau auch im Theater?«
»Nein.«
»Ich möchte sie sprechen.«
»Sie schläft und darf nicht gestört werden.«
»Bitte wecken Sie sie. Ich fliege morgen nach Chicago zurück.«
»Oh! – Wünschen Sie ein Abendessen?«
»Danke sehr. Ich habe gegessen.«
»Ich werde Miß Naomi auf Ihren Besuch vorbereiten.«
»Ist das nötig?«
»Nun ja . . . Guten Abend, Sir.«

Cooper war kein Mann spontaner Entschlüsse, dazu war er zu vorsichtig. Sein Entschluß, Naomi noch einmal zu sehen, kam aus dem Instinkt und war für ihn selbst eine unangenehme Überraschung. Für gewöhnlich ließ er schlechte Geschäfte lange vorm Bankrott fallen. Seine Fähigkeit, faule Sachen im richtigen Moment abzuschreiben, hatte ihm seinen internationalen Ruf in der Industrie verschafft. Der Konzern Driscoll, Prior, Claxton, mit Naomi als stillem Teilhaber war zweifellos das faulste Geschäft seines Lebens. Ein eindeutiger Verlust an Würde, Nerven und sogar Sicherheit. Warum fuhr er wirklich zu Naomi? Vielleicht, weil kühle Überlegung die private Erfahrung behindert. Oder konnte der erfolgreiche Cooper keine Niederlage vertragen? Wer konnte das sagen? Nicht einmal Cooper wußte genau, warum er in der Taxe nach Chelsea saß.

Dieses Mal empfing Naomi ihn in ihrem verblichenen blauen Morgenrock; sie war ihm dadurch vertrauter als in dem Sportkostüm. Sie hatte gerade ihr Haar gewaschen, und die silberblonden Strähnen glänzten wie die nassen Federn eines Vogels. Mrs. Claxton brachte ihm schweigend ein Glas Milch. Nun ja ...

Naomi war nüchtern und durchsichtig blaß. Gelegentlich hatte der Alkohol ihr glänzende Augen und ein intensives, aber falsches Leben gegeben. Jetzt war sie halbtot. Selbst Cooper sah das, obwohl er sich immer gegen morbide Eindrücke wehrte. Alles Unsinn! Solange der Patient lebte, war Hoffnung. Hoffnung worauf? Naomi schien selbst zu Feindseligkeiten zu erschlafft zu sein, denn als Cooper ihr mitteilte, er flöge morgen nach Haus, wünschte sie ihm höflich gute Reise. Sie saßen bei einer schönen altmodischen Petroleumlampe – man hatte sich gut an die periodische Finsternis gewöhnt. In der Ecke brannte eine schwedische Dauerkerze, die Ellen von Patienten geschenkt bekommen hatte. Cooper und Naomi sahen sich deutlich und doch verschwommen; wie Schatten, die aus dem Nebel alter Mißverständnisse und verjährter Kränkungen auftauchen. Naomi war wirklich erschreckend abgemagert. Cooper stellte es wieder fest. Konnte die Kur, die Dr. Driscoll mit ihr machte, keine besseren Resultate erzielen? Da Cooper kein Arzt war, wußte er natürlich alles besser. Er empfahl Naomi eine Medizin, die in Chicago Wunder wirkte. Naomi äußerte sich nicht dazu.

Ihr Gesicht erschreckte ihn. Die Backenknochen zeichneten sich zu scharf unter der zarten Haut ab. Unter ihren Augen waren tiefe bläuliche Schatten, die Cooper neulich beim Lunch nicht gesehen hatte. Ihre Augen waren noch trüber. Hatte sie geweint? Sie bemühte sich, Cooper anzulächeln. Dieser Versuch konnte einem ins Herz schneiden, und Cooper verspürte tatsächlich einen leichten Stich, obwohl Naomi nicht einmal sein Mitleid verdiente. Bemitleidet zu werden, hatte sie immer abgelehnt und mit Feindseligkeit beantwortet.

Naomis Apathie war aber auch kein Spaß. Litt sie darunter, daß die Menschen ihrer nächsten Umgebung zufrieden oder vielleicht sogar glücklich waren? Ellen stand kurz vor ihrer Heirat. Dr. Prior ebenfalls. Mrs. Claxton freute sich auf ihr Ausruhen in Yorkshire. Da war Naomi mit Cooper immer noch besser bedient: er freute sich auf nichts. Aber er hatte immerhin seine interessante Arbeit, seine soziale Stellung, seine finanzielle Sicherheit und seine Familie. Naomi hatte nichts. Aber daran war sie selber schuld. Cooper hatte der Frage der

persönlichen Schuld immer große Bedeutung beigemessen; aber vor Naomis mühsamem Lächeln verlor diese Frage viel von ihrer Wichtigkeit. War er, Cooper, etwa ein Pharisäer? Er putzte seine Brille, um Naomi genauer anzusehen. Sie sah aus wie Ophelia, die zu ihrem Unglück die mittleren Jahre erreicht hat. Ihre Augen waren leicht verdreht – wie bei Visionären. Cooper räusperte sich.
»Ich habe in den letzten Tagen viel über dich nachgedacht, Naomi.«
»Hattest du nichts Besseres zu tun?«
»Offenbar nicht«, sagte Cooper mit einiger Schärfe. »Ich fühle eben nach den vielen Jahren immer noch eine gewisse Verantwortung für dich.«
»Nett von dir. Aber ganz unnötig.«
»Ich glaube, das kann ich besser beurteilen. Hör mal, Naomi! Wir wollen uns zur Abwechslung wie vernünftige Leute unterhalten. Oder ist das nicht möglich?«
»Es ist durchaus möglich. Du hast Vernunft für zwei.«
»Was soll aus dir werden?«
»Woher soll ich das wissen?«
»Eben! Woher sollst du es wissen? Ich habe immer für uns beide denken müssen. Aber nun mußt du für dich selbst sorgen. Ist dir das klar?«
»Was soll das alles, Elliot?«
»Ich will wissen, was aus dir wird«, sagte Cooper starrsinnig.
»Irgendwas wird schon werden. Nicht, daß es mich besonders interessiert. Ich bin Fatalist. Kommt von ›fatal‹.«
»Wovon willst du leben?«
»Geld ist das Wenigste«, sagte Naomi mit der Ahnungslosigkeit derer, die andern Leuten das Verdienen überlassen. »Ich will nichts von dir. Hab' keine Angst.«
»Ich habe keine Angst.«
»Jetzt bist du wieder böse. Freu dich. Ich erbe was von meiner Tante.«
»Von welcher?«
»Erna von Strelitz starb vor einigen Wochen. Ich fand in Ellens Schreibtisch einen Brief von Werner Strelitz. Mein Onkel wundert sich, daß es in der Bundesrepublik keine Lothar-Singer-Medaille für Zivilcourage gibt. Er meint meinen Papa ... In Oranienburg ...«
»Ich weiß. – Aber man liest keine fremden Briefe.«

»Ich tu's. Sie war *meine* Tante. Ellen hat mir wieder mal alles verschwiegen.«
»Wahrscheinlich wollte sie dich nicht aufregen. Woher weißt du, daß du etwas erbst?«
»Das hat Tante Ernchen mir immer gesagt. Ellen erbt die alte Bude in Dahlem. Und ich krieg fünftausend Mark. Soviel hab' ich nie auf einmal gehabt. Stell dir das vor!«
Cooper stellte es sich vor und sagte zögernd, für eine kurze Zeit würde es wohl reichen.
»Mein August braucht einen kleinen Pelz. Er friert schrecklich hier ...«
»Laß den Unsinn, Naomi. Du willst mich nur ärgern.«
»Das letzte Mal! Dabei nehm ich mir fest vor ... Übrigens: was August angeht, er ist natürlich nur 'n ausgestopfter Pinguin. Aber er gehörte eben Großvater Strelitz. 'Ne Reliquie. – Jaja«, sagte Naomi bitter, »wenn unser August echt goldene Federn und Diamanten als Augen gehabt hätte, dann wäre er in den USA als Sammelstück geehrt worden. Aber, sieh mal, er kommt eben aus der Mark Brandenburg, und da machen sie nichts von sich her. Großvaters Mantel hättest du sehen sollen! Sein Verwalter war viel eleganter. Und August und ich sind auch so schäbig. Ja.«
Cooper sagte nichts. Seine Mutter trug Nerz. Warum nicht? Naomi brauchte nicht diesen verblichenen Morgenmantel zu tragen. Und kein Make-up! Und die alten Pantoffeln. Das feine magere Gesicht! Sie kam aus einer anderen Welt und war eine andere Welt. Gab es etwas wie edle Schäbigkeit?
»Warum sagst du nichts, Elliot? Bist du mir böse?«
»Nein.«
»Ich hab' mich oft bemüht, es dir recht zu machen. Es klappte einfach nicht. Tut mir leid. Freust du dich, mich endlich loszuwerden?«
»So weit sind wir noch nicht.«
»Aber bald. Tut es dir vielleicht doch ein kleines bißchen leid?«
»Oh, Naomi«, sagte Cooper seufzend. »Du bist so ein Kind! Wenn du willst, kannst du ganz nett und vernünftig sein. Aber du willst nicht. Oder was ist eigentlich los? Du bist doch wieder gesund. Warum bist du so anders als andere Frauen?«
»Mrs. Claxton sagt auch, ich wäre nicht ganz ausgebacken.«
»Du bist zuviel allein. Warum bist du nicht mit ins Theater gegangen?«

»Ellen hat vergessen, ein Billet für mich zu besorgen.«
»Das kann man doch nicht vergessen!«
»Ellen kann's.«
»Wie hat sie das erklärt?«
»In diesem Land erklärt man nicht, man läßt die Tatsachen sprechen. Ellen ist viel englischer als Ambrose.«
»Liebst du diesen Burschen?«
»Ich weiß nicht, was Liebe ist. Ambrose ist unendlich freundlich. Und er hört zu. Genau wie Maudie. Sie ist wundervoll.«
»Ich freue mich, daß wenigstens einer aus meiner Familie Gnade vor deinen Augen findet«, sagte Cooper trocken. »Wohin willst du gehen, wenn Ellen das Haus aufgibt?«
»Vielleicht zu Mrs. Claxton nach Yorkshire.«
»*Was?*«
»Sie sagt, ich kann bei ihr bleiben, bis ich weiß, wo ich hingeh. Ihre Schwester hat auch nicht viel dagegen. Es ist ja nicht für ewig.«
»Es ist völlig unmöglich, Naomi. Hochanständig von Mrs. Claxton, aber sie kann dich dort in dem Nest nicht gebrauchen. Sie will sich doch wohl zur Ruhe setzen, nicht wahr?«
»Es ist nicht so ein Nest. Ich hab' die Einwohnerzahl nicht im Kopf. Warte, ich kann's nachsehen. Das Buch über die Grafschaften steht neben *Animal Societies:* von der Biene bis zum Gorilla. Ambrose hat das Ellen geschenkt. Er sagt, die Menschen kommen im Vergleich nicht besonders gut weg. Du kannst gleich nachsehen, wieviel Einwohner . . .«
»Bleib sitzen, um Himmels willen! Ich habe nicht mehr viel Zeit.«
»Immer auf dem Sprung. Wie Ellen. – Vielleicht ist Yorkshire nicht ganz das Richtige, aber ich hab' nicht viel Auswahl. Ich dachte schon, daß Maudie mir vielleicht helfen kann.«
»Was könnte sie für dich tun?«
»Sie kennt doch unheimlich viel Leute. Ich bin ja ein Einsiedler. Sagst du immer! Vielleicht kann sie mir eine Stelle als Babysitter verschaffen.«
»In Paris? Hast du ihr das etwa vorgeschlagen?«
»Wenn du so unfreundlich bist, krieg ich wieder Angst vor dir. Ich denke, wir wollten uns nett und vernünftig miteinander unterhalten.«
»Tun wir. Also was soll Maudie tun?«
»In Chicago natürlich. Nach ihrer Rückkehr. Ich könnte ja zu ihr zie-

hen, aber sie will deine Mutter nicht allein lassen. Maudie ist so gefällig. Von der könnt ihr alle was lernen. Besonders Richard Cooper.«
»Wir können meine Familie ein anderes Mal diskutieren. Hast du Maudie schon geschrieben?«
»Ich wollte. Ich hatte aber Kopfweh. Schreibe in den nächsten Tagen oder Wochen. Aber wenn dir das in Chicago unangenehm ist – meine Stellung als Babysitter, meine ich . . .«
»Sprich weiter, Naomi.«
»Es wird dir nicht recht sein – mit deinen Beziehungen, und deinen Millionen, und deiner – deiner Mutter. Aber ich war doch bei euch Dienstmädchen, als ich in die USA auswanderte. Was ist der Unterschied?«
»Daß du meine Frau bist. Das ist der Unterschied«, sagte Cooper grimmig.
»Wirklich, Elliot! Du bist komisch. Du willst mich los sein. Kann ich verstehen. Du wirst mich los. Du sagst, ich muß für mich selbst sorgen, und wenn ich es versuche, bist du wütend. Vielleicht ist's in Chicago nicht das Richtige. Ich kann's am Mississippi versuchen. Was würde Roger Browns Schwester dazu sagen?«
»Was hat die dumme Gans damit zu tun?«
»Du heiratest sie doch, soviel ich weiß. Vielleicht kann ich dann bei euch Babysitter werden? Du kriegst Sonderpreise . . .«
»Hör auf mit deinem Unsinn«, schrie Cooper wie in den besten Ehetagen. Und Naomi wich wieder vor ihm zurück. Aber sie sagte zitternd:
»Es ist kein Unsinn. Irgend etwas muß ich nach der Scheidung tun. Ich weiß, Elliot. Es ist nichts los mit mir. Niemand – niemand kann mich gebrauchen . . .«
»Meinst du?«
Sie schloß erschöpft die Augen. Ihr Haar war ihr halb übers Gesicht gefallen – wie bei einem Kind. Er strich ihr die Strähnen aus der Stirn.
»Sieh mich an, Naomi.«
Sie riß bei dem ungewohnt sanften Ton die Augen auf. »Warum bin ich nach London gekommen? Was meinst du?« In seinen Augen war ein seltsamer Ausdruck, den sie nie gesehen hatte. Oder nur in den ersten Wochen ihrer Ehe. In den ersten Wochen und Monaten, als sie Mann und Frau gewesen waren. Als er sie buchstäblich aus unmöglichen Schwierigkeiten gerettet hatte. Und sie brauchte . . . Wo er keinen Dank erwartet hatte, weil *er* dankbar war. Oh, was war daraus geworden? Er zog ein Foto aus der Tasche und legte es auf den Tisch.

Es zeigte ein weißes Haus in einem Garten mit alten Bäumen. Das Haus war schön – weder zu groß noch zu klein, und Naomi betrachtete es verwundert.

»Mein Haus. Ich habe es durch Maudie gekauft.«

»Aber – was wird deine Mutter dazu sagen?«

»Sie weiß es bereits. Sie wird sich damit abfinden, daß ich mit meiner Frau allein leben will. Es fragt sich nur, ob du dich mit mir abfinden willst?«

*Das* konnte doch Elliot nicht fragen! Aber er hatte es gefragt, und nun stand er am Fenster und wischte sich den Schweiß von der Stirn. Naomi starrte seinen Rücken an. War es zu fassen? Elliot war zu ihr gekommen. Und er hatte seiner Mutter klargemacht, was *er* wollte. Er wollte sie, Naomi, die nach nichts aussah, nichts leistete, nichts aus sich gemacht hatte. Nicht den kleinsten Erfolg für sich buchen konnte, wo Erfolg ihm doch so wichtig war! Und auch schlagfertige und elegante junge Frauen – wie die Journalistin Moll oder Roger Browns Schwester. Die war die Richtige für ihn. Da hatte seine Mutter recht.

Naomi trat an ihn heran. Sie reichte ihm kaum bis zur Schulter. Sie streichelte scheu seinen Arm in dem wundervollen Anzug, der selbst Mrs. Claxtons Anerkennung gefunden hatte. Englischer Stoff – nun ja! »Ich kann das nicht zugeben«, flüsterte Naomi. »Ich habe dir schon dein halbes Leben verdorben, Elliot. Du sollst was Besseres kriegen. Und ... und ...«

Er blickte sie an. »Und was noch?«

»Du weißt es. Ich bin eine Person, die Mitleid einfach nicht ertragen ...«

Sie konnte nicht weitersprechen, und da war eine Pause. Dann sagte er, sie solle nicht weinen. Dabei bekäme sie eine rote Nase, und das möchte er nicht.

»Es wird schrecklich werden«, sagte er beinahe übermütig. »Aber ich will's eben nicht besser haben.«

Coopers Bilanz! Natürlich würden ihre Temperamente wieder zusammenprallen. Es würde auch wieder eine Menge fruchtlose Diskussionen geben. Natürlich würde er weiter dem Erfolg nachjagen und jede hübsche, amüsante Frau beeindrucken wollen. Und Naomi würde weiter ein Fall für sich sein. Aber – sie würden alles unter vier Augen miteinander abmachen. Und vielleicht immer wieder das Liebenswerte aneinander entdecken. Das hatte er in seiner Einsamkeit und Verbitterung unterlassen. Und sie mußten langsam Vertrauen zuein-

ander bekommen. Naomi hatte schon den Anfang gemacht; sie hatte ihm den Pinguin aus der Mark vorgestellt . . . Plötzlich blickte Cooper auf die lange, qualvolle Periode der Entfremdung wie auf etwas zurück, das einem anderen Mann geschehen war. Und vielleicht war es tatsächlich so . . .
»Was soll ich tun?« fragte Naomi ratlos. »Mein ganzer Kram ist noch in Berlin. Und die Hälfte hab' ich verlegt oder verloren.«
Er nahm sie in die Arme. Sie sollte sich von ihm lieben lassen. Bei ihm bleiben und ihn manchmal auslachen wie in der ersten Zeit. Das sollte sie tun. Ihr Haar duftete immer noch nach Heu.
»Was findest du nur an mir?«
»Ich weiß es nicht.« Und das war die Wahrheit. »Übrigens, ich werde, nun, wir werden noch eine Woche in London bleiben.«
»Ich denke, du fliegst morgen ab?«
»Ich habe provisorisch gebucht.«
»Du und deine Tricks!«
»Ich und meine Tricks«, sagte Cooper zufrieden. »Du, Naomi, ich habe hier kaum etwas gesehen. Wie wär's, wenn du mir London zeigtest?«

DRITTES KAPITEL

# Der Sturm vor der Ruhe

*Und wenn einer tritt, dann bin ich es.*
*Und wird einer getreten, dann bist du's.*
Brecht (Dreigroschenoper)

I

ELLIOT COOPER (URUGUAY) AN CARLA MOLL (WEST-BERLIN)

Montevideo, Februar 1971

Liebes Fräulein Moll!
Wie geht es Ihnen? Ich wollte schon früher schreiben, aber dringende Angelegenheiten stürmten in den letzten Monaten auf mich ein. Hoffentlich erreichten Sie meine Wünsche zum Jahreswechsel? Beinahe wäre ich im Dezember in Berlin gewesen; aber am Ende wurde London daraus.
Ich hoffe, Sie haben angenehme Feiertage verlebt. Wir feierten im Familienkreis in Chicago und flogen Anfang Januar nach Uruguay, was »Purpurland« bedeutet, weil manchmal rote Blüten die Prärien bedecken. Ja, ich bin nun einmal ein Zugvogel der Industrie. – Meine Frau ist glücklicherweise wieder gesund und genießt die Sonne, den Strand und das Schwimmen in dieser entzückenden kleinen Republik, die man die »Riviera von Südamerika« nennt. Leider ist diese Riviera nicht ohne *rancheros.* Diese armseligen Hütten fehlen nirgends in diesem Kontinent. Uruguays Wirtschaft ist ein schwieriges Problem, besonders was finanzielle Stabilität und internationale Zusammenarbeit, also mein Gebiet, anbelangt. Ich war schon im Jahr 1960 mit meinem Chef in Montevideo, als die *Lafta* * gegründet wurde. Unter

* Lateinamerikanische Freie Handelsgesellschaft

anderem gehören auch Venezuela, Kolumbien und Chile, also meine speziellen Arbeitsgebiete, diesem Verband an. Im Augenblick beschäftigt mich der Plan eines *Common Market* in den Anden, der seit einem Jahr von maßgebenden Industriellen, wie Señor Sanchez in Caracas, befürwortet wird. Auch in Uruguay erwächst die Schwierigkeit, international zu denken, aus dem südamerikanischen Mißtrauen gegen die USA, von dem wir so oft am Orinoco sprachen. Man kann nur hoffen, daß das Klima der Unruhe und der Gewalt in diesem Teil der Welt umschwenken und dem Sturm bald die nötige Ruhe folgen wird. Aber je öfter ich in Südamerika bin, desto skeptischer werde ich. Auch das idyllische Uruguay hat eine stürmische Geschichte. So beschäftigte es die Weltpresse im Jahr 1940, also vor Ihrer Zeit, als man ein deutsches Komplott aufdeckte, das dieses freiheitsliebende Ländchen in eine landwirtschaftliche Nazi-Kolonie umwandeln sollte. Ein Jahr vorher ging das deutsche Schlachtschiff »Graf Spee« auf der Flucht vor britischen Kreuzern im Hafen von Montevideo vor Anker. Meine Frau stöbert hier in alten Chroniken herum und erzählte mir das. Mir ist das alles ziemlich gleichgültig; Gegenwart und Zukunft beschäftigen mich mehr. Aber vielleicht interessiert es Sie als Journalistin, falls Sie Uruguay besuchen sollten. Wir sind bis Mitte Mai hier und wollen an der atlantischen Küste, nahe der brasilianischen Grenze, Ferien machen. Mich locken die weltberühmten Fischgründe in Uruguay. Erinnern Sie sich noch an das »Paradies der Fischer« am Orinoco, das Sie und der junge Herr Bendix auf meinen Rat hin besuchten? Herr Bendix ist immer noch in Venezuela und schreibt mir ziemlich regelmäßig. Meine Frau sagt, das wäre eben deutsche Treue. Ich denke oft an unseren kleinen Kreis im Hotel Amazonas zurück. Erinnern Sie sich noch an Gilbert Preston, der Señor Sanchez zu meinem Abschiedsessen mitbrachte? Gilbert ist kürzlich von Guerillas aus Puerto Ordaz entführt und ermordet worden. Seine Frau ging mit den Kindern zu ihrer Familie nach Rio zurück. Señor Sanchez schrieb mir einen wirklich rührenden Brief, da Preston auch einer seiner besten Freunde war. So sind wir alle immer noch in Verbindung miteinander, und es wäre nett, Sie hier in Uruguay zu begrüßen. Übrigens wird Señor Sanchez mich in Chicago besuchen, wo wir weiter Verständigungen zwischen Venezuela und den USA erörtern werden. Ich freue mich ganz besonders, daß dieser hervorragende Industrielle unser erster Gast im neuen Haus sein wird. Auch meine Frau freut sich auf ein Wiedersehen mit ihm; sie lernte ihn zufällig in Berlin im Haus ihrer Tante kennen. So klein ist die Welt! Naomi ist durch ihre lange Krankheit ein bißchen menschenscheu und immer noch am liebsten mit mir allein, aber Señor Sanchez lockt mit seinem Charme die Vögel von den Bäumen. Die sanfte liebenswürdige Art der hiesigen Menschen tut Naomi gut; sie lebt hier fern von den politischen Aufregungen, die auch Uruguays Sonne verdunkeln. Vorigen Monat wurde auch hier ein europäischer Diplomat von Guerillas entführt. Sie haben sicher darüber gelesen? – Die Schlagzeilen unserer Zeit werden immer mehr zu Totschlagzeilen, aber hoffen wir, daß diese Phase der Gewalttätigkeit bald einer friedlichen Entwicklung weichen wird! Wer will größere Kapitalien in Unruheherden investieren? Genug davon!

Meine Frau hat Sie übrigens im Fernsehen bei einem Interview mit einem Maler aus Montevideo bewundert – es fiel gerade in ihre Berliner Zeit –, und würde Sie gern kennenlernen. Vielleicht wäre eine Artikelserie über Uruguay von Interesse für Ihre Zeitschrift? Ich will Sie gern mit Leuten aus Wirtschaft und Regierung bekanntmachen. Überlegen Sie es sich. Ihre Berichte über das Leben am Orinoco waren sicher wieder so ein Erfolg wie *Caracas für Anfänger*. Wann erscheint das Buch?

Auf Wiedersehen in Montevideo, Ihr ergebener

Elliot Cooper

Freundlichen Gruß,

Naomi Cooper

II

*Carla Moll:*

Für gewöhnlich fasse ich rasche und falsche Entschlüsse, aber das konnte ich mir mit Coopers Brief nicht leisten. Freunde im Ausland sind Gold wert. Coopers Brief wird meinen abgesunkenen Kredit bei Ribbeck heben. Schade, daß ich das Zeug über meine Erfolgsserie vom Orinoco nicht streichen kann, aber Ribbeck liest auch Durchgestrichenes, Spiegelschrift und zwischen den Zeilen. Daß Sanchez sich persönlich nach Chicago aufmachen will, ist besonders schön. Ribbeck wird nicht erfreut sein, weil der Señor in Berlin ein Interview mit dem *Komet* ablehnte. Wahrscheinlich scherzte er um diese Stunde mit

Coopers Frau. Ich glaube, sie will mich genau so gern kennenlernen wie ich sie. Mit Ehefrauen hab' ich kein Glück.
Schon beim Frühstück freute ich mich auf Ribbecks Miene. Wenn er sich ärgert, steigt ihm eine leichte Röte ins Gesicht – sozusagen ein negativer Sonnenaufgang. Ribbeck unterhält sich im Büro ausschließlich mit seinen neuen Satelliten – oder der Juristin Wirth oder mit Herrn Bräutigam. Wenn ihm der Kaffee zu schwach ist, mit Frau Hannemann. Ich bin gar nicht da. Ich darf nur das Zeug von anderen in reines Deutsch übersetzen. Die Brüder haben alle einen Stil wie Locker. Bräutigam hält seine dicke Hand über »Tausend Worte Spanisch«, als wolle ich ihm achtzehn Worte klauen. Affe! Er tuschelt viel. Er kann mir das Interview mit dem Mann aus Montevideo nicht verzeihen, denn Uruguay ist groß auf Ribbecks Liste. Bei der letzten Pressekonferenz forderte er uns auf, auch eigene Beziehungen für die Zeitschrift zu schaffen. Schließlich könne er nicht alles allein machen. Er macht aber alles allein. Und nun kommt Moll mit einer Rosine von einer Beziehung!
Ich war so pünktlich in der Redaktion, daß ich vor mir selber erschrak. Hannemann fragte auch prompt, ob ich gesund wäre. Und Herr Bräutigam fragte: »Wie kommt uns dieser Glanz in unsere Hütte?« – genau als ob der Laden ihm gehört. Ich ignorierte ihn und bat Frau Hannemann, mich beim Chef anzumelden. Er war natürlich in Konferenz und würde mich erst um drei Uhr nachmittags sprechen können! Große Sehnsucht schien er nicht zu haben, und Hannemann teilte meine Ansicht. Dann sagte sie: »Vorsicht mit Oskar! Es knistert im Gebälk.«
»Schon wieder?«
»Es hat nie aufgehört.« Hannemann studierte eine Farbaufnahme von der Lüneburger Heide. Sie war nie dort gewesen und verweigerte die Auskunft, warum das Kunstwerk im Vorzimmer hängen mußte und nur zu übersehen war, wenn man Hannemann selbst übersah. Und das war bis jetzt nicht einmal Ribbeck gelungen. Man konnte mit demselben Erfolg versuchen, die drei Parzen zu übersehen. Ribbeck nahm sich bei ihr in acht – es war sehr komisch.
»Sie können mich ruhig ansehen, Hannemann. Dies Bildnis ist bezaubernd schön. – Zauberflöte.«
»Ich weiß«, sagte Hannemann unfreundlich. Meinte sie Mozart oder meine Schönheit? – Ich fragte, worüber unser Bräutigam (982 Worte Spanisch) beständig mit Ribbeck tuschelte.

»Wenn ich vorbeigehe, hören sie auf. Bräutigam war neulich abends bei Ribbeck im Grunewald zum Essen. Er bat mich, seiner Frau Bescheid zu sagen. Wichtigtuerei! Bräutigam platzte vor Stolz.«
»Falls Sie zufällig erfahren, was da gespielt wird, sagen Sie es mir, ja?«
»Was ich nicht weiß, macht mich nicht meschugge. Merken Sie sich das, Moll. Das ist Lebenskunst.«
Ich bekam kalte Füße. Hannemann ahnte oder wußte etwas, was mir nicht gefallen würde. Mich hatte Ribbeck noch nie in sein Privathaus eingeladen, und ich hatte nicht den Eindruck, daß es das nächste war, was er tun würde. Ich ging in die Redaktion *(Ferne Länder)* und stocherte in einem Bericht über schwedischen Sozialismus herum. Tadellose Sache für die Schweden; aber was kaufte ich mir für diese smarten Altersheime in botanisch einwandfreier Umgebung? Um meine Moral zu heben, las ich Coopers Brief noch einmal. Ich strich den Text über den Orinoco mit Tintenstift durch. Ich würde sagen, das sei streng privat. Hätte ja so sein können. Ich lächelte milde über Coopers Behauptung, seine Frau freue sich auf mich. Ich denke, sie ist so gern mit ihm allein?
Als Ribbeck endlich frei war, spielten meine Nerven Fußball: ich war der Ball. Er weiß, daß Warten mich fertigmacht. Seine kleinen Manöver verfangen besser bei mir als meine bei ihm, die meist wegen Nebel ausfallen. Sein Nachrichtendienst ist so perfekt wie alles, was er organisiert. Herr Bräutigam – wie sollte es anders sein? – verließ das Chefzimmer mit strahlendem Gesicht. »Herr Dr. Ribbeck ist jetzt frei, Fräulein Moll.« Herr Bräutigam ist groß, was überflüssige Mitteilungen anbelangt.
Wenn man ein Zimmer lange nicht gesehen hat, erwartet man Veränderungen. Aber Ribbecks Höhle war wie immer, und er war es auch. Da waren Barlachs ›Singender Mann‹ und die symbolträchtigen Sexspiele von Ribbecks Indianern, und er selbst war immer noch das alte Ekel. Er kam mir höchstens noch dünner, strenger und maliziöser vor – aber das konnte eine optische Täuschung sein.
»Ist der schwedische Bericht zum Druck fertig?« Wenn er mir einen guten Tag gewünscht hatte, mußte es mir entgangen sein. Natürlich war er um drei Uhr nachmittags etwas abgekämpft, aber er hätte wenigstens sagen können, wir hätten uns lange nicht gesehen und wie es mir ginge. Er hatte wohl wieder Höllenangst, zu nett zu sein.
»Ich mußte den Artikel über Schweden weitgehend umschreiben – er war zu ledern.«

»Herr Henker ist äußerst gründlich, was ich sehr begrüße. Hoffentlich haben Sie die Tatsachen nicht auch umgeschrieben?«
Warum haben die meisten Leute falsche Namen? Wenn einer ›Henker‹ heißen müßte, wär's Ribbeck.
»Weswegen wollten Sie mich sprechen, Fräulein Moll?«
»Ich wollte Sie nach langer Zeit einmal wiedersehen. Das muß es sein.«
»Sie haben mich wiedergesehen«, sagte Ribbeck in seinem unangenehmsten Ton. Er haßt meine Scherze. Ich hätte diesen runterschlukken sollen. Ribbecks Ton hätte selbst Achilles den Unerschrockenen außer Betrieb gesetzt. Aber ich hatte Coopers Brief! Ob ich nervös war oder nicht, ich würde endlich wieder an den Drücker kommen. Mir war klargeworden, daß Cooper im Urlaub eine billigere Ausgabe von Cooper im Beruf war. Der Konsultant der Weltfirma in Chicago war offenbar Prominenz in Lateinamerika. Deswegen war alles, was er im Brief über seine Arbeit sagte, so bescheiden. In diesem Sektor kam Cooper offenbar ohne Weihrauch aus. Er mußte Spitzenklasse sein, wenn Sanchez ihn besuchen wollte. Natürlich hatte Cooper alle Beziehungen, die Ribbeck sich wünschte. Gott segne Cooper! Ribbeck stand wieder mal am Fenster, die Indianer stoppten ihre Spiele, und der ›Singende Mann‹ hielt den Atem an.
»Also was führt Sie zu mir, Fräulein Moll? Bitte fassen Sie sich kurz! Ich habe leider wenig Zeit.«
Er behandelte mich wie die gestrige Zeitung im Papierkorb. Er verschanzte sich hinter seinem Schreibtisch, hüstelte ungeduldig und bot mir keinen Kaffee an. Ich reichte ihm Coopers Brief über Abgründe hinweg. Er fragte, was das sei, und ich sagte, es sei ein Brief. Bei dieser Dreistigkeit, die ich mir als Coopers Günstling leisten konnte, zog Ribbeck die Augenbrauen in die Höhe, was ihm das Aussehen eines feindseligen und hochmütigen Ölgötzen gab. Aber er las den Brief, weil das seine Pflicht war, und ich bemerkte herzklopfend, daß er sich Notizen machte.
»Das ist recht interessant, Fräulein Moll. Und kommt zur richtigen Zeit.« Was wollte ich mehr? Dann fragte Ribbeck, was die durchgestrichenen Zeilen bedeuteten.
»Private Mitteilungen. Mr. Cooper und ich sind eng befreundet.« Ribbeck verdaute den Brocken und fragte: »Private Mitteilungen über den Orinoco und *Caracas für Anfänger*? Sie müssen *mich* für einen Anfänger halten, Fräulein Moll!«

Ich wurde rot. Ich hatte das Zeug offenbar zu flüchtig durchgestrichen – schlampig wie immer! Aber Ribbeck war schon sechs Meilen weiter. Er hatte mir klargemacht, daß ich ihm keinen Sand in die Augen streuen konnte, und das war das. Warum machte er eine Kunstpause, wenn er so wenig Zeit hatte? Sein Schweigen enthielt noch mehr Explosivstoff als üblich. Komisch! Er hatte doch gesagt, der Brief käme zur rechten Zeit. Etwas lief hier quer – aber was? Wann würde er endlich sagen, welches Flugzeug ich nach Uruguay nehmen sollte? Ich fühlte Schweißtropfen auf meiner Stirn und auf der Oberlippe. Wie in einer Extremsituation. War dies eine? Unsinn! Ribbeck war im Nebenberuf Sadist; das war alles. Er ließ mich zappeln, weil ich die Arbeit für *Ferne Länder* mit der linken Hand machte, während ich mit der Rechten meine Fernsehkarriere auf den Trab brachte.
»Ein wichtiger Brief, Fräulein Moll! Besten Dank, daß ich ihn lesen durfte.« Er reichte mir den Luftpostbrief und erhob sich mit einem Ruck. Ich stand ebenfalls auf, und wir standen uns gegenüber. Wie Feinde.
»Wann könnte ich dann nach Montevideo fliegen? Ich sehe natürlich noch die laufenden Manuskripte durch. Herr Bräutigam wird mich wohl vertreten.«
»Herr Bräutigam hat keine Zeit. *Was* wollten Sie wissen?«
»Wann ich nach Montevideo . . .« Ich stoppte mit einem kratzenden Ton in der Kehle – wie eine Grammophonplatte, die mittendrin die Musik verweigert.
»Das müssen Sie sich leider aus dem Kopf schlagen, Fräulein Moll!«
Draußen prasselte der Regen und schwoll wie Donner an. Sinnlose und endlose Güsse überschwemmten die Straßen und dieses Büro. Einen Augenblick stand Ribbeck in einem Phosphorlicht da – oder war es sein langer Schatten? Ich starrte ihn an, und es störte ihn nicht. Oder doch? Er blickte weg und verzog sich zum Fenster. »Sauwetter!« Ich schwieg. Er räusperte sich. Dann sagte er schneller, als er normalerweise sprach, er bedauere aufrichtig, daß ich nicht mit von der Partie sein könnte. Die großen Kosten und so weiter . . . Welche Partie oder welche Partei? Ich brachte keinenTon heraus.
»Die Sache ist die . . .«, begann Ribbeck. Und ich muß zugeben, diese Sache war eine Sache. Seit Monaten geplant, besprochen und organisiert. Ribbeck schickte ein Team nach Uruguay, Paraguay und Bolivien. Nicht, um dort alte Nazis zu suchen, obgleich sich diese Gele-

genheit in Bolivien anbot, sondern um Lokalkolorit zu produzieren. Wie Wendt in der guten alten Zeit, schickte Ribbeck Professor Locker, den Kamerastar Hanns König (soeben aus Venezuela heimgekehrt oder heimgerufen) und einen Journalisten vom *Komet*, der Lockers Notizen bearbeiten und seine eigenen Eindrücke beisteuern sollte. Bevor Ribbeck es verkündete, wußte ich, daß dieses literarische Kindermädchen auf den Namen Bräutigam hörte. Ob er bei Ribbeck Nachhilfestunden in druckreifem Deutsch genommen hatte? Hatte ich keine anderen Sorgen? Etwas brach zusammen – in mir oder um mich herum. Aber ich konnte oder wollte diese unmißverständliche Niederlage nicht kampflos hinnehmen.

»Das kann doch nicht Ihr Ernst sein, Herr Dr. Ribbeck!«

»Leider habe ich keine Zeit zum Scherzen.« Ribbeck schüttelte bedauernd den Kopf. »Sehen Sie die Dinge, wie sie sind! Nicht wie Sie sie haben möchten! Herr Bräutigam ist ein sehr fähiger Mann.«

»Ansichtssache.«

»Alles ist Ansichtssache, und in diesem Betrieb gelten meine Ansichten, Fräulein Moll! Nicht etwa, weil ich ein Diktator bin, sondern ich habe die Verantwortung für das ganze Unternehmen.«

»Ich gehöre auch dazu.«

»Eben«, sagte Ribbeck mit unerträglicher Ironie. »Ich weiß, was Sie leisten können und wo Ihre Grenzen sind. Seien Sie nicht so beleidigt, Fräulein Moll! Es ist meine Pflicht, meine Mitarbeiter an der richtigen Stelle einzusetzen.«

»Sie wollen Frauen nicht hochkommen lassen. Das weiß jeder hier.«

»Mir ist es neu. Ich habe in diesen Tagen einen Verleger für das neue Buch von Dr. Susanne Wirth gefunden. Wahrscheinlich weil ich sie nicht hochkommen lassen will.«

»Aber für mich haben Sie nicht das geringste Verständnis.«

»Zuviel, Fräulein Moll. Das ist Ihr Pech.«

Ich hatte nicht geahnt, daß ich außer meinem Liebeshaß für Sanchez so hassen konnte – so wild und so unkleidsam. Dies war eine Verschwörung gegen mich, oder so kam es mir vor. Coopers Brief war tatsächlich zur richtigen Zeit gekommen. Locker hatte ihn zwar kurz im Hotel Amazonas kennengelernt, aber Coopers Anwesenheit in Montevideo wäre dieser gelehrten Schlafmütze entgangen. Cooper wohnte und lebte zu großartig für die Spesen, die Ribbeck bewilligte. Außerdem war Cooper sicher Tag und Nacht mit der einheimischen und amerikanischen Prominenz unterwegs; doch mir zuliebe würde

er Ribbecks Einführungsbrief lesen und Locker und Bräutigam Informationen und Empfehlungen geben. Und ich sah in den Mond.
In gewissen Situationen denkt man nicht sehr klar, und Reden haben die Bedeutung, die wir ihnen geben. Jedenfalls legte ich allem, was Ribbeck äußerte, eine diabolische Absicht zugrunde. Ich tat ihm sicher in manchen Punkten Unrecht, aber er machte Hackfleisch aus mir, wenn auch aus objektiven und beruflichen Gründen. Ich verstand seine Spiele nicht. Das war das einzige an der Sache, was mir vollkommen klar war. Seine Manöver waren meinen dilettantischen Versuchen turmhoch überlegen, schon weil er schneller und schärfer dachte. Ich hätte gern die Notizen gelesen, die er sich bei der Lektüre von Coopers Brief gemacht hatte. Für mich war das eine hinterhältige Aktion; er würde das Klauen von Informationen als Selbstverständlichkeit betrachten. Er erzählte uns öfters bei seinen Konferenzen, jede Redaktion sei eine Familie, die sich wechselseitig in der Arbeit helfen und fördern müßte. Soweit ich sah, hatte Herr Bräutigam nur sich selbst geholfen. Ribbecks Familie in der Budapester Straße war überhaupt unschlagbar, was Intrigen, Futterneid und Zänkereien anbetraf. – Obwohl Ribbecks Zeit jetzt nur noch nach Sekunden bemessen werden konnte, klingelte er nach Kaffee. Frau Hannemann stellte das Tablett mit Computermiene auf Wendts kleinen Rauchtisch. Ribbeck blickte wie die Sphinx von Theben nach erfolgreicher Tagesarbeit. Der Kaffee wurde langsam kalt. »Trinken Sie, Fräulein Moll! Das wird Ihnen guttun.«
Da Ribbeck keine Zeit zum Scherzen hatte, mußte er dies im Ernst meinen. Ich trank, weil mir nun egal war, wovon mir sterbensübel wurde. Ich hätte in diesem Augenblick gern eine Seelenwanderung – mit oder ohne Guru – vorgenommen, wenn ich gewußt hätte, wohin. Aber der Kaffee tat mir gut, und ich fühlte mich so viel besser, daß ich einen Schnaps erbat. Ribbeck produzierte ihn wie ein Lamm; vielmehr wie ein Wolf im Schafspelz. Ob er doch gemerkt hatte, wie großartig mir seine Manöver gefielen? Ich goß den teuren französischen Kognak wie Spülwasser herunter und stand auf.
»Bitte noch einen Augenblick, Fräulein Moll.«
»Ich glaube, wir haben das Notwendigste besprochen.«
»Ich möchte Ihnen erklären, warum . . .«
»Es gibt nichts zu erklären.«
»Darf ich zu Ende sprechen? Sie sind sehr böse auf mich, nicht wahr?«

Das war die Untertreibung des Jahrhunderts.
»Sie halten mich, glaube ich, für niederträchtig. Aber lassen Sie mir wenigstens noch einen Rest von Selbstachtung!«
»Bitte, machen Sie sich nicht über mich lustig.«
»Im Gegenteil! Ich mache mir gewisse Sorgen um Sie. Sie sind nicht ganz taktfest. Sie neigen zu unbesonnenen Handlungen.«
»Meinen Sie, ich will Sie nach dem Kaffee erschießen?«
»Sie fügen nur sich ernsthaften Schaden zu. Davor möchte ich Sie bewahren!«
»Schicken Sie mich nach Montevideo.«
»Seien Sie bitte nicht kindisch. Ich habe versucht, Ihnen meine Gründe zu erklären. Was ich Ihnen sagen wollte: man muß sich im Beruf unablässig bemühen, den Erwartungen zu entsprechen.«
»Ihren?«
»Ja.«
»Bei Ihnen habe ich von Anfang an soviel Chancen gehabt wie die Jungfrau im Bordell.«
Ribbeck knipste seine Schreibtischlampe an. Sie gab das Licht, das einen in Bahnhöfen so deprimiert: kalt, trübe, offiziell und irgendwie trostlos. Das gefiel Ribbeck. Dem ›Singenden Mann‹ quollen klebrige, weiße Fäden aus dem Mund, und ich bewegte mich heftig, um mich nicht einspinnen zu lassen. Ribbeck sagte, ich sei nervös, und ich sagte, ich lache mich halbtot. Er blickte auf die Uhr. Was wollte er nun noch? Er warf mir einen merkwürdigen Blick zu. Eine Bitte zu verstehen, daß die Zeitschrift sein Brot, seine Geliebte und seine Peitsche war?
»Worüber denken Sie nach, Fräulein Moll?«
»Über nichts.«
»Wie üblich.«
Ribbecks Anfall von Menschlichkeit war überwunden. Er trank wieder mal seinen Kaffee im Stehen. Eine neue Spannung lag in der Luft. Jetzt war Hannemanns Vorsicht das Gebot der Stunde; aber Moll bleibt Moll.
»Wissen Sie, warum ich Sie nicht nochmals nach Lateinamerika schicke?«
»Weil Sie auf keinen Fall einen Bestseller haben wollen!«
»Ich würde Sie um Ihr Selbstvertrauen beneiden, wenn ich nicht wüßte, daß es auf Selbsttäuschung beruht.«
»Sie sind sehr liebenswürdig!«

»Ich leite diese Zeitschrift nicht, um liebenswürdig zu sein. Ich schicke Sie nicht nach Uruguay, weil Sie zu schwach im Tatsachensektor sind. Für einen Journalisten sind Tatsachen von primärer Bedeutung. Ich sagte Ihnen einmal bei einem Abendessen, daß Ihre Phantasie und Ihre Gabe, Menschen zu erfassen, das Rüstzeug des Romanautors ist. Vorausgesetzt, Sie lernen endlich das Arbeiten.«
»Wozu? Meine Anfänge nehmen alle ein schlechtes Ende.«
»Wenn Sie mir ausnahmsweise zuhören wollen, möchte ich Ihnen einen Rat geben.«
Ich schwieg verstockt. Ich sah rot, gelb und grün vor Wut und Enttäuschung. Ich hatte mir Montevideo in den Kopf gesetzt, und da war nichts zu machen. Alle meine Kämpfe mit Mutter waren aus dieser Bockigkeit entstanden, und sie hatte mir regelmäßig ein trübes Ende prophezeit, falls ich so weitermachen würde. Ribbeck stand wieder am Fenster und drehte mir den Rücken zu. Dieser kerzengrade unbarmherzige Rücken hätte mich vor weiteren Provokationen warnen sollen. Aber keine Spur! Ich versicherte Ribbeck, ich sei mit Rat für die nächsten hundert Jahre versorgt. Da er schwieg, sagte ich noch mehr, und eins war immer unvorsichtiger als das andere. Ich sagte, Herr Bräutigam sei ein kleiner Mann und daher ungewandt. Ich sagte, ich ließe mir meine Beziehungen in Uruguay nicht auf diese Weise wegschnappen. Ribbeck schnellte herum und musterte mich mit winterlichem Blick. Vielleicht sagte ich sogar ›stehlen‹. Ich weiß es nicht mehr.
Ribbeck drückte auf einen Knopf und bat Frau Hannemann, einen Augenblick hereinzukommen. Sollte sie mich wegschleifen?
»Dies ist nur der Ordnung halber, Frau Hannemann. Fräulein Moll ist der Meinung, wir verschaffen uns in dieser Redaktion Informationen auf unrechtmäßige Weise.«
»So habe ich es nicht gemeint«, sagte ich heiser.
»Fräulein Moll gab mir aus freien Stücken einen Privatbrief aus Montevideo zu lesen. Sie ließ sich durch Sie bei mir anmelden. Nicht ich bei ihr«, sagte Ribbeck sarkastisch. »Erinnern Sie sich, Frau Hannemann?«
»Jawohl, Herr Doktor!«
Was war das hier? Schwurgericht? Zu spät erinnerte ich mich, daß Ribbecks Vater Staatsanwalt gewesen war.
»Da wir Leute nach Uruguay schicken, notierte ich mir selbstverständlich einiges, was von Interesse für uns sein könnte. Wie gesagt,

Fräulein Moll zeigte mir Mr. Coopers Brief aus freien Stücken. Ich konnte nur annehmen, sie wolle der Zeitschrift einmal einen kleinen Dienst erweisen. Bitte, Fräulein Moll, bestätigen Sie mir vor Frau Hannemann, daß ich Sie *nicht* um Einsicht in Ihre Privatbriefe bat.«

Ich bestätigte es vor Frau Hannemann. Sie blickte weg.

»Danke sehr! – Sind Sie nun im Bilde, Frau Hannemann?«

»Jawohl, Herr Doktor!«

»Ich bin für den guten Ruf dieser Zeitschrift verantwortlich und werde nicht dulden, daß unwahre Behauptungen über unsere Arbeitsmethoden verbreitet werden. Ich danke Ihnen, Frau Hannemann. Bei Ihnen kann ich mich darauf verlassen, daß dieser bedauerliche Vorfall unter uns bleibt.«

»Selbstverständlich, Herr Doktor.« Exit: Hannemann.

»Kann ich sofort nach Haus fahren?«

»Ganz wie Sie wünschen, Fräulein Moll. Ihr Gehalt wird Ihnen bis Ende des Monats ausgezahlt werden.«

»Danke sehr! – Das ist dann wohl alles?«

»Ich denke schon.«

»Ich begrüße diese Lösung aufrichtig«, sagte ich kühn. »Meine Arbeit wird hier nicht geschätzt, und ich vergeude nur meine Zeit.«

»Es freut mich, daß wir ein einziges Mal derselben Meinung sind. – Alles Gute, Fräulein Moll.«

Er verbeugte sich knapp und öffnete die Tür mit einer Bewegung, die diesen alltäglichen Vorgang zu einem unwiderruflichen Ereignis machte.

## III

»Es ist erreicht, Hannemann!«

»Sie wissen ja nie, wann's geklingelt hat.« Edith Hannemann wollte noch etwas sagen, verschluckte es aber im letzten Moment. Sie sagte also nicht, wie gut es wäre, daß meine Mutter das nicht mehr erlebt hätte. Ich rechnete es ihr hoch an. Natürlich hatte Hannemann mit allem, was sie jetzt und später sagte oder verschluckte, recht. Alle haben recht.

»Versuchen Sie, die Sache in Ordnung zu bringen.« Unser Steinhuhn sah mich beschwörend an. »Er ist gar nicht so . . .«

»Bevor ich mich bei Ribbeck für seine Gemeinheiten entschuldige, geht die Welt unter.«
»Nicht die Welt. Höchstens Sie! – Denken Sie an den großen Krach mit Brenner. Das Drama duftete auch nicht nach Veilchen, aber Brenner brachte die Sache noch am selben Tag in Ordnung. Mit Gehaltserhöhung.«
»Mit Selbsterniedrigung. – Ich bin eben nicht Brenner.«
»Schade! Quatschen Sie keine Opern, Moll! Mir scheint, für heute haben Sie genug geredet. Und stockheiser sind Sie auch. Hier ist ein Honigbonbon.«
»Behalten Sie Ihre Ratschläge und Bonbons, liebe Hannemann. Sie sind an allem schuld.«
»*Wie* bitte?« Hannemann sprach in Ribbecks Ton, der bereits auf die halbe Belegschaft abgefärbt hatte. Auch Bräutigam sagte neuerdings am Telefon zu seiner Frau: »*Wie* bitte?«
»Sie haben alles über diese Reise gewußt, Frau Hannemann. Und was Ribbeck Ihnen nicht gesagt hat, das haben Sie rausgeschnüffelt.«
»Ich schnüffele nie.« Dies war Hannemanns kühnste Behauptung. »Die Korrespondenzen waren streng vertraulich.«
»Da kann Ribbeck sich ja auf Sie verlassen.«
»Na klar.« – Edith Hannemann sah mich an. Etwas in ihrem Blick ging mir durch und durch. Sie war empört über mich, aber sie hielt zu mir. Wahrscheinlich hatte sie bis heute nachmittag gehofft, Ribbeck würde mich mit nach Uruguay schicken. Ich schluckte hart. Nur nicht weich werden! Ich sah Ribbecks unbarmherzigen Rücken. »Sagen Sie, was Sie wollen. Aber so sagt man nicht Adieu.«
»Sollte er Ihnen vielleicht um den Hals fallen?«
Ich schwieg. Vielleicht sagte man nicht so Adieu, aber Ribbeck tat's eben. Ich mußte jetzt oben meinen Kram zusammenpacken. Ich hing an meiner kleinen Bude und an dem ganzen verdammten Saftladen. Montevideo war mir plötzlich so schnuppe, als ob es von der Landkarte verschwunden wäre.
»Er ist noch drinnen, Moll. Ich rufe schnell durch, ja?«
»Unterstehen Sie sich. Also ich geh packen. Sehen wir uns gelegentlich?«
»In einer guten Stunde bei Kranzler. *Meine* Einladung.«
Hannemann lud bekanntlich nur bei Weltuntergang ein.

## IV

In meiner Wohnung war es so unheimlich ruhig, daß ich meine Freundin Lotte anrief.

»Du, Lotte, es ist aus.«

»Was ist aus?«

»Ich bin aus dem *Komet* geflogen. Vor genau drei Stunden.«

»*Was?*«

»Eine kleine Meinungsverschiedenheit mit Chefredakteur Ribbeck.«

»Worüber?«

»Darüber möchte ich nicht reden, Lottchen!«

»Ich denke, du rufst mich deswegen an.«

»Ach, ich vergeudete meine Zeit in dem Stall. Das Fernsehen macht mir sowieso mehr Spaß.«

»Aber Carlchen! Dein Job beim *Komet* war doch eine sichere Sache. Und das große Gehalt! Hast du dir das genau überlegt? Was sagt Ribbeck dazu?«

»Der? – Nichts.«

»Bleib am Apparat! Kurt will dich sprechen.«

Ich hörte einen knappen Dialog zwischen den beiden, und dann fragte Kurt Sommer, ob ich total verrückt geworden wäre. »Hör zu, Carlchen! Du mußt die Sache sofort in Ordnung bringen. Soll meine Kollegin Wirth mal mit Ribbeck reden? Die ist doch oft in eurem Laden.«

»Die keusche Susanne kommt nicht in Frage. Ich bin fertig mit ihm.«

»Oder er mit dir?«

»So was ist doch immer gegenseitig. Das solltest du als Scheidungsanwalt wissen.«

»Ich lerne gern etwas dazu. Was willst du jetzt tun, Mädchen? Fernsehsachen sind unsichere Geschäfte. Du bist doch nicht fest angestellt.«

»Ich kann ja Romane schreiben.«

»Du kannst *was*?«

»Das ist wieder mal ein fauler Witz von mir.«

»Soll ich mal schnell rumkommen, Carlchen?«

»Süß von dir, aber danke, nein. Ich möchte ungestört nachdenken.«

»Um Himmels willen! Du, die Sache ist die . . . Laß mich, Lottchen! Ich versuche, deine Freundin zur Vernunft zu bringen.«

Lotte hatte Kurt den Hörer entrissen und sagte, ich solle keine Sachen machen.
»*Wie* bitte?«
»Sachen«, sagte Lotte. »Du bist doch nicht ganz taktfest. Ich mache mir Sorgen um dich. Du, ich komm ganz schnell rum.«
»Kommt nicht in Frage. Du kriegst bald ein neues Kind und sollst abends Ruhe haben, sagt dein Vater.«
»Ich bleib nicht lange, nur auf einen Sprung. Robert brüllt gerade nicht, und Kurt geht später zum Stammtisch.«
»Nein, Lottchen. Ich komm doch morgen abend.«
»Sei pünktlich. Es gibt deine Kartoffelpuffer. Willst du Preißelbeeren dazu oder Apfelmus?«
»Beides.«
»Hier spricht Kurt! Ich wollte dir gute Besserung wünschen.«
»So sagt man nicht Adieu«, sagte ich und legte auf.
Als es etwas später bei mir klingelte, fuhr ich zusammen. Ich wollte nicht öffnen. Aber beim dritten Mal öffnete ich doch. Mehr als totschlagen konnte Ribbeck mich nicht, und das wäre mir ganz recht gewesen. Aber natürlich war es Kurt Sommer.
»Was willst du, Kurt?«
»Bier. Wie sich's am Stammtischabend gehört.«
»Was willst du?«
»Ich will wissen, was passiert ist, Carla.« Kurt war ernst, jeder Zoll bekannter Scheidungsanwalt, und sagte, er möchte gleich zur Sache kommen. »Ich hab' Lotte nichts von diesem Besuch gesagt und bitte, behalte es ausnahmsweise für dich.«
Wenn Dr. Sommer etwas wissen will, kann man ihm schlecht ausweichen. Und so packte ich aus. Mein Bericht schien ihn nicht zu erfreuen.
»Na ja, da ist nichts mehr zu machen«, sagte er schließlich. »Sprich mit niemand darüber! Versprich es mir.«
»Warum nicht?«
»Sonst kriegen wir von Ribbeck eine Klage wegen böswilliger Verleumdung.«
»Wir?«
»In dem Fall müßte ich dich leider vertreten.« Aber Kurt lächelte dabei, und ich dachte wieder mal, was für ein großartiger Kerl er doch war. Er sagte nochmals, ich sollte den Mund halten.
»Für wen hältst du mich, Kurt?«

»Das ist ein zu weites Feld, meine Liebe. Hör mal, du bist doch ein patentes Mädel, und schreiben kannst du auch. Wie konntest du dich so idiotisch benehmen? Ich traf Herrn Ribbeck neulich bei der Kollegin Wirth. Und wenn du mich totschlägst, der Mann macht einen erstklassigen Eindruck. Hochintelligent und sehr verbindlich.«
»Den muß man im Betrieb genießen. Ribbeck und ich sind geschiedene Leute. Ich meine: in einem gewissen Sinn.«
»Und ich meine in einem gewissen Sinn, daß du manchmal sechs Jahre alt bist. Mein unmündiger Sohn Robert geht raffinierter vor, wenn er etwas erreichen will.«
»Der schlägt nach dir.«
»Wir wollen es hoffen. Deine Freundin Lotte und du, ihr seid keine Vorbilder für Robert. Ihr redet erst, und dann denkt ihr nach, und dann dauert es längere Zeit, bis ihr seht, was ihr geredet habt. Aber mir gefällt's.«
»Aber Ribbeck gefällt es nicht.«
»Ach was! Im Büro bin ich auch ekelhaft.«
»Nur im Büro? Gott erhalte dir deine Illusionen!« Ich gab Kurt einen Kuß, und er klopfte mir väterlich auf die Schulter. »Schon gut, Kleine, heul dich jetzt aus, und morgen abend reden wir weiter.«
»Ich danke dir, Kurt. Mir ist schon etwas besser.«
»Wenn du schön die Klappe hältst, wird dir immer besser werden! Vielleicht besprichst du deine nächste Heldentat vorher mit mir.«
Ich versprach es, wie ich alles im Impuls verspreche. An diesem Abend konnten wir nicht ahnen, wie bald ich dieses Versprechen brechen würde. Das kam, weil ich die Abendzeitung las. Man suchte wieder mal einen prominenten Nazi gegen hohe Belohnung. Nicht Bonnhoff, aber er fiel mir dabei ein. (»Wo sind sie jetzt? Was tun sie heute?«) Ich wußte, wo Sturmbannführer Bonnhoff war und was er tat. Er fing kleine Fische am Orinoco, und über seinem armen alten Kopf spannte sich ein Flammenbogen von Venezuela nach Berlin.
War es meine Schuld, daß ich es wußte?

# Schlagzeilen

*Mißerfolg macht den Menschen mit sich selbst bekannt.*
Spanischer Spruch

## I

Carla Moll:

Im Hotel Amazonas hatte ich mir oft eingebildet, wie allein ich in der Fremde sei. Dabei hatte ich Cooper, die komische Frau Padilla, Ulli Bendix und die Papageien. Und Sanchez spukte auch herum . . . Jetzt, nach meinem ruhmreichen Abzug aus der Redaktion *Ferne Länder*, war ich nicht allein, sondern abgesondert. Und das ist eine ganz andere Sache. Man vegetiert vor sich hin, ist aber nicht richtig da. Ich sagte mir immer wieder, wie glücklich ich sein könne, daß ich endlich den Ärger mit Ribbeck und dem Rest der Bande los sei; und noch besser: ausschlafen könne. Aber ich war nicht glücklich. Verstehen konnte ich es nicht. Jeder Journalist schimpft eben auf die Hetzjagd und betet um Ruhe – bis er sie hat. In diesem Beruf kann man mit Ruhe nichts anfangen. Man ist wohl zu sehr an Aufregung, Sensationen, Krach und Hetzjagd gewöhnt. Alles Zivilisationsschäden – ich weiß. Aber mir hatte es wohl besser gefallen, als ich geahnt hatte. Dazu kam, daß ich zum ersten Mal in meinem Leben als Erwachsene scheu war. Ich verkroch mich vor den ehemaligen Kollegen, die mich alle um Erfolg und Gehalt beneidet hatten. Ich war nun ein Versager und konnte mich nicht daran gewöhnen. Daß mir diese Sache mit Ribbeck passiert war! Natürlich hatte Frau Hannemann verbreitet, ich sei auf eigenen Wunsch gegangen – was gewissermaßen stimmte –, aber glauben tat es niemand. Das brauchte mir keiner zu sagen. Hannemann und Kurt und Lotte versuchten, es abzumildern, gaben es aber ziemlich bald auf. Meine Miene sprach Bände. Als ich eines Nachmittags Brenner und Fräulein Hoffmann vom Archiv Arm in Arm ins Café Kranzler wandern sah, wo ich mich vom Nichtstun und meinen vier Wänden erholen wollte, sprang ich in eine Taxe und fuhr wie verrückt in der Gegend herum. Ich wollte keinen Kaffee mehr, keine Gesichter, keine Fragen, keine falsche oder echte Teilnahme. Mein Zustand war nicht zum Totlachen, und es lachte auch niemand. Alles ging irgendwie schief. Jetzt konnte ich in aller Ruhe ausschlafen, erwachte aber regelmäßig um sieben Uhr früh – also zu nachtschlafender Zeit. Und da war nichts zu machen. Der leere Tag gähnte mich an, und ich gähnte zurück. Einmal war ich Hornvieh halb auf dem Weg zur Redaktion und erinnerte mich mit knapper Not, daß Ribbeck mich gefeuert hatte; wenn auch auf eigenen Wunsch.

Kann mir nicht jemand die menschliche Natur etwas näher erklären? Seit Ribbecks Regierungsantritt hatte ich im kalten Krieg mit ihm gelebt, und jetzt fehlte mir der Ärger. Vielleicht fehlte mir sogar Ribbeck mit seinem ekelhaften Sarkasmus; jetzt machte niemand Stunk; nicht einmal Herr Bräutigam, zur Zeit in Uruguay verschollen . . . Aber er würde im Triumph in die Budapester Straße einziehen und meinen Platz bis zur nächsten Reise ausfüllen. Das würde ihm nicht schwerfallen, denn er war doppelt so dick wie ich. Ich hatte mich für eine liebenswürdige und wohlwollende Person gehalten. Es erschreckte mich, daß ich dem Kollegen Bräutigam das Schlechteste wünschte. Ich mag nicht daran denken, was ich ihm alles an seinen Specknacken gewünscht habe – wie in einem griechischen Drama, wo die Schrecken sich häufen. In diesen schwierigen Wochen lernte ich mich zu gut kennen. Und da ich mir nicht mehr gefiel, konnte ich auch anderen nicht mehr gefallen. Ich glaube, ich roch nach Niederlage. Alle Düfte Arabiens oder Chanels versagen vor dieser Aura.

Ich hatte Mutter immer vorgeworfen, daß sie nicht allein sein konnte, und sie sagte: »Probiere es und sag mir dann, wie's dir gefällt!« – Goldene Worte. Die Stille machte mich fertig. Ich trieb kleine Erinnerungsspiele. Meistens Szenen aus der Redaktion. Ich sah Ribbeck am Fenster, und der kalte Schweiß brach mir aus. Ich hörte Edith Hannemann: »Bringen Sie die Sache in Ordnung, Moll. Er ist nicht so . . .« Aber in Ordnung bringen kann man etwas nur sofort. Später ist es zu spät. Je mehr Tage vergingen, desto tiefer war die Kluft zwischen ihm und mir geworden. Wahrscheinlich hatte er mich schon vergessen, falls er nicht zufällig das Fernsehen anstellte. Aber warum sollte er sich *Carla Moll und ihre Gäste* ansehen? Er hielt nichts von Wirkungen ohne Ameisenfleiß, und diese Interviews sollten und mußten spontan wirken. Das waren die einzigen Gelegenheiten, wo ich mich gut frisierte und anzog. Es kostete mich große Anstrengung, charmant und witzig zu wirken; es war Schwerarbeit. Also konnte ich weder das eine noch das andere sein und hatte es mir wieder einmal eingebildet. Oder ich war so gewesen und nun war Ladenschluß. Wann würde der Programmleiter hinter meinen Bluff kommen? Bis jetzt war er noch ahnungslos und machte mir alles leicht – wie Wendt! Aber ich hatte gar keinen Kontakt mit diesen Fernsehtigern. Das Geld war gut, und nun brauchte ich es. Ich hätte gern eine zweite Serie gehabt; aber das Thema für so was muß man den Programmleitern vorschlagen, und mir fiel nichts ein. Absolut nichts.

Ribbeck schien wie vom Erdboden verschwunden zu sein. Nur seinen Wagen sah ich in der Nähe der Redaktion. Also lebte er noch. Eigentlich hätten wir doch wie alle geschiedenen Paare in der Zeitung »gute Freunde« bleiben können – aber wer will solche Freunde? Geflickt bleibt geflickt, und früher oder später reißt das Gewebe endgültig. Dann lieber früher! Im großen ganzen hab' ich nichts gegen ein Ende mit Schrecken; aber es kommt auf das Ende und den Schrecken an.

Kurt Sommer sagte in regelmäßigen Abständen, so ginge es nicht weiter, und ich müßte etwas unternehmen. Aber ich hatte wieder eine leere Periode. Ich war ein sinkendes Schiff, das alle, bis auf die Ratten, verlassen hatten. Kurt und Lottchen machten sich meine Sorgen; sie waren rührend, und deshalb kam ich nicht so oft wie früher. Schließlich erwarteten sie ein Kind, und Lottes Mutter war krank und Kurt schrecklich beschäftigt. Aber sie taten mir gut. Sie waren wunderbar, und mit ihnen war ich nicht scheu. Im Gegenteil! Ich wußte, Kurt sah sich heimlich, still und schlau nach einer passenden Redaktion für mich um. Aber es schien schwerer zu sein, als wir alle angenommen hatten. Falls Kurt Absagen bekam, behielt er sie für sich. War ich so schnell und gründlich abgemeldet? Presseleute sind eine komische Zunft, und Fassadenkletterer zu ebener Erde sind wohl nicht gefragt. Auch hatte ich keine Empfehlung von Ribbeck vorzuweisen, und er war schon eine große Nummer geworden. Die Auflage seiner Zeitschrift hatte sich in kurzer Zeit verfünffacht. Wahrscheinlich hätte er mir vor Wonne, daß er mich so bequem losgeworden war, eine Empfehlung geschrieben; aber das kam für mich nicht in Frage. Noch nicht? *Nie!* »Reg dich nicht auf, Mädchen«, sagte Kurt. »Wenn du keinen Brief von ihm haben willst, dann eben nicht.« Ich schrie, Kurt könne das natürlich nicht verstehen, und er sagte, er verstünde es zur Not, fände aber meine Haltung unrealistisch. »Du bist die einzige unrealistische Berlinerin weit und breit! Sonst hast du immer gewußt, auf welcher Seite deine Stulle gebuttert ist. Raff dich auf, Carlchen! *Unternimm was!*« Wie gesagt, Kurt Sommer redete mir zu wie einem lahmen Gaul. Ohne Erfolg? Ohne sichtbaren Erfolg. Daß ich etwas unternehmen mußte, war nämlich eingesunken. Kurt hatte zum Schluß einen denkwürdigen Mosel geöffnet, was mich leider an Moseltrinker Ribbeck erinnerte. Aber sonst war es ein reizender Abend.

Auch Frau Hannemann benahm sich vorbildlich, wenn auch mit saurer Miene. Ich hätte sie gern gefragt, was »die Familie« in der Budapester Straße trieb und ob jemand gelegentlich von mir sprach. Aber da biß ich mir lieber die Zunge ab. Natürlich wußten sie, daß Hannemann mich regelmäßig besuchte, und da sie nie einen Gruß ausrichtete, schien niemand ihr Grüße aufzutragen. Sie telefonierten auch nicht. Warum? Hatte ich eine ansteckende Krankheit? Verspätete Masern? Galoppierende Schwindsucht? Viel schlimmer. Ich hatte Pech. Und wer Pech anfaßt ...

Eines Abends wurde mir Hannemanns Schweigen zu penetrant, und ich fragte mit falscher Munterkeit, wer nun Bräutigam verträte.

»Herr Dr. Busch«, sagte Hannemann offiziell wie ein Leichenbestatter.

»Ist der neu?«

»Ja.«

»Nett?«

»Weiß ich nicht.«

»Sie werden doch wissen, ob jemand nett ist, Hannemann.«

»Er ist oft bei Dr. Ribbeck im Grunewald. Der scheint ihn also nett zu finden.« Sie nannte den Chef nicht mehr ›Oskar‹ vor mir. Es war lächerlich, aber es traf mich. Ich war draußen!

»Sie müssen endlich was unternehmen, Moll.«

»Jaja.«

»Schon was in Aussicht?«

»Jaja.«

»Also nichts«, sagte Hannemann angewidert. »Raffen Sie sich auf!«

»Muß es sofort sein? Warum kommen Sie, wenn Sie sich nur über mich ärgern?«

Hannemann schwieg. Wir wußten beide, daß sie kam, damit Mutter sich nicht dreimal täglich im Grab umdrehte.
»Sie verdienen 'ne Goldmedaille, Hannemann!«
»Wann gibt's endlich was zu essen?«
»Ich hab' keinen Appetit.«
»Aber ich!« – Wir aßen.

Daß ich kurz nach diesem Gespräch etwas unternahm, war nicht meine Schuld. Das machte ein Brief aus Venezuela. Von Ulli Bendix. Ulli war schuld daran, daß ich etwas unternahm.
Er schrieb, er habe auf seine letzten drei Briefe nichts von mir gehört, und ob ich noch lebte und ihn nur vergessen hätte. Das würde er also gern wissen. Was die Leute alles wissen wollen! (Als ob Ulli Bendix zu den »Leuten« gehörte.) Kurz und gut, der Kleine fischte wieder im ›Paradies der Fischer‹ bei Sanariapo, weil er seine Ferien vor der Regenzeit haben wollte. Er wohnte wieder im Hotel Amazonas in Puerto Ajacucho; ohne Cooper, ohne die Padillas, ohne den toten Gilbert Preston und ohne mich. Er wolle zwei Monate bleiben – dann gehe der Regen los, und die grüne Wildnis würde eine riesige Schüssel mit Spinat sein. Da soll einer behaupten, wir Berliner hätten keine Poesie im Leib.
Sanariapo! Herr Indianer Zongo. Große Fische, kleine Fische. Señor Ulrico Bendix. Sturmbannführer Bonnhoff. »Ick denke, du bist tot, Stine Ullmann.« *El viejo. El capitán. El alienado.* * – Die Fische glänzen wie Glas. El capitán schwenkt seine Angel wie eine Peitsche in der zittrigen Hand ... Warum fischte Ulrich Bendix am Orinoco? – »Weeßte noch, Stine? Ich und du und der Carlos?« In dieser Gegend raste die Zeit und blieb gleichzeitig stehen. *Warum* fischte Ulli nicht in Coopers und Ribbecks Uruguay? Weltberühmte Fischgründe. *Warum* hatte der Chef mich nicht nach Uruguay geschickt? Ich hatte es immer gewußt. Ribbeck war schuld.

## II

*Berliner Beobachter*, März 1971
*Die Journalistin Carla Moll*, Weltreisende, Bestseller-Autorin (Caracas für Anfänger), geschätzte Mitarbeiterin des *Komet* und Fernsehstar (Carla Moll und ihre Gäste), befindet sich im Augenblick wieder

* Der Alte. Der Hauptmann. Der Verrückte, der ›Entfremdete‹.

am Orinoco (Venezuela), um den seit Jahrzehnten gesuchten ehemaligen Sturmbannführer *Carl Friedrich (Fritze) Bonnhoff* aus Berlin den deutschen Behörden zuzuführen. Jetzt, da diese Meldung in Druck geht, ist Carla Moll am Orinoco, in nächster Nähe des Hauses, in dem Bonnhoff sich im Augenblick vor den Gerichten versteckt. Wir veröffentlichen nebenstehend eine Landkarte der grünen Wildnis mit einer Skizze vom sogenannten »Paradies der Fischer« mit Bonnhoffs von tropischen Büschen beinah verdecktem Haus im Hintergrund. Nachdem sie Bonnhoff vor vielen Monaten beim Fischen am Ufer aufspürte, fertigte die Journalistin diese Skizze an Ort und Stelle an. Bonnhoff ist heute ein sehr alter Mann, aber er hat als einer von Himmlers Vasallen in der Berliner Gestapo den Tod von Tausenden auf dem Gewissen. Unter andern Opfern des Nationalsozialismus erinnern wir an Dr. Lothar Singer, den bekannten Mitarbeiter der ehemaligen *Weltbühne*, Berlin, der wie der Herausgeber jener Zeitschrift, der unvergessene Carl von Ossietzky, im Lager Oranienburg umkam. – Dr. Singers einzige Tochter Naomi konnte sich nach den Vereinigten Staaten retten und heiratete dort Mr. Elliot Cooper aus Chicago, eine international bekannte Persönlichkeit in der Industrie. Voller Mut und Energie hat die Berlinerin Carla Moll im Dienst der Gerechtigkeit dieses gefährliche Wagnis unternommen, und unsere Wünsche begleiten sie in diesem Moment, wo sie Bonnhoff zum zweiten Mal gegenübertritt. Wir werden fortlaufend Exklusivberichte über Carla Molls Mission am Orinoco bringen.

Pressemeldung

Berichtigung: *Dr. Oskar Ribbeck*, Chefredakteur des *Komet* teilt uns mit, daß Carla Moll seit dem vorigen Monat nicht mehr Mitarbeiterin dieser Zeitschrift ist.

Leserbriefe an den *Berliner Beobachter*

Carla Moll verdient Berlins Bewunderung. – »Tod den Nazis«, pflegte mein Großvater zu sagen, und er wußte Bescheid (einbeiniger Kriegsheld aus dem Ersten Weltkrieg, Strafverteidiger in der Republik und jahrelanger Insasse von Konzentrationslagern im Dritten Reich). Ich wünsche Carla Moll bestes Gelingen. Keine Strafe ist hart genug für SS-Verbrecher wie Bonnhoff. An den Galgen mit ihm!

*Demokratischer Studienrat*

Carla Moll soll Strümpfe stopfen, Kranke besuchen oder für Waisenkinder sorgen, statt den armen alten Mann in Venezuela zu jagen. Es gibt genug und Besseres in Berlin zu tun. *Sozialfürsorgerin*

Ich freue mich auf Carla Molls Berichte vom Orinoco. Hätte gern gewußt, ob der mörderische Piranhafisch (acht Zoll lang, Bulldoggengesicht mit massiven Kiefern und messerscharfen Zähnen, wittert Blut im Wasser) nur am Amazonenstrom oder auch am Orinoco sein Unwesen treibt. Bitte leiten Sie meine Anfrage an Fräulein Moll weiter. *Gymnasiast*

Dreimal hoch für Carla Moll! Seit *Caracas für Anfänger* sind wir ihre Fans. Sie ist 'ne Wucht in ihrem Hosenanzug. Wir bitten um Angabe, wo sie ihn her hat. *Drei begeisterte Teenager*

Carla Moll sollte sich schämen! Wir waren nie für die Nazis, betrachten sie aber als irregeleitete Patrioten. C. F. Bonnhoff stammt aus einer ersten Potsdamer Familie.

Ich bin überzeugt, er wollte das Beste, aber ihm fehlte das unbeirrbare Urteil der Stahlhelmer. Hoffe, daß Fräulein Moll mit langer Nase aus Venezuela abzieht.

*Generalswitwe* (ehemals Potsdam)

Besten Dank für Carla Molls entzückendes Foto (Hosenanzug) in Ihrer Zeitung. Carla ist eine Augenweide; egal, was sie anstellt. Das Mädel hat Beine! Lang und schlank, und danach schreit ein Hosenanzug. Hatte deswegen eine sachliche Auseinandersetzung mit meiner Frau. Bin aus verschiedenen Gründen nicht restlos mit Carlas Vorhaben einverstanden; aber so ein patentes Mädel gibt's nicht noch einmal. *Wohlmeinender Ehemann*

Bin hochinteressiert an Carla Molls Expedition. Hoffe, sie berichtet ausführlich, was außer Bananen in Venezuela frei wächst und was dort angepflanzt wird. *Obstzüchter*

Sehr geehrte Redaktion!

Mein Partner und ich hoffen, daß Carla Moll ohne traumatische Schäden heimkehren wird. Man kann nicht sorgfältig genug in der Wahl seiner Feinde sein. *Zwei Psychiater*

Der ganze Klamauk widert mich an. Solche Abenteuer sind nichts für eine Frau. Bin überzeugt, Carla Moll kann nicht mal Kartoffeln kochen. Werde das Fernsehen abstellen, sobald diese Person auf dem Bildschirm erscheint. *Moderne Hausfrau und Mutter*

Der Alte lebt, Carla! Laß dich nicht von Miesmachern von der Jagd abhalten! – Weidmannsheil! *Passionierter Jäger* (Großwild)

Carla Moll soll sich ihr Brot auf christliche, anständige Weise verdienen. Hat sie vergessen, daß wir unsere Feinde lieben sollen, auch wenn es uns schwerfällt? *Geistlicher*

Immer feste druff, schöne Carla! Wann können wir uns treffen?

*Bewunderer von der Bundeswehr*

Hat Carla Moll nichts Besseres zu tun, als unser Geld im Ausland zu verschwenden? Wenn sie jetzt den alten Bonnhoff findet, kostet sein Transport nach Deutschland auch noch unser Geld. *Steuerzahler*

Carla Moll ist nur auf Sensationen aus. Alles Bluff und möglichst wenig Arbeit. Sie schadet dem Ansehen der berufstätigen Frauen. Mit gleicher Post bestelle ich Ihre Zeitung ab. *Ernsthafte Journalistin*

Ribbeck legte den *Berliner Beobachter* mit den ersten Leserbriefen auf den Schreibtisch zurück. Während er mit sich selbst als Gegner Schach spielte, sagte er sich, wie froh er sein könne, diese verantwortungslose Person loszusein. Er gewann die Schachpartie mit sich selbst als Verlierer und lächelte grimmig. Dann las er noch einmal die Leserbriefe.

Der »Wohlwollende Ehemann«, die »Generalswitwe« und der »Bewunderer von der Bundeswehr« machten ihm Laune. Wozu las er den Blödsinn? Was ging ihn das an? Er nahm sich seinen Descartes vor. Es würde schon schief gehen in Venezuela. Sie würde sich im Dschungel in der Hausnummer irren, wie sie sich in allem irrte – natürlich auch in ihm! Wenn die Leute ihre Fehler einsahen und sich bei ihm entschuldigten, war er gar nicht so. Das zeigte der Fall Brenner. Ribbeck klappte das Buch zu und warf die Leserbriefe in den Papierkorb. Was würde die Moll nach der Reise anstellen? Von Schlagzeilen konnte man nicht leben. Die waren vergänglich wie Anfängerglück. Wer würde sie beschäftigen, wenn es schief ging? Wie lange würde ihr Geld reichen? Und was ging ihn das an?

Wieder nahm er sich den Descartes vor. *Cogito, ergo sum!* Stimmte das? Existierte man nur, weil man dachte? Viele Leute existierten jahrelang, ohne einen einzigen Gedanken zu denken. Oder sie dachten mit dem Instinkt oder mit dem Gefühl. Oder mit dem Schoß . . . Sie handelten erst und dachten nachher, wenn überhaupt. Wovon würde Carla Moll leben, wenn es schief ging? Von einer ehrenvollen Niederlage? Von der Luft und der Liebe der Bundeswehr? Ribbeck runzelte die Stirn. Er hätte nicht gedacht, daß sie ein Geheimnis so viele Monate wahren konnte. Was bewog sie, nach dem alten Trottel zu suchen? Natürlich gäbe es eine Belohnung; aber Ribbeck wußte, daß es bei ihr nicht das Geld war. Sie würde erst ihr überzogenes Bankkonto spüren, wenn die Bank streikte. Leichtsinnig. Unsolide. Die »Ernsthafte Journalistin« hatte nicht so unrecht. Warum war Carla Moll nach Venezuela geflogen? Weil sie irgendwann Erregung, Schock und Terror erlebt hatte und sich nicht davon loslösen konnte? Weil sie sich langweilte? Wahrscheinlich. Ihn ging es nichts an. Er hatte genau im richtigen Moment Schluß gemacht. Er wußte eben, wann es geklingelt hatte. Gott sei Dank! Niemand konnte ihm Sand in die Augen streuen.

Er nahm die Zeitung mit den Leserbriefen noch einmal aus dem Papierkorb und zerriß sie. Dann spielte er noch eine Partie Schach mit sich selbst. Es war ein sehr netter Abend. Ob Carla Moll etwas aus ihren Erfahrungen lernen würde? Ausgeschlossen. Leute, die sich nicht entschuldigen und ihr Unrecht nicht einsehen, graben sich ihr eigenes Grab. In diesem Augenblick klingelte das Telefon.

»Ribbeck«, sagte er in seinem entmutigendsten Ton.

»Hier spricht Frau Bräutigam. Guten Abend, Herr Doktor!«

»Guten Abend! Was kann ich für Sie tun?«

»Ich möchte Sie nicht stören, aber . . .«

»Was gibt's?« fragte Ribbeck noch freundlicher. Sie hatte ihn bereits gestört. Frau Bräutigam fragte, ob man beim *Komet* etwas von ihrem Mann gehört hätte. Sie hätte nur zwei Postkarten aus Montevideo.

»Natürlich hören wir von Ihrem Mann. Zu diesem Zweck schickte ich ihn nach Südamerika . . . Die Herren können nicht viel Privatbriefe schreiben. Sie sind den ganzen Tag beschäftigt.«

»Und nachts?«

»Wie bitte?«

»Mein Mann hat mich vergessen. Er amüsiert sich mit andern. Ich meine – es ist egal. Entschuldigen Sie bitte die Störung, Herr Doktor!«

Alberne Person, dachte Ribbeck. Natürlich suchten sich Männer auf Reisen ein Mädchen für die Nacht. Nicht für jede Nacht, aber wenn sie es brauchten oder mit Frau Bräutigam verheiratet waren. Eine nette, tröstliche junge Dame; nicht so dick wie Frau Bräutigam, nicht so logisch wie die Juristin Wirth, nicht so unverschämt wie Carla Moll. Auch nicht so unverschämt schön wie sie. Der Teufel sollte sie holen! Ribbeck war nicht der »Wohlwollende Ehemann«; aber er fand zu seinem Ärger, daß Moll in ihrem Hosenanzug einfach berückend aussah. Das war alles, was sie konnte: Männer verrückt machen. Sie hatte es bei ihm versucht, aber solche Manöver verfingen nicht bei ihm. Dafür zahlte er nicht das hohe Gehalt. *Wie* bitte? Er zahlte es doch gar nicht mehr . . . Er hatte doch nicht seinen Verstand verloren. Für *das* Gehalt verlangte er Leistungen. Natürlich sah er auch lieber ein hübsches Mädel im Büro als eine Vogelscheuche. Aber Carla Moll war nicht hübsch. Sie war schön. Und Schönheit trübte gelegentlich das gesunde Urteil. Das hatte er, Ribbeck, bei seiner ersten Braut erlebt.

Er ging zum Telefon und meldete sich bei einem Mädchen an, das er kürzlich kennengelernt hatte. Sie war das, was er brauchte. Er vergaß sie von Mal zu Mal – ihren Vornamen, ihr Gesicht, ihre Konversation. Hübsche kleine Person! Auch nicht allzu einfältig. Sie wußte, auf welcher Seite ihr Brot gebuttert war . . . Durchaus in Ordnung! Sogar eine ganz ordentliche Familie. Das Mädel verkaufte Blumen in einem feinen Geschäft beim Kurfürstendamm. Ribbeck kannte doch ganz Berlin und war oft eingeladen. Und dann kaufte er Blumen, bei, bei . . . Richtig! Hilde hieß sie. Wie gesagt, genau was er brauchte, wenn er es brauchte. Sie würde keine Schlagzeilen machen. Sie verkaufte Blumen und sich. In Ordnung! Schönheit schmerzte beinah. Wie Mozart.

# Besuch aus Berlin

*Der Gast, der sich selbst einlädt,*
*kann kein Festmahl erwarten.*
Spanisches Sprichwort

## I

CARLA MOLL:

Jahre nach meiner letzten Entdeckungsfahrt an den Orinoco, als mein Leben und meine Karriere längst eine andere Richtung genommen hatten, nannten mein Mann und ich meine Besessenheit von dieser deutsch-venezolanischen Familie das *Bonnhoff-Syndrom.** Mein Mann wußte das meiste über diese bedrohliche Periode meines Lebens; und was ich nicht einmal ihm erzählen konnte – wie etwa das beschämende Wochenende mit Sanchez in Palma Sola –, das ahnte er. Denn er liebte mich zu meinem Erstaunen tatsächlich; tief und besorgt und beständig. Daher entwickelte er trotz seines pragmatischen Geistes die Intuition eines Liebenden. Ja, meine hartnäckige, unerwiderte Leidenschaft für Sanchez war in der Tat untrennbar von meiner Jagd nach Bonnhoff. Als verliehe mein Liebeshaß für den Sohn meiner wilden Jagd nach dem Vater einen zusätzlichen dämonischen Reiz. Auch mein unstillbarer Durst nach Sensationen, meine Ruhelosigkeit, die Ribbeck so oft auf die Palme gebracht hatte, meine aus Grauen und Entzücken gemischte Liebe zu Venezuela und der innere Zwang, der mich gegen meinen Willen und besseres Wissen dorthin zurücktrieb, wo mich immer neue Demütigung und Bedrohung er-

* Syndrom = Gruppe von Symptomen, die auf eine bestimmte Krankheit hinweisen.

warteten, waren nur Symptome des Bonnhoff-Syndroms. Heute, da alles vorbei ist, kann ich meinen Zustand analysieren, als handele es sich dabei um eine andere Person. Und genau das muß ich gewesen sein. Ja, Bonnhoff selbst, eine verlorene, von Groll und Bosheit vergiftete Seele im Paradies (der Fischer) hatte in seiner sterilen Brutalität und seiner zähen Berliner Schnoddrigkeit damals für mich eine verhängnisvolle Anziehungskraft. Er faszinierte mich außerdem als Sanchez' Vater – auch Sanchez hatte, wenn er provoziert wurde, unleugbar einen grausamen Zug. Bonnhoff brachte ein Element von fragwürdiger Phantastik in mein geschäftiges, aber von innerer Leere bedrohtes Leben. Ich war die Journalistin Moll und sonst gar nichts. Ein Produkt unserer Zeit. Auswechselbar, der Gleichgültigkeit der Zeitgenossen ausgeliefert, soweit es sich nicht um meine Mutter, Kurt und Lotte Sommer und Frau Hannemann handelte. Nur Bonnhoff brauchte mich – im Gegensatz zu seinem Sohn. Aber natürlich wollte der Alte nicht mich, sondern Stine Ullmann, seine ehemalige Geliebte, die Fußmatte aus seiner Glanzzeit, die Stine, weeßte, die ihn mit seinem Sohn betrog. Damals in Berlin, anno 1938, einer Stadt, die ich nur aus Erzählungen kenne. Im Paradies der Fischer war ich abwechselnd Carla Moll und »Stine« gewesen – ein Mädchen mit einem Doppelleben und leichtem Leichengeruch. Wollte ich auch davon eine zweite Portion?

Manchmal, wenn mir das Abendessen oder die Vergangenheit im Magen liegt, sehe ich im Traum den Alten am Fluß und fahre mit einem Schrei in die Höhe. Und dabei ist das alles so lange her, daß es schon gar nicht mehr wahr ist. Aber selbst Bonnhoffs Schatten jagt mir immer noch einen Schauer über den Rücken. Zum Glück ist mein Tag hell und ausgefüllt. Aber wundern muß ich mich immer wieder über mich und die Menschen im allgemeinen. Wir zergliedern uns und unsere Erlebnisse wie gelernte Seelenschnüffler, haben aber keine Macht über unser Traumleben. Und solange wir das nicht kontrollieren können, bleiben wir gespalten, verwirrt, auch angstvoll (besonders unangebracht!) und sehen uns nach Hilfe um. Mir hilft mein Mann nach solchen schlechten Nächten. Er bringt mich ruhig und nachdrücklich von Venezuela nach Berlin zurück.

Warum mußte ich Carlos Domingo Sanchez treffen? Warum machte Wendt in unserer alten Illustrierten die Serie *Wo sind sie jetzt? Was tun sie heute?* Und warum schickte er mich, ein schwankendes, aber dreistes Rohr im Wind, auf diese verdammte Suche nach Sturmbannführer Bonnhoff? Weil Sanchez angeblich »in irgendeiner Verbindung« mit geflüchteten Nazis stand. Darum. *Die* Verbindung gab's wirklich nicht noch einmal zwischen Berlin und Venezuela. Übrigens hat niemand von mir erfahren, daß Sanchez der Sohn von Bonnhoff ist. Ich schweige aus Rücksicht auf meine Würde, nicht aus Rücksicht auf den Señor. Ich kann ihm nicht verzeihen, daß ich ihn gegen jede Vernunft und jeden Anstand wie verrückt liebte.

Heute kommt mir der Fall Bonnhoff-Sanchez wie eine moderne Legende vor. Oder wie ein in verschiedenen Perioden gewebter Wandteppich. Privatbesitz. Wird nicht einmal an Sonn- und Feiertagen dem Publikum gezeigt. Die meisten Farben des Teppichs sind durch Alter verblichen. Aber dazwischen leuchten neue Fäden im heutigen Geschmack. Und die zeigen noch klarer, wie alt der Gobelin ist. Die ersten Fäden wurden in Bonnhoffs Kindheit im alten Potsdam eingewebt. Als ich die Villa Acacia in Caracas betrat und Sanchez auf der großen Marmorterrasse erblickte, hörte ich den Schrei eines Nachtvogels. Aber da schrie ein Mensch, obwohl Carlos und Pilar es ableugneten. Wahrscheinlich war es Bonnhoff hinter den Büschen. Auch das werde ich nie erfahren.

Meine letzte Fahrt an den Orinoco sollte natürlich ein beruflicher Triumph sein; mit den Schlagzeilen im *Berliner Beobachter* als Auftakt. Außerdem sollte Ribbeck sehen, was er an mir verloren hatte, und ich wollte mich für alle Demütigungen endgültig an Sanchez rächen. Das war ja ein ganz hübsches Programm. Unsere Motive sind immer ein aus allen möglichen Bestandteilen gemixter Cocktail, und man weiß nicht, was man trinkt. So weiß auch ich nicht mehr ganz genau, was mich wirklich nochmals an den Orinoco trieb. Ich glaube aber doch, Ribbeck hatte Schuld. Ich hätte mich in Uruguay mit Cooper und Lokker köstlich amüsiert. Von Amüsement war am Orinoco keine Rede. Das Ganze war ein Fiebertraum, und wie bei einem solchen Traum blieben mir nur einzelne Bilder ohne Zusammenhang im Gedächtnis. Der endlose mürrische Fluß, die düsteren Wälder, die brütende Nachmittagsstille. Herr Indianer Zongo als meine stumme Schildwache. Einige Leute – ich glaube, es waren *Yanquis* – holten mit einem Kran ein Auto aus dem Fluß. Es triefte wie ein Ertrunkener, und vielleicht saßen auch Wasserleichen drin. Auch das weiß ich nicht genau. Ich weiß nur noch alles über das Haus am Orinoco. Übrigens waren Bonnhoff mit seiner Angel, sein Leibindianer und der junge Venezolaner mit dem Gebetbuch nicht am Ufer, als Zongo und ich angefahren kamen. Ich hatte mit der Polizei und einem Kameramann verabredet, daß ich erst einmal allein mit Bonnhoff Wiedersehen feiern wollte. »Weeßte noch, Fritze? Ich bin's. Deine Stine Ullmann aus Berlin. Alte Liebe rostet nicht.« Ich glaube, so sagte man damals, als man noch an Liebe glaubte. Am nächsten Tag sollte Bannhoff dann offiziell geschnappt werden. Ich würde durch Abwesenheit glänzen. Aus Zartgefühl.

Die Ortsskizze mit dem Haus hinter Büschen war so exakt wie Ulli Bendix selbst, der sie nichtsahnend für mich angefertigt hatte. Er war noch nicht in Sanariapo; etwas mußte dazwischen gekommen sein. Aber mir war es sehr recht. Ich hätte nicht gern sein Gesicht gesehen, wenn er aus der Zeitung erfahren hätte, wofür ich diese Skizze haben wollte. Ulli war zu sehr für Wahrheit und Klarheit. Mein Plan einer persönlichen Überrumpelung erschien mir gut. Die Schmutzarbeit später, die Ausweisung und der Rücktransport Bonnhoffs nach Deutschland war etwas für harte Männer. Sah ich ein. Die Welt ist eben eine Treppe. Der eine steigt rauf und Bonnhoff runter. Nicht meine Schuld – die Treppe! Fühlen sich alle Leute so unbehaglich, wenn sie der Gerechtigkeit dienen? Bonnhoff hatte genug auf dem Kerbholz, und ich hatte ihn zufällig hier entdeckt. Ihr könnt mich alle verabscheuen, aber die Sache war eine gerechte Sache! Im Augenblick suchen sie wieder einen, den sie den »Todesengel« nennen. Irgendeinen KZ-Tiger. Hab' den Namen wieder vergessen. *Ich* kann sie nicht allesamt zur Strecke bringen. Belohnung in Mark und Pfennigen würde ich ablehnen. Das hatte ich mir fest vorgenommen. Ich brauchte Geld, aber *so* wollte ich es nicht verdienen. War das edel? Hör endlich auf zu denken, Moll! Es ist alles in Butter, und du dienst der Gerechtigkeit. *Basta ya!*

Da war ich wieder am Orinoco. Aber wo blieb Bonnhoff? – Vielleicht war ihm nicht wohl? So alte Knaben haben ja dauernd was. Da machte ich ihm eben einen Krankenbesuch. Wäre doch ganz nett von mir. Ich ließ Zongo mit unserm Motorboot am Ufer und stieg den Privatweg zu dem weißen Haus hinter den Büschen, Palmen und Gittern empor. Hier war ich nun und konnte nicht anders.

Das große Tropenhaus mit den Holzveranden schien ausgestorben zu sein. Alle Türen waren verschlossen und die Fensterläden nur einen Spalt geöffnet. Auch in dem riesigen, leicht verwilderten Garten war kein Mensch zu sehen. Aber wer holt sich freiwillig einen Sonnenstich? Nicht einmal ein Hund bellte. Wie Schopenhauer hasse ich

Hundegebell, Lärm und Geschrei; aber im Augenblick hätte ich gern ein Geräusch gehört. Wo war Bonnhoff? Warum fischte er nicht? Oder hatte ich nur angenommen, er wohne in diesem Haus? Das wäre eine feine Bescherung! Doch es gab in dieser Wildnis nur diesen einen Privatweg, und den war der Alte damals hinaufgegangen. Mit seinem Indianer und dem Betbruder. Auch durchs Fernglas sah ich kein zweites Haus, und am Horizont dehnte sich unfreundlicher Dschungel. Alles wie gehabt. Ich ging erst einmal langsam um das Haus herum. Keine Glocke, keine Klingel! Nur das große Schild: *Privatbesitz*. Das klang mir verflucht nach Sanchez. Auch die Küchenräume schienen ausgestorben zu sein. Hielten sie alle Siesta? Aber das war Bonnhoffs Stunde der Fische. War er etwa verreist? Unsinn. Er hatte gesagt, sein Sohn halte ihn hier gefangen. Süß! – So süß wie der ganze Señor!

Da! Die Tür einer hinteren Veranda war angelehnt. In der ersten Aufregung mußte ich das übersehen haben. Kann passieren. Nicht jedem, aber mir. Ich ging durch die knarrende Tür ins Haus. Ich stand nun in einer leeren weißgetünchten Halle mit geschlossenen braunen Holztüren und fast geschlossenen Fensterläden. Wenigstens die Sonne konnte hier nicht herumtanzen. Die Türen waren nur drei Viertel hoch, so daß die Luft in die Zimmer dringen konnte. Mußte ich mir für den Fall merken, daß ich an den Orinoco ziehen wollte. In Berlin hatte ich nichts mehr verloren und konnte dort auch in näherer Zukunft keinen Blumentopf gewinnen. Die Halle war nicht einladend und erfüllte wohl aus diesem Grund ihren Zweck. Einige steife, geflochtene Korbstühle standen an den Wänden. Auf einem kahlen Holztisch in der Ecke standen eine alte Maismühle und eine Kalebassenschale, wie die Orinoco-Indianer sie gebrauchen. Davor eine geflochtene Matte mit umgebogenen Ecken. Die Matte hoffte, ich würde über sie stolpern und mir ein Bein brechen, aber ich tat ihr den Gefallen nicht. In der anderen Ecke beim Treppengeländer stand ein uralter, geöffneter, leerer Koffer. Der Koffer war entsetzlich schäbig, wacklig und... und... Meine Mutter hatte einen ähnlichen Koffer »für alle Fälle« auf dem Boden stehen. Falls wir reisen würden. Wollte Bonnhoff reisen? Aber der Koffer war verstaubt und sah aus, als ob er sich jede Sekunde in seine Bestandteile auflösen würde. Sollte er Bonnhoff nur an die Möglichkeit einer »Abreise« erinnern? Auch das werde ich nicht erfahren. Aber das alte Ungetüm gab mir einen Stoß – verrückt natürlich und kein Grund dazu! – und ich mußte mich auf einen

Korbstuhl setzen. Da saß ich auch nicht günstig, denn von der gegenüberliegenden Wand starrte mich eine gräßliche Maske an. Nein, gemütlich war es hier nicht! Neben der afrikanischen Maske hingen drei Indianerpfeile mit Bogen (zur Selbstbedienung?) und ein silbernes Kruzifix. Die Halle war kahl und hygienisch wie in einem Krankenhaus. War dies eins? War Bonnhoff nur ein Insasse einer in grüner Wildnis gelegenen Irrenanstalt? Am Orinoco war alles möglich. Aber der Koffer in der Ecke sprach gegen Anstaltsregeln.

Ich holte mühsam Luft. Der Korbsessel war hart und unbenutzt. Wartete er darauf, daß ich ihn »einsitzen« würde? Während ich versuchte, es mir bequem zu machen, überfiel mich meine alte Abneigung gegen leere Häuser in einsamer Gegend. Gebt mir eine Großstadtstraße mit Mietskasernen und rundherum Zuschauer, Eckensteher, Zeitungsverkäufer, Tagediebe, Eingesessene, Spaziergänger, Augenzeugen und was sonst noch auf der Straße herumlungert! Gebt mir Berlin! Komisch ist das. Man schimpft auf Berlin, wenn man da ist; aber woanders hält man's erst recht nicht aus . . . Natürlich war das Haus am Orinoco ein Sonderfall an Scheußlichkeit. Es lag nicht allzu weit vom Ufer entfernt; aber es wirkte viel weiter fort durch die hohen Zäune und Büsche. Warum ging ich nicht den gepflasterten Weg hinunter? Warum tat ich nicht einmal im Leben das Vernünftige? Ich fühlte doch, etwas stimmte hier nicht. Warum stellten sie nicht einige Palmen oder Gräser in dieser Leichenhalle auf? Auch ein Verrückter hat gern was Grünes in der Zelle. Die afrikanische Maske – naturalistisch und dabei hintergründig – starrte mich unverwandt an. Sie würde den Platz nicht räumen . . . Aber da kannte sie Moll nicht. Ich war hier, und nun blieb ich, bis El Capitán oder der Betbruder erschienen. Hielten sie neuerdings Siesta bis Sonnenuntergang? Warum nicht? Was versäumten sie? Daß man sich einbildet, etwas zu versäumen, wenn man nicht Tag und Nacht herumrast, ist doch nur eine Zivilisationskrankheit, und von Zivilisation war in dieser Gegend nicht die Rede. Gut, daß du das begriffen hast, Moll! Die Maske aus dem schwarzen Kontinent glotzte aus runden Augen auf den Besuch aus Berlin. Irgendwie erinnerte mich der massive Holzschädel mit dem vollen Gesicht und den wulstigen Lippen an Señor de Padilla aus dem Hotel Amazonas. Aber nicht, wie er dort gewesen war: lächelnd, scheinbar gutmütig bis zur Narrheit, stolz auf sein Scheckbuch und seinen Brillantring; nein, nein! So sah Gilbert Prestons Mörder aus – die Lippen im Mordrausch geöffnet und in den aufgerissenen Augen mit den gewölbten, verdrehten Augäpfeln ein ekstatischer und dabei flehender Ausdruck. Wie konnte Bonnhoff sich das täglich ansehen? Oder gefiel die Holzmaske Sanchez? Aber Bonnhoff hatte gesagt, Carlos besuche ihn nie. Oder eventuell alle zehn Schaltjahre ... Mich ging's nichts an. Ich mußte nun die Treppe zum ersten Stock hinaufsteigen, die zu einem langen Korridor hinter einer geschnitzten Balustrade führte. Dort würden die Schlafzimmer und Duschräume sein. Ich hätte gern geduscht, wußte aber nicht, ob's angebracht war. Auch hier oben waren alle Türen geschlossen. Wenn nun jemand aus einer Tür auf mich losspringen würde? Sämtliche Schauermärchen fielen mir ein. Und durstig war ich auch. Hätte am liebsten sechs Liter Duschwasser geschlürft. Aber wenn nun in einem Duschraum ein nackter Mann ... Nee, Moll, Vorsicht ist die Mutter der Porzellankiste! – Unsere Thermosflaschen mit Eiswasser und Fruchtsaft waren am Ufer im Motorboot. Ich beneidete Zongo unter dem Wellblechdach. Der hatte sein Getränk, seine Ruhe und warf den Krokodilen Fischköpfe zu. Wahrscheinlich hoffte er, ich bliebe in diesem Haus. Da konnte ich ihn nicht stören. – Plötzlich schrie ich auf. Eine grüne Schlange fiel die Treppe herunter, ringelte sich und lag still zu meinen Füßen. Wer spielte in diesem Haus mit Schlangen? Natürlich lag das Biest stockstill – es war aus Holz geschnitzt und primitiv bemalt. Ich gab dem Ding einen Fußtritt. Meine Augenlider öffneten und schlossen sich wie bei einem schläfrigen Vogel. Ich zitterte am ganzen Körper, bin eben nicht taktfest. Ich hätte gern gewußt, wo Bonnhoff steckte. Auf meinen Schrei hatte sich niemand gerührt. Oder hatte ich etwa keinen Ton aus der Kehle gebracht? So ging es nicht weiter. Ich konnte nicht bis zum Jüngsten Tag in dieser Halle herumstehen – mit Padilla und der Holzschlange und der alten Maismühle. Alles Museumsstücke natürlich; aber ich hatte wichtigere Geschäfte. Gehe sowieso nur unter Zwang ins Museum. Ribbeck hatte nach dieser Eröffnung gesagt, das sähe mir ähnlich. Wem sonst? Die Familie in der Budapester Straße war mir noch im kleinen Finger lieber als Padilla und die Schlange. Vielleicht sind Heilmittel – und diese Fahrt sollte mich doch von Berlin heilen! –, vielleicht sind Heilmittel, die man sich selbst verschreibt, gefährlicher als jede Krankheit. Muß Dr. Schneider fragen, falls ich in einem Stück nach Haus komme ... Was hatte Ribbeck wohl zu den Schlagzeilen gesagt? Sahen sie mir ähnlich?

Ich rief laut: »Ist jemand da?« Der Gedanke an Ribbecks Ärger hatte

mir meinen Mut zurückgegeben. Komisch! Aber ich wunderte mich schon lange nicht mehr. *Ist jemand da?* Mein Spanisch klang zerquetscht, als hätte ich den Mund voller Kartoffeln. Oder heiser, weil meine Kehle ausgedörrt war. In jedem Fall klang es wie Esperanto mit spanischem Akzent. Aber sieh da! Oben öffnete sich eine Tür. Ein Mann kam langsam die Treppe herunter und auf mich zu. Näher und näher. Er war nicht so dick wie Bonnhoff und nicht so ausgemergelt wie der Betbruder. Er war sehr groß und sehnig, und ich hoffte bis zum letzten Moment, es wäre vielleicht doch der junge Venezolaner mit dem Gebetbuch. Durch die geschlossenen Fensterläden lag die Halle beinah im Dunklen. Nur Padillas Augäpfel leuchteten um die Wette mit dem silbernen Kruzifix. Der Mann stieß die Fensterläden bei der Treppe auf und legte die Schlange wie ein Telefonbuch auf den Tisch mit der Maismühle. Neben Padilla hing ein Spiegel, und wir betrachteten einander sekundenlang darin: die Schlange, eine Dame mit hochrotem Gesicht und losen Haarsträhnen und der Mann, der gekommen war, um Ordnung zu schaffen. Ich wäre gern davongerannt – immer das Vernünftigste im Krieg –, war aber am Boden festgewachsen.
»*Buenas tardes*«,* sagte Sanchez. »Hatten Sie eine angenehme Fahrt?«

## II

Seine Bewegungen, die ihn als Venezolaner kennzeichneten, hatten dieselbe Kraft und Anmut wie immer. Hier war er nicht nur Herr des Hauses, sondern Herr des Landes. Seine Sicherheit verwirrte mich. In Ruhestellung war er ein Denkmal. Ich studierte ihn unverwandt und trostlos. Plötzlich wußte ich, dies war das letzte Wiedersehen, und das konnte ich nicht ertragen. Verrückt bleibt verrückt. Ich versuchte, sein Gesicht Zug für Zug auswendig zu lernen. Dieses kühne wunderbare Gesicht mit den tiefen spanischen Augen! Für mich würde er immer El Grecos »Christlicher Kavalier« bleiben. Ohne Schmuck und Spitzenkrause. Wie wir alle, hatte er seine Leidenschaften, aber er hatte noch etwas mehr. Als Sohn dieses Landes glaubte er an göttliche Gnade. Vielleicht war er zu beneiden. In diesem

* Guten Tag

Augenblick betrachtete er das silberne Kruzifix und schien mich vergessen zu haben. Ja, er besaß andere Kraftquellen als ich; das hatte ich sogar auf der Insel Margarita erkannt, wo er mein Frühling und mein Sommer gewesen war. Wie war Bonnhoff zu diesem Sohn gekommen? Kinder kann man sich eben nicht aussuchen. Meine Mutter hatte mich in regelmäßigen Abständen gefragt, wie sie zu so einer Tochter käme. Dabei war sie doch die Einzige, die es wissen mußte. Ich war eben ganz mein unberechenbarer Vater. Man hatte es nicht leicht mit uns. Ich fing an, Ribbeck zu verstehen. Wie immer, zu spät.

Carlos war jeder Zoll sein venezolanischer Großvater, und in zehn Jahren würde er so grimmig blicken wie Emilio Domingo Sanchez auf seinen Bildern. Er hatte Bonnhoff glatt übersprungen. Ich betrachtete ihn mit dem alten unkontrollierbaren Entzücken. Daran hatte sich nichts geändert. Er konnte mich zu Boden werfen, und ich würde nur seine Hände spüren. Es war zum Lachen und zum Weinen; denn normalerweise bin ich nicht masochistisch, und so schnell bleibt mir die Spucke sonst nicht weg. Aber Sanchez stieß mich immer wieder in einen Abgrund, und da blieb ich liegen wie ein lahmer Witz. Wenn ich mich dann endlich aufraffte, brauchte ich eine Kaltwasserkur. Die hatte ich kostenlos bei Ribbeck bekommen.

Plötzlich sah Sanchez mich durchdringend an, und sofort gähnte der Abgrund vor mir, oder was der sonst tut. Ich vergaß meine sogenannte Mission in diesem Haus, meine Karriere, meine Schlagzeilen und Ribbecks kaltes Wasser. Da war nur Sanchez in dieser leeren Halle und dieser leeren Welt. Und ich wollte ihn haben, und er wollte mich nicht. Das fiel selbst mir auf. Ich hatte anscheinend die Londoner Ärztin, jenes stille Licht oder stille Wasser, so vergessen, wie ich alles vergaß. War sie auch hier? Oder wartete sie in Caracas auf den Señor? Ich stieß sie beiseite. Ich fühlte Schwärme von Insekten auf meiner Haut herumkriechen. Da ich kein Kokain genommen hatte, mußte es eine psychotische Belästigung sein. Die Viecher krabbelten mir auf Hals, Armen und Beinen herum und krochen in die geheimsten Winkel meiner Anatomie. Es war entsetzlich – und entsetzlich lächerlich. Ich schüttelte mich andauernd, weil ich mich nicht kratzen wollte, und hopste verstohlen von einem Bein aufs andere. Sanchez, der mein Ballettsolo verwundert betrachtete, fragte, ob ich neuerdings an Veitstanz litte. Er war vollkommen ruhig, eher auf das Beste als auf das Schlimmste gefaßt und beinahe heiter. Das fand ich unheimlich und unverständlich. Er hätte doch empört über meinen Überfall sein müssen. Oder in unterdrückter Panik, daß Bonnhoff plötzlich auftauchte – mit starren, aufgerissenen Augen, in der Hand eine Angel oder eine Peitsche. Was ging in Sanchez vor? Wie wollte er mit der Situation fertig werden? Vielmehr mit mir? Viel später habe ich mich manchmal gefragt, wieso die Flamme seines Hasses mich nicht verbrannte. Normalerweise bin ich nicht ganz so dickfellig; aber in Sanchez' Gegenwart war ich nie normal. Ich war blind, taub, aufdringlich, verzweifelt und idiotisch vor unausrottbarer Leidenschaft. So was gibt's, wenn auch selten.

»Was führt Sie zu mir, Señorita?«

Seine Frage kam so unerwartet, daß ich schwieg. Ich konnte ihm nicht gut sagen, weswegen ich hier war, und vielleicht waren Gerüchte aus Berlin mir vorausgeeilt? Nicht die Schlagzeilen, die noch von Drukkerschwärze trieften. Aber Freunde von Freunden von Freunden konnten irgend etwas gehört haben. Ribbeck sprach bestimmt nicht über den Rausschmiß; aber er kannte ganz Berlin und hatte ganz Berlin auf dem Zeitungswege mitgeteilt, daß ich nicht mehr beim *Komet* war. Und Sanchez war nun der Letzte, der sich nicht zwei und zwei zusammenreimen konnte: eine stellungslose Journalistin auf Seitenwegen. Er sagte trocken, er könne sich denken, weswegen ich hier wäre.

»Wirklich?« fragte ich herzklopfend.

»Selbstverständlich! Sie überfallen mich doch ziemlich regelmäßig in einem meiner Häuser. Das ist schon eine Tradition.«

»Ist dies Ihr Haus?«

»Vermuteten Sie einen anderen Besitzer?«

»Ich kann Ihr schnelles Spanisch nicht verstehen. Bin etwas aus der Übung gekommen. Bitte, sprechen Sie langsamer, Señor!«

Er sagte niederträchtig langsam: »*Estoy disgustado.*« *

Glücklicherweise war ich jetzt auch sehr ärgerlich. Da Sanchez sich der Treppe zuwandte, sagte ich schnell: »Bitte, bleiben Sie noch! Wissen Sie, was ich in diesem Augenblick denke?«

»Ich habe keine Ahnung, und nichts könnte mich weniger interessieren.«

»Das glaube ich Ihnen nicht. Sie – Sie sind.«

»Können Sie nicht leiser sprechen? Ich fürchte, Sie stören die Haus-

* Ich bin sehr ärgerlich.

bewohner bei der Siesta.« Er musterte mich und mein verschwitztes und zerdrücktes Sommerkleid mit unglaublichem Hochmut. »Fallen Sie immer fremden Leuten auf diese Weise ins Haus, Señorita? Oder bin nur ich das Opfer Ihrer seltsamen Manieren? Schlechter können sie nicht mehr werden. Wenigstens *ein* Trost.«
Wie er mich verabscheute! Und er hatte mich anziehend gefunden, bis Bonnhoff zwischen uns trat und alles kaputtmachte. Wo blieb das Aas? Ich sagte gehtzt:
»Ich möchte Sie etwas fragen, Señor!«
»Ich betrachte Sie als abgereist. Glauben Sie mir, es ist das Beste, was Sie tun können.«
»Ist das eine Drohung?«
»Eine Warnung.«
Natürlich wußte er alles. Und er wollte mich so schnell wie möglich loswerden. Ich hatte ihn nur fragen wollen, wer die Hausbewohner seien, die ich nicht stören sollte. Damit hätte ich Zeit gewonnen, bis Bonnhoff erschien. Dazu wurden jetzt Stimmen und Schritte von oben hörbar. Die Siesta war beendet. Das Spiel begann. Ich war ganz ruhig. *Mir* konnte nichts passieren, höchstens Sanchez und Bonnhoff. Oben fiel ein Stuhl mit lautem Gepolter um, und Sanchez runzelte die Stirn.
»Darf ich um ein Glas Limonade bitten, Señor?«
Oben wurden Möbel gerückt, und Sanchez blickte noch finsterer. Er war im Augenblick nicht von seinem Großvater zu unterscheiden.
»Ist Ihnen klar, daß Sie Hausfriedensbruch begehen, Señorita? Das ist in diesem Land ein schweres Vergehen. Gehen Sie von selbst, oder muß ich Sie mit Polizeigewalt entfernen lassen?«
»Wollen Sie wirklich die Polizei in dieses Haus laden?«
Sanchez lachte. Das kam so unerwartet, daß es mir einen Schock gab. Dann sagte er kalt, ich müsse verrückt geworden sein. Ich wisse wieder einmal nicht, was ich rede. Die Polizei und er seien die besten Freunde, denn eine Hand wasche die andere. Ich war sprachlos. In diesem Augenblick rief von oben eine Stimme: »Hast du Besuch, Carlos?«
»Ja«, sagte Sanchez. »Besuch aus Berlin.«

## III

Ich weiß nicht, warum ein Unglück nie allein kommt. Nicht nur, daß Sanchez mir in jedem Sinn den Zugang zur Treppe versperrte – sehr unauffällig, aber unerschütterlich –, oben auf der Treppe erschien Pilar Alvarez, und die hatte mir noch gefehlt. Die indischen Weisen sagen, daß man sich drei Jahre nicht um ein Unglück kümmern solle; dann ginge es von selbst weg. Aber wenn's um die Wurst geht, versagen die fertigen Sprüche; ob sie nun in Indien oder in Wedding erfunden werden. Ich konnte in dieser Halle nicht drei Jahre warten, und Pilar würde nicht weggehen.

Ich hatte das alles schon einmal erlebt. So hatte Pilar Alvarez in Sanchez' Haus auf Margarita auf der Treppe gestanden und versucht, mich mit ihren Blicken umzubringen. Alles für Carlos! Und nun stand sie wieder auf einer Treppe: eine tragische Gouvernante, groß, hager, in jungfräulichem Witwenschwarz und heiter wie ein offener Sarg. Ich starrte sie sprachlos an; was ich eventuell zu sagen hatte, war in dieser Situation unsagbar. Sie war ein Gespenst am hellerlichten Nachmittag, ein im Unbewußten wurzelnder Leuteschreck. Eine ausgehungerte Jungfer, die ihren Carlos mit der Zeit verschlingen würde. Das konnte ich ihr nicht gut sagen. Oder?

»Was will sie hier?« fragte Pilar barsch.

»Ich vermute, sie wollte uns wiedersehen.«

»Dies ist keine Zeit zum Scherzen, Carlos! Diese Person kommt immer mit einer Absicht. Sag ihr, sie soll sofort gehen.«

»Ich habe es ihr gesagt.«

»Und wieso ist sie immer noch da?« fragte Pilar mit Recht.

»Warum fragst du sie nicht?«

»Weil ich mir keine Lügen anhören will. In alten Zeiten wurden Lügner und Eindringlinge auf der Stelle getötet.«

»Das ist sehr lange her«, sagte Sanchez bedauernd.

»Wir haben alle denselben Vater im Himmel«, bemerkte Pilar düster. Der Gedanke, Gott mit mir teilen zu müssen, erheiterte sie nicht. »Sei auf der Hut, Carlos! Dieses *Fräulein* ist ein Vampir.«

»Das Fräulein ist eine Journalistin. Sei unbesorgt, meine liebe Pilar. Ich habe Augen im Hinterkopf.«

Ich bewunderte die Art, wie die beiden sich über mich unterhielten, während ich verdurstete. Mir war so heiß wie einer Hexe auf dem Scheiterhaufen. Ich hatte mich nie über diese Volksbelustigung aufgeregt; aber wenn man selbst das Karnickel ist, wird's brenzlig. Wo blieb Bonnhoff? Ein Mann kam von oben in die Halle. Es war der junge Betbruder. Wo der war, da konnte Bonnhoff nicht weit sein. Ich vergaß meinen Durst. Der junge Mann verbeugte sich mit gesenkten Augen vor mir – wenigstens einer, der die berühmte venezolanische Höflichkeit übte – und nahm die Schlange vom Tisch mit der Maismühle. Dann ging er so lautlos nach oben, wie er gekommen war. Also spielte Bonnhoff doch mit Schlangen! Der schweigende junge Mann hatte die Szene noch unwirklicher gemacht. Er mußte aus einer Pantomime entsprungen sein. Er hatte mit keinem Blick oder keiner Geste angedeutet, daß er mich vor Monaten mit Bonnhoff von weitem am Ufer beobachtet hatte. Oder er hatte die Begegnung vergessen. Nun fehlten nur noch der Alte und sein Leib-Indianer. Da ich Sanchez nicht ansehen konnte, warf ich einen Seitenblick auf Pilar, und sie machte mich fertig, wie sie mich auf der Insel Margarita fertiggemacht hatte. Ich meine, ich hab's gern, wenn Leute mich willkommen heißen; ob sie es meinen oder nicht. Pilar gehörte nicht zu solchen Gastgeberinnen. Allerdings hatte ich mich selbst eingeladen. Pilar trug wieder die Halskette mit der »Hand der Fatima« – eine kleine gräßliche schwarze Hand gegen den bösen Blick. Meinen bösen Blick? Sie hatte es nötig.

Sie war merklich gealtert; aber wir alle werden älter und nicht schöner und sehr selten netter. Pilars Blicke und Krallen waren schärfer geworden – wahrscheinlich wegen der Londoner Ärztin. War Sanchez schon verheiratet? Ich nahm es an. Er war sehr ärgerlich auf mich, aber sonst vergnügt und ruhig. Kurt Sommer behauptet, daß Ehe beruhigt. Wieder starrte ich die Hand der Fatima an; Pilar trug dieses Schreckenskammer-Amulett wie eine Rosette der Ehrenlegion. Ihr konnte nichts passieren. Nur mir! Sie war aus einer anderen Welt. Übrigens hatten ihre Finger leichte arthritische Knoten, und sie stützte sich auf einen Stock. Aber sie würde uns alle überleben. Auch Sanchez. Ich hatte keinen Beweis dafür; aber ich wußte es. Ihre rechte Hand hatte den Stock so fest gepackt, daß ich die weißen Knöchel sah. Sie mußte innerlich gespannt sein wie eine Violinsaite. Bis sie erschienen war, hatte ich noch eine Art Gnadenfrist mit Sanchez gehabt. Hatte sie vielleicht ihre Schwester Teresa in den Tod getrieben? Ich traute ihr alles zu; wahrscheinlich ohne Berechtigung. Ich war voreingenommen. Aber gibt es auf der Welt solche Ausbünde an Heiligkeit, daß sie den Zerstörern ihres Glücks nicht nur alles Gute wünschen, sondern ihre positiven Seiten erkennen und anerkennen? Pilar hatte sich auf Margarita zwischen Sanchez und mich gestellt, und ich haßte sie von ganzem Herzen. Sie war so schlecht für mich, weil sie mich schlecht machte. Aber natürlich konnte sie mich nicht mit der unendlichen Nachsicht betrachten, die ich mir selbst entgegenbringe. Ich bin empört, wenn Leute mich kritisieren. Ich säße noch heute in der Redaktion *Ferne Länder*, wenn ich etwas mehr Selbstkritik hätte. Aber Ribbeck ist auch nicht der Angenehmste, wenn er unangenehm wird. Na, Venezuela würde in Zukunft mein fernstes Land bleiben ... Pilar murmelte etwas von Polizei, und Sanchez wehrte ab. Er spürte, daß ich das Feld räumen mußte, ob ich wollte oder nicht. Nie würde ich diese Treppe hinaufgelangen! Ein Blick auf sein steinernes Gesicht sagte mir das. In einer Extremsituation war Carlos zu allem fähig – wie sein Alter. Und als ich ihn anstarrte – es waren kaum drei Minuten vergangen, seit Pilar neben ihm stand –, wurde mir plötzlich sehr klar, daß Sanchez Macht, Einfluß, beste Beziehungen zur Polizei und den Nimbus eines Gebieters in seinem eigenen Reich hatte. Charme war immer ein zu schwaches Wort für ihn gewesen; für seine Landsleute besaß er *Charisma* – außergewöhnliche Kräfte und Eigenschaften. Magnetismus für groß und klein, hoch und niedrig, kluge und dumme Anhänger. Ob es sich um Führer in der Industrie handelte oder um neue Präsidenten oder Demagogen – man folgte ihnen und bewunderte sie wegen dieser magnetischen Ausstrahlung; nicht wegen ihrer intellektuellen Gaben; nicht einmal wegen ihres Reichtums allein, obwohl er zum Glanz beiträgt. Wenigstens in diesem Teil der Welt. Was hatte ich in Berlin oder in Caracas von Sanchez als Vertreter einer Elite gewußt? Als Mitglied einer Oligarchie, die selbstverständlich mit allen Behörden auf gutem Fuß stand. Deswegen hatte Sanchez gelacht, als ich die Amtsgewalt mit europäischem Respekt erwähnte. Ich glaube nicht, daß die venezolanische Polizei an Rührseligkeit leidet oder ungewöhnlich langsam ist. Sie hatten Prestons Mörder in Stunden geschnappt. Aber Padilla war eben nicht Sanchez, dessen Blicke Gehorsam erzwangen und dessen Berührung alles in Gold, Öl oder Eisenerz verwandelte. Er war wie der *patrón* vergangener Zeiten – der allmächtige Besitzer der *hacienda*, ein *macho* – der Mann der Männer – und seine Hacienda hatte gigantische Ausmaße. Sanchez war ein lateinamerikanisches Phänomen, und ich hatte ihn nur als Liebhaber und als Privatfeind erlebt. Diese Erkenntnis überfiel mich so heftig wie ein Fieber; und vielleicht sind Erkenntnisse kalte

Fieberschauer ... Ob Sanchez seinen Vater tiefer in die Wüste geschickt hatte oder ob er ihn oben von dem jungen Laienpriester bewachen ließ, Bonnhoff war auf jeden Fall meinem Zugriff entzogen. Da man auch in Venezuela Schlagzeilen las – mit Verspätung in der grünen Wildnis am Orinoco –, würde die Polizei zu Verhaftung und Ausweisung erst schreiten, sobald Sanchez den Alten in Sicherheit gebracht hatte und seine Hände in Unschuld waschen konnte.

Ich war rührend naiv, als ich mich auf diese letzte Suche begab. Ribbeck hatte recht, mich nicht nach Lateinamerika zu schicken. Alle haben recht. Und weil ich endlich die Situation mit unbarmherziger Klarheit erfaßte, sagte ich mit dem Mut derer, die nichts mehr zu verlieren haben: »*Wo ist Bonnhoff?*«

Pilar stützte sich schwerer auf ihren Stock, ihr gräßliches Amulett versank vor Schreck in den Falten ihrer schwarzen Mantilla. Sie öffnete den Mund, preßte aber auf einen Blick von Sanchez die dünnen Lippen zusammen. Der Blick sagte deutlicher als Worte, daß der Señor diese Sache persönlich handhaben wollte. Ich wünschte, ich könnte mich genauer erinnern, wie der Herr des Hauses die Sache handhabte, aber es war zu furchtbar. Ich meine, sein kalter Zorn und seine Raffiniertheit und sein wahrhaft mörderischer Blick ließen selbst Pilar zurückweichen, und sie war den Señor doch gewöhnt. Sie kannte ihn viel besser als ich oder die Londoner Ärztin, die ich nicht länger beneidete.

Kurz und gut, Sanchez sagte, Bonnhoff sei *tot*, und jetzt wäre es genug! Tot! Und das sollte ich schlucken, die ihn vor einigen Monaten hier beim Fischen getroffen hatte! Ich sagte das auch noch, weil ich nie genau weiß, wann's geklingelt hat. So – beim Fischen! Sanchez erzählte Pilar, ich müßte den *alienado* gesehen haben, einen verrückten alten Deutschen, der sich für Bonnhoff ausgab. So war das! Einen Moment überkam mich ein Zweifel. Verrückt war der alte Mann gewesen, und ein ehemaliger Blutordensbruder von Bonnhoff konnte er auch gewesen sein. Aber glauben konnte ich es doch nicht! Pilar sagte mehrere Male »ja«, und die Blicke flogen zwischen den beiden hin und her. Dann schwieg Sanchez. *Basta ya!*

Da standen wir drei in der leeren Halle in einer Wolke von Haß, Bedrohung und Lüge, und der leere verstaubte Koffer in der Ecke sah zu. Alle Märchen von Grimm fielen mir ein – je grimmiger, desto wahrer! –, und ich wäre nicht überrascht gewesen, wenn Sturmbannführer Bonnhoff, in ein verschwitztes Leichentuch gehüllt, dem

Grund des Koffers entstiegen wäre: drei Menschen und ein Mythos! Es ging alles so schnell – vielleicht waren es fünf Minuten, aber mir kam es wie eine Ewigkeit vor. Ich stand angewurzelt und versuchte, das alte Bild von Sanchez wie ein Mosaik zusammenzusetzen. So konnte ich nicht von ihm gehen! Es war alles ein furchtbarer Fehler, und Pilar war schuld – wie immer! Ich las ihr düstere Befriedigung von der Nasenspitze ab. Sanchez stand noch am Fuß der Treppe. Männerstimmen drangen von oben in die Halle, aber Sanchez schien sie zu ignorieren. Kein Muskel rührte sich in seinem Gesicht. Er betrachtete mich sekundenlang mit unsagbarem Widerwillen und Langerweile. Wenn er sagte, jetzt wäre es genug, dann richtete man sich danach.

Bonnhoffs angeblicher Doppelgänger hatte mir heftige Kopfschmerzen gemacht. Jetzt dachte ich fast sehnsüchtig an Ribbeck. Er war nicht der Angenehmste, wissen wir, wissen wir! – aber er war kühl, logisch, diplomatisch und hätte sich nicht einmal von Sanchez Sand in die Augen streuen lassen. In diesem Augenblick hätte er wahrscheinlich mit ihm und der Hüterin des Hauses Kaffee getrunken und langsam herausbekommen, wo der Alte steckte. Er hätte auf die Legende vom Doppelgänger einfach: »*Wie bitte?*« gesagt, und irgendwie hätte es sich gehabt. Denn Sanchez erkannte einen gleichwertigen Duellpartner, wenn er einen sah.

Vielleicht war Bonnhoff gestorben? Vielleicht stand ein Holzkreuz irgendwo in dieser grünen Wildnis? Vielleicht weinte er oben oder war frech zum Betbruder und wartete auf Christine Ullmann. Er hatte mich damals dabehalten wollen. »Bleib noch, Stine! Erzähl was aus Berlin! Weeßte noch . . .?« Nun, da alles vorbei war und ich nie die Wahrheit erfahren würde, dämmerte mir in zwölfter Stunde, was Sanchez tat: er schützte seinen Vater. Vor mir, vor den Zeitungen, vor der ganzen verdammten, sensationsgierigen Welt der Zuschauer und Schadenfrohen. Und vor allen denen, die sich beglückwünschten, daß sie nicht so waren wie Bonnhoff. Sanchez *mußte* mich verabscheuen – ich sah es beinah ein, weil man in äußerster Erschöpfung manchmal hellsichtig wird. Seit meinem ersten Besuch in Caracas hatte er diese dreieinhalb Jahre keine Ruhe mehr vor mir gehabt. Für ihn war ich eine junge Frau, die ihm kein Vergnügen, sondern intensives Unbehagen verschaffte. Und das ist mehr, als ein Lateinamerikaner einer Frau zubilligt, und wäre sie Venus und die legendäre Garbo und Carla Moll in Personalunion.

Er sah mich grüblerisch an und sagte ruhig: »Sie stellen nicht anderen Leuten Fallen, sondern sich selbst. Welch ein Malheur für Sie!« Er drehte sich um und ging ohne Gruß die Treppe hinauf. Sein letzter Blick hatte dem Kruzifix an der Wand gegolten. In seinen dunklen Augen war ein unerklärlicher Ausdruck: ein Rest Grimm und etwas Beschwörendes dazu. Vielleicht demütigte er sich nur vor dem Schmerzensmann am Kreuz und bat um Vergebung für ... Wofür? Ich weiß es nicht. Ich weiß nur, Sanchez blieb eine unbewältigte Beziehung in meinem Leben. So was ist wie eine vereiterte Zahnwurzel; plötzlich flammt der Schmerz auf. Ich hatte manchmal den Druck seiner Hand auf meiner Haut gespürt, als streichelte oder schlüge er mich, und er hatte sich nicht gerührt. Es war ein merkwürdiges Gefühl; und kein anderer Mann gab es mir oder könnte es mir geben. Aber ich wollte das alles nicht mehr. Genug ist genug.

Und er war zwanzig Jahre älter als ich. Die fächerförmigen Fältchen in seinen Augenwinkeln hatten sich vertieft. Er war nicht meine Sorte Mensch, aber es zerriß mir das Herz, als er hinter der Balustrade für immer verschwand. Die Halle war ein Trümmerfeld. Und da war nur noch Pilar Alvarez auf der Treppe – die Hüterin des Hauses, die Bewahrerin aller Geheimnisse, die einzige Kette und Klette, die Sanchez tolerierte.

Warum war ich so gelähmt, wo ich nur einen Wunsch hatte: zurück ans Ufer! Zurück in meine Welt! Zurück nach Berlin! Sanchez hatte mir einmal gesagt: »Du bist nicht wirklich zäh, Carlita. Dein Wagemut ruht auf einer Wolke. Mein armes Kind!« Das war auf Margarita gewesen. Und er hatte mich auch vor falschem Ehrgeiz gewarnt. Seelenruhe sei besser. Ich durfte nicht länger an ihn denken. Warum stand Pilar noch immer auf der Treppe? Freute sie sich am Anblick einer Besiegten? Wahrscheinlich paßte sie nur auf, daß ich vorm Abgang nicht doch noch die Treppe erklomm. Wie wenig kannte sie mich! Da kannte ich sie besser, und ich kannte sie auch nicht sehr genau. Aber ich wußte: sie war und blieb die Hüterin des Hauses. Zwischen ihr und Sanchez war eine Intimität, eine Verständigung durch Blicke, eine machtvolle und dauerhafte Bindung, die nichts mit Sex zu tun hatte und vielleicht deswegen noch dauerhafter war. Ihre fanatische Ergebenheit, ihr glühendes Mißtrauen gegen alle Frauen, denen Sanchez einen Blick gönnte, ihre Rolle in der Weltfirma Alvarez & Sanchez und ihre düstere spanische Resignation, die sicherlich nicht vor enormen Opfern für Carlos zurückschreckte, machten sie zum ruhenden Pol in seinem Leben. Nein, ich beneidete jene Londoner Ärztin nicht. Die würde Augen machen, wenn sie die erste Tasse Kaffee mit der Hüterin des Hauses trank!

Der junge Mann, der wie ein Franziskaner in Zivil aussah, kam mit einem hohen Glas auf einem Tablett auf mich zu. Er verbeugte sich und sagte leise, Señor Sanchez lasse sich entschuldigen, weil er diese Limonade erst jetzt schicke. Vielleicht lehnt eine Romanfigur in dieser Situation den Ananassaft ab? Ich trank ihn bis auf den letzten Rest aus, und die Eisstücke ließ ich langsam im Mund zergehen, um Pilar eine Freude zu machen. Sie mußte doch warten, bis ich endlich verschwand.

Der Betbruder brachte mich schweigend durch den Patio den Privatweg zum Ufer hinunter. Auch das hatte der Señor angeordnet. Er wollte natürlich wissen, wer unten im Boot wartete und ob wir abfuhren. Er war sich zu schade, um den Rückzug persönlich zu überwachen. Ich hatte das Spiel verloren. Man soll eben den Falken nicht steigen lassen, bevor man den Hasen sieht.

Zongo wartete schon im Motorboot. Es war mir sehr recht, daß er Unterhaltungen mit Gringos ablehnte. Sein strenges Vogelgesicht zeigte weder Ungeduld noch Neugierde. Er hatte allerhand kleine Fische inzwischen gefangen, und mir war der eine große Fisch entschlüpft. Ja . . .

Ich trug dem jungen Laienbruder viele Grüße an den alten deutschen Herrn auf. *El Capitán.* Wie ging es ihm heute? Der junge Mann wünschte mir nach Landessitte, ich möge mit Gott gehen . . .

*Wo war Bonnhoff?* War er wirklich tot? Wer hatte ihn sterben sehen?

## IV

Irgendwann landete ich im Hotel Amazonas in Puerto Ajacucho. Und da war Ulrich Bendix. Er trat erst jetzt seinen Urlaub an und wollte in zwei Tagen ins Paradies der Fischer. Wir hatten ein Gastmahl – ohne Cooper, ohne Sanchez, ohne die Prestons und ohne die Padillas in den Büschen. Ich habe Ullis Gastmahl nie vergessen.

Auf der Fahrt nach Puerto Ajacucho hatte ich eifrig über Bonnhoff und den angeblichen Doppelgänger nachgedacht. Wenn Irrenhäusler sich für Napoleon oder Hitler halten, warum sollte einer sich nicht für Bonnhoff halten? Möglich war alles in dieser unmöglichen Welt. Und Schizophrenie war die Krankheit unserer Zeit. Aber ob Bonnhoff lebte oder nicht, ich mußte meiner Zeitung seinen Tod melden. Wie würde ich sonst dastehen? Nun, ich würde in keinem Fall für das Scheitern meiner Mission dekoriert werden, aber gegen den Tod läßt sich nicht viel sagen.

»Ulli! Ich brauche einen Bruder.«

»Hier ist er.«

»Er muß aber nett zu mir sein.«

»Ich bin Familienmensch. Prost!«

»Trotzdem werden Sie mich in knapp drei Minuten verabscheuen.«

»Was wird hier gespielt, Carla Moll? Ein Fernsehdrama? – Ohne mich!«

Er erinnerte mich angenehm an seinen alten Herrn. Und Ulli besaß die gesunde Berliner Abneigung gegen Theater im Privatsektor. So eine Familie wäre richtig für mich gewesen. Mein Instinkt sagte mir, daß die Bendix-Gruppe geschlossen zur Verteidigung ihrer schwarzen Schafe antrat. Nett für die Schafe.

Dann packte ich aus. Ich erzählte Ulli die ganze Bonnhoff-Legende; bis auf die Einzelheit, daß der Alte gefährlich nahe mit Sanchez verwandt war. Aber die Sache war auch so saftig genug. Ulli bemühte sich, seinen Schock zu verbergen, als ich ihm enthüllte, zu welchem Zweck ich ihn um die Ortsskizze vom Paradies der Fischer gebeten hatte. Schlimm, daß ich hinterhältig und verschwiegen gewesen war, während er eine aufrichtige Freundin in mir gesehen hatte. Er hatte Vertrauen zu mir gehabt. Guter Ulli! Ich wußte genau, was er dachte. Er *wollte* es nicht glauben. Er wollte glauben, ich mache mich schlechter, als ich war. Moll hinterhältig? Es ging ihm gegen den Strich. Aber er wollte mir das nicht zeigen, und das rührte mich ein bißchen. Und das wollte ich ihm nicht zeigen. Er war rot geworden und kaute an dem Bissen herum. Er würde oder konnte nicht einsehen, daß gewisse Manöver zu meinem Beruf gehören. In manchen Situationen ist es unmöglich, die Wahrheit zu sagen. Ich konnte ihm das nicht erklären und wollte es nicht. Ich wußte auch nicht wie ... Ich wußte nur, daß ich, wie Odysseus, am Ende meiner Irrfahrten angelangt war; aber keine liebende Seele würde mich daheim empfangen. Da war Odysseus besser dran gewesen. Männer haben es immer besser. Aus unbekannten Gründen wird ihnen alles verziehen, was man uns ankreidet. Was meine Freundin Lotte unserm Kurt alles verzeiht – auch, daß er zuviel für sich ausgibt und sie ihren Mantel das dritte Jahr trägt. Was soll das, Moll? Hast du keine anderen Sorgen als Kurts neuen Wintermantel? Was die beiden wohl zu meinen Schlagzeilen gesagt haben? Und Ribbeck?

Also Ulli saß da und schwieg sich aus. Nun hatte ich meinen letzten Freund verloren. Ich stand auf, weil ich den guten Jungen nicht länger meiner Gesellschaft aussetzen wollte. Aber er fragte: »Warum so eilig? Wir sind doch nicht in Berlin.« Und es sei noch Eiskrem in seinem Programm, und was der Fruchtpunsch mir angetan habe, wo ich doch sonst den karibischen Rum wie Wasser durch die Gurgel jagte. »Ihr Wohl, Carla Moll!« sagte er mühsam. Ich glaube, unser Ulli ist etwas Besonderes; vielleicht, weil er so gar nichts von sich hermacht und durchaus »Durchschnitt« sein will. Schließlich sagte er zögernd und wurde wieder rot: »Ob Ihr Käseblatt die Skizze nun verwendete oder nicht, sie war schließlich Ihr Eigentum. Ist doch logisch. Und der Alte ist tot. Die beste Lösung; auch wenn Sie mich jetzt totschlagen!«

Die Skizze vom Paradies der Fischer rumorte weiter in seinem Kopf herum. »Es war ein Abschiedsgeschenk, Carla. Ich schreibe Ihnen doch nicht vor, was Sie mit einem Geschenk ... Die Sache fiel Ihnen Monate später ein. Sie wissen das nicht mehr genau, stimmt's?«

»Ich sagte Ihnen schon, ich hatte sofort die Schlagzeilen im Auge! Ich verschwieg Ihnen absichtlich mein Treffen mit Bonnhoff ...«

»Das ging mich auch nichts an. Hören Sie, ich bin kein Moralist und ...«

»Und was für einer! Sie mit Ihrer Wahrheit und so weiter ...«

»Ich würde gern ausreden«, sagte Ulli im Ton seines Vaters. »Ich versteh nichts von Journalismus, und Sie können blendend schreiben und sind 'ne große Nummer im Fernsehen, schreibt Vater. Aber ich finde – ist nur meine Ansicht und braucht nicht zu stimmen und ist ohne Interesse für Sie und ...«

»Spucken Sie endlich Ihre Ansicht aus, Ulli!«

»Ich meine, Journalismus ist gewissermaßen eine unmoralische Beschäftigung, und mitgefangen, mitgehangen, wie man so sagt. Der Beruf färbt natürlich ein bißchen auf die Person ab. Ist doch logisch ...«

Ulli sah mich prüfend an, um herauszufinden, wie und wo der Beruf auf mich abgefärbt hatte. Dann sagte er langsam: »Das war alles Ihre Sache, Carla Moll! Ich meine den Alten am Orinoco ... Stand

›Abdruck verboten‹ auf meinem dämlichen Wisch? – Na also!« – Ich sah ihn nur an. Er wollte mein Freund bleiben. Gegen seine Prinzipien. Gegen alles und sich selbst. Und dann besprachen wir nette ruhige Sachen. Seine Schwester erwartete das erste Kind. Und er, Ulli, wollte nach vielem Hin und Her und überflüssigen Briefen zwischen Berlin und Venezuela endlich Ilse Wendt, Lisbeth Lockers kleine Cousine, heiraten. In zwei Jahren würden Ilse und er nach Berlin zurückkommen. Pause. Ilse sei die Richtige. Sie kannten sich ewig. Man mußte wissen, woran man mit einem Mädel war. Ulli hatte seine ›sentimentale Erziehung‹ bei Rosa Martinez durchgemacht, und was genug war, war genug. Señora Padilla hatte einmal gesagt, der kluge Reisende lasse sein Herz zu Haus.
»Erinnern Sie sich noch an die Padillas?« fragte Ulli.
Klar! Ich hatte Padilla kürzlich in Sanchez' leerer Halle gesehen.
»Wann fahren Sie ab, Carla Moll?«
»Morgen früh. Nein, Ulli, ich sage jetzt Adieu. Sonst machen Sie mir noch ein Abschiedsgeschenk.«
»Ich werde mich hüten!« – Wir lachten buchstäblich. Ich fragte ihn nicht, ob Sanchez inzwischen geheiratet hätte. Ich fragte nur, ob es zwei Jahre dauern würde, bis Ulli mich in Berlin besuchte.
»Ich komm natürlich zur Hochzeit.«
»Zu meiner?«
»Jetzt verlange ich einen Abschiedskuß, Carla Moll. Ich bin Familie mit allen Vorrechten.«
Natürlich brachte er mich zum Küstenschiff. Natürlich murmelte er beim Abschied, ich möchte Berlin von ihm grüßen. Es war wie damals in Puerto Cabello. Nur schlimmer. Mir graute vor der Heimkehr.
Berlin würde noch leerer sein als Sanchez' leere Halle. Ich konnte Bonnhoff nicht produzieren wie ein Zauberkünstler Kaninchen aus dem Hut holt. Der *Berliner Beobachter* würde das Beste aus seinem »Tod« machen – aber ohne mich! Ich hatte ausgesungen. In diesem Beruf wird man bewundert oder sofort vergessen. Es gibt kein Mittelding. Aber ich lehnte ja das Mittelmaß ab, und nun hatte ich, was ich wollte. Dieses Mal würde es zum Empfang schwarze Teppiche geben, und es würde faule Witze oder faule Eier regnen. Nach meiner ersten Forschungsreise an den Orinoco hatte der *Komet* – noch unter Wendts Einfluß – mir ein wahres Blumenbeet in die Wohnung geschickt. Das hätte Ribbeck nie getan.

Aber es kam ganz anders in Berlin. Es kommt immer anders. Jemand riß mich eines Tages aus meiner leeren Periode, bevor ich endgültig versank. Nicht sofort nach der Ankunft. Es dauerte eine hübsche Weile . . . Merkwürdig! Das Unglück reitet schneller als ein Mercedes, und das Glück bewegt sich im Schneckentempo auf uns zu. Man wird so ungeduldig, daß man nicht mehr daran glaubt. Sehr verkehrt, Moll! Sanchez sagte auf der Insel, man müsse im Kummer singen . . . Aber wenn ich singe, läuft alles davon. So gut singe ich! Da kann man nichts machen.

# Hier spricht Ribbeck

*Festina lente.*
Augustus

## I

RIBBECK HATTE FÜR DIESEN TAG DEN LETZTEN BRIEF DIKTIERT, UND FRAU Hannemann stand auf. Aber er hatte ihr noch etwas zu sagen. Er hielt Professor Lockers Brief aus Paraguay wie eine Anklageschrift in die Höhe. Die Sache mit Ernst Bräutigam hatte ihm gerade noch gefehlt.
»Unangenehme Nachrichten, Frau Hannemann.«
»Schlechtes Wetter in Paraguay?«
»Wir wählen natürlich immer die gute Wetterperiode.« Ribbeck räusperte sich. »Dieser Brief kommt aus Asunción. Professor Locker ist nach Bolivien weitergereist.«
»Und Herr Bräutigam?«
»Er wurde von einem Krokodil gebissen. Zu dumm! Er schwamm im Paraguay-Fluß an einer gefährlichen Stelle. Warum fragte er Locker nicht? Der rettete ihn, aber . . .«
Frau Hannemann wartete.
»Herr Bräutigam hat ein Bein verloren. Sie machten eine Flußtour. Hanns König hat prachtvolle Aufnahmen von den Krokodilen am Ufer gemacht. Sonst nur Grünzeug bis zur brasilianischen Grenze.«
»Ja – und – und Herr Bräutigam?«
»Dr. Lisbeth Wendt, ich meine, Frau Locker, brachte ihn ins Krankenhaus nach Asunción. Ohne sie wäre er wohl verblutet. Schöne Bescherung! Sobald er transportfähig ist, wird die Ärztin ihn nach Haus bringen.«
»Wird er weiter bei uns arbeiten können?«
»Er schreibt doch nicht mit dem Bein«, sagte Ribbeck liebenswürdig.

»Ich wäre Ihnen dankbar, wenn Sie die Sache Frau Bräutigam mitteilten. Frauen können so etwas besser.«
Was er nicht tun will, können wir besser, dachte Edith Hannemann. Sie war erstaunt, daß Locker es der Ehefrau nicht mitgeteilt hatte. Ribbeck hätte sich gewundert, wie jemand sich darüber wundern konnte. Frau Bräutigam war zu schwierig für Hiobsbotschaften aus erster Hand. Ribbeck studierte seine Indianer an der Wand. Die Burschen rochen die Gefahr auf zehn Meilen. Viel schlauer als Herr Bräutigam. Die Pause wurde immer unbehaglicher. Warum ging Frau Hannemann nicht endlich? Was wollte sie? Moos ansetzen?
»Ist da noch etwas, Frau Hannemann?«
»Haben Sie noch einen Augenblick Zeit, Herr Doktor?«
»Drei Minuten.«
»Ich – ich möchte wegen Fräulein Moll mit Ihnen sprechen.«
»Wie bitte?«
Jede andere wäre vor diesem Ton davongelaufen; aber Frau Hannemann tat Ribbeck nicht den kleinen Gefallen. Wenn sie über Carla Moll mit ihm sprechen wollte, mußte er es leider mit anhören.
»Es geht ihr nicht gut. Der Arzt meint, Arbeit sei die beste Medizin.«
»Das sagte ich ihr auch und bin kein Arzt.«
»Venezuela und die blöden Schlagzeilen haben sie krank gemacht.«
»Das war vorauszusehen.«
»Aber sie hatte auch Pech, Herr Doktor!«
»In welcher Hinsicht?«
»Dieser Bonnhoff starb vor ihrer Ankunft.«
»Das Vernünftigste, was er tun konnte.«
Edith Hannemann zögerte. Aber dann sagte sie bedrückt: »Was soll aus ihr werden?«
»Ich habe keine Ahnung, Frau Hannemann.«
»Sie hatte ein scheußliches Tropenfieber. Sie ist noch in der Klinik bei Dr. von Hartlieb. – Oberschwester Ullmann ist rührend mit ihr.«
»Was will sie mehr? – Na ja, schicken Sie meinetwegen ein paar Blumen von der Redaktion.«
»Danke, Herr Doktor! Hoffentlich erinnern Blumen vom *Komet* sie nicht an Beerdigung.«
»Hab' ich gesagt, Sie sollen einen Kranz schicken? – Aber bitte nichts Extravagantes wie zu Dr. Wendts Zeiten. Er muß an einem Blumenladen beteiligt gewesen sein – Ich spendiere zehn Mark, Frau Hannemann! Das ist reichlich im Sommer . . .«

»Wie Sie wünschen, Herr Doktor!«
»Sie gehen am besten zu Fichte beim Kurfürstendamm. Fragen Sie nach Fräulein Hilde und sagen Sie, ich schickte Sie. Die stellt uns etwas Hübsches zusammen.«
»Ich bringe das in Ordnung, sobald ich bei Frau Bräutigam loskomme.«
»Danke sehr, Frau Hannemann. – Hm – ich hätte Herrn Bräutigam mehr Verstand zugetraut, als sich mit einem Krokodil anzulegen. Noch etwas?«
»Entschuldigen Sie, Herr Doktor. Ich meine – wo Herr Bräutigam erstmal noch in Paraguay ist, und dann der Transport und . . . Er ist doch nicht gleich arbeitsfähig, und wer weiß, wann und wie lange er noch . . .«
»Können Sie sich *etwas* kürzer fassen, Frau Hannemann?« Ribbeck blickte auf seine Uhr, auf seinen ›Singenden Mann‹ und seine Privatpost.
»Könnte Fräulein Moll nicht unter diesen Umständen zurückkommen?«
»Wie bitte?«
»Sie braucht Geld. Sie hat ja von ihrer Familie ganz nett geerbt, aber sie kann nicht rechnen.«
»Meine liebe Frau Hannemann, das ist wirklich nicht meine Angelegenheit!« Er hob die Hand. »Sie brauchen sich nicht zu entschuldigen. Ich verstehe und schätze Ihre Haltung. Aber ich nehme prinzipiell niemanden zurück, der diese Redaktion Knall und Fall verlassen hat.«
Ribbeck blickte Frau Hannemann nach. Hochanständige Person. Fräulein Moll konnte etwas von ihr lernen. Noch heute hatte er die letzte empörende Szene in diesem Büro mit allen Einzelheiten im Gedächtnis. »Meine Arbeit wird hier nicht geschätzt. Ich vergeude nur meine Zeit. – Ich begrüße diese Lösung aufrichtig!« Sie konnte diese Lösung bis zum Jüngsten Tag begrüßen. Er hatte dieser arroganten Person gegenüber ungewöhnliche Geduld bewiesen. Und was war ihr Dank gewesen? Er wollte keinen Dank, aber . . . Und sie trat ihr Talent mit Füßen. Faul wie die Sünde! Und *konnte* schreiben . . . Welche Vergeudung! Er dachte an das erste und einzige Abendessen mit ihr in dem Lokal am Kurfürstendamm. Er hatte versucht, sie literarisch anzuregen, und was hatte sie getan? Señor Sanchez mit den Augen verschlungen. Ob sie ihn jetzt wiedergesehen hatte? Aber nein, der war in Caracas. – In dem lila Abendkleid hatte sie Grazie ge-

habt – er erinnerte sich genau. Auch daß Annemarie Schmidt hereingeplatzt war. Die war er auch los. Man wurde sie alle los. Man brauchte nichts dazu zu tun. Fräulein Moll saß nun auf dem Trockenen. Ja . . . Ribbeck genoß es, recht zu behalten, und zahlte bewußt den Preis dafür: Unbeliebtheit bei seinen Mitarbeitern. Er konnte es aushalten. Wenigstens hatte er seine Musikfreunde. Und er bekam nie eine Absage auf seine Einladungen. Er hatte fest mit Carla Molls Fiasko am Orinoco gerechnet. Er irrte sich nie, weil er sich keine Illusionen machte. Nicht einmal über sich selbst.

»Hallo! Hier spricht Ribbeck. Redaktion *Komet*. Ich möchte Herrn Dr. von Hartlieb sprechen. Danke sehr, Oberschwester! Ich bleibe am Apparat. – Guten Abend, Herr von Hartlieb. Ganz recht: Ribbeck! Ich hätte gern eine private Auskunft. Über Carla Moll. Was fehlt ihr?«

»Sie hatte ein häßliches Tropenfieber. Aber wir können sie bald nach Haus schicken. Nur – dies ist streng vertraulich, Herr Ribbeck – das Mädel macht uns Sorgen. Die Oberschwester tut, was sie kann, aber – ich sprach auch mit dem Kollegen Schneider. Er ist Fräulein Molls Arzt. Kennt sie von Kind an.«

»Was ist mir ihr?«

»Schwere Depressionen. Paßt eigentlich nicht zu der patenten jungen Person. Aber man erlebt in der Praxis die merkwürdigsten Sachen. Ich hatte den Kollegen Ebers von der Psychiatrie hier.«

»Ist es so schlimm?«

»In solchen Fällen ist alles schlimm, lieber Ribbeck. Man tappt bei seelischen Störungen immer noch im Dunklen. Also – Herr Ebers spricht von leichter Schichtneurose.«

»Was ist das auf Deutsch?«

Hartlieb lachte. »Jaja – diese Herren haben ihre Geheimsprache. Diese Neurose entsteht durch eine seelisch-geistige Fehlhaltung, die aber nicht den Kern der Persönlichkeit angreift. Sozusagen eine Neurose am Rande; in den Schichten des Seelischen. Können Sie sich etwas darunter vorstellen?«

»Nein. Außer, daß Fräulein Moll noch launischer ist als üblich.«

Wieder lachte der Arzt. »Besuchen Sie sie doch hier. Es würde ihr bestimmt guttun.«

»Ich würde ihr bestimmt schlecht bekommen. Nein, nein, lieber Freund, das kann ich besser beurteilen. *Wie* bitte? Tut mir leid! Fräulein Molls Posten in der Redaktion ist fest besetzt. Und sehr zufrie-

denstellend. Übrigens verließ sie uns auf ihren eigenen Wunsch. Mitten in der Arbeit.«
»Sie ist nicht ganz taktfest. Aber hochbegabt und ... Sagen Sie, könnten Sie ihr etwas Passendes verschaffen? Sie haben doch enorme Beziehungen, und eine kleine Empfehlung von Ihnen würde Resultate bringen. Fräulein Moll braucht dringend Arbeit. Fürs Fernsehen ist sie mir noch zu wacklig. Außerdem glaube ich, man tritt dort im Augenblick auf der Stelle – nach dem Fiasko am Orinoco.«
»Ich will sehen, was ich tun kann. Aber ich kann nichts aus dem Ärmel schütteln.«
»Auch das traue ich Ihnen zu. Aber sicher ist es nicht einfach.«
»Die größte Schwierigkeit ist Fräulein Moll selbst. Verantwortungsgefühl ist ein Fremdwort für sie.«
»Urteilen Sie nicht etwas zu hart?«
»Etwas zu milde. *Sie* kennen sie nicht in der Arbeit. – Schön, ich will's versuchen. Ihnen zuliebe! Weil Sie ein feiner Mozart-Spieler sind.«
Ribbeck lachte.
»Carla Moll hat ihr ganzes Leben vor sich, lieber Ribbeck. Aber sie hat gar keinen Mut. Hoffen wir, daß Sie ihr helfen können! Übrigens: die Artikel über Paraguay und Uruguay werden in der Klinik verschlungen: Bräutigam ist ein guter Reporter. Nicht so amüsant wie Carla Moll, aber er scheint sehr zuverlässig zu sein.«
»Ein Krokodil hat ihm ein Bein abgebissen. Ich möchte nicht dabei sein, wenn seine Frau es erfährt. Bei der hätte Ihr Psychiater lebenslänglich zu tun. Da freut man sich immer, daß man Junggeselle ist.«
»Ganz meine Meinung. Wann musizieren wir wieder? – *Was* ist los, Oberschwester? Carla Moll? Ich komme sofort.«
»Hier spricht Oberschwester Ullmann! Herr Dr. von Hartlieb wurde abberufen. Wir werden Sie später anrufen. Danke sehr! Wir haben Ihre Privatnummer.«

## II

*Carla Moll:*

Ich muß einen Kollaps oder was Ähnliches gehabt haben. Ich hatte mich im Spiegel sehr blaß gefunden – werde nie wieder den Spiegel befragen –, und der Schweiß brach mir am ganzen Körper aus. Ich konnte auch nicht richtig atmen. Falls der Spiegel nicht so nett lügt wie Schwester Therese, hatte ich erweiterte Pupillen. Kurzum: ich fand mich bezaubernd. Mir war auch schwindlig, weil ich gräßlich geträumt hatte. Die Hand der Fatima – das schwarze Amulett von Pilar Alvarez – machte sich auf die Beine und kam auf mich zu. Es ist *nicht* angenehm, wenn eine schwarze riesige Hand sich einem aufs Gesicht legt. Ich konnte sie nicht abschütteln und konnte auch nicht schreien. Denn Fatimas Hand war allmählich eine schwarze Wolke geworden und drückte sich immer fester auf meine Brust. Wenn's eiserne Wolken gibt, war das eine. Ich wollte klingeln, aber auch das war nicht möglich. Ich konnte nicht mehr die Hand heben; um so weniger, als Pilar auch im Zimmer war. Ich konnte sie glücklicherweise nicht sehen, aber sie war da. Leider hat Oberschwester Ullmann die Gewohnheit, sehr oft nach mir zu sehen. Weiß nicht, wozu das gut sein soll. Ich wollte unter der Wolke begraben bleiben. Und mein Kreislauf sollte auch endlich Feierabend machen. Aber das wär' zu schön, um in Hartliebs Laden zu passieren. Sie machten und taten und spritzten Cardiazol oder Sympathie, nein, Sympathol – und ich schlug die Augen wieder auf. Ich stellte nicht die beliebte Frage, wo ich wäre, denn ich wußte es genau. Alle standen um mein Bett wie ums Sterbelager. Eine tiefe Ohnmacht ist wohl eine Art Generalprobe . . . Warum lassen sie mich nicht in Frieden? Niemand braucht mich, aber abkratzen soll ich trotzdem nicht. Warum nicht? Kann jemand mir das erklären? Man lebt wie in einem Theaterensemble. Selbst die Statisten sollen da sein, auch wenn sie nur das Bühnenbild abrunden. Also brachte Hartlieb die Statistin Moll in den Betrieb zurück. Da stand er und gab geflüsterte Erklärungen ab. Denn Lottchens Vater war auch da. Nicht wegen der Hand der Fatima – das war ein kleiner Scherz zwischen Pilar Alvarez und mir –, sondern weil Lotte gestern eine Tochter produziert hatte. Und sie wollten das wehrlose Würmchen auf den Namen »Carla« taufen. Hat der Mensch Worte? Neben der Oberschwester stand Kurt Sommer, der stolze Besitzer des Würmchens, und fragte mich, was ich für Sachen mache. Er trug wieder mal einen neuen Anzug. Vermute, er wollte auf seine nagelneue Tochter Eindruck machen. Der Anzug war lichtgrau und so bildschön und unbezahlt wie alles, was Kurt sich anschafft. – Und da war auch Edith Hannemann, die mich meistens nachmittags um fünf Uhr besucht, und fragte mich, was dieser Unsinn bedeute. Sie stand da wie ein solides graues Haus, das keinen neuen Anstrich bekommt oder haben möchte. Ihre mürrische Würde ist ihr lieber als Hochglanz. Auch die Oberschwester und Thereschen fragten mich mit gedämpften Stimmen, wie mir zumute sei, und ich sagte, mir sei blendend zumute.

Ich sprach so leise, daß meine Stimme mich erschreckte. Nur Lottes Vater sagte nichts und fragte nichts. Mein alter Onkel Doktor weiß Bescheid. Ich konnte schon als Teeenager nach Belieben ohnmächtig werden, wenn ich nichts mehr hören und sehen wollte. Nur dieses Mal war ich etwas zu weit gegangen – das passiert mir öfters in letzter Zeit. Jemand hatte kürzlich gesagt, ich fiele in alle Fallen, die ich anderen Leuten stellte. Richtig, Sanchez sagte das. Wer ist Sanchez?

Am nächsten Tag erklärte Hartlieb – wie gehabt –, das ganze Leben liege noch vor mir. Stimmt genau. Aber ich weiß, was hinter mir liegt. Ich weiß viel mehr als Hartlieb und sein Psychiater. Der macht mir Laune mit seinem wöchentlichen Neurosenstrauß . . . Da fällt mir ein, der *Komet* schickte ein ökonomisches Blumenbukett. Es sah mir nach Ribbeck aus und duftete nach seinen Prinzipien.

Eine Woche nach dem Kollaps saß Hannemann wieder an meinem Bett. Es ging mir wieder ziemlich gut, und ich hatte meine Patentochter besichtigt. Lotte strahlt, Kurt strahlt; Dr. Schneider strahlt, und Baby brüllt. Kurt sagt, Robert sei seit der Geburt seiner Schwester so unausstehlich, daß selbst Großmutter Schneider, die ihn augenblicklich betreut, sich wundert. Robertchen war doch immer so vergnügt und süß und was weiß ich. Daß er eifersüchtig ist, kommt seiner Großmutter nicht in ihren einfachen Sinn. Kurt sagt wie immer, er wird Robert verprügeln, sobald er Zeit findet. Ich nicke in meinem Bett wie eine Sibylle. Gestern fielen mir einige Haare aus. Die waren immer das Beste an mir. Wenn mir nächstens noch die Zähne ausfallen, muß Onkel Schneider mir ein passendes Altersheim suchen. Aber er weigert sich. Er sagt, ich werde mich dort mit allen alten Damen zanken und allen Männern die Köpfe verdrehen. Niemand überschätzt einen so wie alte Freunde. Ich konnte nicht mal Ribbeck den Kopf verdrehen und saß täglich mit ihm in derselben Bude. Wer ist Ribbeck?

»Gestern träumte ich von Ihnen, Hannemann!«

»So?«

»Sie saßen in einem Vogelkäfig. Wie Sie da reinkamen, träumte ich nicht mit. Sie waren eine Eule. Die Kassandra unter den Vögeln.«

Hannemann blieb milde, weil sie sich das vorgenommen hatte. Das war ziemlich heroisch, weil sie von Natur pfeffrig und essig-sauer ist. Sie lächelte nachsichtig. Sie trug ihr sommerliches Steinhuhnkostüm mit einer Spitzenbluse, die sie von einer Tante geerbt hat. Am Sonnabendnachmittag trägt Hannemann immer die Spitzenbluse. Sie gehört zu den Leuten, die ohne Zaudern geerbte Sachen tragen. Ich verschenkte Mutters Sachen bis auf den letzten Perlmuttknopf. Das meiste bekam meine Haushälterin. Frau Frosch besucht mich in der Klinik in Mutters »Blauem«. Ich soll wohl denken, Mutter besuche mich. Aber meine Haushälterin ist dreimal so dick und zweimal so kurz, und ich denke, es ist Frau Frosch.
»Was soll nun werden, Moll?«
»Keine Ahnung! Jemand muß erstmals das zertöpperte Porzellan aus dem Weg räumen.«
»Wie wir's, wenn Sie das täten?«
»Der Arzt hat mir Schonung angeraten.« Ich versank in Nachdenken. »Ich wäre gern jemand anders, Hannemann. Eine Person, die nichts mit mir zu tun hat. Andere Kulissen, andere Erlebnisse, andere Männer. Das wäre sehr nett.«
»Meinen Sie?«
»Natürlich auch ein anderer Name. Und in keiner Weise von anderen Weibern zu unterscheiden. Pünktlich, arbeitsam, mit allem zufrieden, ohne einen Funken Phantasie und mit einem ebenso langweiligen Mann.« Langsam erwärmte ich mich für diese Idee. »Nichts passiert, und wenn was passiert, merkt sie es nicht. Vielleicht gelegentlich 'ne kleine Vergewaltigung durch einen Unbekannten, natürlich in gegenseitigem Einverständnis. – Wie wäre das?«
»Näht die neue Person sich ihre Knöpfe an?« – Dies war Hannemanns erster und einziger Ausflug in die Bezirke der Phantasie. Aber bevor ich verneinen konnte, segelte die Oberschwester ins Zimmer. »Herr Dr. Ribbeck ist da, Fräulein Moll. Er möchte Sie besuchen.«
»Bleiben Sie, Hannemann«, schrie ich in fast aller Frische. Aber bevor die Oberschwester sie am Jackett festhalten konnte, war sie entwischt.
Und in der offenen Tür stand Ribbeck. Er fragte nicht, ob er nähertreten dürfe. Er trat näher.
Wenn ich jemand lange nicht gesehen habe, ist er mir entweder fremder oder vertrauter geworden. Sanchez war am Orinoco wildfremd; Ribbeck war mir ganz vertraut. Vielleicht, weil er immer derselbe ist.

Ich sagte, es sei nett von ihm, mir einen Beileidsbesuch zu machen, und er sagte, Hartlieb wünsche, daß ich möglichst wenig rede. Er, Ribbeck, hätte selten einen so vernünftigen Arzt getroffen. Was käme beim Reden heraus? – Pause. – Er schien mir noch größer, sarkastischer und selbstbewußter als in der Redaktion. Er trug einen ähnlichen Anzug wie Kurt Sommer, und ich war sicher, daß Ribbeck ihn bar bezahlt hatte. Vielleicht erschien er mir noch länger, weil er so dünn war. Er war beinahe hager. Er schien zu wenig zu essen. Lebte er von der Luft, der Redaktion und der Liebe? Was ging's mich an? Sein Gesicht war unbewegt.

Er betrachtete mich verstohlen durch seine scharfe Brille. Ich wußte, wie blaß ich war und daß mein Haar unordentlich und glanzlos auf dem Kissen herumlag, weil ich Kämmen und Bürsten nicht aushalten konnte, obwohl Schwester Therese so behutsam war. Sie brachte in diesem Augenblick einen kleinen Silberkorb mit Orchideen, die nicht auf einem Sparkonto gewachsen waren. Ich fragte Ribbeck, ob die Blumen von ihm seien, und er fragte liebenswürdig, von wem sonst?

»Sie sind zu blaß, Fräulein Moll! Das muß anders werden.«

»Es wird nicht mehr anders.«

»Sie müssen die Zeit ihre Arbeit tun lassen.« Dagegen war wenig zu sagen. Er zog ein Buch aus seiner Aktenmappe. Es waren die »Persischen Briefe« von Montesquieu. »Ich hoffe, die Briefe werden Sie interessieren? Wissen Sie, Montesquieu ist Stadtmensch. Im Gegensatz zu Rousseau. Und was Sie brauchen, das ist die Rückkehr in die Stadt. Rückkehr in Ihr eigenes Element, Fräulein Moll. Differenzierung! Individualität! Analyse! Abwechslung! Die Probleme der modernen Gesellschaft!« – Ribbeck gab mir auf diese Weise zu verstehen, daß ich am Orinoco ein falscher Rousseau gewesen war. Er hatte mir das schon nach meiner ersten Fahrt und den enttäuschenden Reiseberichten angedeutet. Dann sagte er, Montesquieu sei so modern, daß er ein Zeitgenosse von Herrn Psychiater Ebers sein könnte. Also das wußte er auch! Es ging ihn einen Dreck an, aber er wußte es. Ich bedankte mich so tonlos, wie ich jetzt immer sprach, und er sah mich noch schärfer an. Er hattc mit seinem Montesquieu einen intellektuellen Luftzug ins Krankenzimmer gebracht, aber das machte mich noch müder. Ich schloß die Augen und begann zu zittern. Als ich die Augen probeweise öffnete, stand Ribbeck am Fenster, und ich sah, wie in der Redaktion, seinen kerzengraden Rücken. Er ließ mich in Ruhe zittern.

Schwester Therese brachte uns Kaffee und stellte mein Bett in die letzte Nachmittagssonne. Ribbeck trug mich zum Sessel, während Schwester Therese die Rückenlehne des Betts hochstellte. Ich sagte, ich könnte allein ins Bett, und er trug mich zurück und deponierte mich dort wie ein Paket.

»Sie soll noch nicht allein gehen«, sagte Schwester Therese. »Vielen Dank, Herr Doktor!« Ribbeck schien im Nebenberuf Krankenwärter zu sein. Es war alles so selbstverständlich wie seine grimmige Laune im Büro. Ich trank meinen Kaffee, und Tränen liefen mir in die Tasse. Reine Schwäche oder Schock, weil Ribbeck für seine Verhältnisse so nett zu mir war. Weil er mich nach allem, was ich mir in der Redaktion geleistet hatte, mit Orchideen bewarf. War ich so am Ende? Würde ich also doch sterben? Ich wurde nicht schlau aus ihm. Aber seine Ruhe und kühle Selbstverständlichkeit taten mir zum ersten Mal wohl. Er war die Vernunft in Person. Er hatte keine Leidenschaften, aber natürlich brauchte er es manchmal. Schließlich war er Mitte dreißig und kerngesund. Er hatte mich in seinen Armen gehalten, und ich hatte nichts gefühlt. Oder war ich auch dazu zu schwach? Egal – nach Bonnhoff, Carlos, Pilar und der Hand der Fatima war Krankenwärter Ribbeck direkt eine Erholung. Aber ich hätte nicht an diese Gruppe von Dämonen denken sollen. Ich bekam gräßliches Herzklopfen. Er stellte seine Kaffeetasse auf den Tisch. »Was ist Ihnen?« fragte er beinah besorgt.

»Es war alles so entsetzlich«, sagte ich mühsam.

»Sie dürfen nicht mehr daran denken.« Er hatte sofort erfaßt, daß ich am Orinoco war. Er legte mir meinen chinesischen Morgenrock um die Schultern, weil ich Schüttelfrost hatte. Der Morgenrock war ein Geschenk von Carlos – sein erstes Geschenk auf der Insel –, und ich schüttelte ihn ab. Ribbeck schüttelte daraufhin den Kopf, hob das Ding auf und hängte es über den Sessel. Er war völlig zu Haus; als ob er dreißig Jahre ein Zimmer und ein Bett mit mir geteilt hätte. Komischer Bursche! Dann suchte er in der Kommode nach einem Taschentuch und gab es mir. Er mußte unauffällig nach der Oberschwester geklingelt haben, denn sie erschien mit einer Spritze. »Er will nicht glauben, daß ich bald abklappe«, sagte ich ziemlich laut. Ribbeck sagte in seinem gewohnten Ton, ich solle keinen Blödsinn reden, und die Oberschwester gab mir schweigend die Spritze.

Als ich erwachte, war es Nacht. Thereschen saß an meinem Bett, und das Zimmer lag in dem milden blauen Schein des Nachtlichts. Ich fragte, wo mein Montesquieu sei. Ich wollte lesen. Zum ersten Mal seit dem Kollaps wollte ich mitten in der Nacht lesen. Schwester Therese sagte, morgen sei auch noch ein Tag, und ich sagte: »Leider!« Ribbeck kam nicht wieder.

In den nächsten Wochen machte Hartlieb alle möglichen Experimente mit mir und zeigte mir eine lustige Miene. Er ist kein lustiger Mann. Also konnte es nicht allzu gut mit mir stehen. Aber dann ging es mir plötzlich besser. Ich las die »Persischen Briefe«. Wenn die und der kleine Korb aus Silbergeflecht nicht im Zimmer gewesen wären, hätte ich gedacht, Ribbecks Besuch sei nur ein Traum gewesen. Der Gute schien vom Erdboden verschwunden zu sein. Aber auch das konnte nicht stimmen, denn Frau Hannemann sagte eines Tages, es sei im Büro nicht auszuhalten mit ihm.

Es war nun August geworden, und ich war wieder zu Haus. Ich las, telefonierte mit Kurt und Lotte, ließ mich von Frau Frosch von vorn und hinten bedienen und wünschte, undankbar wie ich bin, Edith Hannemann würde ihre Besuche einstellen. Sie fragte mich nämlich regelmäßig, was ich anfangen wolle, da ich nun gesund sei. Was sollte ich anfangen? Ich wußte es nicht. Die Artikel über Lateinamerika würden fortgesetzt werden und eines Tages in einem Sammelband mit Hanns Königs Fotos erscheinen. Ich war raus. Natürlich war *Caracas für Anfänger* nach mehreren Jahren nicht mehr taufrisch, und Ribbeck würde diese Stadt auslassen oder Locker nochmals mit Dr. Busch hinschicken. Gregor Busch sei Ribbecks Favorit, sagte Hannemann. Aber er würde Herrn Bräutigam nicht fallen lassen. Ich fragte, woher Hannemann das wüßte, und sie sagte, sie kenne Ribbeck, und er sei nicht so . . . Sie hatte offenbar ihre Hoffnungen auf meine Rückkehr in die Redaktion aufgegeben. Hatte sie angenommen, Ribbeck würde Gnade vor Recht ergehen lassen?

Als ich mich endlich telefonisch für das Buch und die Orchideen bedanken wollte, sagte Hannemann, Ribbeck sei in Paris, und ich solle ihm schreiben. Er war mit einer Hilde in Paris. Vom Blumengeschäft Fichte. Orchideen und Disteln. Mir war es recht.

»Vielleicht heiratet er diese Hilde«, sagte Hannemann düster. »Ich bestelle seine Blumen bei ihr. Jung und hübsch ist sie; aber das ist auch alles.«

»Das ist eine ganze Menge, Hannemann.«

»Da kann er ganz was anderes kriegen. Die Person hat keine Spur Grips.«

»Den hat er für zwei. Warum wollen Sie ihn alle Halbjahr verheiraten?«
»Er ist Mitte dreißig, hat Geld wie Heu und ein großes leeres Haus im Grunewald. Da gehört eine Frau hinein.«
»Wie wär's mit Ihnen, Hannemann?«
»Seien Sie nicht albern. – Wie wär's mit Ihnen, Moll?«
»Seien Sie nicht albern.«
Sie preßte die Lippen zusammen, und wir sprachen über Ernst Bräutigam und sein Krokodil. Ich fragte, wie er ohne das Bein fertig würde.
»Er schreibt doch nicht mit dem Bein!«
Das klang mir nach Ribbeck. Ich erfuhr, daß Hartlieb und Ribbeck befreundet waren. Wahrscheinlich brauchte Ribbeck ein Klavier für seine Geige. Er holte sich, was er brauchte. Aber diese Freundschaft erklärte mir seinen Besuch in der Klinik. Er hatte Hartlieb einen Gefallen getan. Es gefiel mir nicht besonders. Aber ich hatte andere Sorgen. Die Fernsehleute hatten sich nicht gemeldet. Ich konnte ihnen nicht nachlaufen. Sie hatten jetzt die Winterprogramme gemacht. Du lieber Himmel, es gab genug Gäste und noch mehr Interviewer. Mein Geld würde noch eine Weile reichen, aber man konnte sich ausrechnen, wie lange noch. Zum Glück kann ich nicht rechnen und bewahre mir daher meinen Frohsinn.
Eines Tages im September wachte ich auf und wußte, was ich tun mußte. Wer so etwas nicht erlebt hat – ich meine, daß man plötzlich etwas weiß, was Monate oder Jahre unbeachtet in einem geruht oder gearbeitet hat –, der wird es sehr komisch finden, daß ich am 25. September plötzlich wußte, ich wollte einen Roman schreiben.
Ich fing nicht gleich mit dem Schreiben an. Einmal war ich dazu zu aufgeregt, und dann ist es nicht meine Sache, sich stehenden Fußes in Schwerarbeit zu stürzen. Außerdem war Romantechnik mir ein Buch mit siebzig Siegeln, aber vielleicht machte mir gerade das Mut. Mir war nur eins klar: auf keinen Fall wollte ich einen Anti-Roman versuchen. Ich dachte, man müsse erst einmal einen Pro-Roman schreiben können. So wie Picasso vor seinen Abstraktionen ein Meister der traditionellen Malweise gewesen war. Vielleicht glaubt man ihm deswegen seine abstrakten Produktionen.
Wieso war ich plötzlich auf diese Idee gekommen? Ich grübelte darüber nach, während meine Haushälterin aufräumte, kochte und mir wörtlich mitteilte, was Herr Frosch, der älteste Sohn, und die verheiratete Tochter gestern abend gesagt hätten. Ich weiß nicht, warum ich

die Ansichten dieser Familie so genau erfahren muß. Wer war Herr Frosch? Buddha? Gandhi? Willy Brandt? – Aber ich konnte ungestört nachdenken; denn Frau Frosch redet gern und hört ungern zu. Ich starrte meine Tapete an. Sie wimmelte von Schlingpflanzen, wie die Dinger in Sanchez' Park in Altamira. Plötzlich hörte ich eine Männerstimme. Sie sagte längst vergessene Dinge. Ribbecks Stimme. »Phantasie, die sich an der Wirklichkeit orientiert.« – »Neugierde auf den Einzelfall.« – »Bloßlegung des Unbewußten.« – »Das Rüstzeug des Romanautors.« – »Der Journalist entdeckt, der Romanautor erfindet. Erfinden Sie, Fräulein Moll!« – So ungefähr hatte sich Ribbeck bei seinem ersten und letzten Gastmahl geäußert. Er hatte mir im Restaurant Entwicklungshilfe geben wollen, während ich lieber Sanchez und das ›Stille Wasser‹ aus London beobachtete.
»Mein Mann sagt, ›Schuster, bleib bei deinen Leisten‹«, bemerkte Frau Frosch. »Unser Ältester will Kunstmaler werden. Aber mein Mann sagt, nicht für seine Invalidenrente.« Ich antwortete, das wäre verständlich. Ich hatte damals im Restaurant gesagt, der Roman wäre tot. »Totgesagt! Das ist nicht ganz dasselbe.« Also sprach Ribbeck. Frau Frosch fragte mich, ob ich einen Scheidungsanwalt wisse. Ihre Tochter wollte sich von Arthur scheiden lassen, weil er säuft. In der Ostzone hätte er nur seine Plattfüße, aber nichts zum Saufen gehabt. Ich wollte Kurt Sommer nicht mit diesen Fröschen belasten und riet zu gegenseitiger Nachsicht. »Na ja«, brummte Frau Frosch. »Meine Tochter setzt Arthur zu, aber se hat 'n Herz von Gold. Und er ist ein Jammerlappen. Heiraten Se bloß keinen Jammerlappen, Fräulein Moll! Riechen Sie was? Die Kartoffeln werden doch nicht anbrennen? Nu mal rasch in de Küche. Ich hör Ihnen zu gern zu, aber diese dußligen Kartoffeln!« Exit: Frau Frosch.

Wovon lebt ein Roman? Von Erinnerungen, Erkenntnissen, Ahnungen, Erlebnissen? Lebt er von phantastischer Realität, von realistischer Phantasie? Wovon würde meiner leben? Oder würde er mittendrin sterben? Das durfte nicht sein, aber es konnte sein. Ich war doch nicht taktfest. Im Augenblick war der Roman ein Geheimnis zwischen mir und einer unverständlichen Macht, die mich an den Schreibtisch trieb. Mein großes Erlebnis zwischen Venezuela und Berlin war zu Ende gelebt. Der Flammenbogen über den Kontinenten war ausgebrannt. Zurückgeblieben war ein Aschenhaufen von Sehnsucht, Hoffnung, Liebe, Verzweiflung. Ein ganz ansehnlicher Haufen! Aber

vielleicht braucht der Romanautor solche extremen Erlebnisse. Und wenn er dann nicht mehr leidet und dafür in der Leere lebt, wenn wirklich nichts mehr in ihm ist als dieser Drang zum Schreiben, dann fängt er an.
Um fünf Uhr nachmittag, als Frau Frosch in ihren Teich zurückgehüpft war, schrieb ich den ersten Satz meines ersten Romans.

## III

Im Oktober rief Frau Frosch mich ans Telefon. »Ein Herr möchte Sie sprechen.« Ich klappte der Guten die Tür vor der Nase zu, wußte aber, daß sie horchte.
»Hier spricht Ribbeck. Guten Tag, Fräulein Moll.«
»Guten Tag.«
»Wie geht es Ihnen jetzt?«
»Gut. Aber der Oktober ist mir immer zu kalt.«
»Funktioniert Ihre Heizung nicht?«
»Ich funktioniere nicht.«
»Ich möchte Ihnen einen Vorschlag machen. Haben Sie einen Augenblick Zeit?«
»Das Einzige, was ich habe.«
»Es handelt sich um . . .«
»In Ihre Redaktion komm ich nicht.«
»Wer will das? – Können Sie morgen abend mit mir essen?«
»Vielen Dank.«
»Danke ja oder danke nein?«
»Danke ja.«
»Ich hole Sie dann um sieben Uhr ab. Die Besprechung mit Susanne Wirth und Dr. Busch ist bei mir. Natürlich fahre ich Sie später nach Haus.«
»Nett von Ihnen! Aber zur Taxe reicht's noch.«
»Also bis morgen abend!«

Ich erinnerte mich aus der Redaktion, daß alle sich auf Besprechungen mit Ribbeck geistig vorbereiteten, und ich folgte diesem Brauch. Ich hätte Montesquieu oder Jung (»Unentdecktes Selbst«) studieren können, da sie Ribbecks Lieblingsautoren sind und es noch besser wußten als er; aber ich probierte lieber meine Cocktailkleider an und frisierte mich auf fünf verschiedene Weisen. Ich entschied mich für ein hochgeschlossenes schwarzes Kleid mit Rückenansicht, Sanchez' Kette aus Margaritaperlen und dazu die Frisur vom Käthchen von Heilbronn, die immer ein Erfolg bei raffinierten Kleidern ist. Susanne Wirth würde direkt von der Arbeit kommen, und anziehen konnte sie sich sowieso nicht. Trotzdem sollte sie einen besonders netten Kollegen von Kurt Sommer geheiratet haben. Wie stellten diese unansehnlichen Frauen das an? Susanne war zweifellos eine tüchtige Juristin und Journalistin, aber mich animierte sie wie ein Kursbuch. Gregor Busch war eine unbekannte Größe und sollte genau so musikalisch sein wie Ribbeck, Wirth und Hartlieb. Ich würde also in eine Gruppe von Musikverschwörern geraten, und da bin ich nie in bester Form. »Gute« Musik ermüdet mich – ich meine Bach oder moderne Oper –, und das Geschwätz über musikalische Probleme ist mir so unverständlich wie die Geheimsprache von Psychiater Ebers. Ich mag Tanzmusik mit dem entsprechenden Tänzer. Auch Schumann-Lieder und Chopins »Nocturnes« – alles, was in sanfter Weise mit Nacht zu tun hat. Hoffentlich würden die Musen an diesem Abend heiser sein, und Ribbeck würde mir irgendeine Aussicht auf Verdienst eröffnen. Von einem Roman, der vielleicht nie beendet werden würde, konnte ich Frau Frosch nicht ewig bezahlen. Und was sollte mir meine Wohnung ohne Frau Frosch, wo ich niemals aufräumte, Staub wischte oder tote Gegenstände »pflegte«, als wären sie kranke Erbtanten. Besitztümer mit Anspruch auf Pflege sind Tyrannen, die uns alle überleben.

Wer um sieben Uhr nicht erschien, während ich vor Nervosität zitterte, war Chefredakteur Ribbeck. Dafür erschien Bender – Ribbecks Fahrer und Faktotum im Grunewald. Ich kannte sein schlaues Gesicht und seine Uniform vom Parkplatz des *Komet*. Ribbeck hatte noch eine unaufschiebbare Besprechung – wann hatte er die nicht? –, und Bender, der ohne Vornamen auf die Welt gekommen war, sollte mich in die Kolonie Grunewald fahren. Bitte sehr! – Er deckte eine Pelzdecke über meine Knie, wie Ribbecks Damen das offenbar erwarten durften. Dann betrachtete ich seinen Rücken. Der Mercedes war nicht von schlechten Eltern und Ribbecks Haus erst recht nicht. Es war groß und mit sicherem Geschmack eingerichtet. Empfangsraum, Musikzimmer, Speisezimmer und dahinter die Bibliothek: Bücherreihen bis zur Decke; ein Glasschrank mit seltenen Steinen, Tische mit Schachspielen, bequeme Sessel. Das Musikzimmer war leer; nur der große Flügel und eingebaute Notenschränke und Lampen. Sein Geigenkasten stand auf einem länglichen Tisch neben dem Flügel und war so verschlossen wie Ribbeck und die Notenschränke. Ich blickte vom Empfangsraum ins Musikzimmer; die Schiebetüren waren geöffnet. Es ist immer merkwürdig, wenn man ein Haus zum ersten Mal betritt und statt der Besitzer nur die Gäste vorfindet. Aber Busch, Susanne und ich warteten nur fünf Minuten in dem Raum mit den Stilmöbeln und den Porzellanen in Glasschränken. Dann stürzte Ribbeck herein, entschuldigte sich für die Verspätung, und Bender bot Getränke an; er servierte in weißen Handschuhen. Ribbeck trug einen dunklen Anzug und sah wie ein verbindlicher Patrizier aus, der zufällig eine Zeitschrift mit Millionenauflage leitet. Übrigens hing im Eßzimmer das Porträt eines außerordentlich unsympathischen Mannes, der auffallende Ähnlichkeit mit Ribbeck hatte – sein alter Herr! Der berühmte Staatsanwalt, mit dem Susanne Wirth mich in der Redaktion angeödet hatte. Falls Ribbeck auch ein Porträt seiner Mutter besaß, so war es nicht zu besichtigen. Wenn jemand mir den Appetit verderben konnte, dann war es Staatsanwalt Ribbeck, dessen scharfe Augen durch mich hindurchblickten und meinen Rückenausschnitt mißbilligten. Frau Dr. Wirth fragte mich, ob mir in dem Kleid nicht zu kalt sei, besonders nach der langen Krankheit. Ich verneinte, obwohl es nicht allzu warm im Speisezimmer war; das war bei zwei Ribbecks unmöglich. Susanne ist als Frau so unschuldsvoll, daß sie denkt, Kleider wären zum Bedecken des Körpers da. Ihr Kleid erfüllte diesen Zweck in deprimierender Weise. Der Rock war weder lang noch mittel oder kurz, und die Schultern hingen. Sie war sauber frisiert, frisch gebügelt, und ihr Parfüm roch nach Bohnerwachs. Vielleicht beurteile ich sie so hart, weil Ribbeck geradezu entzückend mit ihr ist; ich meinte: für seine Verhältnisse . . . Auch mit Gregor Busch war er viel netter, als er je mit mir gewesen war. Während des Essens, bei dem der Zweck dieses Zusammenseins wie eine Familienschande verschwiegen wurde, lernte ich Ribbeck von einer ungeahnten Seite kennen. Nämlich als Busch ans Telefon gerufen wurde. Aber ich kenne Ribbeck wirklich nicht sehr gut.

Edith Hannemann hatte mir »alles« über Gregor Busch erzählt. Er war Münchner und hatte die natürliche Wärme und reife Behaglichkeit eines Süddeutschen. Er hatte einen großartigen Baß, wollte Opernsänger werden, aber sein rastloser Intellekt führte in die Zeitungswelt. Mich hatte ein Zufall in diese Welt versetzt, und ein ande-

rer Zufall hatte mich ausgebootet. Erstaunlich, wie der Mensch immer wieder auf seine eigene Person zurückkommt! Wo war ich noch stekken geblieben? Richtig! Busch und sein Buschtelefon! – Ribbeck runzelte sehr unauffällig die Stirn. Einmal haßt er Unterbrechungen beim Essen, und dann gefielen ihm die Anrufe für seinen Freund Busch wohl auch nicht besonders. Sie kamen von »Theo« – laut Hannemann ein übles Subjekt mit einem Geschmack an Erpressung und der Liebling von Busch. Er hatte wegen Theo seine Frau verlassen und lebte mit diesem Jüngling in einem wilden *ménage*. Hannemann wünschte, sie könne Theo einmal in die Mache kriegen und erwürgen. Busch war ein feiner, kluger, übersensitiver Mann, und die Maske der bayrischen Behaglichkeit saß lose auf seinem vollen, blassen Gesicht mit dem vorzeitig ergrauten Haar und den lebendigen, runden, etwas erstaunten Augen. Was Ribbeck diesem Theo antun würde, wenn der ihm über den Weg liefe, wollte ich mir lieber nicht ausmalen. Dazu war der Rotwein zum Rehbraten zu gut.
Ribbeck hielt die Unterhaltung nur aus Korrektheit in Gang. Aber die senkrechte Falte auf seiner Stirn hatte sich vertieft. Busch kam totenblaß an den Tisch zurück und entschuldigte sich. Bender hatte seinen Braten auf einer elektrischen Platte heiß gehalten und goß ihm Rotwein nach. Busch rührte das herrliche Essen nicht an, goß aber den Wein mit nervöser Hast herunter. Es konnte Ribbeck nicht gefallen; dafür war er Weinkenner. Buschs volle Lippen zitterten; man konnte ihn einfach nicht ansehen. Aber ich sah ihn an, und das mißfiel Ribbeck. Er steuerte die Unterhaltung auf Gegenwartsprobleme, ignorierte Busch so gewandt und irgendwie liebevoll, daß der sich allmählich erholte und mit normaler Stimme seine unkonventionellen und sehr durchdachten Ansichten äußerte. Er war wirklich eine andere Nummer als ich. Ich mußte es zugeben. Vielleicht nicht ganz so scharfsinnig und logisch wie Ribbeck, aber intuitiver und wärmer. Als wir zu Kaffee und Likören in die Bibliothek gingen, klopfte Ribbeck seinem Freund auf die Schulter – er, der körperliche Berührungen vermied! Er mußte ihn unhörbar gefragt haben, ob er lieber fortgehen wolle, aber Busch sagte in seinem unüberhörbaren Baß, er wolle bleiben. »Um so besser«, sagte Ribbeck trocken. »Herr Dr. Busch hat immer sechs Verabredungen an einem Abend«, erklärte er mir. »Wir können von Glück sagen, daß er bei uns sein kann. Prost, Gregor!« – Busch hob sein Kognakglas. Er betrachtete Ribbeck mit einem unbeschreiblich dankbaren und verhangenen Blick. »Du tust auch viel zu-

viel«, murmelte er. Er atmete immer noch schwer. Was hatte Theo ihm angetan?
Ribbeck war in bester Form – die unveränderte Mischung von Bluthund und Windspiel. Er sagte, Busch müsse wirklich seine Diät halten. »Nimm dir ein Beispiel an Fräulein Moll, Gregor!« Busch meinte lächelnd, so reizend und schlank könne er nicht mehr werden. Susanne lachte arglos. Ribbeck schwieg. Er fand mich dünn. Das war alles.
Ich mochte Gregor Busch, obgleich er meinen hochbezahlten Posten in der Redaktion und noch einiges dazu ergattert hatte. Monate später sagte mir Frau Hannemann, daß Busch nun offiziell Ribbecks Stellvertreter sei.
Wenn ich bedenke, daß Ribbeck mich an diesem Abend aus einer pekuniären Klemme rettete und mir Arbeit im Fernsehen verschaffte, hätte ich ruhig etwas netter zu ihm sein können. Er war der einzige, der überhaupt etwas für mich tun konnte und tat. Kurt Sommer konnte seine Sekretärin meinetwegen nicht entlassen, und sein Schwiegervater war an seine langjährige Empfangsdame gewöhnt. Beide hatten fleißige, pünktliche, bescheidene Hilfskräfte, und ich war das Gegenteil einer guten Angestellten. Ich hatte mich bereits zum Vorführen von Abendkleidern und Hosenanzügen im Modesalon ›Annabelle‹ gemeldet. Aber die anderen Bewerberinnen waren in jedem Sinn früher aufgestanden und im Durchschnitt unter zwanzig. Was ich brauchte, war eine Flucht in die Wirklichkeit, und dazu verhalf Ribbeck mir tatsächlich. Wenn er etwas netter und unsachlicher gewesen wäre, dann hätte ich ihn vielleicht dahin bekommen, wo ich ihn haben wollte. Er sollte nicht auf den Knien vor mir rutschen oder, wie Carlos, Sex mit Poesie umkleiden – er sollte mich nur fühlen lassen, daß ich eine Frau war. Schön, im Krankenhaus hatte ich einen zerdrückten Schlafanzug und glanzloses Haar gehabt – aber wem er an diesem Abend zulächelte, das war Susanne Wirth in ihrem unmöglichen Kleid. Dazu hatte sie ihr Haar gekämmt und gebürstet, und ich hatte mich frisiert. Ribbeck war ein Ästhet – das sah man in seinem Haus an jedem Gegenstand –, und wenn ich auch keine Glanznummer in beruflicher Hinsicht war, es gab langweiligere Ausblicke als mein nackter Rücken . . . Denn nicht, liebe Tante!
Die Konferenz verlief angenehm und aussichtsreich. Ich sollte Frauen in Spitzenstellungen interviewen: Politik, Wirtschaft, Kunst. Busch würde mir bestimmte Frageprogramme entwerfen und die Verbin-

dungen herstellen. Ich sollte die weißen Raben in ihren eigenen Nestern besuchen, und die Fernsehinterviews sollten so gekonnt spontan wirken wie damals »Carla Moll und ihre Gäste«. Susanne Wirth würde die Rechtslage berufstätiger Frauen mit ihnen erörtern, und den Abschluß der Sache sollte ein Rundgespräch mit Busch, Wirth, Moll und den Prominenten bilden. Falls die Serie einschlug, plante Ribbeck eine deutsch-französische Zusammenarbeit. »Paris würde mir Spaß machen«, sagte ich, erhielt aber keine Zusage von Ribbeck. Was mir Spaß machte, interessierte ihn nicht. Aber »Moll und ihre Gäste« war im vorigen Jahr ein Erfolg gewesen, und das hatte ihn bestimmt, mich da einzusetzen, wo ich eine Wirkung ausüben konnte. Als ich mich beim Abschiednehmen plötzlich allein mit ihm in der Bibliothek fand und mich aufrichtig bedankte, winkte er ab. Kein Grund! Er wäre kein Wohltätigkeitsinstitut. Ich wirkte eben auf die Masse. Ob ich Vorschuß haben wollte? Das wollte ich nicht. Was hätte ich dann, wenn der Zirkus einpackte? Ribbeck sagte, er wisse es nicht. Ich hatte Staub in der Kehle. Vorhin war ich animiert gewesen und hatte Ideen wie Konfetti verstreut – leicht, bunt, substanzlos. Busch hatte leuchtende Augen bekommen. Ribbeck schien ein Kolleg von Susane Wirth meinem Konfetti vorzuziehen. Wenn er es brauchte, bediente er sich offenbar bei Fräulein Hilde vom Blumengeschäft Fichte. Ich hatte mittlerweile dieses Fräulein besichtigt, als ich Lottchen Blumen in ihre Wohnung schickte. Hilde hatte eine einfältige Stubsnase und eine zu breite Taille.

Busch und Susanne warteten in der Halle. Susanne trat ungeduldig von einem vernünftig beschuhten Fuß auf den andern, und Busch kaute mit Hingebung an seinem Bleistift. Susanne rauchte wie immer. »Wir trinken noch etwas im Musikzimmer«, sagte Ribbeck. Die beiden schienen darauf gewartet zu haben. Auch Susanne hatte einen guten Zug am Leibe, als Bender den Sekt servierte, der uns zu Taten anspornen sollte. Ribbeck nahm mir die fünfte Zigarette aus der Hand. Vier wären vier Zigaretten zuviel gewesen. Susanne sah etwas erstaunt auf. Ich erwiderte, Ribbeck könnte das noch einmal sagen, und zündete mir eine meiner eigenen Zigaretten an. Alle lachten. Auch Ribbeck. Danach ignorierte er mich höflich und niederträchtig, indem er sich mit den beiden Musikverschwörern über Ravel unterhielt. Plötzlich war der Abend zu Ende. Bender war verschwunden. Gregor Busch wollte mich in seinem Wagen nach Haus fahren, und ich fand das nett. Aber er wohnte am anderen Ende von West-Berlin,

und Ribbeck wollte die Verfrachtung übernehmen. Das war natürlich noch netter.
Susanne schlüpfte in ihren Wollmantel, und ich wartete, daß Carlos, nein, Ribbeck mir in den Pelz half. Wer wird sich allein seinen Mantel anziehen, wenn Männer herumstehen? Als Ribbeck mir den Pelz umlegte, spürte ich seine Hände auf meinem nackten Rücken. *Wie* bitte? Aber er warnte mich nur vor einer Lungenentzündung. Ich wäre doch nicht taktfest, und wir wären nicht in Venezuela . . . Das war reizend von ihm. »Sie merken auch alles«, murmelte ich, und er sagte: »Glücklicherweise!«
Die Büsche in seinem Garten raschelten wie Tausendmarkscheine. Ein angenehmes Geräusch. Gott, war ich pleite! Das Kleid war auch auf Pump gekauft. Ich machte es wie Kurt Sommer. Jeder bekam sein Geld, wenn er etwas Geduld aufbrachte – *festina lente!* Das hatte Ribbeck einmal gesagt, als ich meine flüchtigen Eindrücke von Panama-City auf seinen Schreibtisch warf und annahm, es wäre gut genug, weil ich *Caracas für Anfänger* geschrieben hatte. Das war hundert Jahre her.
Ribbeck schwieg sich auf der Heimfahrt weitgehend aus. Plötzlich fragte er, ob die neue Sache mir Spaß machen würde.
»Und wie! Ich kann's kaum abwarten.«
»Warum streuen Sie mir Sand in die Augen, Fräulein Moll? Frauen interessieren Sie überhaupt nicht.«
»Das ist nicht wahr.«
Er hielt in einer ruhigen Seitenstraße und sah mich starr an. »Natürlich ist es wahr. Ich kenne Sie viel besser, als Sie ahnen.«
»Sie kennen mich überhaupt nicht.«
»Immer noch besser, als *Sie* sich kennen, meine Liebe!« Seine langen flexiblen Musikerhände lagen auf dem Steuer. Warum fuhr er nicht weiter? Als ob ich nicht wüßte, warum! Nach Mitternacht und eifrigem Alkoholgenuß gab es nur eins, was er wollte. Halb ausgezogen war ich schon in diesem Kleid. Er brauchte es. Annemarie Schmidt war verduftet. Seine Hilde war im Augenblick nicht greifbar. Er war nicht Gregor Busch, und er war Mitte dreißig. Keine falsche Vaterfigur wie Sanchez.
»Wenn Sie mich küssen wollen – ich hab' nichts dagegen!«
»Ihr Enthusiasmus steckt an, Fräulein Moll!« Er fuhr weiter.
Er hatte mich wieder einmal hereingelegt. Ich studierte sein steiles, arrogantes Profil. Seine Manöver waren ungenießbarer als alles, was

ich mir jemals ihm gegenüber geleistet hatte. Es war nichts mehr zu sagen, aber ich ertrug sein Schweigen so wenig wie in der Redaktion.
»Ich wollte Sie nicht ärgern, Dr. Ribbeck!«
Er lachte leise und nicht allzu angenehm. »Sie erheitern mich! Wir sind Partner auf Zeit. Das ist alles. Sie brauchen mich, um Ihre Rechnungen zu bezahlen, und ich brauche Sie für meine Fernseh-Arrangements. Dachten Sie, Sie müssen mit mir schlafen, weil ich Ihre Finanzen aufbessere?«
»Ich verbitte mir ...«
»*Was*? – Übrigens: wenn ich ein Mädchen küssen möchte, bitte ich nicht um gütige Erlaubnis. Für wen halten Sie mich?«
Ein Rest Vorsicht riet mir, meinem Brotgeber zu verschweigen, wofür ich ihn hielt. Plötzlich war ich total erschöpft. Das passierte mir noch manchmal nach meinem Kollaps. Ich schloß die Augen. In meiner bedrohlichen Situation und nach Carlos und Pilar brauchte ich Freundlichkeit. Tränen stürzten aus meinen geschlossenen Augen. Ich war von einem Augenblick zum andern völlig verzweifelt.
»Nicht doch«, murmelte Ribbeck in verändertem Ton. Tränen konnte selbst er offenbar nicht gut vertragen. Daraufhin schluchzte ich so melodisch wie möglich. Ribbeck sagte, sein einziger Trost wäre, daß ich nicht um ihn, sondern, wie üblich, um mich weine ... »So! Da wären wir! Gute Nacht, Fräulein Moll!«
Eine Woche später schickte er mir durch Bender eine schwarze Stola aus Samt, die genau zu meinem Cocktailkleid mit der mandelgrünen Borte paßte. Eine einzige Blüte in Grün und Silber war in den Samt eingestickt. Wunderbar! – Fühlte Ribbeck, daß er zu schroff gewesen war, oder sollte ich mich in dem ausgeschnittenen Kleid nicht erkälten und seine Arrangements ruinieren? Ich bedankte mich schriftlich für das Geschenk und den reizenden Abend.
Danach sah und hörte ich wochenlang nichts mehr von ihm.
Mein Roman ließ mich nicht los. Die Personen wurden immer wirklicher. Alle trugen Züge von Menschen, die ich in meinem Leben getroffen hatte, und die mich erhöht oder erniedrigt hatten. Aber sie waren keine Fotografien. Sie waren neue Menschen und in gewissem Sinn überlebensgroß. Viel später fand ich heraus, daß Romanfiguren nur lebensecht wirken, wenn sie stilisiert sind. Wenn ihre alltägliche Monotonie auf ein Minimum reduziert wird.
Ribbecks Fernsehserie war ein Erfolg wie alles, was er in die Hand nahm. Die Fernsehleute hielten seine Vorschläge für ihre eigenen,

und so war alles in Ordnung. Ribbeck blieb eben die schlaue Eminenz im Hintergrund. Die Rolle gefiel ihm. Wie er vorausgesagt hatte, langweilten die prominenten Frauen mich zu Tode. Vielleicht hätten sie auch das Publikum gelangweilt, wenn ich nicht mein Konfetti verstreut hätte. »Sie bringen Leben in die Bude, Fräulein Moll«, sagte der Programmfritze. Ein Jammer, daß Ribbeck das nicht hörte! Die einzige Frau, die mir weiter unentbehrlich war, war meine Freundin Lotte. Sie wunderte sich weiter, daß Ribbeck sich nicht mit mir verlobte, wo er mich doch zum Essen eingeladen hatte und nach Haus fuhr. »Ist nicht einmal auf dem Heimweg was zwischen euch passiert? Hat er dich geküßt, Carlchen?« Ich sagte, an Ribbeck wäre Hopfen und Malz verloren.

Ich dachte ziemlich oft an ihn. Schließlich hatte er mich auf die Idee gebracht, einen Roman zu versuchen. Ich war wunderbar beschäftigt und vermißte niemanden. Nur manchmal wurde mir flau bei dem Gedanken, was geschehen würde, wenn diese Fernsehinterviews zu Ende gingen. Man hatte mir keine eigene Serie vorgeschlagen. Ich war zur Weltreisenden abgestempelt und reiste nicht. Frau Hannemann informierte mich weiter über alles, was Ribbeck tat oder ließ. Bender hatte ihr erzählt, ein zweites Schlafzimmer würde in seinem Haus neu eingerichtet. In Pastellfarben. Da wollte er wohl wirklich heiraten.

Eines Nachmittags, als ich im Pyjama am Schreibtisch saß, kam er. Ich fragte, was er wolle. Er käme mit einem Vorschlag. Ich zog mir den Hausmantel von Carlos über – der war zu kostbar, um ihn in der Mottenkiste liegen zu lassen. Ribbeck fragte, ob er einen Kaffee bekäme. Er käme direkt aus der Redaktion und brauchte eine Stärkung.

»Kenn ich das chinesische Ding nicht aus der Klinik? Sehr schöne Stickerei.«

»Es ist ein Andenken an Venezuela.«

»Das hab' ich mir beinah gedacht.«

Ich nahm eilig mein Manuskript vom Schreibtisch, raste ins Schlafzimmer und versteckte es unter meinem Kopfkissen. Ich wollte nicht, daß er es sah und kritisierte. Während ich Kaffee kochte, betrachtete Ribbeck die Bilder meiner Eltern auf meinem Schreibtisch.

»Sind das Ihre Eltern?«

»Ja.«

»Ihre Mutter sieht nach Potsdam aus.«

»Das wurde sie nie los. Ich schlage nach meinem Vater.«

»Sie sehen ihm sehr ähnlich. Auch im Charakter?«

»Treiben Sie neuerdings Familienforschung? – Schwarzen Kaffee?«
»Ja, bitte!«
»Hartlieb sagt, das sei nicht gut fürs Herz.«
»Ich hab' keins. Wenigstens nehmen Sie das an.«
»Ich kann von wildfremden Menschen nichts annehmen.«
»Ich sprach von mir.«
Da die Unterhaltung wieder einmal auszurutschen drohte, fragte ich ihn nach dem Zweck seines Besuchs. Durch seine Vermittlung fragten einige Zeitschriften bei mir an, ob ich Kurzgeschichten aus Venezuela für sie schreiben könne.
Die Bezahlung war großzügig. »Das schütteln Sie aus dem Ärmel, Fräulein Moll! Und das Geld brauchen Sie doch auch.«
»Da muß ich mich schon wieder bei Ihnen bedanken.«
»Fällt Ihnen das so schwer?«
»Kurzgeschichten fallen mir noch schwerer.«
»Warum?«
»Weil ich gerade einen Roman schreibe.«
»*Was?*« Er sprang auf. »Wann fingen Sie damit an?«
»Kurz vor Ihrem Gastmahl im Grunewald.«
»Und *das* haben Sie mir nicht gesagt?«
»Ich wollte es Ihnen auf dem Heimweg erzählen, aber Sie waren so . . .«
»Ekelhaft. Das bin ich immer, auch wenn ich nett sein will. Wo ist das Manuskript?«
»In meinem Bett.«
»*Wie* bitte?«
Ich holte das mit Fett- und Kaffeeflecken verzierte Manuskript. Er setzte sich an meinen Schreibtisch und begann zu lesen. Mein Herz klopfte so laut, daß er es eigentlich hätte hören müssen. Aber er hörte nichts und sah nichts. Er sah auch mich nicht. Ich zog mir ein Kleid an und frisierte mich, denn jetzt wurde es ernst. Wenn er mein Zeug schlecht fand, dann war es schlecht. Ich sah, daß er den bekannten Rotstift aus seiner Aktenmappe nahm. Jetzt würde er sich austoben. Nanu? Er machte sich Notizen. »Es ist wohl nichts?« fragte ich. Er antwortete nicht und las weiter. Er merkte nicht, daß ich ins Zimmer gekommen war. Ich glaube, daß ich in dieser Stunde zwischen Tag und Nacht, Hoffnung und Verzweiflung anfing, ihn kennenzulernen. Er hatte als einziger erkannt, daß etwas in mir nach Ausdruck verlangte – in einer mir neuen Form –, und er stürzte sich darauf. Es war dunkel

geworden. Ich knipste ihm die Schreibtischlampe an. Ich hatte eiskalte Hände und Füße. Er hatte zu Ende gelesen und stand auf. Er blickte mich merkwürdig an und sagte kein Wort.
»Es ist also nichts«, sagte ich mühsam.
»Es ist großartig. Da sind Menschen, die leben, und Ideen, die reifen werden. Natürlich sind da Längen und Ungeschicklichkeiten des Anfängers. Aber das bringen wir in Ordnung. Ich werde sofort Herrn M. für das Manuskript interessieren.« Er nannte den Cheflektor eines berühmten westdeutschen Verlags. »Was ist los, Mädchen? Fallen Sie mir nicht um!«
Wie damals in der Klinik trug er mich aufs Bett. Er rieb mir die Schläfen mit Kölnisch Wasser. Das Zimmer schwamm vor meinen Augen, und alles wurde schwarz. Aber ich wußte, er zog mir vorsichtig mein Kleid aus und behorchte mein Herz, während ich wieder zu mir kam. Sein Kopf lag an meiner Brust. Ich schlang die Arme um seinen Hals. Ich konnte nicht anders. »Ich bin so glücklich – mit dem Buch.« Er küßte mich so behutsam, wie ich es ihm nie zugetraut hätte. Aber er war ja mit Gregor Busch auch so behutsam gewesen. Dann fragte er, ob etwas zu essen da wäre. Ja, da war ein Huhn von Frau Frosch im Eisschrank. »Ich mach alles fertig.« Er verschwand in die Küche. Er war bei mir genau so zu Haus wie damals in der Klinik. Dann setzte er sich zu mir aufs Bett, und wir aßen und tranken Whisky. Er war nachmittags gekommen. Er blieb den Abend. Er blieb die Nacht. Ich lag in seinen Armen wie in einem soliden Haus. Mir konnte nichts auf den Kopf fallen; er war mein Dach. Er flüsterte, ich wäre das schönste Mädchen, das er jemals bedienen durfte.
In der Nacht erwachte ich. Er hatte seinen rechten Arm um mich geschlungen und wachte sofort auf, als ich mich bewegte. Es war eine mondhelle Nacht, und ich hatte nicht einmal die Gardinen zugezogen. Mein Kopf lag an seiner Schulter. Ich murmelte: »Oh, Ribbeck! Wer hätte das gedacht?«
»Ich«, sagte er. »Schon eine ziemlich lange Zeit.«

# Fünf Uhr Nachmittag

*Soviel Muscheln der Strand, soviel hat*
*Schmerzen die Liebe.*
*Reichlich in die Galle getaucht ist uns*
*der treffende Pfeil.*
Ovid

## I

CARLA MOLL:

Ribbeck besuchte mich ziemlich regelmäßig nachmittags um fünf. Und das ist eine lausige Zeit – nur eine Brücke zwischen morgens und abends. Er arbeitete bis fünf, und um sieben Uhr mußte er meistens fort, da er außer mir ganz Berlin kannte und zweimal die Woche mit seinen Musikverschwörern Trios und Duette spielte. Er versuchte, die meisten Wochenenden mit mir zu verleben – aber auch das war nicht immer möglich. Ich hatte das Ausmaß seiner beruflichen und gesellschaftlichen Verpflichtungen nicht geahnt, denn er war mir in der Redaktion fast so einsam vorgekommen, wie ich selbst war. Wieder einmal sah ich den seltsamen Unterschied in der Existenz eines einzelnen Mannes und einer Frau ohne Mann. Man riß sich um ihn. Merkte er das nicht? Allmählich fand ich heraus, wie bescheiden oder illusionslos er war. Er schrieb die vielen Einladungen niemals dem Zauber seiner Person, sondern immer dem Prestige seiner *Persona* zu. Er war ein einflußreicher Mann im öffentlichen Leben. Er wurde auch wirklich nicht über Nacht bezaubernd; wenn er unangenehm war, war er weiter nicht der Angenehmste. Aber er besaß große Qualitäten, die er leider so versteckte, wie andere ihre Laster. Er war der beste, zuverlässigste Freund, den man sich wünschen konnte. In dieser Hinsicht war er so selbstlos wie ich selbstsüchtig. Aber er war kein Liebhaber, wie Sanchez es auf Margarita gewesen war. Er hatte mir einmal gesagt, er fände mich schön, und damit hatte es sich. Er sagte mir nicht, ob er mich liebte oder brauchte oder nicht entbehren könnte. Vielleicht liebte er mich auf seine eigene Art. Er brauchte mich, wenn er *es* brauchte, oder so kam es mir vor. Er konnte mich anscheinend entbehren, da er meinetwegen sehr selten eine Einladung absagte. Warum nahm er sich nicht eine einzige lumpige Woche Ferien für eine illegale Hochzeitsreise? Sanchez war schließlich kein Laufjunge und hatte ausgedehntere Unternehmungen; aber er war zwei Wochen mit mir auf seiner Insel gewesen und lebte dort nur für mich. Er tat manchmal sogar, was *ich* wollte. Ribbeck liebte mich vielleicht und tat, was *er* wollte. Oder was er tun mußte, weil er es für seine Pflicht hielt. Aber wenn er Zeit für mich fand, konzentrierte er sich intensiv, und zwar in jeder Beziehung.

Ich war ziemlich unglücklich, wenn ich allein war. Das ist komisch bei mir: ich kann eine lange Zeit ohne Mann leben und entbehre kaum etwas. Aber wenn ein Mann mit mir lebt, dann tut mir seine Abwesenheit etwas an. Und ich will immer nur einen Mann, mit dem ich meine wackligen Hütten baue. Jetzt wollte ich Ribbeck!

Wie immer, witterten andere Männer, daß ich nicht allein lebte. Plötzlich wollte der Programmleiter vom Fernsehen mit mir abends ausgehen und noch vorher eine Tasse Kaffee trinken. Ich war viele Abende allein. Warum bezahlte ich Ribbeck nicht mit gleicher Münze? Weil ich dumme Gans jetzt nur ihn wollte. Er sprach nie oder sehr selten über seine Einladungen. War er manchmal noch mit dieser Hilde zusammen? Ich glaubte es nicht; aber ich wußte es nicht. Ich fragte ihn nie, wohin er ginge. *Das* tat ich mir nicht an.

Ribbeck schenkte mir viele schöne und kostbare Dinge. Ich sagte nie, es sei nicht nötig. Ich finde das dumm und unpädagogisch. Und Ribbeck brauchte man nicht zur Sparsamkeit zu erziehen. Sie war Teil seiner Natur. Deswegen hatten seine exquisiten und luxuriösen Gaben doppelten Wert für mich. Wenn er sich selbst öfter geschenkt hätte, wäre ich noch erfreuter gewesen. Wann immer ich mit Kurt und Lotte zusammen war – meistens einen Abend in der Woche und mit Lotte unzählige Kaffeestunden am Vormittag –, sagte Kurt Sommer: »Du sieht augenblicklich bezaubernd aus, Carlchen. Bist du verliebt?« Ich sagte: »Nein.« Es war die Wahrheit. Ich war nicht verliebt in Ribbeck. Es war tiefer und beunruhigender. Einmal fragte ich ihn aber doch, ob er diesen Abend nicht bleiben könne. »Arbeite an deinem Buch! Ich lenke dich nur ab. Du bist so ablenkbar, Carla!«

»Also dir liegt mehr an meinem Roman als an mir?«

Er sagte, wir wären ein und dasselbe, und deswegen lägen wir ihm beide am Herzen. Er war der einzige Mann, dem ich es glaubte; aber es wäre mir lieber gewesen, wenn er mich dem Buch vorgezogen hätte. Er war ein sonderbarer Heiliger, und ich mußte ihn akzeptieren, wie er war, oder Schluß machen. Manchmal dachte ich an diese Möglichkeit. Aber ich lag in seinen Armen wie in einem Haus. Außerdem war er erfahren und ziemlich raffiniert. Wer will einen Anfänger?

Es war idiotisch, daß ich Tag und Nacht mit ihm zusammensein wollte, und selbstverständlich behielt ich diese bedauerliche Neigung für mich. Er hätte »Wie bitte?« gefragt. Wir waren unabhängige Junggesellen. Auch er fragte mich nie, wohin ich abends ginge oder wie es mit Kurt und Lottchen gewesen wäre. Dabei kannte er Kurt Sommer ganz gut durch Susanne Wirth. Ihr Mann gehörte zu Kurts Juristen-Stammtisch, und Susanne lud Ribbeck oft zum Essen ein. Jetzt tat es mir leid, daß ich sie und seine anderen Freunde so wenig kannte. Auch Gregor Busch sah ich nie wieder. Nur Edith Hannemann kam weiter zu mir und erzählte mir, Ribbeck sei augenblicklich bedeutend genießbarer. Neulich habe er sogar mit Dr. Busch laut gelacht. Ich sagte, der Mensch unterscheide sich vom Tier durch seine Fähigkeit zum Lachen.

Vielleicht machte Ribbeck als Mann Eindruck auf mich, weil er ganz anders war als Carlos. Deswegen tat er mir auch so gut. Sanchez entzündete sich an der Kühle einer Frau; oder zum mindestens an ihrer Zurückhaltung. Dagegen äußerte sich Ribbeck eines Nachts dahin, daß er es schätze, wenn seine Dienste geschätzt würden. Ich gerate langsam in Feuer, aber dann ist's ein Präriebrand. Eines Nachts hatte ich meine Kontrolle verloren und war danach deprimiert. Ich lag in seinem Arm wie immer, aber ich machte mich los. Ich lag wie ein Stück Holz neben ihm, und das fiel ihm auf. Alles bei mir und an mir fiel ihm auf. Wenn ich an diese Zeit zurückdenke, wundere ich mich über mich. Wie konnte ich ihn, einen passionierten Geiger, noch immer für ziemlich unempfindlich halten? »Was hast du? Warum bist du unglücklich?«

»Ich bin sehr glücklich.«

»Den Eindruck hatte ich auch«, flüsterte er und zog mich wieder in seine Arme.

»Laß mich los! Nicht doch!«

»Ja doch!«

Ich konnte ihm keinen Sand in die Augen streuen. Weder im Ernst, noch im Scherz, noch im Bett. Und eines Tages würde er von allem genug haben: von Präriebränden, von meinen schrecklichen wechselnden Stimmungen, von mir. Fünf Uhr Nachmittag ist nicht meine Zeit. Er kam, küßte mich, las in meinem Manuskript, besprach es mit mir und trank seinen Kaffee. Es fehlte nur noch, daß er, wie im Büro, den Kaffee im Stehen getrunken hätte. Dann raste er davon, spätestens um halb acht abends, und ich sah in den Mond. Allmählich haßte ich diese Stunde. Fünf Uhr nachmittag ist die Zeit für Totengräber. Mutter hatte oft gesagt, am Nachmittag sei ich unerträglich. Sie hatte hinzugefügt, am Abend käme ich dann zu mir, weil ich von ihr fortginge. Fand Ribbeck mich bereits unerträglich? Wenn er überhaupt nicht kommen konnte, trank ich mit Frau Hannemann bei Kranzler Kaffee. »Sie sind so blaß, Moll. Was ist wieder los? Liebeskummer?«

»Wie bitte? – Noch ein Likörchen, Hannemann? Meine Einladung.«

Geld hatte ich wieder. Das Fernsehen warf eine Menge ab, und Ribbeck hatte einen Vorschuß für meinen Roman herausgeschlagen. Er führte alle meine Verhandlungen. Er besuchte meine Bank und gab Auftrag für An- und Verkauf von Papieren. Er tat alles, und ich sagte noch gerade eben: »Danke sehr!« Aber er wollte keinen Dank. Er wollte, daß ich mein Buch fertigschriebe und ihm eine nette Kaffeestunde schaffte. Er hatte wirklich keine Zeit, und ich wußte es mit meinem Verstand. Mein Gefühl rebellierte die ganze Zeit. Dabei fand ich zweibeinige Kletten furchtbar. Ribbeck war keine. Also hatte ich, was ich wollte.

Niemand wußte etwas über unsere Beziehung. Nicht einmal Lottchen, die sonst alles über mich wußte. Ich konnte einfach nicht über ihn sprechen. Über Sanchez hatte ich Lotte soviel berichtet, daß sie mit Recht genug von ihm hatte. Dabei war er mir im Grunde fremd geblieben. Und Ribbeck war mir in jeder Weise vertraut. Als ob ich ihn ewig gekannt hätte – mit seinen Vorzügen und Schattenseiten. Ich mußte Sanchez eben doch geträumt haben, und zum Schluß war er ein Alpdruck geworden. Ribbeck gab mir die Sicherheit, die ich brauchte, um das Leben zu ertragen. Wußte er es?

Je verstimmter ich über seine Nachmittagsbesuche mit Wegrennen war, desto mehr lachte ich beim Kaffee. Aber ich schien es zu übertreiben, wie fast alles, was ich tue. Denn eines Nachmittags sagte er: »Streng dich nicht so an. Ich will das nicht.«

»Keinen Schimmer, was du meinst.«
»Ich würde gern bei dir bleiben, und du weißt es«, sagte er mit aufreizender Geduld. »Aber ich bin zum Essen eingeladen und kann da nicht absagen.«
»Ich weiß, ich weiß, ich weiß!«
»Wiederholungen schwächen die Wirkung ab, mein Kind. Merk dir das für den Roman.«
Etwas knackste in mir, und es ist ein Wunder, daß er es nicht hörte. Ich war wild vor Wut oder Enttäuschung oder was weiß ich? Ich warf ihm meine Kaffeetasse an den Kopf. »Geh«, schrie ich, »ich hab' genug. Tu nicht so erstaunt. Du hast längst genug von mir. Du hast gehabt, was du wolltest. Du brauchst mich nicht anstandshalber zu besuchen.«
»An deiner Stelle würde ich nicht über Anstand reden. Du weißt nicht, was das ist.« – Er hob die Scherben der Meißener Tasse vom Teppich auf und tat sie in den Papierkorb. Wenn ihm etwas an dieser Situation leid tat, war es Mutters Tasse. Seine eiserne Kontrolle bewies mir schlagender als Worte, daß er seinen lyrischen Moment mit mir nun überwunden hatte. Es war aus. Leichenbestattung um fünf Uhr nachmittag. Lach mal, Moll! Ich lachte nicht. Ich zitterte und bebte am ganzen Körper. Aber den Mund konnte ich ums Verrecken nicht halten. Schon Carlos hatte mir wiederholt und im Ton äußersten Mißfallens versichert, daß ich zuviel rede. Aber ich bin leider eine Person, die nichts aus ihren Erfahrungen lernt. Molls Gesetz. Ich fragte, ob er immer noch da sei. Dabei stand er schon an der Tür. Sollte ich – wie damals in der Redaktion des *Komet* sagen, daß ich diese Lösung aufrichtig begrüßte? Ich spürte einen kalten Wind im Nacken, als habe er das Fenster wegen schlechter Luft geöffnet. »Damit du es weißt: ich verabscheue dich!«
»Du *mußt* dich beruhigen, Carla!«
»Du hast keine Verpflichtung mir gegenüber! Schließlich hast du keine Jungfrau verführt.«
»Wer will das? – Höre, ich . . .«
»Ich will nichts mehr hören.« Ich rannte ins Schlafzimmer und schloß die Tür ab. Ich mußte an einem kalten windigen Berliner Nachmittag einen Tropenkoller haben. Er klopfte ungeduldig an die Tür. Er war also immer noch da. Ich rührte mich nicht.
»Laß mich rein! Bitte!«
Das tat's. Ich öffnete, warf mich wieder aufs Bett und schloß die

Augen, weil ich ihn nicht länger ansehen konnte. Er war sehr blaß, und große Schweißtropfen standen auf seiner hohen Stirn. Auch sein dünnes blondes Haar schien feucht vor Schweiß. Er beugte sich zu mir und drehte mein Gesicht zu sich. Dann ließ er mich abrupt los. »Höre gut zu. Du bist überarbeitet und sowieso nicht taktfest. Ich will den Unsinn vergessen.«

»Geh endlich!«

»Sofort! Ich bin sowieso über meine Zeit geblieben. Nur eins: ich will keine Szenen von dir haben. Ich erwarte ein Minimum an Respekt.«

Ich starrte ihn an. Viel später erkannte ich, daß er trotz seiner Jugend nicht nur Haltung, sondern Würde besaß. Und die hat man, ob man achtzehn oder achtzig ist. Respekt haben und empfangen war keine Konvention bei ihm. Es war eins seiner Lebensgesetze, das seinen Umgang mit Menschen bestimmte. Aber in diesem Augenblick, als er das mit ruhiger Stimme und erschütternder Dringlichkeit sagte, sah ich rot. Ich gab ihm nicht das lumpige Minimum an Respekt, das er brauchte wie das Licht des Tages, wie Arbeit und Entspannung, wie Liebe und Leben. Ich mußte verrückt geworden sein.

»Ich bin eben blöd«, sagte ich heiser. »Saublöd! Was du wirklich von mir willst, kannst du bei deinen kalten Huren haben. Ich ... ich ... Ich geb dir alles, was ich habe!«

»Eine halbe Portion von dir langt mir für eine ganze Weile.«

»Du kommst und gehst, wie es dir paßt! Und ich sitze hier wie bestellt und nicht abgeholt. Für wen hältst du mich? Du bleibst nur über Nacht, wenn du es mal wieder brauchst!«

Er sah mich so grimmig an, daß ich wieder die Augen schloß. Ribbeck tötet keinen mit einem Übermaß an Liebenswürdigkeit; aber dieses Gesicht hatte er mir nicht einmal bei dem letzten Krach in der Redaktion gezeigt.

»Du hast nie eine Ahnung gehabt, was ich von dir will. Vielmehr was ich wollte. Was noch schlimmer ist: Du weißt nicht, wann's geklingelt hat.« Er gönnte mir keinen Blick und ging zur Tür. Ich sprang auf. Ich wollte sagen, es täte mir leid, brachte aber keinen Ton aus der Kehle. Was hatte ich angerichtet! Nur er auf der ganzen Welt sorgte für mich und sorgte sich um mich und machte mir auch noch eine Karriere – geduldig, intensiv beteiligt, völlig selbstlos. Und in zärtlichen Stunden bürstete er mein langes Haar, das ihn irgendwie bezauberte, und zog mich wie ein Kind an und aus. Es war nicht wahr, daß er nur *das* wollte. Wenn er mich blaß und erschöpft fand, nahm er

mich lange Latte auf seinen Schoß und strich mir das Haar aus der Stirn und sprach ruhig und liebevoll mit mir. Er machte Abendbrot und Getränke mit derselben Flinkheit und Geschicklichkeit wie Bender. Und Bender bediente diesen sehr verwöhnten Mann so erstklassig, weil er wußte, Ribbeck konnte auch ohne ihn auskommen.
»Bleib!« Ich rannte zu ihm und klammerte mich an ihn. Ich schluchzte und hustete und ließ ihn nicht los. »Verzeih mir!« Ich hatte nie jemanden um Verzeihung gebeten; nicht einmal Mutter. Er löste sich vorsichtig aus meinen Armen – sehr vorsichtig. Aber dann umfaßte er meine Schultern mit festem Griff. »Zerstör nicht, was zwischen uns ist«, sagte er heiser. Drohung? Warnung? Beschwörung? – Er hatte einmal gesagt, ich tanze auf den Gefühlen anderer herum und sei selbst eine Mimose. Ich solle es einmal umgekehrt versuchen.
Tagelang hatte ich blaue Flecken, wo er zugepackt hatte. Am nächsten Tag rief er vom Grunewald an, er müsse plötzlich verreisen. Mir wurde kalt. Ich schrieb ihm zwei Briefe, die er nicht beantwortete. Von Frau Hannemann hörte ich eine Woche später, er sei nur zwei Tage verreist gewesen. Er hatte immer noch den Schlüssel zu meiner Wohnung. Ich hatte keinen zu seinem Haus. Aber da waren Bender, seine Wirtschafterin und seine vielen Gäste und Musiker.
Als ich eines Nachmittags nach Haus kam, saß er am Schreibtisch und las die neuen Kapitel. Er sprang auf und sah mich an. »Wenn ich *das* könnte«, murmelte er. – »Was wäre dann?« – Er sagte unfreundlich, er könne sich nichts ausdenken. Er fragte, wo ich gewesen wäre. Ich hatte bei Lotte zu Mittag gegessen. Ich stand immer noch an der Tür. Er war zum Schreibtisch zurückgegangen und tat die neuen Kapitel mit seinen Anmerkungen in die grüne Mappe zurück.
»Möchtest du nicht nähertreten?« fragte er, als wäre es seine Wohnung.
Ich kam vorsichtig näher. Ich wollte nicht zerstören, was zwischen uns war.
»Noch etwas näher.« Er breitete die Arme aus, und ich lief hinein wie in mein Haus. Herr im Himmel, er hatte mir gefehlt!
»Oh, Ribbeck! Magst du mich noch ein bißchen?«
»Leider.«
Ich nannte ihn immer ›Ribbeck‹. Später erfand ich einen Privatnamen für ihn. Als ich ihm sagte, mein zweiter Vorname sei ›Ulrike‹ nach Großmutter Moll, nannte er mich manchmal »Rieke«. In besonderen Augenblicken.

Alles war wieder gut. Ich fragte ihn, ob Bender besseren Kaffee mache.

»Ja.«

»Warum hast du ihn nicht mitgebracht?«

»Bender ist schreckhaft. Ich weiß ja nicht, was du ihm an den Kopf werfen wirst.« Wir lachten. Er saß auf dem großen Gobelinsessel, den er sich geschenkt hatte, und ich saß auf seinem Schoß mit den Armen um seinen Hals und küßte ihn, wo die Küsse hintrafen – Stirn, Ohren, Nase, Lippen.

»Rieke, Rieke. Du böses Mädchen!«

»Oh, Ribbeck! Du darfst mich nie wieder verlassen!«

»Soweit ich mich entsinne, hast du mich hinausgeworfen!«

»Ich liebe dich doch!«

»Das zeigst du auf eine merkwürdige Weise.«

»Und du zeigst es mir überhaupt nicht.«

»Wie bitte?«

Er trug mich ins Schlafzimmer. Er blieb den Abend. Er blieb die Nacht.

## II

Ich weiß nicht, wieso er soviel über das Romanschreiben wußte, obwohl er selbst keine Romane schrieb. Er erklärte, der eine wüßte und der andere schriebe; das sei nun einmal so. Das Manuskript wurde immer dicker, und ich immer dünner. Er wollte mit mir verreisen, sobald das Buch fertig war. Ich sagte, das wäre zu schön, um wahr zu sein. Es war zu schön, um wahr zu sein.

Ich lernte viel von ihm, weil er seine scharfe Kritik mit Zucker bestreute. Ich war noch unsicher und sofort entmutigt. Er schrieb deshalb das Meiste ins Manuskript oder ließ mir Zettel mit Anmerkungen. Er wollte keine Szene. Noch heute mag ich keine unverblümte Kritik – aber damals hätte sie mich ganz entmutigt. Was er mir sagte, brachte er vorsichtig an.

»Du erklärst noch etwas zuviel. Die Leser denken sich ganz gern ihr Teil und wollen sich ihre eigene Meinung bilden. Sehr oft sind sie intelligenter als der Autor.« Wir lachten. Aber ich merkte mir die Lektion. Er brachte Bücher, die ich aus bestimmten Gründen lesen sollte. Er diskutierte alle möglichen Arbeitsprobleme mit mir, obwohl er nachmittags abgekämpft bei mir ankam. Er lehrte mich das Wichtig-

ste: systematisches Arbeiten. Methode. Er suggerierte Änderungen und Umschreiben. Ich begann freiwillig, Seiten noch einmal zu schreiben, wenn sie ihm oder mir nicht gefielen. Wenn er »gut« sagte, war ich glücklich. Dann war es nicht schlecht.
»Du meinst wirklich, es wird was?« fragte ich ihn immer wieder.
»Es ist schon etwas. Aber du mußt weiterschreiben. Nachher reisen wir.« Ich schrieb weiter. Aber nachher reisten wir nicht.
Es war mein Buch. Sein Buch. Unser Buch. – Als es zu drei Vierteln geschrieben war, hätten keine zehn Pferde und Ribbeck dazu mich vom Schreibtisch wegreißen können. Wir wollten später Ferien machen. Später ...
Ich erlebte am Schreibtisch merkwürdige Dinge. Meine Personen und ihr Hintergrund wurden in dem Maß lebendiger, wie Venezuela und seine Menschen immer schattenhafter wurden. Bis ein Brief von Ulrich Bendix kam. Es war ein dicker Luftpostbrief. Nicht, weil Ulli plötzlich ein Brieffanatiker geworden war, sondern weil er eine Zeitung eingelegt hatte. »Erinnern Sie sich an ihn, Carla Moll?«
Natürlich erinnerte ich mich an ihn. Die Schatten waren wieder springlebendig. Coopers Gastmahl in Puerto Ajacucho. Cooper, die Prestons, Sanchez und das Ehepaar Padilla – Zaungäste im Gebüsch! – Wie lange war das her? Ein Jahr? Hundert Jahre? Schlagzeilen aus Venezuela wirken nicht besonders erheiternd auf mich, und diese waren schauerlich.

*Flammentod in Maracaibo.*
Sonderbericht von Juan Picado, Caracas

Venezuela 1971.

Vor einigen Tagen spielte sich eine Tragödie am Maracaibo-See ab. Dieses tropische Erdölparadies von Venezuela besteht in der Hauptsache aus schwärzlichem Schlamm und Kanälen zu den riesigen Raffinerien. Tausende von Bohrtürmen im Maracaibo-See, staubige Kakteen und armselige Fischerhütten am Strand waren Zeugen eines Unfalls, den die moderne Industrie verursacht hat.
Bevor Maracaibo sich der Gewinnung des »Schwarzen Goldes« verschrieb, war es ein idyllisches Fischerdorf. Strand, Sonne, Wind und Wasser. Heutzutage liegt das Öl wie eine grünliche Riesenschlange auf dem See. Viele Arbeiter strömen in diese von Wüstenhitze und Erdöl verpestete Gegend. Die großen Petroleumgesellschaften zahlen gut und ignorieren das Hinterland und die Feindseligkeit der Motilo-

nes-Indianer. Unter den Arbeitern gibt es viele Neger, Mestizen und Mulatten, die Leben und Gesundheit für das schwarze Gold verkaufen.

*Cesare Perez*, ein Ölarbeiter aus Puerto Ordaz, ist in den brennenden Gasen, die einem *mechero* * entwichen, umgekommen. Er warf einen brennenden Lappen in das Öl, trat aber zu nahe an das Gerüst heran und verbrannte bei lebendigem Leib wie eine Fackel in der von Gasen erfüllten Luft. Ölarbeiter und Aufseher zogen den riesigen Mulatten beiseite und übergossen ihn mit Wasser, aber es war zu spät. Auf dem Weg zum Hospital »Zur Heiligen Schmerzensmutter« erlag er den Brandwunden. Bevor er bewußtlos wurde, schrie er noch nach einer Frau namens *Anna*. Sie ist eine grauhaarige Europäerin, die sich mittlerweile bei den Behörden gemeldet hat. Sie heißt Anna Carlovac, ist Kassiererin in dem berühmten Restaurant Chang in Maracaibo und hat der Polizei eine sensationelle Enthüllung gemacht: der verstorbene Cesare Perez war in Wirklichkeit der seit Monaten gesuchte Camilo de Padilla, ein Orinoco-Guerilla, der den Nordamerikaner *Gilbert Preston* aus Puerto Ordaz entführte und ihn mit Hilfe seiner Spießgesellen ermordete. Señora Carlovac und Pater Antonio Valdivia folgten als einzige dem Sarg des Mörders. Padillas Mutter in Puerto Ordaz ist inzwischen vor Kummer gestorben, da seine blutjunge Ehefrau mit ihrem Liebhaber verschwand, nachdem beide das Haus der alten Frau ausgeraubt hatten. Señora Carlovac, die längere Zeit in einem vornehmen Fremdenheim in Puerto Ordaz lebte, sah Padilla durch einen reinen Zufall in Maracaibo wieder. Ein einflußreicher Freund hatte ihr die hochbezahlte Stellung als Kassiererin und Vertrauensperson im Restaurant Chang verschafft. Sie möchte den Namen ihres Gönners, der zu den bekanntesten Großindustriellen dieses Landes gehört, nicht nennen.

Pater Valdivia erklärte, er habe Perez-Padilla wie viele andere Ölarbeiter geistlich betreut. Der riesige Mann war bei der heiligen Messe, die er nie versäumte, öfters in Tränen ausgebrochen, und in den letzten Monaten seines Lebens hatte er Wahnvorstellungen vom Fegefeuer. Wir fragen uns, ob sein Flammentod wirklich ein Unfall war. Wir werden es nicht erfahren.

Señora Carlovac erkannte Padilla, als er eines Abends um das Restaurant Chang herumschlich. Sie hat sich in christlicher Nächstenliebe

* Rohr

des Unglücklichen angenommen, soweit ihre verantwortungsvolle Arbeit im Restaurant Chang es zuließ. Bei Anbruch der Nacht schlich Padilla sich durch den Hintereingang des Restaurants in einen Schuppen, wo er geduldig wartete, bis Señora Carlovac ihm etwas zu essen bringen konnte. Señora Carmen Tsung, geborene Chang, die Besitzerin des Restaurants, drückte beide Augen zu, wenn sie ihre Kassiererin mit verdeckten Schüsseln zum Schuppen gehen sah. »Wir Chinesen denken dreimal und atmen zehnmal ein und aus, bevor wir einem Unglücklichen Essen und Trost verweigern«, erklärte die allgemein respektierte Chefin des berühmten Lokals, eine treue Tochter der Kirche und glückliche Mutter dreier Söhne. Ihr Ehemann leitet mit großem Erfolg ein bekanntes chinesisches Hotel in Maracaibo.
Wir erfuhren von Pater Valdivia, warum Padilla bei seinem guten Gehalt in Lumpen herumlief und sich sein Essen erbettelte. Monat für Monat übergab er dem Priester sein Geld für die Schützlinge der Kirche. Vielleicht hat ihm in seiner von Reue zerrissenen Seele das Ideal franziskanischer Armut vorgeschwebt, das in unserem Land trotz des ›Schwarzen Goldes‹ weiter seine Macht über die Gläubigen ausübt. Auch das werden wir nicht erfahren. Das Leben und Sterben der Heiligen und Sünder bleibt ein Mysterium, an das man nicht rühren darf.

»Ein merkwürdiger Kontinent«, sagte Ribbeck, als ich ihm am Sonnabendnachmittag den Zeitungsbericht zeigte. »Kanntest du diese Padillas?«
»Ich traf sie im Hotel Amazonas. Mit Cooper, Preston und Ulli Bendix.«
»Und Sanchez?«
»Und Sanchez.«
»Wie wäre es, wenn du mir endlich die Sache von Anfang bis zu Ende erzähltest?«
Ich erzählte ihm die Sache. Wie ich auf der Jagd nach Bonnhoff diesem Señor Sanchez in Caracas ins Haus fiel, bis zu meinem letzten Besuch in seinem Gespensterhaus am Orinoco. Ich verschwieg ihm nur das schreckliche Wochenende mit Sanchez in seinem Haus bei Puerto Cabello.
Ribbeck reagierte sowieso sauer auf meine Erlebnisse in Venezuela. Dazu brauchte er gar nicht in der Redaktion zu sein. Er unterbrach mich mit keinem Wort. Aber sein Gesicht wurde immer starrer. Das

ist das Schlimme bei eisern beherrschten Männern: sie fressen alles in sich hinein. Und Sanchez war ein ganz hübscher Brocken.
Ribbeck sprang auf. »Komm, wir fahren zu mir!«
Übers Wochenende war er immer allein zu Haus, seine Wirtschafterin ging zu ihrer Familie und Bender zu seinem Mädchen. Ja, Bender, der Mann ohne Vornamen, hatte ein Mädchen.
Ich suchte nach meinem weißen Mantel, den Ribbeck liebte, und konnte ihn nicht finden, weil Frau Frosch ihn zur Reinigung gebracht hatte. Ribbeck stand schon in der Halle und fragte wie ein alter Ehemann: »Kommst du oder kommst du nicht?«
Hatte ich ihm zuviel erzählt? Oder hatte er sich zuviel zugemutet? Während der Fahrt in den Grunewald betrachtete ich ihn von der Seite. Er hatte verdammte Ähnlichkeit mit Chefredakteur Ribbeck, dem bekannten Ekel. Ich fühlte Schwindel und leichte Übelkeit. Einmal arbeitete ich zum ersten Mal sehr hart, und da war Ribbeck mit seinen Ansprüchen. Ich sollte ununterbrochen das schönste, eleganteste, begabteste Mädchen sein; mit dem Temperament einer Cleopatra und der Bescheidenheit eines Veilchens. So einfach war das! Er hatte die Lippen zusammengepreßt, und die steile Falte zwischen seinen Augen vertiefte sich. Sanchez lag ihm im Magen. Ich schluckte und hustete, weil ich einen Kloß im Hals hatte. Er sagte, es sei etwas spät für Krokodilstränen.
»Fahr mich nach Haus. Du bist wahnsinnig ungerecht. Ich verabscheue Sanchez.«
»Das will bei dir nicht viel sagen. Streu mir bitte keinen Sand in die Augen.« Er fuhr in Richtung Grunewald weiter. Dachte er daran, wie ich damals im Restaurant am Kurfürstendamm Sanchez mit den Augen verschlungen hatte?
»Soll ich dir sagen, wo der Hase im Pfeffer liegt, Carla? Du kannst nicht *nein* sagen. Dir fehlt eben . . .«
»Soll ich dir sagen, was dir alles fehlt?«
»Bitte sehr. Sprich dich aus.«
»Ein anderes Mal«, sagte ich müde.
Er hielt vor seinem Gartentor. »Mit wem gehst du aus, wenn ich abends fort bin? Wie oft sagst du *ja?* Antworte!«
Er packte mich an den Schultern, er mußte verrückt geworden sein. Oder ich war verrückt gewesen, daß ich ihm die Wahrheit über Sanchez gesagt hatte.
»Wird's bald?« fragte er mit schrecklicher Ruhe.

»Zerstör nicht, was zwischen uns ist.«
Er blickte mich an wie Lazarus, der von den Toten zu den Lebenden zurückkehrt. Sein Gesicht war ausgehöhlt. Er vergrub es in meinem Haar. »Gib mir Zeit! Um Himmels willen, gib mir Zeit.«
»Oh, Ribbeck! Ich gebe dir alles, was du willst.«
Bender hatte alles vorbereitet. Ribbeck goß nur den Kaffee auf. Wir gingen Arm in Arm durch das große Haus und ins obere Stockwerk. »Hier kommt die Braut«, sagte ich lachend. »Bring mich nicht auf Ideen«, sagte er.
Gegen Abend spielte er Geige. Ich hörte ihn zum ersten Mal. Der große Raum mit dem Flügel und den Notenpulten lag im Halbdunkel. Ribbeck spielte auswendig. So brachte er mich in seine eigene Welt, und es war das Klügste, was er an diesem Tag tun konnte. Schwaches Licht fiel auf ihn und die Stradivari. Seine Bogenführung schien mir sehr elegant. Dann betrachtete ich sein Gesicht. Er lauschte mit geschlossenen Augen den eigenen Tönen: konzentriert, befreit, unangreifbar. Ganz fremd.
Er ließ den Bogen sinken und hüllte die Geige so sorgsam in ihr seidenes Tuch wie sonst mich in meinen Mantel. Dann legte er sie wie eine Geliebte in ihr mit Samt ausgeschlagenes Bett. Sie *war* seine Geliebte. Meine Konkurrenz. Vielleicht meine Todfeindin.
»Du bist mir ganz fremd, Ribbeck.«
»Unsinn! Meine Geige ist dir fremd. Ihr müßt euch eben kennenlernen.«
»Ich versteh nichts von Musik.«
»Hauptsache, du verstehst etwas von mir«, sagte er umgänglich. Er zog mich in die Bibliothek, wo wir Sekt tranken und Benders unvergleichliche kalte Platten uns erwarteten. Ribbeck bediente mich wie eine Prinzessin. »Bist du mir noch böse, Rieke?« Ich schüttelte den Kopf. Er war schwierig, von Natur ein kalter Fisch, und plötzlich liebte er eine junge Frau mit aufgesparter Leidenschaft, eifersüchtigem Mißtrauen und wahrscheinlich tausend unterdrückten Qualen, die er mit galligem Sarkasmus abzuschütteln suchte. Soviel verstand selbst ich, die ich meistens an mich denke, von ihm. Er hatte eine gewisse Neigung zur Brutalität, wenn man ihn provozierte. Nicht im Beruf, wo er mit kalter Höflichkeit tötete. Aber privat. Schließlich hatte er die dicke Annemarie Schmidt, die sich selbst seinen »Gebrauchsartikel« nannte, mehrere Male verprügelt. Er war überschlank, aber sehnig und hatte körperliche Gewandtheit und Kraft. Verschwand er

manchmal auf Wochen nach einer unserer Meinungsverschiedenheiten, damit er mich nicht prügeln konnte? Nein – das würde er nicht fertigbringen. Aber ich nehme an, er traute sich selbst nicht ganz. Wenn er mich nur ignorierte, was er in solchen Fällen mit großer Konsequenz tat, konnte nichts Unwiderrufliches passieren.
Wenn Sanchez Leidenschaft für eine Frau fühlte, war es ihm völlig gleichgültig, wer davon wußte und wer nicht. Ribbeck versteckte mich. Und seine Gefühle versteckte er möglichst vor mir, vor sich und selbstverständlich vor allen anderen. Er würde tagelang über seinen Eifersuchtsanfall mit sich selbst hadern. Er war von Natur sehr mißtrauisch, und daß man ihm Sand in die Augen streute, wo man nur konnte, war eine seiner Zwangsideen. Bei mir war die Haltung ziemlich unangebracht, da ich viel zu selten ein Blatt vor den Mund nehme und rot werde, wenn ich lüge. Ich wollte ihn nicht belügen oder verletzen; aber es passierte eben doch, und ich saß dann wieder im Wartesaal – Stunden und Tage. Einmal rief ich ihn während einer Krise in der Redaktion an, aber er ließ sich nicht sprechen; genau wie er damals meine Briefe nicht beantwortet hatte. Er liebte mich wirklich, aber er war unbeugsam. Wie gesagt, er war nicht ganz einfach. Aber er war bereits mein ganzes Leben, und das war nicht zum Totlachen. Er wollte wirklich mehr von mir als Spaß im Bett. Er wollte alles aus mir machen, was zu machen war, und er trieb mich weiter unnachsichtig an den Schreibtisch. Einmal hatten wir ziemlichen Krach wegen meiner Freundin Lotte. Er konnte nicht verstehen, daß jemand, der seinen Doktor der Philosophie gemacht hatte, sich damit begnügte, Kurt Sommers Hemden zu plätten und seine Kinder zu betreuen. Er vergaß, daß es bei Sommers ohne Bender gehen mußte. Er äußerte keinen Wunsch, Lottchen kennenzulernen. Kurt kannte er durch Susanne Wirth und Dr. Benedikt, ihren Mann. Benedikt war Kurts bester Freund, und Ribbeck war sehr verbindlich, da Kurt bereits ein sehr bekannter Anwalt war. Ribbeck war kein Snob, dazu war er gesellschaftlich zu sicher und gesichert. Er erkannte Leistungen an und erwartete sie bei sich und anderen. Aber er wollte auch mit Kurt, meinem liebsten Freund, nicht viel zu tun haben und vermied es, ihn allzu oft bei Benedikts zu treffen. Er hätte gern gesehen, daß Sommers vom Erdboden verschwanden, weil ich dauernd mit ihnen zusammensteckte. Ribbeck kannte ganz Berlin, und ich war glücklich mit Lottchen und Kurt. Aber ich sollte nur ihn, Ribbeck, lieben und auf ihn warten und arbeiten, wenn er nicht zu mir kommen konnte. San-

chez huldigte der lateinamerikanischen Ansicht, daß eine junge Frau daran arbeiten sollte, einen Mann zu bezaubern, und dafür wurde sie von ihm in jeder Hinsicht unterhalten. Das hatte mir recht gut gefallen ... Ich hatte wenig Talent zur Ameise. Susanne Wirth war eine; warum hatte Ribbeck sie nicht geheiratet? Ich wußte es genau. Weil sie sich nicht anziehen konnte und ihn als Frau kalt ließ. Ich konnte sie nicht ausstehen mit ihrer Musik und ihrem öden Juristenverstand und ihren unmöglichen Kleidern. Mein Lottchen konnte sich anziehen, was sie wollte, und es war keineswegs immer das Richtige; aber sie war so hübsch und appetitlich und klug und warmherzig. Man mußte sie lieben. Sie wußte wenig über Ribbeck und mich. Ich konnte immer noch nicht über ihn sprechen. Das konnte ich ihm nicht antun.

Mein Roman war bereits angenommen, und Ribbeck hatte herrliche Bedingungen für mich herausgeschlagen. Auf das erste Prozentangebot des Verlags hatte er nur »Wie bitte?« gefragt.

Ich fragte ihn, ob er mich gelegentlich in ein Konzert mitnehmen würde. Etwas für Anfänger.

»Ist das dein Ernst?« Er sah ganz glücklich aus.

»Natürlich«, sagte ich zögernd. »Wenn du dabei bist, gewöhne ich mich vielleicht an Musik.«

»Wenn du dich an mich altes Ekel gewöhnt hast, dann kannst du dich an alles gewöhnen.«

Fünf Uhr nachmittag war unsere Stunde für Kaffee und Bekenntnisse. So erfuhr ich eines Tages, warum Ribbeck sich zweimal erfolgreich entlobt hatte. Braut Nummer Eins hatte die Insel Lesbos bewohnt. Genau das Richtige für ihn! – Nummer Zwei hatte versucht, ihm Sand aus einer anderen Kiste in die Augen zu streuen – ein hoffnungsloses Unterfangen. Sie hatte ein Baby, das sie bei Pflegeeltern in der Umgebung von Frankfurt versteckte. Ribbeck fand es spielend heraus: das Baby spielte im Vorgarten.

»Wenn ich Kinder haben will, mach ich sie mir selbst.« Er hatte nie ein wahreres Wort geäußert.

»Wer ist der Kerl?« fragte Lottes Vater. »Dem werde ich die Meinung sagen, daß er die Engel im Himmel singen hört.«

»Das wird ihn erfreuen. Er ist entsetzlich musikalisch.«

»Wer ist es, Carlchen?«

»Ich kann es dir nicht sagen.«

»Du kannst mir alles sagen, Mädel. Ist er, hm, verheiratet?«

»Nein. Bitte, laß mich in Ruh, Onkel Schneider. Ich verdiene genug Geld für Zwillinge. Sei nicht so altmodisch.« Ich machte mein starrsinniges Gesicht, und Lottes Vater seufzte. Er hatte mich in diese Welt gebracht, und seitdem fühlte er sich für mich verantwortlich, weil mein Vater nicht taktfest gewesen war und ziemlich komische Sachen angestellt hatte.

»Warum will der Bursche dich nicht heiraten?«

»Wer hat gesagt, er will nicht? Ich will nicht. Aber er erst recht nicht. Gelernter Junggeselle.«

»Ein gelernter Lump, wenn du mich fragst.«

»Ich hab' dich nicht gefragt. Er ist kein Lump. Er ist... er ist...«

»Laß mich mit ihm sprechen, Mädel. Nun?«

Ich schüttelte den Kopf. Ich wollte keine Klette sein. Ribbeck würde das hassen und mich dazu. Lottes Vater gab mir Medizinflaschen und Pillen auf den Weg. Es war dreiviertel fünf, und ich durfte Ribbeck nicht warten lassen.

»Warum soll ich so viel Medizin nehmen, Onkel Schneider?«

Er sagte mürrisch, ich sei nicht die Kräftigste und ich hätte vor Monaten den Kollaps gehabt und . . . und . . .

»Du meinst, ich werde bei der Geburt abkratzen?«

»Ich meine, dein Kind braucht einen Vater, du dumme Gans!« Mir traten die Tränen in die Augen – wie immer jetzt –, und Lottes Vater tröstete mich wieder einmal. Er sagte *nicht*, wie gut, daß Mutter das nicht erlebt hätte, und das war hochanständig von ihm, denn es lag ihm auf der Zunge. »Denk in Ruhe über alles nach, Mädel. Trink deine Milch. Geh früh schlafen. Fahr nicht so wild! Ich seh dich dann nächste Woche. Wenn du mir vorher was sagen willst, ruf mich an. Jederzeit.« Ich küßte ihn hastig. »Ich muß rennen.« Er fragte, ob es eine so dringende Verabredung wäre, daß ich mir nicht einmal mein Kleid zuknöpfen könnte.

Ribbeck kam drei Minuten nach mir. »Was ist los mit dir?«

»Nichts. – Wie immer.«

»Fühlst du dich schlecht? Soll ich gehen?«

Ich schüttelte den Kopf, rannte aus dem Zimmer und übergab mich heftig. Er kam mir nachgelaufen, als er mich stöhnen und würgen hörte. »Geh raus!« Er stützte mich und hielt meinen Kopf, bis ich mich endlich ausgekotzt hatte und zitternd und schweißbedeckt ein Glas Wasser im Badezimmer trank. »O mein Kleid! Geh raus! Alles

riecht ... Ich auch.« Ich weinte. Ich war am Anfang des dritten Monats, und entweder heulte ich oder übergab mich morgens und nachmittags.
Er zog mich aus und ließ mir ein Bad ein. Er rieb mich mit Kölnisch Wasser ab und legte das beschmutzte Kleid und mein bißchen Wäsche in Seifenwasser. Bender hätte es nicht flinker und besser machen können. Mir war schwindlig, und er hob mich in die Badewanne. Er war mir wunderbar vertraut. Er trocknete mich ab und zog mir den Schlafanzug und meinen Morgenrock an. Ich hatte ihn nie so geliebt. Er trug mich zur Couch. Ich dachte, wie schön es wäre, wenn ich jetzt sterben würde. In diesem Augenblick seiner vollkommenen Liebe und Fürsorge.
»Jetzt duftest du wieder nach Rieke.«
»Warst du nicht angewidert?«
»Nichts an dir kann mich anwidern. Was ist nun wieder los? Bitte, weine nicht so. *Was* fehlt dir, Kind?«
»Der Hummersalat ist mir nicht bekommen.«
»Das war vorgestern abend.« Er sah mich durchdringend an. Dann fragte er, wie weit ich wäre, und ich sagte es ihm.
»*Das* hast du mir verschwiegen?«
»Vergiß es sofort wieder. Tausende von Frauen ziehen ihre Kinder allein auf. Das werde ich auch tun.«
»Das arme Kind!« – Er drehte mir den Rücken zu und studierte die Büchertitel auf den Borten. Dann drehte er sich mit dem bekannten Ruck um und fragte, was ich gegen den Namen ›Ribbeck‹ hätte.
Ich starrte ihn an. »Du denkst, du mußt mich heiraten.«
»So?«
»Du denkst, ich habe dir eine Falle gestellt!«
»So?«
»Sag nicht dauernd ›so‹.«
»Schreib mir nicht vor, was ich sagen soll. Wir sind noch nicht verheiratet. Deine Räume sind sowieso in zehn Tagen fertig. Bender hängt gerade die Gardinen auf.«
»Das kann er auch?«
»Er kann alles. Und viel besser als eine Frau.«
»Du brauchst wirklich nicht zu heiraten.«
»Ich heirate nicht, damit du die Gardinen schief aufhängst.«
»Oh, Ribbeck!« Ich sprang auf und umarmte ihn stürmisch. »Vorsicht«, sagte er. »Nimm wenigstens Rücksicht auf den Kleinen!« – Er

legte mich auf die Couch zurück. Aber ich wollte den Kaffee machen. Ich fand, das war ich ihm schuldig. Er sagte, ich solle liegen bleiben und mich schonen. »Onkel Schneider sagt, Kinderkriegen ist sehr gesund.« Er ignorierte die Information und brachte den Kaffee und bunte, entzückende Petit Fours, die er öfter für uns kaufte. »Warum ißt du nichts?« fragte er ängstlich.

»Ich mag jetzt nicht. Vielleicht später. Du – wir brauchen aber wirklich nicht sofort zu heiraten. Man wird mir noch lange nichts ansehen. So eine Blitzheirat bringt deinen ganzen Fahrplan durcheinander.«

»Willst du warten, bis der Bengel zu unserer Hochzeit Blumen streut?«

»Du willst also wirklich und wahrhaftig? Und du hast gleich uns beide auf dem Hals. Weißt du, was du dir auflädst?«

Er studierte wieder meine Bücher. »Wenn's eine Tochter wird, dann muß sie wie du aussehen! Sonst wird sie zurückgeschickt.«

## II

*Lotte Sommer:*

Es gibt Enttäuschungen, die man schwer verwindet. So konnte ich mich nicht damit abfinden, daß ich keine Beziehung zu Ribbeck fand. Natürlich ist er nicht der Angenehmste; besonders nicht, wenn er unangenehm wird. Aber Carlchen gehört bei uns zur Familie, und ich versuchte immer wieder, ihren Mann einzubeziehen. Ich stieß bei Ribbeck auf Granit. Kurt schert sich nicht um seine kalte Höflichkeit. Er sagt: »Denn nicht, liebe Tante!« – Aber mir ist es schmerzlich, daß Ribbeck immer entschlossener versucht, unser Carlchen von uns fernzuhalten. Und daß sie ihn wirklich liebt, kann ich überhaupt nicht verstehen. »Du magst ihn eben nicht, Lottchen! Weil du ihn nicht kennst.« Ich weiß nur, daß Ribbeck keinerlei Kontakt mit uns wünscht, weil er sie mit niemandem teilen will. Das ist das Malheur bei solchen Vernunftmenschen: sie haben keine Vernunft. Ribbeck hat die Lehrzeit der Gefühle verpaßt; er traf Carlchen fünfzehn Jahre zu spät. Jetzt will nur er ihre ganze Welt sein. Er will ihr auch alles geben – einschließlich neuer Erinnerungen. Aber das ist nicht so einfach, wie er denkt. Wer einmal schicksalhaft unsern Weg gekreuzt hat, der läßt sich nicht auslöschen. Mir kommen Erinnerungen wie

Besucher vor, die man zuerst freudig begrüßt und später nicht mehr los wird. Und Ribbeck möchte jetzt die Familien Schneider und Sommer aus Carlchens Gedächtnis löschen, wie er es mit Sanchez und jenem mythischen Sturmbannführer Bonnhoff getan hat.

Beim Hochzeitsempfang in Ribbecks Haus wurde Carla plötzlich weiß und klammerte sich an ihn: »Da kommt Bonnhoff!« Sie starrte einen älteren untersetzten Herrn an, der gerade ins Zimmer trat. Er hatte hypnotische überhelle Augen und ein volles schwammiges Gesicht. Ribbeck erklärte ihr, dieser Gast wäre einer der Direktoren seines Zeitschriftenkonzerns und finge niemals Fische am Orinoco. An diesem Nachmittag sah Carla wunderschön aus. Zu ihrem taubenblauen Kleid trug sie die rosa Perlen von Ribbecks verstorbener Mutter. Er selber hatte zu diesem Ensemble ein Nerzcape beigesteuert. Ich konnte mich nicht genug darüber wundern, weil Carlchen mir sagt, daß er im Haushalt Abrechnungen über jeden Pfennig verlangt. Na, Kurt hat sich nie für mich ruiniert! Während des Empfangs lächelte Ribbeck sehr huldvoll, sogar glücklich; und scherzte mit Gregor Busch (entzückender Mensch) und Susanne Wirth (gräßliche Person). Aber er ließ Carla nicht einen Augenblick aus den Augen. Er hat beträchtlichen geistigen und sexuellen Einfluß auf sie; und er ist unleugbar ein bedeutender Mann; aber ich kann ihn trotzdem nicht ausstehen. Warum darf niemand wissen, daß er seine Frau liebt? Selbst Vater schüttelt manchmal über diese Ehe den Kopf, obgleich er natürlich sehr zufrieden ist, daß dieses Sorgenkind so glänzend versorgt ist. »Lottchen, das Mittelmaß fehlt. Entweder herrscht bei Ribbecks Gluthitze, oder er verzieht sich auf den Nordpol. Wenn sie den netten Richard Bendix, der sie so gern wollte, geheiratet hätte, dann hätten wir alle unsere Ruhe.« Aber Carlchen sagte von Ullis Bruder, er sei wie abgestandenes Selterwasser, und vielleicht wären alle Physiker so. Er sei auch viel zu nett. Da ist sie bei Ribbeck an der richtigen Adresse. Der ist in keinem Fall zu nett.

Ich werde nie seinen ersten Besuch bei uns vergessen. Er musterte mich von oben bis unten, und ich fühlte, daß er mich unelegant fand, zu dick, zu herzlich und nicht interessant genug für Ribbecks. Er verbreitete Unbehagen, wie mein Kurt Fröhlichkeit verbreitet. Übrigens hatte Carla mich nicht darauf vorbereitet, daß Ribbeck sehr groß ist und außerordentlich distinguiert wirkt. Es war ein gräßlicher Abend. Unser Carlchen wurde immer stiller und unglücklicher. Wir hatten eigentlich Bruderschaft mit Ribbeck trinken wollen; aber da hätten wir ihm genau so gut eine Bierreise auf den Mond vorschlagen können. Er hätte nur »Wie bitte?« gesagt. Das Einzige, was ihm an uns gefiel, war Kurts Mosel, dem er gehörig zusprach. Es ist unheimlich, was dieser kalte Fisch in sich reingießen kann, ohne daß man ihm etwas ansieht oder daß seine Laune sich bessert. Selbstverständlich schrie unser neues Baby wie am Spieß, und ich mußte dauernd rausrennen, weil Kurts Garderobenaufwand eine Kinderschwester ausschließt. – Unser Sohn Robert, der nicht einmal von Ribbeck eingeschüchtert werden kann, zupfte ihn am Rockärmel, um ihm etwas ins Ohr zu flüstern. Aber Ribbeck schüttelte ihn wie einen jungen Hund ab und sagte frostig: »Laß das!« Als Robert fragte: »Warum?« sagte Ribbeck, weil er es wünsche. Robertchen starrte ihn mit offenem Mund an, und Kurt zog unseren Sprößling eilig ins Kinderzimmer, bevor er mit Trompetenstimme seine Meinung über den neuen Onkel äußern konnte.

Ich möchte nicht wissen, wie diese Ehe ohne Bender ausgelaufen wäre. Denn Carlchen blieb trotz ihrer Vernarrtheit in Ribbeck weiter ziemlich unpünktlich, rücksichtslos, träge bis stinkfaul und ungastlich. Ribbeck nahm jede Rücksicht auf ihren Zustand, aber er führte kurz nach der Hochzeit bereits ein großes Haus. Gäste waren und blieben Benders Abteilung, und der durfte sich bei solchen Gelegenheiten so viel Hilfe engagieren, wie er brauchte. Ribbeck wollte eine sehr schöne, sehr elegante, hochbegabte und erfolgreiche Geliebte mit Ehering. Und diese Anforderungen erfüllte Carlchen, wenn es ihr gut ging. Leider war das während ihrer Schwangerschaft nicht immer der Fall. Sie war weiter merkwürdig und völlig unberechenbar; nur uns fiel das nicht mehr auf, weil wir sie so lange kannten. Dafür fiel es Ribbeck um so mehr auf, und er ignorierte sie konsequent nach jedem Krach, den Carlchen als »Meinungsverschiedenheit« bezeichnete. Vater sagt immer, sie sei nicht ganz ausgebacken. Manchmal sei sie zwölf und dann wieder viel weiser als ihre einunddreißig Jahre. Aber ich glaube, daß ihre sporadische Kindlichkeit und ihr Anlehnungsbedürfnis Ribbeck so tief bezauberten wie ihre Schönheit. Übrigens endeten manche Meinungsverschiedenheiten damit, daß Ribbeck sich sein Essen in der Bibliothek servieren ließ, während die gnädige Frau in ihren Räumen speiste.

Die geplante Hochzeitsreise fand nicht statt, weil Carla im vierten Monat eine Blutung bekam. Vater und Dr. v. Hartlieb verhinderten allgemeine Panik und verordneten ihr strikte Bettruhe und keine

Aufregung. Um fünf Uhr nachmittag kam Ribbeck nach Haus. Vater sagte, er habe grün ausgesehen, als er Carla totenblaß im Bett liegen sah. Übrigens war das kein Bett, sondern ein Gelände. Das noch ungeborene Kind schien Carla alle Kraft und jeden Blutstropfen wegzunehmen; und ich fürchte, Ribbeck begann damals, es abzulehnen. Vater brummte, ich solle keinen Unsinn reden. Aber sehr überzeugend klang es nicht.

Frau Hannemann erzählte, es sei mit Ribbeck in der Redaktion nicht auszuhalten.

Als es Carla besser ging, besuchte sie uns oft zum Mittagessen, weil Ribbeck um fünf nach Haus kam. Sie fürchtete immer, zu spät zu kommen, da er, wie in der Redaktion, nicht länger als zehn Minuten wartete. Sie sah so oft auf die Uhr, daß Kurt fragte, ob sie Carla Moll oder Ribbecks Sklavin sei. Sie lachte nicht, sondern sagte ernsthaft: »Weißt du, er erwartet ein Minimum an Respekt.« Kurt blickte gen Himmel. Aber dann schwatzten und lachten wir drei wie in alter Zeit, und plötzlich war die Uhr sieben. Carla wurde sehr blaß; ich war entsetzt, und selbst Kurt sah nicht vergnügt aus. Benders ›Fräulein Hertha‹ sagte ihm am Telefon, Ribbeck wäre mit Bender längst mit unbekanntem Ziel davongefahren. »Er ist wohl bei der keuschen Susanne«, meinte Kurt, aber er glaubte es selbst nicht. Benedikts waren erst abends für ihre Freunde zu sprechen. In diesem Augenblick klingelte es dreimal (Ribbecks Signal!), und Carlchen und ich fuhren zusammen. »Fassung, Mädels«, mahnte Kurt, als Ribbeck in der Halle erschien. Er kam ins Wohnzimmer, ohne seinen Mantel abzulegen, und verbreitete Gletscherluft. Seine Fähigkeit, im Handumdrehn Unbehaglichkeit zu schaffen und Schuldgefühle zu suggerieren, grenzt an Magie. Er begrüßte mich frostig, bemerkte mit Mißfallen Roberts Teddybären auf dem Teppich, die Reste seiner Eisenbahn auf dem Tisch und fragte Carla, warum sie ihn nicht benachrichtigt hätte, daß sie zwei Stunden später nach Haus käme. »Ich wußte es nicht.« – »Wie bitte?« – »Ich meine: ich vergaß die Zeit mit Lottchen und Kurt.« Ich sah an Ribbecks Miene, wie gut diese Antwort ihm gefiel. Die Situation war einfach lächerlich; aber niemand lachte. Ribbeck fragte, ob Carla jetzt bereit sei, nach Haus zu fahren, oder ob Bender sie später holen solle. Sie sagte, er solle sie in Ruhe lassen, und Ribbeck versicherte ihr, daß sie sich darauf verlassen könne. Er führe jetzt zu Hartlieb zum Musikabend. Er sagte nicht, wie er sich die Zeit von fünf bis sieben vertrieben hätte. Zum Abschied erklärte er, Herr Dr.

Schneider hätte seiner Frau nach sechs Uhr Bettruhe angeraten. Mir fiel später ein, daß er von Vater sprach. Meine Abneigung gegen ihn war so heftig, wie es bei meiner friedlichen Natur möglich ist. Ich küßte Carlchen, und Kurt schüttelte ihr die Hand. Er hatte seinen freundschaftlichen Abschiedskuß aufgegeben, nachdem Carla ihm etwas verlegen erklärt hatte, Ribbeck sehe es nicht gern. »Du, Kurt! Ich sagte ihm, du wärst nicht für so lange Latten!« Aber diese Information war bei Ribbeck offenbar auf steinigen Boden gefallen.
Bender wartete unten am Wagen. Im Schein der Laternen war sein Gesicht glatt und ausdruckslos wie eine Kachel. Er hatte mir nichts getan, aber ich konnte ihn gleichfalls nicht ausstehen. Ich weiß, es war irrational und scheußlich ungerecht von mir. Bender war perfekt. Vielleicht irritierte mich gerade das? Ribbeck sagte kalt: »Ich wäre Ihnen dankbar, lieber Sommer, wenn Sie meine Frau bei ihrem nächsten Besuch in Ihrem Haus an die Zeit erinnern wollten! In angenehmer Gesellschaft vergißt sie alles.« Kurt sagte, das sei ein großes Talent, und Ribbeck erwiderte, er hätte eine Konferenz abgesagt, um pünktlich um fünf Uhr zu Haus zu sein. Kurzum: Jubel über Jubel! – Wir standen beide um den Wagen herum, während Bender die Gnädige mit einer Decke versorgte. Es konnte doch ziehen. Robertchen hatte laut geheult, als wir Ribbecks zum Wagen begleiteten. Er hatte nicht den üblichen Gutenachtkuß von Tante Carlchen bekommen. Auf Ribbecks Frage, warum der Junge schrie, sagte ich, er brülle meistens. Ribbeck zog die Augenbrauen in die Höhe. Ich las ihm von seiner Miene ab, daß er keine große Meinung von meinen pädagogischen Fähigkeiten hatte. Übrigens nannte Carla ihn nie »Oskar«. Er war »Ribbeck« oder einfach »Er« und nicht mit minderwertigen Nachahmungen zu verwechseln. Vor anderen sagte sie »Du« oder gar nichts.
Carla, Kurt und ich waren ein glückliches Trio gewesen; allmählich wurden wir ein Trio mit schlechtem Gewissen. Ribbeck merkte nichts davon, oder er tat so. Er wartete auf den Tag, wo Carla ihre Besuche bei uns einstellen würde. Das ist eins der wenigen Dinge, die ihm nicht gelungen sind. Er hatte allerhand zwischen uns zerstört; aber das Gebäude unserer Freundschaft war festgefügt. Mit Ausnahme von Gregor Busch freundete Carla sich mit keinem seiner Freunde oder Bekannten an. Frauen interessierten sie nicht, und an anderen Männern hatte sie ebenfalls jedes Interesse verloren. Sie trieb nicht mehr ihre witzigen kleinen Spiele mit ihnen; Ribbeck verdammte alles, was unter der unzulänglichen Etikette »Flirt« zwischen den Geschlechtern

vor sich geht. Kurt kam gut mit ihm aus; vor allem, wenn er ihn ohne Carla bei Susanne Wirth traf. Dort war Ribbeck beinahe ungezwungen. Er war sicher ein großartiger Freund, wo er Freundschaft fühlte. Er konnte nicht so arrogant sein, wie er mir erschien; in entscheidenden Dingen hielt er sich bescheiden im Hintergrund. Die Architektur seines Gesichts und seine Kälte schufen wohl diese mir wesensfremde Distanz ... Darüber war ich manchmal so unglücklich, daß Kurt sagte: »Du und deine Freundin! Ribbeck hat euch noch gefehlt!« Kurt gab zuviel für sich aus, und zweimal mußte ich seine Sekretärin wechseln, da er gegen Weihrauch nicht unempfindlich ist. Aber er strahlt Wärme und Heiterkeit aus und setzt auch Carlchen den Kopf zurecht, wenn eine Krise ihm zu lange dauert. »Du mußt mehr Rücksicht auf ihn nehmen!«

»Du hast keine Ahnung, wie unangenehm er werden kann.«

Wir verbissen uns das Lachen. Dann sagte Kurt vorsichtig, Ribbeck sei äußerst angenehm, wenn man nur tue, was er von einem erwarte.

»Er erwartet zuviel von mir«, sagte Carla in plötzlicher Einsicht, und da mochte sie recht haben. »Ich kann mich eben nicht so auf Befehl in mein Gegenteil verwandeln, Kinder.«

»Aber Carlchen. Er hat sich doch nicht in dein Gegenteil verliebt.«

»Sei nicht so albern, Kurt. Er hat sich Illusionen über mich gemacht. So ist er eben.«

»So ist jeder Mann, du kleines Schaf.« Kurt grinste »Hätte ich Lottchen geheiratet, wenn ich sie vorher nicht umgeträumt hätte?«

»Das war bei Lottchen nicht nötig«, sagte Carla düster. »Die ist *immer* richtig gewesen. Aber ich bin ...« Sie versank in ein Schweigen, das sie von Ribbeck gelernt hatte. Sie war nicht nur Vaters Sorgenkind; sie war auch Kurts und meins. Sie durfte Ribbeck nicht kränken und enttäuschen. Würde sie es zur rechten Zeit einsehen? Er hatte bei dieser Heirat alles auf eine Karte gesetzt. Er liebte sie bestimmt tief und beständig, aber deswegen hatte auch er sich nicht über Nacht in sein Gegenteil verwandelt. Er wurde nicht plötzlich milde, nachsichtig und honigsüß; er blieb natürlich Chefredakteur Ribbeck, das bekannte Ekel. Aber mit ihr *mußte* er ganz anders sein, wenn alles zwischen ihnen in Ordnung war. Carla hatte immer behauptet, man kenne einen Mann nur, wenn man mit ihm geschlafen habe. Ich bin nicht völlig dieser Ansicht, könnte aber das Gegenteil nicht beweisen.

Wenn ich beim Studium der Psychologie oder beim Ausbessern von Roberts Hosen etwas gelernt habe, dann ist es ein Wissen um psychische Isolierung, die ich selbst zum Glück nie erlebt habe. Aber daran litt Ribbeck – vielleicht durch seine mutterlose Kindheit. Ich hoffte, mein schweigendes Verständnis würde unsere Beziehung verbessern; aber dazu gehören zwei. Er hielt weiter auf ausdrückliche Distanz, und ich fand ihn weiter unausstehlich.

Wenn er Carla bei uns abholte und Bender die beiden in ihre eigene Welt zurückfuhr, wurde es für mich immer mehr ein Augenblick wirklicher Trennung. Sowie sie mit Ribbeck im Wagen saß und er seinen Arm um ihre Schulter legte, versank die Außenwelt wie ein Stein in einem Teich. In letzter Zeit litt Carla an heftigen Kopfschmerzen. Einmal sah Kurt, wie Ribbeck ihr im Wagen die Haare auflöste und dabei Beschwörungen murmelte. Sie lag mit dem Kopf an seiner Brust, und er sprach in ihr Haar hinein. Sie wurde immer bleicher und müder und immer abhängiger von Ribbecks Kraft und Energie. Was Bender über die Schäferspiele im Mercedes dachte, weiß ich nicht. Carlchen mochte ihn nicht, nahm sich aber ausnahmsweise zusammen. »Seid nett zu Bender!« war ein Mahnruf, vielleicht sogar eine Warnung im Haus Ribbeck. Er selbst war zu schlau und zu diskret, um Zuneigung oder Abneigung zu zeigen. Sie glaubte, Bender könnte gut ohne sie leben, und das hatte er ja auch eine Reihe von Jahren getan.

Es mußte sonderbar in dem großen Haus zugehen. Mit Bender, der alles sah und wußte; mit Staatsanwalt Ribbeck in dem feierlichen Speisezimmer; mit der Wirtschafterin und Benders »Fräulein Hertha« – ein Mädchen ohne Nachnamen – in den Küchenräumen. Dem Musikzimmer entströmte gelegentlich große Musik. Nach »Meinungsverschiedenheiten« saß Ribbeck wie ein entlaubter, kerzengrader Baum in der Bibliothek und ließ sich dort von Bender sein Essen servieren, während Carla in ihren bezaubernden Räumen schrieb, träumte oder vor sich hinbrütete. Sie hatte ein Schlafzimmer mit Bad, ein Studio und einen kleinen Salon mit einem Gobelinsessel, der für Ribbecks Gardemaß konstruiert war. Ich hatte diesen Sessel bei Carla im Hansaviertel gesehen.

Ihr erster Roman war im Druck und das Kind in Arbeit – alles, wie es sein sollte. Warum waren wir alle so bedrückt? Kurt sagte, er würde seinem Schöpfer danken, wenn das Balg endlich zur Welt käme. Er habe genug von Ribbecks Miene und Carlchens Schwangerschaft.

Eines Nachmittags brachten Ribbeck und Bender sie in die Hartliebsche Klinik. Endlich! Vater war schon dort, weil sie in Krisen wie in

der Kinderzeit seine Hand halten mußte. Auch ein Herzspezialist war da – ein eminenter Mann, der an eine melancholische Giraffe erinnerte. Ribbeck wußte nichts von der Giraffe, und das war wohl genau so gut.
Ribbeck, Kurt und ich warteten in Hartliebs Privaträumen in der Klinik. Mit Ribbeck zu warten, ist kein Spaß, wie jeder weiß. Das Baby schien nach seiner Mutter zu geraten – es kam und kam nicht. Ich machte keinen Versuch, mit Ribbeck zu reden – das fiel mir selbst in den besten Zeiten schwer. Kurt las den *Komet*, und Ribbeck las Zeitung. Er las mit geballten Fäusten – ich sah es zufällig. Schwester Therese platzte in unser Idyll herein und brachte einen Tranquillizer für Ribbeck, den er ablehnte. Später servierte Oberschwester Ullmann ihm dieselbe Pille mit einem freundlichen Gruß vom Chef. Ribbeck lachte oder gab eine ausgezeichnete Imitation und nahm die Pille. »Nur Ihnen zu Gefallen, Oberschwester!« Christine Ullmann erinnerte mich immer an Carla. In ihrer Jugend mußte sie ihr ähnlich gesehen haben. Ribbeck fragte, ob er nicht einen Augenblick zu seiner Frau hineinsehen dürfte. Sie schüttelte den Kopf: »Nicht jetzt. Später.« – »Wenn sie tot ist?« fragte er heiser. Kurt sagte: »Hören Sie mal, Ribbeck!« Aber der stand am Fenster wie in seiner Redaktion und ignorierte uns. Nein, er war nicht der Angenehmste!
Um sechs Uhr brachte Bender seine berühmten kalten Platten und Mosel.
»Bitte, essen Sie, Sommer. Und Sie, Charlotte!«
»Na und *Sie*?« fragte Kurt.
»Ich esse, wenn sie ißt«, sagte Ribbeck steinern. Wie gern hätte ich ihm in seiner unterdrückten Qual geholfen; aber man konnte mit demselben Erfolg einem Felsblock gut zureden. Wenigstens trank er seinen denkwürdigen Mosel mit uns. Wie lange saßen wir zusammen und doch getrennt? Ich weiß es nicht. Vielleicht kam uns eine halbe Stunde wie eine Ewigkeit vor. Ribbeck las die Zeitung zum dritten Mal und hielt sie verkehrt herum. Wenn ich ihn in aller Bescheidenheit darauf aufmerksam gemacht hätte, würde er mich wohl erwürgt haben. Obwohl ich ihn so unausstehlich wie immer fand, tat er mir in der Seele leid – mit seinem bleichen, erstarrten Gesicht, und dem angespannten Körper –, lang, dünn, kerzengrade! Er konnte sich immer schwer entspannen, und jetzt war es ihm einfach unmöglich.
Hartlieb erschien in der Tür, und wir sprangen auf. Er sah nicht vergnügt aus.

»Hören Sie, Ribbeck! Ich muß operieren.«
»Wie bitte? Niemand wird an ihr herumschneiden; das hält sie nicht aus. Eine Geburt ist ein natürlicher Vorgang. Ich gestatte nicht ...«
»Wir machen einen Kaiserschnitt«, sagte Hartlieb seelenruhig. »Ein einfacher Eingriff heute! *Sectio caesare*«, erklärte er in der Hoffnung, seinen Freund mit Latein zu besänftigen. »Die Geburt *muß* beendet werden.«
Ich wußte durch Vater, wo die Gefahr für ihr Leben lag. Ihr Herz war die Sorge ihrer Ärzte. Es war nicht sehr taktfest – wie Carla selbst.
Ribbeck sagte mit entsetzlicher Ruhe: »Streuen Sie mir keinen Sand in die Augen, Hartlieb. Sie ... sie stirbt ...«
»Wir tun unser Möglichstes, und das wissen Sie, Ribbeck. Wir haben den größten Herzspezialisten bei ihr. Wir ...«
»Warum stehen Sie hier herum, Mann?« fragte Ribbeck in seinem angenehmsten Ton. »Retten Sie sie. Das ist Ihre Pflicht. Ich ...« Er kam mit einem charakteristischen Ruck zu sich. »Verzeihen Sie, Hartlieb. Ich habe mich unverzeihlich ...« Einen Augenblick konnte er nicht weiter sprechen. Dann sagte er mit tragischer Förmlichkeit: »Es wird nicht wieder vorkommen.«
Der Arzt klopfte ihm auf die Schulter, wobei er sich recken mußte. »Ich muß gehen.« Schwester Therese meldete, daß Dr. Bode, Narkosen in allen Preislagen, so weit wäre. Frau Ribbeck würde jetzt in den Operationssaal gefahren. Hartlieb nickte uns zu und verschwand.
Ribbeck stand wieder am Fenster. Er mußte Kurt und mich vergessen haben, denn er murmelte erstickt: »O dieses Kind!« Dachte er daran, daß seine Mutter bei seiner Geburt gestorben war? In seinem ausgehöhlten Gesicht war kein Blutstropfen. Er stellte sein Glas mit dem Mosel auf den Tisch zurück. Er wollte nun gar nichts mehr. Dachte er an ein Leben ohne Carla? Ich wollte nicht wissen, was er dachte, und er würde es uns nicht sagen. In seinem Blick war keine Furcht; nicht einmal Verzweiflung; nur das völlige Fehlen der Hoffnung. Ein Mann allein in der Wüste, der die letzte Oase hinter sich gelassen hat.
»Ich danke Ihnen beiden, daß Sie so lange bei mir aushielten«, murmelte er. »Ich muß jetzt allein sein. Entschuldigen Sie!«
Wir trafen Schwester Therese im Flur. »Er will allein sein«, sagte Kurt, und sie nickte. Ich wollte Vater einen Augenblick sprechen, aber auch das war nicht möglich. Sie waren alle im Operationssaal; auch Oberschwester Ullmann. Ein solches Aufgebot hatten wir in Hartliebs Laden noch nicht gesehen. »Dr. Bode, Narkosen in allen Preislagen,

sieht wie ein Zwergpinscher aus«, sagte ich zu Kurt, und er nickte bedrückt. Wir sahen immer noch Ribbeck in seiner Privathölle. Wir teilten nichts mit ihm, und er nichts mit uns; aber wir teilten uns in die Erbschaft des Leidens. Diese Stunden schufen eine nie erwähnte und von keinem bewußt erwünschte Verbundenheit zwischen Ribbeck und uns; unsere Beziehung wurde dadurch kaum herzlicher und fruchtbarer. Aber es war eine Beziehung, wo nur ein Vakuum gewesen war.

Ribbeck schickte mir einige Wochen später durch Bender Blumen und dazu ein Päckchen. Ein Smaragdring. Ich hatte nie etwas so Kostbares besessen. Einmal hatte ich zufällig erwähnt, wie sehr ich Smaragde liebe. Eine Karte lag dabei: »Mit bestem Gruß. O. Ribbeck.« – Ich hatte immer den Eindruck gehabt, er höre überhaupt nicht zu, wenn ich etwas sagte.

Später, als alles vorüber war, erzählte uns die Oberschwester, wie Hartlieb und sie zu Ribbeck gingen. »Ein gesunder Junge«, sagte Hartlieb.

Ribbek soll ihn nur angestarrt haben. »Und meine Frau?«

»Sie lebt. Sehr schwach und noch bewußtlos.«

Ribbeck wollte hinausstürzen, aber Hartlieb hielt ihn mit eisernem Griff.

»Ich rufe Sie, wenn sie erwacht. Sie dürfen Sie nur eine Minute sehen! Nicht sprechen. Verstehen Sie mich?«

»Ich muß zu ihr. Ich werde mich nicht rühren. Ich verspreche es Ihnen.«

Hartlieb verschwand, und die Oberschwester blieb bei Ribbeck. Bender erschien mit frischen kalten Platten und Wein. Und die Oberschwester brachte es irgendwie fertig, daß Ribbeck aß und trank. Bender hatte ihr gesagt, Herr Doktor habe an diesem Tag nur gefrühstückt, weil seine Frau schon mittags nichts essen wollte und weinte, als er sie in ihr Zimmer trug.

Ribbeck sah Carla eine Sekunde. Nachts »schlief« er in dem kleinen Nebenraum. Er fragte die Nachtschwester alle Viertelstunde, wie es seiner Frau ginge. Am nächsten Morgen durfte er fünf Minuten bei ihr sein; er sah sie nur an, sagt die Oberschwester. Er ging ins Nebenzimmer, und sie brachte ihm ein Bündel. »*Ihr Sohn!* Wollen Sie ihn nicht ansehen?«

Unberechenbar wie immer, erholte Carlchen sich überraschend schnell, nachdem sie uns alle wahnsinnig gemacht hatte. Aber sie mußte noch einen Monat in der Klinik bleiben, und Ribbeck kam morgens, mittags und nachmittags um fünf und fuhr schließlich widerwillig mit Bender nach Haus.

Ich durfte Carla nach zehn Tagen zum ersten Mal besuchen. Ich kam kurz vor fünf, weil sie nachmittags schlafen mußte. Ribbeck folgte mir auf dem Fuß. Carlchen war wirklich sehr munter und beinahe die Alte; aber sie sah ätherisch aus. Dann brachte Schwester Therese das Baby. Es sah grimmig aus – mit einer tiefen Stirnfalte. »Wie dein Vater«, sagte Carlchen, und Ribbeck meinte tröstend, das könnte sich noch geben. Aber es gab sich nicht, und sie nannten ihn »der kleine Staatsanwalt«. Schwester Therese gab ihn an seinen Vater ab, und Ribbeck nickte zufrieden, als eine winzige Hand an seinem Schlips zupfte. Aber dann hielt er das Bündel entsetzt von sich weg. »Er tropft«, sagte er hilflos, legte das Baby wie ein Paket aufs Bett und rieb mit seinem Taschentuch an den feuchten Flecken auf seiner Hose herum.

»Kurt Alexander Ribbeck«, rief Carlchen streng. »Zeige deinem Vater ein Minimum an Respekt!«

EPILOG

# Dieser Baum ist mein Zeuge

*Glücklich der Baum, der nur dunkel empfindet . . .*
Rubèn Dario (Nicaragua)

## I

CARLA MOLL:

Es ist Sommer. Kein Mai dauert ewig. Wer will das? – Mein Frühling kam zu spät und dauerte zu lange. Das lag an mir, Sanchez und den Umständen. Erst mit Ribbeck kam eine gewisse Ordnung in mein Leben. Er hat mich immer fester an sich gebunden; aber er bindet mich nicht mehr an, wie er es in unserm verspäteten Frühling versuchte. Die Ehe hat ihm emotionelle Sicherheit gegeben und mir wenigstens eine gewisse Stabilität. Wenn ich mich nicht aufs Romanschreiben verlegt hätte, wäre ich wohl wetterfest. Aber ein Roman wächst im Unbewußten, nährt sich von Erinnerungen, die man bewußt nach Belieben interpretiert, und ist ein Ruhestörer erster Güte. Er zwingt einen, sich selbst ständig neu zu prüfen und zu entdecken, und die Entdeckungen fördern nicht das Familienleben. Nicht immer und nicht unbedingt. Aber Ribbeck möchte trotzdem einen zweiten Roman. Ich bin ihm offenbar schon wieder zu träge und zu friedlich. Ich sage zu oft »ja«, weil es bequem ist. Ich bin Anfang dreißig und manchmal so müde, als ob ich zuviel Erfahrungen gesammelt hätte. Habe ich. Und nun geh ich damit hausieren; ich meine: beim Romanschreiben. Ich liebe dich, Ribbeck, aber laß mich in Ruh!
Es ist Sommer, und ich sitze unter unserm großen Birnbaum. Nicht in einem Patio mit abgegrenztem Himmel. Der Orinoco rauscht manchmal durch meinen Sommerschlaf, aber so entfernt, daß er mir nichts antun kann. Der kleine Staatsanwalt hockt im Gras. Mein Sohn ist zwei Jahre alt und sehr unangenehm, wenn er nicht sein Recht be-

kommt. Er achtet darauf, und das ist bei dieser Mutter wohl nötig. Übrigens ist Bender der einzige, den mein Sohn abgöttisch liebt und dem er aufs Wort gehorcht. Wieder einer von Benders schweigenden Triumphen. In diesem Augenblick erscheint er mit Limonade und Gebäck, und Kurt Alexander Ribbeck streckt die Arme nach ihm aus. Tut er nie bei mir. Bender schaukelt das selige krähende Etwas in seinen Armen und murmelt mit verdeckter Siegermiene: »Kurtchen muß jetzt baden und essen.« Natürlich hat Bender recht. Oben wartet die Kinderschwester, weil ich wieder ein Buch schreiben soll und Kurts Vater ein immer bekannterer Mann in der Öffentlichkeit ist. Ribbeck wird in der Politik enden, und das wäre mein Ende. Ich hasse Leute um mich herum. Nur Sommers nicht. »Einsiedlerin«, sagt Ribbeck kopfschüttelnd. »Und sie wird immer schöner . . .« Ich sage, es wird bald nicht mehr zum Aushalten mit meiner Schönheit sein, und er sagt: »Schon möglich. Was hast du heute den ganzen Tag getan?« – Nichts, lieber Leser!

»Raffen Sie sich auf, Moll«, sagt Frau Hannemann wie in alten Zeiten. Sie besucht mich oft abends, wenn mein Mann mit den Musikverschwörern tagt oder nächtigt und ich allein bin. Ich hab' mich mit der Stradivari nicht angefreundet. Ich gab mir wirklich ausnahmsweise Mühe; aber ich kann nicht stundenlang Bach aushalten, nur weil ich Ribbeck liebe. Ob er das einsieht, weiß ich nicht. »Verzeih mir nicht dauernd was«, sag ich zu ihm. »Wer spricht von Verzeihung? – Was hast du heute getan, Rieke?« – Nichts, lieber Ribbeck. Aber er sagte ›Rieke‹. Und er hilft mir beständig über die vielen alltäglichen Niederlagen in seinem Haus hinweg. Es ist nicht mein Haus – es bleibt seins. Mit Bender, Fräulein Hertha, der Kinderschwester Marianne, Staatsanwalt Ribbeck im Eßzimmer und der Stradivari im Musikzimmer. Der Alltag war immer mein Feind; auch daran hat sich nichts geändert. Die Wirtschafterin legt mir ein Eßprogramm vor, und wenn ich an Benders weiße Handschuhe denke, vergeht mir der Appetit. Lottchen auch. Sie ist auf meiner Seite. Kurt Sommer schmeckt's bei Ribbecks. Guter Kurt! Manchmal sieht er mich prüfend an. »Alles in Ordnung, Carlchen?«

Ich wünschte, Frau Frosch wäre hier und würde mir erzählen, was ihr Alter gestern abend gesagt hat, als Ribbeck mit seinen Gästen Politik auf lange Sicht diskutierte. Es sind seine Gäste; nicht meine. Und ich sitze ihm gegenüber an der großen ovalen Tafel und spiele die Gastgeberin. Nachts bin ich dann zu müde für ihn, und er kann mir wieder

was verzeihen. Dieser Mensch ist in jeder Beziehung unermüdlich. Aber ich liebe ihn eben. »Bist du *sehr* enttäuscht, daß ich wieder zu müde bin?« »Unsinn«, sagt er heroisch. »Schlaf, Mädchen, schlaf!« Manchmal frage ich, wann wir endlich zusammen verreisen, und er sagt, er müsse seinen Terminkalender befragen. »Verbrenn das Ding!« »Jaja – eines Tages.« Er wird ihn nie verbrennen. Mein Pech, daß ich ihn liebe. Er ist rührend stolz auf mich. Mein erster Roman *Picknick mit Dämonen* ist ein Erfolg, und nun ruhe ich auf meinen Lorbeeren aus wie damals, als ich *Caracas für Anfänger* geschrieben hatte. Das ist hundert Jahre und vierzehn Tage her.
Sanchez steht wohl gerade unter seiner Akazie, und ich sitze unter unserem Birnbaum. Er und das Kind gehören uns beiden. Im Winter gehört mir nichts in diesem Etablissement. Bender sagt zu Kurtchen: »Gleich kommt Vati.« Sowie sein Vater erwähnt wird, brüllt der kleine Staatsanwalt wie am Spieß. »Aber, aber. Wer wird denn schreien?« sagt Bender begeistert. Ribbeck junior versteckt seinen Dickschädel an Benders sogenannter Brust. »Kurtchen wird Herrn Staatsanwalt immer ähnlicher«, bemerkt Bender, um mir eine Freude zu machen.
Gott sei Dank, Ribbeck kommt angefahren! Er ist der einzige, der mich in diesem Haus liebt. Obwohl niemand verstehen kann, warum er nicht eine muntere Gesellschaftslöwin heiratete. Ich weiß, sie tuscheln hinter meinem Rücken. Aber er liebt mich eben – armer Kerl! Er betrachtet stirnrunzelnd seinen brüllenden Nachkommen auf Benders Arm. »Dir werde ich helfen, Lümmel!« Er *wird* ihm helfen. Er wird ein wunderbarer Vater sein, sobald Kurtchen das Alter der Vernunft erreicht. Er wird es schneller als seine liebe Mutter erreichen. Der Kleine ist unheimlich helle.
»Man könnte meinen, Bender sei sein Vater«, sagt Ribbeck. Exit: der Unentbehrliche und unser unausstehlicher Sohn.
Ich sage: »Möchtest du deine Frau umtauschen, Ribbeck?«
»*Wie* bitte?«
»Du kannst ganz was anderes haben. Eine muntere, tüchtige, energische, bienenfleißige, pünktliche Person, die dir alles zu Gefallen tut.«
»Ich will Rieke.«
»Sonst noch was?«
»Ein zweites Kind und ein zweites Buch«, flüstert er.
»Und wenn ich diese Aufträge nicht ausführe?«

»Dann nicht, liebe Tante«, sagt er stirnrunzelnd. »Komm, trink deine Limonade!«
»So kannst du mit deinem unmündigen Sohn sprechen!«
»Ich habe zwei Kinder.«
»In absehbarer Zeit hast du drei.« – Ich wollte es ihm nicht nachts sagen. Ich wollte sein Gesicht sehen. Ich bin die einzige Frau, die dieses Gesicht kennt.
Das Kinderkriegen bekommt mir nicht. Ribbeck ist in der Redaktion oder verreist, und ich grüble unter dem Birnbaum. Ich bin ungerecht. Er schickt jetzt fast immer Gregor Busch auf die Reise. Nach Paris und Rom. Es geht mir viel besser als beim ersten Mal, aber ich habe von Zeit zu Zeit ein Picknick mit Dämonen . . . Ich sehe das Krokodil mit Herrn Bräutigams Bein. Sanchez sagt: »Du bist schön, Señorita! Schöner als der Mond über der Insel.« Sanchez sagt: »Bonnhoff ist tot. Soll ich Sie mit Polizeigewalt . . . Oder gehen Sie von selbst?« Frau Hannemann fängt Fische am Orinoco. Mit Filzhut, Spitzenbluse, Steinhuhnkostüm. »Eine zweite Portion Schlangenragout, Moll? Meine Einladung.« Und: »Ich sagte Ihnen immer, Oskar ist nicht so«, sagt Hannemann zu Bonnhoffs Totenschädel. »Weeßte noch, Stine?«
Rosa Martinez schneidet Ulli Bendix das Herz mit einem rostigen Küchenmesser aus der Brust. Alles ist rostig an Rosa. Und da tanzt Frau Padilla mit den Papageien unter unserm Birnbaum. Und Padilla verbrennt bei lebendigem Leib in Maracaibo. Der Halleluja-Bruder am Orinoco betet für uns alle: für Sanchez und Bonnhoff und Cooper und Padilla und mich und die schreckliche Pilar Alvarez und das ›Stille Wasser‹ aus London – glückliche Señora C. D. Sanchez? Pilar wird mir gleich ihre schwarze Mantilla über den Kopf werfen.
Aber da kommt Ribbeck angefahren – Gott sei Dank!
»Bist du hier eingeschlafen, Rieke?« – Fräulein Hertha kühlt mir die Stirn mit einem kalten Tuch. »Es ist so heiß«, sagt sie ängstlich und überflüssig.
»Ich muß geträumt haben. Wenn einer verrückt wird, fängt's im Traum an.« Ich lache verlegen, aber Ribbeck lacht nicht mit. Fräulein Hertha – jetzt Frau Bender – hat sich ins Haus verzogen. Ribbeck ist bei mir. Nichts kann mir passieren. Das ist der letzte Rest vom Schützenfest und vom Bonnhoff-Syndrom.
»Oh, Ribbeck. Ich liebe nur dich! Ich hab' Sanchez nie geliebt.«
»Auch nicht wahr! Aber es spielt keine Rolle.«

»Es war alles Einbildung. Mit ihm. Ich schwöre es dir«, sage ich erregt. »Dieser Baum ist mein Zeuge!«

Wie komm ich dazu, unsern Birnbaum in meine trübe Vergangenheit zu verpflanzen? So spreche ich nicht. Nie. Sanchez spricht das aus mir. Ich bin erschrocken. Sanchez sagte das manchmal von seinem Akazienbaum. Aber dann ging er fischen, und ich saß allein auf der Insel Margarita und erfuhr nie, weshalb der Akazienbaum in Altamira sein Zeuge ...

»Wach auf, Rieke!« sagt Ribbeck ruhig.

Ich seh ihn nicht an. Ich sehe immer noch die mythische, leicht venezolanische Landschaft mit den assortierten Dämonen. Dagegen hat Hieronymus Bosch Idyllen produziert. Bonnhoff liegt mit aufgerissenen blauen Glasaugen unter einem Mond wie eine Mottenkugel – so rund und weiß und glanzlos. Dazu regnet es Blutstropfen aus Gilbert Prestons Brust – ein wahrer Platzregen. Er hängt mit dem Kopf nach unten an einem Regenbaum. (Ritualmord? Seine Nacktheit wirkt obszön, und er wäre empört, wenn er sich so sehen würde.) Nymphen und Schäfer, flieht diesen Ort! Wie Cooper floh, nachdem der vergiftete Pfeil (Marke Padilla & Co.) ... Schäfer und Nymphen, flieht ins Blaue oder Graue! Hab' ich's nicht geahnt? Da steht Pilar Alvarez in der Halle des Geisterhauses am Orinoco und zählt die Spinnweben auf Bonnhoffs altem Koffer aus Berlin. Bis auf Sanchez ist alles da. Pilar ist wieder so heiter wie Lots Weib nach geglückter Versteinerung. Und der Orinoco, den ich sowieso im Magen habe, fließt, flüstert, rennt, flennt, lauscht, rauscht ... Gräßlich. Da sind Leute am Ufer. Klar doch, im Paradies der Fischer! Diese Leute haben vier Augen pro Nase, und jeder hat vier Arme. Wenn das keine Dämonen sind, dann weiß ich nicht, wer überhaupt ein Dämon ... (Außer Sanchez, meine ich.) Kurz und schlecht: die anonymen Dämonen singen im Chor von einem neuen Leben am anderen Ufer des Orinoco, als ob es dort nicht genau dieselben Palmen gäbe. Und überhaupt genau denselben Mist ... Was kann ich machen? Ich träume. Aber trotz gutgemeintem Chorgesang ersaufen die armen Teufel mitten im Fluß. Ich bin nicht überrascht – es sieht diesem Fluß ähnlich. Hab' acht Augen und vierzehn Arme, und du erreichst das andere Ufer doch nicht! Der Traum scheint sich in eine Parabel auszuwachsen, und das muß ich auf jeden Fall verhindern. Ich hasse Parabeln; besonders in Verbindung mit Wasser. So nasse Sachen sind nischt für Bonnhoff! Der liegt tot am Ufer und will nichts mehr sehen und hören. Recht hat er! Und dabei singt ihm sein kleiner Indianersteppke das Horst-Wessel-Lied auf indianisch vor. Er denkt, Bonnhoff hört's, und freut sich drüber. Die sogenannten primitiven Stämme da unten am Fluß machen lange nicht den dämlichen Unterschied zwischen Leben und Tod wie wir – nicht im entferntesten, Señor! Sing ruhig weiter, Tucu! Da haben wir alle was davon. Sanchez steht wie gehabt unter seinem Akazienbaum in der Villa Acacia und sagt zu uns allen: »*Basta ya!*« * »Dieser Baum ist mein Zeuge«, sagt der Señor. Wo er ist, da ist auch seine Sekretärin nicht fern. Rosa Martinez windet sich eine grauschwarze Schlange um den Hals – lange, lange nach der Flucht von Señor Ulrico Bendix. Aber bei näherem Zusehen (sehr wichtig in Angstträumen – fragen Sie Ihren Psychiater, Fräulein!) also: Rosas Schlange ist ein Schreibmaschinenband. Symbol? Glaub ich nicht einmal im Traum. Ich sage: Rosa Martinez ist sparsam; auch beim Selbstmord. Haben Sie eine Ahnung, Herr, was Giftschlangen bei dieser Teuerung der Sterbemittel . . . Kaufen Sie eine! – Und ich sitze immer noch unter unserm Birnbaum mit Ribbeck. Und Ribbeck sagt, ich soll aufwachen, und alles ist in bester Ordnung. Ich muß nur aufwachen. *Das* ist die Schwierigkeit.

Aber Ribbeck hilft nach. Er ist genau so hilfreich wie unangenehm, sagen sie im Büro. Er brachte Herrn Bräutigam wochenlang mit Bender im Morgengrauen in die Redaktion, weil Bräutigam keinen Mut ohne sein Bein hatte und das neue noch nicht richtig angewachsen war. Ribbeck wird mit Schwierigkeiten fertig, weil er eine Menge Heilmittel kennt. Naturheilmittel. Hannemann schwört auf Weizenkeime und kalte Abreibungen (im Umgang mit Kollegen). Ich schwöre auf Küsse mit einem großen »K« – und Ribbeck macht sich ohne Zaudern an die Arbeit.

Die dumme Sache ist, daß Sanchez' Reden sich in mir eingenistet haben. Vielleicht, weil Worte mein Geschäft sind und ich ein taktloses Gedächtnis habe. Teils angeboren, teils erworben. Aus Worten werden dann Sätze, Absätze, Zusätze, Bücher und Umsätze. Neulich fiel mir ein neuer Roman ein. Eine unheimliche Sache. Ich erschrak vor meiner eigenen Idee. Es gibt eben nichts, was es nicht gibt. Sagt Ribbeck auch. Ich weiß nun die traurige Wahrheit. Ich kann noch so glücklich sein mit ihm und den Kindern (die bestellte Tochter Charlotte ist noch in Arbeit) – aber alle meine Bücher werden Picknicks

* Genug davon!

mit Dämonen. Weil die Welt voll von ihnen und außerdem die Vermischung von Realität, Erinnerung, Angsttraum und Vision ausgesprochen unheimlich ist. Man kann es kaum fassen, daß so viele Leute die Picknicks mit ihren Dämonen als Beruf betrachten.

Nachts sage ich zu Ribbeck: »Du – ich hab' eine Idee für ein Buch.«

»Das wurde auch Zeit. Wir reden morgen drüber. – Sag mal: wie weit sind wir eigentlich?«

»Wenn Hartlieb sich nicht verrechnet: im sechsten Monat.«

»Weißt du noch, daß ich mir eine Tochter bestellt hab'? Aber ein Nachfolger in der Redaktion soll mir auch recht sein. Aus Kurt wird ein Jurist, fürchte ich. Der ordnet seine Bilderbücher wie Akten . . .«

»Oder wie Anklageschriften.« – Wir lachen. Ribbeck legt seine Hand so sachte auf meinen Leib, wie er seine Geige berührt. »Du, Rieke! Was erzählt ihr euch da im Dunkeln – du und das Kind?«

»Oh! Meistens sprechen wir über Chefredakteur Ribbeck – das bekannte Ekel.«

Er lacht gedämpft. »Ich werde euch helfen!«

»Tu das«, sage ich schläfrig. »Hilf uns!«

## II

*Carlos Domingo Sanchez (Caracas) an Ellen Driscoll (Brighton; England)*

Altamira. Villa Acacia. – In der kühlen Saison.

Liebe reizende Ellen!

Besten Dank für Ihren freundlichen Brief! Wir hatten so lange nichts voneinander gehört, daß ich schon annahm, das Ende des legendären englischen Poststreiks wäre Ihnen noch nicht aufgefallen. Um so mehr erfreute mich Ihr Lebenszeichen und die Nachricht von Ihrer Heirat. Bitte richten Sie auch Dr. Ambrose Prior meine besten Wünsche aus.

Warum sollte diese Nachricht mich überraschen? Ich wäre überrascht gewesen, wenn eine so hübsche und tüchtige junge Frau Junggesellin geblieben wäre. Das ist nichts für eine Frau – trotz aller »Befreiungsversuche«, die in angelsächsischen Ländern mit soviel Zeitungslärm vor sich gehen. In Lateinamerika kümmern sich vorwiegend reizlose Damen, denen niemand Fesseln anlegt, um die Befreiung. Hier haben wir Männer es noch verhältnismäßig gut. Und man zieht hier eine unangenehme Familie immer noch keiner Familie vor. Ich bin allerdings ein Einzelgänger, wie Sie wissen. Aber natürlich weiß auch ich nicht, was mir noch blühen kann. Das macht mir keine Kopfschmerzen. Ich mische mich nie in meine Zukunft ein.

Selbstverständlich sind Sie und Ihr Gatte willkommene Gäste in Altamira. Welch eine Ehre für mich, daß Sie immer noch diesen verjährten Besuch planen. Leider werden meine Unternehmungen und Geschäfte immer ausgedehnter, und ich werde monatelang nicht in Caracas sein. Aber meine Schwägerin, Señorita Pilar Alvarez, wird sich mit Freuden um Sie kümmern. Sie sendet Ihnen ihre Empfehlungen. Sie schreiben, Dr. Prior wäre noch nie in unserem Teil der Welt gewesen. Venezuela wird ihm zusagen, wenn er die Kunst der Muße beherrscht. *Siesta* und *Fiesta* sind unser Beitrag zur Freizeitgestaltung. Und er darf keinesfalls ohne Hut in unserer glorreichen Sonne herumwandern; das ist gefährlich.

Sie schreiben, Dr. Prior sei ein begeisterter Fischer. Das kann ich gut verstehen, denn ich fange mir gelegentlich meine eigenen Fische auf einer einsamen Insel im Staat Nueva Esparta. Dort erhole ich mich unter den Fischern im Haus meines Großvaters. Leider ist dies Haus eine Art Gedenkstätte, und wir empfangen dort keine Gäste. Übrigens hatte ich bis vor kurzem ein Landhaus am Orinoco; in nächster Nähe vom »Paradies der Fischer«. Aber dieses Haus habe ich kürzlich verkauft. Schade! – Ich werde nachdenken, was sich tun läßt.

In den nächsten Tagen fliege ich nach Chicago, wo ich bei Mr. Cooper und der lieben Naomi in ihrem neuen Haus wohnen werde. Später wird das Ehepaar nach Venezuela kommen, weil Mr. Cooper und ich an der Bauentwicklung um Puerto Cabello herum interessiert sind. Auch dort habe ich ein Landhaus in Palma Sola, wo Sie sich mit Coopers treffen könnten. Wie wäre das? Erinnern Sie sich noch, wie wir alle uns in Berlin bei Fräulein v. Strelitz kennenlernten? Sicherlich hat ihr Tod Sie schmerzlich berührt. Ein prachtvoller und loyaler Mensch! Wie lange ist dieses Zusammentreffen schon her! Mit der Zeit habe ich eine ganze Kollektion von Berlinerinnen beisammen. Naomi schickte mir den ersten Roman einer Berlinerin, die ich flüchtig kennenlernte, *Picknick mit Dämonen* von Carla Moll. Ein recht interessantes Buch.

Ich hoffe, der Zufall wird mir trotz meiner Reisen Gelegenheit geben, Sie und Ihren Gatten in der Villa Acacia zu begrüßen. Ich stehe auf

gutem Fuß mit dem Zufall. Das ist venezolanisch. Wir rechnen mit dem Ungewissen und planen bei jedem Projekt sein Gegenteil mit ein. Dadurch reduzieren wir Hoffnungen und Enttäuschungen auf ein Mittelmaß und genießen den Tag, wie er sich bietet. Und, wenn der Zufall uns günstig ist, die Nacht. Das Ungewisse besitzt für uns Poesie. Ich sprach in London mit Ihnen darüber; aber die reizende Ellen wollte nichts von Poesie wissen. Es war schreckliches Wetter, und ich verzieh Ihnen. Ich verzeihe meinen Freunden fast alles. Es ist das Vernünftigste. Abgesehen von Festen in einer mondhellen Nacht, sind wir Venezolaner im lateinischen Sinn Anbeter der Vernunft. Wo käme man sonst hin? Nein – ich werde nicht mehr nach Berlin kommen. Das ist ein abgeschlossenes Kapitel. Es ist niemand mehr da, den ich besuchen möchte.
Mit verbindlichen Empfehlungen

Ihr ergebener
Carlos Domingo Sanchez

## III

Ellen Driscoll zerriß diesen Brief. Sie tat genau das, was Sanchez beabsichtigt hatte. Sie sagte ihrem Mann, Señor Sanchez sei auf Reisen, und es hätte wenig Sinn, Venezuela zu besuchen, wenn er nicht in Caracas wäre. Dr. Prior nickte zufrieden. Er hatte nie die Absicht gehabt, Südamerika und den Caballero zu besuchen. Er fühlte, daß Ellen an der Abweisung herumschluckte, war aber viel zu klug, um darüber zu reden. Wenn man den Dingen ihren Lauf ließ, ordneten sie sich von selbst. Er kannte seine Frau sehr genau, und er hatte die richtige Meinung über diese Affäre. Ellen hatte gar nicht gemerkt, daß Sanchez eine schweigende Leidenschaft für sie entwickelte. Prior selber hatte sie mit der Nase darauf stoßen müssen, daß es sehr passend und vernünftig wäre, wenn sie endlich heiraten würden.
»Ich wollte dir neue Fischgründe verschaffen, Ambrose!«
»Ich fische viel lieber daheim. Da brauche ich nicht spanisch zu sprechen, was ich sowieso nicht kann.«
»Liebst du mich eigentlich?«
Es war das erste Mal, daß sie ihn danach fragte. Irgendwie hing es mit Sanchez' Brief zusammen. Aber Dr. Prior hatte nicht die Absicht, durch Ellens Erinnerungsschlamm zu waten. Er sagte, das sei die erste

dumme Frage, die Ellen je gestellt hätte, und was es zum Abendessen gebe.

»Ich liebe dich, Ambrose!«

»Das will ich hoffen. – Wirst du den Brief aus Caracas beantworten?«

»Gelegentlich. Es eilt nicht.«

»Das ist mein gutes Mädchen!« Er küßte sie leicht. Ellen verstand wenig von Männern. Sie hatte noch viel zu lernen, aber es eilte nicht. Er war ziemlich zufrieden. Natürlich brachte die Ehe ihre eigenen Konflikte, aber das Junggesellenleben wurde mit der Zeit ereignislos. Oder fragmentarisch . . . Nicht jeder dachte so. Sanchez war vielleicht der entgegengesetzten Meinung. Aber er, Ambrose Prior, dachte so. Was andere dachten, interessierte ihn nur mäßig.

»Fahrt ihr nun nach Venezuela?« fragte Ellens Schwägerin drei Tage später.

»Ambrose sagt, er wollte nicht spanisch sprechen, und England wäre gut genug für ihn.«

»Kann er überhaupt Spanisch?« fragte Miß Prior, die Diätschwester im Kinderheim in Brighton war. »Bist du enttäuscht, Ellen?«

»Vergiß es«, sagte Ellen um eine Nuance unfreundlicher als sonst. »Das ist ein abgeschlossenes Kapitel.«

## IV

Auch für Sanchez war Ellen Driscoll ein abgeschlossenes Kapitel. Er stand unter seinem riesigen Akazienbaum in Altamira. Der Baum war ein gewaltiger Sonnen- oder Regenschirm aus roten, federleichten Blüten. Sanchez blickte den Wolken nach. Sie verlebten unverbindliche Ekstasen mit dem Wind und wanderten weiter. *Basta ya!* Er hatte Ellen Driscoll viele Monate für jenen nüchternen Engel gehalten, den er suchte. Aber sie war nur nüchtern. Was sollte ihm das? Ihr Brief hatte ihn ziemlich gelangweilt, weil sie ihm in jedem dritten Satz die Aussprüche von Dr. Prior mitteilte. »Ambrose sagt . . .« Es war Sanchez gleichgültig, was Ambrose sagte. Dr. Prior wäre übrigens der erste gewesen, der ihm das nachgefühlt hätte. Aber Ellen hatte ihm den Brief, den sie seinerzeit an Sanchez geschrieben hatte, nicht gezeigt. Die unverbindliche und einseitige Ekstase war nun vorbei, und Sanchez wanderte weiter. Er hatte die Fähigkeit, Erinnerungen wie Staub von sich abzuschütteln. Sie waren Staub . . . Nur Carla Molls *Picknick mit Dämonen* enthielt Substanz. Sanchez hatte ihr das nicht zugetraut. Aber er traute niemandem viel zu, bis sie ihn vom Gegenteil überzeugten. Vielleicht war das nicht richtig, aber wer machte alles richtig? Eins hatte Sanchez richtig gemacht: er hatte Ellen nie etwas von seinen Heiratsabsichten verraten. So etwas überlegt jeder Venezolaner eigentlich bis zum Hochzeitstag; und ob er am Traualtar erscheint, ist eine Sache des Rätselratens.

Meistens kam wenig Gutes bei einer Heirat heraus – das hatte die Sturzheirat des unseligen Camilo de Padilla bewiesen. Die junge Person hatte das Haus geplündert und war mit ihrem Liebhaber über alle Berge. Anna Carlovac schrieb ihm, Sanchez, immer noch Dankbriefe aus Maracaibo: er hatte ihr den Vertrauensposten im Restaurant Chang verschafft. Anständig, daß sie seinen Namen nicht bei den Presse-Interviews genannt hatte. Erst in diesem Augenblick wurde ihm klar, daß selbst die Journalistin Moll ihn, Sanchez, nie in der Öffentlichkeit erwähnt hatte; wann immer sie sich auf der Jagd nach Bonnhoff befand. Merkwürdiges Mädchen! – Er dachte nun milder über sie, aber er wußte nicht mehr genau, wer sie war. Carlita? Die Journalistin Moll? Die Autorin von *Picknick mit Dämonen?*

Sanchez überlegte, wieviel sein Akazienbaum von seinem Leben wußte. Viel mehr als die Menschen. Bäume sehen soviel, weil sie älter als Menschen sind. Alle seine Kämpfe mit seiner verstorbenen Frau hatten unter dem Akazienbaum stattgefunden. Komisch, er und Cooper hatten Teresa beinahe vergessen. Sie waren heute gute Freunde – geschäftlich und privat. Arme Teresa! Es mußte deprimierend sein, wenn man so wenig Eindruck machte und so schnell vergessen wurde. Gott würde ihrer heftigen und verwirrten Seele gnädiger sein, als Sanchez, Cooper und Pilar es gewesen waren. Man tat immer zuwenig, wenn die Leute lebten und es brauchten . . . Pilar! Sanchez wußte, daß sie ihn von einer Seitenveranda beobachtete. Sie war schon glücklich, wenn er von seinen Abenteuern ohne Ehefrau in die Villa Acacia zurückkam. Er hatte Ellen Driscoll nicht mehr erwähnt, und Pilar würde nie fragen.

Sanchez stand beinah reglos unter seinem Baum, mehr Denkmal denn je. Aber da war ein leiser Schmerz über Ellen – trotz allem! Schmerzen sind sehr viel anhänglicher als Freuden, dachte er. Und jedes Erlebnis hinterließ eine unverwischbare Spur – außer der Verwunderung, daß man immer wieder auf eine Frau hereinfiel. Aber er würde immer seltener an Ellen denken – und zum Schluß würde ihre Gestalt sich auflösen wie Rauch nach einem Urwaldbrand. Auch das wußte er in dieser Stunde.

Auf jeden Fall war sie sein letztes »Fräulein« gewesen. Christine Ullmann. Carla Moll. Ellen Driscoll. Carla Moll hatte zwei unverzeihliche Fehler begangen: sie konnte nicht »nein« sagen, auch wenn alles gegen eine Liebesnacht sprach, und sie war hinter Bonnhoff hergewesen, als wüßte sie nicht, daß Sanchez sein Hüter war.

Der Wind bewegte das Blätterdach, und Sanchez atmete die Abendluft ein. Sie war kühl und angenehm nach dem Regen. Dieser Baum war nun auch der Zeuge seiner Befreiung. Bonnhoff war tatsächlich kurz vor dem zweiten Besuch von Carla Moll am Orinoco gestorben. In seinem Verfolgungswahn war der alte Mann ohne seinen Sombrero vom Haus weggelaufen, während alle anderen Siesta hielten. Er hatte nur einen kleinen geflochtenen Indianerkorb mitgenommen. Sanchez und Bruder Fernando hatten ihn tot am Ufer gefunden. Später examinierte Sanchez den Inhalt des Korbes. Das Bild seiner deutschen Großmutter verschloß er in seinem Schreibtisch, genau wie einen zerrissenen verschmutzten Rilkeband. Das goldene Parteiabzeichen warf er in den Fluß. Pater Alonso gab Bonnhoff seinen Ruheplatz auf dem Friedhof der franziskanischen Mission. Der Stein trug die Aufschrift: »Carl Friedrich Bonnhoff. Geboren in Potsdam 1890, gestorben in Venezuela 1971.«

Pilar schien um den alten Mann zu trauern. Sanchez hatte sie deswegen gefragt, und sie hatte es bejaht. »Er war doch dein Vater, Carlos.«

Natürlich hatte Carla Moll nicht an Bonnhoffs Tod geglaubt, weil niemand die Wahrheit glaubt. Sie ist zu einfach. Und nun war er, Sanchez, frei. Er dachte noch einmal an Christine, Carla und Ellen. Hatte ein Plan hinter diesen Begegnungen gestanden? Etwas mußte ihn zu diesen deutschen Mädchen getrieben haben. Er grübelte. War es das deutsche Erbe in seinem Wesen, das er wegen Bonnhoff bewußt ignoriert und auszurotten versucht hatte? Wenn das der Fall war, dann war dieses Erbteil an Blut und Nerven und Sehnsucht viel älter, als alle Bonnhoffs gewesen waren. Es wurzelte im kollektiven Gedächtnis eines Volkes. Ja, diese Ur-Erinnerung in seinem Unbewußten hatte ihn zu seinem Vergnügen und zu seiner Qual zu diesen Frauen getrieben. Aber jetzt waren sie für ihn so tot wie Bonnhoff, und auch von ihnen war er frei. In seinem Freiheitsbedürfnis, das sein Denken und Fühlen beherrschte, war er der Enkel von Emilio Domingo Sanchez.

Jetzt endlich konnte er aus dem Limbo der Vergangenheit in seine eigene Zukunft schreiten. Dieser Baum war sein Zeuge.
Der Himmel hatte sich bewölkt, und Sanchez blickte den wandernden Wolken nach. Das gehörte zu seinen Lieblingsbeschäftigungen. Die Welt war voll von Frauen, die Sanchez von nun an mit mehr Vorsicht bezaubern wollte, damit er frei blieb. Ein Mann für sich. Vielleicht aber wartete irgendwo die Richtige auf ihn? Nicht zu jung und nicht zu alt, nicht zu heiß und nicht zu kalt, nicht zu schweigsam und nicht zu schwatzhaft, nicht zu launenhaft und nicht zu monoton, nicht zu dumm, aber vor allem nicht zu klug . . . War er nicht mit dem Zufall befreundet?
Vielleicht hatte er Glück und traf diese Frau.
Vielleicht hatte er Glück und traf sie nicht.

# Inhalt


| | | | |
|---|---|---|---|
| Erstes Buch | | DIE BERGE SCHWEIGEN | 9 |
| | 1 | Hüterin des Hauses | 11 |
| | 2 | Memento mori | 32 |
| | 3 | Die Poesie der Leere | 51 |
| | 4 | Sanchez in Mérida | 58 |
| | 5 | Unfruchtbar wie die Furien | 80 |
| | 6 | Coopers Dilemma | 100 |
| | 7 | Fünf Uhr Nachmittag | 122 |
| Zweites Buch | | ALLE ENGEL SIND FORTGEWANDERT | 137 |
| | 1 | Carla Molls Exil | 139 |
| | 2 | Coopers Gastmahl | 160 |
| | 3 | Protokolle der Unlust | 186 |
| | 4 | Die Wahrheit liegt im Fluß | 211 |
| | 5 | Dialoge in Puerto Cabello | 234 |
| | 6 | Wie man sich bettet, so lügt man | 255 |
| | 7 | Patio in den Wolken | 266 |
| | 8 | Fünf Uhr Nachmittag | 280 |
| Drittes Buch | | KLIMAWECHSEL | 297 |
| | 1 | Welke Lorbeeren zu verkaufen! | 299 |
| | 2 | Klimawechsel | 314 |
| | 3 | Fließe, fließe trüber Fluß | 328 |
| | 4 | Sanchez in Berlin | 344 |
| | 5 | Ribbecks Gastmahl | 366 |
| | 6 | Ein ganz alltäglicher Leidenskelch | 385 |
| | 7 | Die unbekannte Größe | 398 |
| | 8 | Fünf Uhr Nachmittag | 416 |

| | | | |
|---|---|---|---|
| Viertes Buch | | UNTER DEM FLAMMENBOGEN | 447 |
| | 1 | Angst | 449 |
| | 2 | Coopers Bilanz | 469 |
| | 3 | Der Sturm vor der Ruhe | 505 |
| | 4 | Schlagzeilen | 521 |
| | 5 | Besuch aus Berlin | 531 |
| | 6 | Hier spricht Ribbeck | 553 |
| | 7 | Fünf Uhr Nachmittag | 577 |
| Epilog | | DIESER BAUM IST MEIN ZEUGE | 605 |